TÓPICOS ESPECIAIS EM FÍSICA DAS CALAMIDADES

MARISHA PESSL

TÓPICOS ESPECIAIS EM FÍSICA DAS CALAMIDADES

MARISHA PESSL

Tradução
Diego Alfaro

Título original: Special Topics in Calamity Physics

© Marisha Pessl, 2006

Direitos de edição da obra em língua portuguesa no Brasil adquiridos pela Editora Nova Fronteira S.A. Todos os direitos reservados. Nenhuma parte desta obra pode ser apropriada e estocada em sistema de banco de dados ou processo similar, em qualquer forma ou meio, seja eletrônico, de fotocópia, gravação etc., sem a permissão do detentor do copirraite.

Editora Nova Fronteira S.A.
Rua Bambina, 25 – Botafogo – 22251-050
Rio de Janeiro – RJ – Brasil
Tel.: (21) 2131-1111 – Fax: (21) 2286-6755
http://www.novafronteira.com.br
e-mail: sac@novafronteira.com.br

CIP-Brasil. Catalogação-na-fonte
Sindicato Nacional dos Editores de Livros, RJ.

P566t   Pessl, Marisha
        Tópicos especiais em física das calamidades / Marisha Pessl ; tradução Diego Alfaro. – Rio de Janeiro : Nova Fronteira, 2008.

        Tradução de: Special Topics in Calamity Physics

        ISBN 978-85-209-2070-1

        1. Mulheres jovens – Ficção. I. Alfaro, Diego. II. Título.
                                    CDD 813
                                    CDU 821.111(73)-3

Para Anne e Nic

TÓPICOS ESPECIAIS
EM FÍSICA DAS CALAMIDADES

CURRÍCULO
(Bibliografia necessária)

INTRODUÇÃO 13
PARTE 1

Capítulo 1: OTELO, William Shakespeare 25

Capítulo 2: UM RETRATO DO ARTISTA QUANDO JOVEM, James Joyce 33

Capítulo 3: O MORRO DOS VENTOS UIVANTES, Emily Brontë 46

Capítulo 4: A CASA DAS SETE TORRES, Nathaniel Hawthorne 57

Capítulo 5: A MULHER DE BRANCO, Wilkie Collins 66

Capítulo 6: ADMIRÁVEL MUNDO NOVO, Aldous Huxley 74

Capítulo 7: LES LIAISONS DANGEREUSES, Pierre Choderlos de Laclos 87

Capítulo 8: MADAME BOVARY, Gustave Flaubert 98

Capítulo 9: PIGMALEÃO, George Bernard Shaw 126

Capítulo 10: O MISTERIOSO CASO DE STYLES, Agatha Christie 152

PARTE 2

Capítulo 11: MOBY-DICK, Herman Melville 171

Capítulo 12: PARIS É UMA FESTA, Ernest Hemingway 195

Capítulo 13: MULHERES APAIXONADAS, D.H. Lawrence 219

Capítulo 14: "O ASSALTANTE DE SHADY HILL", John Cheever — 238

Capítulo 15: DOCE PÁSSARO DA JUVENTUDE, Tennessee Williams — 259

Capítulo 16: RISO NO ESCURO, Vladimir Nabokov — 272

Capítulo 17: A BELA ADORMECIDA E OUTROS CONTOS DE FADA,
    Sir Arthur Quiller-Couch — 286

Capítulo 18: UM QUARTO COM VISTA, E.M. Forster — 295

PARTE 3

Capítulo 19: UIVO E OUTROS POEMAS, Allen Ginsberg — 313

Capítulo 20: A MEGERA DOMADA, William Shakespeare — 328

Capítulo 21: AMARGO PESADELO, James Dickey — 348

Capítulo 22: NO CORAÇÃO DAS TREVAS, Joseph Conrad — 367

Capítulo 23: UM ESTRANHO NO NINHO, Ken Kesey — 377

Capítulo 24: CEM ANOS DE SOLIDÃO, Gabriel García Márquez — 386

Capítulo 25: A CASA SOTURNA, Charles Dickens — 402

Capítulo 26: À BEIRA DO ABISMO, Raymond Chandler — 418

Capítulo 27: JUSTINE, Marquês de Sade — 429

Capítulo 28: QUER PASTICCIACCIO BRUTTO DE VIA MERULANA,
    Carlo Emilio Gadda — 449

Capítulo 29: O MUNDO SE DESPEDAÇA, Chinua Achebe — 460

Capítulo 30: A CONSPIRAÇÃO NOTURNA, Smoke Wyannoch Harvey — 474

Capítulo 31: CHE GUEVARA FALA AOS JOVENS,
    Ernesto Guevara de La Serna — 484

Capítulo 32: BOAS PESSOAS DO INTERIOR, Flannery O'Connor — 507

Capítulo 33: O PROCESSO, Franz Kafka — 510

Capítulo 34: PARAÍSO PERDIDO, John Milton — 523

Capítulo 35: O JARDIM SECRETO, Frances Hodgson Burnett — 532

Capítulo 36: METAMORFOSES, Ovídio — 550

PROVA FINAL — 567

INTRODUÇÃO

Papai sempre dizia que uma pessoa precisa ter um excelente motivo para escrever suas Memórias e esperar que alguém as leia.

"A menos que o seu nome seja do calibre de um Mozart, Matisse, Churchill, Che Guevara ou Bond — *James* Bond —, é melhor passar o seu tempo livre fazendo pintura a dedo ou jogando bocha, pois ninguém, a não ser a sua mãe de braços flácidos, cabelo duro e olhar de purê de batata, vai querer ouvir os pormenores da sua existência lastimável, que sem dúvida vai terminar como começou — num suspiro de agonia."

Dados parâmetros tão rígidos quanto esses, sempre presumi que não teria o *meu* Excelente Motivo até fazer no mínimo setenta anos, estar cheia de pintas, reumatismo, ter um intelecto afiado como um canivete, um chalé em Avignon (onde eu poderia ser encontrada comendo 365 tipos de queijo), um amante vinte anos mais novo que trabalhasse no campo (não sei que tipo de campo — qualquer um que fosse dourado e macio) e, com alguma sorte, um pequeno êxito na ciência ou na filosofia creditado ao meu nome. Ainda assim, a decisão — não, a grande necessidade — de tomar papel e caneta e escrever sobre a minha infância — e principalmente sobre o ano em que ela se descosturou como um casaco velho — veio muito antes do que eu poderia imaginar.

Começou com uma simples insônia. Já fazia quase um ano desde o dia em que eu encontrara Hannah morta, e eu achava que já teria conseguido apagar do meu interior qualquer vestígio daquela noite, mais ou menos do modo como Henry Higgins, com seus incansáveis exercícios de locução, acabou com o sotaque *cockney* de Eliza.

Eu estava enganada.

No final de janeiro, me vi mais uma vez acordada no meio da noite, a casa quieta, sombras escuras e pontiagudas surgindo nas bordas do telhado. Eu não tinha nada nem ninguém que me pertencesse além de uns poucos livros gordos e afetados, como *Introdução à astrofísica*, e um James Dean triste e silencioso que me fitava em preto-e-branco, preso com fita adesiva no fundo da nossa porta. Eu o encarava de volta pela escuridão borrada e via, microscopicamente detalhada, Hannah Schneider.

Ela estava pendurada um metro acima do solo, presa por um cabo elétrico laranja. Sua língua — intumescida, de um rosa vívido como uma esponja de cozinha — lhe pendia da boca. Os olhos pareciam bolotas, ou moedas foscas de um centavo, ou dois botões pretos de um sobretudo que as crianças poderiam incrustar na cara de um boneco de neve, e eles não viam nada. Ou então era esse o problema, eles tinham visto *tudo*; J.B. Tower escreveu que, no momento antes da morte, "vê-se de uma só vez tudo o que já existiu" (embora eu me perguntasse como ele saberia disso, já que estava no auge da vida quando escreveu *Mortalidade*). E os cadarços dela — seria possível escrever um tratado inteiro sobre aqueles cadarços — eram de uma cor escarlate, simétricos, perfeitamente atados com nós duplos.

Ainda assim, por ser uma otimista inveterada ("Os Van Meer têm uma tendência natural ao idealismo e ao livre pensamento afirmativo", comentava o Papai), eu esperava que essa terrível insônia fosse uma fase que eu logo deixaria para trás, uma mania passageira, como as calças boca-de-sino, ou como ter uma pedra de estimação. Mas, então, numa noite no começo de fevereiro, enquanto eu lia a *Eneida*, minha companheira de quarto, Soo-Jin, sem tirar os olhos do livro de química orgânica, mencionou que alguns dos calouros da nossa ala estavam planejando entrar de penetras numa festa fora do campus, na casa de algum Ph.D., mas eu não tinha sido chamada porque o meu comportamento era considerado ligeiramente "lúgubre":

— Especialmente pela manhã, quando você está a caminho da aula de Introdução à Contracultura dos Anos 60 e à Nova Esquerda. Você parece tão, assim, *aflita*.

É claro que esse era apenas o jeito de falar da Soo-Jin (ela, que mantinha o mesmo semblante ao expressar Raiva ou Júbilo). Fiz o melhor que pude para desconsiderar esse comentário, como se não fosse nada além de um odor desagradável saindo de um béquer ou de um tubo de ensaio, mas então comecei *realmente* a notar todo tipo de coisa inquestionavelmente lúgubre. Por exemplo, quando a Bethany chamou algumas pessoas ao seu quarto para uma maratona Audrey Hepburn na sexta à noite, pude notar claramente que, ao final de *Bonequinha de luxo*, ao contrário das outras garotas sentadas em almofadas, fumando compulsivamente com lágrimas nos olhos, eu me vi de fato torcendo para que Holly *não* encontrasse o Gato. Não, sendo totalmente sincera comigo mesma, percebi que queria que o Gato continuasse perdido e abandonado, miando e tremendo em sua solitária felinice sobre os caixotes cheios de farpas no horrível Beco Tin Pan, que, se levarmos em consideração a força daquela chuva hollywoodiana, ficaria submerso sob o oceano Pacífico em menos de uma hora. (É claro que disfarcei esse desejo, sorrindo alegremente no momento em que George Peppard agarrou Audrey com fervor, e ela, por sua vez, agarrou o Gato, que não mais parecia um gato e sim um esquilo afogado. Acho que até soltei um desses "Ahhs" agudos de menininha, em perfeita harmonia com os suspiros da Bethany.)

E a coisa não parou por aí. Uns dois dias depois, eu estava na aula de Biografia Americana, conduzida pelo nosso professor assistente Glenn Oakley, que tinha uma aparência de bolo de fubá e o hábito de engolir saliva bem no meio das palavras. Ele falava sobre o leito de morte de Gertrude Stein.

— "Então, qual é a resposta, Gertrude?" — citou o prof. Glenn num suspiro pretensioso, a mão esquerda erguida como se segurasse uma sombrinha invisível, o mindinho esticado. (Parecia Alice B. Toklas com aquele quase-bigode.) — "Pois bem, Alice, qual é a per-gulp-gunta?"

Contive um bocejo, olhei para o meu caderno num relance e vi, com horror, que na minha distração tinha rabiscado, numa letra estranha e rebuscada, uma palavra muito perturbadora: adeus. É claro que, por si só, era uma palavra bastante inofensiva, mas o fato é que eu a estivera escrevinhando como uma lunática sentimental ao menos quarenta vezes ao longo de toda a margem da página — e um pouco na página *anterior*, também.

— Alguém sabe me dizer o que é que Ger-gurg-trude quis dizer com uma afirmação como essa? Blue? Não? Pode prestar atenção, por favor? E você, Shilla, o que me diz?

— É óbvio. Ela estava falando da vacuidade insuportável da subsistência.

— Muito bem.

Aparentemente, apesar de todo o meu esforço em contrário (eu usava casacos felpudos nas cores rosa e amarelo, prendia o cabelo no que considerava ser um rabo-de-cavalo bastante lépido), eu estava começando a me tornar exatamente aquilo que temia desde o dia em que tudo acontecera. Estava ficando Esquisita e Inexpressiva (meras paradas de descanso na estrada para a Ira Desvairada), o tipo de pessoa que, ao chegar à meia-idade, estremece ao ver crianças, ou corre propositalmente em meio a um denso bando de pombos que cuidam da própria vida ciscando entre migalhas. Tudo bem, eu nunca deixei de sentir calafrios atravessando a minha espinha ao me deparar com alguma manchete ou anúncio de jornal assustadoramente ressonante: "Morte Súbita de Magnata do Aço aos 50 Anos — Parada Cardíaca", "LIQUIDAÇÃO DE EQUIPAMENTO DE CAMPING". Mas sempre repeti para mim mesma que todas as pessoas — ao menos as pessoas fascinantes — têm algumas cicatrizes. E essas cicatrizes não nos impedem necessariamente de ser, digamos, mais Katharine Hepburn que Capitão Queeg quando estamos falando de aparência e comportamento geral, um pouco mais Sandra Dee que Scrooge, o Adorável Avarento.

Meu descenso gradual à soturnidade poderia ter prosseguido sem impedimentos, se não fosse por um certo telefonema que recebi numa fria tarde de março. Fazia então quase um ano desde a morte da Hannah.

— Pra você — disse Soo-Jin, praticamente sem se virar do Diagrama 2114.74, "Aminoácidos e Peptídios", para me passar o telefone.

— Alô?

— Oi. Sou eu. Seu passado.

Eu não conseguia respirar. Era inconfundível — a voz grave de sexo e rodovias, partes iguais de Marilyn Monroe e Charles Kuralt, mas estava diferente. Se um dia havia sido açucarada e crepitante, agora era um mingau, uma geléia.

— Mas não se preocupe — disse Jade. — Não estou vindo te perseguir.

Ela riu, um *rá* curto, como um pé chutando uma pedra.

— Parei de fumar — anunciou, obviamente orgulhosa de si mesma, e então prosseguiu, explicando que ao sair de St. Gallway não tinha conseguido entrar na faculdade. Ao contrário, devido a certos "problemas", internara-se voluntariamente "num lugar meio Nárnia", onde as pessoas falavam de seus sentimentos e aprendiam a pintar frutas com tinta guache. Jade insinuou entusiasmada que um "astro do rock incrivelmente famoso" estivera internado no *mesmo* andar que ela, o *terceiro* andar, que era relativamente bem ajustado ("não tão suicida quanto o quarto, nem tão maníaco quanto o segundo"), e tinham se tornado "próximos", mas revelar o nome dele seria ir contra tudo o que aprendera nos últimos dez meses, durante o seu "período de crescimento" em Heathridge Park. (Percebi que a Jade, agora, se via como alguma espécie de videira ou trepadeira herbácea.) Um dos parâmetros da sua "graduação", explicou (usou essa palavra provavelmente porque soava melhor que "alta"), era a necessidade de resolver seus Assuntos Inacabados.

Eu era um Assunto Inacabado.
— E como é que você está? — perguntou. — Como vai a vida? E o seu pai?
— Está ótimo.
— E Harvard?
— Legal.
— Bom, isso me leva ao propósito da minha ligação, um pedido de desculpas, do qual não vou me esquivar nem fazer da boca para fora — disse isso oficialmente, o que me deixou meio triste, pois não soava nem um pouco como a Jade Verdadeira. A Jade que eu conhecia, via de regra, *sempre* se esquivava às desculpas e, se forçada, o fazia da boca para fora, mas esta era a Jade Videira (*Strongylodon macrobotrys*), membro da família *Leguminosae*, parente distante da ervilha vulgar.
— Me perdoe pelo meu comportamento. Sei que o que aconteceu não teve nada a ver com você. Ela só perdeu a cabeça, entende? As pessoas fazem isso o tempo todo, e sempre têm suas razões. Por favor, aceite meu pedido de desculpas.
Pensei em interrompê-la com meu suspense dramático, minha completa mudança de rumo, meu desapontamento profundo, minhas entrelinhas:
"Na verdade, se formos analisar a coisa tecnicamente, humm..." Mas não consegui fazê-lo. Não só me faltou coragem, como também não consegui enxergar o propósito de lhe dizer a verdade — não agora. Jade, afinal de contas, estava florescendo, recebendo quantidades ideais de água e luz solar, exibindo sinais promissores de que alcançaria sua altura máxima de trinta metros e acabaria por se expandir por meio de sementes, por brotamento no verão, por alporque na primavera, até tomar o lado inteiro de um muro de pedra. Minhas palavras surtiriam o efeito de uma seca de cem dias.
O resto da ligação foi uma troca ardorosa de "então me passe seu e-mail" e "vamos combinar de nos encontrar" — agrados frívolos na tentativa de encobrir, invocando imagens de bonequinhas de papel, o fato de que nunca mais nos veríamos e raramente nos falaríamos. Eu tinha plena consciência de que ela, e talvez também os outros, ocasionalmente flutuariam na minha direção, como o pólen caído de um dente-de-leão, com notícias de casamentos confeitados, divórcios enjoativos, mudanças para a Flórida, um novo emprego no mercado de imóveis, mas nada os deteria e o seu afastamento seria tão simples e aleatório quanto a sua chegada.
Mais tarde, naquele mesmo dia, por obra do Destino, tive a minha aula de Épicos Gregos e Romanos com nosso professor emérito de humanas, Zolo

Kydd. Os alunos chamavam o prof. Zolo de "Rolo" porque, ao menos em estatura e compleição, parecia aquele chocolate mastigável com caramelo. Era moreno e atarracado, e vestia, em qualquer época do ano, calças xadrez espalhafatosas como as usadas no Natal, e seu cabelo grosso, branco-amarelado, cobria-lhe a testa cheia de sardas como se, eras atrás, houvesse sido inteiramente coberta de molho para salada Hidden Valley. Habitualmente, ao final das aulas do prof. Zolo sobre "Os Deuses e a Indivindade", ou "O Princípio e o Fim", a maior parte das cabeças já pendia para a frente; ao contrário do Papai, o prof. Zolo tinha um estilo anestesiante de expor suas idéias, causado por frases não pontuadas e pela tendência a repetir uma certa palavra, geralmente uma preposição ou adjetivo, de um jeito que trazia à mente a imagem de um pequeno sapo verde saltitando entre vitórias-régias.

Ainda assim, naquela tarde eu estava particularmente aflita. Não perdia uma palavra.

— Outro dia me deparei com um, um, um editorialzinho engraçado sobre Homero — dizia o prof. Zolo, olhando para o púlpito de cara fechada e fungando. (O prof. Zolo fungava quando estava nervoso, ao tomar a corajosa decisão de abandonar o porto seguro das suas anotações e vagar por uma digressão mais incerta.) — Era uma revista pequena, aconselho a todos que dêem uma olhada na biblioteca, o, o, o pouco conhecido *O épico clássico e a América moderna*. Edição de inverno, acho. Pois bem, o fato é que um ano atrás, dois greco-latinistas como eu quiseram conduzir uma experiência sobre a força do épico. Eles se dedicaram a entregar cópias da *Odisséia* a, a, a cem dos mais brutais criminosos numa prisão de segurança máxima... acho que era a de Riverbend... e, quem diria, vinte dos condenados leram a coisa de cabo a rabo, e três deles se sentaram e escreveram seus próprios épicos. Um deles vai ser publicado no ano que vem pela Oxford University Press. O artigo debatia a possibilidade de se usar a poesia épica como um meio muito viável para a recuperação dos, dos, dos mais letais delinqüentes do mundo. Ao que, ao que parece, por mais engraçado que seja, o épico tem algo que mitiga a raiva, o, o estresse, a dor, e, e desperta, mesmo naqueles que já estão muito, muito perdidos, uma sensação de *esperança*, porque a nossa época carece de um verdadeiro heroísmo. Onde *estão* os nobres heróis? Os grandes feitos? Onde estão os deuses, as musas, os guerreiros? Onde está a Roma Antiga? Bem, têm que, que, que estar em alguma parte, não é mesmo, porque, segundo Plutarco, a História se repete. Se ao menos tivéssemos a coragem de procurar dentro de, de nós, talvez, talvez quem sabe...

Não sei o que me deu.

Pode ter sido o suor na cara do prof. Zolo, refletindo festivamente as lâmpadas fluorescentes sobre sua cabeça como um rio refletindo luzes do Carnaval, ou o modo como se agarrava ao púlpito como se, sem ele, fosse desabar sobre um monte de roupas coloridas trazidas da lavanderia — em direto contraste com a postura do Papai em qualquer palco ou plataforma elevada. Papai, ao discursar sobre a Reforma do Terceiro Mundo (ou qualquer outro tema sobre o qual tivesse *vontade* de discursar; o Papai nunca parecia intimidado ou ansioso ao iniciar a Arremetida Verbal de Improviso ou a Primeira Discussão A Propósito), não se demonstrava minimamente cabisbaixo ou instável. ("Quando dou aulas, sempre me imagino como uma coluna dórica no Partenon", dizia.)

Sem pensar, fiquei em pé, meu coração latejando contra as costelas. O prof. Zolo parou no meio da frase e, juntamente com os trezentos outros alunos sonolentos do anfiteatro, encarou-me enquanto eu, de cabeça baixa, abria caminho entre as mochilas, pernas esticadas, sobretudos, tênis e livros até chegar ao corredor mais próximo. Avancei às pressas em direção às portas duplas da SAÍDA.

— Lá se vai Aquiles — brincou o prof. Zolo ao microfone. Ouviram-se alguns risos cansados.

Corri de volta ao alojamento. Sentei na minha escrivaninha, onde coloquei uma pilha de papel sulfite de dez centímetros de altura e comecei a rabiscar esta Introdução, que originalmente começava com o que ocorreu com o Charles, depois de quebrar a perna em três lugares diferentes e ser resgatado pela Guarda Nacional. Dizem que sentia tanta dor que não conseguia parar de gritar repetidamente: "Deus me ajude!" Charles tinha uma voz aterrorizante quando estava mal, e não pude deixar de pensar que aquelas palavras teriam idéias próprias, flutuando como balões de hélio pelos corredores estéreis do Hospital do Condado Burns, cruzando o espaço até a Maternidade, de modo que todas as crianças que tenham chegado ao mundo naquela manhã ouviram seus gritos.

É claro que "Era uma vez um menino belo e triste chamado Charles" não seria exatamente honesto. Charles era o bonitão de St. Gallway, seu Doutor Jivago, seu James Stewart em *Atire a primeira pedra*. Era o menino dourado que Scott Fitzgerald assinalaria na foto de formatura e descreveria com palavras ensolaradas como "patrício" e "de serenidade perpétua". Charles se oporia veementemente à idéia de que eu começasse qualquer história com seu momento de indignidade.

Eu estava novamente paralisada (perguntei-me como aqueles condenados teriam conseguido, contra todas as possibilidades e com tanto talento, conquistar a Página em Branco); no entanto, exatamente enquanto jogava aquelas páginas amassadas no cesto de lixo sob o Einstein (desgraçadamente mantido como refém na parede ao lado do confuso quadro de recados de "Coisas a fazer (ou não)" de Soo-Jin), lembrei-me subitamente de algo que o Papai disse certa vez em Enid, em Oklahoma. Ele estava folheando o catálogo, de extremo bom gosto, de um curso da Universidade de Utah, em Rockwell, que, se não me falha a memória, acabava de lhe oferecer um cargo como professor visitante.

— Não há nada mais atraente que um curso educativo bem disciplinado — falou abruptamente.

Devo ter revirado os olhos ou sorrido, porque ele balançou a cabeça, ficou em pé e jogou o calhamaço — impressionantes cinco centímetros de largura — nas minhas mãos.

— Estou falando sério. Existe algo mais glorioso que um professor? Esqueça a idéia de que ele molda mentes, o futuro da nação... uma assertiva dúbia; afinal, há pouco que possamos fazer quando essa molecada tende a emergir do útero predestinada para o Grand Theft Auto Vice City, aquele primor de jogo de videogame. Não. O que estou dizendo é que um professor é a única pessoa do planeta com a capacidade de colocar uma moldura genuína ao redor da vida; não da coisa toda, *pelo amor de Deus*, não. Apenas de um fragmento da vida, uma *cunha*. Ele organiza o inorganizável. Reparte-o agilmente em moderno e pós-moderno, renascimento, barroco, primitivismo, imperialismo, e assim por diante. Divida tudo isso entre Trabalhos de Pesquisa, Férias, Provas. Toda essa ordem... simplesmente divina. A simetria de um curso semestral. Considere as próprias palavras empregadas: o seminário, a monitoria, a oficina avançada de qualquer coisa, acessível *apenas* aos alunos do último ano, aos bolsistas da pós-graduação, aos candidatos ao doutorado, a propedêutica... que palavra fascinante: *propedêutica*! Você deve achar que sou louco. Considere um Kandinsky. Profundamente confuso, mas basta uma moldura ao seu redor e *voilà*! Parece originalmente pitoresco sobre a lareira. E o mesmo vale para o currículo. O conjunto doce e celestial de instruções, culminando na temível maravilha da Prova Final. E o que *é* a Prova Final? Um teste da compreensão mais profunda de conceitos gigantescos. Não é de surpreender que tantos adultos anseiem voltar à universidade, a todos aqueles prazos... ahhh, aquela estrutura! Andaimes aos quais podemos nos agarrar! Mesmo que *seja* arbitrária, sem ela estaríamos perdidos, seríamos inteiramente incapazes de separar o Romântico do Vitoriano nas nossas vidas tristes e desconcertantes...

Falei ao Papai que ele estava ensandecido. Ele riu.

— Algum dia você vai ver — respondeu, piscando um olho. — E lembre-se. Faça com que anotem tudo o que você disser e, sempre que possível, forneça Ilustrações deslumbrantes, porque, acredite, sempre haverá algum palhaço sentado lá no fundo, em algum lugar perto do aquecedor, que vai erguer a mão gorda de barbatana e se queixar: "Não, tudo isso que você disse está errado."

Engoli saliva, fitando a página em branco. Rodopiei a caneta entre os dedos, o olhar perdido na janela; lá fora, no gramado de Harvard, alunos circunspectos, com cachecóis de inverno que lhes envolviam firmemente o pescoço, apressavam-se pelos caminhos e por sobre a relva. "Eu, que entoava na delgada avena/ Rudes canções, e egresso das florestas", entoara o prof. Zolo umas poucas semanas antes, batendo bizarramente o pé a cada duas palavras, o que fazia com que as barras de suas calças xadrez se levantassem e pudéssemos ter um desagradável vislumbre dos seus tornozelos raquíticos e suas delicadas meias brancas. Respirei fundo. No topo da página, escrevi com a minha caligrafia mais aprumada: "Currículo", e depois "Bibliografia Necessária".

Papai sempre começava assim.

PARTE 1

CAPÍTULO 1

OTELO

Antes de lhes contar da morte de Hannah Schneider, vou lhes contar da de minha mãe.

Às 15h10 do dia 17 de setembro de 1992, dois dias antes da data em que iria buscar a nova perua Volvo azul na concessionária Dean King's Volvo & Infinity em Oxford, minha mãe, Natasha Alicia Bridges van Meer, dirigindo seu Plymouth Horizon branco (o carro que o Papai tinha apelidado de Morte Certa), atravessou a grade de contenção da rodovia estadual do Mississipi nº 7 e bateu contra uma muralha de árvores.

Ela morreu na hora. Eu também teria morrido na hora se o Papai não houvesse, graças àquela mão estranha e escorregadia do Destino, telefonado para minha mãe perto da hora do almoço dizendo-lhe que não precisava me buscar na escola fundamental de Calhoun, como habitualmente fazia. Papai decidira se livrar dos garotos que sempre o rondavam com perguntas irrefletidas após sua aula de Ciências Políticas IV: Resolução de Conflitos. Ele me buscaria no jardim de infância da sra. Jetty e passaríamos o resto do dia no Projeto de Conservação da Vida Selvagem do Mississipi, em Water Valley.

Enquanto Papai e eu aprendíamos que o Mississipi tinha um dos melhores programas de gerenciamento de cervos do país, com uma população de 1,75 milhões de cervos-de-rabo-branco (ficando atrás somente do Texas), as equipes de resgate tentavam extrair, com suas pinças hidráulicas, o corpo da minha mãe do interior do carro destroçado.

Papai, sobre Mamãe: "A sua mãe era um *arabesque*."

Papai gostava de usar termos do balé para descrevê-la (outras de suas palavras preferidas eram *attitude*, *ciseaux* e *balancé*), em parte porque, quando menina, ela havia dançado durante sete anos no famoso Conservatório Larson de Ballet, em Nova York (deixando-o por decisão dos pais para estudar na escola Ivy, na rua 81 Leste), mas também porque ela vivera sua vida com beleza e disciplina.

"Apesar do treinamento clássico que teve, Natasha desenvolveu precocemente uma técnica própria, e foi vista pela família e amigos como alguém bastante radical para sua época", dizia o Papai em alusão aos pais de Natasha, George e Geneva Bridges, e aos amigos de infância que não entendiam por que ela preferira sair da casa de cinco andares dos pais, situada no centro da cidade, próxima à avenida Madison, para ir morar num conjugado em Astoria, nem por que não trabalhava na American Express ou na Coca-Cola, e sim na AFIRMA (Associação Filantrópica para a Recuperação de Mães), nem por que se apaixonara pelo Papai, um homem treze anos mais velho.

Após três doses de uísque, Papai tinha o hábito de falar da noite em que se conheceram na Sala do Faraó da Coleção Edward Stillman de Arte Egípcia, na rua 86 Leste. Ele a viu no outro lado de uma sala repleta de membros mumificados de reis egípcios e pessoas comendo pato a $1.000 por cabeça — a arrecadação iria para uma instituição de caridade que cuidava de crianças órfãs do Terceiro Mundo. (Papai, bastante fortuitamente, ganhara dois ingressos de um colega da universidade que não poderia comparecer. Posso, portanto, agradecer ao professor Arnold B. Levy, que lecionava ciências políticas na Universidade de Columbia, e ao diabetes da sua esposa pela minha existência.)

O vestido de Natasha tendia a mudar de cor na memória do Papai. Ela às vezes estava "envolta num vestido branco-pomba que acentuava sua figura perfeita e a tornava tão atraente quanto Lana Turner em *O destino bate à sua porta*". Outras vezes estava "toda de vermelho". Papai fora à exposição com uma companheira, a srta. Lucy Marie Miller, de Ithaca, que era a nova professora assistente do departamento de inglês da Universidade de Columbia. Ele nunca conseguia se lembrar da cor do vestido de Lucy. Nem mesmo se lembrava de ter visto a moça, ou de se despedir dela depois da breve conversa que tiveram sobre o notável estado de preservação do quadril do Rei Taá II, porque, logo em seguida, vislumbrou Natasha Bridges, de cabelo loiro claro e nariz aristocrático, parada em frente ao joelho e à coxa inferior de Amósis IV, conversando distraída com seu companheiro, Nelson L. Aimes, da família Aimes, de São Francisco.

"O rapaz tinha o carisma de um capacho", lembrava o Papai com certo prazer, embora em seu relato os únicos delitos do pobre sr. Aimes fossem uma "postura fraca" e "um cabelo um tanto desregrado".

O romance que tiveram foi um desses violentos, vistos nos contos de fadas, que traziam a rainha perversa, o rei desastrado, a princesa deslumbrante, o príncipe arruinado, um amor encantado (que fazia com que aves ou outras criaturas fofas se congregassem no parapeito) — e uma Maldição Final.

"Focê fai morrer infeliz ao lado dele", dissera supostamente Geneva Bridges à minha mãe em sua última conversa telefônica.

Papai se via em apuros quando lhe pediam que articulasse exatamente *por que* George e Geneva Bridges pareciam tão pouco impressionados com ele, ao contrário do resto do mundo. Gareth van Meer, nascido em 25 de julho de 1947 em Biel, na Suíça, jamais conheceu os próprios pais (embora suspeitasse que seu pai fosse um soldado alemão vivendo clandestinamente no país) e cresceu num orfanato para meninos em Zurique, ao qual o Amor (*Liebe*) e a Compreensão (*Verständnis*) compareciam pessoalmente com tanta freqüência quanto o Rat Pack (*Der Ratte-Satz*). Sem nada além de sua "determinação férrea" para impulsioná-lo rumo à "grandiosidade", Papai ganhou uma bolsa de estudos na faculdade de economia da Universidade de Lausanne, lecionou ciências sociais durante dois anos na escola internacional Jefferson de Kampala, em Uganda, trabalhou como assistente do diretor de orientação acadêmica na escola Dias-Gonzales de Manágua, na Nicarágua, e chegou aos Estados Unidos em 1972. Em 1978, recebeu seu Ph.D. pela escola Kennedy de Governo, em Harvard, concluindo uma dissertação amplamente elogiada: "A maldição do guerreiro da liberdade: falácias da guerra de guerrilhas e da revolução do Terceiro Mundo". Passou os quatro anos seguintes lecionando em Cali, na Colômbia, e depois no Cairo, usando o seu tempo livre para participar de trabalhos de campo no Haiti, Cuba e diversos países africanos, entre eles a Zâmbia, o Sudão e a África do Sul, com base nos quais preparou um livro sobre conflitos territoriais e ajuda internacional. Ao retornar para os Estados Unidos, tornou-se professor da cadeira Harold H. Clarkson de ciências políticas da Universidade de Brown e, em 1986, assumiu a cadeira Ira F. Rosenblum de Estudos da Ordem Mundial da Universidade de Columbia, publicando também seu primeiro livro, *Os poderes estabelecidos* (Harvard University Press, 1987). Nesse ano, recebeu seis condecorações distintas, incluindo o Prêmio Mandela do Instituto Americano de Ciências Políticas e o estimado Prêmio McNeely de Relações Internacionais.

Contudo, quando George e Geneva Bridges, da rua 64 Leste, nº 16, o conheceram, não lhe concederam prêmio algum, nem mesmo uma Menção Honrosa.

"Geneva era judia e execrava o meu sotaque alemão. Vamos deixar de lado o fato de que a sua família era de São Petersburgo e *ela* também tinha sotaque. Geneva se queixava de que sempre que me ouvia falar, pensava em Dachau. Tentei refreá-lo, um esforço que gerou o sotaque perfeitamente limpo que tenho hoje. Ora, *pois*", Papai suspirava e acenava no ar, seu gesto de Quando Está Tudo Dito e Feito, "suponho que, para eles, eu não fosse bom o bastante. Pretendiam casá-la com um desses garotos bonitinhos com maneirismos capilares e uma preponderância imobiliária, alguém que não tivesse visto o mundo ou, caso contrário, o tivesse feito apenas pelas janelas da suíte presidencial do Ritz. Eles não conseguiam entender Natasha".

E assim a minha mãe, "unindo o espírito, a beleza, o dever e seus pertences/ A um estrangeiro andejo e desgarrado/ Daqui e de toda parte", apaixonou-se pelos contos de mar e terra do Papai. Casaram-se num cartório em Pitts, em Nova Jersey, com duas testemunhas recrutadas num restaurante de beira de estrada: a primeira, um caminhoneiro; a segunda, uma garçonete chamada Peaches, que não dormia há quatro dias e bocejou trinta e duas vezes (Papai contou) durante a troca de votos. Mais ou menos nessa época, Papai estava tendo desentendimentos com o chefe do departamento de ciências políticas de Columbia, um conservador, o que culminou num embate violento sobre um artigo do Papai publicado na *Revista federal de relações internacionais*, intitulado "Salto agulha com bico de ferro: a alta moda da ajuda externa americana" (v. 45, nº 2, 1987). Pediu demissão no meio do ano. Mudaram-se para Oxford, no Mississippi. Papai foi contratado para lecionar Resolução de Conflitos no Terceiro Mundo na Universidade Ole Miss, enquanto a minha mãe trabalhava na Cruz Vermelha e começava a caçar borboletas.

Eu nasci cinco meses depois. Minha mãe decidiu me chamar Blue, porque em seu primeiro ano de estudos de lepidópteros na Associação de Borboletas da Alta Sociedade Sulista, com seus encontros de terça-feira à noite na Primeira Igreja Batista (as palestras versavam sobre Hábitat, Conservação e Acasalamento Posterior, além de Técnicas de Exposição Elegante), a única borboleta que Natasha conseguiu capturar foi a Cassius Azul (ver "*Leptotes cassius*", *Dicionário de borboletas*, Meld, edição de 2001). Ela tentou diferentes redes (tela, musselina, malha), perfumes (madressilva, patchuli), as diversas técnicas de espreita (vento contra, vento a favor, vento cruzado) e os muitos golpes de rede (a Arremetida, o Canivete Curto, a Manobra do Poço de Lowsell). Beatrice

"Bê" Lowsell, presidente da ABASS, chegou a se encontrar pessoalmente com Natasha nas tardes de domingo para treiná-la nos Modos de Acossa de Borboletas (o Ziguezague, a Perseguição Indireta, a Investida Ligeira, a Recuperação), assim como na Arte de Esconder a Própria Sombra. Nada disso funcionou. A Monarca-Laranja, a Almirante-Vermelho e a Vice-Rei eram repelidas da rede da minha mãe como ímãs de mesmo pólo.

"Sua mãe viu aquilo como um sinal, portanto decidiu que gostava de capturar *somente* Cassius Azuis. Cada vez que saía para o campo, voltava para casa com cerca de cinqüenta espécimes, e conseguiu se tornar uma ótima especialista nessas borboletas. *Sir* Charles Erwin, diretor especialista em sobrevivência de lepidópteras do Museu Surrey de Insetos da Inglaterra, que segundo se conta foi convidado não só uma, e sim *quatro* vezes ao programa *De olho no inseto* da BBC, chegou a telefonar para a sua mãe para discutir os padrões de alimentação da *Leptotes cassius* em flores maduras de feijão-manteiga."

Sempre que eu expressava algum ódio particular pelo meu nome, Papai respondia a mesma coisa: "Fique feliz por ela não ter capturado sempre a Borboleta-Palha ou a Mariposa-Colibri."

A polícia do Condado de Lafayette disse ao Papai que Natasha aparentemente dormia ao volante em plena luz do dia, e o Papai reconheceu que, nos quatro ou cinco meses anteriores ao acidente, Natasha vinha virando noites de tanto trabalhar com as borboletas. Adormecia nos lugares mais estranhos: em frente ao fogão, enquanto cozinhava o mingau de aveia do Papai, na mesa de exame do dr. Moffet, enquanto este lhe escutava o coração, e até mesmo ao subir pela escada rolante do primeiro ao segundo andar do shopping Ridgeland.

"Eu lhe falei para não trabalhar tanto com os bichos," dizia o Papai. "Afinal de contas, eram só um passatempo. Mas ela insistia em trabalhar a noite toda naquelas vitrines de exposição, e às vezes era muito cabeça-dura. Quando tinha uma idéia, quando *acreditava* em alguma coisa, não largava mão daquilo. E ainda assim, era tão frágil quanto as suas borboletas, uma artista de sentimentos profundos. Não há problema em ser sensível, mas isso torna o cotidiano — a vida — um tanto doloroso, imagino. Eu costumava brincar, dizendo que quando alguém cortava uma árvore na Amazônia, ou pisava numa saúva, ou quando um pardal se esborrachava contra uma porta de vidro, isso lhe causava dor."

Se não fosse pelas anedotas e observações do Papai (seus *pas de deux* e *attitudes*), não sei quanto conseguiria me lembrar dela. Eu tinha cinco anos quando ela morreu, e infelizmente, ao contrário desses gênios que se gabam de ter memórias nítidas dos próprios nascimentos ("Um terremoto submarino", disse o renomado físico Johann Schweitzer sobre o evento. "Aterrorizante."), as minhas memórias sobre a vida no Mississippi vacilam e engripam como um motor que se recusa a arrancar.

Para o Papai, a melhor fotografia de Natasha é uma em preto-e-branco, tirada antes de se conhecerem, quando ela tinha vinte e um anos e se vestira para uma festa à fantasia vitoriana (Ilustração 1.0). (Não tenho mais a fotografia original e, portanto, quando conveniente, incluo ilustrações baseadas no que consigo me lembrar.) Embora ela esteja em primeiro plano, parece prestes a se afogar no resto da sala, uma sala que transbordava de "pertences burgueses", como o Papai observava num suspiro. (Esses Picassos são originais.)

E embora Natasha esteja olhando quase diretamente para a câmera e tenha um olhar elegante, apesar de acessível, nunca sinto qualquer centelha de reconhecimento ao inspecionar essa loira com maçãs do rosto pronunciadas e cabelo sublime. Tampouco consigo associar essa pessoa refinada às sensações tranqüilas e confiantes das quais me lembro *de fato*, mesmo que vagamente: o toque do seu punho na minha mão, liso como uma madeira polida, enquanto me levava a uma sala de aula com carpete laranja e cheiro de cola; o modo como, enquanto dirigia, o cabelo sedoso lhe cobria quase toda a orelha direita, embora a borda ainda aparecesse timidamente, como a nadadeira de um peixe.

O dia em que ela morreu também me parece leve e insubstancial, e embora eu tenha a impressão de me lembrar do Papai sentado num quarto branco fazendo ruídos estranhos e entrecortados com o rosto entre as mãos, e de haver por toda parte um aroma de pólen e folhas molhadas, me pergunto se essa não seria uma Memória Forçada, nascida da necessidade e da "determinação férrea". Lembro-me sim de olhar para o lugar em que o Plymouth branco de Natasha ficava estacionado, ao lado do galpão de ferramentas do jardim, e não ver nada além de manchas de óleo. E recordo que, por alguns dias, até que o Papai conseguisse rearranjar seu cronograma de aulas, nossa vizinha me buscou no jardim de infância, uma mulher bonita, de calça jeans, que tinha cabelo ruivo espetado e cheirava a sabonete, e quando entrávamos na nossa garagem ela não destravava o carro imediatamente, apenas segurava firme o volante, murmurando quanto estava sentida — mas não se dirigia a mim, e sim à porta da garagem. Acendia então um cigarro e se mantinha completamente imóvel, enquanto a fumaça serpenteava ao redor do retrovisor.

ILUSTRAÇÃO 1.0

Lembro-me, também, de como a nossa casa, antes pesada e sibilante como uma tia reumática, parecia tensa e contida sem a minha mãe, como se esperasse a volta dela para poder voltar a grasnar e gemer confortavelmente, permitir que o piso de madeira se contorcesse sob os nossos pés apressados, deixar que a porta deslizante golpeasse o batente 2,25 vezes a cada abertura, consentir que a haste da cortina arrotasse quando uma brisa brusca irrompia pela janela. A casa simplesmente se recusava a reclamar sem ela, e assim, até que o Papai e eu fizéssemos as malas e saíssemos de Oxford, em 1993, permaneceu presa na postura envergonhada e taciturna condizente com os sermões monótonos do reverendo Monty Howard na Nova Igreja Presbiteriana, onde o Papai me deixava todos os domingos pela manhã enquanto esperava no estacionamento do McDonald's em frente, comendo batatas fritas e lendo a revista *A nova República*.

Embora não seja uma verdadeira memória, você pode imaginar quanto um dia como o 17 de setembro de 1992 é capaz de vagar pela mente de uma pessoa quando um certo professor não consegue se lembrar do seu nome e acaba por chamá-la de Green. Eu pensava nesse dia quando estava na escola fundamental Poe-Richards, ao me esgueirar pelos corredores da biblioteca para comer meu almoço e ler *Guerra e paz* (Tolstói, 1865-69), ou quando o Papai e eu dirigíamos por uma rodovia à noite e ele caía num silêncio tão severo que o seu perfil parecia um totem entalhado em madeira. Eu fitava a janela, olhava para as silhuetas negras e perfuradas das árvores que passavam por nós, e vivenciava um ataque de vários "E Se". E Se o Papai não houvesse me buscado na escola naquele dia e *ela* fosse me buscar, e sabendo que eu estava no banco de trás, fizesse um esforço particular para *não* cair no sono — baixando a janela de modo que seu cabelo brilhante voasse por toda parte (expondo-lhe a orelha direita *inteira*) enquanto cantarolava uma das suas músicas preferidas no rádio, "Revolution", dos Beatles? Ou E Se ela não houvesse adormecido? E Se ela houvesse girado *intencionalmente* para a direita a 130 km/h, atravessando a grade de contenção e colidindo de frente com a alta parede de tulipeiros a nove metros do acostamento da rodovia?

Papai não gostava de falar disso.

"Naquela mesma manhã a sua mãe me contou que planejava entrar num curso noturno, Introdução às Mariposas Norte-Americanas, então esqueça essas idéias tão duras. Natasha foi vítima de demasiadas noites borboléticas." Papai fitava o chão. "Uma espécie de desatino maripôsico", acrescentava rápido.

Papai sorria e me olhava de volta, eu parada sob a porta, mas ele tinha os olhos pesados, como se precisasse de muita força para mantê-los fixos no meu rosto.

"Vamos deixar a coisa assim", dizia.

CAPÍTULO 2

UM RETRATO DO ARTISTA QUANDO JOVEM

Viajávamos.

Devido às vendas surpreendentemente altas de *Os poderes estabelecidos* (se comparado a outros livros fascinantes publicados pela Harvard University Press naquele ano, como *Moedas estrangeiras* [Toney, 1987] e *FDR e seu Grande Trato: um novo olhar sobre seus primeiros 100 dias* [Robbe, 1987]), ao seu impecável currículo de doze páginas, à freqüente publicação de seus ensaios em revistas respeitadas e altamente especializadas (embora pouco lidas), como *Relações internacionais e a política americana* e *Fórum federal*, de Daniel Hewitt (sem falar numa indicação, em 1990, para o prestigiado Prêmio Johann D. Stuart de trabalhos acadêmicos em ciências políticas americanas), Papai conseguiu construir um nome que lhe permitia ser um palestrante perenemente convidado aos departamentos de ciências políticas de todo o país.

Diga-se de passagem, Papai não mais adulava as universidades de ponta em busca de seus estimados cargos com múltiplos nomes: a Cadeira Eliza Grey Peastone-Parkinson de Governo em Princeton, a Cadeira Louisa May Holmo-Gilsendanner de Política Internacional no MIT. (Presumi, dada a extrema concorrência, que essas instituições não lamentavam a ausência do Papai em seu "círculo intimamente incestuoso" — como ele chamava a academia intelectualóide.)

Não, agora o Papai estava interessado em levar a sua erudição, experiência e pesquisa em trabalhos de campo internacionais para os degraus mais baixos da academia (da cadeia alimentar, como ele dizia quando estava num Humor de Uísque), as escolas das quais ninguém tinha ouvido falar, às vezes nem mesmo os estudantes nelas matriculados: as Faculdades Cheswick, as Faculdades Dodson-Miner, as Faculdades de Artes e Ciências Hattiesburg e as Faculdades Estaduais Hicksburg, as Universidades de Idaho e Oklahoma e Alabama, em Runic, em Stanley, em Monterey, em Flitch, em Parkland, em Picayune, em Petal.

"Por que eu deveria perder meu tempo dando aulas a adolescentes convencidos, cujas mentes estão embotadas pela arrogância e o materialismo? Não, gastarei minhas energias iluminando os despretensiosos e os comuns da América. 'Somente o Homem Comum tem majestade neste mundo.'" (Quando seus colegas lhe perguntavam por que não desejava mais lecionar nas formidáveis universidades da Ivy League, Papai adorava poetizar sobre o Homem Comum. Ainda assim, às vezes em particular, especialmente enquanto corrigia uma prova final assustadoramente falha ou um trabalho de pesquisa amplamente equivocado, até mesmo o ilustre e imaculado Homem Comum podia se tornar, aos olhos do Papai, um "mentecapto", uma "azêmola", um "desperdício monstruoso de matéria".)

Eis um trecho da página pessoal do Papai no site da Universidade do Arkansas, em Wilsonville (www.uaw.edu/polisci/vanmeer):

O dr. Gareth van Meer (Ph.D. pela Universidade de Harvard, 1978) é o professor visitante de ciências políticas do ano escolar de 1997-1998. Recém-saído da Universidade Ole Miss, onde ocupa o cargo de chefe do departamento de ciências políticas e diretor do Centro de Estudos dos Estados Unidos, tem como interesses principais a revitalização política e econômica, o envolvimento militar e humanitário e a renovação pós-conflito de nações do Terceiro Mundo. Atualmente trabalha num livro intitulado Pulso firme, *sobre as políticas étnicas e a guerra civil na África e América do Sul.*

Papai estava sempre recém-saído de algum lugar, geralmente da Ole Miss, apesar de nunca termos voltado a Oxford durante os dez anos em que viajamos. Também estava sempre "trabalhando no *Pulso firme*", embora eu soubesse tanto quanto ele que o *Pulso* — cinqüenta e cinco blocos de papel pautado cheios de uma caligrafia ilegível (boa parte borrada por um derramamento de água), guardados numa grande caixa de papelão identificada com marcador permanente preto, PULSO — não tinha recebido nenhum acréscimo nos últimos quinze anos.

"Ah, os Estados Unidos", suspirava o Papai enquanto dirigia a perua Volvo azul por mais uma fronteira estadual. Bem-vindo à Flórida, o Estado do Sol. Baixei o quebra-sol para não ser cegada. "Não há nada como este país. Nã-nã-

não. É realmente a Terra Prometida. A Terra dos Livres e dos Bravos. Agora que tal o Soneto número 30? Você não terminou. 'Quando é hora do silente do pensar/ Eu convoco as lembranças do passado.' Vamos lá, eu sei que você sabe este. Fale mais alto. 'Chorando o tempo já desperdiçado...'"

Da segunda série da escola fundamental Wadsworth, em Wadsworth, no Kentucky, até o meu último ano do ensino médio no Colégio St. Gallway, em Stockton, na Carolina do Norte, passei tanto tempo na Volvo azul quanto na sala de aula. Embora o Papai sempre tivesse uma explanação elaborada para a nossa existência itinerante (ver abaixo), eu imaginava secretamente que vagávamos pelo país porque ele estava fugindo do fantasma da minha mãe, ou então porque o procurava em cada casa de dois quartos que alugávamos, com seus balanços resmungantes na varanda, em cada jantar em que comíamos *waffles* com gosto de esponja, em cada hotel de beira de estrada com travesseiros de panqueca, carpetes carecas e TVs com o botão do CONTRASTE quebrado, fazendo com que os apresentadores dos jornais parecessem os Oompa Loompas da *Fantástica fábrica de chocolate*.

Papai, sobre Criar Filhos: "A viagem é a melhor escola. Pense nos *Diários de motocicleta*, ou no que Montrose St. Millet escreveu em *A era da exploração*: 'Ficar parado é idiotizar-se. E idiotizar-se é morrer.' Portanto, havemos de *viver*. Qualquer Mariazinha sentada ao seu lado na sala de aula só conhecerá a rua Maple onde repousa a sua casa branca e quadrada, dentro da qual choraminga para os pais brancos e quadrados. Depois das suas viagens, você conhecerá a rua Maple, é claro, mas também as selvas e ruínas, os carnavais e a lua. Conhecerá o homem sentado num caixote de maçãs em frente a um posto de gasolina em Amargura, no Texas, que perdeu as pernas no Vietnã, a mulher na cabine do pedágio na saída de Marasmo, em Delaware, dona de seis filhos e um marido com pulmões negros e nenhum dente. Quando um professor pedir à turma que interprete *Paraíso perdido*, ninguém conseguirá ficar na sua aba, querida, porque você estará voando muito, muito longe na frente de todos. Para eles, você será um pontinho em algum lugar acima do horizonte. E assim, quando você finalmente se vir livre no mundo...", ele dava de ombros, um sorriso preguiçoso como o de um cachorro velho, "acho que não terá escolha além de entrar para a história".

Nosso ano escolar se dividia tipicamente entre três cidades, de setembro a dezembro em uma, de janeiro a junho em outra, julho e agosto numa terceira, embora isso às vezes aumentasse até um máximo de cinco cidades ao longo de um ano, ao final do qual eu ameaçava começar a usar uma quantidade problemática de lápis de olho preto e roupas largas. (E assim o Papai decidia que voltaríamos à média de três cidades por ano.)

Andar de carro com o Papai não era uma experiência catártica, mentalmente libertadora (ver *Pé na estrada*, Kerouac, 1957). Era mentalmente fatigante. Eram maratonas de sonetos. Eram Cem Milhas de Solidão: Tentando Decorar *A Terra Devastada*. Papai conseguia dividir meticulosamente um estado de ponta a ponta, não entre turnos equivalentes de direção, e sim entre rígidos segmentos de meia hora de Cartões Didáticos de Vocabulário (palavras que todo gênio deve conhecer), Analogias Autorais ("a analogia é a Cidadela do pensamento: a maneira mais firme de condicionar correlações ingovernáveis"), Recitação de Ensaios (seguida por um período de vinte minutos de perguntas e respostas), Guerra das Palavras (enfrentamentos entre Coleridge e Wordsworth), Um Romance Admirável em Sessenta Minutos (as seleções incluíam *O grande Gatsby* [Fitzgerald, 1925] e *O som e a fúria* [Faulkner, 1929]), A Hora do Rádio-Teatro Van Meer, apresentando peças como *A profissão da sra. Warren* (Shaw, 1894), *A importância de ser Prudente* (Wilde, 1895) e diversas seleções da obra de Shakespeare, incluindo suas últimas tragicomédias românticas.

"Blue, não consigo distinguir plenamente o sotaque sofisticado e aristocrata de Gwendolyn da pronúncia rural e aguda de Cicely. Tente diferenciá-los mais e, se me permite uma direção um pouco orson-welliana, compreenda que nesta cena elas estão bastante irritadas. Não fique aí acomodada, pensando que está num chá entre amigas. Não! Há *muita* coisa em jogo! As duas acreditam estar noivas do mesmo homem! Prudente!"

Alguns estados depois, com os olhos úmidos e embaçados, as vozes roucas, no lusco-fusco duradouro da rodovia, Papai não nos fazia ouvir o rádio, e sim o seu CD preferido, *Poesia em Wenlock Edge*, de A.E. Housman. Escutávamos em silêncio a voz metálica do barítono *sir* Brady Heliwick, da Royal Shakespeare Company (que recentemente interpretara Ricardo em *Ricardo III*, Tito em *Tito Andrônico*, Lear em *O Rei Lear*), que lia "Quando eu tinha vinte e um" e "Para um atleta morto jovem" contra um violino sinuoso de fundo. Papai às vezes recitava junto de Brady, tentando superá-lo.

Saudaram-te homens e meninos,
E pelas ruas te erigimos.

"Eu poderia ter sido ator", dizia o Papai, pigarreando.

Examinando o mapa Rand-McNally dos EUA no qual Papai e eu marcávamos, com alfinetes vermelhos, todas as cidades nas quais tínhamos morado, por mais curta que fosse a nossa permanência ("Napoleão marcava seu governo da mesma maneira", dizia o Papai), calculo que, dos meus seis aos dezesseis anos, habitamos trinta e nove cidades em trinta e três estados, sem contar Oxford, portanto estudei em aproximadamente vinte e quatro escolas do ensino fundamental e médio.

Papai costumava brincar que, durante o sono, eu poderia datilografar o livro *Caçando Godot: uma jornada para encontrar uma escola de qualidade nos Estados Unidos*, mas na verdade estava sendo excepcionalmente severo. Ele lecionava em universidades cujos Diretórios Acadêmicos não passavam de salas desertas sem nada além de uma mesa de totó e uma máquina de refrigerantes com umas poucas latinhas corajosamente inclinadas contra o vidro. Eu, no entanto, estudava em escolas espaçosas, recém-pintadas, com corredores estreitos e robustas academias de ginástica: escolas de Muitos Times (futebol americano, beisebol, aeróbica, dança) e escolas de Muitas Listas (presença, honra, preferidos do diretor, castigos); escolas Cheias de Novidades (novo centro de artes, estacionamento, menu) e escolas Cheias de Velharias (que usavam as palavras *clássico* e *tradicional* nos folhetos de propaganda); escolas com mascotes ferozes e bufantes, escolas com mascotes bicudos e esvoaçantes, a escola da Biblioteca Deslumbrante (com livros cheirando à cola e a Mr. Clean), a escola da Biblioteca do Pântano (com livros cheirando a suor e a cocô de rato), a escola dos Professores de Olhos Lacrimejantes, dos Professores de Narizes Pingantes, dos Professores Que Nunca Largavam Seu Café Morno, dos Professores Dançarinos, dos Professores Que Se Importavam, dos Professores Que Desprezavam Secretamente Cada Uma Daquelas Pestinhas.

Quando eu era apresentada à cultura dessas nações relativamente desenvolvidas, com regras e hierarquias sociais bem estabelecidas, não vestia imediatamente o manto da Melodramática dos Olhos Oblíquos ou do Cérebro Obnóxio Que Usava Madras Passadas Meticulosamente. Eu não era sequer a Menina Nova, pois esse título reluzente sempre me era roubado, poucos minutos após a minha chegada, por alguém de lábios mais cheios e riso mais estridente que o meu.

Eu *gostaria* de dizer que era a Jane Goodall, uma estranha destemida vivendo numa terra estranha e realizando seu trabalho (revolucionário) sem perturbar a hierarquia natural do universo. Mas Papai dizia, com base nas suas expe-

ILUSTRAÇÃO 2.0

riências tribais na Zâmbia, que um título só tem significado quando os demais o apóiam plenamente, e tenho certeza de que se alguém perguntasse à Atleta Bronzeada de Pernas Brilhantes, ela diria que se eu *tivesse* que ser uma Jane, *não seria* a Jane Goodall, nem sequer a Jane Comum, a Jane Calamidade, a O Que Terá Acontecido a Baby Jane, e certamente não seria a Jayne Mansfield. Eu estava mais para a Jane Eyre Pré-Rochester, que ela chamaria por um de seus pseudônimos, a Não Sei De Quem Você Está Falando ou a Ah Sim, *Ela*.

Neste ponto pode ser apropriado incluir uma breve descrição (Ilustração 2.0). Obviamente, sou a menina morena de óculos, parcialmente encoberta, pesarosamente parecida com uma coruja (ver Mocho-de-Orelhas, *Enciclopédia dos seres vivos*, 4ª ed.). Estou espremida entre (começando no canto inferior direito e continuando no sentido horário): Lewis "Albino" Polk, que logo seria suspenso por trazer uma pistola à aula de álgebra; Josh Stetmeyer, cujo irmão mais velho, Beet, foi preso por vender LSD a meninos da oitava série; Howie Easton, que avançava sobre as meninas do modo como um caçador, num único dia, seria capaz de esvaziar trezentos cartuchos de munição (algumas pessoas afirmavam que a sua lista de conquistas incluía a nossa professora de artes, a profa. Appleton); John Sato, cujo hálito sempre tinha o cheiro de plataforma de petróleo, e a amplamente ridicularizada Sara Marshall, de 1,91m, que poucos dias depois dessa fotografia largou a escola de Clearwood e supostamente partiu para revolucionar o basquete feminino em Berlim. ("Você é a cópia exata da sua mãe", comentou o Papai ao ver pela primeira vez essa foto. "Tem a graça e a determinação de uma *prima ballerina*; uma qualidade que todas as normais e feias do mundo dariam tudo para ter.")

Eu tenho olhos azuis, sardas e meço aproximadamente 1,60m, de meias.

Vale comentar que o Papai, apesar de ter recebido notas vergonhosas dos Bridges tanto por seu programa Técnico como pelo Livre, tinha aquela espécie de boa pinta que só atinge força total no início da meia-idade. Como você pode ver, enquanto estava na Universidade de Lausanne, o olhar do Papai era incerto e entrecerrado — o cabelo nervosamente loiro demais, a sua pele severamente lisa demais, a grande compleição desigual e inconclusiva (Ilustração 2.1). (Os olhos do Papai são considerados azulados, mas naquela época estavam mais para "azonzados".) Ao longo dos anos, no entanto (e, em grande parte, devido ao clima de forno quente da África), Papai endureceu, ganhando uma bela aparência, mais áspera, ligeiramente arruinada (Ilustração 2.2). Isso o transformou no alvo, no farol, na *lâmpada* de muitas mulheres de todo o país, especialmente na faixa etária acima dos trinta e cinco.

ILUSTRAÇÃO 2.1

    Papai conquistava mulheres com a mesma facilidade que algumas calças de lã tem de acumular fiapos e bolinhas. Por muitos anos eu as chamei por um apelido, embora atualmente me sinta um pouco culpada em usá-lo: Moscas de Verão (ver "Musca domestica", *Insetos comuns*, v. 24).
    Entre elas estava Mona Letrovski, a atriz de Chicago com olhos bem separados e cabelo escuro até a altura dos braços, que gostava de gritar: "Gareth, você é um *idiota*", de costas para ele, a deixa para que o Papai corresse até ela, a virasse para si e visse o Olhar de Desejo Amargo em seu rosto. Só que o Papai jamais chegou a virá-la para ver o Desejo Amargo. Ao contrário, ele encarava as costas da moça como se fosse uma pintura abstrata. Então voltava para a cozinha e buscava um copo de uísque. Também tivemos Connie Madison Parker, cujo perfume pairava no ar como uma *piñata* surrada, além de Zula Pierce, de Okush, no Novo México, uma mulher negra mais alta que ele, de modo que sempre que o Papai a beijava ela tinha que se curvar como se estivesse olhando por um olho mágico para ver quem havia tocado a campainha. Ela começou a me chamar de

"Blue, camarada", o que, como a sua relação com o Papai, começou a erodir lentamente, passando a "Bluemarada" e então "Blumrada", tornando-se por fim uma "Burrada". ("A Burrada estava de marcação comigo desde o começo!", gritava.)

Os romances do Papai tinham durações distintas, que podiam variar desde o tempo de incubação de um ovo de ornitorrinco (19-21 dias) até o da gravidez de um esquilo (24-45 dias). Confesso que às vezes eu as odiava, especialmente as que vinham cheias de Dicas Femininas, Manuais de Instruções e Maneiras de Melhorar, como Connie Madison Parker, que abriu caminho à força até o meu banheiro e me reprochou por esconder as minhas mercadorias (ver Moluscos, *Enciclopédia dos seres vivos*, 4ª ed.).

Connie Madison Parker, 36 anos, sobre Mercadorias: "Você tem que expor os seus produtos, querida. Senão, além de os garotos te ignorarem, e acredite em mim, a minha irmã é uma tábua tanto quanto você, estou falando das Grandes Planícies do Texas, *nenhuma* elevação, um dia você vai olhar para baixo e ver que não tem absolutamente nada para vender. O que vai fazer então?"

ILUSTRAÇÃO 2.2

Às vezes, as Moscas de Verão não eram tão terríveis. Eu chegava a sentir pena de algumas das mais amáveis, mais dóceis como a pobre Tally Meyerson, de olhar abatido, porque, embora o Papai não fizesse esforço algum para esconder o fato de que elas eram tão descartáveis quanto fita adesiva, a maior parte sequer conseguia enxergar a indiferença dele (ver Basset Hound, *Dicionário de cães*, v. 1).

Talvez a Mosca de Verão compreendesse o fato de que o Papai houvesse se sentido daquela maneira em relação a todas as *outras*, porém, armada com um arsenal de três décadas de editoriais da revista *Donas de casa* e uma profunda experiência em publicações do tipo *Como levá-lo ao altar* (Trask, 1990) e *O fator relax: como não estar nem aí (e deixá-lo com vontade de quero-mais)* (Mars, 2000), assim como uma história pessoal de relacionamentos azedados, a maioria delas acreditava (com o tipo de insistência inflexível geralmente associada aos fanáticos religiosos) que, sob o feitiço da sua aura caramelizada, o Papai não se sentiria daquele jeito em relação a *ela*. Após alguns encontros repletos de diversão, ele perceberia que ela era incrivelmente inebriante na cozinha, prestativa no quarto e agradável durante viagens de carro. E assim, o momento em que o Papai apagava as luzes, enxotava-a com um mata-moscas e em seguida encharcava toda a varanda com Raid Dupla Ação sempre resultava em uma surpresa absoluta.

Papai e eu éramos como os ventos alísios, soprando pelas cidades, levando o tempo seco aonde quer que fôssemos.

As Moscas de Verão às vezes tentavam nos frear, acreditando tolamente que poderiam reorientar uma Corrente Global e provocar um impacto permanente no sistema climático do planeta. Dois dias antes da data em que nos mudaríamos para Harpsberg, em Connecticut, Jessie Rose Rubiman, de Newton, no Texas, herdeira de uma franquia dos Carpetes Rubiman, anunciou ao Papai que estava grávida de um filho seu. Exigiu, em pranto, que o Papai a levasse conosco até Harpsberg, caso contrário teria que lhe pagar um Abono Inicial de $100.000, com uma pensão em débito automático de $10.000 por mês pelos dezoito anos seguintes. Papai não entrou em pânico. Quando se tratava desses assuntos, ele se orgulhava de ter o ar de um *maître* de um restaurante com uma carta de vinhos exorbitante, suflê no couvert e um carrinho de queijos. Pediu calmamente a confirmação por meio de um exame de sangue.

No fim das contas, Jessie não estava grávida. Tinha apenas uma espécie rara de virose estomacal, que confundira avidamente com os enjôos matinais da gravidez. Enquanto nos preparávamos para seguir rumo a Harpsberg, já uma semana atrasados, Jessie executou monólogos tristes e soluçantes na nossa secretária eletrônica. No dia em que partimos, Papai encontrou um envelope na varanda, em frente à porta de entrada. Tentou escondê-lo de mim. "Nossa última conta de luz", disse, porque preferia morrer a me mostrar os "desvarios hormonais de uma louca", inspirados por ele mesmo. Porém, seis horas depois, em algum lugar do Missouri, roubei a carta do porta-luvas quando paramos num posto de gasolina para comprar um antiácido Tums.

Para o Papai, as cartas de amor de uma Mosca de Verão eram espetáculos tão monumentais quanto uma extração de alumínio, mas para mim eram como me deparar com um veio de ouro em meio a um cristal de quartzo. Era a mais pura das pepitas de emoção que se poderia encontrar no mundo.

Ainda guardo a minha coleção, onde se contam dezessete exemplares. Incluí abaixo um excerto da Ode a Gareth, de quatro páginas, escrita pela Jessie:

Para mim você é a minha própria existência e eu iria até os fins do mundo por você se você me pedisse. Mas você não pediu e eu vou aceitar isso como amiga. Vou sentir saudade. Desculpe pelo lance do bebê. Espero que a gente possa manter contato e que você me concidere no futuro como uma boa amiga que possa confiar pro que der e vierem. E sobre a ligassão de ontem desculpe ter te chamado de cachorro. Gareth só peço que me lembre não como fui no últimos dois dias mas como a mulher feliz que você conheceu no estacionamento do K-Mart.

A paz esteja com você pra todo o sempre.

Na maior parte do tempo, porém, apesar dos zumbidos ocasionais que reverberavam nas noites tranqüilas, éramos sempre o Papai e eu, assim como eram sempre George e Martha, Butch e Sundance, Fred e Ginger, Mary e Percy Bysshe.

Numa típica noite de sexta-feira em Roman, em Nova Jersey, você não me veria no canto escuro do estacionamento dos Cinemas Sunset com a Atleta Bronzeada de Pernas Brilhantes, fumando American Spirits enquanto esperava pelo Pretendente Mimado (no carro do pai) para que pudéssemos acelerar pela orla, escalar a grade de ferro que cercava o Minigolfe Safári Africano, há muito desativado, e beber Budweiser morna na grama artificial esfarrapada da Pista 10.

Tampouco me veria nos fundos do Burger King, segurando a mão suada do Garoto Cuja Boca Cheia de Aparelho O Fazia Parecer Símio, nem dormindo na casa da Menina Infinitamente Boazinha Cujos Pais Caretas, Ted e Sue, Tentavam Impedir Sua Ascensão À Vida Adulta Como Se Isso Fosse Caxumba, e com certeza não me veria com as Estilosas nem com as Na Moda.

Você me veria com o Papai. Estaríamos numa casa alugada, de dois quartos, numa rua corriqueira ladeada por carvalhos e caixas de correio com desenhos de passarinhos. Estaríamos comendo espaguete mole coberto pela serragem de queijo parmesão, lendo livros, criticando jornais ou vendo clássicos como *Intriga internacional* ou *A mulher faz o homem*, depois dos quais, quando eu terminasse de lavar a louça (e só se ele afundasse num Humor de Uísque), seria possível rogar ao Papai que executasse sua imitação de Marlon Brando como Vito Corleone. Às vezes, se estivesse especialmente inspirado, ele até colocaria pedaços de papel-toalha nas gengivas para recriar o aspecto de buldogue maduro de Vito. (Papai sempre fingia que eu era o Michael.):

Barzini vai agir primeiro contra você. Vai marcar um encontro com alguém em quem você confia plenamente, garantindo a sua segurança. E nesse encontro você será assassinado... é um velho hábito. Passei a vida inteira tentando não ser descuidado.

Papai dizia "descuidado" com pesar, e fitava os próprios sapatos.

Mulheres e crianças podem ser descuidadas, mas não os homens... Pode ser qualquer um... Agora ouça.

Papai erguia as sobrancelhas e me encarava.

Quem se aproximar de você para marcar esse encontro com Barzini, esse é o traidor. Nunca se esqueça disso.

Esse era o momento da minha única fala na cena.

Grazie, Pop.

Aqui o Papai acenava com a cabeça e fechava os olhos.

Prego.

No entanto, numa ocasião em particular, quando eu tinha onze anos, em Futtoch, no Nebraska, lembro-me bastante bem de *não* ter rido ao ver o Papai fazendo Brando fazendo Vito. Estávamos na sala e, enquanto ele falava, calhou de se mexer diretamente na direção de um abajur vermelho; e, subitamente, a luz rubra deu ao seu rosto um aspecto de Halloween — olhos fantasmagóricos, boca demoníaca, mandíbula bestial, bochechas que pareciam um tronco seco no qual algum menino poderia entalhar toscamente suas iniciais. Não era mais o meu Pai, era outra pessoa, outra *coisa* — um estranho aterrorizante, de cara vermelha, postando sua alma sombria e decadente na frente da velha cadeira de veludo, da estante de livros inclinada, da fotografia emoldurada da minha mãe com seus pertences burgueses.

— Querida?

Os olhos da minha mãe estavam vivos. Ela encarava as costas dele com um olhar soturno, como se fosse uma velha num asilo que ponderava e provavelmente respondia cada uma das Grandes Questões da Vida, embora ninguém a levasse a sério naqueles quartos grudentos cheios de *Show de Calouros*, terapia com animais e Hora da Maquiagem para Senhoras. Papai, exatamente à sua frente, apenas me encarava, os ombros gangorreados. Parecia vacilante, como se eu acabasse de entrar na sala e ele não soubesse ao certo se eu o vira roubando.

— O que foi? — Deu um passo na minha direção, o rosto novamente banhado pela luz amarela e inofensiva do resto da sala.

— Estou com dor de barriga — falei de repente, e então me virei, subi correndo as escadas até o meu quarto e tirei da prateleira um velho livro, *Almas à venda: desvendando o sociopata Zé Ninguém* (Burne, 1991). Papai mesmo o comprara de um professor de psicologia que decidira vender suas coisas antes de se aposentar. Cheguei de fato a folhear todo o capítulo 2, "Perfil de personalidade: ausência de conexão nos relacionamentos românticos", e partes do capítulo 3, "Dois parafusos a menos: escrúpulos e consciência", antes de me dar conta de que estava sendo bastante tonta. Embora o Papai apresentasse de fato uma "acentuada desconsideração pelos sentimentos dos outros" (p. 24), conseguisse "deixar as pessoas estupidamente encantadas" (p. 29) e não demonstrasse "preocupação com os códigos morais da sociedade" (p. 5), ele *realmente* "amava outras coisas além de si mesmo" (p. 81) ou do "magnífico sábio que via ao se olhar no espelho do banheiro" (p. 109): a minha mãe e, é claro, eu.

CAPÍTULO 3

O MORRO DOS VENTOS UIVANTES

O dr. Fellini Loggia, professor e principal sociólogo da Universidade de Princeton, fez no livro *O futuro iminente* (1978) a afirmação, um tanto deprimente, de que nada na vida é autenticamente extraordinário, "nem mesmo ser atingido por um raio" (p. 12). "A vida de uma pessoa", escreve, "não é nada além de uma série de indicações sobre o que está por vir. Se tivéssemos a capacidade de perceber essas dicas, talvez fôssemos capazes de mudar o nosso futuro".

Bom, se a *minha* vida me apresentou uma indicação, um indício, uma bela e bem colocada dica, foi quando eu tinha treze anos e nos mudamos para Howard, na Louisiana.

Embora a minha vida nômade com o Papai possa parecer aventureira e revolucionária para o observador externo, a realidade era diferente. Existe uma Lei do Movimento perturbadora (e completamente não-documentada) que afeta os objetos que viajam pelas rodovias interestaduais americanas: a sensação de que, embora estejamos desembestados indo em frente, nada está de fato acontecendo. Para nossa infinita frustração, sempre chegamos ao Ponto B com nossa energia e características físicas absolutamente inalteradas. De tempos em tempos, à noite, antes de cair no sono, eu me via fitando o teto, rezando para que alguma coisa *real* acontecesse, alguma coisa que me transformasse — e Deus sempre assumia a personalidade do teto para o qual eu estava olhando. Se o teto estivesse pintado pela luz da lua e pelas folhas da janela, Ele seria glamoroso e poético. Se fosse ligeiramente na diagonal, Ele estaria inclinado a me ouvir. Se houvesse um pálido vazamento de água num canto, Ele já teria amansado muitas tempestades, e também amansaria a minha. Se houvesse uma mancha perto do centro, sobre a lâmpada, onde alguma coisa com seis ou oito patas tivesse sido exterminada com um jornal ou um sapato, Ele seria vingativo.

Quando nos mudamos para Howard, Deus atendeu às minhas preces. (Ele, no entanto, resultou ser liso e branco, surpreendentemente trivial.) Durante a longa e seca viagem pelo Deserto de Andamo, em Nevada, escutando um áudio-livro, Dame Elizabeth Gliblett lendo *O jardim secreto* (Burnett, 1909) com sua voz para salão de baile, comentei de passagem com o Papai que nenhuma das casas que já havíamos alugado tivera um jardim decente. E, assim, no setembro seguinte, ao chegarmos a Howard, Papai escolheu a casa da rua Gildacre, número 120, uma construção azul-clara enfiada no meio de uma biosfera tropical. Enquanto o resto da rua Gildacre cultivava peônias empertigadas, rosas respeitosas, plácidos jardins empestados apenas por raros tufos de capim, Papai e eu lutávamos contra uma crescente vida vegetal oriunda da Bacia Amazônica.

Todos os sábados e domingos das três primeiras semanas, armados com nada mais que tesouras de poda, luvas de couro e repelente Off, Papai e eu acordávamos cedo e fazíamos expedições profundas pela nossa floresta tropical, numa tentativa heróica de conter o crescimento. Isso raramente durava mais de duas horas, às vezes menos de vinte minutos, se o Papai calhasse de vislumbrar o que supostamente era um escaravelho do tamanho do seu pé (número 45) rastejando sob as folhas de uma palmeira.

Papai, que jamais admitia uma derrota, tentou conclamar as tropas com gritos de "Nada detém os Van Meer!" e "Você acha que se o general Patton vivesse aqui ele jogaria a toalha?", até a manhã derradeira em que foi misteriosamente picado por algum bicho (lembro de ouvi-lo gritar "*Ahhhhhhh!*" da varanda enquanto eu tentava refrear alguns cipós retorcidos). Seu braço esquerdo ficou do tamanho de uma bola de futebol. Naquela noite, Papai respondeu ao anúncio de um jardineiro experiente publicado no *Sentinela de Howard*.

"Jardinagem", dizia. "Qualquer tipo. Qualquer lugar. Eu faço."

O jardineiro se chamava Andreo Verduga, e era a criatura mais bela que eu já tinha visto na vida (ver Pantera, *Predadores gloriosos do mundo natural*, Goodwin, 1987). Era bronzeado, tinha cabelo preto, olhos de cigano e, pelo que pude deduzir da janela do meu quarto no segundo andar, um torso liso como uma pedra de rio. Ele era do Peru. Usava uma colônia forte e falava na linguagem dos telegramas de antigamente:

COMO VAI PONTO DIA BONITO PONTO ONDE ESTÁ MANGUEIRA PONTO

Todas as segundas e quintas, às quatro da tarde, eu deixava de lado as minhas redações de francês ou os exercícios de álgebra III e o espiava trabalhando, embora ele não trabalhasse tanto assim, preferindo ficar à toa, descansar, vaguear, perambular, curtir um cigarro despreocupado numa mancha escassa de sol. (Ele sempre deixava a ponta num lugar clandestino, jogando-a atrás de uma bromélia ou numa seção mais densa dos bambus, sem sequer se certificar de que estava apagada.) Andreo só começava mesmo a trabalhar duas a três horas depois de chegar, quando o Papai voltava da universidade. Com uma gama de gestos expansivos (respirar pesado, limpar o suor da testa), empurrava ineficazmente o cortador de grama pelo chão da floresta ou posicionava a escada de madeira na lateral da casa numa tentativa inútil de conter o dossel. Minha cena preferida era quando Andreo falava consigo mesmo em espanhol depois que o Papai o confrontava, exigindo saber exatamente *por que* os nós do cipó ainda criavam um Efeito Estufa na varanda de trás, ou por que uma safra inteiramente nova de figueiras revestia agora os fundos da nossa propriedade.

Numa tarde, assegurei-me de estar na cozinha no horário em que Andreo escapava para dentro de casa para roubar um dos meus sacolés de laranja do congelador. Olhou-me tímido e então sorriu, revelando dentes tortos.

NÃO SE IMPORTA PONTO EU COMO PONTO DOR NAS COSTAS PONTO

Durante o almoço, eu consultava livros e dicionários de espanhol na Biblioteca Municipal de Howard e aprendia o que podia.

Me llamo Azul.
Eu me chamo Azul.

El jardinero, Mellors, es una persona muy curiosa.
O guarda-caça, Mellors, é uma pessoa muito curiosa.

¿Quiere usted seducirme? ¿Es eso que usted quiere decirme?
O senhor quer me seduzir? É isso o que está tentando me dizer?

¡Nelly, soy Heathcliff!
Nelly, sou Heathcliff!

Eu esperava em vão pelo dia em que *Vinte poemas de amor e uma canção desesperada* (1924), de Pablo Neruda, seria devolvido à biblioteca. (A Namorada Que Não Usava Nada Além de Tops Apertados o havia retirado e perdido na casa do Namorado, Que Deveria Barbear Esses Pêlos Grossos Que Nascem No Queixo.) Fui forçada a roubar uma cópia da minha aula de espanhol e, aos trancos e barrancos, decorei o poema XVII, perguntando-me como conseguiria um dia juntar coragem para interpretar o Romeu, proclamando publicamente essas palavras de amor, gritando-as com tanta força que o som criasse asas e se alçasse pelos balcões. Eu duvidava que sequer conseguiria dar uma de Cirano, escrevendo as palavras num cartão, assinando com o nome de outra pessoa e largando-o secretamente pela janela quebrada da caminhonete de Andreo enquanto ele descansava pelo quintal lendo *Hola!* sob as seringueiras.

No fim das contas, não fiz nem o Romeu nem o Cirano.

Fiz o Hércules.

Perto das 20h15 de uma noite fria de quarta-feira de novembro, eu estava no meu quarto no andar de cima estudando para uma prova de francês. Papai estava num jantar com o corpo docente em homenagem a um novo diretor. A campainha soou. Fiquei aterrorizada e imaginei imediatamente todo tipo de vendedor de Bíblias e desajustados sedentos por sangue (ver O'Connor, *Obra completa*, 1971). Corri até o quarto do Papai e espiei pela janela do canto. Para meu assombro, na escuridão púrpura da noite, vi a caminhonete vermelha de Andreo, embora ele houvesse perdido o caminho de entrada da nossa garagem, parando sobre um aglomerado denso de samambaias.

Não sei o que era mais horrível, imaginar um Desajustado na minha varanda ou saber que era *ele*. Meu primeiro ímpeto foi trancar a porta do meu quarto e me esconder sob o edredom, mas ele tocou a campainha muitas e muitas vezes — deve ter visto as luzes no meu quarto. Desci a escada na ponta dos pés, fiquei ao menos três minutos em frente à porta, roendo as unhas, ensaiando um modo de quebrar o gelo (*¡Buenas noches!¡Qué sorpresa!*). Por fim, com as mãos úmidas, a boca como cola branca Elmer semi-seca, abri a porta.

Era Heathcliff.

Mas não era. Estava em pé nos degraus, mantendo-se afastado, como um animal selvagem com medo de se aproximar. A luz da noite, a pouca que conseguia abrir caminho entre os ramos que quadriculavam o céu, atingia uma de suas faces. Estava contorcido como se gritasse, mas não se ouvia som algum, apenas um murmúrio baixo, quase imperceptível, como a eletricidade nas paredes. Olhei para as suas roupas e pensei comigo mesma que ele deveria ter estado pintando uma casa, mas então percebi, idiota, que era *sangue*, por toda parte, nas mãos, escuro e com cheiro metálico, como os canos sob a pia da cozinha. Ele também pisava no sangue — sob seus pés, ao redor das botas de combate com os cadarços parcialmente desatados, poças que pareciam lama. Ele piscou um olho, a boca ainda aberta, e deu um passo à frente. Eu não fazia idéia se ele iria me abraçar ou me matar. Então caiu, tombou aos meus pés.

Corri até a cozinha, liguei para a emergência. A mulher que atendeu era um híbrido entre pessoa e máquina, e tive que repetir o nosso endereço duas vezes. Por fim, informou-me que uma ambulância estava a caminho e voltei para a varanda, ajoelhando-me ao lado do Andreo. Tentei tirar-lhe a jaqueta, mas ele grunhiu e segurou o que notei ser um ferimento à bala no lado esquerdo, sob as costelas.

— *Yo telefoneé una ambulancia* — falei. (Telefonei para uma ambulância.)
Fui com ele, na parte de trás.

NÃO PONTO NÃO BOM PONTO PAPA PONTO

— *Usted va a estar bien* — disse-lhe. (Você vai ficar bem.)

No hospital, os paramédicos empurraram a maca pelas portas duplas, brancas e sujas, e a enfermeira-chefe do pronto-socorro, a pequena e viva Enfermeira Marvin, me deu uma barra de sabonete e um pijama de papel-toalha e pediu que usasse o banheiro ao final do saguão; eu tinha as bainhas da calça manchadas de sangue.

Depois que troquei de roupa, deixei uma mensagem para o Papai na secretária eletrônica e me sentei calmamente na sala de espera, numa cadeira plástica de cor pastel. Eu já temia o inevitável surgimento do Papai. Era óbvio que eu o amava, mas ao contrário de alguns dos outros pais que eu observava no Dia do Papai-Vem-à-Escola, na escola fundamental Walhalla, pais tímidos que falavam com vozes de algodão, meu Pai era um homem sonoro e desinibido, com ações resolutas e pouca paciência ou tranqüilidade inata, tendo um temperamento mais para Papa Doc do que para Um Urso Chamado Paddington, Pavlova ou Parques de Diversão. Papai era um homem que, talvez devido à sua história de privações, jamais hesitava em executar os verbos *botar* e *tomar*. Ele estava sempre botando para quebrar, a mão na massa, o pé na estrada, lenha na fogueira, alguém em seu devido lugar, ordem no galinheiro, os pingos nos is, alguém para correr. Também estava sempre tomando a dianteira, tenência, o boi pelo chifre, de volta o que era seu, as dores de alguém. E quando se tratava de observar as coisas, o Papai era uma espécie de Microscópio Composto, daqueles que viam a vida por meio de uma lente ocular ajustável, esperando que todas as coisas estivessem bem focadas. Não tinha nenhuma tolerância com o Embaçado, o Fosco, o Nebuloso e o Sujo.

Irrompeu no pronto-socorro, gritando: "Que diabos está acontecendo aqui? *Onde está a minha filha?*", fazendo com que a Enfermeira Marvin saltasse da cadeira.

Depois de se assegurar de que eu não havia levado nenhum tiro, nem tinha nenhum corte aberto nem arranhão pelo qual pudesse ter sido contaminada fatalmente por "aquele latino filho-de-uma-puta", o Papai se precipitou pelas portas duplas com letras vermelhas gigantes que gritavam SOMENTE PESSOAS AUTORIZADAS (ele sempre se elegia uma PESSOA AUTORIZADA) e exigiu saber o que tinha ocorrido.

Qualquer outro pai teria sido xingado, enxotado, removido, talvez até preso, mas este era o Papai, parte míssil intercontinental, parte Príncipe do Povo. Em poucos minutos, diversas enfermeiras excitadas e o estranho residente ruivo se agitavam pela unidade de atendimento a politraumatizados, não mais cuidando da vítima de queimaduras de terceiro grau nem do garoto que tomara uma overdose de ibuprofeno e que agora chorava em silêncio com o rosto apoiado no braço, e sim do Papai.

— Bem, ele está no andar de cima, na sala de cirurgia, e permanece estável — disse o estranho residente ruivo, parado muito próximo do Papai e sorrindo (ver "Formiga Australiana", *Conheça os insetos*, Buddle, 1985).

— Vamos lhe passar algumas informações mais atualizadas assim que o doutor descer da cirurgia. Rezemos para que esteja tudo bem! — exclamou uma enfermeira (ver "Formiga Carpinteira", *Conheça os insetos*).

Pouco depois, o dr. Michael Feeds surgiu do Terceiro Andar, Cirurgia, e disse ao Papai que Andreo havia sido vítima de um tiro no abdome, mas sobreviveria.

— Sabe onde ele se meteu esta noite? — perguntou o médico. — Pela aparência do ferimento, foi um tiro a curta distância, portanto pode ter sido um acidente, talvez um tiro da sua própria arma. Poderia estar limpando o tambor quando disparou acidentalmente. Isso pode acontecer com semi-automáticas...

Papai encarou de cima o pobre dr. Mike Feeds até que o dr. Mike Feeds estivesse fatiado, posicionado sobre uma límpida lâmina de exame e preso firmemente à platina.

— Minha filha e eu não sabemos nada sobre esse ser humano.

— Mas achei que...

— Ele apenas cortava a nossa grama duas vezes por semana, e de maneira bastante inadequada, então exatamente por quê, em nome de Deus, ele preferiu *pingar* na nossa varanda é algo que escapa à minha compreensão. Naturalmente — disse o Papai, olhando-me num relance —, entendemos que a situação é trágica. Minha filha teve a felicidade de salvar a vida desse homem, prover-lhe o tratamento necessário ou o que seja, mas vou lhe dizer de maneira bastante direta, doutor...

— Dr. Feeds — disse o dr. Feeds. — Mike.

— Vou lhe dizer, dr. Meeds, que não temos nenhuma relação com esse indivíduo e não envolverei a minha filha no que quer que tenha levado a esse incidente: briga de gangues, jogo ou qualquer outra dessas atividades insalubres do submundo. O nosso envolvimento termina por aqui.

— Ora, entendo — disse o dr. Feeds, mansamente.

Papai acenou brevemente com a cabeça, pôs uma das mãos no meu ombro e me guiou pelas portas duplas e sujas.

Naquela noite em meu quarto, fiquei acordada imaginando uma reunião úmida com Andreo, cercada de figos das Filipinas e calatéias. A pele de Andreo cheirava a cacau e baunilha, a minha a maracujá. Eu não estaria paralisada pela timidez, não mais. Depois que uma pessoa se aproxima de você com um ferimento a bala, depois que derrama sangue nas suas mãos, meias e calças, forma-se uma poderosa união existencial que ninguém, nem mesmo um Pai, é capaz de compreender.

¡No puedo vivir sin mi vida! ¡No puedo vivir sin mi alma! (Não posso viver sem a minha vida! Não posso viver sem a minha alma!)

Ele passava a mão pelo cabelo negro, grosso e oleoso.

VOCÊ SALVOU MINHA VIDA PONTO UMA NOITE TE FAÇO COMIDA CRIOLLA PONTO

Mas essa troca não viria a acontecer.

⁓

Na manhã seguinte, depois que a polícia ligou para o meu Pai e eu prestei um depoimento, fiz com que ele me levasse até o hospital St. Matthew. Eu levava em meus braços uma dúzia de rosas cor-de-rosa ("Você não vai levar rosas *vermelhas* a esse garoto, aí já está passando do limite", berrou o Papai no corredor de Flores da Estação do Mercado Bom Negócio, fazendo com que duas mães nos encarassem) e um milk-shake de chocolate derretido.

Ele não estava lá.

— Sumiu da enfermaria lá pelas cinco da manhã — informou a enfermeira Joanna Cone (ver "Iguana Gigante", *Enciclopédia dos seres vivos*, 4ª ed.). — Fui checar o seguro de saúde dele. O cartão que apresentou era falso. Os médicos acham que é por isso que ele se mandou daqui, mas o *negócio é o seguinte* — a enfermeira Cone se inclinou para a frente, esticando o queixo redondo e rosado e falando no mesmo sussurro enfático que provavelmente usava para dizer ao sr. Cone que não dormisse na igreja —, ele não falavumapalavra de inglês, então o dr. Feeds num conseguiu arrancar dele como foi que levou aquele tiro. A polícia também num sabe. O que tô achando, e isso é só um palpite, mas fiquei pensando se ele não era um desses imigrantes ilegais que vêm pra este país arrumar um trabalho estável e um bom programa de benefícios com auxílio-doença e infinitos dias pendurado na Previdência. Já não é o primeiro que aparece por aqui. A minha irmã Cheyenne já viu um bando inteiro desses aí num caixa da Cosmos Eletrônica. Quer saber como fazem? Botes de borracha. Na calada da noite. Às vezes vêm lá de Cuba, fugindo do Fidel. Sabe do que eu tô falando?

— Acho que já ouvi alguns boatos — respondeu o Papai.

Ele pediu então à enfermeira Cone que usasse o telefone da escrivaninha da Unidade de Reabilitação para ligar para a polícia, e quando voltamos para casa, a caminhonete de Andreo estava sendo rebocada. Uma grande van branca, com a discreta inscrição Limpeza Industrial Ltda., estava estacionada debaixo da nossa figueira. A pedido do Papai, a LIL, especializada na limpeza de cenas de crimes, fizera o percurso de meia hora desde Baton Rouge para cuidar do rastro de sangue deixado por Andreo sobre a nossa calçada, varanda e algumas avencas.

— Vamos deixar este triste incidente para trás, minha nuvenzinha — disse o Papai, apertando o meu ombro enquanto acenava para a sombria funcionária da LIL, Susan, de idade entre 40 e 45, que usava como proteção uma capa de chuva branca e luvas verdes de borracha que se estendiam até acima dos cotovelos. Entrou na nossa varanda como uma astronauta pisando na lua.

⁓

A publicação de uma rubrica sobre Andreo no *Sentinela de Howard* (ESTRANGEIRO BALEADO DESAPARECE) marcou o fim do Incidente Verduga, nas palavras do Papai (um leve escândalo que maculou muito brevemente um governo até então impecável).

Três meses depois, quando as pimentas-da-jamaica e as mandiocas conseguiram finalmente tomar o gramado, quando os cipós espiralados sufocaram cada uma das colunas e calhas da varanda e começaram a perpetrar seus desígnios assassinos sobre o telhado, quando os raios de sol, mesmo ao meio-dia, raramente tinham força suficiente para transpassar o sub-bosque até chegarem ao solo, ainda não tínhamos nenhuma notícia de Andreo; em fevereiro, Papai e eu partimos de Howard para Roscoe, no Michigan, a terra oficial do esquilo vermelho. Embora eu nunca mais tenha pronunciado o nome de Andreo, permanecendo silenciosa e supostamente indiferente sempre que Papai o mencionava ("Imagino o que terá acontecido com aquele rufião latino"), eu pensava nele o tempo todo, no que falava por telegramas, meu guarda-caça, meu Heathcliff, meu Algo.

Houve mais um incidente.

Enquanto Papai e eu vivíamos em Nestles, no Missouri, imediatamente após a comemoração do meu aniversário de quinze anos no The Hashbrown Hut, passamos por um Wal-Mart para que eu pudesse escolher alguns presentes. ("Domingos no Wal-Mart", dizia o Papai. "Garotões aproveitando a Liquidação Total para preparar a festança da tarde num estádio de futebol, e assim os Waltons podem comprar mais um *château* no sul da França.") Papai passeava pela seção de Jóias e eu investigava a de Eletrônicos, quando ergui os olhos e vi um homem de cabelo desgrenhado e negro como uma bola oito. Ele estava passando pelo balcão de câmeras digitais, de costas para mim. Usava uma calça jeans desbotada, uma camiseta cinza e um boné verde camuflado que lhe cobria toda a testa. Tinha o rosto escondido — a não ser por uma bochecha bronzeada e com barba por fazer —, mas ainda assim, ao contornar o corredor das TVs, meu coração começou a bater mais forte, porque reconheci imediatamente o suspiro expansivo, aquele lento movimento subaquático — todo aquele aspecto do Taiti.

Não importando a hora do dia ou a quantidade de trabalho ainda por fazer, alguém que trouxesse o Taiti consigo poderia fechar os olhos e a realidade dos cortadores de grama temperamentais, dos gramados desordenados, das ameaças de exoneração do emprego, tudo isso remitiria, e em segundos ele estaria simplesmente no Taiti, inteiramente nu e bebendo água de coco, ciente apenas da percussão do vento e dos murmúrios femininos do oceano. (Poucas pessoas nasciam com o Taiti, embora os gregos, turcos e homens sul-americanos tivessem uma inclinação natural a trazê-lo consigo. Na América do Norte, havia uma prevalência maior entre os canadenses, particularmente nos territórios do Yukon, mas nos Estados Unidos ele era encontrado apenas em hippies de primeira e segunda geração e nos nudistas.)

Segui no seu encalço, na tentativa de descobrir que não era o Andreo, e sim um qualquer parecido com ele, que tivesse nariz chato ou uma marca de nascença à Gorbachev. No entanto, quando cheguei ao corredor das TVs, ele já se encaminhara ao outro extremo do corredor, como se estivesse num de seus humores inquietos, modorrentos (que explicavam exatamente por que nunca cuidava das orquídeas), seguindo aparentemente para a seção de Música. Corri de volta para o outro lado, passando pelos CDs, pelo caixote de LIQUIDAÇÃO com "Um amor caipira", de Bo Keith Badley, porém, mais uma vez, quando espiei por trás do cartaz do ARTISTA DO MÊS, ele já tinha desaparecido na Central de Fotografia.

— Encontrou alguma queima de estoque respeitável? — perguntou o Papai, de repente, às minhas costas.

— Ah, não.

— Bom, se me acompanhar até a Casa & Jardim, acho que encontrei um vencedor. A Banheira de Faia Super Sinfonia, com Hidromassagem e Som Estéreo. Jatos-turbilhão para as costas e pescoço. Não requer manutenção. Oito pessoas podem se amontoar e se divertir ao mesmo tempo. E o preço? *Consideravelmente* reduzido. Corra. Não temos muito tempo.

Consegui me livrar do Papai com a desculpa, um pouco esfarrapada, de que queria dar uma olhada nas Roupas, e depois que o vi seguir alegremente para a ala de Filhotes, fiz rapidamente a volta para a Central de Fotografia. Ele não estava lá. Procurei na Farmácia, Presentes e Flores, nos Brinquedos, onde uma mulher de cara vermelha batia nos filhos, nas Jóias, onde um casal latino experimentava relógios, e na Ótica, onde uma senhora idosa considerava corajosamente a idéia de passar a vida atrás de enormes óculos marrons. Passei correndo por um grupo de mães mal-humoradas na seção de Bebês, por atônitos recém-casados na Cama, Mesa & Banho, pelos Filhotes, onde espreitei o Papai, que discutia a liberdade com um peixinho dourado ("A vida não é tão boa assim no xilindró, não é mesmo, garotão?") e pela Costura, onde um careca pesava os prós e contras de um tecido branco e rosa floreado. Patrulhei o Café e os Caixas, incluindo o Atendimento ao Cliente e o Caixa Rápido, onde uma criancinha gorducha gritava e chutava a prateleira dos doces.

Nada feito — ele já tinha partido. Não haveria nenhuma reunião esquisita, nenhum QUANDO FALA O AMOR PONTO NA VOZ DOS DEUSES ACALENTA TODO O CÉU COM HARMONIA IRRESISTÍVEL PONTO.

Somente ao voltar, frustrada, à Central de Fotografia, notei o carrinho de compras. Abandonado ao lado do balcão de Devoluções, sobressaía para o meio do corredor e estava vazio — eu poderia jurar que o dele também estava — a não ser por um único item, um pequeno embrulho plástico de algo chamado MoitaMóvel®, Camuflagem Invisível, Mistura de Outono.

Intrigada, apanhei o pacote. Estava cheio de folhas de nylon crocantes. Li a parte de trás: "MoitaMóvel® Mistura de Outono, uma seleção de folhas arbóreas sintéticas 3-D, realçadas fotograficamente. Aplique à sua camuflagem habitual usando ColaMax® e você se tornará instantaneamente invisível no meio do bosque, mesmo para os animais mais espertos. MoitaMóvel® é o sonho do caçador experiente."

— Não vai me dizer que está entrando numa fase de caçadora — disse o Papai atrás de mim. Cheirou o ar. — Que cheiro horrível é esse? Colônia masculina, uma seiva azeda. Não sabia onde você estava. Achei que tivesse desaparecido naquele buraco negro conhecido como banheiro público.

Joguei o pacote de volta no carrinho.

— Achei que tinha visto alguém.

— Ah é? Agora me diga a primeira coisa que lhe vier à mente ao ouvir estas palavras. Colonial. Della*hay*. Madeira. Jardim. Cinco Peças. Resiste ao sol, ao vento, ao Juízo Final. Ótima qualidade por apenas $299. E considere o slogan da Dellahay elegantemente inscrito nessas adoráveis etiquetinhas: "Móveis de jardim não são móveis. São um estado de espírito." — Papai sorriu, envolvendo-me com o braço enquanto me empurrava suavemente em direção à Casa & Jardim. — Se adivinhar o que é ganha dez mil dólares.

Papai e eu saímos do Wal-Mart com móveis de jardim, uma máquina de café e um peixinho dourado indultado (não suportou tamanha liberdade; boiou de barriga para cima após um dia de vida no mundo exterior), e ainda assim, semanas mais tarde, mesmo depois que os Impossíveis e os Extremamente Improváveis já houvessem tomado a minha cabeça, eu não conseguia deixar de pensar que aquele, de fato, era ele, o inquieto e temperamental Heathcliff. Dia após dia, ele flutuava pelos Wal-Marts da América, buscando-me pelos milhões de corredores solitários.

CAPÍTULO 4

A CASA DAS SETE TORRES

Naturalmente, para mim, a idéia de ter um Lar Permanente (cuja definição seria qualquer abrigo habitado por mim e pelo Papai durante mais de noventa dias — o tempo que uma barata comum consegue viver sem se alimentar) não passava de um Devaneio, um Mundo da Lua, uma esperança desproposidada como a de um soviético que desejasse adquirir um Cadillac Coupe DeVille novinho em folha, com bancos azul-bebê, durante o inverno cinzento de 1985. Em inúmeras ocasiões, indiquei Nova York ou Miami no nosso Mapa Rodoviário:

—...ou Charleston. Por que você não pode ensinar Resolução de Conflitos na Universidade da Carolina do Sul, no campus de alguma Localidade Realmente Civilizada? — Com a cabeça amassada contra a janela, estrangulada pelo cinto de segurança, a vista embotada pelos campos de milho que rebobinavam incessantemente, eu fantasiava sobre o dia em que Papai e eu nos assentaríamos calmamente em algum lugar — qualquer lugar — como partículas de poeira.

Ao longo dos anos, porém, devido às recusas persistentes do Papai, durante as quais ele ridicularizava o meu sentimentalismo. ("Como você pode não querer viajar? Não entendo. Como é possível que a *minha* filha queira se tornar monótona e idiotizada como algum cinzeiro feito à mão, como papel de parede floreado, como aquele cartaz — sim, *aquele* ali — Sorvetão. Noventa e nove centavos. De agora em diante vou te chamar assim. Sorvetão."), quando tínhamos as nossas discussões rodoviárias sobre *A Odisséia* (Homero, Período Helenístico) ou *As vinhas da ira* (Steinbeck, 1939), eu parei até mesmo de *aludir* a temas literários como a Terra Mãe, a Pátria ou o Torrão Natal. E assim, foi com grande estrépito que o Papai anunciou, enquanto comíamos torta de ruibarbo no Restaurante Pare&Koma na saída de Lomaine, no Kansas ("Ding-Dong! A Bruxa Morreu", cantou, brincalhão, fazendo com que a garçonete nos olhasse com um olhar suspeito), que passaríamos *todo* o meu último ano da escola, todos os sete meses e dezenove dias, num Único Lugar: Stockton, na Carolina do Norte.

Eu já tinha ouvido coisas estranhas sobre essa cidade. Não só por ter lido, alguns anos antes, a matéria de capa da revista *Investimentos*, "As cinqüenta melhores cidades para se aposentar", na qual Stockton (de 53.339 habitantes), ilhada no meio dos Apalaches, evidentemente bastante satisfeita com seu apelido (A Florença do Sul), figurava na 39ª posição, mas também porque a cidade montanhosa aparecia em destaque num fascinante relato do FBI sobre os criminosos de Jacksonville, *Fugitivos* (Pillars, 2004), a história real dos Três Brutais que escaparam da Prisão Estadual da Flórida e sobreviveram durante vinte e dois anos no Parque Nacional das Grandes Montanhas Nebulosas. Eles vagaram pelas milhares de trilhas que entrecortam as colinas entre a Carolina do Norte e o Tenessee, vivendo às custas de cervos, coelhos, gambás e restos de comida dos visitantes que acampavam nos finais de semana, e teriam permanecido à solta ("O parque é tão grande que poderia de fato esconder uma manada de elefantes cor-de-rosa", escreveu a autora, a Agente Especial aposentada Janet Pillars), se um deles não tivesse cedido à ânsia incontrolável de passar algum tempo num shopping local. Numa tarde de sexta-feira no outono de 2002, Billy "Cova" Pikes perambulou até um shopping no oeste de Stockton, o Dinglebrook Arcade, comprou algumas camisas sociais, comeu um calzone e foi identificado por um caixa da loja Cinnabon. Dois dos Três Brutais foram capturados, mas o último, conhecido apenas como "Ed Sujismundo", permaneceu à solta, em algum lugar das montanhas.

Papai, sobre Stockton:

— Uma cidade de montanha tão maçante quanto qualquer outra onde eu possa receber um contracheque assustadoramente diminuto e você possa garantir o seu lugar em Harvard no ano que vem.

— Emocionante! — comentei.

Em agosto, antes da nossa chegada, enquanto vivíamos no Apart-Hotel Águas do Atlântico, em Portsmouth, no Maine, Papai mantivera contato próximo com uma tal de sra. Dianne L. Noel, Corretora Sênior, que tinha um histórico de vendas e aluguéis bastante impressionante na Imobiliária Sherwig, situada em Stockton. Uma vez por semana, chegavam cartas de Dianne com fotos reluzentes das Propriedades Especiais Sherwig, acompanhadas de observações escritas à mão em papel timbrado da Sherwig, preso por um clipe no canto: "Um encantador oásis na montanha!", "Cheia do charme sulista!" "Única e especial, uma de minhas *favoritas!*"

Papai, famoso por se divertir com Vendedores Desesperados por Fechar Negócio feito um leão da savana com um gnu manco, postergava a decisão final sobre a casa e respondia aos telefonemas noturnos de Dianne ("Não achou *demais* a casa da rua Pimrose, nº 52?!") com uma indecisão melancólica e muitos suspiros e poréns, enquanto os bilhetes de Dianne se tornavam progressivamente exaltados ("Não passa deste verão!", "Vende como pão quente!!!").

Por fim, Papai aplacou o desespero de Dianne ao escolher uma das mais exclusivas dentre todas as Propriedades Especiais Sherwig, a casa da rua Armor, nº 24, inteiramente mobiliada, a número um da Lista Quente.

Fiquei chocada. Papai, recém-saído da Faculdade Estadual de Hicksburg ou da Universidade do Kansas, em Petal, onde fora professor visitante, certamente não havia acumulado grandes reservas (A *Fórum federal* pagava irrisórios $150 por ensaio), e quase todos os endereços em que já tínhamos vivido, as ruas Wilson, nº 19, as alamedas Clover, nº 4, eram casas minúsculas e esquecíveis. No entanto, desta vez o Papai escolheu o VASTO PALACETE DE 5 DORMITÓRIOS MAJESTOSAMENTE MOBILIADO, que parecia, ao menos na foto reluzente de Dianne, um enorme Camelo Bactriano em repouso. (Posteriormente, Papai e eu descobrimos que o fotógrafo da Sherwig aplicou-se particularmente em ocultar o fato de que era um Camelo Bactriano em repouso *durante a muda*. Quase todas as calhas estavam se soltando e muitas das vigas de madeira que decoravam o exterior despencaram durante o Primeiro Bimestre.)

Minutos após a nossa chegada à rua Armor, nº 24, Papai iniciou seu esforço habitual para se transformar em Leonard Bernstein, orquestrando os homens da Mudanças Toque Leve Ltda. como se não fossem apenas Larry, Roge, Stu e Greg, afoitos por acabar logo e ir tomar uma cerveja, e sim naipes de Metais, Madeiras, Cordas e Percussão.

Eu escapuli e fiz a minha própria excursão pela casa e arredores. A mansão não só vinha com os CINCO DORMITÓRIOS, a COZINHA EM GRANITO (UM PARAÍSO NA TERRA PARA A COZINHEIRA), VIGAS EM MADEIRA DE LEI, UMA GELADEIRA EMBUTIDA E GUARDA-LOUÇAS DE PINHO, mas também com UMA SUÍTE PRINCIPAL COM BANHEIRO MARMORIZADO, UM ENCANTADOR TANQUE DE PEIXES E A BIBLIOTECA DOS SONHOS DO DEVORADOR DE LIVROS.

— Pai, como vamos *pagar* por este lugar?

— Hmm, ah, não se preocupe com isso; com licença, precisa carregar essa caixa assim de lado? Está vendo a seta e essas palavras que dizem 'Este Lado Para Cima'? Sim. Isso significa este lado para cima.

— Não temos dinheiro para isso.

— É claro que... já disse antes e vou dizer outra vez, isso aí vai na sala, não aqui, por favor não deixe cair, tem coisas de valor... economizei um pouco no ano passado, querida. Não *aí*! Veja bem, minha filha e eu temos um *sistema*. Sim, se ler as caixas vai descobrir que existem *palavras* escritas com marcador permanente e essas palavras correspondem a um *cômodo* específico desta casa. Isso mesmo! Ganhou uma estrelinha dourada!

Carregando uma caixa gigantesca, Cordas se arrastou até o PARAÍSO NA TERRA DA COZINHEIRA.

— É melhor sairmos daqui, Pai. Vamos para a rua Pimrose, nº 52.

— Não fale bobagens. Acertei um bom preço com a sra. Papai Noel e... sim, agora *essa* vai no meu escritório no andar de baixo, e por favor, essa caixa tem borboletas de verdade, não arraste... não sabe ler? Isso, não aperte tanto.

Metais desceu desajeitado as escadas, levando a caixa gigante onde se lia BORBOLETAS FRÁGIL.

— Hã? Isso, sim, apenas relaxe e aproveite...

— Pai, é muito dinheiro.

— Eu, ora, entendo o que quer dizer, querida, é claro que, isto é... —Desviou os olhos para o enorme lustre de bronze pendurado do teto argamassado de três metros de altura, uma representação, de cabeça para baixo, da erupção de 1815 do Monte Tambora (ver *A Indonésia e o Anel de Fogo*, Priest, 1978). — É um pouco mais ornada do que estamos acostumados, mas por que *não*? Vamos passar o ano inteiro aqui, não vamos? É o último capítulo, por assim dizer, antes de você partir, conquistar o mundo. Quero que seja memorável.

Ajustou os óculos e olhou novamente para o interior da caixa aberta com a inscrição LENÇÓIS, como se fosse Jean Peters fitando a Fontana de Trevi, prestes a jogar uma moeda e fazer um pedido.

Suspirei. Há algum tempo já se tornara evidente que o Papai estava determinado a fazer com que este ano, meu último na escola, fosse *une grande affaire* (daí o Camelo Bactriano e outros excessos embasbacantes ao estilo *A mulher do século*, que logo detalharei). Mas ele também estava temeroso (daí o olhar melancólico para a caixa de LENÇÓIS). Em parte, porque não queria pensar na minha partida ao final do ano. Eu também não me sentia especialmente feliz em pensar nisso. Era uma idéia difícil de considerar. Abandonar o Papai seria algo como desossar todos os antigos musicais americanos, separar Rogers de Hammerstein, Lerner de Lowe, Condem de Green.

O outro motivo, e talvez o mais significativo, pelo qual eu achava que o Papai estava um pouco tristonho, era o fato de que a nossa estadia de um ano inteiro num só lugar marcaria uma passagem inegavelmente monótona do capítulo 12, "Magistério e viagens pelos Estados Unidos", da biografia mental altamente emocionante do Papai.

— Sempre viva a vida tendo a sua biografia em mente — Papai gostava de dizer. — Naturalmente, não será publicada a menos que você tenha um Excelente Motivo, mas você ao menos viverá com grandiosidade. — Era mais que evidente que o Papai esperava que a sua biografia póstuma não fosse como a de *Kissinger: o homem* (Jones, 1982) ou mesmo como a do *Dr. Ritmo: a vida com Bing* (Grant, 1981), e sim algo mais no estilo do Novo Testamento ou do Corão.

Embora nunca o tivesse dito, não havia dúvidas de que o Papai adorava estar em movimento, em trânsito, no meio de. Para ele, as paradas, as pausas, os pontos finais, os términos eram coisas insossas, bobas. Papai não estava preocupado com o fato de quase nunca permanecer numa universidade por tempo suficiente para aprender os nomes dos alunos e de ser forçado, para poder lhes dar notas corretas ao final do curso, a inventar certos apelidos pertinentes, como Pergunta Demais, Óculos de Girino, Sorriso Gengivento e Senta à Minha Esquerda.

Eu às vezes receava que, para o Papai, o fato de ter uma filha fosse como uma última parada, um ponto final. Às vezes, quando ele estava num Humor de Uísque, eu temia que quisesse se livrar de mim e dos Estados Unidos e voltar para o antigo Zaire, a atual República Democrática do Congo (*democrática*, na África, era uma palavra como as gírias *pode crer* e *na moral*, usadas puramente para causar efeito), para dar uma de Che-Trótski-Espártaco na luta da população nativa pela liberdade. Sempre que o Papai falava dos quatro meses fascinantes que passara na Bacia do Congo em 1985, tendo a honra de brindar com as pessoas "mais simpáticas, trabalhadoras e genuínas" que já conhecera, adotava uma aparência anormalmente frívola. Parecia um velho astro do cinema mudo fotografado com luzes e lentes bajuladoras.

Eu o acusava secretamente de querer voltar para a África para liderar uma revolução bem organizada, estabilizando por conta própria a RDC (expugnando as forças aliadas aos hutus), e então partindo para outros países que esperavam sua libertação como donzelas exóticas atadas aos trilhos de uma ferrovia (Angola, Camarões, Chade). É claro que ele ria quando eu expressava essas suspeitas, mas sempre senti que suas risadas não eram assim *tão* fortes; pareciam claramente ocas, o que me fazia cogitar se eu não teria, por puro acaso, jogado verde e colhido a maior e mais improvavelmente madura das frutas. Esse era o segredo mais profundo do Papai, nunca antes fotografado ou classificado cientificamente: ele desejava ser um herói, um ícone da liberdade, serigrafado, reduzido a cores vibrantes e impresso em cem mil camisetas, Papai com a boina marxista, olhos prontos para o martírio e um bigode ralo (ver *A iconografia dos heróis*, Górki, 1978).

Ele também tinha um certo entusiasmo incaracterístico e infantil que reservava exclusivamente para o momento de pregar mais um alfinete no nosso mapa rodoviário e de me informar qual seria a nossa nova localidade, o que fazia num *riff* exibido e factóide, sua versão de Gangsta Rap: "Próxima parada, Speers, na Dakota do Sul, terra do faisão-de-coleira, do furão-de-pés-pretos, das Badlands, da Floresta Black Hills, do Memorial do Cavalo Louco, capital, Pierre, maior cidade, Sioux Falls, rios, Moreau, Cheyenne, White, James."

— Você fica com o quarto grande no topo da escada — dizia agora, observando Percussão e Madeiras, que carregavam uma caixa pesada pelo jardim em direção à entrada da ESPAÇOSA SUÍTE PRINCIPAL, localizada numa torre à parte. — Que diabos, pode ficar com a ala de cima toda para você. Não é legal, querida, ter uma *ala*? Por que não curtir a vida como Kubla Khan, só para mudar de ares? Se subir ali, vai encontrar uma surpresa. Acho que vai gostar. Tive que subornar uma dona de casa, uma corretora de imóveis, dois vendedores de móveis e um chefe de operações da UPS; agora *escute*, sim, estou falando com você, se puder descer e ajudar o seu compatriota a desembrulhar os materiais do meu escritório, seria incrivelmente útil. Ele parece ter divergido para um mundo paralelo.

∽

Durante todos aqueles anos, as surpresas do Papai, tanto as grandes como as pequenas, sempre tiveram uma natureza acadêmica, como a *Enciclopédia Lamure-France do Mundo Físico* de 1999, traduzida do francês e indisponível nos Estados Unidos ("Todos os ganhadores do Nobel têm uma dessas", dissera o Papai).

Mas quando abri a porta do quarto no alto das escadas e entrei no grande recinto de paredes azuis com pinturas pastorais a óleo, gigantes janelas arqueadas na parede oposta, o que descobri não foi uma edição rara e desconhecida de *Wie schafft man ein Meisterwerk*, ou *O passo-a-passo para engendrar a sua Obra Prima* (Lint, Steggertt, Cue, 1993), mas, para meu grande assombro, a minha velha escrivaninha Cidadão Kane encostada no canto, ao lado da janela. Era ela mesma: a pesada mesa renascentista, de madeira de nogueira, que eu tivera oito anos atrás na casa da rua Tellwood, n° 142, em Wayne, Oklahoma.

Papai encontrara aquela mesa no leilão das posses de Lord & Lady Hillier, na saída de Tulsa, ao qual a Mosca de Verão e trapaceira Pattie "Vamos Fechar Negócio" Lupine o arrastara numa abafada tarde de domingo. Por algum motivo, ao ver a mesa (e os cinco Schwarzeneggers que por pouco não conseguiram erguê-la até a plataforma do leilão), Papai viu a mim e a mais ninguém presidindo sobre ela (embora eu só tivesse oito anos na época e a minha envergadura não chegasse nem à metade da sua largura). Pagou um valor descomunal, que nunca revelou, e anunciou com grandes floreios que aquela era a "Mesa da Blue", uma mesa "à altura da minha pequena Véspera de Santa Inês, sobre a qual desvendará todas as Grandes Idéias". Uma semana depois, Papai teve dois cheques devolvidos, um numa loja de conveniências, outro na livraria da universidade. Eu acreditava em segredo que isso acontecera porque ele tinha pagado "muito mais que uma fortuna" pela escrivaninha, segundo o que dissera a Vamos Fechar Negócio, embora o Papai alegasse apenas ter feito a contabilidade do mês nas coxas. "Deixei passar uma casa decimal", comentou.

E então, de maneira bastante anticlimática, só pude desvendar Grandes Idéias em Wayne, porque não tivemos como levar a mesa conosco para Sluder, na Flórida — algo relacionado ao fato de a empresa de mudanças (a Mudanças Cabe Tudo Ltda., uma clara propaganda enganosa) não ter conseguido enfiá-la no caminhão. Chorei lágrimas ferozes e chamei Papai de cachorro quando tivemos de deixá-la para trás, como se não fosse apenas uma escrivaninha desproporcional com elaboradas pernas curvas e sete gavetas com sete chaves individuais, e sim um pônei preto que eu estaria abandonando num estábulo.

Desci apressada a ESCADARIA DE DOZE CARVALHOS e encontrei o Papai no porão, abrindo cuidadosamente a caixa de BORBOLETAS FRÁGIL contendo os espécimes da minha mãe — seis vitrines nas quais ela estava trabalhando quando morreu. Quando chegávamos a uma nova casa, ele passava horas montando-as, sempre no seu escritório, sempre na parede em frente à sua escrivaninha: trinta e duas moças alinhadas num concurso de beleza petrificado. Era por isso que ele não gostava de ver Moscas de Verão — ou qualquer outra pessoa, enfim — bisbilhotando o escritório, porque o aspecto mais devastador das lepidópteras não era a sua cor, nem as antenas inesperadamente peludas da *Antheraea polyphemus*, nem mesmo a sensação deprimente que sentimos ao ficarmos na frente de algo que já ziguezagueou loucamente pelo ar, agora estático, as asas rudemente abertas, o corpo trespassado por um alfinete e preso a um pedaço de papel numa caixa de vidro. Era a presença da minha mãe dentro delas. Como disse o Papai uma vez, elas nos permitiam ver seu rosto mais de perto que qualquer impressão fotográfica (Ilustração 4.0). Eu também sempre tive a impressão de que possuíam um estranho poder adesivo, fazendo com que as pessoas que olhavam para elas não conseguissem desviar facilmente o olhar.

— O que achou? — perguntou animado, retirando uma das vitrines, franzindo o rosto ao inspecionar os cantos.

— É perfeita — respondi.

— Não é mesmo? A superfície perfeita para escrever uma carta de candidatura que faça qualquer coroa de Harvard tremer na base.

— Mas quanto custou comprá-la de novo... fora o transporte!

Ele me olhou de relance.

— Ninguém nunca lhe falou a blasfêmia que é perguntar o preço de um presente?

— *Quanto?* No total.

Ele me encarou.

— Seiscentos dólares — falou, num suspiro resignado, e então, recolocando a vitrine na caixa, apertou meu ombro e passou por mim, subindo de novo as escadas, gritando para que Metais e Madeiras acelerassem o andamento do último movimento.

Ele estava mentindo. Eu sabia, não só porque eu o vira fazer um rápido movimento com os olhos para o lado ao dizer "seiscentos", e o dr. Fritz Rudolph Scheizer escrevera em *A conduta das criaturas racionais* (1998) que o clichê de que as pessoas movem os olhos para o lado quando mentem é "fundamentalmente verdadeiro", mas também porque, ao inspecionar o lado de baixo da mesa, eu tinha encontrado, atrás da perna, escondida bem no canto, a minúscula etiqueta vermelha com o preço ($17.000).

Corri de volta para o andar de cima, chegando ao salão onde o Papai vistoriava outra caixa, LIVROS BIBLIOTECA. Fiquei desnorteada — um pouco chateada, também. Papai e eu já tínhamos posto em efeito, há muito tempo, o Acordo Sojourner, segundo o qual sempre contaríamos um ao outro A Verdade, "mesmo que fosse uma besta assustadora e malcheirosa". Ao longo dos anos, houve inúmeras ocasiões em que o pai médio teria inventado uma história complexa só para preservar a Farsa Parental de que era tão assexuado e moralmente terso quanto o Come-Come da Vila Sésamo — como a vez em que o Papai desapareceu por vinte e quatro horas e, quando voltou para casa, trazia o olhar cansado e satisfeito de um boiadeiro que houvesse conseguido amansar um alazão arredio. Se eu lhe perguntasse qual era A Verdade (e por vezes eu preferia não perguntar), ele nunca me decepcionaria — mesmo que isso me permitisse examinar seu caráter com uma lupa e enxergar o que ele às vezes era: áspero, arranhado, com alguns buracos inesperados.

Tive que enfrentá-lo. De outro modo, a mentira poderia me carcomer (ver "Chuva ácida em gárgulas", *Condições*, Eliot, 1999, p. 513). Subi as escadas às pressas, retirei a etiqueta com o preço e a mantive no meu bolso pelo resto do dia, esperando o momento em que daria o xeque-mate perfeito, esfregando-a na cara dele.

Mas então, logo antes de sairmos para jantar no Outback, ele passou algum tempo no meu quarto examinando a escrivaninha, e parecia tão absurdamente contente e orgulhoso de si mesmo ("Eu sou *demais*," comentou, esfregando as mãos como Dick Van Dyke. "Majestosa, hein, querida?") que não pude deixar de pensar que repreendê-lo por essa extravagância bem intencionada, envergonhá-lo, seria um tanto desnecessário e cruel — algo como informar a Blanche Dubois que ela tinha os braços flácidos, o cabelo seco e que estava dançando a polca perigosamente perto da luz.

Achei melhor não dizer nada.

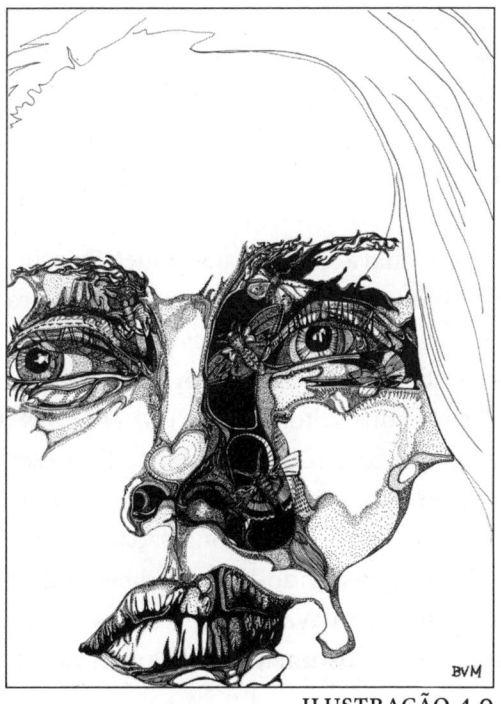

ILUSTRAÇÃO 4.0

CAPÍTULO 5

A MULHER DE BRANCO

Na primeira vez em que vi Hannah Schneider, dois dias depois de chegarmos a Stockton, estávamos na seção de Congelados do Mercadinho Gato Gordo. Eu estava parada ao lado do nosso carrinho, esperando que o Papai escolhesse o sabor de sorvete que preferia levar.

— O maior feito americano não foi a bomba atômica, nem o fundamentalismo, nem os spas de emagrecimento, nem o Elvis, nem mesmo a observação bastante astuta de que os homens preferem as loiras, e sim o grande salto de qualidade que conseguimos imprimir ao sorvete. — Gostava de comentar, enquanto mantinha a porta do congelador aberta e inspecionava cada um dos sabores da Ben & Jerry, alheio aos demais clientes que o rondavam inquietos, esperando que saísse dali.

Enquanto ele esquadrinhava as caixas nas prateleiras como um cientista dedicado a delinear precisamente o perfil genético de uma raiz de cabelo, notei uma mulher parada no extremo oposto do corredor.

Tinha cabelo preto, fino como um chicote de equitação. Vestia trajes fúnebres, um paletó negro com saltos-agulha dos anos 1980 (mais adaga que sapato), e parecia incongruente sob a luz branca fluorescente e as dolorosas músicas do Mercadinho Gato Gordo. Era óbvio, porém, pelo modo como examinava o fundo da caixa de ervilhas congeladas, que gostava de ser incongruente, a Mulher Fatal esgueirando-se num quadro de Norman Rockwell, o avestruz entre os búfalos. Exalava esse misto de satisfação e embaraço das mulheres bonitas que estão acostumadas a ser observadas, o que me fez quase odiá-la.

Eu já tinha decidido, havia muito tempo, perder o respeito pelas pessoas que acreditavam ser o PLANO GERAL, PLANO AMERICANO, PLANO MÉDIO OU CLOSE-UP de todas as demais, provavelmente por não conseguir me imaginar surgindo no roteiro de ninguém, nem mesmo no meu. Ao mesmo tempo, quase não pude deixar de gritar (juntamente com o homem que a encarava com um O na boca, segurando uma caixa de lasanha congelada) "Silêncio no estúdio!" e "Gravando!", porque, mesmo àquela distância, ela era deslumbrante e excêntrica, e segundo a famosa citação do Papai em seus Humores de Uísque, "A beleza é a verdade, a verdade é a beleza/ Isso é tudo o que se sabe, e tudo o que se deve saber".

Ela devolveu as ervilhas ao congelador e começou a caminhar na nossa direção.

— Super Calda de Chocolate com Amêndoas ou Marshmallow Choc-Chip? — perguntou o Papai.

Os saltos dela apunhalavam o chão. Eu não queria ficar encarando, então tentei, de maneira nada convincente, examinar o conteúdo nutricional de vários picolés. Papai não a viu.

— Acho que sempre podemos levar Baunilha com Brownie — dizia. — Ei, veja só. Chocolate com Marshmallow e Cookie. Acho que este sabor é novo, mas não sei muito bem o que acho de marshmallow com cookie. Parece um pouco nervoso.

Enquanto ela passava, olhou de relance para o Papai, que não tirava a cara do congelador. Quando olhou para mim, sorriu.

Tinha um rosto algo romântico, de ossos esculpidos, que assimilava bem tanto as sombras quanto a luz, mesmo em seus extremos. E era mais velha do que eu tinha imaginado, talvez já perto dos quarenta. No entanto, o mais extraordinário era o seu ar de bangalô no Chateau Marmont, dos estúdios RKO, que eu nunca antes presenciara ao vivo, somente quando o Papai e eu assistíamos *Jezebel* de madrugada. Sim, naquele porte e nos passos decididos como um metrônomo (desaparecendo agora atrás da prateleira de batatas fritas) havia um quê dos estúdios Paramount, um pouquinho de uísque escocês e beijos fingidos no Ciro's. Imaginei que, ao abrir a boca, ela não proferiria o frágil discurso da modernidade, preferindo usar palavras úmidas como *beau*, *excelso* e *apropriado* (e só ocasionalmente *supimpa*), e ao avaliar uma pessoa, ao absorvê-la, colocaria certos traços de personalidade praticamente extintos — Caráter, Reputação, Integridade e Classe — acima de todos os demais.

Isso não significa que ela não era *real*. Era sim. Tinha fios de cabelo fora do lugar, um pequeno fiapo branco na saia. Apenas senti que em algum lugar, em alguma época, ela teria sido o supra-sumo de alguma coisa. E pela expressão confiante, até mesmo agressiva, que trazia nos olhos, tive certeza de que estava planejando uma retomada.

— Estou pensando em levar Café com Crocante. O que você acha? Blue?

⁓

Se a passagem de Hannah pela minha vida tivesse consistido apenas naquela única aparição hitchcockiana, acho que ainda assim me lembraria dela, talvez não com tantos detalhes como os da noite de trinta e cinco graus em que assisti *E o vento levou* pela primeira vez no Drive-in Lancelot Dreamsweep e o Papai julgou necessário fazer comentários persistentes sobre as constelações visíveis ("Ali está Andrômeda"), não apenas enquanto Scarlett enfrentava Sherman e quando ela vomita a cenoura, mas até mesmo quando Rhett lhe diz que não está nem aí.

E graças à mão escorregadia do Destino, eu só teria que esperar vinte e quatro horas para vê-la de novo, desta vez escutando a sua voz.

As aulas só começavam em três dias, e o Papai, fazendo jus à recente persona Aberta a Novas Possibilidades que tinha adotado, insistiu em passar a tarde no Setor de Adolescentes da Stickley's, no Shopping Center Crista Azul, forçando-me a experimentar várias peças da coleção Volta Às Aulas e solicitando os conhecimentos de moda de uma tal de sra. Camille Luthers (ver Curly Coated Retriever, *Dicionário de cães*, v. 1). Camille era Gerente do Setor de Adolescentes, e não só havia trabalhado no Setor de Adolescentes pelos últimos oito anos, como sabia quais peças da Stickley's seriam *de rigueur* nesta estação graças à sua querida filha Cinnamon, que tinha mais ou menos a minha idade.

Sra. Luthers, sobre uma calça verde que parecia ter sido tirada do Exército de Liberação Popular de Mao, tamanho M: "Esta aqui vai ficar perfeita." Apertou ansiosa o cabide contra a minha cintura e me encarou no espelho com a cabeça inclinada, como se ouvisse algum ruído agudo. "Também ficou perfeita na Cinnamon. Acabei de comprar uma para ela, e agora não consigo convencer a menina a trocar de roupa. Ela vive usando essa calça."

Sra. Luthers, sobre uma camisa de botões branca e quadrada, como as usadas pelos bolcheviques ao invadirem o Palácio de Inverno, tamanho PP: "Esta também é a sua cara. A Cinammon tem uma de cada cor. Ela é mais ou menos do seu tamanho. Magricela. Todo mundo acha que é anoréxica, mas não é, e as amigas dela morrem de inveja porque só comem frutas e salada para caberem num tamanho G."

Depois que saímos do Setor de Adolescentes da Stickley's com a maior parte dos trajes rebeldes da Cinnamon, fomos até a Sapato Certeiro na avenida Mercy, em Stockton do Norte, seguindo a prática dica da sra. Luthers.

— Acho que estes aqui ficariam ótimos na Cinnamon — disse o Papai, segurando um grande sapato plataforma preto.

— Não — falei.

— Graças a Deus. Chanel com certeza está se revirando no túmulo.

— Humphrey Bogart usou sapatos plataforma durante a filmagem de *Casablanca* — disse alguém.

Eu me virei, esperando ver alguma mãe rondando o Papai como um abutre-de-capuz ao redor de uma carcaça, mas não era nada disso.

Era *ela*, a mulher do Mercadinho Gato Gordo.

Era alta, usava uma calça jeans justa, um casaco de lã feito sob medida e trazia grandes óculos de sol pretos na cabeça. O cabelo castanho escuro lhe caía descuidado pelos lados do rosto.

— Ainda que não fosse um Einstein ou um Truman — continuou —, não acho que a história teria sido a mesma sem ele. Especialmente se tivesse que olhar para *cima* para dizer à Ingrid Bergman: "Estou aqui olhando por você, criança."

Ela tinha uma voz maravilhosa, uma voz de gripe.

— Vocês não são daqui, são? —perguntou ao Papai.

Papai a encarou, insosso.

O fenômeno da interação do Papai com uma mulher bonita era sempre como um experimento químico estranho e pouco inspirado. Na maior parte das vezes não ocorria reação alguma. Em outras, Papai e a mulher podiam *parecer* reagir vigorosamente, produzindo calor, luz e gás. Mas no final, nunca restava um produto funcional como o plástico ou vidro, apenas um cheiro nojento.

— Não — respondeu o Papai. — Não somos.

— Acabaram de se mudar para cá?

— Sim. — Papai sorriu um sorriso de folha de figueira, tentando inutilmente esconder o desejo de acabar com aquela conversa.

— E o que acharam?

— Excelente.

Não sei por que ele não foi mais simpático. Geralmente, as Moscas de Verão que rodopiavam ao redor do Papai não chegavam a incomodá-lo. E ele, é claro, tampouco fazia nenhum grande esforço por desestimulá-las — abria todas as cortinas, acendia as luzes lançando-se em algum discurso de improviso sobre Gorbachev, Controle de Armas, o ABC da Guerra Civil (de cuja essência a Mosca de Verão passava longe, muito longe), freqüentemente fazendo insinuações passageiras sobre o impressionante calhamaço que estava escrevendo, *O pulso firme*.

Perguntei-me se ela não seria atraente ou alta demais para ele (tinha quase a altura do Papai) ou se, talvez, aquele comentário gratuito não lhe tivesse caído bem. Uma das coisas que mais o irritava era ser "informado" de alguma coisa que ele já soubesse, e nós dois já conhecíamos bastante bem as curiosidades que ela nos contara. Quando viajamos de Little Rock a Portland, eu li por inteiro e em voz alta os esclarecedores livros *Brigões, tampinhas, orelhudos e dentaduras: a verdadeira face das principais figuras de Hollywood* (Rivette, 1981) e *Outras vozes, 32 cômodos: minha vida como faxineira de L.B. Mayer* (Hart, 1961). Entre San Diego e Salt Lake City, li incontáveis biografias de celebridades, autorizadas e não-autorizadas, como as de Howard Hughes, Bette Davis, Frank Sinatra, Cary Grant e a memorabilíssima *Santo Deus, já foi feito antes: Jesuses de celulose de 1912 a 1988, Por que Hollywood deveria parar de representar o Filho de Deus na tela* (Hatcher, 1989).

— E a sua filha — perguntou, sorrindo para mim —, vai estudar em qual escola?

Abri a boca, mas o Papai falou antes.

— Colégio St. Gallway.

Ele me fitava fixo com aquele olhar de Me-Dê-Uma-Carona, que logo passou ao de Por-Favor-Abra-O-Pára-Quedas, e então para o de Não-Poderia-Fazer-O-Favor-De-Aplicar-Um-Golpe-de-Caratê? Normalmente reservava essas expressões para quando era perseguido por uma pertinaz Mosca de Verão que tivesse algum tipo de deformidade física, como um senso de direção defeituoso (miopia extrema) ou uma asa desgovernada (um tique facial).

— Sou professora de lá — respondeu ela, estendendo a mão para mim. — Hannah Schneider.

— Blue van Meer.

— Que nome lindo — falou, olhando para o Papai.

— Gareth — disse ele, depois de um momento.

— Prazer.

Com uma autoconfiança descarada, presente somente em alguém que já tenha se livrado do rótulo de "rostinho bonito" e provado ser uma atriz dramática de alcance e talento considerável (além de um enorme sucesso de bilheteria), Hannah Schneider informou a mim e ao Papai que tinha passado os últimos três anos lecionando Introdução ao Cinema, uma matéria eletiva para todas as séries. Também nos disse, imbuída de grande autoridade, que o Colégio St. Gallway era um "lugar muito especial".

— Acho que já está na hora de irmos — disse o Papai, virando-se para mim. — Você não tem aula de piano? — (Eu não tinha, nem jamais tivera, aula de piano.)

Mas sem se preocupar muito, Hannah Schneider não parou de falar, como se eu e o Papai fôssemos repórteres da revista *Confidential* que tinham esperado seis meses para poder entrevistá-la. Ainda assim, não havia nada decididamente arrogante ou presunçoso nos modos de Hannah, ela apenas presumia que as pessoas estariam profundamente interessadas no que quer que ela estivesse dizendo. E *estavam*.

Perguntou de onde vínhamos ("Ohio", irritou-se o Papai), em que ano eu estava ("Terceiro", exasperou-se o Papai), que tal era a nossa nova casa ("Divertida", espumou o Papai), e explicou que havia se mudado para cá três anos atrás, vindo de São Francisco ("Estonteante", fervilhou o Papai). Ele não teve escolha além de lhe jogar uma migalha.

— Talvez nos encontremos num jogo de futebol americano da escola — disse o Papai, despedindo-se com um aceno (um Adeus de uma-mão-no-ar que também poderia ser um Hoje-Não) e guiando-me até a saída da loja. (Papai nunca tinha ido a um jogo de futebol americano e não tinha a menor intenção de fazê-lo. Para ele, a maior parte dos esportes de contato, assim como os espectadores agitados e barulhentos, eram "vergonhosos", "muito, muito errados", "exibições lastimáveis do *Australopithecus* interior". "Imagino que *todos* tenhamos um *Australopithecus* interior, mas prefiro manter o meu no fundo da caverna, devorando carcaças de mamute com suas simples ferramentas de pedra.")

— Graças a Deus, saímos dali vivos — disse o Papai, dando partida no carro.

— O que *foi* aquilo?

— O seu palpite é tão bom quanto o meu. Como já falei, essas feministas americanas de meia-idade que se orgulham de abrir as próprias portas, pagar as próprias contas, bom, não são as mulheres fascinantes e modernas que imaginam ser. Não, são sondas espaciais Magalhães em busca de um homem que possam orbitar eternamente.

Um dos comentários preferidos do Papai em relação aos sexos era comparar mulheres confiantes a espaçonaves (sondas de rastreamento, orbitais, satélites, aterrissadores) e homens aos desapercebidos objetivos dessas missões (planetas, luas, cometas, asteróides). O Papai, é claro, se via como um planeta tão remoto que sofrera uma única visita — a bem-sucedida, embora breve, Missão *Natasha*.

— Estou falando de você — comentei. — Você foi grosso.

— Grosso?

— É. Ela foi legal. Gostei dela.

— Uma pessoa não é "legal" quando invade a nossa privacidade, força uma aterrissagem e se sente na liberdade de emitir sinais de radar que rebotam na nossa superfície, formando imagens panorâmicas da nossa geografia para então transmiti-las incessantemente pelo espaço.

— E o que me diz da Vera Strauss?

— Quem?

— Vera P. Strauss.

— Ah. A veterinária?

— A menina do caixa-rápido da Hearty Alimentos Saudáveis.

— Isso. Ela queria *ser* veterinária. Lembro dela.

— Ela nos acossou no meio do seu...

— Jantar de aniversário. Na Churrascaria Wilber, sim, eu sei.

— Churrascaria Wilson, em Meade.

— Bom, eu...

— Você convidou a moça para sentar e comer a sobremesa, e tivemos que escutar umas histórias horríveis durante três horas.

— Sobre o coitado do irmão que passou por todas aquelas psicocirurgias, lembro sim, e eu te *pedi* desculpas. Como poderia saber que ela própria era candidata a eletrochoques, que deveríamos ter chamado as mesmas pessoas que surgem no final de *Um bonde chamado desejo* para levar a mulher embora?

— Naquele momento não me lembro de ter ouvido nenhuma queixa sobre as imagens panorâmicas que *ela* tirou.

— Tudo bem. Mas eu me lembro muito claramente de que a Vera tinha uma qualidade peculiar. O fato de que essa qualidade peculiar resultasse ser da variedade Sylvia Plath, bom, aí não foi culpa *minha*. E ela ao menos era extraordinária, num certo nível. Pelo menos nos forneceu uma visão crua e não-censurada do desvario completo. Esta última, essa... nem lembro o nome dela.

— Hannah Schneider.

— Pois bem, sim, ela era...

— O quê?

— Lugar-comum.

— Você pirou.

— Eu não passei seis horas ao seu lado com aquele jogo de perguntas "Muito, Muito Além do Vestibular" para que você depois viesse usar a palavra "pirou" no dia-a-dia.

— Você está *outré* — falei, cruzando os braços e me virando para olhar o tráfego da tarde que passava na janela. — E a Hannah Schneider era — queria pensar em algumas palavras decentes para que o Papai ficasse de queixo caído — cativante. Apesar de hermética.

— Hã?

— Ela passou por nós no mercadinho ontem à noite, sabia?

— Quem?

— A Hannah.

Ele se virou para mim, surpreso.

— Essa mulher estava no Mercadinho Gato Gordo?

Fiz que sim:

— Passou bem do nosso lado.

Ele ficou calado por um instante, depois suspirou.

— Pois bem, espero que não seja uma dessas defuntas sondas Galileu. Acho que não poderíamos suportar mais uma aterrissagem forçada. Qual era o nome daquela? A de Cocorro...

— Betina Mendejo.

— Isso, Betina, a que tinha uma filhinha adorável de quatro anos, asmática.

— Ela tinha uma filha de dezenove que estudava nutrição.

— Isso — disse o Papai, assentindo. — Lembrei agora.

CAPÍTULO 6

ADMIRÁVEL MUNDO NOVO

Papai contou ter ouvido falar do Colégio St. Gallway por meio de um colega da Universidade Estadual de Hicksburg, e durante ao menos um ano tivemos uma cópia do brilhante catálogo de matrículas 2001-2004 da escola, entusiasticamente intitulado *Educação superior, valores superiores*, jogada numa caixa no porta-malas da nossa Volvo (junto com cinco cópias da *Fórum federal*, nº 5, v. 10, 1998, que continha um ensaio do Papai, "*Nächtlich:* Mitos Populares da Luta pela Liberdade").

O catálogo trazia uma típica retórica afetada, saturada de adjetivos, fotos ensolaradas cheias de árvores frondosas no outono, professores com caras de camundongos adoráveis e crianças que sorriam ao caminharem pela calçada com grandes livros nos braços como se carregassem rosas. À distância, uma multidão de montanhas escuras e carrancudas (e aparentemente mortas de tédio) observava a paisagem sob um melancólico céu azul. "Nossas instalações não deixam nada a desejar", resmungava a página 14; de fato, havia campos de futebol tão macios que pareciam linóleo, uma lanchonete com grandes janelas e candelabros de ferro trabalhado, um complexo esportivo monstruoso que parecia o Pentágono. Uma diminuta capela de pedra fazia o melhor que podia para se esconder dos colossais edifícios coloniais esparramados pelo gramado, estruturas batizadas de nomes como o Pavilhão Hanover, a Casa Elton e os Edifícios Barrow e Vauxhall, cujas fachadas traziam à mente antigos presidentes dos EUA: grisalhos, cenhos espessos, dentes de madeira, ar empedernido.

A brochura também trazia uma nota encantadoramente excêntrica sobre Horatio Mills Gallway, que nascera pobre e fizera fortuna na indústria do papel, fundando o colégio no ano de 1910, não em nome de princípios altruístas como o dever cívico ou a difusão do conhecimento, e sim por um desejo megalomaníaco de ver a palavra *Santo* na frente do seu sobrenome; fundar um colégio privado demonstrou ser a maneira mais fácil de se chegar a esse fim.

Minha seção preferida era "Para onde foram todos os gallwaianos?", que apresentava um orgulhoso texto escrito pelo diretor, Bill Havermeyer (um tipo velho com jeitão de Robert Mitchum), e a seguir resumia as conquistas sem precedentes dos ex-alunos gallwaianos. Em vez das fanfarrices típicas vistas na maior parte das escolas privadas empertigadas — pontos estratosféricos no vestibular, a enorme quantidade de formandos que conseguia vagas nas melhores universidades do país —, St. Gallway louvava outras conquistas, mais extraordinárias: "Temos a maior quantidade de formandos no país que posteriormente se tornam artistas performáticos revolucionários; (...) 7,27% dos formandos de Gallway dos últimos cinquenta anos têm registros no Escritório de Patentes dos EUA; um em cada dez alunos de Gallway se torna inventor; (...) 24,3% dos Gallwaianos publicam livros de poesia; 10% estudam cenografia; 1,2% trabalham com teatro de fantoches; (...) 17,2% vivem em Florença em algum momento da vida; 1,8% em Moscou; 0,2% em Taipei. Um em cada 2.031 gallwaianos entra no *Livro Guinness dos Recordes*. Wan Young, da turma de 1982, detém o recorde de Maior Nota Operística Mantida..."

Enquanto Papai e eu acelerávamos pela primeira vez na rua principal do colégio (chamada convenientemente de Via Horatio, um caminho estreito que nos fazia passar por uma floresta de pinheiros delgados antes de nos abandonar no centro do campus), peguei-me ofegante, inexplicavelmente pasma. Imediatamente à nossa esquerda havia um gramado verde como um Renoir que se erguia e aprofundava animado, dando a impressão de que poderia flutuar se não fosse pelos carvalhos que o fincavam ao solo ("A Relva dos Comuns", cantava o catálogo, "um gramado habilmente cultivado pelo nosso engenhoso zelador, Quasimodo, que para alguns é o gallwaiano original..."). À nossa direita, sólido e impassível, estava o Pavilhão Hanover, disposto a cruzar o rio Delaware em pleno inverno. Atrás de um pátio de pedra retangular cercado de bétulas, via-se um elegante auditório de vidro e aço, colossal, e ainda assim requintado: o Auditório Love.

Estávamos ali estritamente a negócios. Não queríamos apenas fazer uma excursão pelo campus com a nossa guru de Novos Alunos, Mirtha Grazeley (uma senhora idosa que usava um vestido rosa intenso e nos guiava como uma velha mariposa em ziguezagues confusos: "Epa, não vimos ainda a galeria de arte, vimos? Ora, querida, esqueci de passar pela lanchonete. E aquele cata-vento em forma de cavalo no topo da Casa Elton, não sei se você se lembra, apareceu na revista *Arquitetura sulista* no ano passado."), mas também bajular a administradora encarregada de traduzir as notas que eu trazia da minha última escola para o Sistema de Créditos de St. Gallway, determinando assim o Nível Acadêmico para o qual eu seria designada. Papai abordou essa tarefa com a seriedade de um Reagan abordando Gorbachev com o Tratado de Forças Nucleares.

— Deixe que eu falo. Apenas fique sentada e faça cara de erudita.

Nosso alvo, a sra. Lacey Ronin-Smith, estava isolado na torre do Pavilhão Hanover, parecida à de Rapunzel. Era uma mulher magra e forte, com uma voz picante e um cabelo inequivocamente enfadonho. Devia ter quase setenta anos, fora Representante Acadêmica de St. Gallway nos últimos trinta e um e, segundo as fotografias ao redor de sua mesa, gostava de tricô, caminhadas na natureza com as amigas e de um cachorrinho cujo pêlo era mais oleoso que o cabelo de um velho astro de rock.

— O que a senhora tem nas mãos é uma cópia autenticada do histórico escolar da Blue — ia dizendo o Papai.

— Muito bem — disse a sra. Ronin-Smith. Seus lábios finos, que mesmo em repouso tremiam ligeiramente nos cantos como se ela estivesse chupando um limão, sinalizavam um vago desânimo.

— A última escola da Blue, o Colégio Lamego, em Lamego, Ohio, é uma das mais dinâmicas do país. Quero me assegurar de que o trabalho da minha filha seja adequadamente reconhecido aqui.

— É claro que quer — disse Ronin-Smith.

— É natural que os outros alunos se sintam ameaçados por ela, especialmente aqueles que antevêem se formarem como os primeiros ou segundos da turma. Não queremos frustrar ninguém. Entretanto, é perfeitamente justo que ela seja colocada numa posição próxima à que ocupava quando o meu trabalho nos forçou a vir para cá. Ela era a número *um*...

Lacey lançou ao Papai o seu Olhar Burocrático — lamento, com uma pitada de triunfo:

— Detesto ter que desapontá-lo, sr. Van Meer, mas devo informá-lo de que os procedimentos de St. Gallway são bastante claros quanto a esses assuntos. Alunos recém-chegados, por mais brilhantes que sejam suas notas, não podem ser colocados acima de...

— Santo Deus — disse Papai abruptamente. Com as sobrancelhas erguidas, a boca num sorriso arrebatado, inclinou-se para a frente na cadeira, tomando precisamente o ângulo da Torre de Pisa. Percebi, horrorizada, que ele estava ensaiando sua cara de Sim-Virgínia-Papai-Noel-Existe. Quis me esconder debaixo da cadeira.

— Esse diploma que a senhora tem aí é deveras impressionante. Se importa se eu lhe perguntar qual é?

— Ah... o quê? — guinchou a sra. Ronin-Smith (como se o Papai acabasse de apontar para uma centopéia que se arrastava pela parede atrás dela), virando-se para inspecionar o diploma gigante, caligrafado num papel creme com um selo dourado e pendurado ao lado de uma foto do cachorro Mötley Crüe de gravata-borboleta e cartola. — Ah. Esse é o meu Certificado de Eminência em Aconselhamento e Arbitragem Acadêmica.

Papai ofegou um pouco.

— A senhora deveria trabalhar na ONU!

— Ora, por favor — disse a sra. Ronin-Smith, balançando a cabeça e abrindo relutante um sorrisinho amarelado de dentes tortos. Um rubor começou a lhe subir pelo pescoço. — *Que nada...*

Trinta minutos depois, quando o Papai já a havia adulado o suficiente (ele trabalhava como um evangelista feroz; a pessoa se via obrigada a ser salva), descemos a escada em espiral que partia de seu escritório.

— Só resta um paspalho na sua frente agora — sussurrou com um entusiasmo absoluto. — Um tal de Radley Clifton. Já vimos esse tipo antes. Prevejo que na terceira semana do Primeiro Bimestre, quando você entregar um dos seus trabalhos sobre relativismo, ele será esmagado como uma aranha.

⌇

Na cinzenta manhã do dia seguinte, às 7h45, quando o Papai me deixou em frente ao Pavilhão Hanover, senti-me absurdamente nervosa. Não fazia idéia por quê. Eu já estava tão familiarizada com os Primeiros Dias na Escola quanto Jane Goodall com seus chimpanzés da Tanzânia depois de cinco anos na selva. Ainda assim, minha blusa de linho parecia estar dois números acima do tamanho normal (tinha as mangas curtas enrugadas nos ombros como dois guardanapos de pano mal passados), minha saia quadriculada vermelha e branca parecia grudenta e o meu cabelo (geralmente a única característica que não me deixava cair em desgraça) optara por experimentar um penteado crespo como um dente-de-leão: eu era uma mesa num bistrô servindo churrasco.

— "Ela caminha em beleza, como a noite" — gritou o Papai pela janela abaixada enquanto eu descia do carro. — "Num céu sem nuvens e de estrelas palpitantes;/ E o que há de bom em treva ou resplendor/ Reúne-se em seu aspecto e em seu olhar!" Acabe com eles, garota! Ensine-lhes o significado da palavra *culta*.

Acenei sem muita convicção e fechei a porta (ignorando a mulher com cabelo de Fanta que havia parado nos degraus, virando-se para ver o sermão de despedida do Papai-Dr. King). Uma reunião com todo o colégio estava marcada para as 8h45, quando seriam transmitidos os Anúncios Matinais. Assim, depois de encontrar o meu armário no terceiro andar do Pavilhão, juntei os meus livros (lançando um sorriso amistoso à professora que entrava e saía freneticamente das salas de aula com fotocópias — o soldado que, ao acordar, dera-se conta de que não havia planejado suficientemente a ofensiva do dia), saí e caminhei pela calçada em direção ao Auditório Love. Como boa caxias, cheguei bastante adiantada, e o anfiteatro estava vazio, a não ser por um menininho que tentava parecer absorto no que claramente se tratava de um caderno espiral em branco.

A seção do terceiro ano ficava nos fundos. Sentei na cadeira que me correspondia, designada pela sra. Ronin-Smith, e contei os minutos até que o estampido ensurdecedor de alunos, todos os "E aís" e os "Que é que você fez nas férias", o cheiro de xampu, pasta de dentes e sapatos novos de couro e toda aquela medonha energia cinética que as crianças emitem sempre que se encontram em grande número fizessem com que o chão vibrasse, as paredes reverberassem e pensássemos que, se ao menos houvesse um jeito de controlá-la, direcioná-la por alguns circuitos paralelos e daí para uma estação elétrica, poderíamos iluminar de maneira segura e econômica toda a Costa Leste.

Sinto-me na obrigação de revelar um velho truque: qualquer pessoa pode atingir um estado de confiança implacável, não por fingir estar absorvida no que claramente se trata de um caderno espiral em branco, nem por tentar convencer a si mesma de que é (embora ainda não tenha sido descoberta) uma estrela do rock, top model, magnata, James Bond, Bond Girl, Rainha Elizabeth, Elizabeth Bennet ou Eliza Doolittle no Baile do Embaixador, nem por imaginar que é um membro da família Vanderbilt há muito perdido, nem por empinar o nariz entre quinze e quarenta e cinco graus — fingindo ser Grace Kelly na sua melhor época. Esses métodos funcionam em teoria, mas na prática nos escapam, somos deixados terrivelmente nus, sem nada além do manto manchado da autoconfiança aos nossos pés.

Por outro lado, a dignidade imponente pode ser dominada por todos, de duas maneiras:

1. Distraindo a mente com um livro ou peça
2. Recitando Keats

Descobri essa técnica ainda quando criança, na segunda série da escola fundamental de Sparta. Ao perceber que não tinha escolha além de escutar os detalhes da conversa de Eleanor Slagg, que falava da noite com seu Último e Exclusivo Namorado, tirei um livro da mochila, *Mein Kampf* (Hitler, 1925), que tinha roubado aleatoriamente da biblioteca do Papai, enfiei a cabeça entre as duas capas e, com a gravidade do próprio Chanceler Alemão, obriguei-me a ler e ler até que as palavras da página invadissem as palavras de Eleanor e as palavras de Eleanor se rendessem.

⁓

— Sejam bem-vindos — disse ao microfone o diretor Havermeyer. Bill tinha a constituição de um cacto Saguaro que acabara por passar tempo demais sem água, e suas roupas — paletó azul-marinho, camisa azul, cinto de couro com uma fivela de prata gigante retratando o Cerco do Álamo ou a Batalha de Little Bighorn — pareciam tão ressecadas, desbotadas e empoeiradas quanto o seu rosto. Caminhou lentamente pelo palco, como se se comprouvesse dos cliques imaginários das suas esporas; segurou o microfone sem fio de maneira afetuosa: era o seu chapéu de caubói.

— E lá vamos nós — sussurrou o Mozart hiperativo ao meu lado, que não parava de batucar *As bodas de Fígaro* (1786) na cadeira em que estava sentado. Eu estava sentada entre Amadeus e um menino triste igualzinho a Sal Mineo (ver *Rebelde sem causa*).

— Para os que nunca ouviram as Palavras de Sabedoria de Dixon — prosseguiu Bill —, para os que são novos, bem, terão a sorte de ouvi-las pela primeira vez. Dixon era o meu avô, o Velho Havermeyer, e ele gostava dos jovens que escutavam, que aprendiam com os anciãos. Quando eu estava crescendo, ele me puxava e dizia: "Meu filho, não tenha medo de mudar." Pois bem, não posso lhes dar nenhum conselho melhor que esse. Não tenham medo de mudar. Apenas isso.

Ele certamente não era o primeiro diretor que sofria do Efeito Frank Sinatra. Inúmeros diretores, especialmente os homens, confundiam o piso liso de uma lanchonete à meia-luz ou a acústica conturbada de um auditório escolar com o Salão Copa do Hotel Sands, com suas paredes de cor rubi, e os alunos com um público aficionado que fizera reservas com meses de antecedência e desembolsara $100 por cabeça. Tragicamente, ele achava que podia cantar "Strangers in the Night" fora do tom, entoar "The Best Is Yet to Come" como um cantor de rádio e esquecer parte da letra sem jamais macular a sua reputação como *Chairman of the Board*, A Voz, Swoonatra.

Na verdade, é claro, a platéia apenas o ridicularizava, chacoteava e imitava.

— Ei, o que você está lendo? — perguntou um garoto às minhas costas.

Não achei que as palavras fossem dirigidas a mim até o momento em que foram repetidas muito perto do meu ombro direito. Encarei a velha peça que tinha nas mãos, página 18. "Você deixa Brick contente?"

— Alô, senhorita? Madame? — Ele chegou ainda mais perto, pude sentir o seu hálito quente no meu pescoço. — Você fala a minha língua?

Uma garota do lado dele riu.

— Parlê vu froncé? Spréquenzi dóitche?

Segundo o Papai, em todas as circunstâncias nas quais era difícil escapar, existia algum Oscar Shapeley, um homem profundamente repugnante que, misteriosamente, chegara à conclusão de que o que tinha a oferecer em termos dialogais era intensamente fascinante, e o que tinha a oferecer em termos sexuais era absolutamente irresistível.

— Parlate italiano? Alô?

O diálogo em *Gata em teto de zinco quente* (Williams, 1955) tremia ante os meus olhos. "Um desses brutamontes sem pescoço me acertou um pedaço de sorvete. Suas cabecinhas gordas se apóiam nos seus pescocinhos gordos sem nenhuma espécie de conexão..." Maggie a Gata não suportaria tamanho assédio. Ela cruzaria as pernas sob a anágua fina e diria algo apaixonante e estridente, e todos no recinto, incluindo o Paizão, engasgariam com o gelo que mastigavam de seus drinques de menta.

— O que é que um garoto tem que fazer para ganhar alguma atenção por aqui?

Não tive escolha além de me virar.

— Que foi?

Ele estava sorrindo para mim. Eu esperava que fosse algum monstro sem pescoço mas, para meu espanto, era apenas um *Boa noite, Lua* (Brown, 1947). Os Boa Noite, Lua tinham olhos macios, um sorriso semelhante a uma rede de varanda e uma expressão sonolenta que a maior parte das pessoas só apresenta durante os poucos minutos que antecedem o sono, mas que o Boa Noite, Lua carrega consigo durante todo o dia e boa parte da noite. Os Boa Noite, Lua podem ser homens ou mulheres e são universalmente queridos. Até mesmo os professores os veneram, olhando para os Boa Noite, Lua sempre que fazem uma pergunta, e mesmo que a resposta seja indolente e inteiramente errada o professor dirá "Oh, maravilhoso" e revirará as palavras como um arame fino, até que pareçam algo glorioso.

— Desculpa — disse o menino. — Não quis te perturbar.

Tinha cabelo loiro, mas não era do tipo de escandinavo desbotado que parece precisar desesperadamente de uma pintura, um tingimento, uma submersão em alguma coisa.

Usava uma camisa branca novinha em folha, um paletó azul-marinho. A gravata listrada, vermelha e azul, estava solta e um pouco torta.

— Então, quem é você, uma atriz famosa? Rumo à Broadway?

— Hã, não...

— Eu sou Charles Loren — continuou, como se revelasse um segredo.

Papai era devoto do Contato Visual Vigoroso, mas ele nunca mencionava o fato de que é quase impossível fixar a visão diretamente nos olhos de uma pessoa a curta distância. É preciso *escolher* um olho, o direito ou o esquerdo, ou alternar de um para o outro, ou simplesmente ficar com o ponto *entre* os olhos. Mas sempre achei que esse era um ponto triste e vulnerável, desprovido de sobrancelhas e com uma estranha inclinação, para o qual Davi apontou a pedra que matou Golias.

— Eu sei quem *você* é — continuou. — Blue alguma coisa. Não fale...

— Que diabos é aquele *rebuliço* ali atrás?

Charles girou o corpo na cadeira para olhar. Eu me virei.

Uma mulher atarracada com cabelo laranja azedo — a mesma pessoa que olhara feio para o Papai enquanto ele recitava Byron aos berros ao me deixar na escola — tinha substituído Havermeyer no palco do auditório. Usando um terno rosa-nabo que se esforçava mais que um halterofilista para se manter abotoado, encarou-me com os braços cruzados e as pernas bem afastadas, muito parecida à Ilustração 11.23, "Guerreiro turco clássico durante a Segunda Cruzada", num dos textos preferidos do Papai, *Pelo amor de Deus: história das guerras e perseguições religiosas* (Murgg, 1981). E não era a única que me encarava. Não restava um único ruído no Auditório Love. As cabeças se voltaram para mim como uma tropa de turcos seljúcidas percebendo um cristão solitário e desapercebido que tomava um atalho pelo meio do seu acampamento a caminho de Jerusalém.

— Deve ser aluna nova — falou ao microfone. Sua voz era como o ruído amplificado de saltos altos caminhando no asfalto. — Deixe que eu lhe conte um segredinho. Qual é o seu nome?

Esperei que fosse uma questão retórica, daquelas para as quais ninguém espera uma resposta, mas ela estava aguardando.

— Blue — falei.

Ela fez uma careta.

— O quê? O que ela disse?

— Disse *Blue* — respondeu alguém.

— *Blue*? Pois bem, *Blue*, nesta escola, quando alguém sobe ao tablado, nós lhe damos o respeito que merece. Prestamos *atenção*.

Talvez não seja necessário dizer que eu não estava acostumada a ser encarada, pelo menos não por uma escola inteira. Jane Goodall estava acostumada a encarar os *outros*, sempre sozinha e sempre de um lugar de folhagem densa, que tornasse sua bermuda cáqui e blusa de linho praticamente indistinguíveis da mata de bambu. Meu coração saltitava enquanto eu fitava de volta todos aqueles olhos. Lentamente, começaram a sair de cima de mim como ovos escorregando numa parede.

— Como eu ia dizendo. Houve mudanças críticas nos Prazos de Inscrição, e não vou abrir exceções para ninguém. Não importa quantos chocolates Godiva vocês me tragam... estou falando com *você*, Maxwell. Peço-lhes que sejam pontuais ao fazerem decisões sobre o currículo, e estou falando sério.

— Desculpa aí — disse Charles atrás de mim. — Eu devia ter te avisado. Essa Eva Brewster, é melhor você ficar na sua perto dela. Todo mundo a chama de Evita. É uma espécie de ditadora aqui dentro. Embora seja tecnicamente só uma secretária.

A mulher — Eva Brewster — liberou toda a escola para que começassem as aulas.

— Escuta, queria te perguntar uma coisa... ei, espera um pouqui...

Passei rápido pelo Mozart, abrindo caminho aos empurrões até o final da fileira e ganhando o corredor. Charles conseguiu me acompanhar.

— Espera aí — disse Charles, sorrindo. — Caramba, você está realmente na fissura para começar as aulas! Típica personalidade tipo A, eita... mas, hmm, vendo que você é *novinha* aqui, eu e uns amigos estávamos querendo...

— Ele estava aparentemente falando comigo, mas seus olhos já pairavam sobre as escadas da SAÍDA. Todos os Boa Noite, Lua tinham olhos de hélio. Nunca poderiam se ater a uma só pessoa por muito tempo. — Queríamos que você almoçasse com a gente. Conseguimos arrumar um passe para sair do colégio. Então não precisa ir para a lanchonete. Pode nos encontrar no Arranha. 12h15. — Inclinou-se, deixando o rosto a centímetros do meu. — E não se atrase, ou vai haver conseqüências sérias. Entendido? — Piscou um olho e se mandou.

Fiquei parada um instante no corredor, sem conseguir me mexer até que os garotos começassem a empurrar a minha mochila, forçando-me a subir a escada. Eu não fazia idéia de como esse Charles poderia saber o meu nome. Mas eu *sabia* sim, exatamente, por que tinha me recebido com esse tapete vermelho: ele e os amigos esperavam que eu entrasse no seu Grupo de Estudos. Eu já tinha um longo histórico de convites para Grupos de Estudo feitos por todo tipo de pessoa, desde o Herói do Futebol Com Olhos Amendoados Que Teria Um Filho No Terceiro Ano até a Garota Rita Hayworth Modelo de Propagandas do Jornal de Domingo. Eu costumava ficar *empolgadíssima* quando me convidavam para participar de um Grupo de Estudos, e quando chegava à sala de estar combinada levando as minhas anotações, marcadores fluorescentes, canetas vermelhas e livros-texto suplementares, estava tão eufórica quanto a cantora de um coro que fora convidada a cantar o solo. Até mesmo o Papai ficava empolgado. Ao me levar de carro até a casa do Brad, ou do Jeb, ou da Sheena, começava a resmungar sobre aquela maravilhosa oportunidade, que me permitiria abrir minhas asas de Dorothy Parker e avançar sozinha sobre uma Távola Redonda do Algonquin contemporânea.

No entanto, depois que ele me deixava, em pouco tempo notava-se que eu não tinha sido convidada graças ao meu intelecto aguçado. Se a tal sala de estar fosse um restaurante de luxo, eu seria o garçom que todos ignoravam a menos que quisessem mais um uísque ou que houvesse algo de errado com a comida. De alguma forma, um deles tinha descoberto que eu era uma c.d.f. (uma "cardigã", na terminologia da Academia de Coventry), e portanto cabia a mim pesquisar uma de cada duas perguntas do estudo dirigido, quando não todo o estudo dirigido.

— Deixa ela fazer essa aí também. Não tem problema, não é mesmo, Blues?

Mas tudo mudou na casa do Leroy. Bem no meio da sala de estar, repleta de miniaturas de dálmatas em porcelana, comecei a chorar — embora não saiba por que decidi chorar *naquela* ocasião específica; Leroy, Jessica e Schyler só me haviam passado uma de cada *quatro* perguntas do estudo dirigido. Começaram a repetir com vozes agudas de sacarina: "Oh, meu Deus, qual é o *problema*?", fazendo com que três dálmatas vivos corressem até a sala, andando em círculos e latindo, e a mãe de Leroy surgisse da cozinha usando luvas de limpeza cor-de-rosa e gritando: "Leroy, já te disse para não ficar atiçando os cachorros!" Saí dali correndo e não parei até chegar à minha casa, a cerca de dez quilômetros. Leroy jamais devolveu meus livros-texto suplementares.

— Então, de onde você conhece o Charles? — perguntou Sal Mineo, ao meu lado, quando chegamos às portas de vidro.

— Eu não conheço o Charles — respondi.

— Bom, você é bem sortuda, porque todo mundo quer conhecê-lo.

— Por quê?

Sal pareceu conturbado, então deu de ombros e disse numa voz fraca e pesarosa:

— Ele é da nobreza. — Antes que eu pudesse perguntar o que significava aquilo, o menino escapuliu pelos degraus de cimento e desapareceu na multidão. Os Sal Mineo sempre tinham vozes esponjosas e faziam comentários tão vagos quanto o contorno de um casaco angorá. Seus olhos não eram como os das demais pessoas — tinham glândulas lacrimais aumentadas e nervos ópticos adicionais. Pensei em correr atrás dele, para informá-lo de que, no final do filme, seria reconhecido como um personagem de grande sensibilidade e *páthos*, um arquétipo de todas as perdas e danos sofridos por sua geração, mas que, se não fosse cuidadoso, se não atingisse a compreensão sobre si mesmo e sobre quem era, seria alvejado pela polícia, sempre rápida no gatilho.

Em vez disso, vislumbrei a realeza: o Príncipe Charles, com a mochila jogada sobre o ombro e um sorriso maroto na cara, caminhava em grandes passos pelo gramado em direção a uma menina alta, de cabelo escuro, que usava um longo casaco de lã marrom. Ele se esgueirou por detrás dela e jogou os braços ao redor do seu pescoço com um "Ah-háááá!" Ela gritou, e depois, quando ele pulou na sua frente, riu. Era um desses risos de carrilhão que cortavam limpidamente a manhã e os murmúrios cansados de todos os demais alunos, indicando que aquela pessoa jamais conhecera o embaraço ou o acanhamento, que até mesmo seu sofrimento seria fascinante, na remota hipótese de que algum dia o vivenciasse. Obviamente, aquela deveria ser a namorada deslumbrante do Charles, e os dois formariam um desses bronzeados casais *Lagoa azul* de cabelo esvoaçante (só havia um desses por escola) que ameaçavam destruir os fundamentos da casta comunidade educacional pela simples maneira molhada de se olharem pelos corredores.

Os alunos os fitavam maravilhados, como se fossem feijões em rápido crescimento numa estufa. Os professores — não todos, mas alguns — passavam noites acordados detestando-os, por causa de sua estranha juventude desenvolvida, que era como gardênias florescendo no inverno, de sua beleza, ao mesmo tempo estonteante e triste como as corridas de cavalos, e de seu amor, que todos, exceto os dois, sabiam que não duraria. Fiz questão de parar de olhar para eles (se você já viu uma versão de *Lagoa azul*, já viu todas), mas quando caminhei até o Pavilhão Hanover e abri a porta lateral, olhei despreocupada na direção deles, chocada, porque tinha cometido um grande equívoco na minha observação.

Charles se mantinha agora a uma distância respeitosa (embora sua expressão ainda fosse a de um filhote de gato fitando um barbante), mas ela se dirigia ao garoto com a típica cara fechada dos professores (uma cara que todos os professores decentes dominavam; Papai tinha uma que transformava instantaneamente sua testa em batatinhas fritas onduladas). Ela não era uma aluna. Na verdade, não faço idéia de como pude, dada a postura daquela mulher, tê-la confundido com uma aluna. Mantinha uma das mãos no quadril, o queixo levantado como se olhasse para um falcão que sobrevoava a Relva dos Comuns, usava botas altas de couro marrom bastante parecidas com a Itália e firmava o talão de uma delas no pavimento, apagando um cigarro invisível.

Era Hannah Schneider.

⁓

Quando o Papai estava num Humor de Uísque, fazia um brinde de cinco minutos a Benno Ohnesorg, assassinado pela polícia de Berlim numa passeata de estudantes em 1967. Papai, que tinha dezenove anos na época, presenciou a cena:

— Ele estava bem ao meu lado quando caiu. E a minha vida, as coisas asininas com as quais eu perdia tempo me preocupando... as minhas notas, minha posição, minha *menina*... tudo isso congelou quando fitei aqueles olhos mortos. — Nesse momento, Papai ficava calado e suspirava (embora não fosse bem um suspiro, e sim uma exalação hercúlea com a qual se poderia tocar uma gaita de fole). Eu podia sentir o cheiro de álcool, um estranho odor quente, e quando era pequena imaginava que esse seria o cheiro dos poetas românticos, ou daqueles generais latinos do século XIX dos quais Papai gostava de falar, que "entravam e saíam do poder surfando as ondas das milícias revolucionárias e de resistência".

— E esse foi o meu momento bolchevique, por assim dizer — dizia. — Quando decidi assaltar o Palácio de Inverno. Com alguma sorte, você também vai ter o seu.

E de quando em quando, depois de Benno, Papai poderia expor um dos seus princípios mais queridos, o da Biografia, mas somente se não tivesse que compor uma palestra, ou se não estivesse no meio de um capítulo de um livro sobre a guerra escrito por algum conhecido de Harvard. (Ele o dissecaria como um investigador louco por encontrar provas de alguma trapaça: "Aqui está, querida! A prova de que Lou Swann é um escritor fajuto! Engodo! Ouça só este monte de estrume: 'Para serem bem-sucedidas, as revoluções precisam de uma força armada bastante visível, de modo a espalhar pânico por toda parte; essa violência deve então ganhar impulso, crescendo até a Guerra Civil aberta.' Este idiota não conseguiria reconhecer uma guerra civil nem mesmo se desse de cara com ela!)

— Todos são responsáveis pelo ritmo da passagem das páginas de sua própria Biografia — dizia o Papai, coçando o queixo pensativo, ajeitando a gola frouxa da camisa de algodão. — Mesmo que você tenha o seu Excelente Motivo, ela poderá ser tão enfadonha quanto o Nebraska, e a culpa seria inteiramente sua. Pois bem, se a sua vida não passar de quilômetros de campos de milho, arrume alguma coisa na qual possa crer além de em si mesma, de preferência uma causa sem o ranço da hipocrisia, e então parta para a batalha. Há um motivo pelo qual ainda desenham o Che Guevara nas camisetas, pelo qual as pessoas *ainda* comentam sobre os Sentinelas Noturnos, embora não haja nenhum indício de sua existência há mais de vinte anos. Mas acima de tudo, querida, nunca tente modificar a estrutura narrativa da história de *outra* pessoa, embora possa estar certa de que a tentação de fazê-lo surgirá em algum momento, ao ver aquelas pobres almas na escola, na vida, seguindo desprevenidas por perigosas tangentes, digressões fatais das quais dificilmente conseguirão escapar. Resista à tentação. Gaste as suas energias na *sua* história. Revisando-a. Melhorando-a. Aumentando a escala, a profundidade do conteúdo, os temas universais. E não interessa quais temas serão esses; seu papel é desvendá-los e apoiá-los. Desde que, no mínimo, o faça com coragem. Raça. *Mut*, em alemão. As pessoas ao seu redor podem viver suas novelas, querida, seus contos cheios de clichês e coincidências, por vezes temperados com os truques do incomum, do dolorosamente mundano, do grotesco. Alguns chegarão até a engendrar uma tragédia grega, aqueles que nasceram na miséria, destinados a morrer na miséria. Mas você, minha noiva de quietude, você não fará da sua vida nada menos que um épico. Dentre todas as outras, a sua história perdurará.

— Como você sabe? — Eu perguntava sempre, e quando falava parecia minúscula e incerta em comparação ao Papai.

— Eu apenas sei — respondia ele singelo, e então fechava os olhos, o que indicava que não queria mais conversar.

O único ruído na sala era o do gelo derretendo no seu copo.

CAPÍTULO 7

LES LIAISONS DANGEREUSES

Fiquei um pouco tentada ao saber que Charles e Hannah Schneider tinham alguma intimidade, mas no fim das contas decidi não ir me encontrar com ele no Arranha.

Eu não fazia a menor idéia do que seria o Arranha, e não tinha tempo para me preocupar com isso. Afinal de contas, estava sobrecarregada com seis matérias ("O suficiente para afundar uma frota inteira de *USS Quaisquer Coisas*", disse o Papai), e tinha um único horário livre. Meus professores já haviam demonstrado ser pessoas exigentes, metódicas, sagazes como um todo (e não "completamente perdidos", como o Papai descrevera a profa. Roper, do Colégio Meadowbrook, que invertia todas as frases que dizia, fazendo com que terminassem com um bravo *grand finale*: "Onde terá a sua cópia da *Eneida* ficado?"). A maioria deles tinha um vocabulário perfeitamente respeitável (a profa. Simpson, de física, usou a palavra *factício* quinze minutos antes do sinal) e uma delas, especificamente a profa. Martine Filobeque, de francês, tinha Lábios Permanentemente Contraídos, o que poderia representar uma grave ameaça à medida que o ano se desenrolasse. "O lábio contraído persistente, uma característica associada exclusivamente ao educador feminino, é um sinal de ira acadêmica desgovernada", dizia o Papai. "Eu pensaria seriamente em levar flores, doces — qualquer coisa que a ajude a associar mentalmente a sua pessoa a tudo o que há de correto no mundo, em vez de a tudo o que há de errado."

Meus colegas também — não eram exatamente abobados ou palermas (*macarrão*, como o Papai chamava todos os garotos do Colégio Sage). Quando levantei a mão na aula de literatura para responder à pergunta da profa. Simpson sobre os Temas Principais do *Homem invisível* (Ellison, 1952) (que aparecia nas Listas dos Mais Lidos dos jornais de domingo com a mesma regularidade que os casos de corrupção na República dos Camarões), por incrível que pareça, não fui rápida *o suficiente*; um garoto, Radley Clifton, gorducho e com o queixo erodido, já tinha erguido a mão rechonchuda. Embora sua resposta não tenha sido brilhante nem inspirada, tampouco foi bruta ou Calibanesca, e me dei conta, enquanto a sra. Simpson entregava um programa acadêmico de dezenove páginas que cobria apenas o Primeiro Bimestre, de que St. Gallway talvez não fosse uma mera Brincadeira de Criança, uma Vitória Fácil. Se eu quisesse ser realmente a Oradora da formatura (e eu achava que queria, embora O Que Papai Queria às vezes invadisse descaradamente O Que Eu Queria sem ter que passar pela Aduana), talvez eu tivesse que lançar uma campanha agressiva, com toda a ferocidade de Átila, o Huno. "Só temos uma chance na vida de sermos Oradores de Formatura", observava o Papai, "assim como só temos um corpo, uma existência, e, portanto, uma chance de atingir a imortalidade".

Tampouco respondi a carta que recebi no dia seguinte, apesar de lê-la vinte vezes, até mesmo durante a aula introdutória de física da profa. Gershon, "Das balas de canhão às ondas luminosas: a história da física". O paleoantropólogo Donald Johanson, ao se deparar com o antigo hominídeo "Lucy" em 1974, provavelmente sentiu o mesmo que eu quando abri a porta do meu armário e aquele envelope amarelado caiu aos meus pés.

Eu não fazia idéia do que seria aquilo que acabava de encontrar: uma maravilha (que mudaria a história para sempre) ou uma farsa.

Blue,

Que diabos aconteceu?? Você perdeu uma ótima batata assada com cheddar e brócolis na lanchonete Wendy's. Acho que está bancando a difícil. Vou entrar no seu jogo. Vamos tentar de novo? Estou tomado de desejo. (Brincadeira.)

Mesmo lugar. Mesma hora.

Charles

Também ignorei as duas cartas que apareceram no meu armário no dia seguinte, quarta-feira: a primeira num envelope creme, a segunda escrita numa cursiva pontiaguda, em papel verde-claro, com o topo timbrado com um elaborado entrelaçado de iniciais: JCW.

Blue,

Estou magoado. Bom, hoje vou estar lá de novo. Todo dia. Até o fim dos tempos. Então dê um descanso a este pobre rapaz.

Charles

Querida Blue,

O Charles obviamente meteu os pés pelas mãos, então estou preparando uma intervenção familiar. Presumo que você tenha achado que ele é um maníaco. Não posso te culpar. A verdade é que a nossa amiga Hannah nos falou de você e sugeriu que nos apresentássemos. Você não está em nenhuma das nossas aulas, então teremos que nos encontrar depois da escola. Esta sexta, às 15h45, vamos ao segundo andar do Edifício Barrow, sala 208, espere pela gente ali! Não se atrase. Estamos LOUCOS de vontade de te conhecer e ouvir todas as histórias de Ohio!!!

Beijos,
Jade Churchill Whitestone

Essas cartas teriam encantado a Aluna Média. Após um ou dois dias de resistência verborrágica, ela entraria de fininho nas sombras escuras do Arranha como uma pobre virgem do século XVIII, mordendo excitada o lábio inferior, vermelho e carnudo, e esperaria por Charles, o aristocrata de peruca que a levaria dali (*culottes* esvoaçando) para a ruína.
Eu, por outro lado, era a freira implacável. Permaneci inabalada.
Bom, estou exagerando. Nunca tinha recebido uma carta de alguém que não conhecesse (na verdade, nunca tinha recebido uma carta de alguém que não fosse o Papai), e encontrar um envelope misterioso traz uma emoção inegável. Papai observou certa vez que as cartas pessoais (que agora acompanhavam o tritão-de-crista na Lista de Espécies Ameaçadas de Extinção) eram

um dos poucos objetos físicos deste mundo que continham mágica em seu interior: "Até mesmo os Tontos e os Apagados, cujas presenças dificilmente podem ser digeridas pessoalmente, podem ser tolerados numa carta, ou até parecer ligeiramente interessantes."

Para mim, havia algo de estranho e insincero naquelas cartas, algo muito "Madame de Merteuil para o Visconde de Valmont no Chateau de...", algo muito "Paris, 4 de agosto de 17...".

Não que eu pensasse ser o último peão de algum jogo de sedução. Eu não chegaria a *esse* ponto. Mas eu já sabia de tudo sobre conhecer pessoas e não conhecer pessoas. Introduzir uma recém-chegada a um círculo exclusivo de relacionamentos, *le petit salon*, era trabalhoso e arriscado. Sempre havia poucas cadeiras, sendo portanto inevitável que algum dos mais velhos tivesse que ceder lugar (um sinal tenebroso de que alguém estaria perdendo seu lugar na corte, tornando-se *une grande dame manqué*).

Por segurança, era melhor ignorar a recém-chegada, se sua procedência fosse suficientemente obscura, evitá-la (fazendo-se insinuações sobre berço ilegítimo), a menos que houvesse alguém, uma mãe com um título, uma tia influente (chamada carinhosamente por todos de *Madame Titi*) que tivesse tempo e poder para apresentá-la, abrir-lhe espaço (apesar de que as perucas armadas de todos já estavam se chocando), redispondo os demais em posições confortáveis, ou ao menos suportáveis até a próxima revolução.

Ainda mais bizarras eram as referências a Hannah Schneider. Ela não tinha nenhum motivo para ser a *minha* Madame Titi.

Cogitei se, naquele nosso encontro na Sapato Certeiro, eu não teria passado a impressão de ser uma pessoa particularmente triste e desesperada. *Pensei* ter emanado "inteligência vigilante", que foi como me descrevera o dr. Ordinote, um colega do Papai com deficiência auditiva que comeu filé de cordeiro na nossa casa certa noite em Archer, no Missouri. Ele elogiou o Papai por ter criado uma jovem de "força e acume estonteantes".

— Se todos pudessem ter uma filha como essa, Gareth — comentou, erguendo as sobrancelhas enquanto girava o botão do aparelho auditivo. — O mundo giraria um pouco mais depressa.

Existia a possibilidade de que, durante aquela conversa de dez minutos com o Papai, Hannah Schneider o houvesse fitado com olhos românticos e resolvido que eu, a filha calada, seria a pequena escada portátil que ela usaria para alcançá-lo.

Sheila Crane, de Pritchardsville, na Geórgia, que ao encontrar o Papai na Mostra de Artes da escola fundamental Court (rasgando o tíquete do Papai ao meio) e que só precisara de vinte segundos para decidir que ele era o Seu Tipo, tinha tramado maquinações semelhantes. Depois daquela Mostra de Artes, a srta. Crane, que trabalhava em meio período na enfermaria da escola fundamental Court, adquiriu o hábito de se materializar durante o Recreio perto das gangorras e chamar meu nome, segurando um pacote de biscoitos recheados. Quando eu me aproximava, ela estendia um biscoito como se estivesse atraindo um vira-latas.

— Você pode me falar um pouco mais sobre o seu papai? Quer dizer... — comentava distraída, embora os seus olhos me perfurassem como uma broca —...de que tipo de coisa ele gosta?

Eu geralmente a encarava inexpressiva, pegava o biscoito recheado e me mandava, mas uma vez respondi: "Karl Marx". Ela abriu os olhos, espantada:

— Ele é homossessual?

A Revolução leva tempo para fermentar, só ocorrendo após décadas de opressão e pobreza, mas o momento exato da sua deflagração geralmente não passa de um acidente do destino.

Segundo um livro de história pouco conhecido que o Papai guardava na biblioteca, *Les faits perdus* (Manneurs, 1952), a Tomada da Bastilha jamais teria ocorrido se um dos manifestantes em frente à prisão, um lavrador de cevada chamado Pierre Fromande, não tivesse notado o momento em que um dos guardas apontou para ele e o chamou de *un bricon* ("idiota").

Na manhã de 14 de julho de 1789, Pierre estava de pavio curto. Tinha brigado com sua voluptuosa mulher, Marie-Chantal, por seus flertes *sans scrupule* com um de seus ajudantes, Louis-Belge. Pierre, ao escutar o insulto, vagamente cônscio de que o guarda da prisão tinha o mesmo torso massudo de roquefort de Louis-Belge, perdeu todo o autocontrole e investiu à frente, gritando: *"C'est tout fini!"* ("Está tudo acabado!") A multidão frenética o seguiu, pensando que ele falava do reinado de Luís XVI, embora Pierre estivesse, de fato, referindo-se à imagem de Marie-Chantal gritando de prazer nos campos de cevada, Louis-Belge derretendo-se em cima da moça. No entanto, Pierre não compreendera o guarda bem-intencionado, que tinha simplesmente apontado para Pierre e gritado: "Votre *bouton*"; naquela manhã, ao se vestir, Pierre esquecera aberto o terceiro botão de sua *chemise*.

De acordo com Manneurs, a maior parte da história se desenrolou sob circunstâncias similares, entre elas a Revolução Americana (a chamada Festa do

Chá, em Boston, foi obra de uma fraternidade de estudantes da época de 1777) e a Primeira Guerra Mundial (Gavrilo Princip, após passar um dia bebendo com seus amigos, os Mãos Negras, disparou alguns tiros para o alto, só para se mostrar, exatamente no momento em que o arquiduque Ferdinando passava por ali) (p. 199, p. 243). Hiroshima também foi um ato involuntário. Quando Truman disse aos seus ministros: "Vou entrar de cabeça", não estava se referindo, como se acreditou, a uma invasão japonesa — apenas manifestava o desejo simples de dar um mergulho na piscina da Casa Branca.

Minha revolução não foi menos acidental.

Naquela sexta-feira, depois do almoço, foi oferecido um Sorvete Social intitulado "Conheça a Sua Escola". Os alunos se misturaram aos professores no pátio de pedra do lado de fora da lanchonete Harper Racey '05, deliciando-se com uma seleção de exclusivo *sorbet* francês oferecido pelo *chef* Christian Gordon. Ávidos, os alunos (incluindo Radley Clifton, com a barriga escapando da camisa, que estava parcialmente para fora da calça) se alvoroçaram ao redor das principais figuras de Gallway (certamente as que se ocupariam das homenagens de fim de ano; "O puxa-saquismo tende a sair pela culatra nestes dias que vivemos", atestou o Papai. "*Networking*, bajulação — está tudo dolorosamente ultrapassado.") Depois de dizer uns poucos olás modestos a alguns dos meus professores (sorrindo para a profa. Filobeque, que se mantinha tristemente solitária sob uma cicuta e que apenas contraiu os lábios em resposta), segui em direção à minha próxima aula, História da Arte na Casa Elton, e esperei na sala vazia.

Depois de dez minutos surgiu o prof. Archer, carregando um copinho de sorvete de manga e sua pasta biodegradável onde se lia AMIGO DO PLANETA (ver "Sapo-de-olhos-vermelhos", *O mundo dos bufonídeos: de príncipes a girinos*, Showa, 1998). Tinha tanto suor na testa que parecia um copo de chá gelado.

— Pode me ajudar a preparar o projetor de diapositivos para a aula? — perguntou. (O prof. Archer, sendo AMIGO DO PLANETA, era INIMIGO DOS APARELHOS.)

Concordei, e já estava acabando de montar os 112 diapositivos quando os outros alunos começaram a chegar, a maior parte com grandes sorrisos açucarados no rosto, copos de sorvete nas mãos.

— Obrigado pela ajuda, Babs — disse o prof. Archer, sorrindo e afixando os dedos longos e grudentos sobre a mesa. — Hoje terminaremos Lascaux e nos voltaremos à rica tradição artística que surgiu na área que corresponde atualmente ao sul do Iraque. James, pode apagar as luzes?

Ao contrário de Pierre Fromande, eu escutara o homem perfeitamente. Ao contrário dos ministros de Truman, eu entendera o significado correto. Tudo bem, eu já tinha ganhado outros apelidos antes, desde Betsy e Barbara até "Você aí no canto" e "Red, Não, Brincadeira". Dos doze aos catorze anos, cheguei realmente a acreditar que o meu nome era amaldiçoado, que os professores comentavam entre si que "Blue" tinha as propriedades imprevisíveis de uma caneta em altas altitudes; se proferissem o nome, um azul permanente, escuro e inexorável poderia perfeitamente vazar sobre todos eles.

Lottie Bergoney, professora da segunda série em Pocus, no Indiana, chegou de fato a ligar para o Papai e sugerir que me rebatizasse.

— Você não vai acreditar nisto! — fez o Papai com os lábios, cobrindo o telefone com a mão, indicando que eu fosse ouvir a conversa na extensão.

— Vou lhe dizer sinceramente, sr. Van Meer. Esse nome não é saudável. Os garotos da turma chegam a caçoar dela. Eles a chamam de marinho. Alguns dos mais espertos a chamam de cobalto. E de *cordon bleu*. Talvez devesse pensar em alternativas.

— Poderia sugerir algumas possibilidades, profa. Bergie?

— É claro! Não sei quanto ao senhor, mas eu sempre adorei o nome Daphne.

Talvez tenha sido a escolha particular do sr. Archer, Babs, o apelido de uma esposa inquieta sem sutiã durante a aula de tênis. Ou talvez tenha sido a confiança com que o proferiu, sem o menor vestígio de incerteza ou hesitação.

De súbito, na minha carteira, fiquei sem fôlego. Ao mesmo tempo, queria saltar da cadeira e gritar: "*É Blue, seus filhos-da-puta!*"

Em vez disso, alcancei a mochila e tirei as três cartas, ainda presas à capa do meu caderno de deveres. Reli cada uma delas, e então, com a mesma clareza que inundou Robespierre enquanto relaxava num banho e *liberté*, *egalité* e *fraternité* lhe vieram à mente — três enormes navios mercantes chegando ao porto —, eu soube o que tinha que fazer.

∽

Depois das aulas, fui até o orelhão do Pavilhão Hanover e liguei para o Papai na universidade. Deixei uma mensagem explicando que não precisaria de uma carona até as 16h45; teria uma reunião com a profa. Simpson, de literatura, para discutir suas Grandes Expectativas em relação aos trabalhos de pesquisa. Às 15h40, depois de me certificar, no banheiro feminino do Pavilhão, de que não havia sentado em chiclete nem chocolate, que não tinha nada nos dentes e que não havia apoiado acidentalmente a mão manchada de tinta no lado do rosto, deixando um mosaico de impressões digitais pretas (como eu já havia feito uma vez), caminhei o mais composta possível para o Edifício Barrow. Bati na porta da sala 208 e fui instantaneamente saudada por algumas vozes lânguidas, que não pareciam nada surpresas:

— Está aberta.

Abri lentamente. Quatro figuras pálidas como farinha estavam sentadas nas carteiras, num círculo no centro da sala; nenhuma delas sorria. As outras carteiras tinham sido empurradas para as paredes.

— Oi — falei.

Eles me encararam mal-humorados.

— Sou a Blue.

— Você está aqui para a Liga de Demonologia de Dungeons & Dragons — pronunciou um garoto de voz fina e frouxa, como ar escapando de um pneu de bicicleta. — Tem mais um outro livro do jogador *ali*. Estamos agora mesmo escolhendo os nossos personagens para este ano.

— *Eu* sou o Mestre de Jogo — esclareceu rapidamente um menino.

— Jade? — perguntei esperançosa, virando-me para uma das meninas. Não foi um chute tão terrível: esta aqui, usando um longo vestido branco com mangas justas que terminavam em Vs medievais sobre as mãos, tinha cabelo verde, que parecia espinafre seco.

— Lizzie — respondeu, estreitando os olhos ressabiada.

— Vocês conhecem a Hannah Schneider? — perguntei.

— A professora de *cinema*?

— Do que ela está falando? — perguntou a outra menina ao Mestre de Jogo.

— Com licença — falei. Atendo-me ao meu sorriso tenso como uma católica enlouquecida ao seu terço, retrocedi de costas, saí da sala 208 e voltei apressada pelo corredor e pelas escadas.

Imediatamente após sermos descaradamente embromados ou ludibriados é difícil aceitarmos o fato, especialmente se sempre nos orgulhamos de ser observadores mordazes e intuitivos. Em pé nos degraus do Pavilhão, esperando o Papai, reli umas quinze vezes a carta de Jade Whitestone, convencida de que havia deixado escapar alguma coisa — o dia, a hora ou o local de encontro correto, ou talvez *ela* houvesse cometido algum erro; talvez houvesse escrito a carta enquanto assistia a *Sindicato dos ladrões*, sendo distraída pelo *páthos* de Brando apanhando a pequenina luva branca de Eva St. Marie e colocando-a na sua mão carnuda, mas logo depois, é claro, percebi que a carta emanava um sarcasmo (especialmente a última frase) que eu não percebera de início.

Fora tudo uma cilada.

Nunca antes houvera uma rebelião mais anticlimática e de segunda ordem, a não ser, talvez, pelo "Levante Tropicoco de Gran Horizontes" de 1980 em Havana, que, segundo o Papai, foi composto por músicos desempregados e pelas *backing vocals* do El Loro Bonito, durante três minutos inteiros. ("Amantes de catorze anos de idade duram mais tempo", observou.) Quanto mais eu esperava na escada, mais crua me sentia. Fingi não olhar com inveja para os garotos felizes que se lançavam, e às suas mochilas gigantes, nos carros dos pais, ou para os meninos altos com camisas para fora das calças que corriam pela Relva dos Comuns, gritando uns com os outros, chuteiras penduradas nos ombros esqueléticos como tênis em cabos elétricos.

Às 17h10 eu já estava com meu dever de casa de física sobre os joelhos, e nem sinal do Papai. Os gramados, os telhados dos edifícios Barrow e Elton, até mesmo as calçadas já esmaeciam sob a luz desbotada como fotografias dos tempos da Depressão, e, além de uns poucos professores que se dirigiam ao Estacionamento do Corpo Docente (mineiros de carvão se arrastando para casa), tudo estava bastante triste e silencioso, a não ser pelos carvalhos que se abanavam como sulistas entediados e o apito de um treinador ao longe, nos campos.

— Blue?

Para meu espanto, era Hannah Schneider, descendo os degraus atrás de mim.

— O que está fazendo aqui a esta hora?

— Ah — respondi, sorrindo o mais radiante que pude. — Meu pai se atrasou no trabalho. — Era fundamental parecer feliz e bem-amada; depois da escola, os professores encaravam os alunos desacompanhados dos pais como se fossem maletas suspeitas abandonadas no saguão de um aeroporto.

— Você não dirige? — perguntou, parando ao meu lado.

— Ainda não. Eu *sei* dirigir. Só não tirei a carteira ainda. — (Papai não entendia o porquê: "Ora, para que possa trafegar pela cidade um ano antes de entrar na faculdade como um tubarão-lixa vagando por um recife, desesperado por sardinhas? Acho que não. Logo a seguir vai estar usando jaquetas de couro. Não prefere, de qualquer forma, ter um *chauffeur*?")

Hannah acenou com a cabeça. Estava usando uma camisa preta longa e um casaco amarelo de botões. Quase todos os professores, ao final do dia, tinham cabelos que pareciam plantas emaranhadas num vaso; já o de Hannah — escuro, mas ligeiramente avermelhado na luz do crepúsculo — pendia provocador ao redor dos ombros, como Lauren Bacall sob o batente de uma porta. Era estranho ter uma professora tão culpavelmente observável, tão viciante. Ela tinha um quê de novela; algo fantasticamente venenoso parecia prestes a acontecer.

— Nesse caso, a Jade vai ter que te buscar em casa — anunciou, impassível.
— Dá no mesmo. A casa é difícil de encontrar. Este domingo. Lá pras duas, duas e meia. Você gosta de comida tailandesa? — Não esperou a minha resposta. — Cozinho para eles todos os domingos, e você é a convidada de honra de hoje até o fim do ano. Vai acabar conhecendo o pessoal. Aos poucos. São ótimos rapazes. O Charles é doce e adorável, mas os outros podem ser difíceis. Como quase todo mundo, detestam mudanças, mas as melhores coisas desta vida são gostos que adquirimos com o tempo. Se te derem alguma dor de cabeça, lembre-se que não é você; são eles. Simplesmente vão ter que aprender a viver com isso. — Deu um desses suspiros de dona de casa num comercial (menino, mancha no carpete) e abanou uma mosca invisível. — Tem gostado das aulas? Está se adaptando? — Hannah falava rápido, e por algum motivo o meu coração dava enormes saltos no ar, como se eu fosse a Órfã Annie e ela fosse aquela personagem interpretada por Anne Reinking, que segundo o Papai tinha pernas espetaculares.

— Estou — falei, ficando em pé.
— Ótimo. — Juntou as mãos, mais ou menos como uma estilista admirando sua própria coleção de outono-inverno. — Vou pegar o seu endereço na administração e passá-lo a Jade.

Nesse momento, notei o Papai dentro da Volvo, estacionado no meio-fio. Provavelmente estava nos observando, mas eu não conseguia ver seu rosto, apenas o contorno borrado no banco do motorista. O pára-brisa e as janelas espelhavam os carvalhos e o céu amarelado.

— Deve ser a sua carona — disse Hannah, seguindo o meu olhar. — Nos vemos no domingo?

Fiz que sim. Apoiando o braço levemente no meu ombro — tinha cheiro de grafite e sabonete e, por estranho que pareça, de brechó —, levou-me até o carro, acenando para o Papai antes de seguir pela calçada em direção ao Estacionamento do Corpo Docente.

— Você está absurdamente atrasado — falei, fechando a porta.
— Peço desculpas — disse o Papai. — Estava saindo da minha sala quando apareceu o mais temível dos alunos, que me manteve como refém com as mais mundanas das perguntas...
— Ora, pois não pega bem. Me faz parecer uma dessas crianças solitárias e mal-amadas sobre as quais fazem filmes de sessão da tarde.

— Não se subestime. Você está mais para uma minissérie dramática. — Ligou o motor, contraindo os olhos para olhar pelo retrovisor. — E essa aí, deduzo que seja a intrometida da loja de sapatos?

Fiz que sim.

— O que ela queria desta vez?

— Nada. Só veio me cumprimentar.

Pensei em dizer a verdade; teria que fazê-lo, se quisesse escapulir no domingo com alguma "Suzy boca-mole", alguma "invertebrada", uma "dejetóide póspúbere que imagina que o Khmer Vermelho seja maquiagem e que Guerrilha seja aquela rivalidade que há entre chimpanzés" — mas então aceleramos pelo Centro Esportivo Bartleby e pelo campo de futebol, onde uma massa de garotos sem camisa pulava no ar como trutas, cabeceando bolas. E quando circundamos a capela, Hannah Schneider estava bem à nossa frente, abrindo a porta de um velho Subaru vermelho, uma das portas traseiras amassada como uma lata de Coca-Cola. Afastou o cabelo da testa ao ver nosso carro que passava e sorriu. Era o sorriso secreto e distintivo de algumas donas de casa adúlteras, de blefadores no pôquer, de trapaceiros habilidosos nos retratos policiais, e decidi, naquele breve instante, reter o que ela me dissera, segurá-lo entre as mãos e só libertá-lo no último segundo possível.

Papai, sobre Ter um Plano Secreto e Bem-Projetado: "Não há nada mais fascinante para a mente humana."

CAPÍTULO 8

MADAME BOVARY

Papai gostava muito de um certo poema, que sabia de cor, chamado "Minha amada", ou *"Mein Liebling"*, escrito pelo falecido poeta alemão Schubert Koenig Bonheoffer (1862-1937). Bonheoffer era aleijado, surdo, tinha um olho só, mas segundo o Papai conseguia discernir mais coisas sobre a natureza do mundo do que muitas pessoas de posse de todos os sentidos.

Por algum motivo, e talvez injustamente, o poema sempre me fazia lembrar da Hannah.

"Onde estará a alma da minha amada?",
pergunto. Oh, deve estar em algum lugar,
Não vive em palavras, em promessas,
Como o ouro, ela pode mudar.

"Está nos olhos", dizem os poetas,
"É ali que reside, ao léu"
Mas veja só o brilho que trazem
Ao saberem do inferno e do céu.

Já acreditei que seus lábios,
Sua alma marcavam, delicados,
Mas dos contos tão tristes que narram,
Escapa-me o significado.

Talvez nos dedos, tão finos,
Que no colo apóia esta dama,
Mas se frios se tornam ao toque,
Revelam tudo aquilo que ama.

Há momentos em que se despede
E não a sigo, jamais poderia,
Escapa-me à vista, depressa,
Fico só, a casa quieta e vazia.

Queria poder decifrá-la,
Entender o que diz seu andar,
Ou achar instruções em seu rosto,
Que me expliquem o que quer se tornar.

Que vida mais bela e curiosa!
Nem Deus dela duvidaria,
Mas eu sou deixado, vagando,
Entre as sombras que a rondam de dia.

Os jantares de domingo na casa da Hannah já eram uma tradição, tendo sido realizados em praticamente todas as semanas dos últimos três anos. Charles e os amigos contavam as horas para se encontrarem naquela casa (o próprio endereço era um pouco encantador: rua Willows, 100), mais ou menos como as magérrimas herdeiras nova-iorquinas e os mulherengos de filmes B que contavam as horas para o momento em que se esbarrariam no Stork Club em certas noites suadas de sábado em 1943 (ver *Esqueça El Morocco: Stork Club, o idílio da elite de Nova York, 1929-1965*, Riser, 1981).

— Não lembro como a história começou, mas nós cinco simplesmente nos demos muito bem com ela — contou Jade. — Tipo, ela é uma mulher incrível; qualquer um percebe isso. Estávamos no primeiro ano, na aula de cinema, e passávamos horas depois da escola sentados na sala de aula, conversando sobre qualquer tema manjado... vida, sexo, *Forrest Gump*. Depois começamos a sair para jantar e tal. E aí ela nos convidou para comer comida cubana e ficamos a noite toda acordados, conversando. Não lembro sobre o quê, mas foi *demais*. É claro, tivemos que manter tudo na encolha. E ainda temos. Para o Havermeyer, os professores não podem passar de conselheiros acadêmicos ou técnicos esportivos dos alunos. Ele tem medo de que haja muitos tons de cinza no caminho, entende? E a Hannah é exatamente isso. Um tom de cinza.

É claro que, naquela primeira tarde, eu não sabia de nada disso. Na verdade, sentada no carro ao lado da Jade, a mesma pessoa perturbadora que apenas dois dias antes me encaminhara perversamente à Liga de Demonologia, eu não tinha certeza nem do meu próprio nome.

Cheguei a pensar que tinham me dado outro bolo; às 15h30 não havia nenhum sinal dela, nem de qualquer outra pessoa. Naquela manhã, tinha comentado com o Papai que talvez tivesse um grupo de estudos naquela tarde (ele fez uma cara feia, surpreso por eu me sujeitar mais uma vez a esse tipo de tortura), mas no fim das contas não precisei dar nenhuma explicação mais elaborada; ele se mandou para a universidade, pois tinha esquecido um livro fundamental sobre Ho Chi Minh no escritório. Depois telefonou para dizer que ficaria por lá para acabar seu último ensaio para o *Fórum* — "As armadilhas das ideologias férreas", ou algo do gênero —, mas estaria em casa na hora do jantar. Sentei na cozinha com um sanduíche de frango e salada, resignada a uma tarde de *Absalom, Absalom!: edição revista* (Faulkner, 1990), quando ouvi o longo uivo de uma buzina na entrada da nossa garagem.

— Estou horrivelmente atrasada. *Mil desculpas* — gritou uma menina pela janela quase inteiramente fechada, com vidro fumê, de um enorme Mercedes preto encalhado em frente à nossa porta. Eu não conseguia vê-la, apenas seus olhos apertados, de cor indeterminada, e um pouco de cabelo loiro-de-praia.

— Está pronta? Senão vou ter que decolar sem você. O trânsito está foda.

Procurei apressada as chaves da casa, apanhei o primeiro livro que consegui encontrar, um dos preferidos do Papai, *Desfechos de guerras civis* (Agner, 1955), e arranquei uma página do final. Rabisquei um recado breve (Grupo de Estudos, *Ulisses*) e o deixei na mesa redonda do salão sem sequer me preocupar em assinar, "Beijos, Christabel". E então me vi num Mercedes-baleia-assassina, tomada de Descrença, Embaraço e Pânico Manifesto, enquanto olhava compulsivamente para o velocímetro que tremia acima de 120 km/h, para a mão preguiçosa da Jade, recém-saída da manicure, solta sobre a direção, para o seu cabelo loiro preso num coque cruel, para as tiras das sandálias que lhe subiam em ziguezagues pelas pernas. Brincos de candelabro lhe abalroavam o pescoço cada vez que tirava os olhos da rodovia para me fitar com uma expressão de "tolerância declinante". (Papai descrevera assim o seu humor ao esperar pela Shalby Hollow, uma Mosca de Verão que passava horas na Cabelo & Unha Facho Quente cuidando das unhas postiças, fazendo criativos reflexos em metade da cabeça e tratando os pés — "Com joanetes", observava o Papai — na pedicure.)

— Pois é, então este aqui — Jade tocou a parte da frente do elaborado quimono verde-papagaio que estava usando; deve ter pensado que eu admirava secretamente o seu modelito —, este aqui foi um presente que a minha mãe, a Jefferson, ganhou quando entreteve um tal de Hirofumi Kodaka, um empresário japonês ricaço, durante três noites abomináveis no Ritz em 1982. Ele estava com o fuso horário trocado e não falava inglês, então ela foi a tradutora dele durante vinte e quatro horas, saca? *Sai do meio da rua, porra!* — Jade desceu a mão na buzina; cortamos um pobre Oldsmobile cinza dirigido por uma velhinha mais baixa que um copo descartável; Jade se virou para lhe lançar um olhar furioso, estendeu a mão pela janela e lhe mostrou o dedo do meio. — Por que não vai prum cemitério e bate as botas, velha caduca?!

Voamos pela Saída 19.

— Falando nisso — disse Jade, olhando-me de relance, — por que você não apareceu lá?

— O quê? — consegui perguntar.

— Você não foi. Ficamos *esperando*.

— Ah. Bom, fui até a sala 208...

— 208? — fez uma careta. — Era 308.

Ela não estava enganando ninguém.

— Você escreveu 208 — falei calmamente.

— Claro que *não*. Lembro perfeitamente: 308. E você perdeu. Tínhamos um bolo para você e um monte de chantilly e velas e tudo o mais — acrescentou um pouco distraída (eu já via a hora em que ela falaria das dançarinas do ventre, passeios de elefante e saltimbancos que haviam contratado), mas então, para o meu alívio, inclinou-se à frente e, com um altivo "Nossa, eu amo Dara e os Cheques Voadores", pôs o volume do CD *lá* em cima, uma banda de heavy metal com um cantor que parecia estar sendo trespassado pelos touros de Pamplona.

Seguimos em frente, sem dizer nem mais uma palavra. (Ela resolveu se livrar de mim, como se eu fosse uma dor no dedão após uma topada.) Olhou para o relógio, fez cara feia, bufou, xingou os sinais de trânsito, as placas, qualquer pessoa que respeitasse o limite de velocidade à nossa frente, contemplou orgulhosa os olhos azuis no retrovisor, escovou as bolotas de máscara que se condensavam nas suas bochechas, pintou os lábios com batom rosa brilhante e depois com *mais* batom rosa brilhante até que uma parte começasse a escorrer pelo canto da boca — um detalhe que não tive coragem de mencionar. Na verdade, ao ver como o caminho até a casa da Hannah deixava aquela menina aparentemente tão inquieta e tomada de ansiedade, não pude deixar de me perguntar se ao final daquele desfile nauseante de bosques, pastagens, estradas de terra sem nome, estábulos minúsculos e cavalos esqueléticos parados atrás das cercas, eu encontraria não uma casa, e sim uma porta negra fechada por uma corda de veludo, um homem com uma prancheta que me observaria de cima a baixo e, ao se dar conta de que eu não conhecia Frank nem Errol nem Sammy em pessoa (nem nenhum outro colosso do entretenimento), me declararia indigna de entrar e, por inferência, de continuar viva.

Mas por fim, ao chegarmos ao extremo mais remoto da rua de terra tortuosa, vimos a casa, uma concubina acanhada e canhestra pendurada em meia colina, com uma fachada de madeira e acréscimos vultuosos presos aos lados como gigantescos *faux pas*. Assim que estacionamos ao lado dos outros carros e tocamos a campainha, Hannah abriu amplamente a porta numa onda de Nina Simone, temperos orientais, perfume, Eau de Algofrancês, uma expressão cálida como a luz da sala. Um grupo de sete ou oito cachorros, todos de raças e tamanhos diferentes, saltavam nervosos atrás dela.

— Esta é a Blue — disse Jade indiferente, entrando na casa.

— É claro — disse Hannah, sorrindo. Estava descalça, usava pesados braceletes dourados e uma bata africana laranja e amarela. Tinha o cabelo escuro preso num rabo-de-cavalo perfeito. — A dama da noite.

Para minha surpresa, ela me abraçou. Foi um Abraço Épico, heróico, campeão de bilheteria, titânico, com dez mil figurantes (e não curto, borrado e de baixo-custo). Quando finalmente me soltou, segurou a minha mão e a apertou do modo como as pessoas nos aeroportos apertam as mãos de pessoas que não vêem há anos, perguntando como foi o vôo. Puxou-me junto a si, o braço ao redor da minha cintura. Ela era inesperadamente magra.

— Blue, aqui estão Fagan, Brody, ele tem três patas, mas isso não o impede de revirar o lixo, Dente, Ervilha, Arthur, Stallone, o chiuaua de meio rabo, acidente com a porta do carro, e Velhaco. Não o olhe nos olhos. — Hannah se referia a um galgo esquelético com os olhos vermelhos de um senhor de meia-idade que trabalhasse coletando pedágios à meia-noite. Os outros cães olharam para Hannah desconfiados, como se ela acabasse de os apresentar a uma assombração.

— Os gatos estão em algum lugar da casa — continuou. — Lana e Turner, os persas, e no escritório temos o canário. Lennon. Preciso desesperadamente de uma Ono, mas não aparecem muitos pássaros no abrigo. Quer um chá oolong?

— Claro — respondi.

— Ah, e você ainda não conheceu os outros, não é?

Tirei os olhos do chiuaua preto e marrom, que tinha se aproximado de mim para analisar os meus sapatos, e vi o resto do pessoal. Além da Jade, que se jogara num sofá parecido a um chocolate semi-derretido e acendera um cigarro (apontando-o para mim como se fosse um dardo), todos me encaravam com olhos tão imóveis e corpos tão rígidos que poderiam ser a série de pinturas que o Papai e eu examinamos um dia na Galeria Masters, na Chalk House, na saída de Atlanta. O grupo era formado por uma menina franzina, de cabelo castanho semelhante a algas marinhas, que abraçava os joelhos sobre banco do piano (*Retrato de uma camponesa*, pastel sobre o papel), um garoto minúsculo que usava óculos de Benjamin Franklin ao estilo indiano, sentado ao lado de um cachorro estropiado, o Dente (*Foxhound e seu dono*, Inglaterra, óleo sobre tela), e um outro garoto, enorme, de ombros quadrados, apoiado contra uma estante de livros, com os braços e tornozelos cruzados, cabelo preto e quebradiço que lhe pendia sobre a testa (*O velho moinho*, artista desconhecido). O único que reconheci foi Charles, sentado na cadeira de couro (*O pastor contente*, moldura folheada a ouro). Abriu um sorriso encorajador, mas duvidei que aquilo significasse muito; ele parecia distribuir sorrisos do modo como um cara fantasiado de galinha distribuía cupons de almoços grátis.

— Por que não se apresentam? — disse Hannah, animada.

Disseram seus nomes com uma polidez de ligue-os-pontos.

— Jade.

— Já nos conhecemos — disse Charles.

— Leulah — disse a Camponesa.

— Milton — disse o Velho Moinho.

— Nigel Creech, muito prazer — disse o Dono do Foxhound, exibindo então um breve sorriso que desapareceu instantaneamente como a faísca de um isqueiro defunto.

⁓

Se todas as histórias têm um período conhecido como sua Fase Áurea, em algum ponto entre o Princípio e o Fim, imagino que aqueles domingos do Primeiro Bimestre na casa da Hannah tenham sido exatamente isso, ou, citando uma das personagens preferidas do Papai no cinema, a ilustre Norma

Desmond ao relembrar os tempos perdidos do cinema mudo: "Não precisávamos de diálogos. Tínhamos rostos."

Eu gosto de pensar que isso também valia para aqueles dias na casa da Hannah (Ilustração 8.0). (Peço desculpas pela minha lastimável representação do Charles — e da Jade também; os dois eram muito mais bonitos na vida real.)

Charles era o bonitão (bonito no sentido oposto da beleza de Andreo). Cabelo dourado, temperamento estável, não só era o astro do Atletismo de St. Gallway, destacando-se tanto na corrida com obstáculos quanto no salto em altura, como também o seu John Travolta. Não era incomum vê-lo escapar entre duas aulas e sair sapateando por todo o campus, sem demonstrar nenhuma vergonha, podendo estar acompanhado tanto das famosas beldades de Gallway como das menos aclamadas fisicamente. De alguma forma, acabava de rodopiar uma menina em frente à sala dos professores no exato momento em que outra avançava sobre ele ao ritmo da rumba, e dançavam a pachanga até o final do corredor. (Por incrível que pareça, nenhum pé jamais era pisado.)

Jade era a bela aterrorizante (ver Águia-rapace, *Incríveis aves de rapina*, George, 1993). Ela irrompia numa sala de aula e as meninas se espalhavam como lebres ou esquilos. (Os meninos, igualmente apavorados, fingiam-se de mortos.) Era ferozmente loira ("tingido até o talo", segundo o comentário da Beth Price na aula de literatura), tinha um metro e setenta e cinco ("musculosa"), emboscava os corredores usando saias curtas, com os livros numa bolsa preta de couro ("Se achando a Donna Karan") e exibia o que, para mim, era uma expressão severa e triste, embora para quase todos fosse presunção. Por ser tão parecida a uma fortaleza, que, como qualquer castelo bem construído, dificultava bastante o acesso, as garotas consideravam a sua existência não só ameaçadora, como também essencialmente errada. Embora o Centro Esportivo Bartleby exibisse a última campanha de propaganda do Clube da Aparência Benevolente da profa. Sturd, que tinha três membros participantes (capas plastificadas da *Vogue* e da *Maxim* com legendas "Você Não Pode Ter Coxas Como Estas e Ainda Assim Caminhar" e "Tudo Retocado"), bastava que a Jade vagueasse por ali, comendo um Snickers, para que se percebesse uma verdade perturbadora: você *podia* ter coxas como aquelas e ainda assim caminhar. Ela enfatizava o que poucas queriam aceitar, o fato de que, na loteria genética, algumas pessoas tinham tirado genes de divindades e não havia nada que você pudesse fazer a respeito, além de aceitar o fato de que *você* só tinha ganhado genes de Zé Ninguém.

Nigel era o zero à esquerda (ver "Espaço negativo", *Lições de Arte*, Trey, 1973, p. 29). À primeira vista (e também à segunda e à terceira), ele era trivial.

Tópicos especiais em física das calamidades 105

ILUSTRAÇÃO 8.0

Seu rosto — na verdade, todo o seu ser — era uma botoeira: pequeno, estreito, infecundo. Tinha não mais que um metro e sessenta e cinco, cara redonda, cabelo castanho, corpo fraco e pele rosa-bebê (o que não era complementado nem arruinado pelos óculos que usava). Na escola, vestia finas gravatas laranja-neon que pareciam línguas; suponho que adotasse esse estilo numa tentativa de forçar as pessoas a notá-lo, mais ou menos como um carro com o pisca-alerta ligado. Ainda assim, após um exame mais minucioso, essa trivialidade era extraordinária: roía as unhas até a raiz, falava baixo e em surtos (peixinhos incolores impelindo-se num aquário); em grupos grandes, seu sorriso era como uma lâmpada queimando (brilhava relutante, cintilava, desaparecia), e um único fio do seu cabelo (que uma vez encontrei na minha saia depois de estar sentada perto dele), segurado diretamente sob a luz, reluzia todas as cores do arco-íris, inclusive o violeta.

E também tínhamos o Milton, grandalhão e sério, com o corpo grande e massudo como a cadeira de leitura preferida de alguém, precisando de um novo estofamento (ver "Urso Negro Americano", *Carnívoros Terrestres*, Richards, 1982). Tinha dezoito anos, mas parecia ter trinta. Sua cara, apinhada de olhos castanhos, cabelo preto cacheado e boca inchada, tinha uma beleza arruinada, como se, por incrível que pareça, já não fosse o que havia sido um dia. Tinha um quê de Orson Welles, um Gerardepardieuismo também; podia-se suspeitar que a sua compleição ligeiramente acima do peso ocultasse alguma espécie de gênio sombrio, e após um banho de vinte minutos ele ainda fedia a cigarro. Tinha vivido a maior parte da vida numa cidade chamada Revolta, no Alabama, tendo, portanto, um sotaque sulista tão molenga e grudento que poderia ser cortado em pedaços e espalhado em pãezinhos. Como todos os Misterieuses, tinha um calcanhar de Aquiles: uma tatuagem gigantesca no braço direito. Negava-se a falar sobre ela, não media esforços para escondê-la — nunca tirava a camisa, sempre usava mangas compridas —, e se algum palhaço durante a educação física lhe perguntasse o que era aquilo, Milton o encarava como se o garoto fosse uma reprise da *Sessão da tarde*, quase sem piscar, ou então respondia com seu sotaque de xarope: "Num é da tua conta."

Por fim, havia a criatura delicada (ver *Julieta*, J.W. Waterhouse, 1898). Leulah Maloney tinha pele perolada, delgados braços de passarinho e um longo cabelo castanho sempre preso numa trança, como uma dessas cordas que a aristocracia puxava no século XIX para chamar os criados. Era uma beleza estranha, à moda antiga, um rosto que se sentiria à vontade em amuletos ou entalhado em camafeus — um aspecto romântico que eu de fato desejava ter sempre que, ao lado do Papai, lia algo sobre Gloriana em *A Fada Rainha* (Spenser, 1596) ou discutia o amor de Dante por Beatrice Portinari. ("Sabe como é difícil encontrar uma mulher parecida a Beatrice no mundo de hoje?", perguntava o Papai. "É mais fácil conseguirmos correr na velocidade da luz.")

No começo do outono, quando menos se esperava, Leulah era vista usando um vestido longo (geralmente branco ou azul diáfano), enquanto caminhava despreocupada pela Relva dos Comuns no meio de um aguaceiro, erguendo o rostinho prístino em direção à chuva enquanto todos os demais passavam por ela em debandada, gritando e cobrindo a cabeça com livros ou com a *Gazeta de Gallway* prestes a se desintegrar. Por duas vezes a encontrei assim — numa outra, agachada entre arbustos da Casa Elton, aparentemente fascinada pela casca de uma árvore ou uma tulipa —, e não pude deixar de pensar que esse comportamento de fada era muito bem calculado e irritante. Quando estivemos em Okush, no Novo México, Papai teve um caso maçante, de cinco dias, com uma mulher chamada Birch Peterson, que, tendo nascido nos arredores de Ontário numa comunidade "incrível" chamada Verve, que pregava o amor livre, sempre rogava ao Papai e a mim que caminhássemos despreocupados na chuva, abençoássemos mosquitos, comêssemos tofu. Quando veio jantar, fez uma oração antes que "consumíssemos", um rogo de quinze minutos dedicado a "Momeus", pedindo que abençoasse cada molusco e musgo lodoso.

— A palavra Deus é inerentemente masculina — disse Birch —, por isso tive a idéia de juntar *mulher, homem e Deus* numa só. *Momeus* exemplifica a Força Suprema verdadeiramente sem gênero.

Concluí que a Leulah — Lu, como todos a chamavam —, com seus vestidos esvoaçantes, cabelo de junco, tendência a saltitar graciosa sobre qualquer superfície exceto calçadas, deveria ter a personalidade de tofu que se via em Birch, aquele espírito de espirulina. Mas um dia eu descobriria que alguém tinha encantado a garota, lançado-lhe um feitiço poderoso, de modo que suas esquisitices fossem eternamente impensadas, descuidadas e incalculadas, de modo que nunca questionasse o que as pessoas pensavam ou como estava sua aparência, de modo que as crueldades de todo o reino ("Ela tem algo de azedo. Passou totalmente da data de validade", disse uma vez Lucille Hunter na aula de literatura) se dissolvessem milagrosamente — sem jamais chegar aos seus ouvidos.

Como muito já foi dito do rosto supremo da Hannah, não vou mencioná-lo outra vez, a não ser para dizer que, ao contrário das demais Helenas de Tróia, que nunca conseguiam realmente superar a própria magnificência, como se sempre vagueassem sobre um par de saltos perigosamente altos (equilibrando-se embaraçadas ou mantendo-se arrogantemente acima de todos os demais), Hannah conseguia usar os seus dia e noite, e ainda assim estar apenas vagamente ciente de que calçava sapatos. Com ela, podia-se notar o quanto a beleza era de fato exaustiva, o quanto uma pessoa poderia se sentir desgastada depois de um dia inteiro cercada por estranhos que se viravam para vê-la despejar adoçante no café ou escolher a lata de amoras com a menor quantidade de mofo.

— Que é isso — disse Hannah, sem nenhum vestígio de falsa modéstia, quando, num domingo, Charles comentou que ela estava ótima com uma camiseta preta e uma calça camuflada. — Sou só uma velha cansada.

Outro problema era o seu nome.

Embora rodopiasse da boca com bastante agilidade, de maneira mais elegante que, digamos, Juan San Sebastién Orillos-Marípon (o nome do assistente acadêmico do Papai na Faculdade Dodson-Miner, uma verdadeira musculação labial), eu não conseguia deixar de pensar que aquele nome tinha algo de criminoso. Quem quer que a tivesse batizado — a mãe, o pai, não sei — era uma pessoa temivelmente fora da realidade, porque mesmo quando bebê, Hannah nunca poderia ter sido um desses bebês destrutivos, e "Hannah" é um apelido que se daria a um bebê destrutivo. (Tudo bem, a minha análise tem um viés: "Graças a Deus que essa coisa está encarcerada no carrinho. Senão, as pessoas poderiam entrar em pânico, pensando que tinham uma verdadeira *Guerra dos mundos* nas mãos", disse uma vez o Papai, examinando um bebê contente, embora claramente envelhecido, estacionado numa vaga do estacionamento de uma loja de móveis. Então chegou a mãe: "Ora, vejo que conheceram a Hannah!", gritou.) Se ela *precisasse* ter um nome comum, seria Edith ou Nádia ou Ingrid, ou no mínimo Elizabeth ou Catherine; mas o nome de sapatinho de cristal, o que *realmente* lhe cairia bem, seria algo do tipo Condessa Saskia Lepinska, ou Anna-Maria d'Aubergette, ou até mesmo Agnes de Scudge ou Úrsula da Polônia ("Nomes horrendos em mulheres bonitas fazem milagres", dizia o Papai).

"Hannah Schneider" lhe caía como um jeans Jordache desbotado seis números acima do seu. E uma vez, por estranho que pareça, quando o Nigel a chamou durante o jantar, eu poderia jurar que notei uma demora engraçada na resposta dela, como se, por meio segundo, Hannah não fizesse idéia de que o Nigel estava falando com ela.

Fiquei pensando se, mesmo que apenas num nível subconsciente, talvez Hannah Schneider também não gostasse muito de "Hannah Schneider". Talvez também desejasse ser Angelique von Heisenstagg.

∽

Muitas pessoas falam com inveja da Mosquitinha, almejando ter as suas características: praticamente invisível, porém capaz de ouvir os segredos e diálogos escusos de um grupo exclusivo de pessoas. No entanto, como eu não fui mais que uma mosquitinha naquelas primeiras seis, talvez sete tardes de domingo na casa da Hannah, posso dizer com alguma autoridade que essa insignificância não demora muito em perder a graça. (Na verdade, poderíamos argumentar que um mosquitinho seria capaz de chamar mais atenção do que eu, pois alguém sempre enrola uma revista e o persegue insistentemente pela sala, e ninguém fazia isso comigo — a não ser que contássemos as tentativas ocasionais da Hannah de me incluir na conversa, o que para mim era mais embaraçoso que o desdém dos demais.)

É claro que aquele primeiríssimo domingo terminou em nada mais que uma humilhação desastrosa, de muitas maneiras pior que o Grupo de Estudos na casa do Leroy, porque ao menos o Leroy e os outros *queriam* que eu estivesse lá (tudo bem, queriam que eu estivesse lá como mula de carga, para que pudesse carregá-los pela difícil ladeira até a oitava série), mas estes aqui — Charles, Jade e os demais — deixaram perfeitamente claro que a minha presença naquela casa tinha sido uma idéia exclusiva da Hannah, e não deles.

— Sabe o que eu odeio? — perguntou Nigel, simpático, enquanto eu o ajudava a tirar os pratos da mesa do jantar.

— O quê? — perguntei, grata pela sua tentativa de bater um papo.

— Pessoas tímidas — respondeu, e é claro que não havia nenhuma ambigüidade quanto à *qual* pessoa tímida tinha instigado o pronunciamento em questão; eu tinha permanecido completamente muda durante o jantar e a sobremesa, e na única ocasião em que a Hannah me fez uma pergunta ("Você acabou de se mudar de Ohio para cá?"), fui pega tão desprevenida que a minha voz travou no fundo dos meus dentes. E então, minutos depois, enquanto eu fingia estar fascinada pelo livro barato de receitas que a Hannah apoiara ao lado do aparelho de som, *Cozinhando sem alimentos processados* (Chiobi, 1984), escutei a fofoca de Milton e Jade na cozinha. Ele lhe perguntou — aparentemente com toda seriedade — se eu falava inglês. Ela riu:

— Deve ser uma dessas noivas por correspondência compradas da Rússia — respondeu. — Mas com essa cara que ela tem, acho que a Hannah foi seriamente ludibriada. Imagino como será o sistema de devoluções. Com sorte, ela consegue o dinheiro de volta.

Minutos depois, eu fitava a paisagem que passava pela janela do carro da Jade, que dirigia a mil por hora (Hannah só deve ter lhe pagado o salário mínimo), pensando que essa tinha sido a pior noite da minha vida. Eu obviamente *nunca mais* falaria com aquele bando de obtusos, simplórios ("adolescentes banais e apáticos", acrescentaria o Papai). E também não cumprimentaria mais a sádica da Hannah Schneider; afinal de contas, ela tinha me atraído para aquele ninho de cobras, deixando-me ali perdida enquanto, sem nada além de um sorriso chique no rosto, batia papo sobre os deveres de casa ou sobre qualquer faculdade de quinta categoria na qual aqueles bocós esperavam encontrar um lugar, e depois, terminado o jantar, aquele modo imperdoável com que acendeu calmamente um cigarro, a mão de unhas feitas solta no ar como uma delicada chaleira, como se tudo corresse perfeitamente bem no mundo.

Mas então, não sei o que aconteceu. Na quinta-feira seguinte, cruzei rapidamente com a Hannah no Pavilhão Hanover:

— Te vejo este fim de semana? — bradou claramente entre a multidão de alunos; naturalmente, a minha reação foi a de um veado sob a luz de uma lanterna. E assim, no domingo seguinte, Jade apareceu novamente em frente à minha casa, desta vez às 14h15, e com *toda* a janela abaixada.

— Você vem? — gritou.

Fiquei tão impotente quanto uma donzela sendo atacada por vampiros. Como um zumbi, disse ao Papai que tinha me esquecido do meu Grupo de Estudos, e antes que ele pudesse reclamar, dei-lhe um beijo na bochecha, garanti que era um evento promovido pelo colégio, e fugi de casa.

Acanhada — e, depois de um mês, um tanto resignada —, acomodei-me no meu papel de mosquitinha, de muda apenas tolerada, porque, na verdade, se formos analisar a situação (e eu jamais confessaria isto ao Papai), ser esnobada na casa da Hannah era infinitamente mais interessante do que ser esquadrinhada na casa dos Van Meer.

⁓

Embalada como um presente caro numa bata verde-esmeralda, um sári roxo e dourado ou qualquer outra roupa caseira cor-de-trigo saída diretamente de *A caldeira do diabo* (para esta comparação é preciso fingir que não vimos a queimadura de cigarro na altura do quadril), naquelas tardes de domingo, Hannah nos *recebia*, no sentido europeu e antiquado da palavra. Mesmo agora, não entendo como ela conseguia preparar aqueles jantares extravagantes em sua minúscula cozinha amarelo-mostarda — medalhões de cordeiro turco ("ao molho de hortelã"), filé tailandês ("com batatas douradas ao gengibre"), sopa de carne com macarrão ("*Pho Bo* autêntico") e, numa ocasião não tão bem-sucedida, um ganso ("com um toque de amora e cenouras fritas com sálvia").

Hannah cozinhava. O próprio ar começava a se tornar *sauté* numa mescla de velas, vinho, comida, perfume e animais molhados. Nós passávamos os olhos pelo que restava dos nossos deveres de casa. A porta da cozinha se abria de par em par e ela fazia a sua entrada, um *Nascimento de Vênus* num avental vermelho manchado com molho de hortelã, caminhando com a graça ágil e ondulante de Tracy Lord em *Núpcias de escândalo*, toda pés macios e descalços (se aquilo eram dedos dos pés, o que o resto das pessoas tinha era algo inteiramente diferente, cotocos), centelhas nos lóbulos das orelhas, a pronúncia de certas palavras com um leve estremecimento ao final. (A mesma palavra, quando dita por outra pessoa, ficava frouxa.)

— Como estão as coisas? Já estão terminando, espero? — dizia com sua voz sempremeiorouca.

Carregava a bandeja de prata até a mesinha de centro corcunda, chutando um livro jogado no chão que não tinha a metade da capa (*A mu lib*, de Ari So): mais *gruyère* e cheddar britânico orgânico espalhados pelo prato como dançarinas de Busby Berkeley, outra xícara de chá oolong. A aparição de Hannah fazia com que os cães e gatos surgissem das sombras e se aglomerassem ao seu redor, e quando ela deslizava para a cozinha (eles não podiam entrar enquanto ela cozinhava), eles vagavam pela sala como caubóis embasbacados, sem saberem ao certo o que fazer de si mesmos sem seu embate final.

Para mim, a casa da Hannah (a Arca de Noé, nas palavras do Charles) era fascinante, até mesmo esquizofrênica. Tinha uma personalidade original, antiquada e encantadora, apesar de ligeiramente datada (era feita de madeira, e a estrutura era a de uma cabana de troncos de dois andares construída no final dos anos 1940, com uma lareira de pedra e teto baixo, cortado por vigas). Ainda assim, uma outra *persona* rondava também o interior da casa, podendo brotar inesperadamente em qualquer esquina, um temperamento profano, comum, às vezes perturbadoramente cru (acréscimos quadrados, com portas corrediças de alumínio, que ela fizera ao andar térreo no ano anterior).

Cada um dos ambientes estava apinhado de tantos móveis gastos e descombinados (listras ao lado de um desenho xadrez, laranja ao lado de rosa, desenhos orientais surgindo do armário) que, de qualquer posição em qualquer um dos quartos, seria possível tirar uma foto Polaroid aleatória e acabar com uma imagem que teria uma semelhança impressionante com *Les Demoiselles d'Avignon*, de Picasso. Em vez das mulheres cubistas preenchendo a moldura, as formas angulares seriam a estante torta da Hannah (usada não para apoiar livros, e sim para expor plantas, cinzeiros orientais e uma coleção de *hashi* japoneses, com poucas e notáveis exceções: *Pé na estrada* [Kerouac, 1957], *Mude seu cérebro* [Leary, 1988], *Guerreiros modernos* [Chute, 1989], um livro de letras do Bob Dylan e *Queenie* [1985], de Michael Korda), a poltrona de couro, cheia de bolhas, seu samovar ao lado da chapeleira desprovida de chapéus, uma mesa de canto sem cantos.

Os móveis não eram as únicas coisas cansadas e pobres na casa. Fiquei surpresa ao observar que, apesar da aparência imaculada da Hannah, que raramente, mesmo sob os exames mais minuciosos, tinha um cílio fora do lugar, algumas de suas roupas tinham uma aparência um pouco fatigada, embora isso só se tornasse evidente se você se sentasse ao seu lado e ela calhasse de se mexer de uma certa maneira. *Ali*, de súbito, a luz do abajur saltitava entre centenas de bolinhas minúsculas que ondulavam na frente da sua saia de lã, ou então, muito vagamente, enquanto ela apanhava o copo de vinho e ria como um homem, o cheiro inconfundível de naftalina surgia entremeado com todo aquele Palais de Qualquercoisa.

Muitas das suas roupas pareciam ter virado uma noite sem dormir ou feito uma longa viagem de avião, como o paletó amarelo-e-creme ao estilo Chanel com a bainha gasta, ou o casaco branco de caxemira com os cotovelos corridos e a cintura frouxa. Além disso, uns *poucos* itens, como a blusa prateada com a rosa definhada presa à gola com um alfinete de segurança, de fato pareciam os candidatos desclassificados de uma maratona de dança de três dias durante a Grande Depressão (ver *A noite dos desesperados*).

Ouvi sem querer, em inúmeras ocasiões, os outros se referirem ao "fundo consignado secreto" da Hannah, mas presumi que essas suposições fossem incorretas, e que uma situação financeira precária fosse a causa fundamental das suas compras evidentemente frugais. Uma vez, observei-a sobre um pernil de cordeiro "com folhas de chá e compota de rosa e cereja" e a vislumbrei titubeando, como um homem numa história em quadrinhos, bêbado e com os olhos vendados, sobre os penhascos íngremes da Falência e da Ruína. (Até mesmo o Papai se lamentava dos salários dos professores durante os seus Humores de Uísque: "E depois se perguntam por que os americanos não conseguem localizar o Sri Lanka no mapa! Detesto ter que lhes dar a notícia, mas o sistema educacional americano precisa de muito mais que uma mãozinha! *Non dinero! Kein Geld!*")

No fim das contas, viu-se que o dinheiro não tinha nada a ver com aquilo. Certa vez, quando a Hannah estava fora com os cachorros, Jade e Nigel riram da gigantesca roda de carroça carcomida que surgira naquele dia, apoiada na lateral da garagem como um gordo numa pausa para o cigarro. Não tinha a metade dos aros, e a Hannah havia anunciado que planejava usá-la como mesinha de centro.

— O salário de St. Gallway não deve ser muito bom — comentei.

Jade se virou para mim.

— *O quê?* — perguntou, como se eu acabasse de insultá-la.

Engoli seco.

— Talvez devesse pedir um aumento — falei baixo.

Nigel suprimiu uma risada. Os outros pareceram satisfeitos em me ignorar, mas então aconteceu algo inesperado: Milton levantou a cabeça do livro de química.

— Não, não — falou, sorrindo. Senti o meu coração pular. O sangue começou a inundar as minhas bochechas. — Ferros-velhos, sucateiros; a Hannah é louca por isso aí. Ela encontra essa tralha toda em lugares *tristes*, depósitos de trailers, estacionamentos. Costuma parar no meio de uma rodovia, os carros buzinando feito loucos, um engarrafamento *doido*, só pra resgatar uma cadeira jogada no acostamento. Os animais também, tirou todos de abrigos. Eu tava com ela uma vez, ano passado, quando deu carona pra um mochileiro muito sinistro: musculoso, cabeça raspada, *skinhead* total. Tinha tatuado na nuca "Mate ou Morra". Perguntei o que ela tava fazendo, falou que tinha que demonstrar gentileza. Que o cara talvez nunca tivesse recebido nenhuma. E tava certa. Ele era que nem uma criança, sorriu por todo o caminho. Quando desceu do carro, gritou "Deus te abençoe!" A Hannah fez o dia do cara. — Milton então deu de ombros e voltou à sua química. — Ela é assim mesmo, saca?

E ela era, também, uma mulher surpreendentemente corajosa e competente, sem nenhuma frescura. Sabia consertar, em questão de minutos, qualquer entupimento, vazamento, goteira, infiltração — descargas preguiçosas, canos ruidosos antes do amanhecer, uma porta de garagem entorpecida e confusa. Sinceramente, a habilidade da Hannah como faz-tudo fazia com que o Papai parecesse uma vovó de boca trêmula. Num domingo, observei maravilhada enquanto consertava a própria campainha embutida com luvas de eletricista, uma chave de fenda e um voltímetro — o que não é o mais fácil dos processos, se lermos o *Guia de reparos domésticos do dr. Conserto* (Thurber, 2002). Numa outra ocasião, depois do jantar, desapareceu no porão para consertar a lâmpada temperamental do aquecedor: "Tem muito ar na chaminé", comentou, num suspiro.

E era uma montanhista experiente. Não que se gabasse disso: "Eu acampo", era tudo o que diria. No entanto, era fácil constatar o fato com base na sobrecarga de parafernálias ao estilo Paul Bunyan que ela tinha guardadas por aí: mosquetões e cantis jogados pela casa, canivetes suíços na mesma gaveta que as pilhas velhas e as propagandas que vinham pelo correio, e, na garagem, enormes botas de caminhada (com solas seriamente gastas), sacos de dormir comidos por traças, corda de escalada, sapatos de neve, varetas de barraca, protetor solar ressecado, um kit de primeiros socorros (vazio, a não ser pela tesoura cega e a gaze manchada).

— O que é isso? — perguntou Nigel certa vez, franzindo a cara ao ver o que pareciam ser duas violentas armadilhas para animais sobre uma pilha de lenha.

— Crampões — disse Hannah; e ao ver que ele continuou confuso: — Para você não cair da montanha.

Certa vez nos contou, como uma nota de rodapé durante a conversa do jantar, que já tinha salvado a vida de um homem enquanto acampava, quando adolescente.

— Onde? — perguntou Jade.

Hannah hesitou, e então:

— Nas Adirondacks.

Confesso que quase pulei da minha cadeira e me gabei: "Eu também salvei uma vida! Meu jardineiro, que levou um tiro!", mas, por sorte, tive um certo tato; Papai e eu guardávamos desdém pelas pessoas que sempre interrompiam conversas fascinantes com sua própria história chinfrim. (Papai os chamava de Vamos-Falar-de-Mim, acompanhando tal frase com uma piscadela lenta, seu gesto de Aversão Acentuada.)

— Ele tinha caído, machucou o quadril.

Disse isso de forma lenta, calculada, como se estivesse jogando palavras cruzadas, concentrando-se em distribuir as letras, pensar nas palavras certas.

— Estávamos sozinhos, no meio do nada. Entrei em pânico, não sabia o que fazer. Corri e corri. Eternamente. Ainda bem que encontrei uns campistas que tinham um rádio e pediram ajuda. Depois disso, fiz um pacto comigo mesma. Nunca mais ficaria desamparada.

— E o homem ficou bem? — perguntou Leulah.

Hannah fez que sim.

— Precisou ser operado. Mas ficou numa boa.

Naturalmente, um inquérito maior quanto a esse incidente intrigante ("Quem era o cara?", perguntou Charles) seria como tentar arranhar um diamante com um palito de dentes.

— Tudo bem, tudo bem — disse Hannah, rindo enquanto retirava o prato da Leulah —, acho que já é o bastante por hoje. — Empurrou a porta com o joelho (um pouco agressiva, para mim) e desapareceu na cozinha.

∽

Geralmente nos sentávamos para jantar por volta das 17h30. Hannah apagava as luzes, desligava a música (Nat King Cole pedindo para ser levado até a lua, Peggy Lee pregando que você não é ninguém até ser amado), acendia as finas velas vermelhas no centro da mesa.

A conversa do jantar não era nada que deixaria o Papai particularmente impressionado (nenhum debate sobre Fidel Castro, Pol Pot e o Khmer Vermelho, embora ela às vezes mencionasse o materialismo: "É difícil, nos Estados Unidos, não igualar a felicidade às coisas."), mas a Hannah, com o queixo na mão, os olhos escuros como cavernas, era mestre na Arte da Escuta, e assim os jantares poderiam durar duas, três horas, talvez até mais que isso, se não fosse por *uma certa pessoa* que tinha que estar em casa às oito. ("Joyce demais não é bom para você," dizia o Papai. "É ruim para a digestão.")

É impossível descrever essa qualidade singular que ela possuía (e que, acredito, iluminava o seu perfil ocasionalmente sombrio com a mais brilhante das lanternas), porque o que ela fazia não tinha nada a ver com palavras.

Era só esse jeito   que ela tinha.

E o   não era premeditado, condescendente nem forçado (ver capítulo 9, "Faça com que o seu filho adolescente pense que você é um cara 'por dentro'", *Seja amigo de seus filhos*, Howards, 2000).

Obviamente, ser capaz de simplesmente   é uma habilidade supremamente subestimada no Ocidente. Como o Papai gostava de ressaltar, nos Estados Unidos, excetuando-se as pessoas que ganham na loteria, geralmente todos os Vencedores possuem uma voz estridente, usada com muita eficácia para se sobrepor ao murmúrio de todas as vozes concorrentes, produzindo assim um país insanamente ruidoso, *tão* ruidoso que, na maior parte do tempo, não é possível distinguir nenhum sentido verdadeiro — apenas "ruído branco em escala nacional". E assim, quando você encontra alguém que *escuta*, alguém que se sente bem em não fazer nada além de   , a diferença é tão gritante que gera a epifania surpreendente, e bastante solitária, de que todos os demais, todas as pessoas que você já encontrou desde o dia em que nasceu, que *supostamente* escutaram, na verdade não estavam escutando nem um pouco. Elas estavam simplesmente analisando o próprio reflexo no vidro de um balcão um pouco a oeste da sua cabeça, pensando no que tinham que fazer mais tarde naquela noite, ou decidindo que em seguida, assim que você calasse a boca, contariam aquela história clássica sobre a crise de disenteria que tiveram à beira da praia em Bangladesh, ilustrando assim o quanto eram incrivelmente mundanas e selvagens (para não dizer essencialmente invejáveis).

A Hannah, é claro, acabava por falar, mas não para dizer o que achava que você deveria fazer, e sim para fazer algumas perguntas relevantes, que eram muitas vezes risíveis em sua simplicidade (lembro que uma delas foi, "Bom, o que você acha?"). Depois, quando o Charles retirava os pratos, quando Lana e Turner pulavam no colo da Hannah, que colocava seus braceletes nos rabos dos gatos, e a Jade aumentava a música (Mel Tormé detalhando como você estava se tornando um hábito ao seu lado), você não sentia a sensação tensa de estar só neste mundo. Por mais idiota que pareça — você sentia que tinha encontrado uma resposta.

Era essa qualidade, acho, que lhe permitia ter tanta influência sobre os outros. Esse era o motivo pelo qual a Jade, por exemplo, que às vezes falava em se tornar jornalista, passou a participar da *Gazeta de Gallway* como escritora *freelance*, apesar de manter um desprezo declarado por Hillary Leech, a editora-chefe da *Gazeta*, que antes de todas as aulas puxava uma cópia do jornal *The New Yorker* e a lia (às vezes rindo irritantemente de alguma notícia da seção "Na boca do povo"). E pelo qual o Charles às vezes carregava um livro de dez centímetros, *Como ser um Hitchcock* (Lerner, 1999), que eu folheei secretamente num domingo, deparando-me com uma dedicatória na primeira página: "Para o meu mestre do suspense. Com amor, Hannah." Era também por isso que, todas as terças-feiras, Leulah era monitora de ciências dos alunos da quarta série na escola elementar de Budde-Hill, Nigel lia o *Guia definitivo de estudos para provas do serviço diplomático* (edição de 2001) e o Milton tinha feito aulas de teatro na UNCS no verão anterior, "Introdução a Shakespeare: a arte do corpo" — atos de humanitarianismo e auto-aperfeiçoamento que, para mim, certamente tinham sido sugestões da Hannah, embora propostas do seu jeito, de modo que eles provavelmente pensassem ser os pais das idéias.

Eu tampouco era imune a esse seu jeito inspirador. No começo de outubro, Hannah conversou com Evita para que eu saísse da aula de francês com a enfadonha profa. Filobeque e me inscrevesse, ao lado de um monte de meninos do primeiro ano, na aula de desenho elementar, ministrada pelo prof. Victor Moats, um Dali decadente. (Não comentei uma única palavra com o Papai sobre isso.) O prof. Moats era o colega preferido da Hannah em Gallway.

— Eu simplesmente *adoro* o Victor — disse Hannah, mordendo o lábio inferior. — Ele é maravilhoso. O Nigel está inscrito numa das suas aulas. Ele não é maravilhoso? Para mim é maravilhoso. Realmente.

E Victor *era* maravilhoso. Usava camisas de couro artificial em Violeta Permanente e Siena Queimado e tinha um cabelo que, sob as lâmpadas da sala de artes, canalizava o brilho das ruas do cinema *noir*, dos sapatos de Humphrey Bogart, dos refletores operísticos e do alcatrão, tudo ao mesmo tempo.

Hannah também me trouxe um caderno de croquis e cinco canetas, que envolveu num papel de embrulhos à moda antiga e enviou à minha caixa postal da escola. (Ela nunca falava das coisas. Apenas as fazia.) Na contracapa, tinha escrito (numa caligrafia que era uma perfeita extensão do seu ser — elegante, com pequeninos mistérios nas curvas dos n's e h's): "Para o seu Período Azul. Hannah."

No meio da aula, eu às vezes puxava o caderno e tentava desenhar alguma coisa às escondidas, como as mãos de bufo do prof. Archer. Embora eu não demonstrasse nenhum sinal de ser um El Greco não revelado, gostava de fingir que era uma *artiste* reumatóide, algum Toulouse concentrando-se no contorno do braço ossudo de uma dançarina de cancã, ao invés da velha e simples Blue van Meer, que poderia entrar para a história graças ao talento que tinha em copiar freneticamente cada uma das sílabas emitidas pelos professores (incluindo os *hãs* e *ehs*), para o caso de caírem nas provas bimestrais.

∽

Nas suas cativantes memórias, *Mañana será um grande dia* (1973), Florence "Feisty Freddie" Frankenberg, uma atriz "office-girl" dos anos 1940 cujo grande mérito foi aparecer ao lado de Al Jolson no musical da Broadway *Segurem os seus lenços* (também fez algumas parcerias com Gemini Cervenka e Oona O'Neill), escreveu no capítulo um que, à primeira vista, as noites de sábado no Stork Club eram "um oásis de seleta diversão", apesar de a Segunda Guerra Mundial estar se espalhando de uma forma assustadora pelo Atlântico, como um telegrama com más notícias, e que tinha-se a sensação de que "nada de ruim poderia acontecer", pois ali estavam protegidos por "todo o dinheiro e os visões do mundo" (p. 22-23). No entanto, numa segunda análise, como nos revela

Feisty Freddie no capítulo dois, o badalado Stork Club era, de fato, "tão cruel quanto Rudolph Valentino com uma dama que não quisesse nada com ele". Ela escreve que todos, desde Gable e Grable até Hemingway e Hayworth, estavam tão ansiosos por saber o lugar em que o proprietário, Sherman Billingsley, os colocaria no salão, se seriam aceitos naquela sala-seleta-dos-já-absurdamente-seletos, a Sala Cub, que seria possível "quebrar nozes nos espaços entre os pescoços e ombros das pessoas" (p. 49). Freddie revela ainda, no capítulo sete, que mais de uma vez calhou de ouvir certos chefões de estúdios confessarem que não pensariam duas vezes quanto a "deixar escapar um ou dois tiros em alguma bela sirigaita" para assegurarem um lugar permanente naquele almejado banquete do canto, a Mesa 25, o Círculo Real, com sua vista ideal tanto do bar quanto da porta (p. 91).

E assim, tenho que mencionar que as tensões também ficavam bastante altas na casa da Hannah, embora eu muitas vezes me perguntasse se, como Feisty Freddie, eu seria a única que as notava. Às vezes tinha a impressão de que a Hannah era J.J. Hunsecker e os outros eram sinuosos Sidney Falcos lutando para ser seu paspalho escolhido, seu playboy de pijamas preferido, seu sonho *de luxe*.

Lembro-me das vezes em que o Charles estava trabalhando numa linha do tempo do Terceiro Reich ou numa pesquisa sobre o colapso da URSS para a aula de História Européia. Ele jogava o lápis no meio da sala:

— Não consigo fazer esta porra de trabalho! Foda-se o Hitler! Fodam-se Churchill, Stalin e a porra do Exército Vermelho!

Hannah corria até o andar de cima para buscar um livro de história ou uma *Enciclopédia britânica* e, quando voltava, suas cabeças castanha e dourada passavam uma hora juntinhas como pombos com frio sob o abajur, tentando descobrir o mês da invasão alemã na Polônia ou o momento exato da queda do muro de Berlim (setembro de 1939, 9 de novembro de 1989). Certa vez falei com eles, tentei ajudá-los apontando na direção do livro de história de 1.200 páginas que o Papai sempre punha no topo das suas Bibliografias, o famoso *História é poder* (1990), de Hermin-Lewishon, mas o Charles me atravessou com o olhar, e a Hannah, folheando a *Britânica*, parecia ser uma dessas pessoas que, enquanto lia, poderia estar sentada no meio de uma guerra civil entre os Sandinistas e os Contras, estes apoiados pelos EUA, sem ouvir nada do que se passava ao seu redor. No entanto, durante esses intervalos, eu sempre percebia que Jade, Lu, Nigel e Milton paravam de trabalhar e os seus olhares perpétuos atravessavam a sala sugestivamente, como se se tornassem hipercientes de Hannah e Charles, talvez até um pouco enciumados, como um bando de leões famintos num zoológico quando somente um deles é escolhido e alimentado à mão.

Para ser sincera, eu não estava extremamente preocupada com o modo como eles se comportavam ao redor dela. Comigo, eram irritadiços e antipáticos, mas com a Hannah — pareciam confundir a sua atenção absorta com a câmera de Cecil B. DeMille e um par de refletores voltados na sua direção para a tomada principal de *O maior espetáculo da Terra*. Bastava que ela fizesse uma pergunta ao Milton, o elogiasse por um B+ que havia tirado na prova de espanhol, para que ele logo se livrasse do velho sotaque arrastado do Alabama e, estranhamente, se postasse no centro das atenções como o valente Mickey Rooney (representando um texano), cruzando a sala com a atitude, poses, gestos e caretas de um ator do *vaudeville* de seis anos de idade.

— Passei a noite toda estudano, nunca trabaiei tanto na vida — falava empolgado, passando os olhos pelo rosto da Hannah, desesperado por elogios como um *cocker spaniel* que acaba de recuperar um pato alvejado. Leulah e Jade também não tardavam em se transformar nas suas versões da pequena Shirley Temple representando Bright Eyes e Curly Tops. (Eu detestava especialmente as ocasiões em que a Hannah mencionava a beleza da Jade, o que fazia com que se transformasse no mais doce de todos os doces, a pequena Miss Broadway.)

Esses sapateados maníacos não eram nada em comparação aos horríveis momentos em que a Hannah *me* colocava no centro das atenções, como na noite em que ela comentou que eu tinha as melhores notas da escola e, portanto, provavelmente seria a oradora da turma. (O anúncio desse golpe de Estado foi feito por Lacey Ronin-Smith durante os Anúncios Matinais. Eu havia destronado Radley Clifton, que reinara absoluto por três anos e aparentemente acreditava ter Direitos Divinos sobre o título, visto que os seus irmãos Byron e Robert também haviam sido os oradores das suas formaturas. Ao passar por mim no Edifício Barrow, Radley estreitou os olhos e encolheu a boca, sem dúvida rezando para que eu fosse condenada por Colar nas Provas, sendo então exilada.)

— Seu pai deve estar tão orgulhoso de você — disse Hannah. — *Eu* estou orgulhosa. E vou dizer uma coisa. Você é o tipo de pessoa que poderá fazer o que quiser da sua vida. Estou falando *sério*. Qualquer coisa. Pode até ser física quântica. Porque tem uma coisa rara, que todo mundo quer ter. A inteligência, mas também a sensibilidade. Não tenha medo disso. Lembre-se — Deus do céu, não lembro quem foi que disse isso —, "A felicidade é um cão deitado ao sol. Não estamos na Terra para ser felizes, e sim para viver coisas incríveis."

Essa, por acaso, era uma das citações preferidas do Papai (a frase era de Coleridge, e o Papai teria dito à Hannah que ela a havia assassinado; "Se você está usando as suas próprias palavras, não é *bem* uma citação, não é mesmo?"). E a Hannah não estava sorrindo quando me disse aquilo, parecia solene, como se falasse da morte (ver *Vou pensar nisso amanhã*, Pepper, 2000). (Ela também parecia Franklin Roosevelt declarando guerra ao Japão no histórico discurso pelo rádio em 1941, faixa 21 da caixa de três CDs do Papai, *Grandes discursos, tempos modernos*.)

Nos melhores daqueles dias eu era o fardo do grupo, a *bête noire*, e portanto, se considerarmos a Terceira Lei de Newton, "Para cada ação corresponde uma reação igual e oposta", como os cinco eram capazes de se transformar espontaneamente nos pequenos Baby Face Nelson e Dimple, *também* se transformavam em velhos Dráculas e Farrapos Humanos — a melhor maneira de descrever a cara que faziam *nessas* situações. Na maior parte do tempo, porém, eu fazia o melhor possível para me esquivar de qualquer tipo de atenção pessoal. Eu não tinha nenhuma ambição especial por me sentar na Mesa 25, o Círculo Real. Eu ainda estava fascinada por ser uma das desconhecidas que ganhara permissão para entrar da rua, estando assim perfeitamente satisfeita em passar a noite, para não dizer toda a década, sentada na Mesa 2, completamente indesejada, perto demais da orquestra e sem uma boa vista da porta.

No entanto, enquanto eles executavam esses trejeitos teatrais, Hannah se mantinha impassível. Era toda sorrisos diplomáticos, num jeito meio "Fantástico, queridos", e durante esses momentos eu me perguntava se não teria cometido alguns erros ao analisá-la com tanta pressa, se eu não teria sido, como o Papai dizia secamente nas raras situações em que admitia estar errado (acompanhando dita frase com um olhar contrito para o chão), "uma cega idiota".

Afinal de contas, ela era muito peculiar ao falar de si mesma. Qualquer tentativa de exumar detalhes da sua vida, direta ou indiretamente, não levava a lugar algum. Pode parecer impossível que uma pessoa não emita algo *levemente* parecido a uma resposta quando deparada com uma pergunta à queima-roupa, tomando alguma atitude extremamente reveladora (inspiração súbita, olhos oblíquos) que pudesse ser subseqüentemente interpretada como alguma Verdade Sombria Sobre A Sua Infância usando-se a *Psicopatologia da vida cotidiana* (1901) ou *O ego e o id* (1923), de Freud. Mas a Hannah tinha uma maneira muito básica de dizer:

— Eu morei fora de Chicago, e depois em São Francisco por dois anos. Não sou tão interessante, pessoal.

Ou então dava de ombros.

— Sou, sou professora. Queria poder dizer algo mais interessante.

— Mas você só trabalha em meio período — disse Nigel uma vez. — O que faz com a outra metade?

— Não sei. Queria saber aonde o tempo vai parar.

Depois ria e não dizia mais nada.

Também havia a questão ligada a uma certa palavra: Valerio. Esse era o apelido mítico, burlesco, do Cirano oculto de Hannah, seu Darcy secretíssimo, seu escuso *Oh capitão! Meu capitão!* Eles mencionaram essa palavra em inúmeras situações, e quando finalmente juntei coragem para perguntar quem ou o quê era Valerio, o assunto se mostrou tão empolgante que eles se esqueceram de me ignorar. Ansiosos, narraram um incidente intrigante. Dois anos antes, quando estavam no primeiro ano, Leulah esqueceu um livro de álgebra na casa da Hannah. Seus pais lhe deram uma carona para que fosse buscá-lo no dia seguinte, e enquanto a Hannah apanhava o livro no andar de cima, Lu entrou na cozinha para beber um copo de água. Então notou, ao lado do telefone, um caderninho amarelo. Na primeira folha, Hannah havia rabiscado uma estranha palavra.

— Ela tinha escrito *Valerio* por toda a página — contou Lu, animadíssima. Ela tinha um jeito engraçado de contrair o nariz, que fazia com que parecesse uma minúscula meia enrugada. — Tipo, um *milhão* de vezes. E meio insano também, do jeito que os assassinos psicopatas escrevem coisas quando o investigador invade as casas deles no CSI. Aquela mesma palavra repetida, como se estivesse falando ao telefone sem saber o que estava escrevendo. Mas tudo bem, eu também faço umas coisas assim, então não pensei que fosse nada. Até que ela entrou na cozinha. Pegou o caderno imediatamente, virando as páginas para que eu não conseguisse ver. Acho que não soltou o caderno até que eu já estivesse no carro, indo embora. Nunca tinha visto a Hannah tão estranha.

Realmente estranha. Tomei a liberdade de procurar a palavra em *Palavras, suas origens e relevância* (1921), do etimologista Herman Bertman. *Valerio* era um patrônimo italiano bastante comum que significava "valente e forte", derivado do nome romano Valerius, por sua vez derivado do verbo latino *valere*, "ter um espírito saudável, ser firme e robusto". Também era o nome de diversos santos menores dos séculos IV e V.

Perguntei-lhes por que não pediam diretamente à Hannah que explicasse quem era o homem.

— Não dá — disse Milton.

— Por quê?

— Já pedimos — disse Jade irritada, exalando a fumaça do cigarro. — Ano passado. E ela ficou toda vermelha. Uma cor estranha, quase roxa.

— Como se tivesse levado uma pancada na cabeça com um taco de beisebol — disse Nigel.

— É, não dava pra dizer se ela estava triste ou com raiva — continuou Jade. — Só ficou ali de boca aberta, depois desapareceu na cozinha. E quando voltou, tipo, cinco minutos depois, o Nigel pediu desculpas. E ela disse com uma voz fajuta de administrador, ah, não, está *tudo bem*, é só que ela não gosta que fiquemos xeretando ou falando dela pelas costas. Isso magoa.

— Babaquice total — disse Nigel.

— Não foi babaquice — disse Charles, exasperado.

— Bom, a questão é que não podemos mais falar disso — disse Jade. — Não queremos que ela tenha outro ataque cardíaco.

— Talvez esse seja o Rosebud da Hannah — sugeri, um momento depois. Naturalmente, nenhum deles jamais ficava emocionado quando eu abria a boca, mas desta vez todos giraram a cabeça na minha direção, quase em uníssono.

— O quê? — perguntou Jade.

— Vocês não viram *Cidadão Kane*? — perguntei.

— É claro — disse Nigel, interessado.

— Pois então, Rosebud é o que o personagem principal, Kane, busca por toda a vida. É o que ele tenta desesperadamente reencontrar. Uma ânsia dolorosa e não-correspondida por retornar a uma época mais simples e feliz. É a última coisa que ele diz antes de morrer.

— Se ele queria rosas, por que não procurou um florista? — perguntou Jade, num tom desagradável.

Jade (que, embora às vezes fosse extremamente literal, também tinha um talento para a dramaticidade) adorava conceber todo tipo de conclusão emocionante para os mistérios da Hannah, sempre que ela calhasse de sair da sala. Algumas vezes, *Hannah Schneider* era um codinome. Em outras, Hannah participava do Programa Federal de Proteção a Testemunhas, pois tinha testemunhado contra o tzar do crime Dimitri "Caviar" Molotov, dos Molotovs de Howard Beach, sendo assim a principal responsável pela sua condenação em dezesseis acusações de fraude. Ou então, imaginava que a Hannah era um dos Bin Ladens: "Essa família é tão grande quanto os Coppolas." Certa vez, depois de ter assistido *Dormindo com o inimigo* à meia-noite no TNT, Jade disse à Leulah que a Hannah se escondia em Stockton para não ser encontrada pelo ex-marido, que era ao mesmo tempo fisicamente agressivo e clinicamente insano. (Naturalmente, o cabelo da Hannah era pintado, e ela usava lentes de contato coloridas.)

— E é por isso que ela quase nunca sai de casa, e paga tudo em dinheiro. Não quer que ele consiga rastrear os seus cartões de crédito.

— Ela não paga tudo em dinheiro — disse Charles.

— *Às vezes* paga.

— Todo mundo *às vezes* paga em dinheiro.

Eu achava engraçado ouvir essas especulações e chegava a criar as minhas próprias, razoavelmente interessantes, mas é claro que não acreditava sinceramente nelas.

Papai, sobre Vidas Duplas: "É divertido imaginar que sejam tão epidêmicas quanto o analfabetismo ou a síndrome de fadiga crônica ou qualquer outra mazela cultural que adorne as capas da revista *Time* ou *Newsweek*, mas infelizmente a maior parte dos Zé Ninguéns que vemos na rua são apenas isso, Zé Ninguéns, sem nenhum segredo sombrio, mérito desconhecido ou face oculta. Isso é suficiente para que você desista de Baudelaire. E veja só, não estou contando o adultério, que não é nem um pouco obscuro — está mais para clichê."

E assim, concluí secretamente que Hannah Schneider era um erro de digitação. O destino havia sido piegas. (Muito provavelmente porque trabalhava demais. O Acaso e o Karma eram muito volúveis para concluir qualquer tarefa, e não se podia confiar na Sina.) Quase por acidente, ele havia determinado que uma pessoa excepcional, de beleza estonteante, viveria numa pequena cidade enterrada nas montanhas, onde a grandiosidade era como aquela árvore insignificante que tombava no meio do bosque sem que ninguém a notasse. Em alguma outra parte, em Paris, ou provavelmente Hong Kong, uma pessoa chamada Chase H. Niderhann, dona de um rosto tão instigante quanto uma batata assada e uma voz de pigarro, estaria vivendo a vida da Hannah, uma vida de ópera, de sol e lagos e excursões de fim de semana ao Kenya (com K e Y), de túnicas que faziam "Chhhh" ao roçar o chão.

Decidi assumir o controle da situação (ver *Emma*, Austen, 1816).

෴

Estávamos em outubro. Papai estava saindo com uma mulher que, na nossa secretária eletrônica, sempre se autodenominava Gatinha (e que eu ainda não tivera o prazer de esmagar na nossa janela), mas ela não tinha muita importância. Por que o Papai ficaria com uma Gata Malhada qualquer quando poderia ter uma Persa? (Posso culpar o gosto musical meloso da Hannah pela minha comparação caprichosa, a velha Peggy Lee e seus choramingos incessantes sobre a lua louca e Sarah Vaughan resmungando por seu amante.)

Agi com uma veemência pouco característica naquela tarde de quarta-feira, enquanto punha em ação meu plano inspirado em Walt Disney. Disse ao Papai que já tinha com quem voltar do colégio, e então pedi à Hannah que me desse uma carona. Fiz com que ela esperasse no carro, dando uma desculpa esfarrapada ("Espere aí, tenho um livro ótimo para você.") antes de correr para dentro e forçar o Papai a largar o último livro de Patrick Kleinman publicado pela Yale University Press, *A crônica do coletivismo* (2004), para que ele saísse e falasse com ela.

Ele saiu.

Trocando em miúdos, não aconteceu nada que pedisse um acompanhamento musical de Frank Sinatra. Papai e Hannah trocaram cordialidades insípidas. Acho que o Papai chegou a dizer: "Sim, tenho pensado em ir assistir a um desses jogos de futebol americano no colégio. Blue e eu podemos encontrá-la por lá", numa tentativa de beliscar o silêncio.

— Certo — disse Hannah. — Você gosta de futebol americano?

— Gosto — respondeu o Papai.

— Não tinha um livro para me emprestar? — perguntou-me Hannah.

Poucos minutos depois, ela já ia embora com a minha única cópia de *O amor nos tempos do cólera* (García Márquez, 1985).

— Por mais tocantes que sejam seus esforços por bancar o Cupido, querida, no futuro, por favor, permita que eu mesmo faça as minhas cavalgadas em direção ao entardecer — disse o Papai, enquanto voltava para dentro.

⁓

Naquela noite não consegui dormir. Embora eu nunca tivesse dito nada a Hannah, e nem ela a mim, uma certa Tese infalível estivera rondando a minha cabeça, a de que a única explicação plausível para a minha inclusão naqueles *soirées* dominicais, para a minha entrada forçada no grupo (Hannah parecia determinada a arrombar aquela panelinha fechada a vácuo como uma delirante dona de casa de posse de um abridor), era o fato de ela estar interessada no Papai. Pois eu não poderia ter me confundido, ao menos lá na Sapato Certeiro, quando seus olhos rondaram ansiosos o rosto do Papai, como borboletas-rabo-de-andorinha (Família *Papilionidae*) sobre uma flor, e tudo bem, ela tinha sorrido para *mim* no Mercadinho Gato Gordo, mas na verdade queria chamar a atenção do Papai, queria que ele ficasse aturdido.

Mas eu tinha me enganado.

Revirei-me na cama, analisando cada olhar que a Hannah me lançara, cada palavra, sorriso, soluço, pigarro e deglutição claramente audível, até ficar tão confusa que só conseguia ficar deitada sobre o meu lado direito, fitando as janelas com suas cortinas inchadas, brancas e azuis, onde a noite derretia tão lentamente que chegava a doer. (Mendelshon Peet escreveu, em *Discórdia* (1932), que "A instável e pequenina mente humana não está equipada para explorar as grandes incógnitas.")

Finalmente adormeci.

"Muito poucas pessoas se dão conta de que não faz sentido procurar respostas para as grandes questões da vida", disse o Papai uma vez, durante um Humor de Uísque. "Todas elas possuem mentes próprias, volúveis e curiosas. No entanto, se for paciente, se não se afobar sobre elas, quando estiverem prontas, vão se chocar contra você. E não se surpreenda se, depois disso, você se vir sem palavras e com passarinhos de desenho animado rondando a sua cabeça."

Ele não poderia estar mais certo.

CAPÍTULO 9

PIGMALEÃO

O lendário conquistador espanhol Hernando Nuñez de Valvida (*La Serpiente Negra*) escreveu, na nota de 20 de abril de 1521 do seu diário (um dia em que supostamente chacinou duzentos astecas), que "*La gloria es un millón de ojos asustados*", traduzido aproximadamente por "A glória é um milhão de olhos assustados".

Isso nunca me disse muito, até ficar amiga deles.

Se Hernando e seus comparsas inspiravam medo nos astecas, então Charles, Jade, Lu, Milton e Nigel inspiravam pânico absoluto em todo o corpo discente de St. Gallway (e também num bom número de professores).

Como todas as sociedades, eles tinham um nome. Os Sangue-Azul.

E todos os dias, de hora em hora (talvez até de minuto em minuto), essas palavrinhas requintadas eram sussurradas e murmuradas com inveja e agitação em cada sala de aula e corredor, em cada laboratório e vestiário.

— Os Sangue-Azul desfilaram pelo Arranha hoje de manhã — disse Donnamara Chase, uma menina que sentava a duas carteiras de mim na aula de literatura. — Ficaram parados no canto, falando "Eca" para todo mundo que passasse, a tal ponto que a Sam Christenson, sabe aquela menina masculinizada do segundo ano? Então, ela teve um treco no começo da aula de química. Tiveram que levar a menina numa maca até a enfermaria, e só o que ela conseguia dizer é que tinham zombado dos sapatos dela. Estava usando mocassins de couro Aerosole cor-de-rosa, tamanho 42. O que nem é *tão ruim* assim.

É claro que, na Academia Coventry e no Colégio de Greenside, também existiam alunos populares, os VIPs que cruzavam os corredores como uma comitiva de limusines e inventavam uma língua própria para intimidar os demais, como os ferozes membros da tribo dos Zaxoto da Costa do Marfim (na escola do Condado Braden eu era a "mondo nuglo", o que quer que isso significasse), mas a mística dos Sangue-Azul, que podiam até mesmo provocar asma, não tinha precedentes. Acho que isso se devia, em parte, à beleza celestial que exibiam (Charles e Jade eram os Gary Cooper e Grace Kelly da nossa época), ao seu surrealismo fabuloso (Nigel, de tão diminuto, era estiloso, e Milton, de tão desmedido, era *vogue*), à sua confiança viajante (lá vai a Lu pela Relva dos Comuns, com o vestido do avesso), mas também, singularmente, a certos boatos que corriam a seu respeito, um não-sei-o-quê e Hannah Schneider. Hannah era surpreendentemente discreta; dava uma única aula, Introdução ao Cinema, num prédio atarracado às margens do campus chamado Loomis, famoso pela lavagem de créditos escolares ali realizada em aulas como Introdução ao Mundo da Moda e Marcenaria Básica. E segundo a citação de Mae West no esgotado livro *Você só está feliz em me ver* (Paulson, 1962): "Você não é ninguém até que tenha tido um escândalo sexual."

Duas semanas depois do meu primeiro jantar na casa da Hannah, escutei duas meninas do terceiro ano fofocando sobre ditas indecências durante o estudo dirigido da manhã, realizado na sala de leitura da Biblioteca Donald E. Crush e monitorado pelo prof. Frank Fletcher, um careca que adorava palavras cruzadas e dava aulas de Educação no Trânsito. As meninas eram gêmeas bivitelinas, Eliaya e Georgia Hatchett. Com seus cabelos ruivos, figuras robustas, panças de empadão de carne e compleições de cervejaria, pareciam dois retratos a óleo do Rei Henrique VIII, pintados por artistas diferentes (ver *As faces da tirania*, Clare, 1922, p. 322).

— Não entendo como ela conseguiu um emprego nesta escola — disse Eliaya. — Ela tem um parafuso a menos.

— De quem você está falando? — perguntou Georgia distraída, enquanto folheava as fotos coloridas de uma revista, *VIP semanal*, com a língua escapando pelo canto da boca.

— Dãã. Da Hannah Schneider. — Eliaya inclinou a cadeira para trás e batucou com os dedos gordos na capa do livro que tinha no colo, *História ilustrada do cinema* (Jenoah, edição de 2002). (Presumi que estaria cursando a aula da Hannah.) — Hoje ela veio totalmente despreparada. Sumiu por quinze minutos porque não conseguia encontrar o DVD que a gente deveria assistir. No programa dizia que a gente ia assistir *O vagabundo*, mas ela voltou com a droga do *Apocalypse now*, que ia deixar a mamãe e o papai histéricos. O filme são três horas de putaria. Mas a Hannah estava, tipo, no mundo da *lua*; completamente *perdida*. Colocou o filme, nem *se ligou* na classificação. Daí a gente viu os primeiros vinte minutos e o sinal tocou, e aí aquele menino, o Jamie Century, perguntou quando é que ela ia passar o resto e ela disse que amanhã. É a Hannah trocando um pouco o nosso currículo. Aposto que até o fim do ano a gente vai estar assistindo pornografia. Foi bizarro.

— O que você está querendo dizer?

— A mulher está pirada. Não me surpreenderia se ela entrasse numa onda Columbine.

Georgia suspirou.

— Bom, até a minha avó já sabe que ela ainda está dando pro Charles depois de tantos anos...

— Dando mais que chuchu na serra. Com certeza.

Georgia se inclinou em direção à irmã. (Tive que ficar muito quieta para ouvir o que dizia.)

— Você realmente acha que os Sangue-Azul dão uma de Calígula nos fins de semana? Não sei se acredito na Cindy Willard.

— É claro — respondeu Eliaya. — A mamãe disse que a realeza *só* dorme com a realeza.

— Ah, *pode crer* — disse Georgia, concordando e caindo numa gargalhada entre os dentes, um ruído como um banquinho de madeira sendo arrastado pelo chão. — Desse jeito evitam que os seus genes se contaminem.

Infelizmente, como ressaltava o Papai, muitas vezes há uma semente da Verdade no meio do Lixo (ele mesmo acabava passando os olhos por alguns tablóides vendidos no supermercado, enquanto esperava na fila: "'Cirurgias Plásticas Desastradas em Famosos' — essa manchete não deixa de ser interessante."), e admito que, desde que vi a Hannah e o Charles juntos no gramado, no meu primeiro dia na escola, suspeitei que *havia* algo de grudento entre os dois (embora tenha concluído, depois de um ou dois domingos, que embora o Charles estivesse quase certamente apaixonado por ela, a atitude da Hannah em relação a ele era amigavelmente platônica).

E embora não soubesse de nada sobre as atividades de fim de semana dos Sangue-Azul (e assim continuaria até o meio de outubro), eu *sabia* que eles estavam preocupados em manter a superioridade da sua linhagem.

Eu, naturalmente, era quem a estava contaminando.

A minha inclusão naquele Círculo Mágico foi tão indolor quanto a invasão da Normandia. Tudo bem, acabamos por nos conhecer, mas no primeiro mês e tanto — setembro, o comecinho de outubro —, apesar de vê-los o tempo todo desfilando como pavões pelo colégio e de agir como uma jornalista silenciosa e horrorizada com as ansiedades que inspiravam ("Se um dia eu encontrar a Jade machucada, deitada com a cara na rua, indigente e tomada de lepra, vou fazer um favor à humanidade e atropelá-la", prometeu Beth Price na minha aula de literatura), eu jamais andava com eles fora da casa da Hannah.

Evidentemente, durante aquelas primeiras noites, o cenário era bastante humilhante. Eu me sentia claramente como a participante atarracada de um *reality show* chamado *Amor-a-Jato* que ninguém chamava para tomar um drinque, e que não deveria ter nenhuma esperança de ser convidada para jantar. Ficava sentada no divã surrado da Hannah com um dos cachorros, fingindo ter sido transfixada pelos meus deveres de casa de história da arte enquanto os cinco conversavam, entre sussurros, sobre a noite "depravada" e "lúbrica" que haviam tido na sexta-feira quando foram ao "Roxo" ou ao "Cego", codinomes de lugares misteriosos, e quando a Hannah emergia da cozinha, imediatamente me lançavam sorrisos fingidos. Milton piscava um olho, fazia uma cara acanhada e dizia:

— Tudo beleza, Blue? Cê tá calada pra caramba.

— Ela é tímida — observava Nigel, inexpressivo.

Ou então a Jade, que sempre se vestia como uma celebridade caminhando sobre o tapete vermelho em Cannes, comentava:

— *Amei* a sua camisa. Quero uma pra mim. Você tem que me dizer onde comprou.

Charles sorria como um entrevistador da TV com ibope baixo, e a Lu nunca proferia uma só palavra. Sempre que o meu nome era mencionado, ela inspecionava os próprios pés.

Hannah deve ter pressentido que nos encaminhávamos a um beco sem saída, pois pouco depois lançou o seu próximo ataque.

— Jade, por que vocês não levam a Blue quando forem ao Consciência? Pode ser divertido para ela — disse Hannah. — Quando estão pensando em ir de novo?

— Não sei — respondeu Jade, árida, esparramada de bruços sobre o tapete da sala, lendo *A antologia Norton de poesia* (Ferguson, Salter, Stallworty, edição de 1996).

— Achei que tivesse dito que iriam esta semana — insistiu Hannah. — Será que ela não cabe no carro?

— Talvez — disse Jade, sem erguer os olhos.

Esqueci essa conversa até a sexta-feira seguinte, uma tarde cinzenta e cansada. Depois da minha última aula, história geral com o prof. Carlos Sandborn (que, de tanto gel no cabelo, sempre parecia estar vindo de uma aula de natação na Y), voltei ao terceiro andar do Pavilhão Hanover e encontrei Jade e Leulah em pé ao lado do meu armário: Jade usava um vestido preto ao estilo Holly Golightly, e Leulah uma blusa e saia brancas. Mantendo as mãos e os pés juntos como se estivesse no ensaio de um coral, Leulah aparentava estar suficientemente satisfeita, mas Jade parecia ser a garota num asilo que esperava impaciente pela chegada, numa cadeira de rodas, do coroa que lhe correspondia, para que lhe pudesse ler *A terra prometida* numa voz monótona, ganhando assim os seus créditos de Serviços Comunitários, o que lhe permitira formar-se a tempo.

— Então, vamos fazer o nosso cabelo e unhas e sobrancelhas e você vem com a gente — informou Jade, com uma das mãos no quadril.

— Ah — falei, concordando, enquanto girava o botão do meu armário, embora ache que não estava de fato inserindo a senha de abertura, apenas girando-o vigorosamente numa direção, depois na outra.

— Pronta?

— Agora? — perguntei.

— É claro que *agora*.

— Não posso — respondi. — Estou ocupada.

— *Ocupada?* Com o *quê?*

— Meu pai está vindo me buscar. — Quatro meninas do segundo ano que passavam por nós encalharam, como o lixo levado por um rio, ao lado do Mural de Avisos da aula de alemão. Tentavam descaradamente ouvir a nossa conversa.

— Nossa senhora — disse Jade —, lá vem o seu *super-pai* outra vez. Você vai ter que nos dizer o nome de civil dele e nos contar como ele é sem a máscara e a capa. — (Eu tinha cometido o grave equívoco de falar do Papai no domingo anterior. Acho que cheguei a usar a expressão "homem brilhante" ao descrevê-lo, e também "um dos mais proeminentes comentaristas sobre cultura americana em atividade no país", uma frase que copiei, palavra por palavra, da matéria de duas páginas sobre o Papai publicada no *SIACP*, Semanário do Instituto Americano de Ciências Políticas (ver "Dr. Sim", abril de 1987, v. XXIV, nº 9) Falei aquilo porque a Hannah me perguntou no que o Papai trabalhava, qual era a "ocupação" dele, e havia algo no Papai que simplesmente instigava a jactância, a vanglória, o monólogo autocongratulante.)

— Ela está brincando — disse Lu. — Vamos lá. Vai ser legal.
Juntei meus livros e saí com elas. Encontrei o Papai e lhe disse que o meu Grupo de Estudo de *Ulisses* tinha decidido se encontrar por algumas horas, mas que eu voltaria para casa na hora do jantar. Ele fechou a cara ao ver Jade e Lu paradas sobre os degraus do Pavilhão Hanover:

— Essas duas sirigaitas mirins acham que conseguem ler Joyce? *Hehe*. Boa sorte para elas; ou melhor, reze por um milagre.

Percebi que ele não queria que eu fosse, mas evitou fazer uma cena.

— Muito bem — falou com um suspiro e um olhar de comiseração. Ligou o motor da Volvo. — Vá em frente, querida.

Enquanto caminhávamos pelo Estacionamento dos Estudantes, ouvi os louvores à sua figura.

— Caramba — disse Jade, fitando-me com uma estima inesperada. — Seu pai é *formidable*. Você disse que ele era brilhante, mas não entendi que era de um jeito George Clooney. Se ele não fosse o seu pai, iria pedir que me apresentasse a ele.

— Ele parece, tipo, qual é o nome... o pai do *A noviça rebelde* — disse Lu.

Sinceramente, o modo como o Papai, em poucos minutos, conseguia ser aclamado mundialmente podia se tornar bastante enfadonho. Tudo bem — eu era a primeira a ficar em pé e lhe jogar rosas, gritando "Bravo, senhor, bravo!". Mas às vezes não conseguia deixar de pensar que ele era uma diva da ópera que colecionava críticas reverentes mesmo quando era preguiçosa demais para chegar às notas agudas, esquecia um figurino, piscava após a sua própria cena de morte; algo nele despertava a aprovação de todos, independentemente da performance que apresentasse. Por exemplo, quando passei pela profa. Ronin-Smith, nossa orientadora acadêmica, no Pavilhão Hanover, ela parecia jamais ter superado os minutos que o Papai passou no seu escritório. Não me perguntou "Como estão as aulas?", e sim "Como está o seu pai, querida?" A única mulher que o conhecera e não me interrogara *ad nauseam* sobre ele fora Hannah Schneider.

— Isso... sr. Von Trapp — disse Jade pensativa, concordando. — É, sempre fui um pouco gamada por ele. E cadê a sua mãe nessa história?

— Está morta — respondi com uma voz dramática e gélida, e pela primeira vez desfrutei do silêncio estupefato das duas.

∽

Elas me levaram ao Consciência, um lugar com paredes roxas e sofás de zebra situado no centro de Stockton, em frente à biblioteca pública, onde Jaire (pronunciada "jei-RI"), com suas botas de couro de jacaré, aplicou-me reflexos avermelhados e cortou meu cabelo de modo que não mais parecesse "como se ela mesma tivesse cortado com uma tesoura para unhas dos pés". Para minha surpresa, Jade insistiu em dizer que tais cuidados com a minha aparência pessoal seriam gratuitos, por conta da sua mãe, Jefferson, que lhe deixara um cartão de crédito American Express preto "para qualquer Emergência" antes de desaparecer por seis semanas em Aspen com seu novo "gostosão", um professor de esqui "chamado Tanner, que usa protetor labial permanentemente".

— Te dou mil dólares se você conseguir fazer alguma coisa com essa franja de palha — instruiu Jade à cabeleireira.

Também financiada pela sra. Jefferson, ao longo de outras duas semanas, adquiri meu suprimento de lentes de contato descartáveis para os seis meses seguintes, prescritas pelo oftalmologista dr. Stephen J. Henshaw, que tinha olhos de raposa-do-ártico e um terrível resfriado, além de roupas, sapatos e roupas íntimas escolhidas a dedo por Jade e Lu, *não* no Setor de Adolescentes da Stickley's, e sim na Vanity Fair da Avenida Central, na Rouge Boutique da rua Elm, na Natalia's da rua Cherry e até mesmo na Frederick's of Hollywood ("Se algum dia você resolver dar uma de devassa, sugiro que use *este aqui* na ocasião" — instruiu Jade, arremessando na minha direção algo parecido com o arnês usado pelos pára-quedistas, só que cor-de-rosa). Os golpes de misericórdia contra a minha aparência anteriormente maçante foram maquiagens hidratantes, batons brilhantes de tomilho e murta, sombra de olhos para o dia (reluzente) e para a noite (fosca), desencavadas do setor de cosméticos da Stickley's e indicadas especialmente para o meu tom de pele, assim como os quinze minutos da aula de aplicação dada por Millicent, que tinha uma testa cheia de pó e um jaleco de laboratório impecável e mascava chiclete sem parar. (Ela conseguiu atochar todo o espectro de cores da luz branca nas minhas duas pálpebras.)

— Você está uma deusa — disse Lu, sorrindo para mim no espelho de mão de Millicent.

— Quem poderia imaginar — soltou Jade.

Eu não mais parecia uma coruja apologética, e sim uma torta impenitente (Ilustração 9.0).

Tópicos especiais em física das calamidades 133

ILUSTRAÇÃO 9.0

Papai, naturalmente, ao presenciar essa transformação, sentiu-se como Van Gogh provavelmente se sentiria se, numa tarde quente, calhasse de entrar em uma Loja de Suvenires em Sarasota e encontrasse, ao lado dos bonés de plástico e estatuetas de sorridentes frutos-do-mar, seus queridos girassóis impressos num dos lados de duzentas toalhas de praia em LIQUIDAÇÃO por apenas $9,99.

— O seu cabelo está *fulgurante*, querida. Cabelos não deveriam fulgurar. Incêndios, torres, faróis, até o inferno talvez possa fulgurar. Não o cabelo humano.

No entanto, a maior parte da indignação do Papai remitiu milagrosamente em pouco tempo, a não ser por alguns resmungos ou queixumes ocasionais. Presumi que isso se devesse à sua absorção pela Gatinha, ou, como ela às vezes se autodenominava na nossa secretária eletrônica, "Gatinhazinha" (Eu ainda não a conhecia, mas já tinha ouvido as últimas notícias: "Gatinha desfalece em restaurante italiano ao ouvir as meditações do Papai sobre a Natureza Humana", "Gatinha implora o perdão do Papai por derramar batida de café no seu paletó de lã irlandesa", "Gatinha planeja seu quadragésimo aniversário e menciona inclinações matrimoniais"). Era bizarro, mas o Papai parecia ter aceitado o fato de que a sua obra artística havia sido flagrantemente comercializada. Ele sequer parecia guardar qualquer rancor.

— Você está satisfeita? Tem sido uma pessoa responsável? Respeita os jovens desse grupo de estudos de *Ulisses* que, como era de se esperar, passam mais tempo perambulando pelo shopping do que rastreando o paradeiro de Stephen Dedalus?

(Não, nunca cheguei de fato a dissuadir o Papai da idéia de que eu passava as tardes de domingo tentando escalar aquele volume himalaio. Por sorte, o Papai não tinha nenhuma grande admiração por Joyce — excessivos jogos de palavras o chateavam, assim como o latim —, mas para evitar até mesmo os mais básicos dos questionamentos, eu lhe dizia periodicamente que, devido às fracas constituições dos demais, ainda não tínhamos conseguido passar do Acampamento Base, o capítulo 1, "Telêmaco".)

— Na verdade, são bastante espertos — comentei. — Outro dia, um deles usou a palavra "obsequioso" durante uma conversa.

— Pare de debochar. São pensadores?

— São.

— Não são lemingues? Não são polainas? Não são mentecaptos, nerds, neonazistas? Não são anarquistas ou anticristos? Não são jovens pedestres que pensam ser as primeiras pessoas *incompreendidas* do planeta? Tristemente, os jovens americanos estão para um vácuo sem peso como almofadas de assentos estão para espuma de poliuretano...

— Pai. Está tudo bem.
— Tem certeza? Nunca confie em superfícies inebriantes.
— Tenho.
— Nesse caso, vou concordar. — Fechou a cara quando fiquei na ponta dos pés para beijar a sua bochecha áspera. Fui até a porta da frente. Era domingo, e a Jade estava descansando o cotovelo na buzina do carro. — Espero que o seu encontro com essas mariazinhas e joãozinhos seja supimpa — disse Papai com um suspiro um pouco teatral, mas eu o ignorei. — "Se outros têm sua vontade, Ann tem seu caminho."

⁓

Houve um punhado de situações nas quais Jade, Lu e eu choramos de rir de alguma coisa, como a vez em que me convidaram para passear no shopping Crista Azul (o "favelão", como elas o chamavam), e um bando de zé manés com as cuecas à mostra nos seguiu pelos corredores com sorrisos idiotas ("Feios pracará, como suspeitei", disse Jade, inspecionando-os por trás de uma estante de elásticos para cabelo na Brincos & Tal), ou quando a Jade se pôs a debater as misteriosas dimensões do castiçal do Nigel ("Com a estatura dele, pode ser forte, pode ser um pigmeu"; "Nossa senhora", disse Lu, cobrindo a boca com a mão), ou quando estávamos no carro, a caminho da casa da Hannah, e Jade e eu fizemos o sinal do dedo para um pereba (a palavra que ela usava para qualquer "homem asqueroso com mais de quarenta") que teve a ousadia de dirigir um Fusca na frente dela. (Seguindo a iniciativa de Jade, baixei a janela para estender a mão, e o meu cabelo — agora numa fascinante cor Bornita, número atômico 29 — agitou-se no vento.)

Durante esses momentos, eu pensava comigo mesma que aquelas pessoas talvez fossem minhas amigas, que talvez pudessem ser minhas confidentes em questões sexuais enquanto comíamos uma torta de ruibarbo num jantar às três da manhã, e algum dia nos telefonaríamos para falar da Comunidade para Aposentados Tuskawalla Trails e de dor nas costas e dos nossos maridos carecas como tartarugas, mas então aqueles sorrisos pareciam cair dos seus rostos como fotografias presas com uma tachinha a menos em quadros de avisos. Olhavam-me irritadas, como se eu as houvesse enganado.

Depois me levavam para casa. Eu ficava sentada no banco de trás fazendo a melhor leitura labial que conseguia, devido aos volumes estarrecedores dos CDs de heavy metal que colocavam, capazes de perfurar ouvidos (eu conseguia decodificar frases obscuras: "nos encontrar depois", "gostosão com quem estou saindo"), perfeitamente ciente de que eu não tinha dito nada de fenomenal (pois eu era tão bacana quanto uma bermuda). Elas me deixavam em casa como roupa suja na lavanderia e aceleravam rumo à noite sussurrante, com seu céu violeta e montanhas negras que assomavam sobre as copas pontiagudas dos pinheiros. Em algum lugar não-revelado, encontrariam Charles, Nigel e Black (era como chamavam o Milton), e provavelmente estacionariam em algum lugar e beijariam alguém, e acelerariam seus carros sobre penhascos (usando jaquetas de couro com estampas de T-BIRD ou PINK LADY).

— Astaluêgo — disse Jade, dirigindo-se às minhas redondezas, enquanto passava um batom vermelho olhando-se no retrovisor. Bati a porta do carro, joguei a mochila sobre o ombro.

Leulah acenou.

— Te vejo no domingo. — falou, amável.

Arrastei-me para dentro, como um veterano desejando que a guerra tivesse durado mais tempo.

— *Que diabos você considerou compulsório comprar numa loja chamada Meu-Bronze-Bahamas?* — gritou o Papai da cozinha ao voltar do seu encontro com a Gatinha. Apareceu na porta da sala com a bolsa plástica laranja que eu tinha jogado no chão do salão, segurando-a como se fosse a carcaça de um porco-espinho.

— Bronzeador Meu-Bali — respondi secamente sem levantar os olhos de algum livro que acabava de arrancar da estante, *O motim do* Jóven *sul-americano* (González, 1989).

Papai balançou a cabeça e, sabiamente, decidiu não aprofundar a investigação.

Houve um ponto crucial de mudança. (E estou certa de que teve tudo a ver com a Hannah, ainda que o seu papel na história, o que quer que lhes tenha dito — talvez um ultimato, uma propina ou uma das suas   sugestões —, nunca tenha ficado claro.)

Era uma sexta-feira na primeira semana de outubro, durante o sexto turno de aulas. O dia estava bastante claro e ríspido para o outono, brilhante como um carro recém-lavado, e o prof. Moats, que dava aulas de desenho elementar, rogou à turma que saísse da sala levando os cadernos de desenho e lápis nº 2:

— Encontrem os seus relógios derretidos! — ordenou, abrindo a porta de par em par como se libertasse cavalos selvagens, a outra mão fazendo Olés no ar, de modo que, durante quatro segundos, tornou-se uma dançarina flamenca vestindo calças verde-oliva apertadas. Lentos e preguiçosos, os alunos flutuaram pelo colégio com suas gigantescas pranchetas. Tive dificuldade em escolher algo para desenhar, e vagueei por quinze minutos até encontrar um pacote desbotado de M&Ms escondido num monte de folhas de pinheiro atrás da Casa Elton. Estava sentada na mureta de cimento, desenhando as minhas primeiras linhas covardes, quando ouvi alguém que vadiava pela calçada. Ao invés de passar por mim, a pessoa parou.

— E aí — disse ele.

Era o Milton. Tinha as mãos metidas nos bolsos e o cabelo languinhento lhe cobria a testa.

— Oi — respondi, mas ele não disse nada, sequer sorriu. Apenas deu um passo na minha direção e inclinou a cabeça para inspecionar as minhas linhas capengas feitas a lápis, como um professor olhando sobre o ombro de alguém, analisando despreocupado o que aquele aluno teria rabiscado durante uma prova.

— O que está fazendo fora da aula? — perguntei.

— Ah, tô doente — respondeu, sorrindo. — Gripe. Tô indo pra enfermaria, daí vou pra casa descansar.

Vale lembrar que, enquanto Charles era o evidente Casanova de St. Gallway, popular entre as bonitinhas e animadoras de torcidas, Milton, pelo que soube, era uma espécie de Garanhão entre as inteligentes e esquisitas. Uma menina da minha aula de literatura, Macon Campins, que fazia desenhos indianos espiralados com marcador permanente nas palmas das mãos, jurava estar obsessivamente apaixonada por ele, e antes que o sinal tocasse, antes que a agitada profa. Simpson irrompesse na sala arrastando os pés e resmungando em sussurros cada vez mais sonoros — "acabou a tinta das impressoras, só temos papel ofício, acabaram os grampos, tudo nesta escola, não, neste país, não, no *mundo*, tudo está indo ladeira abaixo" —, Macon se punha a discutir a tatuagem misteriosa do Milton com sua melhor amiga, Engella Grand:

— Acho que foi ele mesmo quem fez. Eu estava olhando para a manga arregaçada dele na aula de biologia, saca? E tenho quase certeza que é uma mancha de óleo gigante que ele tem no braço. Isso é tããão sexy.

Eu também achava que o Milton tinha algo de escuso e sexual, o que me deixava meio inebriada sempre que me via a sós com ele. Certa vez, estava enxaguando os pratos e colocando-os na lava-louças da Hannah quando ele trouxe sete copos de água naquelas mãos gigantes e, enquanto se inclinava ao meu lado para colocá-los na pia, meu queixo roçou acidentalmente o seu ombro. Era úmido e quente como uma estufa, e eu pensei que fosse desfalecer.

— Desculpa, Blue — disse Milton enquanto se afastava. Sempre que ele dizia o meu nome, o que fazia com freqüência (tanta freqüência que parecia tentadoramente próximo à sátira), o seu sotaque o repuxava como um ioiô, transformando-o num elástico. *Bluuue.*

— Vai fazer alguma coisa hoje à noite, Blue? — perguntava-me agora.

— Vou — respondi, mas ele não pareceu registrar a minha resposta. (Acho que a esta altura eles já teriam presumido que, a menos que a Hannah partisse em busca de um pretendente para mim, ninguém jamais me ligava — o que não era uma suposição tão absurda.)

— Bom, a gente vai dar um pulo na casa da Jade hoje à noite, se quiser vir. Vou falar para ela te pegar. Vai ser doideira. Se você agüentar o tranco.

Passou por mim, seguindo a calçada.

— Achei que estivesse gripado — falei baixinho, mas ele escutou, pois se virou e, andando de costas, piscou um olho, dizendo:

— Tô me sentindo melhor a cada minuto que passa.

Começou então a assoviar e, ajustando a gravata listrada em verde e azul como quem se prepara para uma entrevista de emprego, abriu as portas dos fundos da Casa Elton e desapareceu lá dentro.

⁓

Jade vivia numa McMansão (que chamava de Bolo de Casamento) de trinta e cinco cômodos inspirada na Colina de Tara, construída sobre um morro num vilarejo caipira "cheio de desdentados morando em trailers" conhecido como Entulhão, que tinha 109 habitantes.

— A casa é vulgar à primeira vista — disse Jade animada, abrindo a gigantesca porta de entrada. (Desde o momento em que me buscou em casa, seu humor estava próximo a uma alegria ao estilo *Gidget*, que me fez questionar que tipo de acordo fantástico ela teria fechado com a Hannah; deveria ter algo a ver com a imortalidade.)

— É — comentou, prendendo a frente do vestido de seda preto e branco que envolvia seu corpo para que o sutiã amarelo-brilhante não aparecesse. — Sugeri à Jefferson que tivesse à mão alguns daqueles saquinhos de enjôo de avião, sabe, bem aqui na entrada. Ela ainda não arrumou. Ah, e não, você não está alucinando. Aquela ali é mesmo a Cassiopéia. A Ursa Menor está na sala de jantar, e Hércules está na cozinha. A Jefferson teve essa idéia, constelações do Hemisfério Norte em todo o teto. Enquanto projetava a casa, ela estava namorando um cara chamado Timber, que era astrólogo e intérprete de sonhos, e quando o Timber se livrou da Jefferson e ela começou a namorar um tal de Gibbs, da Inglaterra, que detestava essas porras de luzinhas piscantes, "Como é que você vai trocar essas *lâmpadas*?", já era tarde demais. Os eletricistas já tinham feito a Coroa Boreal e a metade do Pégaso.

O saguão era branco-sobre-branco-sobre-branco, com um chão de mármore escorregadio sobre o qual seria possível fazer rodopios de patinação no gelo sem muita dificuldade. Olhei para cima e vi o que realmente *era* a Cassiopéia cintilando sobre nós num pálido céu azul, que também parecia murmurar aquela nota azeda das seções de Comida Congelada. Estava congelante, também.

— Não, você não está ficando doente. A vida em baixas temperaturas bloqueia, às vezes até reverte o processo de envelhecimento, por isso a Jefferson não permite que o termostato da casa passe de cinco graus. — Jade pendurou as chaves do carro numa coluna coríntia descomunal que havia ao lado da porta, bagunçada com trocados, cortadores de unhas dos pés, propagandas de aulas de meditação num lugar chamado Centro Suwanee da Vida Interior. — Não sei você, mas eu preciso desesperadamente de um drinque. Ninguém chegou ainda, esses putos estão atrasados, então vou te mostrar a casa.

Jade nos preparou batidas de pêssego com Coca-Cola, a primeira bebida alcoólica que provei na vida; era doce, mas provocava um ardor fascinante na garganta. Embarcamos na Grande Turnê. A casa era adornada e emporcalhada como uma pensão de beira de estrada. Sob as constelações pulsantes (muitas delas com estrelas extintas, supernovas, anãs-brancas), quase todos os cômodos pareciam confusos, apesar dos títulos bastante explícitos que a Jade lhes dava (Quarto Bagunça, Sala Museu, Sala de Estar). Por exemplo, o Salão Imperial continha um vaso persa ornado e um grande retrato a óleo de um "*Sir Nãoseiquem do século XVIII*", mas também uma blusa de seda manchada, jogada no braço de um sofá, um tênis capotado sob um banquinho e, numa mesa dourada, bolotas de algodão nojentas, reunidas em deprimente comiseração após terem removido esmalte vermelho-sangue das unhas de alguém.

Ela me levou à sala de TV ("três mil canais e nada para assistir"), ao Salão de Jogos, com um cavalo de carrossel em tamanho real ("Esse é o Ervilha"), e à sala Xangai, vazia, a não ser por uma grande estátua de bronze do Buda e dez ou doze caixotes de papelão.

— A Hannah adora quando nos livramos o máximo possível dos bens materiais. Levo coisas para uma instituição de caridade o tempo todo. Você deveria pensar em fazer o mesmo — comentou. No porão, sob Gêmeos, estava a sala Jefferson ("onde a minha mãe presta *hosmenagem* à época áurea dela"). Era uma sala de 150 metros quadrados com uma TV em tamanho Drive-In, um tapete cor de costelinhas de porco e paredes de madeira revestidas por trinta anúncios de marcas como Perfume "Ohh!", Meia-Calça Seda Sensual*, Botas Pé-na-Tábua, Delírio Laranja Diet* e outros produtos obscuros. Todos traziam a mesma mulher com cabelo de cenoura e um sorriso-banana que transitava a tênue fronteira entre o êxtase e o fanatismo (ver capítulo 4, "Jim Jones", *Don Juan de Mania*, Lerner, 1963).

— Essa é a minha mãe, a Jefferson. Pode chamar de Jeff.

Jade franziu a cara ao inspecionar um dos anúncios das Vitaminas Vita, no qual Jeff, usando munhequeiras toalhadas azuis, fazia alongamentos sobre a legenda de VITAMINAS VITA — O SEU CAMINHO PARA UMA VIDA MELHOR.

— Ela teve seus dois minutos de fama na Nova York de 1978. Está vendo aqui como o cabelo dela faz uma curva para cima e acaba bem ali sobre o olho? Pois então, foi ela que inventou esse corte de cabelo. Quando apareceu com ele todo mundo pirou. Foi chamado de Marshmallow Púrpura. Também ficou amiga do Andy Warhol. Acho que ele deixava que ela o visse sem a peruca o tempo todo. Ah, espera aí.

Andou até a mesa posta debaixo dos anúncios das Salsichas Picantes *Sir Albert* ("Se é bom para os nobres, é bom para você"), voltando com uma fotografia emoldurada da Jefferson, aparentemente atual.

— Esta aqui é a Jeff no ano passado, posando para os cartões de Natal dela.

A mulher já adentrara profundamente os quarenta e, para seu evidente pânico, fora incapaz de encontrar o caminho de volta. Ainda exibia o sorriso-banana, que já começava a ficar molenga nas pontas, e o cabelo já não tinha suficiente Energia Cinética para se erguer formando o Marshmallow Púrpura; agora surgia da cabeça encrespado, numa rígida Torre Vermelha. (Se o Papai a visse, não hesitaria em chamá-la de "Barbarella mal-envelhecida". Ou então usaria um dos seus comentários sobre Doces Estragados, que reservava para as mulheres que passavam a maior parte da semana tentando bloquear a passagem da Meia-Idade, como se a Meia-Idade não fosse nada além de tropa de garanhões em fuga: "um M&M vermelho derretido", uma "geléia de morango mofada".)

Jade me fitava compenetrada, com os braços cruzados, os olhos contraídos.
— Ela parece ser legal — comentei.
— Quase tanto quanto o Hitler.

Depois do passeio nós nos retiramos para a Sala Roxa, "onde a Jefferson conhece a fundo os seus namorados, se é que você me entende. Evite a poltrona xadrez perto da lareira". Os outros ainda não tinham chegado, e depois de se ocupar fazendo outros dois drinques e aumentando o volume do disco do Louis Armstrong no gramofone, Jade finalmente se sentou, embora seus olhos ainda voassem pela sala como canários. Checou o relógio uma quarta vez, depois uma quinta.

— Você mora aqui há quanto tempo? — perguntei, porque queria me dar bem com ela para que, quando os outros chegassem, estivéssemos apresentando o nosso número preferido, "Just Two Little Girls From Little Rock", Jade representando uma Marilyn mais magra e irritada frente à minha Jane Russell de busto inquestionavelmente mais plano. Mas, para a minha grande frustração, parecia pouco provável que nos tornássemos amigas do peito.

— Três anos — respondeu distraída. — Porra, onde é que eles se *enfiaram*? Eu detesto quando as pessoas se atrasam, e o Black falou que iam chegar às sete, aquele *farsante*. — Ela não se queixava olhando para mim, e sim para o teto. — Vou castrar esse garoto. — (As lâmpadas de Órion, que estava sobre nós, não eram trocadas há tempos, e a constelação tinha perdido as pernas e a cabeça. Só restava um cinto.)

Os outros chegaram pouco depois, usando acessórios pitorescos (colares de miçangas, coroas de restaurantes de fast-food; Charles usava uma velha camisa de esgrima, Milton um blazer de veludilho azul-marinho), e invadiram a sala, ruidosos. Nigel se jogou na poltrona de couro e apoiou as pernas sobre a mesinha de centro, Leulah cumprimentou a Jade com beijos para o ar. Ela apenas sorriu para mim e depois deslizou até o bar, os olhos vermelhos e inexpressivos. Milton vagueou em direção a uma caixa de madeira sobre a escrivaninha que havia num canto e a abriu, retirando um charuto.

— Jadey, cadê o cortador? — perguntou, cheirando-o.

Jade tragou do cigarro e o encarou.

— Você disse que ia chegar na hora e se atrasou. Vou te odiar até o fim dos meus dias. Primeira gaveta.

Milton riu entre os dentes, um ruído abafado, como se estivesse sendo sufocado com uma almofada, e me peguei desejando que ele me dissesse alguma coisa — "Que bom que está aqui com a gente", "E aí, *Bluuue*" —, mas ele não disse nada. Nem notou a minha presença.

— Blue, que tal um *Dirty Martini*? — perguntou Leulah.
— Ou alguma outra coisa — disse Jade.
— Um Shirley Temple — sugeriu Nigel, com um sorriso cruel.
— Um Cosmo? — perguntou Leulah.
— Tem leite na geladeira — disse Nigel, seco.
— Um... um *Dirty Martini* está legal. Obrigada — falei. — Três azeitonas, por favor. — "Três Azeitonas, Por Favor": era o que Eleanor Curd, a heroína com olhos de esmeralda que fazia com que os homens tremessem de ávido desejo, especificava em *Retorno às cachoeiras* (DeMurgh, 1990), que surrupiei da bolsa dourada da Mosca de Verão Rita Cleary quando tinha doze anos. ("Cadê o meu livro?", repetiu para o Papai durante dias como uma paciente psiquiátrica foragida do sanatório. Ela revirou cada poltrona, tapete e armário da nossa casa, às vezes de quatro, frenética por descobrir se Eleanor acabava o livro ao lado de *sir* Damien ou se os dois se separavam porque ele achava que ela achava que ele achava que engravidara uma dedo-duro maliciosa.)

Assim que a Leulah me passou o Martini, fui esquecida como a Linha 2 do PABX do Escritório Central de uma empresa.

— Quer dizer que a Hannah ia sair com alguém hoje — disse Nigel.
— Não, não ia — disse Charles sorrindo, embora tenha se ajeitado imperceptivelmente na poltrona, como se sentisse a ponta de uma agulha na almofada.
— Ia sim — disse Nigel. — Encontrei com ela depois da escola. Estava de vermelho.
— Ihh... — disse Jade, soltando a fumaça do cigarro.

Conversaram um bocado sobre a Hannah; Jade repetiu alguma coisa sobre a instituição de caridade e os "porcos burgueses", palavras que me surpreenderam (eu não ouvia essa expressão desde o dia em que o Papai e eu, cruzando o Illinois de carro, lemos *Viagens de ácido: as ilusões da contracultura dos anos 1960* [1989]), ainda que não soubesse a quem ou a quê ela se referia, pois não conseguia me concentrar na conversa de jeito nenhum; era como aquela minúscula linha borrada na parte de baixo de um exame de vista. E eu não era mais eu mesma. Eu era uma espiral de Material Interestelar, uma nebulosa de Matéria Escura, um caso-modelo da Relatividade Geral.

Fiquei em pé e tentei me dirigir até a porta, mas senti como se houvessem pedido às minhas pernas que medissem o universo.

— *Nossa* — disse Jade, de algum lugar. — O que é que ela *tem*?

O solo transmitia uma ampla gama de comprimentos de onda.

— O que você deu pra ela beber? — perguntou Milton.

— Nada. Uma batida de pêssego.
— *Falei* que era pra ela beber leite — disse Nigel.
— Bebeu também um Martini — acrescentou Leulah.
De súbito, eu estava no chão, fitando as estrelas.
— Ela vai morrer? — perguntou Jade.
— É melhor levá-la ao hospital — disse Charles.
— Ou chamar a Hannah — sugeriu Lu.
— Ela tá *numa boa*. — Milton se inclinou sobre mim. Seu cabelo encaracolado parecia um polvo. — É só dormir que passa.

Um tsunami de náusea começou a inundar o meu estômago, e não havia nada que eu pudesse fazer para detê-lo. Era como a água escura do mar tomando uma cabine púrpura do *Titanic*, exatamente como descrito na biografia que o Papai tinha como uma das suas preferidas de todos os tempos, o fascinante relato de uma testemunha ocular, *Mente negra, pernas frouxas* (1943), de Herbert J.D. Lascowitz, que aos noventa e sete anos confessou finalmente seu comportamento maquiavélico a bordo do lendário transatlântico, reconhecendo que estrangulou uma mulher não-identificada, despiu-a e vestiu suas roupas para fingir que era uma mulher com uma criança, assegurando assim um lugar num dos últimos botes salva-vidas remanescentes. Tentei rolar sobre o meu corpo e ficar em pé, mas o tapete e o sofá fizeram uma guinada para cima e, para meu grande espanto, como se um relâmpago houvesse caído a centímetros dos meus pés, vomitei: como num desenho animado, vomitei sobre toda a mesa e o tapete e o sofá xadrez ao lado da lareira e as sandálias da Jade, Dior, de couro preto, e até mesmo sobre o livro da mesinha de centro, *Graças a Deus pela lente Telefoto: fotos das estrelas em seus jardins* (Miller, 2002). Também havia respingos pequenos, porém identificáveis, na barra da calça do Nigel.

Eles me encaravam.

E, por mais vergonhoso que seja dizê-lo, esse foi o momento em que a minha memória sofreu uma queda súbita (ver Figura 12, "Talude continental", *Geografia oceânica*, Boss, 1977). Consigo me lembrar de umas poucas frases soltas ("E se a família dela entrar com um processo?"), caras me olhando como se eu tivesse caído num poço.

No entanto, a memória desses momentos realmente não me faz falta, pois naquele domingo na casa da Hannah, quando eles começaram a me chamar de Vomitona, Golfada, Raul e Três Azeitonas Por Favor, fizeram um grande esforço para me transmitir um relato bastante descritivo do que aconteceu. Segundo a Leulah, desmaiei no Gramado Sul. De acordo com a Jade, murmurei uma frase em espanhol, algo próximo de "*El perro que no camina, no encuentra hueso*", ou "O cão que não caminha, não encontra osso", e então revirei os olhos, e ela achou que eu tivesse morrido. Milton contou que fiquei "peladaça". Segundo o Nigel, eu me diverti "como o Tommy Lee durante a turnê *Theater of Pain*". Charles revirava os olhos ao ouvir essas versões, "grosseiras distorções da verdade". Ele contou que eu me aproximei da Jade e nós começamos a nos agarrar, numa encenação impecável do seu filme favorito, a obra-prima *cult* do diretor fetichista francês Luc-Shallot de la Nuit, *Les salopes vampires et lesbiennes de Cherbourg* (Petit Oiseau Prod., 1971).

— Tem caras que passam a *vida toda* com vontade de ver esse tipo de coisa, por isso obrigado, Vomitona. Obrigado.

— Pelo visto vocês se divertiram um bocado — disse Hannah sorrindo, com os olhos brilhantes, enquanto bebericava do seu vinho. — Não me contem mais. Não é apropriado para os ouvidos de uma professora.

Jamais consegui decidir em qual versão acreditar.

∽

Depois que ganhei um apelido, tudo mudou.

Papai dizia que a minha mãe, a mulher que "deixava as pessoas estupefatas ao entrar num recinto", sempre se portava da mesma maneira, não importando com quem falasse ou onde estivesse, e às vezes, quando ela atendia o telefone, Papai não sabia se "Natasha estava falando com o seu melhor amigo de infância de Nova York ou com uma vendedora, porque parecia igualmente empolgada ao falar com os dois".

— "Acredite, seria encantador marcar uma limpeza de carpete. O seu produto é obviamente fenomenal, mas tenho que ser sincera, eu realmente não tenho nenhum carpete." Ela poderia continuar se desculpando por horas — dizia o Papai.

E eu a decepcionei, pois confesso, meu comportamento *de fato* se modificou quando fiquei amiga deles, quando o Milton, imediatamente após os Anúncios Matinais, gritou "Golfada!", e todo o corpo de estudantes pareceu pronto para executar uma rotina de emergência em caso de incêndio. Isso não quer dizer que eu tenha me transformado, da noite para o dia, numa menina tirânica e desbocada que começara no Coro e progredira até ser convidada a fazer o Solo. Porém, caminhar pelo primeiro andar do Pavilhão Hanover ao lado de Jade Whitestone entre duas aulas ("Estou exausta", suspirava Jade, passando o braço ao redor do meu pescoço como Gene Kelly abraçando um poste em *Cantando na chuva*) era um momento imperdoavelmente paparazzi; acho que compreendi, perfeitamente, o que Hammond Brown (conhecido simplesmente como O Queixo durante os ruidosos anos 1920), o ator do musical *Happy Streets*, encenado na Broadway em 1928, quis dizer com "os olhos de uma platéia têm o toque da seda" (*Ovação*, 1943, p. 269).

E terminadas as aulas, quando o Papai me buscava e discutíamos sobre alguma coisa, como o meu cabelo "brilhoso" ou um novo trabalho que eu havia escrito, ligeiramente vanguardista, "Tupac: retrato de um poeta romântico moderno", que me valeu uma insignificante nota B ("O seu último ano na escola não é o momento de se tornar subitamente alternativa e estilosa."), era estranho. Antes da minha amizade com os Sangue-Azul, quando brigava com o Papai, eu voltava para o meu quarto me sentindo como um borrão; não conseguia determinar exatamente onde eu começava e onde terminava. Mas agora, era como se ainda conseguisse me enxergar, meu contorno — uma linha preta e fina, porém perfeitamente respeitável.

A profa. Gershon, de física, também notou essa mudança, ainda que num nível subconsciente. Por exemplo, quando cheguei a St. Gallway, ela não me notava de imediato se eu erguesse a mão para fazer uma pergunta durante a aula — eu me mesclava naturalmente com as mesas do laboratório, as janelas, o pôster de James Joule. Agora, bastava que eu levantasse a mão durante três, no máximo quatro segundos, para que os seus olhos fossem atraídos na minha direção: "Sim, Blue?" O mesmo acontecia com o prof. Archer — todos os seus equívocos em relação ao meu nome desapareceram. "*Blue*", dizia, sem nenhuma insegurança ou hesitação, e sim com uma fé suprema (semelhante ao tom que usava para dizer *Da Vinci*). E quando o prof. Moats perambulava até o meu cavalete para inspecionar o meu desenho figurativo, seus olhos quase sempre se desviavam do desenho para a minha cabeça, como se eu fosse mais digna de escrutínio que umas poucas linhas instáveis no papel.

Sal Mineo também notou a diferença, e se *ele* conseguira notá-la, tinha que ser uma Verdade Agonizante.

— É melhor tomar cuidado — comentou, durante os Anúncios Matinais.

Olhei de relance para o seu intrincado perfil de ferro retorcido, seus olhos castanhos e úmidos.

— Estou contente por você — comentou, sem olhar para mim, e sim para o palco onde Havermeyer, Eva Brewster e Hillary Leech nos mostravam o novo visual da *Gazeta de Gallway*: "Primeira página colorida, anúncios", dizia Eva.

Sal engoliu saliva e o seu pomo de Adão, que lhe brotava do pescoço como uma mola numa velha poltrona, tremeu, ergueu-se e tombou. — Mas eles só machucam as pessoas.

— Do que você está falando? — perguntei, irritada com aquela ambigüidade, mas ele não respondeu, e quando Evita liberou os alunos para que fossem às aulas, desapareceu no corredor, rápido como um pardal voando de um poste.

⁓

As gêmeas que participavam do meu estudo dirigido da manhã, as Grandes Analistas Sociais da Época, Eliaya e Georgia Hatchett (Nigel e Jade, que faziam aula de espanhol com elas, as chamavam de *Dee* e *Dum* — de Tweedledee e Tweedledum, respectivamente), naturalmente viam todo tipo de sujeira na minha associação com os Sangue-Azul. Antes, sempre fofocavam agitadas sobre a Jade e os outros, com vozes salivosas que respingavam uma na outra e em todos os demais, mas agora estavam sentadas no fundo da biblioteca, perto do bebedouro e das Recomendações de Leitura da profa. Hambone, conversando entre suspiros crocantes como batatas assadas.

Eu as ignorei durante a maior parte do tempo, mesmo quando as palavras *Blue* e *Shhh, ela vai te ouvir* chegaram sibilantes até mim como um par de víboras do Gabão. Mas quando terminei todos os meus deveres escolares, perguntei ao prof. Fletcher se poderia ir ao banheiro, e então escapei para a estante 500 e dali para a seção mais densa da estante 900, Biografias, onde recoloquei alguns dos livros maiores da estante 600 nos buracos entre as prateleiras, evitando assim ser detectada. (Bibliotecária Hambone, se estiver lendo isto, peço desculpas pelo reposicionamento bissemanal do volumoso *A vida selvagem africana* [1989], de H. Gibbon, retirado do seu lugar apropriado na estante 650 e recolocado logo acima de *Mamãezinha querida* [Crawford, 1978] e *Notório: meus anos com Cary Grant* [Drake, 1989]. A senhora não estava ficando louca.)

— Então, quer ou não quer ouvir a última das últimas, o bizu-mor, a Jóia da Coroa, a Jewel *après* ortodontia, o abdome da Madonna *après* hatha yoga — respirou rápido, engoliu saliva —, o Ted Danson *après* implante capilar, a J-Lo *avant* Contato de risco, o Ben *avant* J-Lo mas *après* tratamento psiquiátrico por ser viciado em apostas, o Matt *après*...

— Você está pensando que é o quê, tipo, uma poeta cega? — perguntou Dum, erguendo os olhos da revista *Celebridades*. — *Acho* que não.

— Tudo bem, então sabe a Elena Topolos?

— Elena Topolos?
— A mediterrânea do primeiro ano que precisa urgentemente depilar aquele buço. Ela me disse que a pessoa azul é uma espécie de autista-gênia esquisita. Não só isso, a gente também perdeu um homem para ela.
— O quê?
— Corpo Duro. Ele está neurótico por ela. Já virou um mito. Todo mundo no time de futebol está chamando o garoto de Afrodite e ele nem liga. Ele e a pessoa azul fazem uma aula juntos, e alguém viu o menino revirando o lixo para encontrar um papel que ela tinha jogado, só porque ela *tocou* nele.
— Que se dane.
— E ele quer chamar a garota para ser o par dele no baile de Natal.
— O QUÊ? — guinchou Dee.
O prof. Fletcher ergueu os olhos do seu *Desafio final das palavras-cruzadas* (Albo, 2002) e encarou Dee e Dum com olhar desaprovador. Elas não sofreram nenhuma perturbação.
— O baile é daqui a três meses — disse Dee, fechando a cara. — Pois é, o ensino médio é uma guerra santa. As pessoas engravidam, são pegas com maconha, cortam mal o cabelo, deixando que o mundo descubra que essa era a sua única característica decente e que têm orelhas horríveis. É *muuito* cedo para convidar alguém para o baile. Ele *pirou*?
Dum fez que sim.
— Para você ver *como* o garoto está enfeitiçado. A ex dele, Lonny, está enfurecida. Jurou que ia declarar *jihad* contra ela no fim do ano.
— Eita.

⁌

Papai gostava de mencionar a regra geral de que "às vezes, até os tolos estão certos", mas fiquei surpresa quando, um dia depois, enquanto apanhava alguns livros no meu armário, percebi que um menino da minha aula de física passou por mim não apenas uma, e sim três vezes, fingindo estar lendo um enorme livro de capa dura que tinha nas mãos. Na segunda vez em que passou, notei que era o nosso livro-texto *Fundamentos da física* (Rarreh & Cherish, 2004). Presumi que estivesse esperando pela Allison Vaughn, a menina do terceiro ano que parecia sedada, embora fosse um pouco popular; o armário da Allison era próximo ao meu, e ela costumava andar por aí exibindo um sorriso frouxo e um cabelo educado, mas quando bati a porta do meu armário, o garoto estava atrás de mim.

— Oi — falou. — Eu sou o Zach.
— Blue. — Engoli num espasmo.

Zach era alto e bronzeado, um exemplo supremo do garoto americano: queixo quadrado, grandes dentes alinhados, olhos de um azul-jacuzzi absurdo. Eu sabia vagamente, com base nas fofocas do laboratório, que ele era tímido, um pouquinho engraçado (a minha dupla, Krista, negligenciava eternamente o nosso experimento para rir de alguma coisa que ele tivesse dito), além de ser o capitão do time de futebol. A dupla de Zach no laboratório era a sua suposta ex-namorada Loony, co-capitã da equipe de Aeróbica de Gallway, uma menina de cabelo loiro-quase-branco, bronzeado artificial e uma tendência acentuada a quebrar os equipamentos. Nenhuma câmara de ionização, potenciômetro, haste de fricção ou clipe jacaré estava a salvo perto dela. Nas segundas-feiras, quando todos escreviam no quadro os resultados que haviam obtido, o prof. Gershon descartava praticamente todos os achados de Lonny e Zach, pois sempre desafiavam de maneira flagrante a Ciência Moderna, desacreditando a constante de Planck, minando a lei de Boyle, corrigindo a teoria da relatividade de $E=mc^2$ para $E=mc^5$. Segundo Dee e Dum, Lonny e Zach estavam juntos desde a sexta série, e nos últimos anos haviam realizado algo chamado "sexo leonino" todas as noites de sábado na "suíte dos pombinhos", o Quarto 222 do Motel Dynasty, na avenida Pike.

Tudo bem, ele era bonito, mas como disse uma vez o Papai, algumas pessoas tinham errado completamente de década, nascendo na época errada — não devido a um dom intelectual, e sim graças a algum aspecto de seu rosto mais adequado à Era Vitoriana do que, digamos, aos Anos 1970. Pois bem, este garoto estava uns vinte anos atrasado. Ele era o garoto de cabelo castanho grosso em forma de disco voador que lhe cobria um olho, o garoto que inspirava as meninas a fazerem seu próprio vestido para o baile de formatura, o garoto do Country Club. E talvez tivesse um brinco de diamante secreto, ou uma luva de lantejoulas, ou até mesmo uma boa música no final feita com três sintetizadores, mas ninguém jamais saberia disso, porque uma pessoa que não nasce na década certa nunca chega ao final, apenas flutua a esmo pelo meio, irresoluta, no esquecimento, confusa e malograda. (Despeje algum açúcar sobre ela e jogue a culpa na chuva.)

— Eu meio que queria que você me ajudasse com uma coisa — falou, contemplando os próprios sapatos. — Estou com um problema sério.

Senti-me irracionalmente assustada.

— O que foi?

— Tem uma menina... — Zach suspirou, prendendo os polegares atrás do cinto. — Eu gosto dela. É. Gosto muito. — Ele estava fazendo um negócio encabulado com a cabeça, o queixo baixo, os olhos fixos em mim. — Nunca falei com ela. Nem uma *palavra*. E isso normalmente não seria problema nenhum... normalmente eu iria até ela e a chamaria para comer uma pizza... ver um filme... é. Mas *esta* aqui. Ela mexe comigo.

Passou a mão direita pelo cabelo e vi que era absurdamente desprovido de nós, como num comercial de xampu. A sua mão esquerda ainda embalava o nosso livro de física, marcando com o dedo, por algum motivo bizarro, a página 123, que trazia uma grande ilustração de uma Bola de Plasma. Consegui distinguir, de cabeça para baixo, sob a curva do braço de Zach: "*O plasma é o quarto estado da matéria.*"

— Então pensei comigo mesmo, *tudo bem* — continuou, dando de ombros. — Não é para ser. Porque se você não tá confortável quando conversa com alguém, como é que vai ser... bom, você precisa confiar na pessoa, não é mesmo, senão qual é o sentido? Mas o negócio — franzindo o rosto, fitou todo o corredor até a SAÍDA — é que toda vez que eu vejo essa menina eu me sinto... sinto...

Não achei que ele fosse continuar, mas então abriu um grande sorriso.

— *Bem*. Pra cacete.

O sorriso estava grudado em seu rosto, delicado como um buquê de formatura.

Era a minha vez de falar. As palavras estavam na minha garganta — conselhos, recomendações, alguma citação inteligente de uma comédia esquisita —, mas elas trituraram umas às outras, desaparecendo como aipo pelo ralo da pia.

— Eu... — comecei.

Pude sentir o hálito mentolado do Zach na minha testa. Ele me encarava com olhos da cor de uma piscina infantil (azul, verde, traços suspeitos de amarelo), inspecionava o meu rosto como se eu fosse uma obra-prima empoeirada no sótão de alguém, como se, examinando o meu hábil jogo de cores e sombras, assim como a direção das minhas pinceladas, pudesse descobrir qual artista me havia pintado.

— *Vomitona?*

Virei-me. Nigel avançava lentamente na nossa direção, claramente entretido.

— Desculpe, não posso te ajudar, então se puder fazer o favor de me dar licença — deixei escapar essas palavras, e então passei rápida pelo ombro dele e o livro de física. Não me virei, nem mesmo quando alcancei o Nigel sob o

Quadro de Avisos da aula de alemão e caminhamos até a SAÍDA. Imagino que o Zach tenha ficado no corredor, encarando-me de boca aberta como um locutor de telejornal que está lendo as Últimas Notícias quando o *teleprompter* falha.

— O que é que o gostosão queria? — perguntou Nigel enquanto descíamos as escadas.

Dei de ombros.

— Vai saber. E-eu não consegui seguir o raciocínio dele.

— Ah, você é terrível. — Nigel riu, um ruído rápido, derrapante, e então me tomou pelo braço. Éramos Dorothy e o Leão Covarde.

Obviamente, uns poucos meses antes, eu teria ficado pasma, talvez até com as pernas bambas, se El Dorado cavalgasse até mim e fizesse um longo discurso sobre Uma Menina. ("Toda história se resume a uma menina", disse o Papai com um traço de pesar enquanto assistíamos a *O príncipe negro*, um documentário premiado sobre a juventude de Hitler.) No passado, eu tinha todo tipo de Desejo Oculto quando fitava os El Dorados que cavalgavam pelos corredores tumultuados, os campos de futebol vazios de uma escola solitária — como o velho Howie Easton, da escola Clearwood, com seu queixo duplo e um espaço entre os dentes, tornando-o um assoviador tão sofisticado que, se quisesse, poderia assoviar todo *O anel dos nibelungos* (1848-74), de Wagner (ele não queria) — e almejava, apenas uma vez, poder cavalgar para a selva com eles, almejava ser eu, e *não* a Kaytee Jones com olhos de havaiana, nem a Priscilla Pastor Owensby com pernas longas como rodovias, a sua tordilha preferida.

Mas agora as coisas tinham mudado. Agora eu tinha cabelo de cobre e lábios de murta, pegajosos, e como disse a Jade naquele jantar de domingo na casa da Hannah:

— É claro, os Zach Soderbergs do mundo são uma gracinha, mas são maçantes como biscoitos de água e sal. Tudo bem, você tem a esperança de que, quando abrir a embalagem, vai encontrar um Luke Wilson. Até um Johnny Depp, que nunca sabe o que vestir nas grandes cerimônias de premiação, seria satisfatório. Mas acredite em mim, no fim das contas é só um biscoito molenga.

— Quem é esse? — perguntou Hannah.

— Um garoto da minha aula de física — respondi.

— É um garoto do terceiro ano, bastante popular — disse Lu.

— Você tinha que ver a cabeleira dele — disse Nigel. — Acho que ele fez implante capilar.

— Bom, ele está perdendo tempo — disse Jade. — A Vomitona já está gamada em outro cara.

Jade olhou triunfante para o Milton, mas para meu alívio ele estava cortando o frango assado à dinamarquesa com tempero de girassol e purê de batata doce, portanto não a viu.

— Quer dizer que a Blue está partindo corações — disse Hannah, piscando para mim. — Já era hora.

∽

Eu *realmente* me questionava sobre a Hannah.

E me sentia culpada por isso, pois os outros confiavam nela do modo descomplicado como um velho cavalo aceita um cavaleiro, como uma criança apanha a mão estendida para atravessar a rua.

Ainda assim, imediatamente após a minha tentativa de envolvê-la com o Papai, havia vezes em que eu me via perdendo o fio da meada das conversas durante aqueles jantares de domingo. Eu passava os olhos pela sala como se fosse um estranho espreitando do lado de fora, espremendo o nariz contra a janela. Perguntava-me por que ela teria se interessado pela minha vida, minha felicidade, meu corte de cabelo ("Adorável", dizia Hannah. "Você parece uma despossuída", dizia o Papai); por que, enfim, *qualquer uma* daquelas pessoas à mesa teria despertado o interesse da Hannah. Eu me perguntava onde estariam os seus amigos adultos, por que não teria se casado ou feito qualquer uma das coisas que o Papai chamava de "baboseiras domesticadas" (carrões, filhos), o "roteiro de novela ao qual as pessoas se atêm enquanto buscam algum sentido para suas vidas de riscos gravados".

Na casa da Hannah não havia fotografias. Na escola, não a vi conversar uma *única* vez com outros professores além de Eva Brewster, a secretária do diretor, e ainda assim numa única ocasião. Por mais que eu a adorasse — especialmente nos momentos em que se permitia ser boba, quando ouvia uma das suas músicas preferidas e fazia uma dancinha engraçada com o copo de vinho, descalça no meio da sala, e os cachorros a olhavam como os fãs da Janis Joplin faziam quando ela cantava "Bobby McGee" ("Já tive uma banda", dizia Hannah, tímida, mordendo o lábio. "Vocalista. Pintei o cabelo de vermelho.") —, eu não podia simplesmente ignorar um certo livro escrito pelo neuropsiquiatra e criminologista dr. Donald McMther, *Comportamentos sociais e nuvens nimbus* (1998).

"Um adulto que tenha um interesse obstinado por pessoas consideravelmente mais jovens não pode ser completamente sincero, ou mesmo racional", escreve na página 424, capítulo 22, "O fascínio das crianças". "Esse tipo de fixação freqüentemente esconde algo muito sombrio."

CAPÍTULO 10

O MISTERIOSO CASO DE STYLES

Eu já estava andando com os Sangue-Azul há três, talvez quatro semanas, quando a Jade invadiu, inspirada no general Sherman, a minha vida sexual inexistente.

Não que eu tenha levado a sua investida muito a sério. Quando chegássemos ao fato em si, eu sabia que provavelmente fugiria sem aviso, como os elefantes de Aníbal durante a Batalha de Zama, em 202 a.C. (Eu tinha doze anos quando o Papai me apresentou, sem uma única palavra, diversos volumes para ler e refletir, entre eles *A cultura da vergonha e o mundo das sombras* [1993], de C. Allen, *Entre o puritanismo e o Brasil: como ter uma sexualidade saudável* [Mier, 1990], e também o aterrorizante livro de Paul D. Russell, *O que você não sabe sobre a escravidão branca* [1996].)

— Você nunca foi para a cama com ninguém, não é, Vomitona? — acusou-me Jade uma noite, batendo deliberadamente a cinza do cigarro no vaso azul em craquelê ao seu lado, como uma psiquiatra do cinema com unhas de canivete, olhos contraídos, como se quisesse me fazer confessar um crime violento.

A pergunta pendeu no ar como uma bandeira nacional num dia sem vento. Era óbvio que para os Sangue-Azul, incluindo o Nigel e a Lu, o sexo era como simpáticos vilarejos pelos quais precisavam passar a mil por hora para aproveitarem a viagem rumo a Algum Lugar (e, às vezes, eu não tinha muita certeza de que eles soubessem qual era o destino final). Imediatamente, Andreo Verduga me veio à mente (sem camisa, podando arbustos), e eu me perguntei se poderia inventar às pressas alguma experiência férvida envolvendo a caçamba da sua picape (apoiada sobre adubo, rolando sobre tulipas, o cabelo preso no cortador de grama), mas, por prudência, decidi não fazê-lo. "As virgens propagandeiam sua assombrosa falta de discernimento e experiência com a sutileza e confiança de um vendedor de Bíblias", escreveu o comediante britânico Brinkly Starnes em *Um romance arlequim* (1989).

Jade fez um gesto compreensivo ante o meu silêncio.

— Então vamos ter que fazer algo a respeito — falou, suspirando.

Depois dessa dolorosa revelação, nas noites de sexta-feira, após receber a permissão do Papai para passar a noite na casa dela ("E essa tal de Jade — é uma das entusiastas por Joyce?"), Jade, Leulah e eu nos enfeitávamos com as roupas extravagantes do Estúdio 54 da Jefferson e dirigíamos durante uma hora até um bar de beira de estrada em Redville, logo antes da fronteira da Carolina do Sul.

Chamava-se Saloon do Cavalo Cego (ou loon do aval eg, como sussurrava o cartaz num neon rosa moribundo), um lugar mal-humorado que, segundo a Jade, os cinco já freqüentavam há "anos" e que, visto de fora, parecia um pão de forma queimado (retangular, preto, sem janelas) largado numa grande extensão de cimento de biscoitinhos mofados. Armadas com identidades flagrantemente falsas (eu era Roxanne Kaye Loomis, de vinte e dois anos, olhos castanhos, um metro e setenta, virginiana e doadora de órgãos; estudava na Universidade Clemson, onde cursava engenharia química; "Sempre fale que se dedica à engenharia", instruiu-me Jade. "As pessoas não sabem o que é e não perguntam, porque soa chato."), circundamos o segurança da porta, um homem grande e negro que nos encarou como se fôssemos atrizes do *Disney on Ice* que esqueceram de tirar as fantasias. Lá dentro, o lugar estava repleto de música country e homens de meia-idade usando camisas xadrez, agarrando suas cervejas como se fossem corrimãos. A maior parte dos presentes olhava fixamente, de boca aberta, para quatro televisores suspensos do teto que transmitiam algum jogo de beisebol ou o noticiário local. As mulheres, sentadas em círculos fechados, remexiam o cabelo enquanto conversavam, como se estivessem dando os últimos retoques num arranjo de flores decadente. Sempre nos transfixavam com o olhar, especialmente à Jade (ver "Cães de caça rosnando", *A vida nos Apalaches*, Hester, 1974, p. 32).

— Agora vamos encontrar o felizardo da Blue — anunciou Jade, passando os olhos por todo o lugar, pela *jukebox* na retaguarda, pelo garçom que servia drinques de um jeito estranhamente enérgico como se fosse um soldado recém-chegado de Saigon, e pelos bancos de madeira na parede oposta, onde as meninas esperavam com testas tão quentes e oleosas que seria possível fritar ovos nelas.

— Não estou vendo nenhum Milk Duds derretido — comentei.

— Talvez você não devesse se contentar com nada menos que o amor verdadeiro — disse Leulah. — Ou que o Milton.

Jade e Lu gostavam de dizer que eu "estava doidinha pelo Black", que queria desesperadamente "botar o Preto no Azul", coisas assim — afirmações que eu me recusava a aceitar (ainda que fossem verdadeiras).

— Nunca ouviram a expressão "santo de casa não faz milagre"? — disse Jade. — Deus do céu, vocês não têm nenhuma fé. *Ali*. O bonitinho no final do bar, conversando com aquele mosquito de malária. Está usando óculos fundo-de-garrafa. Sabe o que óculos fundo-de-garrafa querem dizer?

— Não — respondi.

— Pare de puxar o vestido para baixo, fica parecendo uma criancinha. Quer dizer que ele é intelectual. Se tem alguém no bar usando óculos fundo de garrafa é porque não nos enfiamos tanto assim na roça. Ele é perfeito para você. Estou seca.

— Eu também. — falei.

— Eu vou lá — disse Leulah. — O que vocês querem?

— Não viemos até esta favela para comprar as nossas próprias bebidas — disse Jade. — Blue? Meus cigarros, por favor.

Peguei os cigarros na minha bolsa e os passei a Jade.

O maço de Malboro Lights era o instrumento (*boleadoras*) que ela usava para emboscar homens desatentos (*cimarron*). (A melhor matéria da Jade — a *única* em que se destacava — era espanhol.) Ela começava rondando o bar (*estancias*), escolhia um homem atraente e corpulento que estivesse um pouco separado dos demais (*vaca perdida*). Aproximava-se lentamente e, sem nenhum movimento brusco da cabeça ou das mãos, dava-lhe um tapinha leve no ombro.

— Tem fogo, *hombre*?

Essa abertura suscitava dois cenários possíveis:

1. Ele obedecia, ansioso.
2. Se ele não tivesse fogo, começava uma busca frenética até encontrá-lo.

— Steve, tem fogo? Arnie, você? Henshaw? Fogo. Serve fósforo. McMundy, você? Cig... sabe se a Marcie tem? Vai perguntar, isso. E o Jeff? Não? Vou pedir ao garçom.

Infelizmente, se o resultado fosse o número dois, no momento em que o *cimarron* voltava com o fogo, Jade já estava à procura de mais gado perdido. Ele

ficava imóvel atrás dela por um minuto, às vezes até por cinco ou *dez* minutos, sem fazer nada além de morder o lábio inferior com os olhos fixos à frente, ocasionalmente mugindo um triste "Com licença?" perto das suas costas ou ombro.
Jade finalmente o notava.
— Hã? Ah, *gracias, chiquito*.
Se estivesse se sentindo confortável no pasto, poderia lhe fazer uma destas duas perguntas:

1. Onde você se imagina em, digamos, vinte anos, *cavron*?
2. Qual é a sua posição preferida?

Na maior parte das vezes ele era incapaz de responder de primeira, mas mesmo que respondesse à pergunta número dois sem hesitar, se dissesse "Gerente Assistente de Vendas e Marketing na Axel Ltda., onde trabalho e estou a poucos meses de conseguir uma promoção", Jade não teria escolha além de abatê-lo e cozinhá-lo imediatamente numa fogueira ao ar livre (o *asado*).
— Infelizmente não temos mais nada sobre o que conversar. Cai fora, *muchacho*.
Na maior parte das vezes ele não reagia, apenas a encarava com olhos lacrimejantes e vermelhos.
— *Vamos!* — gritava Jade. Mordendo os lábios para conter o riso, Leulah e eu corríamos atrás dela, abrindo caminho pelo lugar (*pampas*), fértil de costas, ombros, cabelo comprido e copos de cerveja, até chegarmos ao FEMININO. Jade empurrava com os cotovelos uma dúzia de *muchachas* paradas na fila, dizendo-lhes que eu estava grávida e precisava vomitar.
— Mentira!
— Se está grávida como pode estar tão magrela?
— E por que tá bebendo? Álcool não faz nascer prematuro?
— Ah, parem de esquentar o cérebro, *putonas* — dizia Jade.
Nós nos revezávamos rindo e fazendo xixi na cabine para deficientes físicos.
Às vezes, se o fogo para o cigarro da Jade fosse obtido de maneira rápida e precisa, ela poderia começar uma conversa real, ainda que, devido ao barulho no lugar, o diálogo não passasse de uma série de perguntas feitas por ela, com o cara mugindo "Hã?" repetidamente, como se estivesse aprisionado numa peça do Beckett.
De vez em quando, o cara tinha um amigo que deitava os olhos pesados na Leulah, e uma vez um homem aparentemente daltônico e com mais cabelo que

um cão maltês fixou os olhos em *mim*. Jade se entusiasmou e puxou o lóbulo da orelha (o sinal combinado para "É esse"), mas quando ele inclinou a cabeça frondosa para perguntar se eu estava "curtindo a Cidade da Diversão", por algum motivo não consegui pensar em nada para dizer. ("'Legal' é chato. Nunca jamais diga 'legal', Vomitona. E outra coisa. Tudo bem, ele é gostoso pra caramba, mas se você trouxer o seu *pai* para a conversa mais uma *única* vez, vou cortar a sua língua fora.") Depois de uma pausa longa demais, respondi: "Não muito."

Para falar a verdade, fiquei um pouco aterrorizada pelo modo como ele se inclinou sobre mim, tão confiante do seu hálito de cerveja e do seu queixo, que, sob a massa de cabelo, parecia ter sido modelado com base numa casquinha de sorvete, pelo modo como passou os olhos pela minha dianteira, como se não quisesse mais nada além de levantar o meu capô e checar o meu carburador. "Não muito" não era a resposta que ele buscava, pois forçou um sorriso e passou a se dedicar a tentar levantar o capô da Leulah.

Também havia momentos em que eu olhava para o lugar perto da porta onde a Jade, minutos antes, tinha estado inspecionando o seu touro Angus, tentando decidir se valia a pena comprá-lo para melhorar o seu rebanho — e ela não estava mais lá. Não estava em lugar nenhum, nem perto da *jukebox*, nem da garota que mostrava a outra garota um colar de ouro — "Ele me deu este aqui, não é lindo?" (parecia uma unha dourada) —, nem no corredor abafado que levava aos fundos do lugar, onde estavam as poltronas e máquinas de pinball, nem ao lado do homem fossilizado no bar, hipnotizado pelas legendas ("Tragédia no Condado Burns, roubo deixa três mortos. Cherry Jeffries está ao vivo na cena do crime."). Na primeira vez em que isso aconteceu, fiquei aterrorizada (eu era muito nova quando li *A garota desaparecida* (1982), de Eileen Crown, e isso me deixou uma impressão pavorosa) e fui imediatamente avisar a Leulah (que, embora parecesse uma menina recatada e à moda antiga, podia se transformar numa megera com um sorriso de ramalhete, enroscando a trança grossa na mão e falando com voz de menininha, o que fazia com que os homens se inclinassem na sua direção como grandes guarda-sóis de praia tentando lhe fazer sombra).

— Cadê a Jade? — perguntei. — Ela sumiu.

— Por aí — respondeu despreocupada, sem tirar os olhos de um cara chamado Luke, com uma camiseta que parecia filme plástico e braços que pareciam o encanamento central do porão. Usando palavras que não passavam de duas sílabas, ele lhe contava a história fascinante de como fora expulso da escola de West Point pelos trotes que dera nos recém-chegados.

— Mas já procurei e não encontrei — continuei nervosa, passando os olhos pelo lugar.

— Ela está no banheiro.

— Está tudo bem com ela?

— É claro. — Leulah tinha os olhos grudados no rosto de Luke; era como se o cara fosse um Dickens ou um Samuel Clemens.

Abri caminho até o banheiro feminino.

— Jade?

Era grudento, turvo como um aquário sujo. Meninas em vestidos tubinho e calças apertadas pululavam na frente do espelho, passando batom, correndo as unhas pelos cabelos duros como canudinhos. Papel higiênico desenrolado serpenteava pelo chão, e o secador de mãos emitia um ruído agudo, embora ninguém o estivesse usando.

— Jade? Jade? Oi?

Agachei-me e vi suas sandálias verde-metálico na cabine para deficientes.

— Jade? Você está bem?

— *Ai, puta merda, o que foi? O QUÊ?!*

Ela destravou a porta, que bateu contra a parede, e marchou para fora da cabine. Atrás dela, preso entre a privada e o cesto de lixo, estava um homem de aproximadamente quarenta e cinco anos, com uma barba castanha espessa que lhe cortava o rosto, dando-lhe os formatos brutos dos desenhos que as crianças da primeira série colam nas janelas durante a aula de artes. Usava uma jaqueta jeans com mangas curtas demais e parecia capaz de responder a diversos comandos enérgicos, como "Junto!" e "Pega!". Tinha o cinto solto, pendurado como uma cascavel.

— Ah, eu... eu... — gaguejei. — Eu...

— Você está morrendo? — O rosto da Jade estava verde-pálido e oleoso naquela luz. Tinha finas mechas douradas grudadas às têmporas, formando pontos de interrogação e exclamação.

— Não — respondi.

— Está pensando em morrer em algum momento próximo?

— Não...

— Então por que está me amolando? Por acaso eu sou a sua mãe, porra?

Deu meia-volta, bateu a porta e a trancou.

— Que piranha escrota — disse uma mulher latina que reaplicava um delineador líquido nos olhos, o lábio superior esticado rígido sobre os dentes, como um filme plástico com restos de comida. — É tua amiga?

Fiz que sim, um pouco atordoada.

— Vê se enfia uma boa porrada nela.

Havia vezes em que, para meu infinito espanto, a Leulah também desaparecia, durante quinze, às vezes vinte minutos no banheiro FEMININO (Beatrice mudara bastante nos últimos setecentos anos; Anabelle Lee também) e, depois, ela e a Jade apareciam com expressões satisfeitas, até mesmo arrogantes, como se, naquela cabine para deficientes, acreditassem ter chegado por conta própria ao último dígito de pi, descoberto quem matara Kennedy ou encontrado o Elo Perdido. (Pela cara que faziam alguns dos homens que traziam com elas, talvez tivessem.)

— A Blue deveria tentar — disse Leulah uma vez, quando voltávamos para casa.

— Sem *chance* — disse Jade. — Tem que ser profissional pra isso.

Obviamente, eu queria lhes perguntar o que achavam que estavam fazendo, mas pressenti que não se preocupariam em saber o que Robard Neverovich, o russo que trabalhou como voluntário em mais de 234 abrigos de exilados dos EUA, escrevera em *Mate-me* (1999), ou no relato da sua viagem à Tailândia para investigar a indústria da pornografia infantil, *Desejar tudo, tudo ao mesmo tempo* (2003). Era evidente que Jade e Leulah estavam muito bem, obrigada, e certamente não precisavam dos comentários de uma menina que ficava "surdo-muda quando um cara só faltava querer lhe comprar um carro", que "não saberia o que fazer com um homem mesmo que tivesse um manual com ilustrações e um CD-Rom interativo". Porém, ao mesmo tempo, por mais assustada que eu ficasse quando uma delas desaparecia, depois, quando estávamos no Mercedes, quando elas conversavam animadas sobre algum pereba que tinham levado juntas ao banheiro FEMININO, que saíra daquela cabine para deficientes tomado por algum tipo de loucura e, enquanto íamos embora, as perseguia, gritando "Cammie! Ashley!" (os nomes nas suas identidades falsas), até que o segurança o jogasse no chão como um saco de batatas, quando a Jade acelerava de volta para casa, costurando entre os caminhões, e a Leulah gritava sem motivo nenhum, com a cabeça para trás, o cabelo enroscado no apoio de cabeça, os braços esticados pelo teto solar como se conseguisse alcançar as estrelas pequeninas grudadas ao céu e apanhá-las como contas, eu notava que elas tinham algo de incrível, algo corajoso, sobre o qual ninguém que eu me lembrasse já havia escrito — não mesmo.

E eu me perguntava se *eu* seria capaz de escrever sobre aquilo, sendo "a mais abestalhada em qualquer bar ou boate", a não ser para dizer que elas pareciam habitar um mundo completamente diferente do meu — um mundo hilário, sem repercussões nem neon revoltante nem chão grudento nem brasa no tapete, um mundo no qual elas eram o máximo.

∽

Houve uma noite diferente das demais.

— É hoje, Vomitona — anunciou Jade. — A noite que vai mudar o seu tudo.

Era a primeira sexta-feira de novembro, e a Jade tinha feito um esforço considerável para escolher o meu modelito: malévolas sandálias douradas de dez centímetros de altura e dois números acima do meu e um vestido de lamê dourado que ondulava por todo o meu corpo como um sharpei (ver "A tradição dos pés enfaixados", *História da China*, Ming, 1961, p. 214, e "Darcel", *Memórias do "Show de Calouros"*, LaVitte, 1989, p. 29).

Foi um dos raros momentos em que alguém lá no Cego de fato chegou em *mim* — um cara de trinta e poucos anos chamado Larry, pesado como um barril de chope. Era atraente apenas como o seria uma escultura de Michelangelo seriamente inacabada. Ele tinha minúsculos focos de detalhes notáveis no nariz delicado, nos lábios cheios e até nas mãos grandes e bem moldadas, mas o resto — ombros, tronco, pernas — ainda não tinha sido libertado da laje bruta de mármore, nem seria num futuro próximo. Ele me trouxe uma Amstel Light e ficou ao meu lado, falando sobre parar de fumar. Era a coisa mais difícil que já tinha feito na vida.

— Esses adesivos de nicotina são a maior invenção da medicina até hoje. Deviam usar essa tecnologia pra tudo. Num sei você, mas eu num teria problema nenhum em comer e beber com o adesivo. Tipo os dias que cê tá realmente ocupado. Em vez de um sanduíche, cê cola o adesivo, e meia hora depois cê tá cheio. Dava pra fazer *sexo* com o adesivo também. Ia economizar um monte de tempo e energia. Qual o seu nome?

— Roxanne Kaye Loomis.

— E o que é que cê faz, Roxy?

— Faço engenharia na Universidade Clemson. Sou de Dukers, na Carolina do Norte. Também sou doadora de órgãos.

Larry acenou com a cabeça e bebeu grandes goles da cerveja, mexendo o corpo pesado na minha direção e apertando a perna massuda contra a minha. Dei um passo minúsculo na única direção que restava, esbarrando nas costas de uma menina com cabelo loiro espetado.

— Tem toda a licença! — disse a menina.

Tentei retroceder na outra direção, mas o Larry-efígie já estava lá. Eu era um pedaço de chiclete preso numa garganta.

— Onde você se imagina em, digamos, vinte anos? — perguntei.

Ele não respondeu. Na verdade, não parecia mais saber falar a minha língua. Estava perdendo altitude, e rápido. Foi como a tarde em que o Papai e eu estacionamos a perua Volvo a poucos metros do final da pista do aeroporto em Luton, no Texas, e passamos uma hora sentados no capô, comendo sanduíches de queijo com pimentão e vendo os aviões que pousavam. Ver os aviões era como flutuar nas profundezas do oceano e observar uma Baleia Azul de trinta metros nadando na nossa direção, mas, ao contrário dos jatos particulares, ônibus aéreos, airbuses e 747s, Larry de fato colidiu. Seus lábios bateram nos meus dentes e a sua língua invadiu a minha boca como um girino fugindo de um pote. Espalmou uma das mãos no meu peito direito, espremendo-o como um limão sobre um linguado.

— Blue?

Livrei-me dele. Leulah e Jade estavam ao meu lado.

— Vamos lá fora queimar este baseado — disse Jade.

Larry gritou (um "Espera um minuto, Roxy!" claramente nada entusiástico), mas eu nem me virei. Fui atrás delas até o carro.

— Onde estamos indo?

— Ver a Hannah — disse Jade, seca. — Aliás, Vomitona, qual é o problema com o seu gosto pelos homens? Aquele cara era horrível.

Lu a fitava apreensiva, o decote do seu vestido de formatura verde, da Bellmondo, abrindo num bocejo permanente.

— Não acho que seja uma boa idéia.

Jade fez uma careta.

— Por que não?

— Não quero que ela nos veja — respondeu Lu.

Jade puxou o cinto de segurança.

— Vamos levar outro carro. Do namorado da Jefferson. O Toyota tenebroso que ele deixou na nossa garagem.

— Do que vocês estão falando? — perguntei.

— Provavelmente vamos dar de cara com o Charles — disse Jade, ignorando-me e lançando um olhar para a Lu enquanto enfiava a chave na ignição e ligava o carro. — Ele vai estar usando camuflagem e aqueles negócios de visão noturna.

Lu balançou a cabeça.

— Ele está com o Black, iam sair com umas meninas. Do segundo ano.

Jade se virou para ver se eu tinha escutado isso (com um olhar de pêsames triunfantes) e então acelerou, deixando o estacionamento e entrando na rodovia em direção a Stockton. Era uma noite fria, nuvens finas e oleosas cortavam o céu. Cobri os joelhos com o lamê dourado, fitando os carros que passavam e o elegante perfil de parênteses da Lu, os faróis traseiros dos carros iluminando-lhe as bochechas. Nenhuma das duas abriu a boca. Era um desses silêncios adultos. O silêncio dos casais que voltam para casa depois de um jantar, evitando falar do marido de alguém que ficou bêbado demais ou de como, secretamente, não queriam ir para casa um com o outro e sim com alguma pessoa nova, alguém cujas pintas não conhecessem.

Quarenta minutos depois, Jade desapareceu dentro de casa em busca das chaves do carro — "Um segundinho" — e, quando voltou, ainda usando as sandálias vermelhas instáveis e o vestido de corrupião (dava a impressão de ter revirado o lixo do aniversário de algum menino rico, retirando os pedaços mais exóticos de papel de presente e colando-os no corpo), trazia seis garrafinhas de Heineken, dois sacos gigantes de batatinhas e um maço de alcaçuz, com um pedaço ainda escapando-lhe da boca. Pendurado no ombro, um binóculo gigante.

— Estamos indo para a casa da Hannah? — perguntei, ainda confusa, mas a Jade apenas me ignorou novamente, jogando a comida no banco de trás do decadente Toyota branco estacionado na garagem. Leulah parecia furiosa (tinha os lábios fortemente contraídos, como um porta-moedas de pano), mas, sem dizer uma palavra, cruzou a calçada, sentou no banco da frente e bateu a porta.

— Merda — disse Jade, olhando o relógio. — Não temos muito tempo.

Minutos depois estávamos entrando mais uma vez na rodovia com o Toyota, desta vez na direção Norte, o lado contrário da casa da Hannah. Eu sabia que era inútil perguntar para onde estávamos indo; as duas tinham caído de novo naquele silêncio entrincheirado, um silêncio tão profundo que era cansativo tentar erguer-se para sair dele. Leulah fitava a estrada, as linhas brancas crepitantes, as lantejoulas vermelhas dos carros que passavam. Jade estava mais ou menos como sempre; mastigava freneticamente as fibras do alcaçuz (a menina estava alcaçuzando em série; "Me dá mais um", exigiu três vezes, até que eu enfiei o pacote ao lado do freio de mão) e não conseguia parar de mexer no rádio.

Dirigimos por meia hora, até darmos uma guinada súbita na Saída 42 — Cottonwood, dizia a placa — voando pela estrada deserta, de duas faixas, e chegamos a um estacionamento de caminhões. Havia um posto de gasolina à nossa esquerda e, na frente das enormes carretas espalhadas pelo asfalto como baleias mortas, um restaurante com fachada de madeira repousava taciturno sobre um morro árido. Stuckey's, anunciavam as letras amarelas da entrada. Jade avançou furtivamente com o Toyota entre os caminhões.

— Está vendo o carro dela? — perguntou.

Leulah balançou a cabeça.

— Já são duas e meia. Talvez não venha.

— Vem sim.

Circulamos o estacionamento até que a Leulah cutucou a janela com a unha.

— Ali. — Estava indicando o Subaru vermelho da Hannah, espremido entre uma picape branca e uma van.

Jade entrou na fileira seguinte e deu marcha a ré, entrando num ponto entre um grupo de pinheiros e a estrada. Leulah soltou o cinto de segurança, cruzou os braços, e Jade se serviu alegremente de mais um cadarço azul, roendo uma das pontas e envolvendo a outra ao redor do punho, como um pugilista antes de colocar as luvas. O Subaru da Hannah estava duas fileiras de carros à nossa frente. No outro lado do estacionamento, sobre o morro, pendia o restaurante, clinicamente cego (três janelas nos fundos cobertas com tábuas) e com calvície avançada (o telhado perdia grandes pedaços). Não dava para ver muito pelas janelas escuras — umas poucas camisas de cores cansadas, uma fileira de lâmpadas verdes penduradas como chuveiros mofados —, mas não era preciso entrar ali para saber que os cardápios eram grudentos, as mesas estavam temperadas com migalhas de torta, as garçonetes eram irritadiças e a clientela corpulenta. Certamente seria necessário golpear violentamente o saleiro — grãos de arroz como larvas no interior — para convencer umas poucas *partículas* de sal a sair. ("Se não conseguem fazer sal, eu me pergunto o que os faz acreditar que conseguem fazer frango ao molho de champignon", diria o Papai ao entrar num lugar assim, segurando o cardápio a uma distância segura do rosto, para o caso de que criasse vida.)

Inclinei-me para a frente e pigarreei, um sinal para que Jade e Lu me explicassem o que estávamos fazendo naquele boteco de beira de estrada (um lugar que o Papai e eu faríamos de tudo para evitar; não era incomum fazermos um desvio de trinta quilômetros só para não termos que dividir uma refeição com "homens e mulheres que, se desfocarmos um pouco a vista, parecem pilhas de pneus"), mas como elas *continuaram* caladas (a Lu também estava enchendo a boca de alcaçuz agora, mastigando como uma cabra), percebi que era uma dessas coisas que não podiam ser postas em palavras. Pô-las em palavras as tornariam reais, e com isso elas se sentiriam culpadas de alguma coisa.

Durante dez minutos, os únicos ruídos foram uma eventual batida de porta — algum caminhoneiro com estômago de espólio, indo, vindo, faminto, cheio — e os silvos nervosos da rodovia. Entre as árvores escuras que margeavam o estacionamento via-se uma ponte com uma infindável rajada de carros, faíscas vermelhas e brancas disparadas na noite.

— Quem vai ser? — perguntou Jade frouxamente, olhando pelo binóculo.

Lu deu de ombros, ruminando o alcaçuz.

— Num sei.

— Gordo ou magrelo.

— Magrelo.

— Olha, acho que é bacon desta vez.

— Ela não gosta de bacon.

— Gosta sim. É o esturjão ela. Reservado para momentos especiais. *Ei.* — Jade deu um pulo à frente, batendo o binóculo contra o pára-brisa. — Ai, *puta.... merda.* Porra.

— O quê... é um neném?

Jade estava de boca aberta. Mexeu os lábios, mas não disse nada. Então exalou pesado:

— Já assistiu *Bonequinha de luxo*?

— *Não* — disse Lu, sarcástica, apoiando as mãos no painel e inclinando-se à frente para vigiar as duas pessoas que acabavam de surgir do restaurante.

— Bom — sem tirar os olhos do binóculo, Jade enterrou a mão no saco de batatinhas e enfiou um punhado na boca —, é aquele tipo Doc. Só que ancião. Normalmente, eu diria que ao menos não é o Rusty Trawler, mas neste caso não tenho tanta certeza. — Recostou-se no banco, engoliu saliva e, com um olhar macabro, passou o binóculo à Lu. — O Rusty tem dentes.

Depois de uma rápida olhadela (uma expressão revoltada tomou todo o seu rosto), Lu me passou o binóculo. Engoli saliva e o encaixei nos olhos: Hannah Schneider acabava de sair do restaurante. Estava conversando com um homem.

— Sempre detestei o Doc — disse Lu, baixinho.

Hannah estava embonecada de um jeito que eu nunca tinha visto antes ("pintada", diriam na Academia Coventry), usando um sobretudo de pele preto — imaginei que fosse coelho, pelo estilo adolescente-na-moda (o zíper enfeitado com um pompom) —, argolas douradas, um batom escuro que lhe chamuscava a boca. O cabelo lhe descobriu os ombros, e saltos brancos e pontiagudos surgiram das barras de seu jeans colado à pele. Quando movi o binóculo para examinar o companheiro dela, fiquei imediatamente nauseada, porque, em comparação a Hannah, ele era murcho. Rugas lhe rabiscavam todo o rosto. Já tinha passado há muito dos sessenta, talvez chegado aos setenta, era mais baixo que ela e delgado como um meio-fio. Seu tronco e ombros eram desprovidos de carne, como se uma grossa flanela xadrez houvesse sido jogada sobre um porta-retratos. O cabelo era bastante espesso, ainda sem entradas (sua única característica remotamente atraente); absorvia qualquer luz que houvesse ao redor, tornando-se verde quando caminharam sob o refletor e passando a um cinza oxidado, como os raios de uma roda de bicicleta. Quando desceu os degraus atrás dela — Hannah caminhava veloz, abrindo o fecho de uma estranha bolsa rosa peluda, aparentemente buscando as chaves do carro —, as pernas ossudas do homem vacilaram para os lados como um varal retrátil.

— Vomitona, você vai deixar mais alguém olhar, ou qual é?

Passei o binóculo a Jade. Ela o levou aos olhos, mordiscando o lábio.

— Tomara que ele tenha comprado Viagra — murmurou.

Lu afundou no banco e se manteve imóvel enquanto os dois entravam no carro da Hannah.

— Ah, pelo amor de Deus, sua tonta, ela não consegue *ver* a gente — disse Jade irritada, embora ela também estivesse bastante imóvel, esperando até que o Subaru saísse da vaga e desaparecesse atrás de um dos caminhões antes de ligar o motor.

— Onde é que eles vão? — perguntei, sem muita certeza de que queria saber a resposta.

— Motel Espelunca — respondeu Jade. — Ela vai trepar com ele por meia hora ou quarenta e cinco minutos, e depois vai mandar o cara pastar. Sempre me surpreendo que ela não arranque a cabeça dele fora como um louva-a-deus.

Seguimos o Subaru (mantendo uma distância educada) durante cinco, talvez seis quilômetros, entrando em seguida no que presumi ser Cottonwood. Era uma dessas cidadezinhas raquíticas como as que o Papai e eu tínhamos cruzado um milhão de vezes, uma cidade pálida e desnutrida; de alguma forma, conseguia sobreviver somente às custas de postos de gasolina, motéis e McDonald's. Grandes estacionamentos feriam os lados da estrada como cicatrizes.

Depois de uns quinze minutos, Hannah ligou o pisca-alerta e virou à esquerda entrando num motel, o Motel Campestre, uma construção branca e arqueada parada no meio de um terreno como uma dentadura perdida. Havia uns poucos bordos irritados perto da estrada e outros, mais encurvados, parados sugestivamente em frente à Recepção, como se imitassem a clientela. Fizemos a curva trinta segundos depois da Hannah, mas rapidamente nos desviamos à direita, parando ao lado de um sedã cinza, enquanto Hannah estacionava em frente à recepção e desaparecia no interior do motel.

Dois ou três minutos depois, quando ela reapareceu, a luz viscosa do estacionamento lhe borrifou a cara, e a sua expressão me assustou. Só pude vê-la por uns poucos segundos (e não estava exatamente perto), mas, para mim, parecia uma TV desligada — sem nenhuma novela inocente nem drama judicial, nem mesmo a reprise de um faroeste manjado —, apenas a tela em branco. Ela entrou novamente no Subaru, ligou o motor e passou lentamente por onde estávamos.

— Merda — grunhiu a Lu, afundando no banco.

— Ah, *faz favor* — disse Jade. — Você daria a mais covarde das assassinas.

O carro parou em frente a um dos quartos, bem à esquerda. Doc surgiu com as mãos nos bolsos, um sorriso diminuto cutucava o rosto da Hannah. Ela abriu a porta e os dois desapareceram lá dentro.

— Quarto 22 — anunciou Jade, por trás do binóculo. Hannah deve ter puxado as cortinas imediatamente, porque, quando a luz foi acesa, uma cor laranja-cheddar revestia inteiramente as janelas, sem deixar nem uma réstia.

— Ela conhece esse homem? — perguntei. Era mais uma esperança distante que uma pergunta efetiva.

Jade balançou a cabeça.

— Nem. — Virou-se na cadeira, encarando-me. — O Charles e o Milton descobriram esse lance no ano passado. Saíram uma noite, decidiram dar um pulo na casa da Hannah, mas então passaram pelo carro dela e a seguiram até aqui. Ela começa no Stuckey's às 1h45. Come. Escolhe um. Na primeira sexta-feira de cada mês. É a única data que ela mantém.

— Como assim?

— Ah, você sabe que ela é bem desorganizada. Bom, não neste caso.

— E ela não... sabe que vocês sabem?

— Claro que *não*. — Os olhos da Jade golpearam a minha cara. — E nem pense em falar para ela.

— Não falo — respondi, olhando de relance para a Lu, mas ela não parecia estar escutando. Mantinha-se sentada no banco como se estivesse presa a uma cadeira elétrica.

— E o que acontece agora? — perguntei.

— Vai chegar um táxi. Ele vai sair do quarto sem a metade das roupas, às vezes com a camisa nas mãos ou sem as meias. Daí vai cambalear até o táxi e sumir. Provavelmente vai voltar para o Stuckey's, onde vai pegar o caminhão e dirigir sabe-se lá para onde. A Hannah vai embora de manhã.

— Como é que você sabe?

— O Charles geralmente fica até o final.

Eu não estava nem um pouco interessada em fazer outras perguntas, então nós três caímos de novo no silêncio, uma calmaria que se manteve até mesmo quando a Jade aproximou o carro para que pudéssemos distinguir o 22, o desenho de folhas de safári nas cortinas fechadas e a mossa no carro da Hannah. Era estranho, o efeito bélico do estacionamento. Estávamos encalhadas em algum lugar, a oceanos de distância de casa, com medo de coisas invisíveis. Leulah parecia ter uma neurose de guerra, as costas retas como um mastro, os olhos magnetizados na porta. Jade era o oficial superior, genioso, exaurido e perfeitamente ciente de que nada do que dissesse poderia nos confortar, então simplesmente se reclinou no assento, ligou o rádio e enfiou batatinhas na boca. Eu também estava meio vietnamizada. Eu era o covarde nostálgico que acaba morrendo sem nenhum heroísmo por um ferimento acidentalmente auto-provocado e que jorra sangue como suco Capri Sun. Eu daria um olho para sair daquele lugar. Meu sonho era estar novamente ao lado do Papai, que estaria usando o seu pijama macio de algodão e corrigindo os trabalhos dos alunos, alguns deles péssimos, como o do preguiçoso que usava uma enorme fonte em negrito para atingir o tamanho mínimo imposto pelo Papai, de vinte a vinte e cinco páginas.

Lembrei-me de uma coisa que o Papai dissera quando eu tinha sete anos, no Circo Fantasia Horripilante, em Choke, Indiana, depois de visitarmos o Trem Fantasma, onde fiquei tão aterrorizada que passei pelo brinquedo cobrindo os olhos com as mãos — sem espionar, sem vislumbrar um único fantasma. Depois que tirei as mãos do rosto, em vez de censurar a minha covardia, Papai olhou para mim e assentiu pensativo, como se eu acabasse de lhe propiciar surpreendentes revelações sobre a Revolução do Bem-Estar Social. "Sim", comentou. "Às vezes, não se permitir olhar exige mais coragem. Às vezes o conhecimento é lesivo; não é esclarecimento, e sim entristecimento. Se reconhecemos a diferença e nos preparamos, isso é extremamente corajoso. Porque quando estamos falando de certas misérias humanas, as únicas testemunhas deveriam ser o asfalto e talvez as árvores."

— Prometo que nunca vou fazer uma coisa dessas — disse Lu de súbito, com uma voz de roedor.

— O quê? — perguntou Jade monotônica, os olhos entrecerrados.

— Quando for velha. — Tinha uma voz frágil, como se pudesse ser rasgada.
— Prometo estar casada e com filhos. Ou ser famosa. Que...

A frase não chegou ao fim. Apenas parou, uma granada lançada mas não detonada.

Não dissemos mais coisa alguma, e às 4h03 da manhã, alguém desligou as luzes do Quarto 22. Vimos o homem sair, totalmente vestido (embora eu tenha notado que ele não tinha os calcanhares inteiramente dentro dos sapatos), e ir embora no Táxi Colibri (0-800-COLI-BRI), que o esperava roncando na recepção.

As palavras do Papai se encaixavam perfeitamente à situação (se ele estivesse conosco no carro teria empinado o queixo, só um pouquinho, erguido uma sobrancelha, o gesto que fazia para dizer Nunca Duvide de Mim ou Eu Te Disse), porque as únicas testemunhas deveriam ter sido o cartaz neon que indicava TEMOS VAGAS, as finas árvores asmáticas, que arrastavam os ramos pelo topo do telhado, e o céu, uma grande contusão roxa que desaparecia lentamente sobre as nossas cabeças.

Voltamos para casa.

PARTE 2

PARTIE 2

CAPÍTULO 11

MOBY-DICK

Duas semanas após a noite em que espionamos a vida de Hannah ("*Observamos*", esclarecia o inspetor-chefe Ranulph Curry em *A presunção de um unicórnio* [Lavelle, 1901]), Nigel encontrou um convite jogado no cesto de lixo da "toca" dela, o quarto minúsculo ao lado da sala, repleto de mapas-múndi e plantas semimortas penduradas, sobrevivendo penosamente numa espécie de UTI vegetal (lâmpadas acesas vinte e quatro horas por dia, Ferti-Plant periódico).

Era elegante, impresso num cartão espesso, em relevo, de cor creme.

> *O Abrigo de Animais do Condado Burns*
> *convida cordialmente ao*
> *seu evento anual de caridade*
> *destinado a todos os animais carentes,*
> *na rua Willows, nº 100,*
> *sábado, 22 de novembro,*
> *às oito da noite.*
>
> *Preço: $40 por pessoa*
> *RSVP*
>
> *Fantasia Obrigatória,*
> *Preferencialmente com Máscara*

— Acho que deveríamos ir — anunciou Nigel naquela sexta-feira, na casa da Jade.

— Eu também — concordou Leulah.

— Não podem — disse Charles. — Ela não convidou vocês.

— Esse é um detalhe menor — refutou Nigel.

Apesar das palavras de aviso do Charles, no domingo seguinte, no meio do jantar, Nigel retirou o convite do bolso de trás e o colocou, provocador, ao lado do prato de bifes de vitela, sem dizer uma palavra.

Naquele instante, a sala de jantar se tornou intolerável, causando uma roeção de unhas descontrolada (ver *Embate ao meio-dia nas Cataratas Sioux*, Editora Estrela Solitária, Bendley, 1992). Os jantares já tinham se tornado um pouquinho mais intoleráveis desde a minha ida a Cottonwood. Eu já não conseguia olhar para o rosto da Hannah, sorrir alegremente, jogar conversa fora sobre deveres de casa, trabalhos escolares ou sobre o gosto do prof. Moats por camisas texturizadas sem vislumbrar o Doc e aquelas pernas de sanfona, com o rosto enrugado como um tronco infestado de cupins. Eu tentava não pensar no horrível Beijo Hollywoodiano que, tudo bem, ocorrera por trás das câmeras, mas que ainda assim era assustador. (Eram dois filmes diferentes brutalmente misturados — *Gilda* e *Cocoon*.)

Naturalmente, quando eu pensava na Jade, na Lu e na cabine para deficientes, também ficava enjoada; mas com a Hannah era pior. Como dizia o Papai, a diferença entre uma revolta dinâmica e uma fracassada depende do ponto em que ocorre dentro da linha do tempo histórica de um país (ver Van Meer, "A fantasia da industrialização", *Fórum federal*, v. 23, nº 9). Jade e Lu ainda eram países em desenvolvimento. E assim, embora não fosse algo *fantástico*, tampouco era *extremamente* terrível, para elas, terem uma infra-estrutura obsoleta e um baixo índice de desenvolvimento humano. Mas com a Hannah — era muito diferente. Ela já deveria ter estabelecido uma economia robusta, uma sociedade pacífica, o livre comércio — e como essas coisas ainda não estavam asseguradas, francamente, a sua democracia não parecia ter um prospecto muito promissor. Ela poderia se ver lutando eternamente contra "corrupção e escândalos que minariam perpetuamente sua credibilidade enquanto Estado autodeterminado."

Milton acabava de abrir uma janela. Uma brisa agitada soprava pela sala de jantar, fazendo com que o guardanapo de papel voasse do meu colo, as chamas dançassem violentamente sobre as velas como bailarinas lunáticas. Eu não conseguia acreditar no que o Nigel tinha feito — parecia um marido ciumento apresentando à mulher uma abotoadura incriminadora.

Ainda assim, Hannah não demonstrou nenhuma reação.

Ela não pareceu sequer *notar* o convite, concentrando-se, em vez disso, no bife de vitela, cortando-o em pedaços de tamanho idêntico e trazendo um elegante sorriso a tiracolo. Sua blusa de cetim verde-mar (uma das poucas peças de roupa que não se arrastavam como refugiadas) pendia de seu corpo como uma pele lânguida, iridescente, mexendo-se quando ela se mexia, respirando quando ela respirava.

Esse mal-estar persistiu pelo que pareceu ser uma hora. Brinquei com a idéia de esticar os braços sobre o meu bife de vitela em direção ao espinafre salteado, apanhar o convite e enfiá-lo furtivamente sob a minha perna, mas, para ser sincera, eu não tinha suficiente confiança moral para dar uma de *sir* Thomas More ou de Joana d'Arc. Nigel encarava Hannah sentado na cadeira, e o modo como seus olhos estavam enterrados por trás dos óculos, refletindo as velas, até que virou a cabeça e eles emergiram como besouros na areia, e o modo como se mantinha tão rígido, tão pequeno e ainda assim tão substancial, faziam com que ele parecesse Napoleão, especialmente o retrato a óleo nada atraente do diminuto Imperador francês na capa do livro-texto essencial dos seminários do Papai, *Dominando a espécie humana* (Howards & Path, 1994). (Parecia ser capaz de dar um *coup d'état* durante o sono, e estar em guerra com todas as grandes potências européias aparentemente não lhe causava nenhuma preocupação.)

— Eu não contei nada a vocês — disse Hannah, de súbito —, porque se contasse, ficariam com vontade de vir. E não podem. Vou convidar a Eva Brewster, o que faz com que a presença de vocês esteja fora de cogitação, a não ser que eu queira perder o emprego.

Além daquela reação surpreendente (e um pouco decepcionante; acho que eu estava numa espécie de platéia, tomando Anis del Toro, esperando o toureiro), o modo como ela *viu* o convite mas pareceu *não* vê-lo foi notável e astuto.

— Por que você convidaria a Eva Brewster? — perguntou Leulah.

— Ela soube que eu estava planejando o evento e perguntou se poderia vir. Não tive como negar. Nigel, não me agrada nem um pouco que você bisbilhote as minhas coisas. Por favor, peço que me dê a cortesia da privacidade.

Ninguém disse nada. Era a deixa para que o Nigel se explicasse, dissesse algo ligeiramente assemelhado a um pedido de desculpas, contasse uma piada esfarrapada sobre os seus dedos grudentos ou se referisse ao capítulo 21 do livro *Pais maneiros*, "Os adolescentes e o prazer da cleptomania", citando uma das estatísticas surpreendentes, segundo a qual era normal os adolescentes passarem por um período de "apropriação" e "fraude" (Mill, 2000). Em sessenta por cento das vezes isso era algo "que o jovem acabaria por superar, como a maquiagem gótica e o skate" (p. 183).

Mas o Nigel não parecia estar prestando atenção. Estava servindo-se alegremente do último bife de vitela.

Pouco depois a comida já estava fria. Tiramos os pratos, juntamos os nossos livros, nos despedimos lânguidos e ganhamos a noite monstruosa. Hannah estava inclinada contra a porta, dizendo as mesmas palavras de sempre — "Juízo na direção!" —, mas alguma coisa no seu tom de voz, naquele timbre de fogueira de acampamento, se perdera. Enquanto Jade e eu saíamos com o carro em direção à rua, olhei para trás e a vi ainda parada na varanda, observando-nos, a blusa verde tremeluzindo como uma piscina na luz dourada.

— Estou enjoada — comentei.

Jade concordou.

— Profundamente desprezível.

— Será que ela vai perdoar o Nigel algum dia?

— É *claro* que vai. Ela conhece esse garoto como a palma da mão. Ele nasceu sem o gene dos sentimentos. Outras pessoas não têm o apêndice, ou glóbulos brancos. Ele não tem sentimentos suficientes. Acho que fizeram um exame cerebral quando ele era pequeno e, no lugar onde as outras pessoas têm as emoções, ele tinha um vácuo total, pobre menino. E ele é gay, também. Tudo bem, todo mundo tem mente aberta, aceita as diferenças e tal, mas *ainda assim* não deve ser fácil na escola.

— Ele é gay? — perguntei, admirada.

— *Alô-ô*?! Vomitona? Volte pra Terra! — Ela me olhou como se eu fosse um rasgo numa meia-calça. — Às vezes eu me pergunto em que mundo você vive, saca? Você nunca foi num médico pra saber se está tudo bem com os parafusos da sua cabeça? Porque eu duvido seriamente disso, Vomitona. Seriamente.

༄

Lamentavelmente, coisas como ansiedade, angústia, aflição, culpa, sentimentos de espanto e profundo desprezo, os temas básicos dos Tempos Passados e dos russos, têm muito pouco lugar nestes Tempos Modernos acelerados.

Basta consultarmos a edição de 2002 do livro de R. Stanbury, *Esclarecendo as estatísticas e as comparações trans-seculares*, no capítulo "Sofrimento", para sabermos que a idéia de estarmos Pesarosos, Desgraçados, Desolados e Desesperados é algo do passado, e esses sentimentos logo se juntarão a outras novidades divertidas como o Calhambeque, o Chá-chá-chá e o Cool Jazz. Em 1802, passavam-se em média 18,9 anos até que o viúvo americano médio se casasse novamente; já em 2001, ele espera em média 8,24 meses. (No quadro Hoje em Dia, você verá que na Califórnia ele tem que esperar durante terríveis 3,6 meses.)

É claro que o Papai tomou como missão pessoal revoltar-se contra essa "anestesia cultural", esse "livrar-se dos sentimentos humanos profundos, deixando apenas uma vacuidade plana, sem nenhum relevo", e assim, criou-me com a intenção explícita de que eu me tornasse uma pessoa perceptiva e sensível, consciente, mesmo sob as mais maçantes superfícies, do bem, do mal e das turvas sutilezas entre os dois. Assegurou-se de que eu tivesse tempo, entre Muders, em Ohio, e Padicah, em Washington, para memorizar não apenas uma ou duas, e sim *todas* as "Canções da inocência e da experiência" de William Blake, e assim eu era incapaz de ver uma mosca zunindo ao redor de um hambúrguer sem me questionar: "Não sou eu/Uma mosca como tu?/Ou não és tu/Um homem como eu?"

Mas quando eu estava com os Sangue-Azul, era fácil fingir que não tinha memorizado nada além das letras de um milhão de músicas sonsas de Rhythm & Blues, que nunca tinha ouvido falar de alguém chamado Blake, a não ser pelo menino do primeiro ano que estava sempre com as mãos nos bolsos e parecia querer espancar alguém, que eu poderia simplesmente ver uma mosca e não pensar em nada além de expressões de menininha ("eca"). Naturalmente, se o Papai soubesse dessa minha atitude, iria classificá-la como um "conformismo nauseante", talvez até como "uma desgraça para os Van Meer". (Ele muitas vezes se esquecia de que era órfão.) Porém, deixar-me levar pela corrente ao longo dos "campos e montes graciosos", ou aonde quer que ela me quisesse levar, não importando as conseqüências (ver "A dama de Shalott", Tennyson, 1842), parecia ser algo emocionante, Romântico.

Foi por isso que não expressei nenhuma objeção naquela relaxada noite de sábado, 22 de novembro, no momento em a Jade fez sua entrada na Sala Roxa usando uma peruca preta e um conjunto branco esvoaçante. Ombreiras colossais lhe sobressaíam como os Penhascos Brancos de Dover, e ela tinha desenhado sobrancelhas *duomo* sobre os olhos com o que parecia ser um lápis Crayola de cor siena.

— Adivinhem quem eu sou.

Charles se virou para examiná-la.

— Dame Edna.

— "Eu nunca saio à noite, a menos que esteja parecida com a Joan Crawford, a estrela do cinema. Você quer A Garota da Casa Ao Lado? Vá para a casa ao lado." — Jade jogou a cabeça para trás e soltou uma risada de vilã, caindo na poltrona de couro e levantando os pés com os grandes sapatos de salto que pareciam botes infláveis. — Adivinhem para onde estou indo.

— Pro inferno — disse Charles.

Ela rolou na poltrona, sentando-se. Um pedaço da peruca grudou no seu batom.

— O Abrigo de Animais do Condado Burns convida cordialmente ao seu *soirée...*

— Nem vem.

— de caridade...

— Não podemos.

— RSVP...

— Sem chance.

— Sexo selvagem *muito* provável.

— *Não.*

— Eu vou — disse Leulah.

⁓

No fim das contas, não conseguimos chegar a um acordo quanto a uma fantasia conjunta, portanto Charles ficou como Jack o Estripador (para fazer o sangue, Leulah e eu o lambuzamos com ketchup); Leulah foi de faxineira francesa (servindo-se da coleção de lenços de seda Hermès da Jefferson, com diversos motivos eqüestres, que estavam dobrados em quadrados alinhados no escritório); Milton, que se recusou a usar uma fantasia, ficou como o Plano B (o ambíguo senso de humor que borbulhava sempre que ele fumava maconha); Nigel foi Antonio Banderas como Zorro (usou uma tesoura de unhas dos pés para cortar pequenos buracos ao redor dos zzzzzs, feitos com falsos diamantes, da máscara de dormir preta da Jeff), Jade se vestiu de Anita Ekberg em *La dolce vita*, acompanhada de um gatinho de pelúcia (que prendeu a uma faixa de cabelo com fita adesiva). Eu era uma Pussy Galore altamente improvável, com uma peruca vermelha arbórea e um corpete frouxo de *nylon* (ver "Marciano 14", *Descrevendo homenzinhos verdes: retratos de alienígenas segundo testemunhas oculares*, Diller, 1989, p. 115).

Estávamos bêbados. Do lado de fora, o ar estava leve e quente como uma bailarina após seu número de abertura; e, vestindo as nossas fantasias, corremos despreocupados pelo gramado anoitecido, rindo à toa.

Jade, vestindo sua túnica gigante de concha marinha, crocante com tantas crinolinas, laços e franzidos, gritou e se jogou na grama, rolando ladeira abaixo.

— O que você está fazendo? — gritou Charles. — Começou às oito! São nove e meia!

— Vamos lá, Vomitona! — gritou Jade.

Cruzei os braços sobre o peito e me lancei para a frente.

— *Cadê* você?

Rolei. A grama me espetou e a minha peruca caiu. As estrelas foram catapultadas entre pausas maçantes de chão, e lá embaixo, a calma me atingiu. Jade estava deitada a poucos metros, o rosto sério e melancólico. Olhar para as estrelas estimula naturalmente as pessoas a ficarem sérias e melancólicas, e o Papai tinha diversas teorias para explicar esse fenômeno, a maior parte centrada na insegurança humana e em sóbrias concepções sobre a pequenez absoluta frente a coisas inconcebíveis como a Galáxia Espiral, a Espiral Barrada, a Elíptica e a Irregular.

Mas eu me lembro que, naquele momento, nenhuma das teorias do Papai me veio à cabeça. O céu negro, pontilhado de luz, não tinha remédio além de se exibir como Mozart aos cinco anos. Vozes arranharam o ar, palavras instáveis e inseguras de si mesmas, e logo depois o Milton varou a escuridão, e os mocassins do Nigel passaram voando pela minha cabeça, e a Leulah caiu bem ao meu lado com um ruído de xícara de chá ("Ahh!"). O lenço de seda lhe escapou do cabelo e pousou sobre o meu pescoço e queixo. Quando eu respirava, ele borbulhava como um lago no qual alguma coisa se afogou.

— Seus idiotas! — gritou Charles. — Quando chegarmos lá, já vai ter acabado! Precisamos sair *agora*!

— Cala a boca, seu nazista — disse Jade.

— Você acha que a Hannah vai ficar furiosa? — perguntou Leulah.

— Provavelmente.

— Ela vai nos matar — disse Milton. Ele estava a poucos palmos de distância. Quando respirava, parecia a baforada de um dragão.

— Que se dane a Hannah — disse Jade.

De alguma forma, conseguimos nos desgrudar do chão e escalamos a ladeira até o Mercedes, onde o Charles nos esperava de mau humor vestindo a capa de chuva transparente que a Jade usava na oitava série, para não espalhar o ketchup por todo o banco do motorista. Eu era a menor de todas, e a Jade disse que era melhor irmos em um carro só, portanto, servi como cinto de segurança humano sobre Nigel, Jade e Leulah, que estava desenhando pezinhos na janela embaçada. Concentrei-me nos faróis do carro, nos meus grandes saltos brancos tocando a maçaneta da porta, na fumaça que rondava a cabeça do Milton no banco da frente, onde ele fumava um dos seus baseados, grosso como um batom.

— Vai ter confusão — comentou Milton —, aparecer por lá sem avisar. Ainda dá tempo de mudar de idéia, pessoal.

— Deixa de ser chato — disse Jade, tirando-lhe o baseado dos dedos. — Se virmos a Evita, nos escondemos. Fingimos que somos abajures. Vai ser divertido.

— A Perón não vai estar lá — disse Nigel.

— Por que não?

— A Hannah não a convidou de verdade. Estava mentindo. Disse aquilo só pra ter um motivo pra não nos deixar ir.

— Você está paranóico.

Nigel deu de ombros.

— Ela tinha os sinais clássicos da mentira. Aposto a minha vida que a Eva Brewster não vai estar na festa. E se alguém lhe perguntar da festa na segunda-feira, ela não vai fazer idéia do que estamos falando.

— *Você* é um enviado do Demônio — pronunciou Jade, e então bateu acidentalmente a cabeça contra a janela. — Ai.

— Quer um pouco? — perguntou Leulah, passando-me o baseado.

— Obrigada — respondi.

Correndo o risco de reclamar demais, devo dizer que eu já estava acostumada ao engenhoso comportamento dos tetos e solos sob a influência da birita, cana, água-que-passarinho-não-bebe, danada, pindaíba, goró (o Tremor, o Mergulho Vindo do Nada, o Navio Aparentemente Naufragante, o Terremoto Fraudulento). Na maior parte do tempo em que estava com eles, porém, eu apenas *fingia* tomar todos aqueles goles sobre-humanos da garrafinha prateada do Milton, cheia do seu arsênico preferido, o Wild Turkey, passado de mão em mão pela Sala Roxa como um Cachimbo da Paz dos índios americanos.

Sem que os outros soubessem, no meio de qualquer uma daquelas noites, eu não estava, como parecia, virando a garrafa junto com eles.

— Olha só. A Vomitona está em meditação profunda — comentou Nigel certa vez, enquanto eu olhava para o nada, sentada na poltrona.

Eu *não* estava em meditação profunda, estava bolando um meio dissimulado de me livrar da última poção da Leulah, algo que ela chamava apenas de Garra, um preparado enganadoramente claro capaz de corroer o esôfago e todo o sistema digestivo. Uma das minhas táticas preferidas consistia em caminhar desacompanhada pelo jardim para pegar um pouco de "ar fresco", e, com a luz da varanda apagada, despejar o que quer que fosse na boca aberta de um dos leões de bronze da Jeff, os últimos presentes de Andy Warhol em janeiro de 1987, um mês antes de morrer por complicações de uma operação na vesícula. Obviamente, eu poderia simplesmente jogar a bebida na grama, mas sentia uma certa satisfação inebriante em servi-la aos leões, que, obedientes, mantinham abertas as bocas enormes e me encaravam como se esperassem que, com essa última dose, eu acabasse com eles. Eu só rezava para que a Jeff jamais decidisse que aquelas feras colossais ficariam melhor na porta da frente; quando ela as erguesse, iria se afogar num tsunami de birita, cana, água-que-passarinho-não-bebe, danada, pindaíba, goró.

Quase uma hora depois, estacionamos na calçada da Hannah. Charles conduziu com perícia o Mercedes pelo corredor de carros vazios estacionados ao longo da rua. Para ser sincera, fiquei surpresa ao vê-lo dirigir tão bem, dado o seu estado de deterioração (ver Líquido Não-Identificado, capítulo 4, "Problemas no motor", *Mecânica automotiva*, Pont, 1997).

— Vê se não arranha o carro — disse Jade. — Se arranhar, estou ferrada.

— Ela conhece mais pessoas do que imaginamos — disse Leulah.

— Merda! — disse Milton.

— Pra mim, está perfeito — disse Jade, batendo palmas. — Absolutamente ideal. Vamos nos misturar. Só espero que a gente não dê de cara com a Hannah.

— Você está preocupada em encontrar a Hannah? — gritou Charles. — Então precisamos voltar, porque deixe eu te contar uma coisa, queridinha: nós *vamos* encontrar a Hannah!

— Fica de olho na rua. Está tudo bem. — bufou Jade. — É só que...

— O quê? — Charles fincou o pé no freio. Fomos todos jogados para a frente e para trás como crianças num ônibus.

— É só uma festa. E a Hannah não vai mesmo *ligar*. Não estamos fazendo nada tão terrível assim. Não é mesmo?

A Ansiedade, a Dúvida e a Incerteza haviam surgido inesperadamente na voz da Jade, e agora perambulavam pelo carro, fazendo com que o nosso Momento Alegria se tornasse bastante tenso.

— Tipo isso — disse Leulah.

— Não — disse Nigel.

— Pra mim tanto faz — disse Milton.

— Dá pra alguém tomar uma decisão, porra? — gritou Charles.
— Deixa a Golfada decidir — disse Jade. — Ela é a pessoa responsável do grupo.

Até hoje, não sei muito bem como nem por que falei aquilo. Talvez tenha sido uma dessas situações misteriosas em que não é *você* quem está falando, e sim o Destino, que intervém de vez em quando com a crueldade dos sargentos, ditadores e funcionários de escritório para se assegurar de que, em vez de escolher o caminho fácil, recentemente asfaltado, com placas de trânsito bem sinalizadas e árvores margeando a estrada, você siga pelo caminho escuro e espinhoso que ele já preparou à sua frente.

— Vamos entrar — anunciei.

༶

Hannah era uma Garça Branca, e quando ouvimos falar que ela estava planejando um evento social, não pudemos esperar nada além de uma festa ao estilo Garça Branca — tulipas de champanhe, piteiras e um quarteto de cordas, pessoas convidando umas as outras para dançar, apoiando delicadamente bochechas em ombros, e muito poucas mãos suadas, intrigas adúlteras atrás de moitas de louros e roseiras grandiflora —, o tipo de evento elegante e discreto que os Larrabees poderiam promover com a mão nas costas, o tipo de evento que Sabrina observava da sua árvore.

Porém, quando nos aproximamos da casa e vimos a multidão de animais, vegetais e minerais que se agitava no jardim e na calçada em frente à casa, Milton sugeriu que nos enfiássemos no bosque e seguíssemos até o outro lado da casa, talvez entrando às escondidas pela porta ao lado do quintal onde a Hannah tinha uma piscina em forma de feijão, que nunca usava.

— Ainda podemos ir embora, se quisermos — disse Jade.

Estacionamos o carro atrás de uma van e ficamos sentados no escuro, à margem do bosque de pinheiros, observando, sob a luz fraca de catorze tochas tiki, cerca de cinqüenta ou sessenta pessoas que apinhavam o jardim da Hannah. Todas usavam fantasias surpreendentemente rebuscadas (gárgulas, jacarés, demônios, toda a tripulação da *USS Enterprise*), algumas com máscaras, sugando canudinhos em copos plásticos azuis e vermelhos, outras comendo salgadinhos e biscoitos, tentando erguer a voz acima da música ensurdecedora.

— Quem são todas essas pessoas? — perguntou Charles, fechando a cara.
— Não reconheço ninguém — disse Jade.

— Devem ser amigos da Hannah — opinou Leulah.
— Vocês conseguem ver onde ela está?
— Não.
— Mesmo que teja ali — disse Milton —, é impossível descobrir quem é ela. Tá todo mundo de máscara.
— Estou congelando — disse Jade.
— *A gente* devia ter trazido máscaras — disse Milton. — É o que o convite dizia.
— Porra, mas onde vamos encontrar máscaras *agora*? — perguntou Charles.
— Ali está a Perón — disse Lu.
— Onde?
— A mulher com aquele halo brilhante.
— Não é ela.
— Falando sério — disse Jade, desconfortável —, alguém pode me explicar o que estamos *fazendo* aqui?
— Se quiserem, podem ficar aí sentados a noite toda — disse Nigel —, só sei que eu vou curtir esta festa. — Nigel estava usando a máscara de Zorro *e* os óculos. Parecia um guaxinim erudito. — Alguém mais quer se divertir?

Por algum motivo, estava olhando para mim.
— O que me diz, mulher? Vamos dançar?

Ajustei a minha peruca.

Deixamos os outros e cruzamos apressados o jardim — um guaxinim c.d.f. e uma cenoura invertida —, até chegar ao quintal da Hannah.

Estava abarrotado de gente. Quatro homens vestidos como ratos e uma sereia vaidosa com uma meia-máscara de lantejoulas azuis estavam de fato dentro da piscina, rindo, brincando com uma bola de vôlei. Decidimos entrar na casa (ver "Caminhando corrente acima pelo rio Zambeze durante a cheia", *Explorações*, 1992, p. 212). Nos enfiamos no espaço entre a poltrona xadrez e um pirata que conversava com um demônio, alheio às repercussões de suas enormes costas suadas, quando lançadas subitamente e sem aviso contra duas pessoas muito menores.

Durante vinte minutos, não fizemos nada além de beber vodca nos copos plásticos vermelhos e observar as pessoas — irreconhecíveis — que engatinhavam, rastejavam e cambaleavam pela sala vestindo fantasias cujos tamanhos variavam do ínfimo ao descomunal.
— Borboleta rouca! — gritou Nigel, sacudindo a cabeça.

Balancei a cabeça, e ele repetiu o que tinha dito.

— Festa muito louca!

Concordei. Hannah, Eva Brewster e os animais não estavam em parte alguma, só se viam pássaros grosseiros, lutadores de sumô pastosos, répteis desvelcrados, uma Rainha que removera a coroa e a roía distraída e passava os olhos pela sala, provavelmente em busca de um Rei ou Ás que viesse ruborizá-la nobremente.

Se o Papai estivesse presente, sem dúvida teria comentado que a maior parte dos adultos presentes estava "perigosamente perto de abdicar de sua dignidade" e que aquilo era triste e perturbador, porque "todos estavam buscando algo que nunca reconheceriam, mesmo que o encontrassem". O Papai era notoriamente severo ao comentar o comportamento alheio. Ainda assim, ao observar uma Mulher Maravilha de quarenta e poucos anos que tombou de costas na ordenada pilha de revistas *Viagem* da Hannah, eu me perguntei se a própria idéia de Crescer não seria uma farsa, um ônibus que esperamos tão ansiosos que nem sequer notamos sua chegada.

— O que estão falando? — gritou Nigel na minha orelha.

Segui os seus olhos até o astronauta parado a poucos palmos de distância. Era um homem atarracado, cujo cabelo formava um sigma (Σ) lateral, que segurava o capacete e conversava animadamente com um gorila.

— Acho que é grego — respondi, surpresa. ("A língua dos Titãs, dos Oráculos, η γλῶσσα των ηρώων", dizia o Papai. [Esta última parte aparentemente significava "a língua dos heróis".] Papai adorava exibir sua bizarra aptidão para as línguas [alegava ser fluente em doze idiomas; porém, *fluente* muitas vezes significava saber dizer *sim* e *não*, além de umas poucas frases de efeito] e gostava de repetir um certo gracejo sobre os americanos e sua escassez de habilidades lingüísticas: "Os americanos precisam aprender a ser *língües* antes de tentarem ser bilíngües.")

— Eu me pergunto quem será aquele ali — comentei com o Nigel. O gorila retirou a cabeça, revelando uma chinesinha. Ela pareceu concordar com o astronauta, mas respondeu numa outra língua gutural, daquelas que obrigam a boca da pessoa a dançar *break*. Eu sequer tinha certeza de que estavam falando em grego. Inclinei-me para ouvir mais de perto.

— Chovendo, Savana — disse Nigel, apertando o meu braço.

— Repete! — gritei.

— Estou vendo a Hannah!

Ele segurou a minha mão e me empurrou entre dois Elvis.

— E aí, você vem de onde? — perguntou o *Elvis: aloha do Havaí*.

— De Reno — disse um *Elvis em turnê* muito suado, que bebia de um copo plástico azul.

— Ela foi para o andar de cima — disse Nigel no meu ouvido, tentando abrir caminho entre Sodoma e Gomorra, Leopold e Loeb, Tarzan e Jane, que acabavam de se encontrar nesta selva e agora conversavam, não conseguindo parar de mexer nas roupas. Eu não sabia por que o Nigel *queria* encontrá-la, mas no meio da escada, vi apenas um Tiranossauro Rex de seis toneladas que acabava de abrir o zíper da fantasia, sentando-se sobre a cabeça de borracha.

— Merda.

— Por que você quer encontrar a Hannah? — gritei. — Achei que... — e assim que me virei para olhar sobre as perucas e máscaras que flutuavam pelo lugar, eu a vi.

Tinha o rosto eclipsado pela aba de uma cartola (via-se apenas uma lasca do queixo e a boca vermelha), mas eu sabia que era ela, devido à reação óleo-e-água da sua presença ante todos os fundos, atmosferas e condições presentes. Os jovens, os velhos, os belos e os comuns se mesclavam, compondo um ambiente-padrão de pessoas que conversavam, mas ela se mantinha permanentemente separada e distinta, como se houvesse sempre uma linha preta inconfundível desenhada ao seu redor, ou uma seta de VOCÊ ESTÁ AQUI flutuando discretamente atrás da Hannah, indicando que ELA ESTÁ AQUI. Ou então, devido a uma certa relação que ela tinha com a incandescência, seu rosto talvez exercesse uma tração gravitacional sobre cinqüenta por cento de toda a luz do ambiente.

Vestia um smoking e caminhava na nossa direção, conduzindo um homem escada acima. Ela segurava a mão esquerda dele como se fosse um objeto caro, algo que não poderia se dar ao luxo de perder.

Nigel também a viu.

— Que fantasia é essa?

— Marlene Dietrich, *Marrocos*, 1930. Precisamos nos esconder.

Mas Nigel balançou a cabeça e me segurou pelo punho. Como estávamos presos atrás de um xeque, que esperava a vez num dos banheiros do andar de cima, e de um grupo de homens vestidos de turistas (Polaróides, camisas floridas), não pude fazer nada além de me preparar para o que estava por vir.

Fiquei um pouco mais tranqüila, no entanto, ao ver o homem. Se ela havia estado com o Doc três semanas atrás, ao menos fizera uma troca vantajosa e agora vinha de braços dados com o Paizão (ver *Os grandes patriarcas do teatro americano: 1821-1990*, Park, 1992). Embora tivesse cabelo grisalho e fosse gordo ao estilo Montgomery, Alabama (quando a barriga parece um enorme saco de despojos e o resto do corpo ignora aquela seção rude e grosseira, mantendo-se perfeitamente em forma e aprumado), algo naquele homem era satisfatório, impressionante. Vestia um uniforme do Exército Vermelho (presumia-se que fosse Mao Tsé-tung) e tinha uma postura de chanceler. O rosto, embora não chegasse a ser instantaneamente bonito, era, no mínimo, esplêndido: rico, brilhante e rosado, como um bloco de presunto salgado num jantar governamental.

Também era evidente que ele estava um pouco apaixonado por ela. Papai dizia que estar apaixonado não tinha nada a ver com as palavras, com as ações ou com o coração ("o mais supervalorizado dos órgãos"), e sim com os olhos ("tudo o que é essencial diz respeito aos olhos"), e os olhos daquele homem não conseguiam parar de escorregar e deslizar por cada curva do rosto da Hannah.

Eu me perguntei o que ela poderia estar lhe *dizendo*, seu perfil se encaixava no espaço entre a mandíbula e o ombro do homem. Talvez o estivesse enfeitiçando com sua capacidade de recitar o pi até a sexagésima-quinta casa decimal; confesso que, se algum garoto sussurrasse aquilo no meu ouvido ("3,14159265..."), eu ficaria razoavelmente empolgada. Ou talvez estivesse repetindo um soneto de Shakespeare, o de número 116, o preferido do Papai ("Se existem palavras de amor autênticas no idioma inglês, *essas* são as que as pessoas que tiverem algum afeto real deveriam dizer, em vez das manjadas "Eu te amo", que podem ser proferidas por qualquer Tom, Dick ou Moe hebetudinoso"): "De almas sinceras a união sincera..."

O que quer que fosse, o homem estava hipnotizado. Parecia ansioso para que ela o decorasse com folhas de louro frescas, o cortasse em fatias e o untasse inteiro com molho.

Estavam agora a três degraus de distância, passando pela animadora de torcidas e pela mulher vestida de Lisa Minnelli apoiada contra a parede, com maquiagem coagulada nos olhos como folhas secas em velhas calhas.

E então ela nos viu.

Seus olhos pareceram derrapar por um momento, notou-se a breve suspensão de um sorriso, uma pausa, um casaco macio preso a um galho de árvore. Tudo o que Nigel e eu podíamos fazer era ficar parados com sorrisos amarelos presos ao rosto, como crachás de OLÁ, MEU NOME É. Ela não disse nada até estar bem perto de nós.

— Vergonhoso — falou.

— Oi — disse Nigel vivamente, como se ela acabasse de dizer: "Que ótimo que vieram!", e para meu espanto, ele estava agora estendendo a mão para o homem, que tinha virado aquele rosto grande e úmido na nossa direção.

— Nigel Creech, muito prazer.

O homem ergueu uma sobrancelha branca e inclinou a cabeça, sorrindo com uma expressão amável.

— Smoke — respondeu.

Seus olhos eram de um azul-anarruga vívido e pareciam perspicazes — surpreendentemente perspicazes. Papai dizia ser possível dizer quão astuta era uma pessoa pelo tempo que repousava os olhos sobre o nosso rosto ao sermos apresentados a ela. Se os olhos mal fizessem o passo básico ou se repousassem timidamente em algum ponto entre as nossas sobrancelhas, a pessoa teria "o QI de um alce", mas se dançassem uma valsa até os nossos pés, não de maneira nervosa, e sim com uma curiosidade tranqüila e imperturbada, então a pessoa teria "um acume respeitável". Pois bem, os olhos de Smoke fizeram uma macumba do Nigel até mim e de volta ao Nigel, e senti que nesse simples movimento ele captou cada um dos constrangimentos das nossas vidas. Não tive como não gostar do homem. Rugas de riso formavam parênteses ao redor da sua boca.

— Veio passar o fim de semana? — perguntou Nigel.

Smoke olhou de relance para a Hannah antes de responder.

— Sim. A Hannah teve a delicadeza de me mostrar o lugar.

— De onde o senhor veio?

A curiosidade persistente do Nigel não passou despercebida para Smoke.

— Da Virgínia do Sul — respondeu.

E então foi horrível, pois a Hannah não disse nem uma *palavra*. Pude perceber que ela estava com raiva: uma vermelhidão lhe inundava as bochechas, a testa. Ela sorriu, um pouco tímida, e então (notei este fato porque eu estava um degrau acima do Nigel e conseguia vê-la inteiramente, as mangas compridas demais, a bengala na mão) apertou, com força, o bíceps de Smoke. Isso pareceu ser algo como um sinal, pois ele sorriu outra vez e disse com sua voz de abraço amigo:

— Pois bem, foi um prazer conhecê-lo. Até logo.

Os dois seguiram em frente, passando pelo xeque e os turistas ("Pouca gente se dá conta de que a cadeira elétrica não é tão ruim assim", gritou um deles) e uma dançarina sensual, que dançava por dinheiro usando um vestido prateado minúsculo e botas brancas de vinil.

No topo da escada, entraram no corredor e desapareceram de vista.

— Merda — disse Nigel, sorrindo.

— Qual é o seu problema? — perguntei. Queria estapeá-lo até que ele perdesse aquele sorriso.

— O quê?
— Como é que você pôde fazer aquilo?
Ele deu de ombros.
— Queria saber quem era o namorado dela. Podia ser o Valerio.
O Doc rodopiou pela minha cabeça.
— Nem sei se o Valerio existe.
— Pois bem, boneca, você pode ser atéia, mas *eu* tenho fé. Vamos pegar um ar fresco — disse então, segurando a minha mão e me arrastando pela escada, desviando de Tarzan e Jane (Jane pressionada contra a parede, Tarzan inclinando-se um *bocado* para cima dela) e saindo para o quintal.

Jade e os demais já tinham se juntado à multidão, que não parecia diminuir; pelo contrário, zumbia como uma colméia na varanda após ser perfurada com uma vassoura pela dona de casa. Leulah e Jade dividiam uma espreguiçadeira e conversavam com dois homens que tinham as máscaras inchadas e carnudas apoiadas no topo da cabeça. (Pareciam ser Ronald Reagan, Donald Trump, Clark Gable ou qualquer outra personalidade com mais de cinqüenta anos e orelhas formidáveis.) Não encontrei o Milton (o Black ia e vinha como as tempestades), mas o Charles estava ao lado da churrasqueira, flertando com uma mulher num vestido de leoa, que tinha puxado a juba para o pescoço e a remexia casualmente sempre que ele lhe dizia alguma coisa. Abraham Lincoln se arremessou sobre uma lebre, batendo na mesa de piquenique e fazendo com que uma tigela de alface murcha voasse pelo ar como fogos de artifício. As caixas de som recobertas por plantas tocavam rock num volume altíssimo, e a guitarra elétrica, os berros do vocalista, tantos gritos e risos, a lua, uma foice que esfaqueava os pinheiros à direita — tudo isso se fundiu numa estranha violência sufocante. Eu talvez estivesse um pouco bêbada e os meus pensamentos se mexessem como as bolhas de uma lâmpada de lava, mas senti que aquela multidão seria capaz de atacar, pilhar, estuprar, causar um "levante violento detonado como uma bomba, que terminaria no dia seguinte com o gemido de uma echarpe de seda puxada do pescoço de uma idosa — como o fazem *todas* as rebeliões, se motivadas apenas pela emoção e sem uma reflexão prévia" (ver "Os últimos queixumes do verão: um estudo sobre a Rebelião de Novgorod, Rússia, agosto de 1965", Van Meer, *Revista do SINE*, primavera de 1985).

A luz intensa das tochas tiki cortava as máscaras, transformando até as mais agradáveis das fantasias, os meigos gatos pretos e as bailarinas em monstros com olhos fundos e queixos de adaga.

E então, meu coração parou.

Encostado na parede de tijolos, encarando com desagrado a multidão, estava um homem. Usava uma túnica preta com capuz e uma máscara dourada, com um nariz em gancho. Não se via nem um centímetro de ser humano. Era aquela horrível máscara de Briguela, usada durante os carnavais de Veneza e no Mardi Gras — Briguela, o vilão lascivo da *commedia dell'arte* —, mas a coisa mais nauseante, a coisa que fazia com que todas as outras bestas da festa saíssem de foco, *não* era o aspecto demoníaco da máscara, seus olhos como furos feitos por tiros, e sim o fato de que era a fantasia do *Papai*. Em Erie, na Louisiana, a Mosca de Verão Karen Sawyer o coagira a participar do Show de Moda de Halloween da Liga Mirim e lhe trouxera aquela fantasia numa viagem que tinha feito a Nova Orleans. ("É impressão minha, ou pareço robustamente absurdo?", perguntou o Papai ao experimentar a túnica de veludo pela primeira vez.) E a figura à minha frente, no outro extremo do jardim, era alta como o Papai, erguendo-se feito um crucifixo sobre a multidão, e a fantasia era idêntica: a máscara cor-de-bronze, o enfeite de cetim ao redor do capuz, os minúsculos botões que fechavam a frente da túnica. O homem não se mexia. Parecia estar me observando. Pude ver cinzas de cigarro em seus olhos.

— Vomitona?

— Estou vendo... o meu pai — consegui dizer. Com o coração rodopiando em meu peito, abri caminho entre os Flinstones, a Rapunzel de rosto vermelho, apertei-me entre ombros e costas enfeitadas e cotovelos e rabos de pelúcia que me espetavam a barriga. A ponta de arame de uma asa de anjo esfaqueou a minha bochecha.

— Eu... — empurrei uma lagarta. — Desculpe.

— Vai se ferrar! — gritou ela, com os olhos vermelhos infectados de purpurina. Fui empurrada com força e caí no chão duro, entre tênis e meias-arrastão e copos plásticos.

Segundos depois, Nigel estava agachado ao meu lado.

— Que piraaanha. Eu gritaria "porrada", mas acho que você não iria querer entrar nessa.

— O homem — falei.

— Hã?

— Parado ali na parede. Um homem alto. E-ele está lá?

— Quem?

— Está usando uma máscara com nariz longo.

Nigel me olhou intrigado, mas ficou em pé, e vi os seus Adidas vermelhos girarem num círculo. Abaixou-se novamente.

— Não estou vendo ninguém.

Minha cabeça parecia estar se descosturando do meu pescoço. Pisquei os olhos e ele me ajudou a levantar.

— Vamos lá, menina. Isso, devagar. — Segurando o ombro do Nigel, estiquei o pescoço acima da peruca laranja, o halo, tentando ter mais um vislumbre daquele rosto, para ter *certeza*, para perceber que estava apenas embriagada, imaginando coisas impossíveis e altamente dramáticas — mas agora só se viam Cleópatras na parede de tijolos, com as caras largas, suadas e coloridas como manchas de óleo em estacionamentos.

— *Haaaaarveeeeey!* — gritou uma delas, estridente, apontando para alguém na multidão.

— Temos que picar a mula voando, senão estamos fodidos — disse Nigel. Apertou a mão ao redor do meu punho. Presumi que fôssemos sair pelo jardim, mas em vez disso, ele me puxou de volta para dentro da casa.

— Tive uma idéia — falou, sorrindo.

⁓

Como regra, a porta do quarto da Hannah permanecia sempre fechada.

Charles me contou uma vez que ela era bastante peculiar quanto a isso — detestava que as pessoas entrassem no seu "espaço privado" — e, por incrível que pareça, nenhum deles, nos três anos em que a conheciam, já tinha entrado no quarto ou sequer olhado para seu interior, a não ser por vislumbres passageiros.

Eu não teria bisbilhotado nem um milhão de Dinastias Ming se não estivesse um pouco alta e ligeiramente catatônica após conjurar o Papai como Briguela, ou se o Nigel não estivesse ali, arrastando-me pela escada entre os hippies e os homens das cavernas e batendo três vezes na porta ao final do corredor. E embora eu soubesse com toda certeza que era um erro me refugiar no quarto da Hannah, também pensei, enquanto tirava os sapatos — "Para não deixarmos pegadas no carpete," disse Nigel, enquanto fechava a porta e a trancava às nossas costas —, que talvez a Hannah não se importasse tanto, se fosse só daquela vez, e além disso, se todos se mostravam tão curiosos ao seu respeito, tão encantados, a culpa era *dela*. Se ela não cultivasse aquele *aire de mystère*, sendo sempre tão relutante em responder até às mais maçantes das perguntas, talvez nem mesmo tivéssemos entrado naquele quarto — talvez fôssemos de volta para o carro, ou até para casa. (Papai dizia que todos os criminosos têm meios complicados de racionalizar seu comportamento aberrante. Era o que eu estava fazendo naquele momento.)

— Vou te consertar num segundo — disse Nigel, depositando-me sobre a cama e acendendo o abajur. Desapareceu no banheiro e voltou com um copo de água. Longe da música e da multidão feroz, percebi, um pouco maravilhada, que estava mais lúcida do que pensava, e que depois de uns poucos goles de água, algumas respirações profundas fitando a sobriedade do quarto da Hannah, comecei a me recuperar, sentindo surtos do que era habitualmente conhecido nos círculos paleontológicos como *febre da escavação*, um entusiasmo cego e incansável por desenterrar a história da vida. (Supostamente fora vivenciada por Mary e Louis Leakey quando rondaram pela primeira vez a Garganta de Olduvai nas Planícies do Serengeti da Tanzânia, um local que se tornaria um dos sítios arqueológicos mais reveladores do planeta.)

As paredes do quarto eram de cor bege, sem uma única foto ou quadro. O carpete sob a cama era verde e asseado. Em comparação com o resto da casa, repleta de animais, pêlos de gato, pingentes orientais, móveis pernetas, todos os números da *National Geographic* desde 1982, a mobília austera daquele lugar parecia bizarra, e, para mim, era um sinal definitivo de alguma coisa ("O quarto de um homem ilustra diretamente o seu caráter", escreveu *sir* Montgomery Finkle em *Detalhes sórdidos*, 1953). Os poucos móveis humildes — um gaveteiro, uma cadeira vazada de madeira, uma penteadeira — tinham sido relegados aos cantos do quarto, como se estivessem de castigo. A cama era *queen size*, perfeitamente esticada (embora estivesse pregueada no lugar em que me sentei), e a colcha era um edredom espinhento cor de arroz integral. A mesinha de cabeceira tinha um abajur, e na prateleira abaixo havia um único livro bastante gasto, o *I Ching, ou o livro das mutações*. ("Não há nada mais irritante que ver americanos tentando localizar seu Tao interior," dizia o Papai.) Ao ficar em pé, notei no ar um cheiro fraco porém inconfundível, como se um hóspede vistoso se recusasse a voltar para casa: colônia masculina forte, o tipo de xarope persistente que um bonitão de Miami passaria no pescoço largo.

Nigel também estava investigando o lugar. Tinha colocado a máscara de Zorro no bolso e mantinha um olhar mais anuviado, quase reverente, como se houvéssemos entrado num mosteiro e ele não quisesse perturbar as preces das freiras. Avançou em silêncio até o *closet* da Hannah e, muito lentamente, abriu a porta deslizante.

Eu estava prestes a segui-lo — o *closet* estava repleto de roupas, e quando ele puxou a cordinha para acender a luz, um sapato branco caiu de uma prateleira onde havia caixas de sapatos e bolsas de compras empilhadas —, mas então notei algo que nunca tinha visto na casa: três fotografias emolduradas posicionadas na borda do gaveteiro. As três olhavam estritamente para a frente, como suspeitos numa delegacia de polícia. Aproximei-me na ponta dos pés, mas imediatamente me dei conta de que não eram as provas evidentes de uma espécie extinta (ex-namorado) ou do período Jurássico (fase gótica veemente) que eu esperava encontrar.

Não, cada uma delas trazia (uma em preto-e-branco, as outras em cores ultrapassadas dos anos setenta, marrom *Família Sol-Lá-Si-Dó*, bege M*A*S*H*) uma menina que presumivelmente era Hannah entre as idades de, digamos, nove meses e seis anos, embora o bebê com cabelo que parecia glacê sobre um bolinho careca, e que não vestia nada além de fraldas, não fosse parecido com ela — nem um *pouco*. Aquela coisinha era vermelha e adiposa como um tio alcoólatra; se você fechasse um pouco as pálpebras, ela pareceria ter desmaiado no berço de tanto beber uísque. Até os olhos eram diferentes. Os da Hannah tinham forma de amêndoa, e aqueles tinham a mesma cor, castanho-escuro, mas eram arredondados. Eu já estava prestes a me convencer de que não eram fotos da Hannah, e sim de uma irmã querida — mas então, olhando mais de perto, especialmente para a foto em que ela tinha quatro anos, sentada sobre um violento pônei de cabelo desgrenhado, *de fato* surgiram semelhanças: a boca perfeita, o lábio superior encaixado no inferior como delicadas peças de um quebra-cabeça e, nos olhos que fitavam as rédeas presas com força aos punhos, aquela expressão intensa e secreta.

Nigel ainda estava dentro do *closet* — parecia estar experimentando sapatos —, então fui até o banheiro e acendi a luz. Em termos de *décor*, era uma extensão do quarto, austero, duro como uma cela de penitenciária: piso de azulejos brancos, toalhas brancas bem passadas, pia e espelho meticulosos, sem um único respingo ou mancha. As palavras de um certo livro me vieram à mente, a brochura que a Mosca de Verão Amy Steinman tinha esquecido na nossa casa, *Presas no escuro*, de P.C. Mailey, Ph.D. (1979). O livro detalhava, numa prosa profunda e frenética, "os sinais inconfundíveis de depressão em mulheres solteiras", um dos quais era "viver num ambiente rigoroso como forma de autotortura" (p. 87). "Uma mulher gravemente deprimida vive numa pocilga ou então num espaço sóbrio e minimalista — onde nada a fará lembrar de seus próprios gostos ou personalidade. Em outros cômodos, no entanto, ela certamente poderá ter muita 'tralha', para dar a impressão, ante os amigos, de que é uma pessoa normal e feliz" (p. 88).

Para mim, foi um pouco desanimador. No entanto, quando me ajoelhei e abri o armário sob a pia do banheiro, fiquei *realmente* surpresa, e não creio que tenha sido a mesma descrença jovial que Mary Leakey sentiu em 1959 ao se deparar com o *Zinjanthropus*, ou "Zinj".

Lá dentro, organizada numa cesta de plástico rosa, havia uma coleção de remédios de tarja preta que fazia com que tudo o que Judy Garland tinha tomado nos seus dias de glória parecesse um saquinho de Swarties. Contei dezenove frascos laranja (barbitúricos, anfetaminas — cantei comigo mesma, *Seconal, Fenobarbital, Dexedrina*; Marilyn e Elvis fariam uma festa), mas era impossível saber exatamente que remédios eram aqueles; não havia uma única etiqueta, nem mesmo indícios de que tivessem sido arrancadas, o que era bastante frustrante. Em cada tampa APERTE E GIRE havia um pedaço de fita colorida, azul, vermelha, verde ou amarela.

Apanhei um dos frascos maiores, sacudindo os minúsculos comprimidos azuis, cada um marcado com um minúsculo 50. Tive a tentação de roubá-lo e, em casa, tentar decifrar o conteúdo consultando a internet ou a *Enciclopédia médica* (Baker & Ash, 2000) de dez quilos do Papai — mas e se a Hannah tivesse uma doença terminal secreta e aquele fosse o tratamento que a mantinha viva? E se eu surrupiasse esses medicamentos vitais e, amanhã, ela não pudesse tomar a dose necessária e entrasse num coma profundo como o de Sunny von Bulow, fazendo com que eu me tornasse o ardiloso personagem Claus? E se eu tivesse que contratar Alan Dershowitz, que falaria de mim incessantemente ante a multidão de irritantes estudantes universitários, discorrendo poeticamente sobre os Graus de Inocência e Culpa, enquanto a minha vida dançava em suas mãos como uma marionete vestida toscamente com fios de costura?

Devolvi o frasco ao armário.

— Blue! *Vem cá!*

Nigel estava enterrado no *closet* atrás de algumas bolsas de roupas. Ele era um desses escavadores apaixonados e caóticos que contaminam despudoradamente o sítio arqueológico; já tinha removido ao menos dez caixas de sapatos da prateleira de cima, deixando-as negligentemente no chão. Casacos de algodão desbotados estavam espalhados entre lenços de papel embolados, bolsas plásticas, um cinto de falsos diamantes, caixas de jóias, um sapato de cor vinho petrificado pelo suor. Nigel tinha no pescoço um colar de pérolas cor-de-rosa falsas.

— Eu sou a Hannah Schneider, e sou misteriosa — disse numa voz insinuante, jogando a ponta do colar sobre o ombro como se fosse Isadora Duncan, a Mãe da Dança Moderna (ver *Este vermelho, eu também*, Hillson, 1965).

— O que você está fazendo? — perguntei, segurando o riso.

— Olhando as vitrines.

— Você tem que colocar essas tralhas de volta. Ela vai saber que estivemos aqui. Ela pode voltar e...

— Ei, olha só — disse Nigel empolgado, soltando nas minhas mãos uma caixa de madeira pesada, delicadamente esculpida. Mordendo o lábio inferior, abriu a tampa. Lá dentro reluzia um facão de cerca de quarenta e cinco centímetros, o tipo de arma horripilante que os rebeldes usavam para cortar os braços das crianças em Serra Leoa (ver "Romanceando as pedras", Van Meer, *Relações internacionais*, junho de 2001). Fiquei sem palavras.

— Tem uma coleção inteira de facas aqui em cima — dizia Nigel. — Ela deve ser S&M. Olha só, também achei uma foto.

Nigel afastou animado a faca (como se fosse o agitado gerente de uma casa de penhores), jogando-a no carpete, e depois de escavar outra caixa de sapatos, passou-me uma fotografia quadrada e desbotada.

— Ela meio que parecia a Liz quando era nova — disse Nigel, num devaneio. — Altamente *A mocidade é assim mesmo*.

Era uma foto da Hannah aos onze ou doze anos. Tinha sido tirada da cintura para cima, portanto não era possível saber se estava dentro ou fora de casa, mas ela exibia um enorme sorriso (sinceramente, eu nunca a tinha visto tão feliz). Seu braço envolvia como um cachecol o pescoço de outra menina, que também deveria ser muito bonita, mas que havia virado timidamente o rosto, sorrindo e piscando no exato momento em que a foto era tirada, de modo que só se via o vestíbulo do seu rosto (bochecha, um pedaço de testa régia, vestígios de cílios) e talvez um pouco da sala de hóspedes (nariz com curvatura perfeita). Usavam o mesmo uniforme escolar (blusa branca, paletó azul-marinho — no de Hannah, um broche em forma de leão dourado na lapela), e era um desses retratos que pareciam ter aprisionado não apenas uma imagem, e sim um filme borrado da vida — seus rabos-de-cavalo estavam cheios de estática, mechas de cabelo revoavam ao vento como teias de aranha. Quase se podiam ouvir os risos mesclados das meninas.

E ainda assim — tinham algo de soturno. Não pude deixar de pensar em Holloway Barnes e Eleanor Tilden, as meninas que conspiraram para matar os próprios pais em Honolulu, em 1964, uma história assustadora narrada no livro de não-ficção de Arthur Lewis, *Menininhas* (1988). Holloway matou os pais de Eleanor durante o sono com uma picareta, e Eleanor matou os de Holloway com um rifle, acertando-os na cara como se estivesse brincando, na esperança de ganhar um panda de pelúcia. Na seção de fotografias no meio do livro, havia uma foto das meninas praticamente idêntica a esta, as duas vestindo uniformes de um colégio católico, de braços dados, sorrisos brutais cortando-lhes o rosto como anzóis.

— Imagino quem será essa outra — disse Nigel. Suspirou pensativo. — Duas pessoas bonitas assim deveriam morrer. Imediatamente.

— A Hannah tem uma irmã? — perguntei.

Ele deu de ombros.

— Não sei.

Afastei-me até as três fotografias emolduradas sobre o gaveteiro.

— O quê? — perguntou Nigel, seguindo-me.

Segurei a foto para compará-las.

— Não é a mesma pessoa.

— Hã?

— Estas fotos. Não são da Hannah.

— Não são fotos de bebê?

— Mas não é o mesmo rosto.

Ele chegou mais perto, concordando.

— Talvez seja uma prima gorducha.

Olhei o verso da foto da Hannah com a menina loira. Uma data estava escrita no canto, em caneta azul: 1973.

— *Espera aí* — suspirou Nigel de súbito, a mão apoiada nas pérolas que tinha ao redor do pescoço, os olhos esbugalhados. — Ai, merda. Escuta.

A música do andar de baixo, que vinha pulsando com a regularidade de um coração sadio, tinha parado, deixando um silêncio total.

Andei até a porta, destranquei-a e espionei pelo corredor.

Estava deserto.

— Vamos sair daqui — falei.

Nigel, com um guincho curto, já estava no *closet*, tentando desvairadamente redobrar os casacos e enfiar os sapatos nas caixas correspondentes. Pensei em surrupiar a foto da Hannah com a outra menina — mas pensando bem, será que Howard Carter se serviu despreocupadamente dos tesouros da tumba de Tutankamon? Será que Donald Johanson embolsou secretamente um pedaço de Lucy, o hominídeo de 3,18 milhões de anos? Relutante, devolvi a fotografia ao Nigel, que a enfiou na caixa de sapatos da Evan Picone, ficando na ponta dos pés para recolocá-la na prateleira. Apagamos todas as luzes, pegamos os nossos sapatos, fizemos uma revista geral pelo quarto para termos certeza de que não havíamos deixado nada ("Todos os ladrões deixam para trás um cartão de visitas, porque o ego humano precisa de reconhecimento, do modo como os viciados precisam de heroína", observou o detetive Clark Green em *Impressões digitais* [Stipple, 1979]). Fechamos a porta do quarto e avançamos às pressas pelo corredor.

As escadas estavam vazias, e lá embaixo, nos redemoinhos de gente, uma ave suada com um chapéu de penas enviesado gritava alguma coisa, um "Uuuuuuuu" histérico e sem fim, que cortava o ruído do lugar como uma espada durante uma batalha no clímax de um filme.

Charlie Chaplin tentava contê-la.

— Respira! Respira, Amy, porra!

Nigel e eu nos entreolhamos, perplexos, e continuamos a descer a escada, até nos vermos afogados numa enchente de pés, máscaras plásticas, rabos, capas, perucas, todos tentando abrir caminho até a porta dos fundos e ganhar o quintal.

— *Pára de empurrar!* — gritou alguém. — *Pára de empurrar, filho-da-puta!*

— Eu vi tudo — disse um pingüim.

— Mas e a polícia? — gemeu uma fada. — Tipo, por que não estão *aqui*? Alguém ligou para a emergência?

— Ei — disse Nigel, puxando o ombro do sereio que empurrava os outros à nossa frente. — O que está acontecendo?

— Morreu alguém — respondeu.

CAPÍTULO 12

PARIS É UMA FESTA

Quando o Papai tinha sete anos, quase se afogou no lago Brienz. Ele afirma ter sido essa a segunda experiência mais iluminadora da sua vida, perdendo em significância apenas para uma outra ocasião, o dia em que viu Benno Ohnesborg morrer.

Como de costume, o Papai estava tentando vencer um tal de Hendrik Salzmann, de doze anos, outro menino da *Waisenhaus* de Zurique. Embora tenha "demonstrado obstinada resistência e atleticismo" ao ultrapassar o cansado Hendrik, quando faltavam cerca de trinta ou quarenta metros para a linha de chegada, viu-se exausto demais para prosseguir.

A vívida costa verde flutuava muito longe às suas costas. "Parecia estar acenando, como quem se despede", contou o Papai. À medida que afundava na escuridão gargarejante, braços e pernas pesados como sacos de pedras, após um pânico inicial, que "realmente não passou de uma surpresa, da percepção de que era *aquilo*, o ponto final ao qual todos chegariam", ele afirma ter sentido o que é freqüentemente chamado de Síndrome de Sócrates, uma sensação de profunda tranqüilidade momentos antes da morte. Fechou os olhos e o que viu não foi um túnel, nem uma luz ofuscante, nem um filme que revivia sua vida curta e Dickensiana, nem mesmo um Homem Barbado e Sorridente Vestindo uma Túnica, e sim doces.

"Trufas de caramelo, geléia", contava o Papai, "biscoitos, marzipã. Eu sentia o cheiro dos doces. Realmente acreditei não estar caindo na minha tumba aquosa, e sim num *Café Conditorei*".

Papai também jura ter ouvido, em algum lugar das profundezas, a *Quinta* de Beethoven, que uma freira querida chamada Fräulein Uta (a primeira Mosca de Verão da história escrita, *die erste Maikäfer in der Geschichte*) tocava em seu quarto nas noites de sábado. Ao ser arrancado de sua euforia açucarada e carregado até a costa por ninguém menos que Hendrik Salzmann (que alcançou uma retomada heróica), Papai conta que seu primeiro pensamento consciente foi o desejo de voltar, nas profundezas da água escura, para a sobremesa e o Allegro-Presto.

Papai, sobre a Morte: "Quando chega a sua hora — e naturalmente nenhum de nós sabe quando será convocado —, não faz sentido choramingar. *Por favor.* É melhor caminhar como um guerreiro, mesmo que a revolução que você ajudou a causar tenha sido na biologia ou neurologia, a origem do sol, insetos, a Cruz Vermelha, como a sua mãe. Se importa se eu relembrar o modo como Che Guevara bateu as botas? Era um homem cheio de falhas: suas ideologias pró-China, pró-comunismo eram estreitas, na melhor das hipóteses ingênuas. *Ainda assim*", Papai se ajeitava na cadeira e se inclinava para a frente, com aqueles enormes olhos azulados atrás dos óculos, sua voz ficando mais alta até afundar dentro dele, "em 9 de outubro de 1967, depois que um traidor informou às equipes da CIA a localização secreta do acampamento de guerrilha do Che, depois de estar tão gravemente ferido que não conseguiu mais ficar em pé e se rendeu ao Exército boliviano e René Barrientos ordenou a sua execução, depois que um oficial pusilânime foi escolhido para cumprir a ordem e, tremendo tão violentamente a ponto de as testemunhas oculares acharem que estava tendo uma convulsão, entrou naquela escola sem janelas para enfiar uma bala na cabeça do Che, para assassinar, de uma vez por todas, o homem que lutava por aquilo em que acreditava, o homem que dizia as palavras 'Liberdade' e 'Justiça' sem nenhum traço de sarcasmo, Che Guevara, que *sabia* o que o aguardava, virou-se para o oficial..." — neste ponto o Papai se virava para um oficial imaginário à esquerda — "dizem que não estava com medo, querida, nem uma gota de suor, nem um *mínimo* tremor na voz; ele disse: 'Atire, covarde. Você vai apenas matar um homem.'"

Papai me fitava.

"Espero que você e eu possamos aspirar a tamanha certeza."

Depois que a Hannah nos falou de Smoke Harvey, com a voz crua e os olhos permeados de cinza (como se algo vazasse de dentro dela), e cada detalhe que contava acrescentava um tijolo cor-de-rosa na recriação daquela vida, grande e ruidosa como uma plantação, eu me peguei pensando na certeza de Smoke. À medida que ele se afogava, tentei imaginar que tipo de coisa teria passado pela cabeça *daquele* homem, se não eram os amores infantis do Papai — açúcar e

Beethoven —, talvez fossem charutos cubanos, ou as mãos de boneca da sua primeira esposa ("Ela era tão pequenina que não conseguia envolvê-lo com os braços", contou Hannah), ou um copo de Johnnie Walker com gelo (Blue Label, provavelmente, pois segundo a Hannah ele gostava "das boas coisas da vida"), qualquer coisa que pudesse afastá-lo suavemente do fato de que a culminação da sua vida, sessenta e quatro anos vividos com grande vigor e força ("gana" e "ímpeto", dissera Hannah), consistia em estar naquela piscina, inebriado e fantasiado de Mao Tsé-tung, afundando lentamente em direção ao chão de concreto dois metros e meio abaixo sem que ninguém o notasse.

Seu nome completo era Smoke Wyannoch Harvey, 68 anos. Poucas pessoas sabiam quem ele era, a menos que vivessem em Findley, na Virgínia do Oeste, ou que o houvessem tido como Gerente de Investimentos durante o tempo em que ele trabalhou na DBA LLC, ou que houvessem lido o livro que Smoke escreveu e que estava agora no caixote de 80% de desconto das livrarias, *A traição Doloroso* (1999), ou que passassem os olhos pelas duas notícias sobre a sua morte publicadas no *Correio de Stockton* nos dias 24 e 28 de novembro (ver "Homem da Virgínia do Oeste se afoga em piscina", "Afogamento do fim de semana considerado acidental", Notícias Locais, p. 2B e 5B, respectivamente).

Ele era, naturalmente, o distinto homem grisalho que Nigel e eu conhecemos ao lado da Hannah na escada, aquele de quem eu gostei (Ilustração 12.0).

∽

Depois de ouvirmos que alguém tinha morrido, Nigel e eu abrimos caminho até uma das janelas que davam para o jardim. Só conseguimos ver as costas das pessoas, todas elas olhando para algo à frente, como se assistissem a uma emocionante apresentação de rua do *Rei Lear*. Quase todas tinham ressurgido parcialmente das fantasias, parecendo híbridos entre duas espécies, e o chão estava emporcalhado com antenas semelhantes a espanadores e perucas que pareciam águas-vivas levadas até a praia.

Os gritos de uma ambulância rasgaram a noite. A luz vermelha cruzou o gramado. Todos os que estavam no quintal foram arrebanhados na sala.

— O negócio vai sê rápido se todo mundo ficá quietinho — disse o policial loiro que surgiu na porta. Estava mascando chiclete. Pelo modo como se apoiou no batente, pôs um pé sobre o jarro de guarda-chuvas da Hannah e levou alguns segundos para piscar os olhos, notava-se que o corpo daquele homem estava presente, mas a sua mente regressara a alguma mesa de sinuca

ILUSTRAÇÃO 12.0

de pano vermelho onde tinha errado uma bola fácil, ou então à cama afundada que dividia com a mulher.

Eu estava num estado de choque boquiaberto — perguntando-me quem seria o morto, querendo me certificar de que não teria sido o Milton nem a Jade nem qualquer um dos outros (*se tiver que ser alguém, bem que podia ser aquela lagarta doentia*) —, mas o Nigel agia como um Líder Escoteiro. Segurando outra vez a minha mão, forçou-nos a cruzar a sala, pisando nos hippies que estavam sentados no chão fazendo massagens de consolo um no outro. Expulsou uma Jane enjoada do banheiro (que perdera o seu Tarzan) e, trancando a porta, instruiu-me a beber água.

— Não queremos que o cana nos bote no bafômetro — disse agitado, correndo os olhos pelo banheiro. Fiquei chocada com a intensidade dele. Papai dizia que as emergências provocavam uma mudança básica em todas as pessoas, e enquanto a maior parte se liquefazia imediatamente, Nigel estava se transformando numa versão mais densa, e um tanto formidável, de si mesmo. — Vou procurar os outros — falou no seu fervor de dançarina Rockette. — Temos que bolar uma boa história para explicar por que estamos aqui, porque vão isolar o local, anotando os nomes e telefones — continuou, abrindo a porta —, e eu estou *ferrado* se for expulso da escola por causa de um molenga que não sabe beber e nunca teve uma aula de natação.

~

Algumas pessoas têm um talento natural para ser, se não a estrela de todos os Filmes Policiais, Pornôs ou Bangue-Bangues Italianos, no mínimo um dos atores coadjuvantes, ou para fazer uma aparição inesquecível, com a qual angariam aclamação crítica e considerável notoriedade.

Como era de se esperar, Jade foi escalada para o papel de Testemunha Ocular Involuntária. Ela estava no jardim conversando com o Ronald Reagan, que, num desejo embriagado de se exibir, jogou-se na piscina aquecida e, nadando de costas com seu terno azul, evitando os quatro ratos que jogavam Marco Polo, gritou diversos nomes tentando adivinhar do quê ela estava fantasiada ("Pam Anderson! Ginger Lynn!"). Nesse momento, chutou acidentalmente o corpo escuro e submerso.

— Mas o que...? — disse o presidente.

— Tem um homem inconsciente! Liguem para a emergência! Alguém sabe fazer primeiros socorros? *Chamem um médico, porra!* — Jade afirma ter gritado, mas o Milton, que acabava de voltar para o jardim depois de fumar o resto do baseado no bosque, contou que ela não fez ou disse nada até que o presidente e um dos ratos retirassem a grande baleia da água, e nesse momento sentou-se na espreguiçadeira e apenas observou, roendo as unhas enquanto as pessoas começavam a murmurar os seus "Ai meu Deus, que merda". Um homem vestido de zebra tentou ressuscitá-lo.

Jade ainda estava no jardim com Reagan e os outros personagens principais, esperando ser interrogada pela polícia, mas Nigel voltou ao banheiro com Milton, Charles e Lu. Estes dois pareciam ter sobrevivido por muito pouco à Guerra de 1812, mas o Milton era o mesmo de sempre, relaxado e massudo, com o vestígio de um sorriso no rosto.

— Quem morreu? — perguntei.

— Um homem muito grande — disse Leulah calmamente, sentada na borda da banheira, com um olhar desfocado. — E ele está realmente *morto*. Tem um corpo morto no quintal da Hannah. Está todo encharcado. E com uma cor roxa horrível. — Apoiou uma das mãos na barriga. — Acho que vou vomitar.

— Vida, morte — suspirou Nigel. — É tudo tão Hollywood.

— Alguém viu a Hannah? — perguntou Charles, com a voz baixa.

Era uma idéia mórbida. Mesmo que fosse um acidente, nenhuma pessoa gostaria de responder por uma morte inesperada na sua própria casa durante uma festa, por uma pessoa que "deixou este mundo ultrajante" (como o Papai gostava de dizer) dentro da sua propriedade, na sua piscina em forma de feijão. Nenhum de nós disse nada. Por trás da porta fechada, algumas palavras-girino se libertavam do ruído ("Oh", "Sheila!", "Você conhecia o homem?", "Ei, o que está acontecendo?"), e pela janela aberta sobre a banheira os carros da polícia roncavam sem cessar, indecifráveis.

— Bom, por mim a gente poderia se mandar — disse Nigel, escapando para trás da cortina do chuveiro e abaixando-se para espiar pela janela, como se alguém pudesse abrir fogo. — Duvido que tenha uma patrulha no final da calçada. Mas a gente não pode deixar a Jade, então é melhor arriscar, seguir os procedimentos da polícia.

— É *claro* que não podemos fugir da cena do crime — disse Charles, irritado. — Qual é, você está maluco? — Ele tinha o rosto vermelho. Estava obviamente preocupado pela Hannah. Eu já tinha notado que sempre que a Jade ou o Nigel tentavam adivinhar, na Sala Roxa, o que a Hannah fazia nos fins de semana (bastava que sussurrassem "Cottonwood"), Charles ficava com o pavio curto, furioso como algum ditador latino-americano. Em questão de segundos, todo o seu corpo — a cara, as mãos também — ficava cor-de-rosa como suco de groselha.

Milton, como sempre, não disse nada, apenas riu baixo, apoiado nas toalhas de mão vermelho-escuras.

— Não seria grande coisa — disse Nigel. — Afogamentos são tão *óbvios*. Examinando a pele eles sabem se foi um acidente ou se teve alguma violência, e muita gente se afoga por causa do álcool. Um cara de porre cai na água? Apaga? Morre? O que você pode fazer? Ele mesmo se matou. E acontece o tempo todo. A Guarda Costeira sempre encontra uns babacas de pileque boiando no oceano, que tomaram muito rum com Coca-Cola.

— Como você sabe disso? — perguntei, embora tivesse lido algo parecido em *Assassinato em La Havre* (Monalie, 1992).

— A minha mãe é fanática por romances policiais — anunciou, orgulhoso. — A Diana poderia fazer a própria autópsia.

Quando decidimos que não estávamos visivelmente bêbados (a Morte tinha o efeito de seis xícaras de café e um mergulho no mar de Bering), voltamos à sala de estar. Um novo policial estava a cargo da situação, o sargento Donnie Lee, com feições globulares e descentradas que lembravam uma urna rachada numa olaria. Ele tentava alinhar as pessoas "de um jeito organizado, pessoal", com o tipo de paciência maníaca do diretor de atividades de um cruzeiro organizando uma excursão à costa. Gradualmente, a multidão fez um círculo ao redor da sala.

— Deixem que eu vou primeiro — disse Nigel. — E não digam nada. Ouçam o conselho que a minha mãe me passou. Não importa o que aconteça, sempre faça cara de quem acabou de ter uma experiência religiosa.

O sargento Donnie Lee parecia estar saturado de uma colônia ao estilo Paul Revere (que trafegava bem antes dele, anunciando a todos a sua chegada iminente), e assim, no momento em que se aproximou do Nigel, anotou seu nome, número de telefone e perguntou: "Quantos anos você tem, filho?", Nigel já estava preparado para que o viria.

— Dezessete, senhor.

— Ã-hã.

— Posso lhe garantir que a srta. Schneider não sabia que nós viríamos para cá nesta noite. Eu e os meus amigos pensamos erroneamente que seria divertido entrar de penetras numa festa de adultos. Para ver como seria. E *não*, deixe-me acrescentar, para consumir nenhuma substância ilegal. Sou batista desde que nasci, fui líder do meu círculo de oração por dois anos, e é contra a minha religião ingerir qualquer bebida alcoólica. A abstinência me serve muito bem, senhor.

Achei aquela performance afeminada e exagerada, mas para minha surpresa, ele se saiu tão bem quanto Vanessa Redgrave em *Mary Stuart, rainha da Escócia*. O sargento Donnie Lee, com grandes rugas que lhe cortavam a enorme testa de barro (como se mãos invisíveis tentassem remodelá-lo para formar um vaso ou cinzeiro), apenas bateu a caneta Bic, com a ponta mastigada, na borda do caderno.

— Vocês garotos, tratem de se cuidar. Não quero mais ouvir falar de vocês neste tipo de lugar outra vez. Está claro?

Sem sequer esperar pelos nossos "Sim, senhor, é claro, senhor", avançou para anotar os dados da Marilyn chorona que tremia do nosso lado, com seu curtíssimo vestido de *O pecado mora ao lado*, que tinha uma mancha marrom asquerosa na frente.

— Quanto tempo vai levar isto tudo? Meus filhos estão com a babá.

— Dona, se tiver um pouquinho de paciência...

Nigel sorriu.

— Nada como um pote de mel bem colocado para atrair as moscas — sussurrou.

O sargento Donnie Lee não deixou que ninguém fosse embora até as cinco da manhã. Quando finalmente pudemos sair, deparamo-nos com uma manhã azulada, tuberculosa: o céu pálido, a grama suada, uma brisa fria sibilando entre as árvores. Penas roxas perambulavam pelo gramado, caçando umas as outras sob a faixa de POLÍCIA ENTRADA PROIBIDA, incomodando uma máscara de Hulk que se fingia de morta.

Seguimos a procissão cansada até os carros estacionados, passando pela multidão que queria ficar para ver alguma coisa (uma fada, um gorila, um golfista loiro atingido por um raio), os dois carros da polícia, a ambulância vazia, o paramédico com olhos escuros e fundos fumando um cigarro. Uma Nefertiti dourada à nossa frente tagarelava incessantemente, caminhando instável pela calçada com saltos prateados que pareciam quebradores de gelo:

— Tê uma piscina que nem essa é mó responsabridade — dizia —, na hora que eu saí da cama hoje já tava cum pressentimento *ruim*, tô falando sério.

Num silêncio embotado, entramos no carro e esperamos outros quinze minutos pela Jade.

— Prestei depoimento — anunciou orgulhosa enquanto sentava no banco de trás, esmagando-me contra o Nigel ao fechar a porta. — Foi exatamente como na TV, só que o policial não era gostosão nem bronzeado.

— E como ele era? — perguntou Nigel.

Jade esperou até que os nossos olhos rastejassem por todo o seu corpo.

— O tenente Arnold Trask era nojento.

— Você viu o cara que morreu? — perguntou Milton do banco da frente.

— Eu vi tudo — respondeu Jade. — O que vocês querem saber? A primeira coisa que vou dizer, que achei *realmente* esquisito, é que ele estava *azul*. Sério, não estou brincando. E os braços e as pernas estavam assim caídos. Os braços e as pernas geralmente não ficam assim *caídos*, saca? Ele estava inflado que nem um bote. Alguma coisa tinha meio que explodido ele...

— Se você não parar eu vou vomitar — disse Leulah.

— O quê?

— Você viu a Hannah? — perguntou Charles, ligando o motor.

— Claro — disse Jade. — Essa foi a pior parte. Eles trouxeram a Hannah para fora e ela começou a gritar feito uma doente mental. Um dos policiais teve que levá-la embora. Achei que estivesse assistindo a algum filme da sessão da tarde sobre uma mãe que perde a guarda dos filhos. Depois disso eu não a vi mais. Alguém disse que o cara da ambulância receitou um sedativo e ela estava dormindo.

Na pálida manhã azulada, centenas de árvores desfolhadas se amontoavam atrás da grade de contenção, acenando para nós, mandando condolências. Vi que o Charles tinha a mandíbula contraída ao entrar na rua que levava à casa da Jade. Sua bochecha parecia estranhamente oca, como se alguém a houvesse cortado com uma faca. Pensei no Papai, naqueles terríveis momentos em que caía num Humor de Uísque com *A grande mentira branca* (1969), ou então *Silêncio* (1987), de B. Carlson, jogado sobre o joelho de brim. Nesses momentos ele mencionava o que raramente mencionava, o modo como a minha mãe morreu. "Foi culpa minha", dizia, não a mim, e sim ao meu ombro ou à minha perna. "Sinceramente, querida. É vergonhoso. Eu deveria ter estado ao lado dela." (Até o Papai, que se orgulhava de nunca se esquivar de nada, como muitas pessoas, preferia se dirigir a uma parte do corpo quando estava bêbado e aflito.)

E eu detestava esses momentos, quando o rosto do Papai, a única coisa que eu, em segredo, acreditava ser forte e permanente, fixa como os Moais de rocha vulcânica da Ilha de Páscoa (se alguém ainda estaria em pé após 900 anos, seria o Papai), por um breve momento, na cozinha, ou em algum canto de escuridão manchada no escritório, tornava-se fraco e, de certa forma, menor, certamente humano, porém desesperançado, frágil como as páginas de uma Bíblia num hotel de beira de estrada.

É claro, ele sempre se recuperava de maneira esplêndida. Zombava da sua autocomiseração, falava alguma coisa sobre o pior inimigo do Homem ser Ele Mesmo. E mesmo que, quando ficasse em pé, fosse o Papai novamente, meu Pai, meu Homem do Momento, meu *Homem que queria ser rei*, ele era altamente contagioso, pois eu ficava temperamental durante horas. Era isso o que as mortes acidentais causavam às pessoas, tornavam seus assoalhos oceânicos irregulares e desiguais, fazendo com que as correntes marítimas colidissem e se erguessem em surtos, o que resultava em redemoinhos pequenos, embora voláteis, que perturbavam as superfícies de todos. (Nos casos mais perigosos, criavam um turbilhão duradouro no qual os mais fortes nadadores poderiam se afogar.)

∽

Não fomos jantar na casa da Hannah naquele domingo.

Passei o fim de semana num humor pantanoso: tardes sufocantes fazendo os deveres de casa, pensamentos sobre a Morte e sobre a Hannah cruzavam a minha cabeça como piolhos. Eu detestava os momentos em que as pessoas participavam do que o Papai chamava de Sofrimento em Coro ("Todos estão ansiosos por lamentar, desde que o *seu* filho não tenha sido decapitado no acidente de carro, que o *seu* marido não tenha sido esfaqueado por algum viciado desesperado por crack."); ainda assim, quando li a breve matéria sobre Smoke Harvey no *The Stockton Observer*, fitando a foto inclusa (uma péssima foto de Natal: *smoking*, sorriso, testa brilhante como cromo), não pude deixar de sentir, se não Desolação ou Tristeza, ao menos uma sensação de Conversa Perdida, o que sentimos numa rodovia interestadual ao vermos uma pessoa dormindo no banco do carona de uma van que passa por nós com o vidro da janela embaçado.

— Então me conte — disse o Papai, seco, dobrando uma das pontas do *Wall Street Journal* para olhar para mim —, como estão os seus encrenqueiros joyceanos? Você não me contou as novidades ao voltar para casa. Já chegaram a Calipso?

Eu estava enroscada no sofá sob a janela, tentando esquecer a festa à fantasia lendo um clássico britânico para menininhas, *Romance passageiro* (Zen, 2002), que mantinha escondido dentro de um livro maior de capa dura, *Assim falou Zaratustra* (Nietzsche, 1891), em consideração ao Papai.

— Estão numa boa — falei, tentando soar *blasé*. — Como está a Gatinha?

Papai tinha se encontrado com ela na sexta-feira, e como os copos sujos de vinho ainda estavam na pia quando voltei para casa no sábado de manhã (no balcão, uma garrafa vazia de Cabernet), pude presumir que qualquer ilusão embriagada que eu tivesse considerado sobre a presença sombria do Papai na festa da Hannah, vestindo a fantasia que, segundo ele próprio, o fazia "parecer o filho bastardo de Maria Antonieta e Liberace", seria exatamente isso — uma ilusão. (A Gatinha usava batom de cor cobre, e a julgar pelo duro fio de cabelo que encontrei preso ao fundo da poltrona da biblioteca, ela atacava brutalmente suas madeixas com água oxigenada. Tinha a cor de uma Página Amarela.)

Minha pergunta pareceu confundir o Papai.

— Como devo responder a isso? Vamos ver. Bem, ela estava vivaz como sempre.

Se *eu* me sentia como o Pantanal, não conseguia imaginar por que tipo de Grande Pântano da Tristeza estaria passando a Hannah, ao acordar em seu estranho quarto deserto no meio da noite e pensar em Smoke Harvey, o homem cujo braço ela apertara como uma adolescente animada no meio da escada, um homem que agora estava morto.

No entanto, na segunda-feira fiquei um pouco mais aliviada quando, ao guardar os livros no meu armário após a aula, Milton veio me encontrar. Contou-me que o Charles tinha ido visitá-la no domingo.

— Como é que ela está? — perguntei.

— Tá legal. O Charles falou que ela ainda tá meio que num estado de choque, mas fora isso tá numa boa.

Milton pigarreou, meteu as mãos nos bolsos com a lentidão de um boi ao sol. Suspeitei que a Jade o teria informado dos meus sentimentos — eu era capaz de imaginá-la dizendo: "A Vomitona está doidinha por você, tipo, *apaixonada*, tipo, *perdidamente*" —, porque ultimamente, quando ele olhava para mim, um sorriso frouxo lhe cortava o rosto. Seus olhos me rondavam como moscas velhas. Eu não tinha nenhuma esperança, nenhum devaneio de que ele sentisse qualquer coisa semelhante ao que eu sentia, que não era desejo nem amor ("Danem-se Julieta e Romeu, você não pode estar *apaixonado* até que tenha escovado os dentes ao lado da pessoa ao menos trezentas vezes", dizia o Papai), e sim eletricidade. Eu o via perambulando pela Relva dos Comuns e era como se tivesse sido atingida por um raio. Eu o via no Arranha e ele dizia: "E aí, Golfada?", e eu ficava como uma lâmpada num circuito em série. Eu não teria me surpreendido se, na Casa Elton, no dia em que ele passou por mim durante a minha aula de História da Arte a caminho da enfermaria (ele estava sempre prestes a contrair sarampo ou caxumba), meu cabelo se erguesse do pescoço, ficando em pé.

— Ela quer nos levar para jantar hoje — disse Milton. — Quer falar do que aconteceu. Você vai estar livre às cinco?

Fiz que sim.

— Vou ter que inventar uma boa desculpa para o meu pai.

Milton franziu o rosto.

— Em que capítulo estamos?

— Proteus.

Ele riu e foi embora. Seu riso era sempre como uma grande bolha surgindo de um lamaçal: um gargarejo, e terminava.

⁓

Charles estava certo. Hannah *estava* numa boa.

Ao menos parecia numa boa a princípio, quando Jade, Leulah e eu fomos encaminhadas pelo *maître* até o salão de jantar e a vimos esperando por nós, sozinha na mesa redonda.

Ela já tinha levado os outros ao Restaurante Terraço Hiacinto algumas vezes. Era para onde os levava nas Ocasiões Especiais — aniversários, feriados, algum grande feito realizado por um deles numa Prova Bimestral. O restaurante tentava, com a intensidade de um dedicado Médico de Pronto Socorro, ressuscitar a Inglaterra vitoriana com uma "emocionante viagem culinária que mescla com grande apuro o Antigo e o Novo" (ver www.terracohiacinto.net). Situado numa límpida casa vitoriana verde e rosa, o restaurante se erguia num dos lados da Montanha Marengo e parecia um papagaio-de-cara-roxa da Amazônia desesperado por retornar ao seu hábitat natural. Ao entrar, não se via nenhuma vista deslumbrante de Stockton pelas enormes janelas arqueadas, apenas a notória fumaça local que borbulhava das chaminés engorduradas da Papéis Horatio, a velha fábrica de papel quarenta quilômetros a leste de Gallway (agora, Parcel Supply Corp.), uma bruma que gostava de pegar carona num vento oeste recorrente e afogar o vale de Stockton como um amante emotivo num abraço úmido.

Ainda era cedo, aproximadamente 17h15, e a Hannah era a única pessoa no salão de jantar, além de um casal idoso que comia perto da janela. Um candelabro dourado, de cinco andares, pendia no centro do salão como uma duquesa de cabeça para baixo, expondo desavergonhadamente ao público pagante as suas botas baixas e uma anágua cheia de babados.

— Oi — disse Hannah, enquanto nos aproximávamos da mesa.

— Os meninos devem chegar em dez minutos — disse Jade, sentando-se. — Tiveram que esperar até que o Charles saísse da aula.

Hannah assentiu. Usava um casaco de gola alta, uma saia de lã cinza e tinha a expressão lavada-e-passada de uma candidata no calor de uma eleição, momentos antes de aparecer na televisão para um debate. Fez uma série de gestos nervosos (limpar o nariz, passar a língua pelos dentes, ajeitar a saia) e uma débil tentativa de conversa ("Como foi a escola?") que não teve nenhum prosseguimento ("Que bom."). Pude notar que ela planejava nos dizer algo muito específico naquela Ocasião Especial, e fiquei progressivamente mais preocupada ao vê-la contrair os lábios e sorrir para a taça de vinho, como se revisasse mentalmente a saudação cordial-porém-ameaçadora que faria ao candidato do partido oposto.

Eu não sabia o que fazer. Fingi estar enfeitiçada pelo menu gigante, com pratos que flutuavam pela página numa cursiva rebuscada: *Purê de Pastinaca — Sopa de Pêra com Infusão de Trufas Pretas e Brotos Diversos*.

Minhas suspeitas se confirmaram quando Charles e os outros chegaram, embora ela tenha esperado para proferir o seu discurso até que o garçom magricela anotasse os nossos pedidos e saísse às pressas, como um cervo ouvindo tiros de rifle.

— Se quiserem que a nossa amizade continue — disse Hannah numa voz firme, com as costas retas demais, afastando o cabelo oficialmente para trás dos ombros —, e houve momentos, ontem, em que pensei que isso realmente não seria possível... no futuro, quando eu lhes disser para não fazerem alguma coisa, *não façam.*

Fitando cada um de nós, deixou que essas palavras marchassem pela mesa, passando pelos pratos com desenhos de beija-flores, pelos anéis de madeira que seguravam os guardanapos e pela garrafa de Pinot noir, contornando o vaso de vidro no centro da mesa, com rosas de pescoços finos e cabeças amarelas que se assomavam sobre a borda feito pintinhos recém-nascidos desesperados por alimento.

— Está claro?

Fiz que sim.

— Está — disse Charles.

— Está — disse Leulah.

— Mmm — disse Nigel.

— O que vocês fizeram no sábado foi imperdoável. Aquilo me magoou. Profundamente. Além de tudo, tudo tão, tão *horrível* que aconteceu, ainda não consigo compreender o que vocês fizeram comigo. Como puderam colocar em risco, me desrespeitar tão... porque, escutem aqui, o *único* golpe de sorte daquela noite foi o fato de que a Eva Brewster acabou não aparecendo, porque o *terrier* dela ficou doente. Então, se não fosse pela porra de um *terrier*, eu teria sido despedida. Conseguem entender? E vocês também, porque se ela *tivesse* ido à festa, se tivesse visto qualquer um de vocês, vocês teriam sido expulsos. Podem ter certeza disso. Eu sei muito bem que vocês não estavam bebendo laranjada, e eu não teria como mexer meus pauzinhos para livrar as caras de vocês. Não. Tudo aquilo pelo qual trabalharam, faculdade, teria se perdido. E para quê? Por causa de uma brincadeira que vocês acharam que seria *engraçada*? Pois bem, não foi *engraçada*. Foi nauseante.

Ela estava falando alto demais. Outra coisa desconcertante era o uso da palavra *porra*, porque ela nunca falava palavrões. No entanto, o Terraço Hiacinto não nos dirigiu nenhum olhar surpreso, nenhum garçom ergueu as sobrancelhas. O restaurante seguia seu curso como uma avó murmurante que se recusa a aceitar o fato de que o preço do leite subiu seiscentos por cento desde os Seus Dias. Os garçons se curvavam, profundamente imersos na arrumação das mesas, e no outro lado do salão um rapaz de cabelo de nabo, vestindo um *smoking* largo, caminhou até o piano, sentou-se e começou a tocar Cole Porter.

Hannah respirou fundo.

— Desde que conheci cada um de vocês, sempre os tratei como adultos. Como semelhantes e como amigos. O fato de que tratem a nossa amizade com um desprezo tão flagrante realmente me deixa atônita.

— Desculpa — disse Charles com uma voz de dedal que eu nunca tinha ouvido antes.

Hannah se virou para ele, entrelaçando os dedos longos, com as unhas feitas, numa perfeita arquitetura de igreja gótica.

— Eu sei que vocês estão arrependidos, Charles. Não é esse o ponto. Quando crescerem, e pelo que tudo indica ainda vai levar um tempo, vão aprender que as coisas não voltam ao normal só porque todos pediram desculpas. Desculpas são ridículas. Um grande amigo meu está *morto*. E e eu estou *magoada*...

O solilóquio desmoralizante da Hannah durou toda a Entrada e boa parte do Prato Principal. No momento em que o antílope que nos atendia saltou pelo salão para colocar os Menus de Sobremesa à nossa frente, parecíamos um bando de dissidentes políticos na URSS dos anos 1930 depois de um ano de trabalhos forçados na Sibéria e em outras Terras Árticas brutais. Leulah tinha os ombros curvados para a frente. Parecia assustadoramente perto de desabar. Jade não fazia nada além de olhar para o beija-flor do seu prato. Charles parecia inchado e deprimido. Uma expressão funesta tinha acertado o Milton como um torpedo, e o seu corpo vultoso estava prestes a afundar sob a mesa. Embora o Nigel não demonstrasse sinais discerníveis de mágoa ou arrependimento, percebi que ele só conseguira comer metade do Pernil de Cordeiro à Pride Hills e nem tocara nas Batatas ao Alho Poró.

Eu, naturalmente, escutava cada palavra dita pela Hannah e sentia uma tristeza renovada sempre que ela olhava para mim sem se preocupar em disfarçar a sua Profunda Frustração e Desilusão. Sua Profunda Frustração e Desilusão não parecia tão grave quando ela olhava para os outros, e tive certeza de que a minha observação não era um exemplo da Teoria da Arrogância do Papai — segundo a qual todas as pessoas sempre presumiam ser o Personagem Principal do Desejo e/ou Repugnância do Musical da Broadway de todos os demais.

Às vezes, aparentemente tão ressentida, Hannah perdia o fio da meada e caía num ponto morto, num silêncio que se estendia longamente, árido e duradouro até onde a vista alcançava. O restaurante, com seus brilhos e tinidos, com guardanapos em leque e garfos resplandecentes (que poderíamos usar para identificar coisas microscópicas alojadas nos nossos dentes), com a duquesa abastada pendurada ali, desesperada por descer e dançar uma quadrilha com um bom partido da sociedade — tudo aquilo parecia indiferente e amaldiçoado, desesperançado como um conto de Hemingway repleto de diálogos perversos, esperanças perdidas entre palavras pontuais, vozes voluptuosas como réguas. Talvez eu estivesse sendo influenciada pela minha linha do tempo pessoal, que tinha um pequeno retângulo vermelho posicionado singularmente entre os anos de 1987 e 1992, discretamente rotulado NATASHA ALICIA BRIDGES VAN MEER, MÃE, mas eu agora estava ciente, como sempre, de que em relação a todas as pessoas existe a Primeira Vez Que As Vemos e a Última Vez Que As Vemos. E tive certeza de que aquela era a Última Vez Que Eu Os Veria. Teríamos que nos despedir, e aquele lugar reluzente era tão bom quanto qualquer outro para marcar o nosso término.

A única coisa que me impedia de derreter dentro do menu de sobremesas era o quarto da Hannah. Os objetos daquele recinto acrescentavam informações incessantes sobre ela, davam-me o que pareciam ser percepções secretas sobre cada palavra que ela dizia, cada movimento dos seus olhos, cada vacilo na sua voz. Eu sabia que estava fazendo uma coisa terrivelmente professoral — o modo como ela esvaziou, sozinha, uma garrafa inteira de vinho mostrava o quanto estava aflita; até o cabelo dela estava exausto, pois pendia sobre os ombros sem se mexer —, mas não tinha como evitar: eu era a filha do Papai, estando, portanto, inclinada à bibliografia. As covas dos olhos da Hannah pareciam acinzentadas, como se tivessem sido sombreadas levemente com um dos lápis de desenho do prof. Moats.[1] Ela se sentava numa rigidez escolar.[2] Quando parava de nos repreender, suspirava, alisava a haste da taça de vinho com o polegar e o indicador do modo como as donas de casa dos comerciais notavam a poeira.[3] Pressenti que em algum lugar, no contexto daqueles deta-

---

1 Uma palidez indicativa de insônia aguda, melancolia ou da doença desconhecida que a obrigava a ter uma pequena farmácia no armário do banheiro.
2 Uma postura que imitava a rígida cadeira vazada no canto de seu quarto.
3 A expressão cansada e contemplativa no rosto de Hannah lhe dava um estranho ar de preencha-as-lacunas, o que me fez cogitar se as minhas suspeitas iniciais não estariam incorretas, e que ela *fosse*, de fato, a menininha de olhos redondos das três fotografias posicionadas naquele gaveteiro. Ainda assim, por que ela colocaria *aquelas* fotos à vista? A ausência de uma mãe ou de um pai nas fotos parecia indicar que ela não tinha a mais feliz das relações com eles. No entanto, Papai dizia que fotos alegres à mostra, como representações de sentimentos profundos, eram suposições simples demais; segundo ele, se uma pessoa era insegura a ponto de precisar ser constantemente rememorada dos "bons tempos", pois bem, então "os sentimentos obviamente não eram tão pro-

lhes singulares, na coleção de facas, nas paredes nuas, nas caixas de sapatos e na colcha áspera, encontrava-se a Trama da Hannah, seus Protagonistas — e, mais significativamente, seus Temas Principais. E ela talvez fosse apenas uma questão de Faulkner: precisava ser lida muito de perto, palavra por dolorosa palavra (nunca às pressas; era preciso uma pausa para fazer anotações cruciais nas margens), incluindo suas digressões bizarras (festa à fantasia) e improbabilidades (Cottonwood). Por fim, eu chegaria à última página e descobriria do que ela se tratava. Talvez pudesse até escrever um *Hannah Schneider em 90 minutos*.

— Pode nos contar do homem que morreu? — perguntou Leulah de súbito, sem fitar Hannah nos olhos. — Não quero ser intrometida, e entendo que você talvez não queira falar sobre isso. Mas acho que eu poderia dormir melhor se soubesse alguma coisa sobre ele. Como ele era.

Em vez de responder, numa voz lúgubre, que, tendo em vista a nossa traição desdenhosa, aquilo certamente *não* era da nossa conta, depois de contemplar pensativamente o Menu de Sobremesas (seus olhos caíram em algum ponto entre o Sorbet de Maracujá e os Petit Fours), Hannah acabou com o que restava do vinho e deu início a uma exposição surpreendente, e bastante cativante, sobre *Smoke Wyannoch Harvey: a Vida*.

— Eu o conheci em Chicago — disse Hannah, pigarreando enquanto o garçom saltava à frente para encher seu copo com o pouco que restava de vinho na garrafa. — O bolo de Chocolate de Valhala com o...

— Sorvete de chocolate branco e calda cremosa de caramelo? — chilreou o garçom.

— Para todos. E posso ver a sua carta de licores?

— Certamente, madame. — Curvou-se e retornou às agradáveis pradarias de mesas redondas e cadeiras douradas.

— Minha nossa. Foi séculos atrás — disse Hannah. Apanhou a colher de sobremesa e se pôs a rodopiá-la nos dedos. — E sim. Ele era um homem admi-

---

fundos assim, para começo de conversa". Vale registrar que não havia fotografias minhas espalhadas pela nossa casa, e o único retrato escolar que o Papai já encomendara havia sido na Escola Primária de Sparta; nele, eu aparecia sentada, com os joelhos colados, em frente a uma paisagem que parecia o Parque Nacional de Yosemite, vestindo um sobretudo cor-de-rosa e exibindo um olhar preguiçoso. "É um clássico", dizia o Papai. "Esses sem-vergonha me pedem para preencher um formulário com o qual posso pagar $69,95 por cópias grande e pequena de uma foto na qual a minha filha parece ter acabado de levar uma forte pancada na cabeça. Isso simplesmente mostra como estamos presos a uma linha de montagem robotizada neste país. Esperam que paguemos e calemos a boca, para não sermos jogados na lata do lixo."

rável. Absurdamente engraçado. Incrivelmente generoso. Um ótimo piadista. Todo mundo queria ficar perto dele. Quando o Smoke... isto é, *Dubs*, todos os que eram importantes para ele o chamavam de Dubs. Quando o Dubs contava uma piada, você ria tanto que a sua barriga doía. Você achava que ia morrer.

— As pessoas que sabem contar piadas são incríveis — disse Leulah, sentando-se animada na cadeira.

— A casa em que ele morava parecia ter saído direto de *E o vento levou*. Enorme. Colunas brancas, sabe, e uma longa cerca branca, e grandes magnólias. Construída em mil oitocentos e pouco. Fica no sul da Virgínia do Oeste, na saída de Findley. Ele a chamava de Moorgate. Não-não me lembro por quê.

— E você já foi a Moorgate? — perguntou Leulah, quase sem fôlego.

Hannah fez que sim.

— Centenas de vezes. Antigamente era uma plantação de tabaco, quatro mil acres, mas o Smoke só tinha cento e vinte. E é assombrada. Tem uma história horrível sobre a casa... como era? Não me lembro. Alguma coisa a ver com a escravidão...

Hannah inclinou a cabeça, tentando se lembrar, e nós nos aproximamos como crianças da primeira série durante a Hora da História.

— Foi logo antes da Guerra Civil. O Dubs me contou tudo. Acho que a filha do amo, bonita, a mais bela do condado, apaixonou-se por um escravo e ficou grávida. Quando o filho nasceu, o amo fez com que os serventes o levassem até o porão e o colocassem na fornalha. Então de vez em quando, durante as tempestades, ou nas noites de verão quando há grilos na cozinha... e o Smoke era muito específico em relação aos grilos... dá para ouvir um bebê chorando, bem lá no fundo do porão. Nas paredes. Tem também um salgueiro no jardim, que aparentemente foi usado para açoites, e se você subir no tronco pode ver, entalhadas na cortiça, quase apagadas, as iniciais da moça e do escravo que se amavam. Dorothy Ellen, a primeira mulher do Smoke, detestava aquela árvore, dizia que era má. Ela era muito religiosa. Mas o Smoke se recusava a cortá-la. Ele dizia que não podemos fingir que na vida não acontecem coisas horríveis. Não podemos simplesmente apagá-las. Sempre guardamos os restos e as cicatrizes. É assim que aprendemos. E tentamos melhorar.

— Deve ser um salgueiro bem velho — disse Nigel.

— O Smoke era uma pessoa que tinha um senso de história. Entendem o que quero dizer? — Nesse momento ela estava olhando para mim com um olhar muito intenso, portanto assenti automaticamente. Mas na verdade, eu *realmente* entendia. Da Vinci, Martin Luther King Jr., Genghis Khan,

Abraham Lincoln, Bette Davis — se você ler as biografias definitivas dessas pessoas, saberá que mesmo quando tinham um mês de idade, balbuciando em algum berço instável no meio do nada, já tinham algo de histórico em si. Assim como outras crianças tinham o beisebol, a multiplicação, autoramas e bambolês, essas pessoas tinham a História, estando assim sujeitas a resfriados e à baixa popularidade, e às vezes eram amaldiçoadas com alguma deformidade física (o pé torto de Lord Byron, a forte gagueira de Maugham, por exemplo), que as impulsionava a um profundo exílio para o interior das suas cabeças. Era ali que começavam a sonhar com a anatomia humana, com direitos civis, com a conquista da Ásia, com um discurso perdido e com serem (no decorrer de apenas quatro anos) uma insubmissa, uma mulher marcada, uma pérfida e uma velha ama.

— Ele parece ser o máximo — disse Jade.

— Parecia — disse Nigel, muito calmo.

— Então vocês dois estavam, hã...? — perguntou Charles. Ele deixou que a frase seguisse seu caminho próprio até o renomado quarto de motel com lençóis de lixa e um famoso colchão gemente.

— Ele era um *amigo* — disse Hannah. — Eu era alta demais para ele. O Smoke gostava de bonequinhas, bonequinhas de porcelana. Todas as esposas dele, Dorothy Ellen, Clarisse, a pobre Janice, todas tinham menos de um metro e meio. — Hannah riu como uma garotinha (um som muito bem-vindo), suspirou e apoiou a cabeça na mão, a pose de uma mulher desconhecida com a qual poderíamos nos deparar em alguma biografia em segunda mão, numa foto em preto-e-branco acompanhada pela legenda "Numa festa em Cuernavaca, final dos anos 1970". (Não era a biografia *dela*, e sim do gordo ganhador do Prêmio Nobel sentado ao seu lado; mas tão atraentes eram aqueles olhos escuros, aquele cabelo brilhante, aquela expressão estrita, que nos faziam questionar quem seria aquela mulher e perder a vontade de continuar a leitura quando ela deixasse de ser mencionada.)

Ela ficou bastante tempo falando de Smoke Harvey: passou pelo bolo de Chocolate Valhala Quente, pela Seleção de Queijos Orgânicos Ingleses, pelas duas execuções ao piano de "I could have danced all night". Hannah era como a Urna Grega de Keats deixada sob uma torneira aberta, transbordando, incapaz de se conter.

O garçom lhe devolveu o cartão de crédito, e ela ainda assim não parou de falar. Para ser sincera, nesse ponto fiquei um pouco preocupada. Aproveitando as famosas palavras do Papai após seu primeiro encontro com a Mosca de Verão

Betina Mendejo em Cocorro, na Califórnia (Betina conseguiu lavar cada peça das suas roupas sujas no Tortilla Mexicana, contando ao Papai o modo como o ex-marido, Jake, lhe roubara tudo, incluindo o Orgulho e o Ego): "O engraçado é que o assunto sobre o qual mais tememos falar longamente acaba sendo aquele sobre o qual falamos longamente, geralmente sem a menor provocação."

— Alguém quer o último pedaço de Queijo Orgânico Inglês? — perguntou Nigel, esperando apenas um segundo antes de se servir o último pedaço de Queijo Orgânico Inglês.

— Foi culpa minha — disse Hannah.

— Não, não foi — refutou Charles.

Ela nem o ouviu. Uma vermelhidão pegajosa já lhe inundara o rosto.

— Eu convidei o Smoke — disse Hannah. — Não nos víamos há anos, tudo bem, trocamos alguns telefonemas, sabe, ele era bastante ocupado. Eu queria que ele fosse à festa. O Richard, com quem trabalho no abrigo, tinha convidado alguns amigos do mundo todo. Ele trabalhou nos Peace Corps por treze anos, e ainda mantém contato com muitos antigos colegas. Uma multidão internacional. Era para ser divertido. E senti que o Smoke precisava de um descanso. Uma das filhas dele, Ada, acabava de se divorciar. A Shirley, uma outra filha, teve um filho e o chamou de Crisântemo. Dá para imaginar, um menino chamado Crisântemo? Ele me ligou, esbravejando contra isso. Foi a última coisa da qual falamos.

— O que ele fazia? — perguntou Jade, com a voz baixa.

— Era gerente de banco — disse Nigel —, mas também escreveu uma história de mistério, não foi? *A traição do demônio* ou algo assim.

Novamente, Hannah não pareceu escutar.

— A última coisa sobre a qual falamos foram crisântemos — murmurou, olhando para a toalha de mesa.

A escuridão na janela arqueada havia amansado o salão e as cadeiras douradas, o papel de parede com flores-de-lis, até mesmo o candelabro-duquesa relaxou um pouco, como uma família que, finalmente livre de um hóspede endinheirado, pode se jogar nas almofadas, comer com as mãos, tirar os sapatos duros e desconfortáveis. O rapaz do piano estava tocando "Why can't a woman be more like a man", que por acaso era uma das músicas preferidas do Papai.

— Algumas pessoas são frágeis como, como borboletas, e sensíveis, e é nossa responsabilidade não destruí-las — prosseguiu Hannah. — Só porque *podemos*.

Ela estava *me* encarando outra vez, minúsculos reflexos luminosos dançavam em seus olhos, e eu tentei sorrir para reconfortá-la, mas era difícil, pois pude notar o quanto ela estava bêbada. Suas pálpebras pendiam como persianas preguiçosas, e ela precisava de um esforço muito grande para juntar as palavras, fazendo com que elas empurrassem, golpeassem e pisassem umas nas outras.

— Você cresce num país — disse a Hannah —, uma casa privilegiada, comodidade infinita, sempre pensa que é melhor que os outros. Você acha que pertence a uma porra de um country club e então pode chutar a cara de quem quer que seja para conseguir juntar mais *coisas*. — Ela agora olhava para a Jade, e o modo como disse *coisas* foi como se mordesse a ponta de um chocolate. — A gente leva anos para se livrar de-desse condicionamento. Eu tentei a minha vida toda e *ainda* exploro as pessoas. Eu sou nojenta. Me mostre o que um homem odeia e eu te mostro o que ele é. Não lembro quem disse isso...

A voz da Hannah faleceu. Seus olhos lacrimejantes se voltaram para o centro da mesa, rondando o arranjo de rosas. Todos nós estávamos como que *olhando* uns para os outros desvairadamente, prendendo a respiração num desgosto mútuo — o que as pessoas fazem nos restaurantes quando um bêbado sujo entra e começa a gritar, com os dentes cheios de amendoim, sobre a Liberdade. Era como se a Hannah tivesse um vazamento, e a sua personalidade, geralmente tão meticulosa e contida, estivesse jorrando por toda parte. Eu nunca a havia visto falar ou se comportar daquele jeito, e duvidava de que os outros já houvessem; eles a olhavam com expressões nauseadas e ainda assim fascinadas, como se estivessem vendo crocodilos acasalando no Nature Channel.

Hannah mordeu o lábio inferior, viu-se uma leve contração entre suas sobrancelhas. Eu temia mortalmente que ela começasse a falar da necessidade de ir morar num kibbutz ou de se mudar para o Vietnã, onde se tornaria uma beatnik fumadora de haxixe (teríamos que passar a chamá-la de "Hannah Hanói"), ou que se voltasse contra nós, criticando-nos por sermos como nossos pais, detestáveis e quadrados. Ainda mais assustadora era a possibilidade de que ela chorasse. Tinha os olhos úmidos, poças turvas nas quais coisas invisíveis viviam e brilhavam. Para mim, poucas coisas no mundo eram mais horríveis que ver um adulto chorar — não estou falando da lágrima rebelde durante um comercial de ligações à distância, nem dos soluços cerimoniosos num funeral, e sim do choro no chão do banheiro, na baia do escritório, na garagem de dois carros com os dedos pressionados freneticamente contra as pálpebras como se houvesse uma tecla ESC em algum lugar, um BACKSPACE.

Mas Hannah não chorou. Ela ergueu a cabeça, olhando ao redor do salão com a expressão confusa de alguém que acaba de acordar numa estação de ônibus com a costura e o botão de uma manga de camisa impressos na testa. Fungou.

— Vamos sair desta porra de lugar — falou.

Pelo resto da semana, e mesmo um pouco depois, percebi que Smoke Wyannoch Harvey, de sessenta e oito anos de idade, ainda parecia estar vivo.

Com aquela inundação de detalhes, com aquele colapso extravasante, Hannah o trouxera de volta à vida como Frankenstein ao seu Monstro, e, assim, nas cabeças de todos nós (mesmo na cabeça dolorosamente pragmática do Nigel), Smoke não parecia estar realmente morto, tinha apenas sido tirado de cena, raptado.

Jade, Leulah, Charles e Milton estavam no jardim da Hannah enquanto Smoke caminhava de encontro à morte (Nigel e eu dissemos aos outros que estávamos apenas "nos divertindo dentro da casa", o que, tecnicamente, era verdade). Foram todos assolados pelos Ao Menos.

— Se eu ao menos estivesse prestando atenção — disse Lu.

— Se eu ao menos não tivesse fumado o resto daquele baseado — disse Milton.

— Se eu ao menos não estivesse dando em cima da Lacey Laurels de Spartanburg, que acabava de se formar em Marketing de Moda na Faculdade de Spartan — disse Charles.

— Ah, *faz favooor* — disse Jade, revirando os olhos e se voltando para encarar os garotos do primeiro e do segundo ano parados na fila para comprar seus chocolates quentes de dois dólares. Pareciam temer o olhar da Jade do modo como certos mamíferos diminutos tremem ao pensar numa Águia Real.

— *Eu* é que estava *lá*. Qual é a dificuldade de notar uma pessoa de poliéster verde flutuando de bruços numa piscina? Eu podia ter mergulhado e *salvado* o homem, podia ter feito uma dessas boas ações que mais ou menos garantem a nossa entrada nas Portas do Paraíso. Mas *não*, agora vou sofrer de Estresse Pós-Traumático. Tipo, é possível que eu nunca supere este acontecimento. Nem que se passem anos e anos. E quando eu tiver trinta anos vou ter que ser internada em algum asilo com paredes todas verdes, e vagar usando uma camisola deselegante com pernas peludas porque não vão permitir giletes, pelo risco de que você queira entrar de fininho no banheiro comunitário e cortar os pulsos.

Naquele domingo, fiquei aliviada ao reencontrar a velha Hannah, caminhando pela casa num roupão florido, vermelho e branco.

— Blue! — gritou animada, enquanto Jade e eu cruzávamos a porta de entrada. — Que bom que chegaram! Como estão as coisas?

Hannah não fez nenhum comentário nem se desculpou pelo seu comportamento ligeiramente embriagado no Terraço Hiacinto, mas tudo bem, pois eu nem sequer tinha tanta certeza de que ela *deveria* pedir desculpas. Papai dizia que a sanidade de certas pessoas, para poder manter um equilíbrio saudável, precisava ser perturbada de vez em quando, o que ele chamava de "surto tchekoviano": algumas pessoas, uma vez ou outra, simplesmente *tinham* que tomar Um Drinque Além Da Conta, ficar com a voz arrastada e a boca mole, nadando voluntariamente em sua própria tristeza como se fosse uma fonte de águas termais. "Dizem que Einstein, uma vez por ano, precisava desabafar tornando-se tão inebriado com *hefeweizen* que podia ser visto nadando pelado às três da manhã no lago Carnegie", dizia o Papai. "E é perfeitamente compreensível. Se você carrega o mundo nas costas, neste caso, a unificação de todo o espaço e o tempo... dá para imaginar que seja bastante exaustivo."

A morte de Smoke Harvey — qualquer morte, enfim — era um motivo perfeitamente nobre para que alguém se pusesse a gaguejar, para que piscasse os olhos com a mesma velocidade com que um senhor idoso desce escadas com uma bengala — especialmente se, mais tarde, essa pessoa parecesse estar tão limpa e arejada quanto a Hannah. Ela se ocupou em pôr a mesa com a ajuda do Milton, desaparecer na cozinha para retirar uma chaleira fervente do fogão, voltar em seguida à sala e, enquanto dobrava rapidamente os guardanapos formando adoráveis leques de gueixa, em sustentar um sorriso glorioso no rosto, como um copo durante um brinde de casamento.

Ainda assim, devo ter sido excessivamente zelosa na tentativa de me convencer de que a Hannah estava perfeitamente Lépida e Fagueira, de que os nossos jantares retornariam aos levíssimos dias Pré-Cottonwood, Pré-festa à fantasia. Ou talvez fosse ao contrário. Ela talvez estivesse se esforçando demais para manter um ar chique e positivo, o que era como embelezar a própria cela; não importa que tipo de cortina você pendura ou que tapete coloca em frente ao beliche, ainda assim é uma prisão.

O *The Stockton Observer* publicou um segundo e último artigo sobre Smoke Harvey naquele dia, detalhando o que já presumíamos, que a morte tinha sido um acidente. Não havia nenhuma indicação de "traumatismo corporal", e o "nível de álcool no sangue era de 0,23, quase três vezes o limite legal da Carolina do Norte, que é de 0,08"; ele aparentemente caiu inadvertidamente na piscina e, estando bêbado demais para nadar ou pedir ajuda, afogou-se em menos de dez minutos. Como a Hannah nos falou de Smoke com tanta avidez no Terraço Hiacinto e parecia estar num ânimo tão saudável *agora*, acho que o Nigel não pensou duas vezes ao trazer o assunto novamente à tona.

— Sabe quantas doses o Smoke teve que virar para chegar nesse nível de álcool? — perguntou-nos, batendo com a ponta do lápis no queixo. — Tipo, estamos falando de um homem do quê? Cento e dez quilos? São umas dez doses em uma hora.

— Devia estar tomando destilados — disse Jade.

— O artigo podia ter falado mais da autópsia.

Hannah contornou a mesinha de centro onde acabava de apoiar a bandeja de chá oolong.

— *Pelo amor de Deus! Parem com isso!*

Seguiu-se um longo silêncio.

É difícil descrever satisfatoriamente quão estranha e desconcertante foi a voz dela naquele momento. Não estava evidentemente enraivecida (embora certamente houvesse alguma raiva ali), nem exasperada, nem cansada ou entediada, e sim *estranha* (com o primeiro "a" dessa palavra falado num "ãããã").

Sem dizer mais nada, de cabeça baixa, com o cabelo caindo-lhe rapidamente pelos lados do rosto como uma cortina quando um truque mágico sai errado, ela desapareceu na cozinha.

Nós fitamos uns aos outros.

Nigel sacudiu a cabeça, estonteado.

— Primeiro ela enche a cara no Terraço Hiacinto. Agora simplesmente *pira*...?

— Você é um completo imbecil — disse Charles, entre os dentes.

— Abaixem a voz — disse Milton.

— Espera aí — continuou Nigel, animado. — Foi exatamente isso o que ela fez quando perguntamos do Valerio. Lembram?

— É o Rosebud outra vez — disse Jade. — Smoke Harvey é outro Rosebud. Hannah tem *dois* Rosebuds...

— Não precisamos ficar tão gráficos — disse Nigel.

— Calem a boca, porra — disse Charles irritado. — *Todos* vocês, eu...

A porta bateu e Hannah surgiu da cozinha, carregando um prato de filé *mignon*.

— Desculpe, Hannah — disse Nigel. — Eu não deveria ter dito isso. Às vezes sou tomado pelo dramatismo da situação e não penso em como as coisas vão soar. Como podem machucar alguém. Me perdoe. — Achei que a voz do Nigel estava um pouco oca e frouxa, mas ele foi em frente com seus comentários entusiásticos.

— Tudo bem — disse Hannah. E então exibiu um sorriso, uma corda promissora à qual poderíamos nos agarrar. (Não seria nenhuma surpresa se ela dissesse: "Quando perco a cabeça, querido, não consigo encontrá-la em lugar nenhum", ou: "É o trabalho mais beijoqueiro do mundo", com a mão erguida no ar, segurando um martini invisível.) Aproximou-se do Nigel e lhe afastou o cabelo da testa:

— Você precisa cortar esse cabelo.

Nunca mais mencionamos Smoke Wyannoch Harvey, de sessenta e oito anos, perto dela. E assim, concluiu-se sua ressurreição à Lázaro, instigada pelo monólogo embriagado da Hannah no Terraço Hiacinto, pelos nossos Ao Menos e Poderíamos Ter Feitos. Num gesto de empatia pela Hannah (que, como disse a Jade, "deve estar se sentindo como uma pessoa que matou alguém num acidente de carro"), devolvemos delicadamente o Grande Homem — um herói grego da modernidade, um Aquiles ou um Ájax antes de enlouquecer ("Dubs viveu as vidas de centenas de pessoas, todas ao mesmo tempo", dissera a Hannah, revirando a colher de sobremesa nos dedos como Katharine Hepburn em *A levada da breca*) — àquele lugar desconhecido ao qual as pessoas se encaminham quando morrem, ao Silêncio e aos Para Sempres, aos Fins em cursiva materializando-se das ruas em preto-e-branco e dos rostos delirantemente alegres do mocinho e da mocinha, comprimindo-se um no outro ante uma trilha sonora de cordas arranhadas.

Ou melhor, nós o devolvemos àquele lugar até segunda ordem.

CAPÍTULO 13

MULHERES APAIXONADAS

Eu gostaria de fazer um pequeno adendo à frase de abertura de Leon Tolstoi, citada com tanta freqüência: "Todas as famílias felizes são parecidas, mas cada família infeliz é infeliz da sua própria maneira, *e quando chegamos às festas de fim de ano, as famílias felizes podem se tornar subitamente infelizes e as famílias infelizes podem, para seu grande espanto, ser felizes.*"

As festas de fim de ano eram, invariavelmente, uma época especial para os Van Meer. Desde o tempo em que eu era muito pequena, em qualquer jantar de dezembro, durante o qual Papai e eu cozinhávamos nosso aclamado espaguete à bolonhesa (os livros *Desejo político* [1980], J. Chase Lamberton, e *Intelligensia*, de L.L. MacCaulay, de 750 páginas, também costumavam nos acompanhar), Papai gostava de me pedir que explicasse, com grandes detalhes, como a minha última escola estava entrando em seu Ânimo Festivo. Em Brimmsdale, no Texas, tínhamos o prof. Pike e sua Infame Torta Natalina, e em Sluder, na Flórida, a Loja Secreta do Papai Noel na lanchonete, com Velas Retorcidas em Arco-Íris e Rústicos Porta-Jóias; também tínhamos a Fábrica de Brinquedos Vandalizada Infamemente por Formandos Perversos em Lamego, Ohio, e um atroz recital em Boatley, no Illinois, "A história do menino Jesus: um musical da profa. Harding". Por algum motivo, esse assunto me tornava tão incrivelmente engraçada quanto Stan Laurel numa comédia de dois rolos para a Metro feita em 1918. Em poucos minutos, Papai já estava se contorcendo de rir.

— Não consigo compreender — dizia, entre alaridos —, como é possível que nenhum produtor tenha se dado conta do potencial latente desse tema como filme de terror, *O pesadelo do Natal americano* e coisas assim. Teria também um enorme apelo comercial, podendo render inúmeras continuações e séries de televisão. *A ressurreição de Noel, parte 6:* a *natividade final*. Ou talvez, *Rudolph vai para o inferno*, com um certo subtítulo ominoso, "*Não* fique em casa neste Natal".

— Pai, é uma época de *alegria*.

— Por isso estou inspirado para impulsionar alegremente a economia dos EUA, comprando coisas que não preciso e caras demais; e a maior parte delas terá graciosas pecinhas de plástico que se soltarão subitamente, tornando-as inoperantes em poucas semanas, metendo-me numa dívida de proporções paquidérmicas, causando-me ansiedade extrema e noites sem dormir, mas, o que é mais importante, excitando um sensual período de crescimento econômico, erguendo as nossas flácidas taxas de juros, parindo empregos, a maior parte deles não-essenciais e passíveis de serem executados de maneira mais rápida, barata e com maior precisão por uma unidade central de processamento fabricada em Taiwan. Sim, Christabel. Eu *sei* em que época estamos.

Ebenezer teve muito poucas críticas, e nenhum comentário a fazer sobre "a praga do consumismo americano", "os glutões corporativos e seus prêmios do tamanho de uma Botsuana" (e nem mesmo uma alusão passageira a uma das suas teorias sociais preferidas, a do Sonho Americano Celofanizado), quando detalhei o modo como St. Gallway esbanjava em seus preparos natalinos.

Cada corrimão (até mesmo os do Edifício Loomis, o prédio banido da Hannah) estava envolto com ramos de pinho, pesados e frondosos como o bigode de um lenhador. Enormes coroas tinham sido penduradas ao melhor estilo Reforma Protestante, por meio do que pareciam ser lanças de ferro, às majestosas portas de madeira dos Edifícios Barrow e Vauxhall e da Casa Elton. Havia um árvore de Natal do tamanho de um Golias, e, circundando os portões de ferro da Via Horatio, lâmpadas brancas que piscavam como vaga-lumes dementes. Uma menorá de bronze, empedernida e esquelética, cintilava ao final do segundo andar do Edifício Barrow, detendo fielmente, o melhor que podia, as tendências cristãs de St. Gallway (o prof. Carlos Sandborn, de História Geral, foi o responsável por essa valente ação defensiva). Sinos natalinos do tamanho de bolas de golfe pendiam das maçanetas das principais portas do Pavilhão Hanover e suspiravam suas canções sempre que um garoto apressado passava por elas, atrasado para a aula.

Acho que a força bruta das festividades escolares foi o que me permitiu deixar um pouco de lado as preocupações das semanas anteriores, fingindo que não estavam lá como se fossem uma razoável pilha de cartas não abertas (que, quando fossem finalmente confrontadas numa data posterior, indicariam que eu teria que declarar falência). Além disso, se eu fosse acreditar no Papai, os feriados americanos eram, de qualquer forma, uma época de "negação comatosa", um momento de "fingir que os trabalhadores pobres, a fome generalizada, o desemprego e a crise de aids são apenas frutas exóticas e amargas que, por sorte, não pertencem a esta estação". E, assim, eu não podia ser responsabilizada por deixar que Cottonwood, a festa à fantasia, Smoke e o comportamento incomum da própria Hannah perdessem espaço para a crescente nuvem da Semana de Provas, da Campanha do Agasalho de Perón (a pessoa que levasse mais sacos de lixo com roupas ganharia um Prêmio Dourado da Eva Brewster, um ponto acrescentado a qualquer Prova Final, "Não vale sacos pequenos", urrou, durante os Anúncios Matinais, "no mínimo 150 litros!") e, o mais formidável de todos, o projeto adorado de Maxwell Stuart, o presidente do grêmio estudantil, o Baile de Natal, que ele rebatizou para Cabaré Natalino do Maxwell.

O Amor, também, tinha algo a ver com aquilo.

Infelizmente, muito pouco partia de mim.

⁓

Durante um estudo dirigido na primeira semana de dezembro, um menino do primeiro ano entrou na biblioteca e se aproximou da mesa dos fundos, onde o prof. Fletcher estava sentado jogando palavras cruzadas.

— O diretor Havermeyer precisa falar imediatamente com o senhor — disse o menino. — É uma emergência.

O prof. Fletcher, visivelmente irritado por ter sido arrancado do *Desafio final do mestre em palavras cruzadas* (Pullen, 2003), saiu da biblioteca e se pôs a caminho do Pavilhão Hanover, morro acima.

— Já sei! — guinchou Dee. — A mulher do prof. Fletcher, Linda, finalmente tentou se suicidar porque o Frank prefere fazer palavras cruzadas do que *sexo*. É o último pedido de socorro dela!

— Pode *crer* — gorjeou Dum.

Um minuto depois, Floss Cameron-Crisp, Mario Gariazzo, Derek Pleats e um garoto do primeiro ano que eu não conhecia (embora, dada sua expressão alerta e boca úmida, parecesse ser algum tipo de resposta pavloviana) entraram na biblioteca com um aparelho de som, um microfone com amplificador e pedestal, um buquê de rosas vermelhas e uma caixa contendo um trompete.

Puseram-se a preparar uma espécie de ensaio, ligando o aparelho de som e o microfone, realocando as mesas da frente para as laterais, ao lado da Lista de Bestsellers da profa. Hambone. Com isso, foi necessário realocar a Sibley "Narizinho" Hemmings.

— Talvez eu não *queira* sair daqui — disse Sibley, enrugando o nariz vivo e simétrico que, segundo Dee e Dum, tinha sido feito à mão por um cirurgião plástico de Atlanta, que também era o responsável por diversas outras feições faciais de alta qualidade de alguns âncoras da CNN e de uma atriz de novela. — Talvez *vocês* devessem sair daqui. Quem são vocês para vir aqui me dizer o que fazer? Ei, não encosta nisso!

Floss e Mario, sem cerimônia alguma, apanharam a carteira da Sibley, coberta por seus pertences pessoais — uma bolsa de veludo, uma cópia de *Orgulho e preconceito* (não lido), duas revistas de moda (lidas) —, e a carregaram até a parede. Derek Pleats, membro da Banda de Jazz Jelly Roll (com quem eu também fazia aulas de física), esperava ao lado com seu trompete, tocando escalas ascendentes e descendentes. Floss começou a enrolar o tapete mostarda imundo e Mario se agachou ao lado do aparelho de som, ajustando os volumes.

— Com licença — disse Dee, ficando em pé, andando até Floss e cruzando os braços —, mas o que exatamente vocês pensam que estão fazendo? Isto é um levante anarquista para, tipo, tomar o controle da escola?

— Porque a gente vai falar uma coisa — disse Dum, andando até Floss em grandes passos e cruzando os braços ao lado de Dee —, isso não vai funcionar. Se vocês quiserem começar um movimento é melhor planejarem melhor, porque a Hambone está no escritório e vai mobilizar as otoridades agorinha mesmo.

— Se o que querem é fazer uma forte declaração pessoal, sugiro que esperem até os Anúncios Matinais, quando a escola inteira vai estar num mesmo lugar e pode ser mantida como refém.

— É. E aí vocês podem fazer as suas exingências.

— E a diretoria vai saber que vocês são uma força significativa.

— E não podem ser *ignorados*.

Floss e Mario nem tomaram conhecimento das *exingências* de Dee e Dum, pois estavam prendendo o tapete ao chão com algumas cadeiras adicionais. Derek Pleats polia suavemente o trompete com uma flanela laranja, e o Resposta Pavloviana, com a língua para fora, estava absorvido em verificar o microfone e o amplificador: "Testando, testando, um, dois, três". Quando satisfeito, fez um sinal para os outros e os quatro se agruparam, sussurrando e acenando animados (Derek Pleats fazia exercícios rápidos, flexionando os dedos). Por fim, Floss se virou, apanhou o buquê e, sem dizer uma palavra, colocou-o nas minhas mãos.

— Ai, meu Deus — disse Dee.

Segurei, muda, as flores à minha frente, enquanto Floss dava meia-volta e se afastava apressado, desaparecendo na esquina que havia em frente às portas da biblioteca.

— Você não vai abrir o cartão? — exigiu Dee.

Rasguei o envelope pequeno, de cor creme, e puxei um bilhete. As palavras estavam escritas numa letra de mulher.

VAMOS BOTAR PARA QUEBRAR.

— O que é que tá escrito? — perguntou Dum, inclinando-se sobre mim.
— É algum tipo de ameaça — disse Sibley.

Nesse momento, todos os presentes ao estudo dirigido — Dee, Dum, Narizinho, Jason Pledge (que tinha cara de cavalo), Mickey "Desmaio" Gibson, Point Richardson — já estavam aglomerados ao redor da minha carteira. Bufando, Narizinho apanhou o cartão e o releu com um olhar de lástima, como se fosse meu veredicto de Culpada. Passou-o ao Desmaio, que sorriu e o passou ao Jason Pledge, que o passou a Dee e Dum, que se amontoaram sobre ele como se fosse uma mensagem da Segunda Guerra Mundial criptografada pela máquina Enigma alemã.

— Muito estranho — disse Dee.
— Totalmente.

De súbito, ficaram quietas. Levantei os olhos e vi Zach Soderberg inclinado sobre mim como um rododendro açoitado pelo vento, o cabelo pendendo-lhe perigosamente da testa. Tive a impressão de que não o via há *anos*, provavelmente porque desde o dia em que ele falara comigo sobre Uma Menina, fiz um esforço particular por parecer diligentemente preocupada nas aulas de física. Também forcei a Laura Elms a ser minha dupla de laboratório até o fim do ano, oferecendo-me a escrever os relatórios *dela* além dos meus, sem jamais copiar nem usar um fraseado idêntico (o que me faria ser suspensa por colar), ao contrário, ao escrever os relatórios, adotei fielmente o vocabulário restrito, o raciocínio ilógico e a caligrafia arredondada da Laura. Zach, que não queria mais ser a dupla da sua ex, Lonny, teve que ficar com a minha velha dupla, Krista Jibsen, que nunca fazia os deveres de casa porque estava economizando para uma cirurgia de redução dos seios. Krista tinha três empregos diferentes, um na Lucy Sedas e Tecidos, outro no Sanduíche & Cia. e mais um no Departamento de Esportes & Camping da Sears, trabalhos maçantes que lhe valiam um salário mínimo e que, para ela, eram pertinentes ao Estudo da Energia e da Matéria. E assim, todos sabíamos quando um dos colegas dela estava se demitindo, atrasado, doente, folgando, batendo punheta no banheiro, e também sabíamos que um dos gerentes (se me lembro bem, um pobre supervisor da Sears) estava apaixonado por ela e queria abandonar a esposa.

Floss se abaixou e apertou o botão de PLAY no aparelho de som. Ruídos robóticos de um disco dos anos 1970 explodiram nos alto-falantes. Para meu infinito horror, enquanto olhava para mim (como se, no meu rosto, ele pudesse ver seu reflexo, monitorar seu ritmo, a altura dos chutes que dava), Zach começou a dar dois passos para a frente, dois passos para trás, levantar os joelhos; os meninos o imitavam.

— *Let this groove. Get you to move. It's alright. Alright.* — Zach e os outros cantavam em falsete, acompanhando a banda Earth, Wind & Fire. — *Let this groove. Set in your shoes. So stand up, alright! Alright!*

Cantaram "Let's Groove". Floss e os garotos pularam, requebraram e sapatearam tão concentrados que era quase possível ver os passos cruzando seus cérebros como os letreiros luminosos da Bolsa de Valores (*chute à frente esquerda, passo atrás esquerda, chute esquerda, passo esquerda, chute à frente direita, joelho direito*). "*I'll be there, after a while, if you want my looove. We can boogie on down! On down! Boogie on down!*" Derek tocava uma melodia rudimentar no trompete. Zach cantava o solo com eventuais passos laterais e suíngues de ombros. Ele tinha uma voz honesta, porém horrível. Rodopiou. Dee guinchou como um brinquedo de berço.

Uma multidão considerável de alunos do primeiro e segundo anos tinha se reunido em frente às portas da biblioteca, assistindo boquiabertos àquela boy band. O prof. Fletcher reapareceu com Havermeyer, e Jessica Hambone, a bibliotecária que estava em seu quarto casamento e parecia Joan Collins em seus anos mais recentes, tinha surgido do escritório e estava agora em pé ao lado da Mesa de Reservas da profa. Hambone. Obviamente, pretendia acabar com aquela confusão, pois acabar com confusões, a não ser no caso dos Treinamentos de Incêndio e do Almoço, era a única razão que fazia com que a profa. Hambone emergisse de seu escritório, onde dizia-se que passava o dia comprando Jóias Deusa Glamour e itens de colecionador pela internet. Mas não se aproximou daquela cena com os braços levantados e com suas palavras preferidas, "Isto é uma biblioteca, pessoal, e não uma academia de ginástica", que lhe saíam da boca como peixes Neon Tetra, com sua sombra de olho verde-metálico (que complementava os brincos Aurora Encantada e o bracelete Sonhos Galáticos) reagindo com as lâmpadas fluorescentes, dando-lhe a explícita Cara de Iguana pela qual era famosa. Não, a profa. Hambone estava sem palavras, a mão apoiada no peito, a boca aberta, os lábios profundamente demarcados como o contorno feito com giz ao redor de um cadáver na cena de um crime, curvados num suave sorriso de fada.

Os garotos dançavam diligentemente o Lindy Hop atrás do Zach, que rodopiou mais uma vez. A mão esquerda da profa. Hambone estremeceu.

Por fim, a música cedeu e eles ficaram imóveis.

Houve um momento de silêncio, e então todos — as crianças na porta, a profa. Hambone, os alunos do estudo dirigido (exceto a Narizinho) — explodiram num aplauso estonteante.

— Ai, meu *Deus* — disse Dee.

— Isso, tipo, não *pode* ter acontecido — completou Dum.

Bati palmas e abri um amplo sorriso enquanto todos me olhavam profundamente atônitos, como se eu fosse um óvni. Sorri para a profa. Hambone, que enxugava os olhos com a manga cheia de babados da sua blusa rococó. Sorri para o prof. Fletcher, que, de tão feliz, parecia ter acabado de completar um desafio de palavras cruzadas excepcionalmente laborioso, como a Batalha de Bunker Hill da semana passada. Sorri até para Dee e Dum, que me encaravam com expressões incrédulas, porém temerosas (ver Rosemary ao final de *O bebê de Rosemary*, quando todos os velhos gritam "*Salve, Satã!*").

— Blue van Meer — disse Zach. Ele pigarreou e se aproximou da minha carteira. As luzes fluorescentes lhe formaram um halo azedo ao redor do cabelo, fazendo com que parecesse um Jesus pintado à mão como aqueles que ficam pendurados nas paredes grudentas de igrejas que cheiram a *gruyère*. — O que acha de ir ao baile de Natal comigo?

Fiz que sim, e Zach não se deu conta da minha relutância e terror agudos. Um sorriso do tamanho de um Cadillac rebocou seu rosto como se eu tivesse acabado de concordar em lhe pagar "à la vista", como diria o Papai, por um Pontiac Grand Prix Bege Metálico, com todos os opcionais, dois mil acima do preço na etiqueta, saindo com ele direto do estacionamento, ali mesmo. Ele também não se deu conta — ninguém se deu conta — do fato de que eu estava vivenciando uma sensação muito intensa de *Nossa cidade* perdida, que foi ainda mais intensificada quando Zach deixou a biblioteca com uma expressão supremamente satisfeita (Papai havia descrito uma expressão semelhante nos homens da tribo Zwambee, nos Camarões, após fecundarem sua décima noiva).

— Você acha que eles fizeram *sexo*? — perguntou Dum, com os olhos quase fechados. Estava sentada ao lado da irmã, pouco atrás de mim.

— Se tivessem feito sexo, você acha que ele estaria babando assim por ela? É de domínio público que um nanossegundo depois de fazer sexo com um cara, você deixa de ser a manchete principal e passa a ser uma nota insignificante no obituário. Ele acabou de dar uma de Justin Timberlake na frente dos nossos *próprios olhos*.

— Ela deve ser muito louca na cama. Deve ser a melhor amiga de um homem.

— Você precisa de seis strippers de Las Vegas e uma coleira pra ser a melhor amiga de um homem.

— Talvez a mãe dela trabalhe num cabaré. — Começaram a rir, estridentes, sem sequer se preocuparem em parar quando eu me virei para encará-las.

Papai e eu tínhamos visto *Nossa cidade* (Wilder, 1938) durante uma tempestade torrencial na Universidade de Oklahoma, em Flitch (um dos alunos do Papai estava estreando em Flitch como diretor de palco). Ainda que a peça tivesse uma boa dose de falhas (parecia haver uma grande confusão com o endereço, pois "O olho de Deus" vinha antes de "New Hampshire") e que o Papai tenha achado a premissa *carpe diem* muito melosa ("Me acorde se alguém levar um tiro", comentou, deixando a cabeça pender para a frente), eu me senti razoavelmente tocada quando Emily Webb, interpretada por uma menina minúscula com cabelo da cor de faíscas de ferrovia, deu-se conta de que ninguém conseguia vê-la, quando sabia que precisava se despedir de Grover's Corners. No meu caso, porém, foi ao contrário. Eu me senti invisível apesar de *todos* terem me visto, e se o Zach Soderberg e o seu cabelo de toalha de mesa fossem Grover's Corners, não haveria nada que eu desejasse mais do que sair daquela droga de cidade.

Essa sensação funesta atingiu um ponto máximo quando, naquele mesmo dia, enquanto seguia para a aula de Cálculo no Pavilhão Hanover, passei pelo Milton, que caminhava de mãos dadas com Joalie Stuart, do segundo ano, uma dessas meninas extremamente miúdas que caberiam facilmente numa mala de mão e pareceriam muito confortáveis sobre um pônei. Ela tinha uma risada de chocalho de bebê: um ruído de jujuba capaz de irritar até quem estivesse cuidando da própria vida a um ano-luz de distância. Jade tinha me informado, uns poucos dias antes, que a Joalie e o Black eram um casal magnificamente feliz, na tradição de Newman e Woodward.

— Nada vai entrar no caminho desses dois — comentou, num suspiro.

— E aí, Vomitona — disse Milton ao passar por mim.

Ele sorriu, e Joalie sorriu. Joalie estava usando um casaco azul-glacê e uma faixa de cabelo de veludo marrom bastante grossa, que parecia um verme peludo gigante vasculhando-lhe as orelhas.

Eu nunca tinha me dedicado muito a contemplar relacionamentos (Papai dizia que eram absurdos se eu tivesse menos de vinte e um anos, e quando eu tivesse mais de vinte e um seriam Detalhes, Minúcias, questões como o transporte ou a localização de um caixa automático numa nova cidade; "Quando chegarmos lá descobrimos", dizia, abanando a mão), mas ainda assim, naquele momento, quando passei por Milton e Joalie, ambos sorrindo confiantes apesar de, a distâncias maiores que cinco metros, parecerem um gorila levando uma *yorkshire* tamanho zero para passear, eu me senti de fato admirada pela remota possibilidade de que a pessoa de quem *você* gostava algum dia gostasse de você com intensidade correspondente. E comecei a fatorar essa charada matemática a mil por hora, de modo que, quando me sentei na primeira fileira da aula de Cálculo com o prof. Thermopolis no quadro-negro, tentando subjugar uma função robusta do nosso dever de casa, deparei-me com um número perturbador.

Acho que é por isso que, depois de anos tentando a sorte, algumas pessoas acabam apostando suas magras fichas num Zach Soderberg, o garoto que era como uma lanchonete, tão retangular e iluminado que não deixava nem um milímetro de sombra ou algum segredo emocionante (nem mesmo sob as cadeiras de plástico ou atrás das máquinas de refrigerante). O único miasma soturno a ser encontrado naquele rapaz talvez fosse um pouco de mofo na gelatina de laranja. O garoto era puro creme de espinafre e cachorro-quente estragado.

Por mais que se tentasse, ninguém conseguiria encontrar uma única mancha repulsiva nas paredes dele.

∽

Suponho que tenha sido apenas um desses *Dias de cão* de dezembro, quando o Amor e seus primos próximos — o Desejo, a Paixão, o Ciúme, o Furor (que sofriam todos de TDAH ou de Síndrome Hipercinética) — estavam à solta e no cio, aterrorizando a vizinhança. Mais tarde, naquele mesmo dia, quando o Papai me deixou em casa antes de voltar para a universidade para uma reunião de professores, eu só tinha feito cinco minutos dos meus deveres de casa quando o telefone tocou. Atendi, e ninguém disse nada. Meia hora depois, quando tocou de novo, liguei a secretária eletrônica.

— Gareth. Sou eu. Gatinha. Olha, preciso falar com você. — *Clac.*

Menos de quarenta e cinco minutos depois, ela ligou outra vez. Tinha uma voz árida e cheia de crateras como a lua, exatamente como a voz da Shelby Hollow, e da Jessie Rose Rubiman antes dela, e da Berkley Sternberg, a velha Berkley que usava *A arte de viver sem culpa* (Drew, 1999) e *Assuma o controle da sua vida* (Nozzer, 2004) como suportes para seus vasos de violetas africanas.

— E-eu sei que você não gosta quando eu ligo, mas preciso *realmente* falar com você, Gareth. Estou com a sensação de que você está em casa e não quer atender. Atenda o telefone.

Ela esperou.

Sempre que elas esperavam, eu as imaginava no outro lado da linha, de pé em cozinhas amareladas, enroscando o fio ao redor do indicador até que o dedo ficasse vermelho. Perguntei-me por que nunca lhes ocorria que eu estaria ouvindo, e não o Papai. Acho que se uma delas dissesse o meu nome, eu atenderia o telefone e faria o melhor possível para consolá-la, explicar-lhe que o Papai era uma dessas teorias que jamais poderiam ser confirmadas, provadas além de qualquer dúvida. E embora existisse a chance de que alguém tivesse o lampejo de genialidade necessário para decifrar aquele homem, chegar ao cerne da questão, a probabilidade era tão infinitesimal, tão inconcebível, que o próprio ato de tentar faria com que essa pessoa se sentisse muito pequena e insignificante (ver capítulo 53, "Supercordas e a Teoria M, ou Teoria Misteriosa, ou Teoria de Tudo", *Incongruências*, V. Close, 1998).

— Tudo bem. Me ligue quando puder. Estou em casa. Mas você me encontra no celular se eu sair. Talvez eu saia. Preciso comprar ovos. Por outro lado, talvez fique em casa e faça tacos. Tudo bem. Esquece essa mensagem. Falo com você depois.

Numa assertiva aparentemente astuta, Sócrates escreveu que "o mais quente dos amores tem o mais frio dos términos". Por essas palavras, por sua própria definição — porque tenho certeza de que o Papai nunca mentiu para elas, nunca fingiu que seus afetos fossem algo não perfeitamente abrangido pelas palavras *lânguido* e *morno* —, cada um dos términos do Papai deveria ter sido um fato ensolarado e viçoso. Deveriam ter sido partidas de pólo. Deveriam ter sido piqueniques.

Não acho que o próprio Papai já tenha compreendido isso muito bem, tratando esses soluços do modo como os tratava, com um misto de vergonha e arrependimento. Quando veio para casa naquela noite, fez o que sempre fazia. Tocou as mensagens (abaixando o volume ao perceber quem era) e as apagou.

— Já comeu, Christabel? — perguntou.

Ele sabia que eu tinha ouvido as mensagens, mas como o Imperador Cláudio em 54 d.C., ao ouvir os sonoros rumores romanos de que sua querida esposa, Agripina, conspirava para envenená-lo com um prato de cogumelos trazido pelo seu eunuco preferido, por algum motivo desconhecido o Papai preferiu ignorar esses sinais de tragédia iminente (ver *A vida dos doze Césares*, Suetônio, 121 d.C.).

Ele nunca aprendia.

⌒

Duas semanas depois, na noite de sábado do Cabaré Natalino do Maxwell, fiquei detida ilegalmente na casa do Zach Soderberg. Eu estava usando o velho vestido preto da Jefferson Whiteston, que, segundo a Jade, tinha sido desenhado por Valentino especialmente para ela, mas quando brigaram pelos afetos de "um bartender sem camisa do Studio 54, chamado Gibb", ela arrancou violentamente a etiqueta, tornando o vestido amnésico. ("É assim que caem os impérios", dissera Jade, suspirando dramaticamente enquanto ela e Leulah ajustavam as mangas e a cintura com alfinetes para que a coisa não mais parecesse um colete salva-vidas. "Confie em mim. Se você começa acasalando com os otários, é o fim da sua civilização. Mas suponho que você não tenha tido como evitar. Tipo, ele te convidou na frente da escola *inteira*. O que você poderia dizer, a não ser que estava extasiada em ser o seu biscoitinho? Tenho pena de *você*. De que tenha que passar a noite inteira com o Desconto." Era assim que elas chamavam o Zach agora, o "Desconto", e o apelido lhe caía bem. Ele realmente *era* todo código de barras, todo Grandes Ofertas, todo $5 a menos apresentando a Nota Fiscal.)

— Coma alguns bombons — disse o pai do Zach, Roger, segurando uma bandeja de chocolates com uma cobertura poeirenta.

— Não a force a comer — disse a mãe do Zach, Patsy, afastando a mão de Roger.

— Gosta de chocolate? Tem que gostar. Todo mundo gosta de chocolate.

— Roger — protestou Patsy. — Nenhuma menina quer comer antes de uma festa, quando está nervosa! *Depois* é que vem a fomezinha. Zach, faça com que ela coma direito.

— Tá bem — disse Zach, enrubescendo como uma freira. Ele levantou as sobrancelhas e me lançou um sorriso penitente, enquanto Patsy ajoelhava uma perna no carpete da sala de estar e nos espiava pelo buraco da Nikon.

Sem que Patsy se desse conta, Roge tinha passado à minha esquerda e segurava a bandeja de cerâmica novamente.

— Vamos lá — sussurrou, piscando um olho. Tudo indicava que Roge, que vestia um casaco de algodão amarelo e uma calça cáqui (vincos descendo cada perna, bem demarcados, como os Fusos Horários), daria um vendedor muito convincente de pó, bagulho, bala, doce e loló.

Tive que pegar um. Começou a derreter na minha mão.

— *Roger!* — disse Patsy, *tsc*ando (duas covinhas perfurando-lhe as bochechas), enquanto tirava o que já era a nossa décima sexta foto, esta com Zach e eu na poltrona florida, os joelhos posicionados num ângulo perfeito de noventa graus.

Patsy era uma autoproclamada "fotomaníaca", e por toda parte, cobrindo cada superfície plana e dura, como milhares de folhas molhadas e não varridas num terraço, havia fotos emolduradas de Zach com seu sorriso torto, de Bethany Louise com suas orelhas de urna, algumas de Roge quando tinha costeletas e de Patsy quando seu cabelo era mais avermelhado e usado como uma torta de *amaretto* sobre a cabeça, recoberto de laços. A única superfície plana e dura desprovida de fotos naquela sala — a mesinha de centro à nossa frente — apoiava um jogo Ludo interrompido.

— Espero que o Zach não tenha te envergonhado com a dança — disse Patsy.

— Não, é claro — respondi.

— Ele ficou praticando sem parar. Tão nervoso! Pediu à Bethany Louise que ficasse acordada a noite toda ensaiando os passos.

— Mãe — disse Zach.

— Ele sabia que ia ser arriscado — disse Roge. — Mas eu falei que ele precisava dar um salto de fé.

— Isso vem de família — disse Patsy, fazendo um sinal para Roge. — Você deveria ter visto este aqui, quando me pediu em casamento.

— Às vezes a gente não consegue se segurar.

— Graças a Deus!

— Mãe, acho que está na hora de irmos — disse Zach.

— Tudo bem! Tudo bem! Mais uma ali na janela.

— Mãe.

— Só mais uma. Tem uma luz deslumbrante ali. Uma só. Prometo.

Eu nunca tinha estado numa casa tão cheia de! e de ainda mais!!! Eu nem sequer estava ciente de que esses ninhos de benevolência, esses banhos de imersão em afagos e abraços existiam de fato, a não ser na nossa cabeça, quando comparávamos nossa família desajustada com a família aparentemente exultante do outro lado da rua.

Uma hora antes, quando Zach e eu estacionamos o carro na calçada e pude ver aquela casa de madeira — sincera como um sanduíche aberto, servido ao céu sobre delgadas colunas de madeira —, Patsy desceu apressada os degraus da varanda com sua blusa verde-besouro, antes mesmo que o Zach estacionasse o carro ("Você disse que ela era bonita, mas não que era linda *de morrer!* O Zach nunca nos conta nada!" exclamou, e a voz de Patsy era assim, mesmo quando não estava saudando pessoas na calçada, uma exclamação).

Patsy era bela (apesar de ter cerca de doze quilos a mais que em seus dias de torta de amaretto) e tinha uma cara animada e redonda, que remetia a uma torta de baunilha fresca abençoada com uma cereja e exposta adoravelmente na vitrine de uma loja de doces. Roge era bonito, mas no sentido oposto do Papai. Roge (Tem gasolina no carro, Zachary?, Acabei de encher, Bom garoto) tinha o ar vibrante de um banheiro novinho em folha, recoberto por desejáveis azulejos Branco Quente. Tinha olhos azuis cintilantes e uma pele tão clara que seria possível vermos o nosso reflexo piscando de volta para nós ao olharmos para o rosto dele.

Por fim, depois de registrada a foto número vinte e dois (Patsy tinha um jeito todo particular de pronunciar essa palavra, *fóóóto*), Zach e eu finalmente ganhamos permissão para partir. Estávamos saindo da sala de estar para o aprumado saguão bege quando Roge me passou furtivamente um guardanapo de pano cheio dos bombons, que ele esperava ostensivamente traficar para fora da casa.

— Ah, espera aí — disse Zach. — Quero mostrar o Turner à Blue. Acho que ela vai gostar.

— É claro! — concordou Patsy, batendo palmas.

— É só um segundo — disse Zach, virando-se para mim.

A contragosto, subi as escadas atrás dele.

Vale registrar que Zach resistiu incrivelmente bem ao encontro com o Papai, quando foi me buscar em casa no Toyota. Cumprimentou-o com um aperto de mão (ao que parecia, não era um "pano molhado" a coisa que mais irritava o Papai), chamou-o de senhor, deu início a uma conversa sobre a bela noite que se anunciava e perguntou no que o Papai trabalhava. Papai o olhou de cima a baixo umas três vezes e respondeu com frases ríspidas que teriam feito Mussolini estremecer. "*Ah é?*" e "*Dou aulas sobre guerra civil*". Outros pais teriam sentido pena do Zach, ao se lembrarem dos dias inseguros de sua própria adolescência, e o teriam acolhido, tentado Fazer o Garoto Se Sentir Confortável. Infelizmente, Papai decidiu Fazer o Garoto Se Sentir Pequeno e Não Tão Homem, simplesmente porque o Zach não sabia, de maneira inata, no que ele trabalhava. E embora o Papai soubesse que o público leitor da *Fórum federal* era de menos de 0,3 por cento dos Estados Unidos e, portanto, apenas um punhado de indivíduos teria examinado seus artigos ou notado sua *fóóóto* romântica (uma Mosca de Verão diria "charmoso", ou "bonitão"), em preto-e-branco, exposta entre os "Colaboradores Notáveis", ele *ainda assim* não gostava de ser lembrado de que ele e seus esforços educacionais não eram tão reconhecíveis quanto, digamos, Sylvester Stallone e *Rocky*.

No entanto, Zach exibiu o otimismo de um desenho animado.

— *Meia-noite* — decretou o Papai enquanto saíamos. — Estou falando *sério*.

— Tem a minha palavra, sr. Van Meer!

Nesse momento, Papai já não se preocupava mais em esconder a cara de Você-Deve-Estar-Brincando, que eu ignorei, embora tenha se dissolvido rapidamente, transformando-se na cara de Este-É-O-Inverno-Do-Meu-Descontentamento, e então, na de Atire-Nesta-Velha-Cabeça-Grisalha-Se-For-Preciso.

— O seu pai é legal — disse Zach ao ligar o motor. (Papai era uma infinidade de coisas, mas podia-se dizer com toda certeza que ele não era um homem Legal, suspiroso e de mãos grudentas.)

Agora eu seguia atrás do Zach pelo carpete do corredor abafado, que ele dividia com a irmã, como se podia presumir pelos cadáveres deixados pelo chão e pelo odor de fraticídio (cheiro de meias esportivas intimidando o perfume de pêssego, colônia competindo com a catinga que emanava de uma camiseta cinza, que ameaçava contar tudo à mamãe). Passamos pelo que tinha que ser o quarto da Bethany Louise, pintado de rosa-chiclete, uma pilha de roupas jogadas no chão (ver "Monte McKinley", *Almanaque de grandes formações geográficas*, edição de 2000). Passamos então por um segundo banheiro, e pela fenda da porta não-tão-fechada pude ver paredes azuis, troféus, o pôster de uma loira muito bem-passada num biquíni. (Sem muita imaginação, pude preencher o outro detalhe óbvio: aprisionado sob o colchão, um catálogo violentado da *Victoria's Secret*, com a maior parte das páginas grudadas umas às outras.)

Ao final do corredor, Zach parou. À sua frente havia um pequeno quadro, menor que uma escotilha, iluminado por um lustre dourado torto preso à parede.

— Então, meu pai é pastor da Primeira Igreja Batista. E quando deu um sermão no ano passado, "As Catorze Esperanças", tinha um homem na congregação vindo de Washington, D.C. O nome dele era Cecil Roloff. Bom, esse cara ficou tão inspirado que, depois do sermão, disse para o meu pai que era um novo homem. — Zach apontou para a pintura. — E aí, uma semana depois, isto aqui chegou pelo correio. E é autêntico. Você conhece Turner, o artista?

Eu obviamente estava familiarizada com "O Rei da Luz", também conhecido como J.M.W. Turner (1775-1851), pois já tinha lido a sua biografia de oitocentas páginas, imprópria para menores, escrita por Alejandro Penzance e publicada somente na Europa, *Um artista pobre e decadente nascido na Inglaterra* (1974).

— Chama-se *Pescador no mar* — disse Zach.

Esquivei-me, ágil, da bermuda de ginástica verde e sintética jogada no chão, e me inclinei para examiná-lo. Imaginei que provavelmente *seria* autêntico, embora não fosse um dos "festivais de luzes" nos quais o artista "mandava as convenções às favas e agarrava a pintura pelos testículos", segundo a descrição de Penzance do trabalho nebuloso e quase completamente abstrato de Turner (p. viii, Introdução). A pintura era a óleo, porém bastante obscura, ilustrando um barco minúsculo perdido numa tempestade no mar, pintado em cinzas, marrons e verdes turvos. Havia ondas agitadas, um bote de madeira obstinado como uma caixa de fósforos e uma lua pálida, pequena e ligeiramente acrofóbica espiando ansiosa entre as nuvens.

— Por que está pendurado aqui em cima? — perguntei.

Ele riu, tímido.

— Ah, a minha mãe quer que fique perto de mim e da minha irmã. Diz que é saudável dormir perto da arte.

— O uso da luz é muito interessante — comentei. — Lembra vagamente *O incêndio das Câmaras dos Lordes e dos Comuns*. Especialmente o céu. Mas obviamente usou uma paleta diferente.

— A minha parte preferida são as nuvens. — Zach engoliu saliva. Parecia ter uma colher de sopa presa na garganta. — Quer saber?

— O quê?

— Você meio que me lembra esse barco.

Olhei para ele. Seu rosto era tão cruel como um sanduíche de manteiga de amendoim sem casca (e ele tinha cortado aquele cabelo-chapéu Panamá, de modo que agora não lhe cobria *tanto* a testa), mas mesmo assim esse comentário me tornou... bem, subitamente incapaz de *tolerar* aquele garoto. Ele acabava de me comparar a uma embarcação diminuta conduzida por pontos marrons e amarelos sem cara — e *mal* conduzida, pois em questão de segundos (se levássemos em consideração a vaga a óleo que se curvava para atingi-la vingativamente) aquilo ali afundaria e a mancha marrom que se via no horizonte, o navio que passava desapercebido, não viria resgatar os pontos em nenhum momento próximo.

Essa também era a causa de muitas das exasperações do Papai, quando alguma pessoa se auto-designava seu oráculo de Delphos pessoal. Era também o motivo que fazia com que muitos de seus colegas da universidade passassem de camaradas inofensivos e inominados a indivíduos aos quais ele se referia como "anátemas" e "*bête noires*". Eles tinham cometido o equívoco de resumir o Papai, abreviá-lo, descrevê-lo em poucas linhas, dilui-lo, dizer-lhe Como É Que É (e errar completamente).

Quatro anos antes, no Dia de Abertura do Simpósio Mundial da Faculdade Dodson-Miner, Papai tinha dado uma palestra de quarenta e nove minutos intitulada "Modelos de ódio e o tráfico de órgãos", à qual era particularmente afeito, após ter viajado para Houston em 1995 para entrevistar a bigoduda Sletnik Patrutzka, que havia vendido um rim em troca da liberdade. (Em pranto, Sletnik nos mostrara suas cicatrizes; "Ainda doem", contou.) Imediatamente após a palestra do Papai, o diretor da faculdade, Rodney Byrd, rastejou pelo palco como uma barata afugentada, limpou a boca molenga com um guardanapo e disse: "*Obrigado*, dr. Van Meer, por seu olhar aguçado sobre a Rússia pós-comunista. É muito raro termos um autêntico *emigré* russo no campus" — disse aquilo como se falasse a alguma pessoa misteriosa que deixara de se apresentar à palestra, uma tal sra. Emmie Gray muito evasiva — "e estamos ansiosos por passar este semestre com o senhor. Se alguém tiver alguma pergunta sobre *Guerra e paz*, suspeito que você seja o homem mais qualificado para respondê-la." (Naturalmente, a palestra do Papai versara sobre o tráfico de órgãos visto na *Europa Ocidental*, e ele jamais pisara na Rússia. Embora fosse proficiente em outros idiomas, Papai realmente não sabia nada de russo, a não ser por "На бога надейся, а сам не плошай", que significava "Confie em Deus, mas tranque seu carro", um provérbio russo muito famoso.)

"O ato de sermos pessoalmente mal-interpretados," dizia o Papai, "de que nos informem, na nossa cara, que não somos mais complexos que umas poucas palavras casualmente encadeadas como camisetas manchadas num varal... bem, isso pode enfurecer os mais contidos dos indivíduos."

Não havia ruído nenhum naquele corredor claustrofóbico além da respiração do Zach, que ressoava como o interior de uma concha. Eu conseguia sentir os olhos dele gotejando sobre mim, seguindo as pregas do duro vestido preto da Jefferson, que, visto de longe, pareceria um cogumelo shitake de cabeça para baixo. O tecido preto-prateado parecia frágil, como se pudesse descascar, rígido como papel-alumínio ao redor de uma coxa de galinha frita.

— Blue?

Cometi o grave erro de erguer os olhos para observá-lo. O rosto do Zach — cabeça bem iluminada pelo lustre sobre o Turner, pálpebras absurdamente longas como as de uma Vaca Jersey — se aproximava de mim diretamente, descendo à deriva como a Gondwana, a gigantesca massa de terra meridional que vagou até o Pólo Sul há 120 milhões de anos.

Ele queria que as nossas placas tectônicas colidissem, forçando uma sobre a outra de modo que o material derretido do interior da Terra gerasse um vulcão violento e instável. Bem, foi um desses momentos suados que eu nunca tinha vivido antes, a não ser em sonhos, quando a minha cabeça estava no beco-sem-saída do braço de Andreo Verduga, meus lábios repousando na colônia alcoólica do seu pescoço. Ao olhar para o rosto do Zach, que pairava sobre mim na interseção do Desejo com a Timidez, esperando pacientemente pelo sinal verde (ainda que não houvesse uma alma viva no lugar), você pode pensar que eu fugiria, tentaria salvar a minha vida, relaxaria e pensaria no Milton (eu tinha passado a tarde toda numa Terra do Nunca secreta, fantasiando que *ele* tinha encontrado o Papai, que os *seus* pais tinham estado rondando a sala de estar), mas não, nesse momento bizarro, Hannah Schneider me veio à cabeça.

Eu a havia visto na escola naquele mesmo dia, logo após a segunda aula da tarde. Usava um vestido de lã preto, de mangas compridas, e um casaco preto apertado, e caminhava instável pela calçada, em direção ao Pavilhão Hanover, carregando uma bolsa de tela creme, a cabeça inclinada para o chão. Embora Hannah *sempre* houvesse sido magra, a sua figura, especialmente os ombros, parecia encurvada e estreita, até mesmo amassada — como se acabasse de ser esmagada numa porta.

Agora, presa num momento pegajoso com esse garoto, sentindo como se eu ainda estivesse no Kansas, a idéia de que ela se aproximasse tanto do Doc ao ponto de poder contar o número de pêlos grisalhos no queixo do homem parecia asquerosa, impossível. Como ela poderia suportar aquelas mãos, aqueles ombros de cadeira de balanço ou, na manhã seguinte, o céu estéril como um quarto de hospital? O que havia de *errado* com ela? Havia algo de errado, é claro, terrivelmente errado, mas eu estivera preocupada demais comigo mesma, com o Black e o número de vezes que ele espirrava, com a Jade, a Lu, o Nigel, o meu cabelo, para pensar muito a sério naquilo. ("A principal obsessão da garota americana média é o cabelo — simples franjas, uma permanente, alisamento, pontas duplas —, esnobando assustadoramente qualquer outro tema, como o divórcio, assassinatos e a guerra nuclear", escreve o dr. Michael Espiland em *Sempre bata antes de entrar* [1993].) O que teria acontecido com a Hannah para fazê-la descer até Cottonwood do modo como Dante descera, pertinaz, até o Inferno? Por que motivo ela perpetuaria um padrão patente de auto-humilhação, que obviamente se replicava a uma velocidade alarmante com a morte do seu amigo, Smoke Harvey, a bebida e os palavrões, a magreza, que fazia com que parecesse um corvo faminto? Se não fosse tratada imediatamente, a desgraça tinha a capacidade de se multiplicar. O mesmo valia para o infortúnio, segundo Irma Stenpluck, autora de *Falta de credibilidade* (1988), que detalhava, na página 329, como bastava que sofrêssemos um minúsculo infortúnio para que o nosso "navio naufragasse no Atlântico". Talvez não fosse da nossa conta, mas talvez, em todo esse tempo, ela desejasse apenas que um de nós se desprendesse de si mesmo e, uma única vez, perguntasse algo sobre *ela*, não motivado por uma curiosidade intrometida, e sim porque ela era a nossa amiga e, obviamente, parecia estar desmoronando.

Eu me odiava, em pé ali no corredor, ao lado do Turner e do Zach, que ainda pairava à beira do cânion seco de um beijo.

— Você está pensando em alguma coisa — observou calmamente. O garoto era um Carl Jung, um Freud.

— Vamos sair daqui — falei seca, dando um passo atrás.

Zach sorriu. Era incrível: seu rosto não tinha nenhuma expressão de raiva ou irritação, do modo como alguns índios americanos, os Mohawks, ou os Hupa, não tinham uma palavra para descrever a cor roxa.

— Não quer saber por que você é como esse barco? — perguntou.

Dei de ombros, e meu vestido suspirou.

— Bom, é porque a lua brilha bem nele, e em nenhum outro lugar do quadro. Bem aqui. Do lado. É a única coisa incandescente — falou, ou usou alguma outra palavra-do-dia que gerasse o mesmo efeito, cheio de escorrimentos de lava, amontoados de pedra, cinzas e gases quentes, dos quais optei por não me aproximar, virando de costas e descendo as escadas. Lá embaixo, encontrei Patsy e Roge, parados justamente onde os havíamos deixado, como dois carrinhos de compras abandonados no corredor dos biscoitos.

— Não é demais?! — exclamou Patsy.

Acenaram da porta enquanto Zach e eu entrávamos no Toyota. Grandes sorrisos lhes tomaram o rosto como fogos de artifício quando acenei de volta e gritei pela janela baixa, "Obrigada! Até um outro dia!". Como era estranho que pessoas como Zach, Roge e Patsy flutuassem pelo mundo. Eram as adoráveis margaridas que se agitavam ao redor das orquídeas, os cardos marianos que constituíam as Hannahs Schneider, os Gareths van Meer presos nos galhos e na lama. Eram o tipo de pessoa saltitante que o Papai deplorava, chamando de *fofa*, *frufru* (ou, usando a expressão que mais demonstrava seu desprezo, *doce gente*) se calhasse de estar atrás de uma delas numa fila de supermercado e escutasse o que sempre era um diálogo dolorosamente frouxo.

No entanto — e não sei o que havia de errado comigo —, embora eu não visse a hora de me livrar do Zach assim que chegássemos ao Cabaré (Jade e os outros estariam lá, Black e Joalie também, e eu esperava que a Joalie estivesse padecendo de uma irritação cutânea imprevista que se recusava a supurar, apesar dos pedidos persistentes de vários medicamentos comprados na farmácia), fiquei como que maravilhada com a confiança que o garoto demonstrava. Eu tinha lidado com aquela tentativa de beijo com o mesmo temor que sentiria ao ver uma praga de locustas invadindo as minhas terras, e ainda assim, ele agora sorria para mim e me perguntava alegremente se eu tinha bastante espaço para as pernas.

Incrível, também, foi quando, já descendo a rua, logo antes de virarmos à direita, olhei para trás, para a colina arborizada onde estava a casa do Zach, e vi que Patsy e Roge *ainda* estavam parados ali, muito provavelmente com os braços *ainda* apoiados na cintura um do outro; podia-se ver a blusa verde de Patsy, encoberta pelas árvores delgadas.

Eu jamais confessaria isto ao Papai, mas cheguei *de fato* a cogitar, por um segundo, no momento em que o Zach aumentava o volume da música pop, se seria realmente tão atroz ter uma família como aquela, ter um pai cintilante e um filho de olhos tão azuis que não seria surpresa nenhuma ver pardais voando por eles, e uma mãe que fitava, inabalável, o último lugar em que vira o filho, como um cão no estacionamento de um supermercado que não tira os olhos das portas automáticas.

— Está empolgada para o baile? — perguntou Zach.

Fiz que sim.

CAPÍTULO 14

"O ASSALTANTE DE SHADY HILL"

O Cabaré de Natal foi realizado na Lanchonete Harper Racey '05, que, sob a mão de ferro de Maxwell, presidente do grêmio, tinha se transformado numa abafada boate estilo Versailles, com imitações de porcelanas de Sèvres nas mesas, queijos e tortas francesas, adornos dourados, grandes pôsteres pintados toscamente, representando garotas deformadas em balanços improvisados, afixados sobre a parede "Tempo e Mundo Afora" (com fotos das turmas de Gallway de 1910 até o presente), tentando invocar os babados rococós de *O balanço* (1767), de Fragonard, mas que inadvertidamente conjuravam *O grito* (Munch, 1893).

Ao menos a metade dos professores de St. Gallway estava presente; tinham sido convocados como chaperones e ali estavam, os Mondo-Stranos, vestindo seus smokings. Havermeyer estava ao lado da esposa, Gloria, pálida e ossuda num vestido de veludo preto. (Gloria raramente fazia aparições públicas. Diziam que dificilmente saía de casa, preferindo ficar à toa, roendo marshmallows e lendo romances de Circe Kensington; como esse autor era adorado por muitas Moscas de Verão, eu conhecia seu título mais famoso, *As jóias da coroa de Rochester de Wheeling* [1990].) Também estavam presentes o prof. Archer, de olhos esbugalhados, agarrado ao parapeito da janela e muito bem encaixado num terno azul-marinho, como um convite dentro de um envelope, e a profa. Thermopolis, que conversava com o prof. Butters usando frívolos laranjas e vermelhos havaianos. (Ela tinha feito alguma coisa com o cabelo, uma musse de modelar que transformava madeixas em líquen.) O preferido da Hannah, o prof. Moats, estava lá, quase tão alto quando o batente da porta sob a qual se encontrava, vestindo um paletó azul-petróleo e calças xadrez. (Ele tinha um rosto desastroso: o nariz, a boca inchada, o queixo e até mesmo boa parte das bochechas pareciam se amontoar na metade inferior da cara, como passageiros de um navio tentando evitar a água do mar durante um naufrágio.)

Jade e os outros tinham prometido (jurado por diversos avós falecidos) que chegariam às nove, mas já eram dez e meia e não havia nenhum sinal deles, nem mesmo do Milton. Hannah também deveria estar por lá — "A Eva Brewster me pediu para aparecer", dissera —, mas eu não a via em lugar nenhum. E assim, fiquei presa nas profundezas de Zachlândia, a terra da Palma Pegajosa, do Perigoso Mocassim, do Braço Raquítico, do Hálito de Calcutá, do Murmúrio Desafinado Vagamente Discernível e Tão Irritante Quanto Um Ruído de Estática; cidade principal: agrupamento de pintas no pescoço abaixo da orelha esquerda; rios: suor nas têmporas, no vale do pescoço.

A pista de dança estava abarrotada. À nossa direita, a menos de um palmo de distância, a ex-namorada do Zach, Lonny Felix, dançava com seu par, Clifford Wells, que tinha a cara empinada e delicada e era mais baixo que ela. Ele era mais leve que a menina, também. Todas as vezes em que Lonny o instruía para que a segurasse pelas costas quando ela mergulhava para trás ("Agora", ordenava), ele trincava os dentes, tentando evitar que a menina caísse no chão. De qualquer modo, ela parecia estar se divertindo com seus rodopios-furacão, executados num estilo próprio, arremessando os cotovelos e o cabelo clareado e duro assustadoramente perto do meu rosto sempre que Zach e eu completávamos uma revolução, quando eu estava de frente para o bufê (onde Perón fazia crepes de Nutella, estranhamente contida numa Rhapsody in Blue de mangas empoladas) e o Zach olhava para as janelas.

Maxwell, uma espécie de Phineas T. Barnum com um paletó de veludo púrpura e uma bengala, ignorava completamente seu par, Kimmie Kaczynski (uma sereia triste e abatida num vestido de cetim verde, incapaz de enfeitiçar seu marinheiro), e presidia, extasiado, o circo de horrores que o acompanhava, a Banda de Jazz Jelly Roll, formada por garotos cansados e de olhos turvos.

— Com licença — disse uma voz atrás de mim.

Era a Jade, meu cavaleiro de armadura brilhante. Imediatamente, no entanto, percebi que havia algo errado. Donnamara Chase, em seu desajeitado vestido de Sino da Liberdade rosa, seu par, Trucker lambe-lábios, e alguns outros, como Sandy Quince-Wood, Joshua Cuthbert e Dinky, uma armadilha viva e ambulante, comprimindo com os braços o pescoço do pobre Brett Carlson, que parecia fadado ao cativeiro, todos tinham parado de dançar e a encaravam.

Pude ver por quê.

Ela usava um fino vestido de seda cor-de-tangerina, com o decote pendurado à frente com a força de um pára-quedista em queda livre. Estava bêbada, não possuía sutiã nem sapatos e, embora nos inspecionasse com uma das mãos no quadril, seu gesto costumeiro de intimidação, nesse momento, parecia apenas estar fazendo o melhor que podia para se firmar sobre as pernas, temendo que elas desabassem. Segurava nas mãos sapatos de salto agulha pretos.

— Se não se importa, De-Desconto — cambaleou à frente; fiquei aterrorizada, achando que ela poderia cair —, preciso pegar a Golfada emprestada por um minuto.

— Você está bem? — perguntou Zach.

Rapidamente, dei um passo à frente e agarrei o braço da Jade. Mantendo um sorriso fixo em meu rosto, puxei-a para fora dali, *com força*, mas não com tanta força a ponto que se dissolvesse numa poça de suco de laranja no meio da pista de dança.

— Ei. *Desculpa* o atraso. O que posso dizer? Estava engarrafado.

Consegui afastá-la da maior parte dos professores-chaperones e a empurrei para o meio de um grupo de alunos do primeiro ano que provavam o *gâteaux au chocolat et aux noisettes* e os queijos franceses ("Esse aqui tem gosto de bunda", falou alguém).

Meu coração pulava. Em poucos minutos, não, segundos, Evita a veria e ela seria presa, nos termos Gallwaianos, posta na *mesa redonda*, suspensão inevitável, trabalhos comunitários de sábado de manhã com homens que lambiam os lábios ao vê-la servir sopa de vegetais morna, talvez até mesmo expulsão. Comecei a bolar mentalmente uma desculpa, algo como um comprimido colocado acidentalmente na 7-Up dela por algum psicótico cheio de espinhas; eu poderia citar diversos artigos sobre esse assunto. Também poderia, é claro, simplesmente simular estupidez ("*Quando em dúvida, finja estar perdida*", recitava o Papai na minha cabeça. "*Ninguém pode te culpar por ter nascido com um QI parco*"). Antes que me desse conta, já estávamos passando pelo bufê e pelos banheiros e saindo pelas portas de madeira, sem sermos detectadas. (Prof. Moats, caso esteja lendo isto, tenho certeza de que o senhor nos viu. Obrigada por simplesmente substituir a sua expressão de tédio acentuado por outra de deleite cínico, suspirar, e não fazer mais nada. E se não fizer idéia do que estou falando, ignore a frase acima.)

Do lado de fora, arrastei-a pelo pátio de lajotas ladeado por bancos de ferro trabalhado ("Ai. Isso *dói*, sabia?"), onde os casais mais sinceros de Gallway estavam ilhados.

Olhando para trás para ter certeza de que ninguém nos seguia, carreguei a Jade pelo gramado, pelas calçadas de brita, pelos refletores alaranjados que faziam com que nossas sombras se estendessem longamente atrás de nós. Não a larguei até que estivéssemos na frente do Pavilhão Hanover, onde estava escuro e desolado, onde tudo — as janelas negras, os degraus de madeira, uma folha dobrada de dever de casa de álgebra murmurando em seu sono — estava banhado pela noite, uniformizado em cinzas e azuis.

— *Você está louca?* — gritei.
— O quê?
— Como você pôde aparecer aqui *desse* jeito?
— Ah, pára de gritar, Vomitona.
— Eu... você está tentando ser expulsa?
— Vai se foder — disse Jade, rindo. — E o seu cachorrinho também.
— Cadê todo mundo? Cadê a Hannah?
Jade fez uma careta.
— Na casa dela. Estão fazendo torta de maçã e assistindo *Entre o céu e a terra*. Isso mesmo. Eles te deram um bolo. Acharam que a cena aqui ia ser maçante. *Eu* sou a única fiel. Devia me agradecer. Aceito dinheiro, cheque, MasterCard, Visa. Menos American Express.
— Jade.
— Os outros são traidores. Infiltrados. E caso queira saber, o Black e aquela petuniazinha estão por aí em algum lugar, fazendo indecências num motel barato. Ele está tão apaixonado que dá vontade de matar. Aquela garota é uma Yoko Ono e a gente vai se *separar*...
— Tente se controlar.
— Pelo amor de Deus, eu tô *legal*. — Jade sorriu. — Vamos pra algum lugar. Algum bar onde os homens sejam homens e as mulheres sejam peludas. E tenham sorrisos de cerveja.
— Você precisa ir pra casa. Agora.
— Eu estava pensando em ir pro Brasil. Golfada?
— O quê?
— Acho que vou vomitar agora.
Ela *realmente* parecia enjoada. Seus lábios tinham desaparecido e ela me encarava com enormes olhos noturnos, apoiando uma das mãos na garganta.
Segurei-a pelo braço com a intenção de levá-la até o grupo de agora malfadados pinheiros à nossa direita, mas, de repente, ela emitiu o gemido curto e agudo de uma criança que não quer comer o último pedaço de couve-flor

ou ficar presa no banco de um carro e se libertou, correndo pelas escadas e cruzando o pórtico. Achei que as portas estariam trancadas, mas não estavam. Desapareceu lá dentro.

Encontrei-a no banheiro da Mirtha Grazeley, a mentora dos alunos novos, vomitando ajoelhada numa das cabines.

— Odeio vomitar. Prefiro morrer. Me mata, vai? Me *mata*. Eu imploro.

Durante quinze minutos nauseados, segurei-lhe o cabelo.

— Tô melhor — falou, limpando os olhos e a boca.

Depois que lavou o rosto na pia, desabou de bruços numa das poltronas da Sala de Boas-Vindas da Mirtha.

— É melhor irmos pra casa — falei.

— Só um segundo.

Fiquei sentada ali no silêncio, com as luzes apagadas; os holofotes verdes do gramado M. Bella Chancery varavam as janelas, e senti como se estivéssemos no fundo do oceano. As sombras finas das árvores secas no jardim se estendiam pelo chão de madeira como ervas marinhas e sargaços, a brita que pontilhava as janelas era um pouco de zooplâncton, o lustre apoiado no canto era uma esponja-de-vidro. Jade suspirou e se deitou de costas, o cabelo grudado nas bochechas.

— É melhor sairmos daqui — falei.

— Você gosta dele — disse Jade.

— De quem?

— Do Desconto.

— Tanto quanto gosto de poluição sonora.

— Você vai fugir e ficar com ele.

— Tá bom.

— Vocês vão fazer horas de sexo, e ele vai te dar vale-presentes. Sério. Eu entendo dessas coisas. Sou médium.

— Cala a boca.

— Vomitona?

— O quê?

— Eu odeio os outros.

— Quem?

— A Leulah. O Charles. Odeio. Gosto de *você*. *Você* é a única pessoa decente. Os outros são todos doentes. E odeio a Hannah acima de tudo. Eca.

— Ah, pára com isso.

— Não. Eu finjo que não odeio porque é fácil e divertido chegar lá e comer a comida dela e ver como ela dá uma de São Francisco de Assis. Beleza. Blá blá. Mas lá no fundo eu sei que ela é doente e repulsiva.

Esperei um momento, tempo suficiente para que, digamos, um tubarão galha-preta nadasse por ali em busca de um cardume de sardinhas, até que aquela palavra peculiar que ela tinha usado, *repulsiva*, debandasse, dissolvendo-se aos poucos, como a tinta de uma lula.

— Na verdade — falei —, é normal sentirmos uma antipatia intermitente por pessoas próximas. É o princípio de Derwid-Loeverhastel, discutido em *Sob a associação*...

— *Foda-se* o David Hasselhoff. — Jade se apoiou num cotovelo, contraindo os olhos. — Eu não *gosto* daquela mulher. — Fechou a cara. — *Você* gosta dela?

— Claro — respondi.

— Por quê?

— É uma boa pessoa.

Jade bufou.

— Não *tão* boa assim. Não sei se você está ciente disto, mas ela matou aquele cara.

— Quem?

Obviamente, eu sabia que ela estava falando de Smoke Harvey, mas preferi fingir ignorância, recrutando somente as mais secas palavras para interrogá-la, de um jeito bastante semelhante ao do reservado Ranulph (pronunciado "RALF") Curry, o intemperado inspetor-chefe das três circunspectas obras-primas policiais de Roger Pope Lavelle, compostas num surto de inspiração que durou uma década, de 1901 a 1911, trabalhos por fim obscurecidos pelos tomos mais radiantes de *sir* Arthur Conan Doyle. Era uma estratégia habilmente empregada por Curry ao interrogar todas as testemunhas oculares, transeuntes, informantes e suspeitos e, na maior parte das vezes, levava à descoberta de algum detalhe crucial que desvendava o caso. "Tsc, tsc, Horace", diz Curry em *A presunção do unicórnio* (1901), um romance de 1017 páginas, "inserir a nossa própria voz na voz desgovernada de outra pessoa é um equívoco capital na arte da detecção. Quanto mais falamos, menos ouvimos".

— O tal do Smoke — prosseguiu Jade. — *Dubs*. Ela deu cabo dele. Tenho quase certeza.

— Como você sabe?

— Eu estava olhando quando eles contaram a ela o que tinha acontecido, lembra? — Jade fez uma pausa, encarando-me, tentando reter com os olhos a pouca luz que havia no lugar. — Você não estava por lá, mas eu vi a performance. Completamente exagerada. A Hannah é mesmo a pior atriz do planeta. Se fosse atriz não faria nem filmes B. Talvez estivesse nos filmes D ou E. Acho que ela não tem talento nem para pornôs. É claro, ela *acha* que vai estar naquele *Inside the actor's studio* tipo, na semana que *vem*. Ela foi *totalmente* excessiva, gritando feito uma louca quando viu o cara morto. Por um segundo achei que estivesse gritando: "Os dingos comeram o meu bebê!"

Jade rolou no sofá, ficou em pé e andou até a copa que havia atrás do escritório da Mirtha. Abriu a porta do frigobar e, agachando-se, foi iluminada por um retângulo de luz dourada que tornou seu vestido transparente, e nesse raio X foi possível ver o quanto ela era magra — seus ombros tinham a largura de um cabide.

— Tem essa gemada aí — falou. — Quer um pouco?

— Não.

— Tem um monte. Três jarras cheias.

— A Mirtha provavelmente mede o quanto resta ao final de cada dia. É melhor não arranjarmos confusão.

Jade ficou em pé com a jarra, batendo a porta com o pé.

— É a Mirtha Grazeley, que como todo mundo *sabe*, tem um quê de Chapeleiro Louco. Quem vai ouvir essa mulher se ela resmungar que tem alguma coisa faltando? Além disso, a maioria das pessoas não é assim tão organizada. Não foi *você* que falou naquele outro *soir* que não adianta tentar encontrar razão num louco? — Abriu um dos armários e tirou dois copos. — Só estou falando é que acho que a Hannah se *livrou* do cara, assim como sei que a minha mãe é o Monstro do Lago Ness. Ou o Pé-Grande. Ainda não decidi qual monstro ela é, mas tenho certeza que é um dos famosos.

— Que motivo ela teria? — perguntei. ("Vejamos, na minha opinião", dizia Curry, "é também bastante útil nos assegurarmos de que o interrogado não perca o rumo, não evite falar do que sabe, não tagarele sobre chaves e aquecedores".)

— Os monstros não precisam de motivo nenhum. São monstros, então simplesmente...

— Estou falando da Hannah.

Jade me fitou, exasperada.

— Você não se liga, né? Ninguém *precisa* de motivos nestes tempos que vivemos. As pessoas procuram motivos e tal porque têm medo, tipo, do caos total. Mas os motivos estão mais fora de moda que os tamancos. A verdade é que algumas pessoas simplesmente gostam de executar outras, assim como algumas pessoas têm uma fissura por esquiadores profissionais cheios de perebas, como se Deus tivesse derramado sementes de pimenta por aí, ou por escrivães com os braços inteiros cobertos por tatuagens.

— Então por que ele?
— Quem?
— O Smoke Harvey — falei. — Por que ele e não eu, por exemplo?

Jade soltou um *Rá* sarcástico enquanto me passava o copo e se sentava.

— Não sei se você sabe, mas a Hannah é completamente obcecada por você. É como se você fosse tipo um *filho* que ela perdeu. A gente já sabia de você antes mesmo de você *aparecer* aqui neste lugar, saca? É altamente esquisito.

Meu coração parou.

— Do que você está falando?

Jade fungou.

— Bom, você conheceu a Hannah naquela loja de sapatos, certo?

Fiz que sim.

— Bom, tipo, imediatamente depois daquilo, ou talvez até no mesmo *dia*, ela ficou falando incessantemente de uma tal de Blue que era tão incrível e maravilhosa e que nós tínhamos que ficar amigos dela ou tipo, *morrer*. Como se você fosse a porra do Segundo Advento. Ela ainda age assim. Quando você não está por perto ela fica toda, "Cadê a Blue, alguém viu a Blue?" Blue, Blue, Blue, pelo amor de Deus. E não é só com *você*. Ela tem todo tipo de fixações anormais. Tipo os animais e os móveis. Todos aqueles homens de Cottonwood. Ela faz sexo como quem dá um aperto de mãos. E o Charles. Ela ferrou completamente com ele e nem se dá conta. E acha que está nos fazendo um grande favor em ser nossa amiga, nos educar ou sei lá o quê...

Engoli seco.

— Aconteceu realmente alguma coisa entre o Charles e a Hannah?

— *Alô-ô!* É claro. Tipo, eu tenho *noventa* por cento de certeza. O Charles não fala nada pra ninguém, nem pro Black, porque a Hannah fez uma lavagem cerebral nele. Mas no ano passado, eu e a Lu fomos buscar o Charles e ele estava chorando, nunca vi ninguém chorar tanto na minha *vida inteira*. Ele estava com o rosto todo ferrado, tipo assim. — Demonstrou. — Tinha tido um chilique. A casa estava toda destruída. Ele tinha jogado quadros no chão, atacado o papel de parede, arrancado grandes pedaços das paredes. A gente encontrou o garoto chorando, enroscado no chão perto da TV. Tinha uma faca no chão, também, e a gente com medo de que ele, tipo, tentasse cometer suicídio e tal...

— Ele não tentou, né? — perguntei rapidamente.

Jade fez que não.

— Não. Mas acho que ele estava pirando porque a Hannah falou que eles teriam que parar com aquilo. Ou sei lá, de repente aconteceu só uma vez. *Provavelmente* foi um acidente, saca? Não acho que ela tenha se programado para ferrar o Charles, mas certamente fez alguma coisa, porque ele não é mais o mesmo. Tipo, você devia ter visto como ele era no ano passado, e no outro. Era um garoto incrível. Uma pessoa realmente feliz que todo mundo *amava*. Agora ele está sempre puto da vida.

Jade tomou um grande gole da gemada. A escuridão lhe endurecia o perfil, fazendo com que sua cara parecesse uma das colossais máscaras decorativas de jade que eu e o Papai observamos na Sala Olmeca do Museu Garber de História Natural, no Novo México. "Os olmecas eram uma civilização singularmente artística, profundamente intrigada com o rosto humano", leu o Papai, com uma voz grandiosa, conforme a explicação impressa na parede. "Acreditavam que, embora a voz minta com freqüência, o rosto em si jamais engana."

— Se você realmente pensa essas coisas sobre a Hannah — consegui dizer —, como consegue passar tanto tempo com ela?

— Eu sei. É esquisito. — Jade torceu a boca para um lado, pensando. — Acho que é como o *crack*. — Então suspirou, abraçando os joelhos. — É uma coisa meio menta com pedaços de chocolate.

— O que significa isso? — perguntei, ao ver que ela não se dispôs a elaborar a idéia imediatamente.

— Bom — Jade inclinou a cabeça —, você nunca sentiu que amava, *amava* menta com pedaços de chocolate? Que sempre tinha sido o seu sabor preferido, acima de qualquer outro no mundo inteiro? Mas então, um dia você ouve a Hannah falando sem parar de creme com amêndoas. Creme com amêndoas isso e creme com amêndoas aquilo, e aí você se vê pedindo creme com amêndoas o tempo todo. E percebe que gosta mais de creme com amêndoas. Do qual provavelmente sempre gostou, apenas não *sabia*. — Ficou calada por um momento. — E você nunca mais come menta com chocolate.

Nesse ponto, senti que estava me afogando entre as bóias sombreadas e as raízes das algas e a estrela-do-mar avermelhada pendurada no lustre sobre nós duas, mas me forcei a respirar fundo, a lembrar que não podia acreditar em tudo o que ela acabava de dizer — não necessariamente. Muitas das coisas que a Jade *jurava* serem verdade, quando estava bêbada *ou* sóbria, podiam ser armadilhas, areia movediça, *trompe l'oeil*, o embuste da luz viajando pelo ar a diversas temperaturas.

Eu tinha cometido o erro de interpretar literalmente as palavras dela pela primeira e última vez no dia em que me confessou o quanto "odiava" a mãe, o quanto estava "louca" para ir morar com o pai, um juiz em Atlanta, que era "decente" (apesar de ter fugido de casa cerca de quatro anos antes com uma mulher que ela chamava simplesmente de Marcy Miolo-Mole, sobre a qual pouco se sabia, a não ser que era uma escrivã com os braços inteiros cobertos por tatuagens). E então, menos de quinze minutos depois, eu a vi apanhar o telefone e ligar para a mãe, que ainda estava no Colorado, presa alegremente em uma avalanche romântica com o instrutor de esqui.

— Mas quando você vem pra *casa*? Detesto ter a Morella tomando conta de mim. Preciso de você para o meu desenvolvimento emocional adequado — disse Jade, chorosa. Então percebeu que eu estava ali e gritou: — E *você*, tá olhando o que, porra? — e bateu a porta na minha cara.

Apesar de ser adorável (e de ter um tique personalizado, aquele jeito distraído de soprar o cabelo que lhe caía no rosto, cujo charme não poderia ser superado nem pela Audrey Hepburn), além de ter sido abençoada com as invejáveis propriedades de um casaco de pele — gracioso, nada razoável nem prático, não importando sobre o que estivesse apoiado, fossem poltronas ou pessoas (uma qualidade que não diminuía nem mesmo quando estava amassada ou em farrapos, como agora) —, Jade era uma dessas pessoas cuja personalidade provava ser a maldição da matemática moderna. Não era uma forma plana nem sólida. Não tinha nenhum tipo de simetria. A Trigonometria, o Cálculo e a Estatística se mostravam inúteis. Seu Gráfico de Pizza era um amontoado de fatias arbitrárias, seu Gráfico de Linha lembrava a silhueta dos Alpes. E no momento em que a citávamos sob a Teoria do Caos — Efeitos Borboleta, Previsões do Tempo, Fractais, Diagramas de Bifurcação e tudo o mais —, ela surgia como um triângulo eqüilátero, às vezes até mesmo um quadrado.

Agora estava deitada no chão, com os pés imundos acima da cabeça, demonstrando um exercício de Pilates que, segundo o que explicou, "fazia com que mais sangue passasse pela medula". (De alguma forma, isso se traduzia numa vida mais longa.) Apoiei meu copo de gemada.

— Vamos entrar na sala de aula dela — disse Jade, num suspiro ansioso. Deixou tombar as pernas finíssimas sobre o carpete com o movimento rápido e violento de uma guilhotina. — A gente podia dar uma olhada. Tipo, não é completamente desvairado pensar que ela guardaria provas na sala de aula.

— Provas *do quê*?

— Já te *disse*. Assassinato. Ela matou o tal do Smoke.

Respirei fundo.

— Os criminosos juntam as coisas no último lugar em que as pessoas buscariam, certo? — perguntou. — Bom, quem iria procurar na sala de aula dela?

— Nós.

— Se encontrarmos alguma coisa, aí vamos *saber*. Não que signifique alguma coisa. Tipo, se dermos o benefício da dúvida à Hannah, talvez o Smoke tenha merecido. Ele talvez matasse focas a pauladas.

— Jade...

— Mas se *não* acharmos nada, e daí? Não causamos mal nenhum.

— *Não podemos* entrar na sala dela.

— Por que não?

— Por inúmeros motivos. Primeiro, se formos pegas vamos ser expulsas da escola. Segundo, não faz nenhum sentido lógico...

— *Ah, não enche o saco!* — gritou Jade. — *Não consegue esquecer uma vez na vida a porra da sua carreira universitária fantástica e curtir um pouco? Você é chata pra cacete!* — Jade parecia furiosa, mas então, quase imediatamente, a raiva desapareceu do seu rosto. Sentou-se, um sorriso minúsculo na cara.

— *Pensa bem*, Azeitonas — sussurrou. — É uma causa nobre. Investigações secretas. Trabalho de reconhecimento. A gente pode acabar nos *noticiários*. Podemos virar as queridinhas do país, porra.

Encarei Jade nos olhos.

— "Mais uma vez ao ataque, caros amigos" — falei.

— Ótimo. Agora me ajuda a achar os meus sapatos.

~

Dez minutos depois, estávamos andando apressadas pelo corredor. O Pavilhão Hanover tinha um chão de sanfona, gemendo bemóis a cada passo que dávamos. Empurramos a porta, descemos correndo a escadaria e saímos ao frio, cruzando a calçada e passando devagar pelo pátio e pelo Auditório Love. Estalactites de sombras cresciam ao nosso redor, fazendo com que Jade e eu fingíssemos instintivamente que éramos estudantes do século XIX perseguidas pelo Conde Drácula, tremendo e apoiadas com força uma na outra, com os braços entrelaçados. Começamos a correr, o cabelo da Jade batendo contra o meu rosto e meu ombro nu.

Papai observou uma vez (de um jeito um tanto mórbido, pareceu-me na época) que as instituições americanas seriam infinitamente mais bem-sucedidas no processo de facilitar a busca pelo conhecimento se dessem aulas à noite, e não de dia, das 20h às quatro ou cinco da manhã. Enquanto corria pela escuridão, entendi o que ele queria dizer. Tijolos vermelhos evidentes, salas de aula ensolaradas, quadras e pátios simétricos — esse ambiente fazia com que as crianças acreditassem erroneamente que o Conhecimento, a própria Vida, eram claros, límpidos e recém-podados. Segundo o Papai, qualquer estudante estaria infinitamente mais bem preparado(a) para enfrentar o mundo se estudasse a tabela periódica dos elementos, *Madame Bovary* e a reprodução sexuada do girassol, por exemplo, com sombras deformadas congregando-se nas paredes das salas de aula, com as silhuetas de dedos e lápis vazando para o chão, ouvindo os uivos gástricos de aquecedores invisíveis e vendo rostos de professores não chatos ou gastos, não delicadamente abrandados por uma tarde dourada, e sim tortuosos, gargulóides, ciclopeados pela penumbra tinta e instável de uma vela. Tal estudante entenderia "tudo e nada", dizia o Papai, se não houvesse nada discernível nas janelas além de um poste de luz cercado por uma multidão de mariposas fanáticas por um clarão, e a escuridão, reticente e indiferente como sempre.

Dois pinheiros altos, situados em algum lugar à nossa esquerda, roçavam seus ramos inadvertidamente, gerando o som das pernas mecânicas de um louco.

— Tem alguém vindo! — sussurrou Jade.

Corremos pelo morro, passando pelo silencioso Edifício Graydon, o porão do Auditório Love e a Via Hipócrates, onde as salas de música, com suas longas janelas, repousavam vazias e cegas como Édipo após furar os olhos.

— Estou com medo — suspirou Jade, segurando meu punho com mais força.

— Eu estou aterrorizada. E congelando.

— Você já assistiu *A escola do inferno*?

— Não.

— O psicopata é professor de Economia Doméstica.

— Ai.

— Introdução à Culinária. Faz suflês com os alunos. Não é nojento?

— Pisei em alguma coisa. Acho que atravessou o meu sapato.

— Temos que correr, Vomitona. Não podemos ser pegas. Vão nos *matar*.

Jade se livrou de mim e correu pelos degraus do Edifício Loomis, puxando com força as maçanetas das portas cobertas pelos anúncios sombrios e folhosos de *A soprano careca* (Ionesco, 1950), produzida pelo prof. Crisp. Estavam trancadas.

— Vamos ter que entrar pelo outro lado — suspirou empolgada. — Pela janela. Ou pelo telhado. Será que tem uma chaminé? Vamos dar uma de Papai Noel, Vomitona. *Noel*.

Jade segurou a minha mão. Inspiradas em filmes que traziam gatunos e assassinos silenciosos, rondamos o edifício, abrindo caminho entre os arbustos e pinheiros e tentando abrir as janelas. Por fim, encontramos uma que não estava trancada; Jade fez força para abri-la, formando uma estreita fenda de vidro que levava à sala do prof. Fletcher, que dava aulas de Educação no Trânsito. Ela passou com facilidade pela abertura, pousando num pé. Enquanto eu passava, raspei a canela esquerda no trinco da janela, minha meia desfiou e capotei no carpete, batendo a cabeça no aquecedor. (Um pôster na parede mostrava um menino que usava aparelho nos dentes e um cinto de segurança: "Sempre verifique o seu ponto cego, na estrada e na vida!")

— Vamos lá, sua lesma — sussurrou Jade, desaparecendo pela porta.

A sala da Hannah, de número 102, ficava no outro extremo do corredor-canal-dentário, e tinha um pôster de *Casablanca* colado na porta. Eu nunca tinha estado naquela sala, e, quando abri a porta, notei que o interior estava surpreendentemente claro; a luz dos refletores branco-amarelados da calçada atravessava o paredão de janelas, formando um raio X das vinte e cinco ou trinta carteiras e cadeiras que estendiam sombras longas e esqueléticas pelo chão. Jade já estava instalada, de pernas cruzadas, no banquinho da mesa do professor, com uma ou duas gavetas abertas. Folheava intensamente um livro.

— Encontrou algum indício suspeito? — perguntei.

Ela não respondeu, então me virei e caminhei pela primeira fileira de carteiras, fitando a seqüência de pôsteres de filmes emoldurados nas paredes (Ilustração 14.0). Eram treze no total, contando os dois ao fundo, perto da estante de livros. Talvez tenha sido por causa da gemada, mas levei um minuto para me dar conta do modo estranho como os pôsteres estavam colocados — não falo do fato de serem todos de filmes estrangeiros, ou de filmes americanos em espanhol, italiano ou francês, nem mesmo do espaçamento perfeito, quinze centímetros entre cada um e alinhados como soldados, um nível de exatidão que jamais se esperaria encontrar nos quadros que revestem as paredes das salas de aula, nem mesmo nas de ciências ou matemática. (Andei até *Il caso Thomas Crown*, afastei-me da moldura e vi, ao redor do prego, claras linhas feitas a lápis, onde ela fizera as medições, a marca da meticulosidade.)

Com exceção de dois (*Per um pugno di dollari*, *Fronte del porto*), todos os pôsteres mostravam um abraço ou beijo de algum tipo. Tudo bem, Rhett estava ali abraçando Scarlett, e Fred segurava Holly e o Gato na chuva (*Colazione da Tiffany*), mas também estavam Ryan O'Neil *Historia del Amor*ando com Ali MacGraw; Charles Heston envolvendo Janeth Leigh, fazendo com que a cabeça

Tópicos especiais em física das calamidades 251

ILUSTRAÇÃO 14.0

da moça caísse num ângulo desconfortável em *La soif du mal*, e Burt Lancaster com Deborah Kerr, juntando uma boa quantidade de areia nas roupas de banho. Engraçado, também — e não acho que eu estivesse perdendo a cabeça —, era o modo como a mulher estava posicionada em todos os pôsteres; poderia muito bem ter sido a *Hannah* envolta dali para a eternidade. Ela tinha os mesmos ossos finos de porcelana, o perfil ondulado como uma estrada costeira, cabelo que tropeçava e caía dos ombros.

Era surpreendente, porque ela nunca me parecera ser do tipo inseguro que precisa se cercar de exemplos pirotécnicos de paixão irrefreável (que, segundo o Papai, deveria ser "evitada a qualquer custo"). O fato de que tivesse organizado com tanta meticulosidade essas Próximas Atrações que vieram e se foram — isso me deixou um pouco triste.

"Em algum lugar no quarto de uma mulher encontra-se alguma coisa, um objeto, um detalhe, que é ela, inteira e decidida", dizia o Papai. "No caso da sua mãe, é claro, eram as borboletas. Não só permitiam evidenciar o cuidado extremo que dedicava a preservá-las e montá-las, a importância que tinham para ela, como também via-se que cada uma das borboletas iluminava, de maneira discreta, porém persistente, a mulher complexa que ela era. Por exemplo, pense na gloriosa Borboleta-Rainha. Ela reflete a criação nobre da sua mãe, sua reverência ferrenha ante o mundo natural. A Borboleta-Madrepérola? Seu instinto maternal, sua compreensão do relativismo moral. Natasha não via o mundo em cores definidas, e sim como realmente é — uma paisagem decididamente turva. E a Borboleta-Coruja? Ela conseguia mimetizar todos os grandes nomes, de Norma Shearer a Howard Keel. Os próprios insetos eram ela, de muitas maneiras — gloriosos, enternecedoramente frágeis. E veja bem, considerando cada um desses espécimes, resta-nos, se não *precisamente* a sua mãe, ao menos um retrato bastante aproximado da sua alma."

Não sabia muito bem por que, naquele momento, pensei nas borboletas, mas aqueles pôsteres pareciam ser os detalhes que eram a Hannah, "inteira e decidida". Talvez Burt Lancaster e Deborah Kerr, juntando areia nas roupas de banho, fossem o ardor de Hannah por viver apaixonadamente junto ao mar, a origem de toda a vida, e a *Bella di giorno*, que trazia Catherine Deneuve com a boca escondida, fosse sua necessidade de segredos, obliqüidade, Cottonwood.

— Minha nossa — disse Jade atrás de mim. Arremessou um livro grosso, que cruzou o ar, batendo na janela.

— O quê?

— Socorro — gritou Jade. — Vou vomitar.

— O que foi?

Ela não disse nada, apenas apontou para o livro no chão, com a respiração exagerada. Andei até a janela e o apanhei.

Era um livro cinza, com a fotografia de um homem na frente, o título em letras laranja: *Blackbird singing in the dead of night: a vida de Charles Milles Manson* (Ivys, 1985). A capa e as páginas estavam extremamente gastas.

— E daí? — perguntei.

— Você não sabe quem *é* o Charles Manson?

— Claro que sei.

— Por que ela teria esse livro?

— Um monte de gente tem. É a biografia definitiva.

Não quis mencionar o fato de que *eu* também tinha o livro e que o Papai o incluíra na bibliografia de um curso que ministrara na Universidade de Utah, Seminário sobre as características de um rebelde político. O autor, Jay Burne Ivys, um inglês, tinha passado centenas de horas entrevistando diversos membros da Família Manson, que, em seus tempos áureos, chegou a ter cento e doze membros, de modo que o livro era incrivelmente abrangente ao explicar, nas Partes II e III, a origem e os códigos da ideologia de Manson, as atividades diárias da seita, a hierarquia (a Parte I continha uma exaustiva análise psicológica da infância difícil de Manson, que o Papai, não sendo muito fanático por Freud, considerava pouco efetiva). Esse livro, justaposto a *Zapata* (1989), de Miguel Nelson, ocupava duas, às vezes três aulas do curso do Papai, sob o título "Guerreiro da liberdade ou fanático?" "Cinqüenta e nove pessoas que conheceram Charles Manson durante os anos em que viveu em Haight-Ashbury posteriormente afirmaram que ele tinha o olhar mais magnético e a voz mais instigante dentre todos os seres humanos que já haviam encontrado", vociferava o Papai ao microfone, durante a aula. "Cinqüenta e nove fontes *diferentes*. Então, qual era o segredo? Carisma. Ele tinha esse diferencial. Assim como Zapata. Che Guevara. Quem mais? Lúcifer. Se você nascer com, o que, esse certo *je ne sais quoi*, então, segundo a história, conseguirá, com pouco esforço, fazer com que um grupo de pessoas comuns tome armas e lute pela sua causa, *qualquer* que seja; a natureza da causa, na verdade, importa muito pouco. Se você lhes disser — se você lhes puser nas mãos algo em que possam acreditar, irão matar, entregar as próprias vidas, chamá-lo de Jesus. Tudo bem, vocês podem rir, mas até hoje Charles Manson recebe mais cartas de fãs que qualquer outro presidiário em todo o sistema penitenciário dos EUA, cerca de sessenta mil cartas por ano. O seu CD, *Lie*, ainda é sucesso de vendas na Amazon.com.

O que isso nos diz? Ou então, posto de outra maneira: o que isso nos diz sobre *nós mesmos*?"

— Não tem nenhum outro livro aqui, Vomitona — disse Jade, com uma voz nervosa. — Olha só.

Andei até a mesa. Dentro da gaveta havia uma pilha de DVDs, *A grande ilusão, O franco atirador, La historia oficial*, alguns outros, mas nenhum livro.

— Encontrei lá no fundo — comentou Jade. — Escondido.

Abri a capa surrada, folheei algumas páginas. Talvez fosse a luz seca do lugar, cortando e desmembrando tudo, inclusive a Jade (cuja sombra delgada caía no chão, rastejava até a porta), mas senti calafrios genuínos descendo pelo meu pescoço quando vi o nome apagado, escrito a lápis, no canto superior da primeira página. *Hannah Schneider*.

— Não significa nada — falei, embora tenha notado, surpresa, que estava tentando convencer a mim mesma.

Jade esbugalhou os olhos.

— Você acha que ela quer nos matar? — sussurrou.

— Ah, *faz favor*.

— Sério. Somos alvos, pois somos burguesas.

Fechei a cara.

— Qual é o seu problema com essa palavra?

— É a Hannah que usa essa palavra. Já notou que todo mundo vira um porco quando ela está bêbada?

— Ela está só brincando — falei. — Até o meu pai brinca com isso, às vezes. — Mas a Jade, com os dentes entijolados num pequeno muro, apanhou o livro das minhas mãos e começou a revirar furiosamente as páginas, parando nas fotografias em preto-e-branco que havia no meio, inclinando-as para colocá-las contra a luz.

— "Charles chamava Susan Atkins de Sexy Sadie" — leu, lentamente. — Eca. Olha que bizarra essa mulher. Esses olhos. Sério, parecem um pouco com os da *Hannah*...

— Pára com isso — falei, roubando o livro das mãos dela. — Qual é o seu problema?

— Qual é o *seu* problema? — Tinha os olhos estreitos, minúsculas incisões. Às vezes a Jade tinha um jeito muito severo de olhar, que fazia com que parecesse a dona de um latifúndio de cana em 1780 e, você, o escravo marcado num leilão em Antígua que não via os pais há um ano e provavelmente nunca mais os veria. — Está com saudades do seu Desconto, não é? Você quer parir brindes em lanchonetes?

Nesse momento, acho que teríamos começado uma discussão, que teria terminado com a minha fuga do prédio, provavelmente em pranto, com a Jade rindo e gritando diversos xingamentos. O olhar de pânico no rosto dela, porém, fez com que eu me virasse para seguir os seus olhos, que fitavam as janelas.

Alguém vinha caminhando pela calçada em direção ao Edifício Loomis, uma figura pesada num vestido volumoso, cor de sangue.

— É o Charles Manson — suspirou Jade. — Vestido de *mulher*.

— Não — falei. — É a ditadora.

Horrorizadas, vimos Eva Brewster se aproximar das portas da frente do Edifício Loomis, tentando puxar as maçanetas; a seguir, virou-se e saiu para o gramado ao lado do pinheiro gigante, cobrindo os olhos para tentar enxergar o interior da sala de aula.

— Ai, *puta merda* — disse Jade.

Cruzamos a sala num salto, até o canto ao lado da estante onde estava completamente escuro (curiosamente sob Cary e Grace em *Caccia al ladro*).

— Blue! — gritou Eva.

O som de Evita Perón gritando o nosso próprio nome podia fazer saltar o coração de qualquer um. O meu se agitou como um polvo jogado no convés de um navio.

— *Blue!*

Pudemos vê-la se aproximando da janela. Não era a mulher mais atraente do mundo: tinha a postura de um hidrante, cabelo da textura fofa de tecido isolante e pintado de um laranja-amarelado asqueroso, mas seus olhos, como eu pudera observar no Escritório Central do Pavilhão Hanover, eram incrivelmente belos, espirros súbitos no silêncio maçante daquele rosto — grandes, amplos, de um azul pálido que se aventurava pelo violeta. Eva franziu o rosto e comprimiu com força a testa contra o vidro, tornando-se um desses caracóis que se alimentam nas laterais dos aquários. Embora eu estivesse petrificada, prendendo a respiração, e as unhas da Jade estivessem enterradas no meu joelho direito, a cara inchada e ligeiramente azulada daquela mulher, ladeada por espalhafatosos brincos coloridos em forma de pinha, não *parecia* particularmente irritada ou enganadora. Para falar a verdade, ela parecia mais indignada, como se houvesse se aproximado daquela janela com a esperança de ter um vislumbre do raro *Barkudia insularis*, o lagarto sem membros, notório entre a elite reptiliana como uma espécie de Salinger, irritantemente incomunicável há oitenta e sete anos, e que agora preferia se manter escondido sob uma rocha úmida na exposição, ignorando-a sem se importar com o número de vezes em que ela gritava, batia no vidro, acenava com objetos brilhantes ou tirava fotos com flash.

— Blue! — gritou outra vez, um pouco mais enfática, girando o pescoço para espreitar por sobre o ombro. — *Blue!*

Murmurou algo consigo mesma e saiu dali às pressas, virando a esquina do prédio, dirigindo-se evidentemente ao lado oposto. Jade e eu não conseguíamos nos mexer; ficamos ali com os queixos colados aos joelhos, escutando os passos que reverberavam pelos corredores de linóleo, como se avançassem por um hospício no mais aterrorizante dos sonhos.

Mas os minutos passaram, restando apenas o silêncio e as tosses, espirros e pigarros ocasionais da sala. Depois de cinco minutos, engatinhei, passando pela Jade (que estava congelada em posição fetal), e avancei até a janela, por onde olhei e pude vê-la outra vez, agora em pé nos degraus em frente ao Edifício Loomis.

Teria sido uma imagem emocionante, ao estilo Thomas Hardy, se ela fosse alguma outra pessoa — alguém com uma postura decente, como a Hannah —, porque o vento lhe soprava o cabelo algodoado sobre a testa, agarrando-lhe o vestido e empurrando-o bem atrás dela, dando-lhe o ar selvagem e secreto de uma viúva fitando o mar, ou de um fantasma magnífico, parando por um momento antes de continuar uma busca infeliz entre os campos desertos e sarapintados, relíquias de um amor falecido, uma Criada Arruinada, a Tragédia de uma Vagabunda. Mas era a Eva Brewster: corpulenta e grave, sem pescoço, com braços de jarra e pernas de rolha. Ajeitou o vestido, fitou irritada a escuridão, deu uma última olhada para as janelas (por um segundo horripilante, achei que tivesse me visto) e então se virou, avançando apressada pela calçada e desaparecendo.

— Ela já foi — falei.

— Tem certeza?

— Tenho.

Jade levantou a cabeça e apoiou a mão no peito.

— Estou tendo um ataque cardíaco — falou.

— Não está não.

— É possível. Minha família tem história de doenças no coração. Acontece bem assim. Do nada.

— Você está bem.

— Estou sentindo um aperto. *Aqui.* É o que acontece quando você está tendo embrosia pulmonar.

Olhei pela janela. No lugar onde a calçada fazia uma curva e desaparecia atrás do Auditório Love, uma árvore solitária mantinha guarda com seu tronco preto e grosso, os ramos tremulantes com as pontas voltadas para trás, formando pequeninos punhos e mãos, como se segurasse frouxamente o céu.

— Isso foi bem estranho, hein? — Jade fez uma careta. — O jeito como ela gritou o seu nome... eu me pergunto porque ela não gritou o *meu* nome.

Dei de ombros, tentando parecer despreocupada, embora na verdade estivesse enjoada. Eu talvez tivesse a frágil constituição de uma mulher vitoriana que desmaiava ao ouvir a palavra *perna*, ou talvez tivesse lido *L'Idiot* (Petrand, 1920) atenta demais ao herói lunático, o doentio e desvairado Byron Berintaux, que via, em cada poltrona estofada, sua Morte iminente que o saudava entusiástica. Talvez tivesse apenas esgotado a minha cota de escuridão por aquela noite. "A noite não é boa para o cérebro ou para o sistema nervoso", afirma Carl Brocanda em *Efeitos lógicos* (1999). "Estudos recentes demonstram que os neurônios se reduzem em trinta e oito por cento em indivíduos que vivem em localidades com pouca luz solar, e os impulsos nervosos são quarenta e sete por cento mais lentos em presidiários que passam quarenta e oito horas sem ver a luz do dia."

O que quer que fosse, somente quando as duas nos esgueiramos para o exterior do prédio, passando pela lanchonete, ainda iluminada porém silenciosa (uns poucos professores ainda perambulavam pelo pátio, entre eles a profa. Thermopolis, uma brasa moribunda em frente às portas de madeira), saindo apressadas de St. Gallway no Mercedes sem encontrarmos a Eva Brewster, quando aceleramos pela Avenida Pike, passando pelo Restaurante Jiffy's, o Dollar Depot, a Dippity's, Le Salon Esthetique —, só então me dei conta de que tinha esquecido de devolver o livro do *Blackbird* à mesa da Hannah. Naquela pressa, confusão, escuridão, acabei por trazê-lo comigo, sem me dar muita conta do que estava fazendo.

— Como é que você ainda está com o livro? — inquiriu Jade enquanto entrávamos no drive-thru de um Burger King. — Ela vai perceber que sumiu. Tomara que não procure impressões digitais. Ei, o que você quer comer? Decide logo. Estou faminta.

Comemos bombons de chocolate banhadas na luz ácida do estacionamento, quase sem nos falar. Suponho que a Jade fosse uma dessas pessoas que lançavam punhados de acusações violentas para o alto, sorrindo enquanto choviam nas cabeças de todos, e então as festividades se encerravam e voltávamos para casa. Ela parecia satisfeita, até mesmo renovada, enquanto entulhava batatas fritas na boca, acenava para algum pereba que estava voltando para a picape equilibrando uma bandeja de Coca-Colas nos braços, e ainda assim, no fundo do meu peito, inevitável como o som do nosso próprio coração quando paramos de ouvi-lo, senti, como disse o preguiçoso detetive Peter Ackman (que tinha uma queda pelo pó), ao final de *Curva errada* (Chide, 1954), "como se a minha napa tivesse entupido lá em cima, já quase cheirando metal". Fitei a capa pregueada do livro, onde, apesar da tinta apagada, as rugas, os olhos pretos daquele homem saltavam da página.

"Quer dizer que estes são os olhos do Demônio", comentou uma vez o Papai, pensativo, apanhando a sua cópia do livro e examinando-a. "Ele olha e te vê — não é mesmo?"

CAPÍTULO 15

DOCE PÁSSARO DA JUVENTUDE

Havia uma história que o Papai contava quase mecanicamente sempre que um de seus colegas vinha jantar. Raramente tínhamos algum convidado em casa — era algo que só acontecia uma vez a cada duas ou três cidades em que vivíamos. Habitualmente, era difícil para o Papai suportar os uivos ecoantes dos demais professores da Faculdade Hattiesburg de Artes e Ciências, os crescentes surtos de golpes no peito observados entre seus companheiros na Faculdade Cheswick ou entre os palestrantes da Universidade de Oklahoma, eternamente absortos em se alimentarem, catarem e serem territorialistas em detrimento de todo o resto. (Papai tratava os "costas-prateadas" — professores com mais de sessenta e cinco anos que tinham estabilidade no emprego, caspa, sapatos emborrachados e óculos quadrangulares que lhes abolotavam os olhos — com um desdém particular.)

De vez em quando, no entanto, sob os carvalhos selvagens, o Papai se deparava com alguém do seu tipo (se não fosse da sua exata subespécie ou espécie, ao menos do mesmo gênero), um compatriota que conseguira descer da folhagem e aprendera a caminhar com os dois pés.

Naturalmente, essa pessoa nunca era um acadêmico tão sofisticado quanto o Papai, nem tão bonito. (O homem quase sempre calhava de ter uma cara achatada, uma testa extensa e inclinada e sobrancelhas que pareciam toldos.) Mas o Papai convidava alegremente esse professor extraordinariamente avançado para um jantar Van Meer, e numa calma noite de sábado ou domingo, o grande professor de lingüística Mark Hill, com seus olhos de figo, viria à nossa casa com as mãos obstinadamente enfiadas nos bolsos de fora do paletó disforme, ou então o professor assistente de inglês Lee Sanjay Song, com sua compleição de marmelo-com-creme e dentes num engarrafamento de trânsito, e em algum ponto entre o espaguete e o tiramisu, Papai o presentearia com a História de Tobias Jones, o Amaldiçoado.

Era um conto bastante direto sobre um camarada nervoso e pálido que o Papai conhecera em Havana ao trabalhar na OPAI (*Organización Panamericana de la Ayuda Internacional*) durante o quente verão banhado em rum de 1983, um rapaz britânico de Yorkshire que, no decorrer de uma única semana azarada em agosto, perdeu o passaporte, a carteira, a mulher, a perna direita e a dignidade — nessa ordem. (De quando em quando, para evocar gritos de assombro ainda mais extremos da platéia, o Papai reduzia a tragédia à breve duração de vinte e quatro horas.)

Papai, que nunca prestava atenção aos detalhes físicos, era frustrantemente vago quanto ao aspecto do Sujeito Excessivamente Azarado. Mas pude discernir, com base no retrato verbal pouco iluminado do Papai, um homem alto e branco, com pernas (e, depois de ser atropelado, perna) de caule, cabelo cor-de-milho, um relógio de bolso grudento retirado repetidamente do bolso do peito e consultado com um olhar descrente, uma propensão para suspiros, para abotoaduras, para ficar tempo demais em frente ao ventilador cromado (o único da sala) e para derramar *café con leche* nas calças.

O convidado escutava compenetrado enquanto o Papai narrava o decorrer da malfadada semana, que começava com Tobias exibindo sua nova camisa de *fiesta*, de linho, aos colegas da OPAI, enquanto um bando de *gente de guarandabia* saqueava o seu bangalô em Comodoro Neptuno, e terminava desgraçadamente, meros sete dias depois, com Tobias prostrado num leito encaroçado do Hospital Julio Trigo, já sem a perna direita e recuperando-se de uma tentativa de suicídio (felizmente, a enfermeira conseguira arrancá-lo do parapeito da janela).

"E nunca soubemos o que aconteceu com ele", concluía o Papai, bebericando pensativo o vinho. O professor de psicologia Alfonso Rigollo fitava pesaroso a borda da mesa de jantar. E depois de murmurar "Que merda", ou "Que azar", discutia com o Papai a predestinação, ou o descontrolado amor feminino, ou o modo como Tobias teria chance de ser canonizado se não houvesse tentado se matar e se defendesse alguma causa. (Segundo o Papai, Tobias tinha certamente realizado um dos três milagres necessários para a santidade: em 1979 conseguira, de alguma forma, convencer Angélica, cujos olhos tinham a cor do oceano, a se casar com ele.)

Depois de vinte minutos, porém, Papai alteraria o rumo da conversa para revelar o verdadeiro motivo pelo qual mencionara Tobias Jones, isto é, detalhar uma das suas teorias preferidas, a "Teoria da Determinação". Sua conclusão final (relacionada à intensidade dos murmúrios de Christopher Plummer, "O resto é silêncio") era a de que Tobias não era, como poderia parecer, uma vítima indefesa do destino, e sim uma vítima de si mesmo, da sua própria "cabeça doentia".

— E assim nos deparamos com uma questão simples — dizia Papai. — O destino do homem é determinado pelas vicissitudes do ambiente ou pelo livre-arbítrio? Eu digo que é pelo livre-arbítrio, pois o que pensamos, aquilo que repousa em nossas cabeças, sejam medos ou sonhos, tem um efeito direto sobre o mundo físico. Quanto mais você pensa na sua queda, na sua ruína, maior é a probabilidade de que ocorra. E, por outro lado, quanto mais pensamos na vitória, mais chances temos de alcançá-la.

Papai sempre fazia uma pausa nesse ponto, para dar um efeito dramático, fitando a monótona paisagem de margaridas pendurada na parede do outro lado da sala, ou o desenho de cabeças de cavalo e chicotes correndo para cima e para baixo no papel de parede. Papai adorava todas as Suspensões e Silêncios, para que pudesse sentir os olhos de todos correndo desvairadamente pelo seu rosto, como os exércitos mongóis saqueando Beijing em 1215.

— Obviamente — continuava, com um sorriso lento —, é um conceito bastante idiotizado ultimamente na Cultura Ocidental, associado aos Por-Que-Nãos e Como-É-Que-Podes que vemos nos livros de auto-ajuda e nas maratonas da TV que se estendem até altas horas da madrugada, implorando para que você lhes entregue seu dinheiro e, em troca, receba quarenta e duas horas de fitas de meditação que poderá entoar enquanto estiver preso no tráfego. No entanto, o conceito da visualização já foi considerado bem menos frívolo, datando da fundação do Império Maurya budista, ao redor de 320 a.C. Os grandes líderes históricos o compreendiam. Niccolò Machiavelli aconselhou Lorenzo de' Médici a utilizá-lo, embora o tenha chamado de 'destreza' e 'previdência'. Julio César também o entendia — ele se viu conquistando a Gália décadas antes de fazê-lo de fato. Quem mais? O Imperador Adriano, Da Vinci certamente, um outro grande homem, Ernest Shackleton... ah, e Miyamoto Musashi. Dê uma olhada no seu *Livro dos cinco anéis*. Membros do *Nächtlich*, os Sentinelas Noturnos também o seguiam, é claro. Até mesmo o elegante líder americano Archibald Leach, educado no circo, o compreendia. Há uma citação dele naquele livrinho engraçado que temos, como é o nome, o...

— *Na boca do povo: momentos na vida dos heróis de Hollywood* — soprei.

— Isso. Ele disse: "Eu fingi ser a pessoa que gostaria de ser, até que me transformei nela. Ou ela se transformou em mim." No fim das contas, os homens se transformam naquilo que acreditam ser, por maior ou menor que isso seja. Esse é o motivo pelo qual certas pessoas estão mais sujeitas a resfriados e catástrofes. E pelo qual outras conseguem dançar sobre a água.

Papai obviamente achava ser um dos que conseguiam dançar sobre a água, pois durante a hora seguinte se dedicava a discutir essa premissa minuciosamente — a necessidade de disciplina e reputação, de domar as emoções e os sentimentos, a maneira de implementarmos mudanças calmamente. (Eu já tinha assistido a tantas dessas performances que poderia naturalmente substituir o Papai, mas ele nunca perdia a chance de dar o seu show.) Embora o concerto do Papai fosse repleto de luz e doçura, nenhuma das suas melodias era assim tão inovadora. Ele estava essencialmente resumindo *La Grimace*, um livrinho francês sobre o poder, de autor desconhecido, publicado em 1824. As demais idéias tinham sido coletadas de *O progresso de Napoleão* (1908), de H.H. Hill, *Além do bem e do mal* (Nietzsche, 1886), *O príncipe* (Maquiavel, 1515), *História é poder* (Hermin-Lewishon, 1990), obras obscuras como *As instigações de uma distopia* (1973), de Aashir Alhayed, e *O golpe* (1989), de Hank Powers. Ele até fazia referências a algumas fábulas de Esopo e La Fontaine.

Quando eu servia o café, o nosso convidado não passava de uma cavidade de silêncio reverente. Mantinha a boca sempre aberta. Os olhos pareciam luas cheias. (Se estivéssemos em 1400 a.C., o Papai teria chance de ser coroado líder dos israelitas, recebendo pedidos para que guiasse o caminho até a Terra Prometida.)

— Obrigado, dr. Van Meer — dizia o convidado ao partir, apertando vigorosamente a mão do Papai. — Foi u-um prazer. Tudo o que o senhor disse... fo-foi informativo. Sinto-me honrado. — Ele se virava para mim, piscando os olhos surpreso, como se me visse pela primeira vez em toda a noite. — Foi um privilégio conhecê-la também. Espero encontrá-la novamente.

Eu nunca mais o via, nem a nenhum dos outros. Para esses colegas, o convite para o jantar Van Meer era como o Nascimento, a Morte, a Formatura, um evento que só ocorria uma vez na vida, e embora houvesse promessas entusiásticas de algum encontro futuro lançadas na noite repleta de grilos enquanto o professor assistente de Forma e Narrativa Poética cambaleava mareado até seu carro, nas semanas seguintes o Papai sempre se retirava para os corredores de concreto do campus de Flitch, ou Petal, ou Jesulah, ou Roane, da Universidade de Oklahoma, jamais emergindo novamente.

Uma vez, perguntei ao Papai por que fazia isso.

— Não acho que a presença daquele homem tenha sido excitante ao ponto de me fazer querer repetir a performance — respondeu, quase sem levantar os olhos do livro que estava lendo, *Instabilidade social e o tráfico de drogas* (2001), de Christopher Hare.

Eu me vi pensando na história de Tobias, o Amaldiçoado com bastante freqüência, especialmente enquanto a Jade me levava para casa após o Cabaré de Natal. Sempre que algo estranho acontecia, mesmo nas mais trivial das situações, eu me via retomando aquele conto, temendo secretamente que faltasse apenas um empurrãozinho para que eu me *transformasse* nele — graças ao meu próprio medo e nervosismo, desencadeando alguma espiral de infortúnios e desgraças, frustrando assim, gravemente, o Papai. Isso significaria que eu havia esquecido cada um dos princípios da sua querida Teoria da Determinação, que continha uma extensa seção na qual ele me ensinava a lidar com as emergências. ("Poucas pessoas têm a perspicácia de pensar e sentir além da comoção do momento presente. *Tente*", comandava, recapitulando Carl von Clausewitz.)

⁓

Enquanto seguia pelo caminho iluminado até a nossa varanda, não havia nada que eu desejasse mais do que esquecer Eva Brewster, Charles Manson, tudo o que a Jade me dissera sobre a Hannah, simplesmente me desintegrar na cama e, pela manhã, talvez me enroscar ao lado do Papai, que teria nas mãos *A crônica do coletivismo*. Talvez até o ajudasse a esquadrinhar alguns trabalhos de seus alunos sobre métodos bélicos futuros ou pediria que ele lesse *A terra devastada* (Eliot, 1922) em voz alta. Normalmente eu não o suportava — ele o fazia de um modo muito grandioso, incorporando John Barrymore (ver "Barão Felix von Geigern", *Grande Hotel*). Mas agora, parecia ser o antídoto perfeito para a minha angústia.

Quando abri a porta da frente e caminhei pelo saguão, notei que as luzes da biblioteca ainda estavam acesas. Enfiei rapidamente o *Blackbird* na minha mochila, ainda jogada ao lado da escada onde eu a deixara na sexta à tarde, e corri pelo corredor para encontrar o Papai. Ele estava na poltrona vermelha de couro, com uma xícara de chá na mesa ao lado, a cabeça inclinada sobre um bloco de papel, sem dúvida rabiscando alguma outra palestra ou ensaio para a *Fórum federal*. Sua caligrafia ilegível se retorcia pela página.

— Oi — falei.

Ele ergueu os olhos.

— Sabe que horas são? — perguntou, simpático.

Balancei a cabeça, e ele checou o relógio.
— Uma e vinte e dois — falou.
— Ah. Desculpe. Eu...
— Quem a trouxe de volta?
— A Jade.
— E onde está o Fulaninho?
— Ele... não sei muito bem.
— E onde está o seu casaco?
— Ah, deixei ele lá. Esqueci no...
— E o que diabos você fez com a sua *perna*?

Olhei para baixo. O sangue tinha coagulado ao redor do corte na minha canela, e as minhas meias aproveitaram a oportunidade para rumar para o promissor Oeste, abrindo-se num rasgo que cruzava toda a minha perna, estabelecendo-se em algum lugar próximo ao sapato.

— Raspei.

Papai tirou lentamente os óculos de leitura. Colocou-os delicadamente na mesa ao lado.

— Isto acaba por aqui — falou.
— O quê?
— Finito. *Kaput*. Cansei desta enganação. Não vou mais tolerá-la.
— Do que você está falando?

Ele me encarou, a expressão calma como o Mar Morto.

— Do seu grupo de estudos inventado — respondeu. — Da flagrante fanfarronice que você tem cultivado nas suas mentiras, que, para ser sincero, são de uma execução um tanto quanto simplória. Minha querida, *Ulisses* é uma escolha implausível para um grupo de estudos numa instituição do ensino médio, por mais academicamente progressiva que seja. Acho que você teria se saído melhor com Dickens — deu de ombros. — Austen, talvez. Mas como você está aí parada nesse silêncio aturdido, vou prosseguir. Voltar para casa a qualquer hora. Correr pela cidade como um vira-lata careca. Os excessos alcoólicos, dos quais, tudo bem, não tenho nenhuma prova, mas que posso inferir sem muita dificuldade a partir das inúmeras histórias de jovens americanos rebeldes, que saturam os meios de comunicação, e dessas covas nada atraentes ao redor dos seus olhos. Falei muito pouco todas as vezes em que você correu ansiosa por essa porta parecendo um cereal achocolatado, usando o que os pensadores livres identificariam unanimemente como um pedaço de Kleenex, pois *presumi*, de maneira aparentemente tola, que dado o grau avançado da sua educação, você acabaria por se dar conta, quando parasse de brincar de dancinhas-sensuais-com-a-galera, que esses seus *amigos*, essas *banhas de neném* que você escolheu para *zoar por aí*, são uma perda de tempo, e os pensamentos que têm sobre si mesmos e sobre o mundo, podres. No entanto, você parece estar sofrendo de um caso grave de cegueira. E de uma incapacidade de julgar as coisas corretamente. Terei que intervir, pelo seu próprio bem.

— Pai...

Ele balançou a cabeça.

— Aceitei um cargo na Universidade do Wyoming para o próximo semestre. Uma cidade chamada Fort Peck. Um dos melhores salários que vi nos últimos anos. Depois das suas provas semestrais na semana que vem, vamos orquestrar a mudança. Pode ligar para o setor de Matrículas de Harvard na segunda-feira e notificá-los da mudança de endereço.

— *O quê?*

— Você me ouviu bastante bem.

— Vo-você não pode fazer isso. — As palavras saíram num guincho, um gemido trêmulo. E por mais vergonhoso que seja admiti-lo, eu estava tentando não chorar.

— É exatamente disso que estou falando. Se houvéssemos tido essa conversa apenas três ou quatro meses atrás, você a teria visto como uma oportunidade de citar *Hamlet*. *"Oh!* Oh, se esta carne sólida, tão sólida, se desfizesse, fundindo-se em orvalho." Não, esta cidade parece ter afetado a sua cabeça como a televisão aos americanos. Transformou-a numa porção de chucrute.

— Eu não vou.

Pensativo, ele revirou na mão a tampa da caneta.

— Minha querida, compreendo plenamente o melodrama que está prestes a transpirar. Depois que me informar que vai fugir para morar na sorveteria da esquina, você vai subir para o seu quarto, soluçar no travesseiro, dizendo que *avida nué justa*, lançar coisas... sugiro meias, pois a casa é alugada; amanhã vai se negar a falar comigo, daqui a uma semana terá caído num padrão de respostas monossilábicas e, quando estiver com a patota do Peter Pan, você sempre se referirá a mim como a Máfia Russa, cujo único propósito na vida é reduzir a escombros cada tentativa sua de encontrar a felicidade. Esse padrão de comportamento certamente continuará até que tenhamos caído fora desta cidade, e, depois de três dias em Fort Peck, você estará falando novamente, apesar de continuar cheia de reviradas de olhos e sorrisos sarcásticos. E dentro de um ano, vai me agradecer. Vai me dizer que foi a melhor coisa que já fiz. Achei que depois que tivesse lido *Os anais do tempo* já poderíamos evitar todo este chorume. *Scio me nihil scire.* Mas se você ainda insiste em nos fazer passar por este tédio, sugiro que comece de uma vez. Tenho que escrever uma aula sobre a Guerra Fria e corrigir catorze trabalhos, todos eles escritos por alunos que desconhecem o conceito da ironia.

Ficou sentado ali, o rosto bronzeado e brutal na luz dourada do abajur, supremamente arrogante e impenitente (ver "Picasso aproveitando o bom tempo no sul da França", *Respeitando o demônio*, Hearst, 1984, p. 210). Ele esperava que eu saísse dali, me retirasse, como se fosse um dos alunos de queixo mole que apareciam durante o expediente, interrompendo-lhe a pesquisa para fazer alguma pergunta doida sobre o certo e o errado.

Eu queria *matar* o Papai. Queria enfiar um espeto de churrasco naquela carne sólida, sólida demais (qualquer coisa dura e pontiaguda serviria), de modo que aquela cara calejada se deformasse de medo, e daquela boca não saísse aquela perfeita sonata para piano de palavras, e sim um *Ahhhhhhhhh!* estrangulado, surgido do fundo da alma, o tipo de choro que se escuta reverberar nas crônicas úmidas da tortura medieval e do Velho Testamento. Lágrimas quentes começavam a ensaiar um êxodo, seguindo seu caminho lento e estúpido pela minha cara.

— E-eu, não vou para lugar nenhum — falei novamente. — Vai você. Volta para o Congo.

Papai não deu nenhuma indicação de ter me escutado, porque a sua querida palestra sobre o ABC do reaganismo já lhe tinha tomado toda a atenção. Mantinha a cabeça baixa, os óculos de volta à ponta do nariz, um sorriso implacável. Tentei pensar em algo para dizer, algo enorme e emocionante — uma hipótese de algum tipo, uma citação obscura que o faria cair para trás, com os olhos esbugalhados. Mas como tantas vezes acontece quando estamos na comoção do momento presente, não consegui pensar em nada. Tudo o que pude fazer foi ficar ali em pé com os braços ao lado do corpo, braços que pareciam asas de galinha.

Os momentos seguintes transcorreram numa confusão desprendida. A sensação que tive foi a mesma que os assassinos condenados, que vemos saturados de laranja nos presidiários, descrevem quando uma repórter com maquiagem fajuta cor-de-bronze lhes pergunta de que modo ele/ela, sendo um ser humano tão aparentemente *regular*, foi capaz de tirar brutalmente a vida de uma certa pessoa inofensiva. Esses criminosos falam, um pouco estonteados, da solitária clareza que se assentou sobre eles naquele dia fatídico, leve como um esvoaçante lençol de algodão, uma anestesia desperta que lhes permitiu, pela primeira vez em suas vidas pacatas, ignorar a Prudência e a Discrição, virar as costas para o Bom Senso, esnobar a Auto-Preservação e jamais parar para Pensar Duas Vezes.

Saí da biblioteca, descendo o corredor. Fui para a rua, fechando a porta atrás de mim o mais suavemente que pude, para que o Príncipe das Trevas não pudesse me ouvir. Fiquei parada um ou dois minutos nos degraus, fitando as árvores secas, a luz estrita que saía das janelas recobrindo a grama, sufocada pelas folhas.

Comecei a correr. No começo, atrapalhei-me com os saltos altos da Jefferson, então tirei os sapatos e os joguei por sobre o ombro. Corri por toda a calçada e ganhei a rua, passando pelos carros vazios, pelos canteiros de flores poluídos com pinhas e caules mortos, pelos vasos de plantas e caixas de correio, pelos ramos caídos que agarravam a rua e pelas poças esverdeadas de luz que vazavam dos postes.

∽

A nossa casa, na rua Armor, 24, ficava enterrada numa densa área de bosques chamada Maple Grove. Embora não fosse um desses condomínios fechados orwellianos como as Residências Pearl (onde moramos em Flitch), com casas brancas idênticas alinhadas como dentes pós-ortodontia e o portão de entrada como uma atriz de idade avançada (agudo, enferrujado, temperamental), Maple Grove esbanjava sua própria Administração, Força Policial, CEP e Antipático Cartaz de Boas-Vindas ("Você está entrando em Maple Grove, uma elegante comunidade residencial privada").

O modo mais rápido de sair do Grove era seguir pela nossa rua, Armor, diretamente para o sul, entrar no bosque e atravessar furtivamente cerca de vinte e dois elegantes jardins privados. Segui meu caminho com cuidado, chorando e soluçando, as casas silenciosas e sedadas, deitadas sobre os gramados escuros como elefantes sonolentos numa pista de patinação. Rastejei por uma barricada de espruces, despenquei num recife de pinheiros, ziguezagueei por um morro até ser, sem cerimônia alguma, despejada, como a água de uma calha, na avenida Orlando, a resposta de Stockton à Sunset Strip.

Eu não tinha plano algum, nem uma única idéia, estava perdida. Apenas quinze minutos depois de uma pessoa fugir de casa, levantando âncora da casa dos pais, ela é golpeada pela vastidão das coisas, a ferocidade tufônica do mundo, a fragilidade do seu barco. Sem pensar, cruzei correndo a rua até o posto de gasolina em frente e empurrei a porta da lojinha de conveniências. Fui saudada por uma agradável campainha. O garoto que sempre trabalhava lá, Larson, estava encarcerado num curral à prova de balas, conversando com uma das suas namoradas, pendurada na frente da janela dele como um sachê perfumado. Encolhi-me no corredor mais próximo.

Bom, acontece que OLÁ, MEU NOME É LARSON calhou de ser um rapaz do qual o Papai gostava do modo como uma barata do Suriname gosta de fezes de morcego. Era um desses impensáveis garotos de dezoito anos, com uma cara de desenho animado antigo que ninguém mais tinha, todo sardas e sorriso amplo, cabelo castanho grosso, que lhe crescia ao redor do rosto como uma bromélia, e um corpo longilíneo em constante movimento, como se estivesse sendo manejado por um ventríloquo que tomou anfetaminas (ver capítulo 2, "Charlie McCarthy", *Os fantoches que mudaram a nossa vida*, Mesh, 1958). Para o Papai, Larson era *estupendo*. E esse era o problema do Papai: ele ensinava Modos de Mediação a milhares de peixes-galo que ele mal suportava, e então, ao pagar por um pacote de balas sabor morango, apaixonava-se pelo caixa, declarando que aquele era um golfinho veraz que saberia espiralar pelo ar quando você assoviasse. "Ah, *esse* é um rapaz promissor", dizia o Papai. "Eu trocaria todos os Atchins, Sonecas e Dungas para dar aulas a *ele*. Ele tem chispa. Não se encontra muito disso por aí."

— Se num é a garota que tem o pai — anunciou Larson no alto-falante da loja. — Já num tá na hora de dormir?

Imersa na luz morta da loja, senti-me absurda. Meus pés doíam, eu estava usando um marshmallow tostado demais, e a minha cara (como eu podia ver claramente nas prateleiras espelhadas) decaía minuto a minuto em direção a uma bagunça instável de lágrimas crostosas e maquiagem ruim (ver "Radônio-221", *Questões de radioatividade*, Johnson, 1981, p. 120). Eu também estava adornada com um bilhão de agulhas de pinheiro.

— Chega aqui e dá um oi! Que é que tu tá fazendo na rua tão tarde?

Relutante, encaminhei-me à janela do caixa. Larson usava uma calça jeans e uma camiseta vermelha dos PERVERSOS VERMELHOS e sorria. E esse era o problema do Larson; ele era uma dessas pessoas que sorriam o tempo todo. Também tinha olhos nervosos, que deveriam explicar a grande quantidade de sorvetes derretendo por toda a loja em qualquer noite. Mesmo que você estivesse parada na frente da janela do Larson, pagando inocuamente a gasolina, os olhos do rapaz, que tinham cor de chocolate ao leite ou de lama, tinham um jeito de escorrer por todo o seu corpo, e você não conseguia deixar de sentir que ele estava vendo algo muito íntimo — você inteiramente pelada, por exemplo, ou dizendo coisas humilhantes durante o sono, ou o pior de tudo, você na sua fantasia boba preferida, na qual caminha sobre um tapete vermelho e usa uma longa túnica decorada com contas que todos evitam diligentemente pisar.

— Xô adivinhar — falou. — Problema com o namorado.

— Ah. Eu, eh, briguei com o meu pai. — Eu soava como papel-alumínio amassado.

— Ah é? Passou aqui outro dia. Tava com a namorada.

— Eles terminaram.

Larson balançou a cabeça.

— Ei, Diamanta, pega ali um suco pra ela.

— Hein? — disse Diamanta, fazendo uma cara azeda.

— O de dois litros. Qualquer sabor. Deixa que eu pago.

Diamanta, usando uma camisa rosa purpurinada e uma minissaia jeans brilhante, era magra como um canudinho e tinha a pele pálida e fina como um pergaminho, debaixo da qual, sob uma luz mais intensa, seria possível vislumbrar veias azuis nadando por seus braços e pernas. Olhando com cara feia, ela tirou a bota plataforma preta da prateleira de Cartões Postais, virou-se e cintilou pelo corredor.

— Claro — disse Larson, balançando a cabeça. — Os velhos. Às vezes são difíceis. Quando eu tinha catorze anos de idade o meu se mandou. Num deixou nada além de umas botas de trabalho e uma assinatura da revista *People*, tô falando sério. Por dois anos, num fiz nada além de olhar por aí, procurando o cara em tudo quanto é canto. Achava que tinha visto o velho do outro lado da rua. Passando num ônibus. Daí seguia o busão de um lado da cidade até o outro, achando que era *ele*, esperando, esperando feito um doido, só pra vê ele descer no ponto. Mas quando ele saía, num era o meu velho, era o de algum outro cara aí. Acabou que, sabe o quê? O que ele fez foi a melhor coisa que já me aconteceu. Quer saber por quê?

Fiz que sim.

Ele se inclinou, apoiando os cotovelos no balcão.

— Causa dele que eu sei fazer o Reileiar.

— Qual sabor? — gritou Diamanta, ao lado da máquina de sucos.

— Qual sabor? — perguntou Larson. Sem sequer piscar, enunciou os nomes como um leiloeiro inspecionando a venda de gado. — Frutas vermelhas, chiclete, soda limonada, soda limonada tropical, melão, tutti-fruti, banana-split, tangerina...

— Frutas vermelhas está bom. Obrigada.
— Moça sem sapatos quer frutas vermelhas — anunciou ao alto-falante.
— Você falou Rei o quê? — perguntei.

Ele sorriu, revelando dois dentes frontais seriamente tortos, um saindo de trás do outro como se tivesse fobia social.

— Leiar. Personagem do Shakespeare. Ao contrário das crenças populares, o cara precisa de frustração e traição. Se não tu num tem permanência. Num consegue fazer um papel principal durante cinco atos inteiros. Num consegue fazer duas montagens num só dia. Num consegue fazer um personagem arquear assim do Ponto A inté o Ponto G. Num consegue atravessá o crímax, criá uma linha dramática convincente... e tal. Cê tá sacando? A pessoa *tem que* se ferrar. Tem que apanhá um pouco da vida, rodá por aí. Assim tem uma ferramenta pra usá, saca? Dói pra cacete. Beleza. Chateia. Tu num sabe se tá numa de continuar nessa. Mas isso abre caminho pro que chamam normalmente de re-zo-nân-cia emotiva. Uma rezonância emotiva impossibilita o povo de tirar os olhos de tu, quando tu tá no palco. Já se virou num filme bom e viu as caras? Bem intensas. Diamanta?

— Num tá saindo direito — gritou a menina.
— Desliga a máquina, liga de novo e tenta.
— Cadê o botão?
— Do lado. Vermelho.
— Parece todo ferrado — falou Diamanta.

Encarei o Larson. Papai estava certo. O garoto *tinha* um quê de fascinante. Era essa sinceridade fora de moda, o jeito como as sobrancelhas dançavam a polca enquanto ele falava, e esse sotaque montanhês, que fazia com que as palavras se assomassem como pedras pontiagudas e escorregadias nas quais ele poderia se machucar. Eram também as milhares de sardas laranjas que o recobriam da cabeça aos pés, como se houvesse sido mergulhado em cola e depois em confetes de cobre iridescentes.

— Olha só — falou, inclinando-se mais e abrindo bem os olhos — se tu nunca sentiu dor, só sabe representá tu mesma. E isso não vai mexer com as pessoas. Talvez tu seja boa pra comerciais de pasta de dentes, hemorróida e tal. Mas fica nisso. Tu nunca vai ser uma lenda da tua época. Num é isso que tu quer ser?

Diamanta largou o suco gigante nas minhas mãos e retornou à sua apatia ao lado dos Cartões Postais.

— Agora — disse Larson, juntando as palmas —, tu tem que falar o teu nome pra gente.

— Blue.

— Diz aí pra gente. *Blue*. Tu veio bater na minha porta esta noite na hora do aperto. O que a gente faz agora?

Olhei de Larson para Diamanta, e de volta a Larson.

— Como assim? — perguntei.

Ele deu de ombros.

— Tu aparece aqui numa noite escura e tempestuosa. Às — olhou para o relógio — duas horas e seis minutos. — Olhou para os meus olhos, mexendo a cabeça. — Sem sapatos. Isso é o que os cara chamam de ação dramática. É o que rola no começo duma cena.

Encarou-me novamente, a expressão grave como qualquer foto de Sun Yat-sen.

— Tem que falar pra gente aí se estamos numa comédia ou num melondrama ou num quem-é-o-culpado ou no que chamam de um teatro do absurdo. Tu num pode é deixar a gente aqui no palco sem diálogo.

Notei que uma certa calma-de-loja-de-conveniências tomava o meu corpo, estável e monótona como o murmúrio do freezer de cerveja. Aonde eu queria ir, com quem precisava falar, estava tudo claro como as janelas espelhadas, as prateleiras de chicletes e pilhas, as argolas que pendiam das orelhas de Diamanta.

— É um quem-é-o-culpado — falei. — Queria saber se eu posso pegar o seu carro emprestado.

CAPÍTULO 16

RISO NO ESCURO

Hannah estava usando um roupão cor-de-lixa picotado grosseiramente na barra, o que fazia com que pequenos fiapos dançassem hula-hula ao redor das suas canelas ao abrir a porta. Tinha a cara limpa como uma parede, mas era óbvio que não estava dormindo. O cabelo lhe pendia sereno nos lados do rosto, e seus olhos pretos e radiantes revoaram como abelhas do meu rosto ao meu vestido aos meus pés à caminhonete do Larson aos meus pés ao meu rosto — tudo em questão de segundos.

— Minha nossa — falou, com uma voz rouca. — Blue.

— Desculpa te acordar — falei. Era o tipo de coisa a ser dita quando batemos à porta de alguém às duas e quarenta e cinco da manhã.

— Não, não... eu estava acordada. — Hannah sorriu, mas não era um sorriso verdadeiro, era mais como um recorte de papelão, e perguntei-me instantaneamente se estar ali não seria um erro, mas ela logo me envolveu com o braço. — Meu Deus, venha para dentro. Está congelando.

Eu só tinha estado naquela casa junto da Jade e dos outros, ouvindo Louis Armstrong que coaxava como um sapo, o ar cheio de cenouras, e a casa agora parecia claustrofóbica, abandonada e penumbrosa como a cabine de um velho avião caído. Os cães me espiaram de trás das pernas despidas da Hannah, um delgado exército de sombras avançando lentamente na direção dos meus pés. Havia uma luz no interior, a luminária da sala de estar, cujo foco iluminava alguns papéis sobre a mesa, contas, umas poucas revistas.

— Não quer tomar um chá? — perguntou.

Fiz que sim, e, depois de apertar o meu ombro outra vez, Hannah desapareceu na cozinha. Sentei na poltrona xadrez, cheia de saliências, que ficava ao lado do aparelho de som. Um dos cachorros, Brody, com suas três patas e a cara de um capitão senil, latiu com evidente desgosto e então mancou até onde eu estava, apoiando o focinho molhado e frio na minha mão, como se quisesse me contar um segredo. Panelas tossiram atrás da porta da cozinha, uma torneira se lamuriou, ouviram-se os gemidos de uma gaveta — tentei me concentrar nesses sons mundanos, pois, sinceramente, eu não estava me sentindo maravilhosamente bem em estar ali. Quando Hannah abriu a porta da casa, achei que fosse vê-la num roupão de banho, o cabelo num turbante de toalha, os olhos pesados, perguntando: "Querida, meu Deus, o que aconteceu?" Ou, ouvindo a campainha, ela teria pensado que eu seria um caminhoneiro de cabelo comprido na nuca, sedento por um rango e uma moça quente, ou um ex-namorado lívido com os punhos tatuados (onde se lia "V-A-L-E-R-I-O").

Eu não tinha previsto a maneira rígida como uma tábua com a qual ela me saudou, as boas-vindas secas, um cenho quase franzido — como se as minhas conversas de toda a noite houvessem sido grampeadas, permitindo que ela tivesse acesso a cada bate-papo, fofoca e boato difamatório, incluindo aquele no qual a Jade a acusava de ter ligações mansonianas, *e* ao que ocorreu na minha cabeça, quando a realidade de Cottonwood colidiu com a realidade de Zach Soderberg, fazendo com que eu fosse temporariamente assassinada. Eu havia dirigido até a casa da Hannah (60 km/h, quase sem conseguir mudar de faixa, desesperando-me sempre que passava por uma carreta ou pelo que parecesse ser uma parede de tulipeiros), porque eu deplorava o Papai e não conseguia pensar em nenhum outro lugar decente aonde poderia ir, mas também por ter uma certa esperança de que o encontro com ela enterraria todas as demais conversas, faria com que se tornassem engraçadas e inválidas, do modo como uma única observação da *Aplonis mavornata* poderia retirá-la imediatamente da lista de espécies extintas, jogando-a na terrível, embora certamente mais encorajadora, lista das espécies criticamente ameaçadas.

Vê-la, no entanto, tornou tudo ainda pior.

Papai sempre alertava que era enganador *imaginarmos* as pessoas, vê-las com o Olho da Mente, pois nunca nos lembramos delas do modo como *realmente* são, com inconsistências em número semelhante ao de fios de cabelo numa cabeça humana (cem a duzentos mil). Em vez disso, a mente usa uma taquigrafia preguiçosa, reduzindo a pessoa à sua característica mais dominante — seu pessimismo ou insegurança (e às vezes a mente se mostra realmente preguiçosa, transformando-a numa pessoa Legal ou Má) —, e acabamos por cometer o erro de julgá-la com base somente nessa imagem, arriscando, num encontro subseqüente, sermos perigosamente surpreendidos.

Um ofego na porta da cozinha e ela reapareceu, carregando uma bandeja com um pedaço molenga de torta de maçã, uma garrafa de vinho, uma taça, uma xícara de chá.

— Vamos acender alguma luz — falou, empurrando com o pé descalço uma *National Geographic*, um guia da TV e algumas cartas da mesinha de centro antes de apoiar a bandeja sobre ela. Acendeu o abajur amarelo que havia ao lado de um cinzeiro empestado de pontas mortas de cigarro, lançando uma luz espessa sobre mim e os móveis.

— Desculpa te incomodar desse jeito — falei.

— Blue. *Faz favor*. Estou aqui sempre que precisar de mim. Você sabe disso. — Hannah disse essas palavras, e o significado... bom, estava ali, mas também estava como que pegando uma mala e partindo em direção à porta. — Desculpe se pareço meio... perturbada. Foi uma noite longa. — Hannah suspirou e, fitando-me, esticou-se e apertou a minha mão. — Não, estou realmente feliz que tenha vindo. Assim me faz companhia. Pode ficar no quarto de hóspedes, então nem pense em dirigir até a sua casa esta noite. Agora me conte tudo.

Engoli saliva, sem saber muito bem por onde começar.

— Briguei com o meu pai — falei, mas então, para meu espanto, exatamente no momento em que ela apanhou o guardanapo de papel e, mordendo um pouco o lábio, dedicou-se a dobrá-lo num triângulo isósceles, o telefone começou a tocar. Pareciam gritos humanos: a Hannah tinha um desses telefones dos anos 1960 que soltavam balidos, provavelmente comprado por um dólar num brechó, e aquele som fez com que meu coração se arremessasse dramaticamente contra as minhas costelas (ver Gloria Seanson, *Areia movediça*).

— Ai, meu Deus — sussurrou, visivelmente irritada. — Espere aí.

Desapareceu na cozinha. O telefone parou de tocar.

Esforcei-me por ouvir o que ela dizia, mas não havia nada para se escutar, apenas o silêncio e o tilintar das coleiras dos cachorros, que ergueram nervosamente as cabeças do chão.

Hannah reapareceu quase imediatamente, novamente com aquele sorrisinho enfiado no rosto, como o de uma criancinha forçada a subir ao palco.

— Era a Jade — comentou, voltando ao sofá. Com uma concentração de secretária, ficou absorvida pela chaleira, levantando a tampa, examinando os saquinhos de chá que flutuavam no interior, cutucando-os com o dedo como se fossem peixes mortos. — Imagino que tenham tido uma noite e tanto, hein? — perguntou. Olhando-me de relance, serviu o chá, passou-me a xícara EU AMO LESMAS (sem reagir ao derramar um pouco de água quente no próprio joelho) e então, como se eu tivesse passado a noite toda implorando-lhe que posasse para um retrato a óleo, estendeu-se ao longo de todo o sofá, a taça de vinho tinto na mão, os pés descalços metidos sob as almofadas (Ilustração 16.0).

— Tivemos uma briga terrível, sabe? — disse Hannah. — Eu e a Jade. Ela saiu daqui completamente enfurecida comigo. — Hannah falava numa voz estranha, professoral, como se estivesse me explicando a Fotossíntese.

— Nem me lembro sobre o que foi a briga. Algo mundano. — Inclinou a cabeça na direção do teto. — Acho que era sobre matrículas em faculdades. Eu falei que ela precisava se organizar, ou não conseguiria entrar em nenhuma. Ela perdeu a cabeça.

Tomou um gole do vinho e eu beberiquei o meu chá oolong, sentindo pontadas de culpa. Era assustadoramente evidente que ela sabia das coisas que a Jade havia dito — talvez as soubesse ao certo, se Jade houvesse ligado e confessado (Jade nunca poderia ser uma golpista, agiota ou advogada vigarista, devi-

ILUSTRAÇÃO 16.0

do à necessidade arrebatadora que tinha de explicar as coisas às suas vítimas), ou então as presumisse, já que tinham brigado. O mais espetacular de tudo, porém, era o fato de estar visivelmente aborrecida com isso. Papai dizia que as pessoas fazem as coisas mais esquisitas quando estão na defensiva, e agora Hannah mantinha a cara fechada enquanto acariciava a borda da taça de vinho com o polegar, e seus olhos, eles não paravam de se mexer entre o meu rosto e a taça de vinho e o pedaço de torta de maçã (que parecia ter sido pisoteado) e de volta à taça de vinho.

Eu não conseguia deixar de encará-la (o braço esquerdo da Hannah lhe comprimia o quadril feito uma jibóia), como um detetive inspecionando impressões digitais na cabeceira de uma cama, desesperado por descobrir a verdade — nem que fosse apenas um vestígio dela. Eu sabia que era absurdo — ninguém poderia revelar o desvario, a culpa e o amor simplesmente unindo-as-pistas, ou acendendo uma minúscula luz na trincheira de uma clavícula —, mas não consegui me conter. Algumas das coisas ditas pela Jade tinham me perturbado. Será que ela *poderia* ter afogado propositalmente o homem? Teria realmente dormido com o Charles? Haveria um amor perdido escondendo-se nos arredores da Hannah, sua periferia — Valerio? Mesmo quando estava taciturna e ansiosa como agora, Hannah *ainda* conseguia captar as nossas manchetes, jogando outras histórias menos cativantes (Papai, Fort Peck) para a página 10. FADE OUT: Papai, Fort Peck (meu sonho de que ele fosse dar uma de Che na República Democrática do Congo). FADE IN: Hannah Schneider encurvada sobre o sofá como um pedaço de lixo reluzente que boiara até uma praia, a cara salpicada de suor, as pontas dos dedos brincando nervosamente com a costura que lhe cortava o vestido.

— Então, você acabou não indo ao baile? — sondei, com a voz frouxa.

A pergunta pareceu acordá-la de um salto; era óbvio que ela tinha esquecido o motivo pelo qual eu estava ali, que eu acabava de aparecer numa caminhonete Chevy Colorado, quatro portas, cor laranja-alvorada, sem aviso, sem sapatos. Não que eu me importasse; o Papai era um homem que sempre presumia ser o Assunto Principal, o Foco do Grupo, o Plano Central Em Discussão, portanto, o fato de que a Hannah, depois de me ouvir mencionar a briga com ele, o esnobasse patentemente, o descartasse como algo completamente sem importância — era um pouco fantástico.

— Acabamos nos atrasando — falou, insossa. — Fizemos torta. — Olhou para mim. — A Jade foi, não foi? Saiu daqui furiosa, dizendo que ia te encontrar.

Fiz que sim.

— Ela às vezes é uma garota estranha. *Jade*. Às vezes diz coisas que são... como posso... bom, são horripilantes.

— Não acho que ela realmente pense no que está dizendo — sugeri calmamente.

Hannah inclinou a cabeça.

— Não?

— Às vezes as pessoas dizem coisas só para encher o silêncio. Ou para chocar e provocar. Ou como um exercício. Aeróbica verbal. Musculação loquaz. Há inúmeras razões. Só muito raramente as palavras são usadas estritamente por seus significados denotativos — falei, mas ainda assim os comentários do Papai tirados de "Modos de oração e a força da linguagem" não pareciam surtir o menor efeito nela. Hannah não estava prestando atenção. Tinha o olhar perdido em algum ponto perto do piano, no canto escuro da sala. E então, franzindo a cara (com a testa cortada por rugas que eu nunca tinha notado), esticou-se sobre o braço do sofá, abriu a gaveta da mesa de canto e apanhou um maço meio-vazio de cigarros Camel. Tirou um de dentro, rodopiou-o agitadamente entre os dedos e me olhou com um interesse ansioso, como se eu fosse um vestido em promoção, o último do seu tamanho.

— Certamente, você deve perceber — falou. — Você é uma pessoa tão perceptiva; não deixa escapar nada... — interrompeu-se a si mesma — ou talvez *não*. Não. Ela não te contou. Acho que ela está com ciúmes... você fala do seu pai com tanto carinho. Deve ser muito duro para ela.

— Contou o quê? — perguntei.

— Você não sabe nada mesmo sobre a Jade? A história dela?

Fiz que não.

Hannah assentiu e suspirou outra vez. Pescou uma caixinha de fósforos da gaveta e acendeu rapidamente o cigarro.

— Bom, se eu te contar, prometa que não vai dizer nada a nenhum deles. Mas acho que é importante que você saiba. De outra forma, em noites como esta, quando ela se aproximar de você tão brava... ela estava bêbada, não estava?

Lentamente, concordei.

— Bom, em situações como... bom, como *esta noite*, posso entender que você se sinta... — Hannah pensou bastante em como eu me sentiria, mordendo o lábio como se decidisse o que pedir de um menu — *confusa*. Perturbada, talvez. Só sei que eu me sentiria. Saber a verdade vai te ajudar a contextualizar isso tudo. Talvez não imediatamente. Não... não conseguimos entender o que uma coisa *é* quando estamos muito próximos dela. É como olhar para um letreiro a um centímetro de distância. Todos temos... como é que se fala... vista curta... ou é longa... mas depois, não, isso é quando... — disse isso tudo para si mesma — sim, é aí que tudo se torna claro. Depois.

Não prosseguiu imediatamente. Contemplou, com os olhos semi-fechados, a ponta fumegante do cigarro, as orelhas em farrapos do Velhaco, que havia se arrastado até ela, lambendo-lhe o joelho e então tombando no tapete, cansado como num feriado de verão.

— Como assim? — perguntei baixo.

Um sorriso tímido, um tanto malicioso, escondia-se no rosto da Hannah — embora eu não tivesse certeza disso; sempre que ela mexia a cabeça, a luz amarelada banhava suas bochechas e boca, mas quando olhava para mim, a luz escapava novamente.

— Não pode falar a ninguém sobre o que vou te contar — continuou, grave. — Nem ao seu pai. Vai ter que me prometer.

Senti uma facada nervosa no meu peito.

— Por quê?

— Bom, ele é bastante protetor, não é?

Supus que o Papai *fosse* protetor. Concordei.

— Então, bom, ele ficaria traumatizado com isso, com certeza — disse então, de maneira desagradável. — E qual é o sentido disso?

O medo começou a tomar conta de mim, deixando-me tonta, como se eu o tivesse injetado no braço. E assim, peguei-me revendo os últimos seis minutos, tentando entender como teríamos tomado aquele desvio bizarro. Eu tinha aparecido ali com a intenção de executar um número tranqüilo e não-coreografado sobre o Papai, mas fora jogada para um canto, e ali estava ela, a artista experiente, comandando o palco, prestes a iniciar seu monólogo — um monólogo aterrorizante, ao que parecia. Papai dizia ser imperativo evitar as confidências e confissões férvidas das pessoas. "Diga à pessoa que você precisa deixar o lugar," instruiu-me, "que comeu alguma coisa estragada, que está doente, que o seu pai está com escarlatina, que você sente a iminência do fim do mundo e deve correr até o mercado para juntar provisões de água mineral e máscaras de gás. Ou simplesmente finja uma convulsão. Qualquer coisa, querida, qualquer coisa para se livrar das intimidades que planejam deitar sobre você como uma laje de cimento".

— Você não vai dizer nada? — perguntou.

Vale registrar que eu *realmente* considerei lhe dizer que o Papai estava tomado de varíola, que precisava correr até o seu leito de morte para ouvir as humildes e sentidas Últimas Palavras daquele homem. Mas, no final, apenas me vi assentindo empolgada, a resposta humana inevitável quando alguém nos pergunta se queremos ouvir um segredo.

— Quando a Jade tinha treze anos, fugiu de casa — começou, fazendo uma pequena pausa, deixando que aquelas palavras pousassem em algum lugar da escuridão no outro lado da sala, antes de continuar.

— Pelo que ela me contou, foi criada como uma menina muito rica e mimada. O pai lhe dava de tudo. Mas ele era um hipócrita da pior espécie; fez fortuna com o petróleo, portanto, tinha nas mãos o sangue e o sofrimento de milhares de pessoas, e a mãe dela — Hannah ergueu os ombros, estremeceu teatralmente —, bom, não sei se você já teve o prazer de encontrar essa mulher, mas é uma pessoa que não se preocupa em se vestir. Usa um roupão de banho no meio do dia. Enfim, a Jade tinha uma grande amiga quando pequena, ela me contou isto, uma menina bonita, frágil. Eram como irmãs. Eram confidentes, a Jade lhe contava de tudo... o tipo de amigo que todo mundo quer mas ninguém tem, sabe? Minha nossa, não consigo me lembrar do nome da menina. Como *era*? Um nome elegante. Enfim — bateu a cinza do cigarro —, ela era considerada problemática. Foi pega roubando cerca de três ou quatro vezes. Estava para ser mandada a um centro de detenção juvenil. E então fugiu de casa. Fez uma longa viagem até São Francisco. Consegue imaginar? A *Jade?* De Atlanta a São Francisco... ela estava em Atlanta na época, antes dos pais se divorciarem. São quatro mil e setecentos quilômetros. Pediu carona a caminhoneiros, famílias que encontrava na beira da estrada, até ser finalmente pega pela polícia numa farmácia, acho que se chamava Farmácia do Senhor. Com tanto nome por aí, Farmácia do Senhor. — Hannah sorriu e exalou, a fumaça tropeçou em si mesma. — Disse que isso mudou o curso da sua vida. Esses seis dias.

Fez uma pausa. A sala parecia ter afundado alguns centímetros para dentro do chão, comprimida pelo peso da história.

Quando Hannah começou a falar, com a voz estranhamente determinada, avançando com força pelas palavras, a minha cabeça instantaneamente apagou as luzes e começou a passar o filme: pude ver a Jade num lusco-fusco granuloso (jeans apertado, magra como um guarda-chuva), marchando determinada pelo capim na margem de uma estrada — no Texas ou Novo México —, o cabelo dourado incinerado pelos postes de luz, o rosto avermelhado pelos olhos sempre abertos dos carros. Mas então, quando passei desembestada por ela na minha carreta mental, olhei para trás e vi, surpresa, que não era a Jade: era apenas uma garota parecida com ela. Porque "pedir carona a caminhoneiros" não era nem um pouco o seu estilo, nem tampouco a amiga "bonita, frágil". Papai dizia ser necessário um certo espírito revolucionário, raro, para que uma pessoa abandone "a própria casa e família, por mais desoladoras que sejam as condições, lançando-se ao desconhecido". Tudo bem, de vez em quando a Jade se metia em cabines para deficientes físicos com *hombres* que faziam um estilo Desejo de Consumo recém-tirado de pôsteres de PROCURA-SE, ficava tão bêbada que a cabeça lhe pendia dos ombros como um jorro de cola, mas para que se arriscasse daquela forma, dando um salto no ar sem saber ao certo onde pousaria, para que ela conseguisse de fato chegar ao outro lado — isso parecia inacreditável. É claro, não podemos rir ou desmerecer a história detalhada de nenhum ser humano sem um mínimo de consideração: "Nunca presuma saber o que uma pessoa é, foi ou será capaz de fazer", dizia o Papai.

— A Leulah estava numa situação semelhante — continuou Hannah. — Fugiu com o professor de matemática quando tinha treze anos, também. Disse que era um homem bonito e passional. Perto dos trinta anos. Mediterrâneo. Talvez turco. Ela achava que estava *apaixonada*. Foram juntos até... onde era... acho que a Flórida, antes que ele fosse preso. — Puxou um longo trago do cigarro, deixando que a fumaça lhe escorresse pela boca quando recomeçou a falar. — Isso foi na escola em que estudou antes de St. Gallway, em algum lugar da Carolina do Sul. Enfim, o Charles passou a maior parte do tempo vivendo sob tutela judicial. A mãe era prostituta, viciada... o caso típico. Não tinha pai. Por fim, foi adotado. O Nigel também. Os dois pais estão numa prisão no Texas, por terem matado um policial. Não lembro quais foram as circunstâncias exatas. Mas mataram o homem a tiros.

Levantou o queixo, fitando a fumaça do cigarro que se agachava assustada atrás do abajur. Parecia ter um medo mortal da Hannah — como eu, naquele momento. Eu temia aquele tom de voz, que lançava esses segredos impaciente, como se tivesse sido forçada a jogar um maçante jogo de arremesso de ferraduras.

— É um pouco engraçado — continuou (e deve ter sentido o meu espanto, pois sua voz agora estava num tom mais pastel, sombreando as bordas mais pontiagudas com as pontas dos dedos) —, os momentos dos quais a vida depende. Acho que, quando estamos crescendo, sempre imaginamos que a nossa vida, o nosso sucesso, depende da nossa família e de quanto dinheiro temos, qual faculdade cursamos, que tipo de emprego conseguimos arrumar, salário inicial... — Curvou os lábios para rir, mas não emitiu som algum. (A dublagem dela estava péssima.) — Mas não é assim, entende? Você pode não acreditar nisso, mas a vida depende de uns poucos segundos que nunca vemos chegar. E o que decidimos nesses poucos segundos determina tudo dali para a frente. Algumas pessoas puxam o gatilho e tudo explode na cara delas. Outras fogem. E não fazemos idéia do que faremos até nos depararmos com a situação. Quando o seu momento chegar, Blue, não tenha medo. Faça o que tiver que fazer.

Ajeitou-se no sofá, desceu os pés descalços para o tapete, fitou as próprias mãos. Estavam apoiadas uma sobre cada perna, enrugadas e inúteis como os rascunhos descartados das palestras do Papai. Uma mecha de cabelo lhe caíra sobre o olho esquerdo, transformando-a num pirata, e ela não se preocupou em prendê-lo atrás da orelha.

Enquanto isso, meu coração tentava rastejar até a boca. Eu não sabia se o melhor seria ficar sentada ali passivamente, escutando aquelas horríveis confissões esquálidas, ou tentar fugir, avançar aos pulos até a porta, abri-la com a força de Cipião Africano ao pilhar Cartago implacavelmente, correr até a caminhonete e decolar na noite saqueada, terra voando, pneus gemendo como prisioneiros. Mas para onde iria? De volta ao Papai, como o sobrenome de algum presidente que ninguém recordava, como algum dia na História em que não ocorreu nada de sensacional além da chegada de uns poucos missionários católicos à Amazônia e um pequeno levante de nativos no Oriente?

— E tem também o Milton — disse Hannah, a voz como que acariciando aquele nome —, ele se envolveu com aquela gangue de rua... não lembro qual era o nome, não-sei-o-quê "noturno"...

— O Milton? — repeti. Pude vê-lo imediatamente: num ferro velho, as costas apoiadas numa grade de metal (ele sempre estava com as costas apoiadas em alguma coisa), botas de combate, um desses cachecóis de nylon assustadores, vermelho ou preto, amarrado na cabeça, olhos ríspidos, a pele ligeiramente cor-de-rifle.

— Isso. O Milton — repetiu, imitando-me. — Ele é mais velho do que todo mundo pensa. Vinte e um. Minha nossa, não vá comentar isso com ninguém, tá? Ele perdeu alguns anos, blecautes, nem se lembra o que fez na época. Viveu nas ruas... infernizou os lugares. Mas é claro, eu entendo. Quando você não sabe no que acreditar, sente que está afundando, então se agarra a quaisquer idéias diferentes que consiga. Até mesmo idéias loucas. No fim das contas, alguma delas vai te ajudar a flutuar.

— E isso foi enquanto ele estava no Alabama? — perguntei.

Hannah fez que sim.

— Deve ser por isso que fez a tatuagem — comentei.

Àquela altura eu já a havia visto — a tatuagem —, e a fascinante ocasião em que ele a mostrou acabou por se tornar um filme atemporal que eu repetia incessantemente na minha cabeça. Estávamos sozinhos na Sala Roxa — Jade e os outros estavam na cozinha fazendo bolo de maconha —, e o Milton estava preparando um drinque no bar, largando cubos de gelo no copo, como se contasse ducados. Tinha arregaçado as mangas compridas da camiseta do Nine Inch Nails, de modo que *mal* consegui identificar, no bíceps direito dele, os dedos pretos de alguma coisa. "Quer ver?", perguntou-me de repente; então, avançou devagar até onde eu estava, com o uísque na mão, e sentou-se com força; suas costas bateram no meu joelho esquerdo, o sofá estremeceu. Fixando os olhos castanhos nos meus, puxou a manga, leeeentamente — obviamente curtindo a minha atenção compenetrada —, e o que revelou não foi a crua mancha preta sobre a qual todos em St. Gallway sussurravam, e sim o desenho de uma anjinha bochechuda do tamanho de uma lata de cerveja. Estava piscando como um avô lascivo, com um joelho rechonchudo no ar, a outra perna esticada para baixo, como se houvesse congelado no meio de um salto ornamental. "Aí está", disse Milton com a voz arrastada, "a Miss América". Antes que eu conseguisse falar, caçar e coletar umas poucas palavras, ele ficou em pé, abaixou a manga e saiu da sala.

— Exato — disse Hannah de súbito. — Mas enfim — continuou, pegando outro cigarro no maço —, todos eles passaram por coisas difíceis, terremotos, entende, quando tinham doze, treze anos, coisas que a maior parte das pessoas não tem coragem para superar. — Acendeu-o ligeira, jogou os fósforos na mesinha de centro. — Você sabe alguma coisa sobre Os Idos?

Percebi que a Hannah estivera prestes a ficar sem combustível ao falar do Milton. Se tinha começado num caro e confiante carro esporte de Monte Carlo ao narrar a vida da Jade, quando chegou à história do Milton já estava num desses calhambeques enferrujados que se arrastam pelo acostamento com o pisca-alerta ligado. Senti que ela estava vivenciando pontadas de remorso pelo que estava fazendo, despejando essas pesadas confissões sobre os meus ombros; seu rosto parecia uma pausa entre duas frases, revendo mentalmente as palavras que acabava de dizer, cutucando-as, escutando seus pequeninos batimentos cardíacos, esperando que não tivessem sido fatais.

Mas agora, com essa nova pergunta, ela parecia ter recobrado a velocidade. Encarou-me com uma expressão feroz no rosto (seus olhos agarravam os meus, sem largá-los), um olhar que me lembrou o Papai; enquanto esquadrinhava livros suplementares sobre Rebeliões e Relações Internacionais para encontrar a vívida exuberância de provas que, quando transplantadas para uma palestra, teriam a capacidade de chocar, intimidar, fazer com que os "merdinhas derretessem nas cadeiras, tornando-se meras manchas no carpete", ele freqüentemente ostentava esse olhar militante que lhe endurecia as feições a ponto de me fazer pensar que se eu fosse cega e tivesse que passar a mão pela sua cara para reconhecê-lo, seria mais ou menos como tatear um muro de pedra.

— São pessoas desaparecidas — disse Hannah. — Elas caem por essas rachaduras que há por toda parte, no teto, no chão. Fugitivos, órfãos, são seqüestrados, mortos... desaparecem dos registros públicos. Depois de um ano, a polícia pára de procurá-los. Não deixam nada para trás além de um nome, e até isso é esquecido no final. "Vista pela última vez na tarde de 8 de novembro de 1982, após terminar seu turno de trabalho numa lanchonete em Richmond, na Virgínia. Partiu num Mazda 626 azul, ano 1988, posteriormente encontrado abandonado no acostamento, no que possivelmente foi um acidente forjado."

Ficou calada, absorta em memórias. Certas memórias eram bem assim — pântanos, lamaçais, poços —, e embora a maior parte das pessoas evitasse essas lembranças úmidas, não mapeadas e inteiramente desabitadas (por compreenderem sabiamente que poderiam se perder dentro delas para sempre), Hannah parecia ter corrido o risco e caminhado, na ponta dos pés, até uma delas. Tinha o olhar caído, sem vida, fitando o chão. Sua cabeça encurvada eclipsou a lâmpada, e um fino laço de luz se pendurou em seu perfil.

— De quem você está falando? — perguntei o mais suavemente que pude. O dr. Noah Fishpost, em seu cativante livro sobre as aventuras da psiquiatria moderna, *Meditações em Andrômeda* (2001), mencionou que deveríamos proceder da maneira menos intrusiva possível ao interrogarmos um paciente, pois a verdade e os segredos eram como grous: tinham um tamanho descomunal, embora fossem notoriamente tímidos e cautelosos; se fizermos muito barulho, podem desaparecer no céu sem jamais serem vistos novamente.

Hannah balançou a cabeça.

— Não... eu colecionava essas histórias quando era pequena. Decorava as listas. Conseguia recitar centenas delas. "A menina de catorze anos de idade desapareceu em 19 de outubro de 1994, quando caminhava da escola para casa. Foi vista pela última vez num telefone público entre 14h30 e 14h45, na esquina da rua Lennox com a rua Hill." "Vista pela última vez por sua família na residência em Cedar Springs, no Colorado. Aproximadamente às 3 da manhã, um familiar notou que a televisão ainda estava ligada no quarto, mas a menina não estava mais lá."

Meus braços ficaram arrepiados.

— Acho que foi por isso que os procurei — disse Hannah. — Ou eles me procuraram... nem me lembro mais. Fiquei preocupada, achei que poderiam cair pelas rachaduras também.

O olhar da Hannah finalmente retomou força e vi, horrorizada, que ela tinha o rosto vermelho. Lágrimas gigantes lhe brotavam dos olhos.

— E então, chegamos a você — continuou.

Eu não conseguia respirar. *Corra para a caminhonete do Larson*, falei a mim mesma. *Corra para a estrada, para o México*, porque o México era o lugar para onde todos iam quando precisavam fugir (embora ninguém jamais chegasse lá; eram todos mortos tragicamente a poucos metros da fronteira), ou, se não o México, então Hollywood, porque Hollywood era o lugar para onde todos iam quando queriam se reinventar e se tornar estrelas do cinema (ver *A revanche de Stella Verslanken*, Botando, 2001).

— Quando encontrei você naquele mercadinho em setembro, vi uma pessoa solitária. — Não disse nada por um momento, apenas deixou que aquelas palavras repousassem como trabalhadores cansados no meio-fio. — Achei que poderia te ajudar.

Senti um chiado no peito. Não — era uma tosse, um rangido da cama, algo humilhante, os fiapos soltos de uma ceroula desbotada. Mas no momento em que comecei a bolar alguma desculpa infantil para fugir daquela casa, para nunca mais voltar ("A coisa mais catastrófica que pode acometer qualquer homem, mulher ou criança é a pena abjeta," escreveu Carol Mahler no premiado *Pombas coloridas* [1987]), olhei para a Hannah, e ela parecia abobada.

Sua ira, raiva, irritação — qualquer que fosse o humor em que estivesse afundada desde o momento em que eu chegara, quando o telefone tocou, quando me fez jurar que manteria segredo, até mesmo a aparente melancolia de momentos atrás — tinham esvaecido. Hannah estava agora perturbadoramente pacífica (ver "Lago Lucerne", *Uma questão de Suíça*, Porter, 2000, p. 159).

É verdade, ela tinha acendido outro cigarro, e a fumaça se desenroscava de seus dedos. Também tinha ajeitado o cabelo, que agora oscilava para um lado, depois para o outro, cruzando-lhe a testa como se estivesse enjoado. Mas seu rosto, de um jeito quase excessivamente direto, ostentava a expressão aliviada e ligeiramente satisfeita de uma pessoa que acabava de realizar algo, um feito descomunal; era a cara dos livros fechados com força, das portas trancadas com parafusos, das lâmpadas apagadas, ou então, depois que o artista saúda o público em meio a uma chuva de aplausos, das pesadas cortinas vermelhas fechando-se sobre o palco.

As palavras da Jade acertaram a minha cabeça: "*Ela é realmente a pior atriz do planeta. Se fosse atriz não faria nem filmes B. Talvez estivesse nos filmes D ou E.*"

— Enfim — prosseguiu Hannah —, quem se importa com tudo isso agora... as razões das coisas. Não pense nisso. Daqui a dez anos... é *aí* que você decide. Depois de ter conquistado o mundo. Está com sono? — Fez essa pergunta de súbito, e evidentemente não estava interessada na minha resposta pois bocejou no punho, ficou em pé e se espreguiçou com o mesmo jeito nobre de seu gato persa branco (Lana ou Turner, não sei muito bem qual) que, anunciando sua chegada com um movimento de rabo, saiu da escuridão que havia embaixo do piano e miou.

CAPÍTULO 17

A BELA ADORMECIDA E OUTROS CONTOS DE FADA

Eu não conseguia dormir.

Oh, não — agora que estava sozinha numa cama estranha e dura, com uma manhã pálida que vazava pelas cortinas, o lustre do teto que me encarava como um olho gigante, as Histórias dos Sangue-Azul começaram a rastejar pelo solo como exóticos animais noturnos ao cair da noite (ver Zorrilho, Musaranho, Gerbo, Jupará e Raposa-de-orelhas-pequenas, *Enciclopédia dos seres vivos*, 4ª ed.). Eu tinha muito pouca experiência em lidar com Passados Sombrios, a não ser pelas leituras atentas de *Jane Eyre* (Brontë, 1847) e *Rebecca* (Du Maurier, 1938), e embora sempre houvesse visto, secretamente, esplendor em calafrios melancólicos, círculos cinzentos estampados sob os olhos, silêncio perdido, agora, saber que todos eles haviam sofrido (se é que se podia acreditar na Hannah) me preocupava.

Afinal de contas, eu não podia me esquecer de Wilson Gnut, o garoto suavemente bonito que conheci no Colégio Luton, no Texas, cujo pai se enforcou na noite de Natal. E isso resultou numa tragédia pessoal para Wilson que não tinha nada a ver com seu pai, e sim com o modo como ele era tratado na escola. As pessoas não eram más com o menino — muito pelo contrário, eram mais doces que um bolo. Abriam as portas para ele, ofereciam-se para que copiasse seus deveres de casa, permitiam que furasse fila em todos os bebedouros, máquinas de refrigerante e distribuições de uniformes de ginástica. Porém, à espreita por trás daquela benevolência, estava a compreensão universal de que por causa do pai uma Porta Secreta se abrira para Wilson, e todo tipo de coisa obscura e insólita poderia voar ali de dentro — suicídio, tudo bem, mas também outras coisas assustadoras, como Necrofilia, Poliorfantia, Menazorangia, talvez até Zoostose.

Com a precisão tranqüila de Jane Goodall, sozinha em seu posto de observação numa floresta tropical da Tanzânia, observei e documentei o conjunto de expressões trazidas à tona pela presença de Wilson entre alunos, pais e o corpo docente. Havia o Relance Aliviado de Graças a Deus Que Eu Não Sou Você (executado depois que a pessoa sorria amigavelmente para Wilson, e dirigido o sorriso secretamente para uma terceira pessoa comiserativa), o Olhar Lastimoso de Ele Nunca Vai Superar Isso (dirigido ao chão e/ou a qualquer espaço imediatamente ao redor de Wilson), a Expressão Significativa de Esse Garoto Vai Acabar Muito, Muito Mal (dirigido ao fundo dos olhos castanhos de Wilson) e o Simples Olhar de Descrença (boca aberta, olhos desfocados, dirigido às costas de Wilson Gnut enquanto ele estava sentado calmamente em sua carteira).

Também havia gestos, como o Aceno Da Boca Para Fora (realizado depois da escola, sendo lançado das janelas dos carros à medida que os alunos iam embora com os pais e notavam que Wilson ainda estava esperando pela mãe, que tinha cabelo fibroso, riso de cabra e usava colares de contas, um gesto sempre acompanhado de um dentre três comentários: "Tão triste o que aconteceu", "Num dá pra imaginar o que é que ele tá passando", ou o diretamente paranóico, "O papai num vai se matar qualquer dia destes, vai?"). Também havia a Indicação É Aquele Ali, a Indicação É Aquele Ali na Direção Oposta de Wilson Gnut (uma tentativa texana de sutileza) e, o pior de todos, a Histeria Rápida (realizada pelos alunos quando as mãos de Wilson Gnut tocavam acidentalmente as suas, nas maçanetas, por exemplo, ou enquanto distribuíam Provas Bimestrais pela sala, como se o infortúnio de Wilson Gnut fosse uma doença transmissível pelas mãos, cotovelos ou pontas dos dedos).

No final — e essa foi a tragédia —, Wilson Gnut acabou por concordar com todos os demais. Ele também começou a acreditar que uma Porta Secreta havia sido aberta somente para ele, e assim esperava por alguma coisa obscura e insólita que, a qualquer momento, voaria lá de dentro. Não era culpa dele, naturalmente; se o mundo insinua que você é um zero à esquerda, um miserável, e que a sua situação só tende a piorar, você tende a acreditar que isso seja verdade. Wilson parou de organizar jogos de basquete no recreio, desapareceu das Olimpíadas da Mente. E muito embora, em diversas ocasiões, eu tenha ouvido alguns meninos bem-intencionados perguntando-lhe se queria ir com eles ao KFC depois da escola, Wilson evitava qualquer contato visual, murmurava "Não, obrigado" e desaparecia no corredor.

Assim, concluí, com o mesmo deslumbre de Jane Goodall ao descobrir o hábil uso de ferramentas empregado pelos chimpanzés para extrair cupins, que o que impedia a recuperação de Wilson não era o evento trágico em si, e sim o fato de que os outros soubessem do ocorrido. As pessoas podiam suportar quase qualquer coisa (ver *Das unglaubliche Leben der Wolfgang Becker,* Becker, 1953). Até o Papai se maravilhava com o corpo humano, e o Papai nunca se maravilhava com nada. "É realmente estarrecedor o que o corpus consegue tolerar."

Após essa observação, se estivesse num Humor de Uísque e sentindo-se teatral, Papai imitaria Marlon Brando como coronel Kurtz.

"Você precisa de homens que tenham moral", dizia, lento e grave, girando lentamente a cabeça na minha direção, abrindo bem os olhos na tentativa de representar simultaneamente o Gênio e a Insanidade. "E, ao mesmo tempo, capazes de usar os instintos primordiais para matar sem sentimentos, sem paixão, sem julgamento." (Papai sempre erguia as sobrancelhas e me encarava aborrecido ao dizer "julgamento".) "Porque o julgamento é o que nos derrota."

É claro que eu deveria questionar a exatidão do que Hannah me havia dito, da própria Hannah. As palavras pareciam inegavelmente artificiais; notavam-se as palmeiras falsas (imprecisão quanto aos lugares exatos), diversos objetos cênicos (copo de vinho, cigarros intermináveis), ventiladores (propensão ao romantismo), poses para fotos publicitárias (tendência a fitar o teto, o chão) — talentos teatrais que traziam à mente os pôsteres apaixonados que cobriam aquela sala de aula. E *também* era verdade que muitos trambiqueiros eram capazes de inventar contos de fadas sombrios em situações de pressão, repletos de contexto, hábeis referências cruzadas, pitadas de ironia e obras do destino sem deixar escapar nem um único piscar de olhos. Ainda assim, por mais que essas vis maquinações fossem *remotamente* plausíveis, não pareciam ser exatamente factíveis no caso de Hannah Schneider. Golpistas e vigaristas forjavam essas elaboradas obras de ficção para fugir do xadrez; qual poderia ser a motivação da Hannah ao inventar passados desoladores para cada um dos Sangue-Azul, empurrando-os brutalmente para fora, trancando a porta e deixando-os parados na chuva? Não, eu tive certeza de que havia uma verdade básica no que ela me havia dito, mesmo que a iluminação no estúdio estivesse hannificada e que houvesse homens brancos interpretando os selvagens, com a cara repleta de maquiagem espessa.

Com esses pensamentos, a manhã se esgueirando pelas janelas, cortinas frouxas suspirando com a brisa, adormeci.

∽

Não há nada como uma manhã clara e alegre para afugentar rapidamente todos os demônios da noite anterior. (Ao contrário das crenças populares, a Inquietude, os Demônios Internos e os Complexos de Culpa são notavelmente inseguros e geralmente fogem na presença de uma Consciência Tranqüila e Perfeitamente Limpa.)

Acordei no minúsculo quarto de hóspedes da Hannah — com paredes da cor de campânulas-azuis — e tombei da cama. Abri a fina cortina branca. O gramado em frente estremecia animado. Acima, um céu azul se inflava. Duras folhas secas, *en pointe*, estavam ocupadas praticando *glissades* e *grand jêtés* sobre a calçada. Na casa de passarinhos da Hannah (geralmente abandonada como uma casa com isolamento de asbesto ou tinta de chumbo), dois cardeais almoçavam com um chapim.

Desci as escadas e encontrei-a vestida, lendo o jornal.

— Aí está você — falou, num tom alegre. — Dormiu bem?

Deu-me roupas, uma velha calça cinza de cotelê que, segundo disse, tinha encolhido na lavagem, sapatos pretos e um casaco rosa-pálido com contas pequeninas ao redor da gola.

— Pode ficar com isso aí — comentou, sorrindo. — Fica adorável em você.

Vinte minutos depois, dirigiu atrás de mim no seu Subaru até o posto de gasolina, onde deixei a caminhonete do Larson e as chaves com o Vermelhão, que tinha dedos de cenoura crua e trabalhava ali pelas manhãs.

Hannah sugeriu que fôssemos comer qualquer coisa antes de me levar para casa, então paramos no Rei da Panqueca, da avenida Orlando. Uma garçonete anotou o nosso pedido. O restaurante tinha uma sinceridade descomplicada: janelas quadradas, um carpete marrom gasto que gaguejava Rei da Panqueca Rei da Panqueca por todo o caminho até os banheiros, pessoas sentadas tranqüilamente com suas comidas. Se houvesse Escuridão ou Ruína no mundo, ela seria notavelmente cortês, esperando que todos terminassem seus cafés-da-manhã.

— O Charles está... apaixonado por você? — perguntei de repente. Fiquei chocada com a facilidade que tive para fazer a pergunta.

A reação da Hannah não foi de indignação, e sim de interesse.

— Quem te falou isso... a Jade? Achei que tivesse explicado isso na noite passada... a necessidade que ela tem de exagerar todas as coisas, colocar as pessoas umas contra as outras, tornar tudo mais exótico do que realmente é. Todos eles fazem isso. Não faço idéia por quê. — Suspirou. — Eles também gostam de me interrogar sobre uma pessoa... como é o nome, droga... *Victor*. Ou Veneza, algo tirado do *Coração Valente*. Começa com V...

— Valerio? — sugeri baixo.

— *Esse* é o nome? — Hannah riu, um riso de flerte, e um homem com uma camisa de flanela laranja sentado na mesa ao lado olhou para ela, esperançoso. — Pode acreditar, se o meu príncipe encantado estivesse passando por aqui... Valerio, né? Eu me mandaria atrás dele. E quando o encontrasse, bateria na cabeça dele com a minha clava, o jogaria por sobre o meu ombro, o traria de volta à minha *toca* e me divertiria com ele. — Ainda como que rindo consigo mesma, abriu o zíper da bolsa de couro e me deu setenta e cinco centavos. — Agora vai ligar para o seu pai.

Usei o orelhão ao lado da máquina de cigarros. Papai atendeu no primeiro toque.

— Oi...

— *Onde diabos você se meteu?*

— Numa lanchonete com Hannah Schneider.

— Você está bem?

(Tenho que admitir, era emocionante ouvir a tremenda ansiedade na voz do Papai.)

— Claro. Estou comendo rabanada.

— Ah é? Bom, já o meu café-da-manhã está sendo um Informe de Pessoa Desaparecida. Vista por última vez. Aproximadamente às duas e meia. Usando. Não tenho certeza. Que bom que ligou. Aquilo que você estava vestindo ontem à noite era um vestido ou um saco de lixo?

— Vou para casa daqui a uma hora.

— Fico encantado que tenha decidido me agraciar novamente com a sua presença.

— Bom, eu não vou para Fort Peck.

— Eh... podemos discutir isso.

E então uma idéia me veio à cabeça, como quando Alfred Nobel concebeu uma arma que acabasse com todas as guerras (ver capítulo 1, "A bomba atômica", *Tropeços da história*, junho, 1992.)

— "No medo, fugimos" — falei.

Ele hesitou, mas só por um segundo.

— É um ponto válido. Mas vamos ver. Por outro lado, *estou* precisando seriamente da sua assistência com estes penosos trabalhos dos meu alunos. Se isso significar me colocar à sua disposição, digamos, trocar Fort Peck por três ou quatro horas do seu tempo, suponho que eu esteja disposto a aceitar o acordo.

— Pai?

— O quê?

Não sei por quê, mas não consegui dizer nada.

— Não vai me dizer que fez uma tatuagem cruzando o peito que diz "Criada no Inferno" — falou.

— Não.

— Colocou um piercing.

— Não.

— Está pensando em entrar para uma seita. Uma divisão de extremistas que praticam a poligamia e se denominam Agonia Humana.

— Não.

— Você é lésbica e quer a minha bênção antes de chamar a técnica do time de hóquei para sair.

— Não, Pai.

— Graças a Deus. O amor sáfico, apesar de natural e de antigo como os mares, ainda é lamentavelmente considerado uma espécie de modismo na América Média, algo como a Dieta do Melão ou as Calças Boca-de-Sino. Não seria uma vida fácil. E como ambos sabemos, ter-me como pai não é brincadeira. Seria extenuante, creio eu, suportar esses dois fardos.

— Eu te amo, Pai.

Ficamos em silêncio.

Eu me senti ridícula, naturalmente, não só porque quando lançamos essas palavras em particular precisamos que voltem sem demora como um bumerangue, tampouco por ter me dado conta de que a noite anterior tinha me transformado numa panaca, uma tonta, uma *Adorável Benji* ambulante, uma *Lassie e a força do coração* viva, mas também porque eu sabia perfeitamente bem que o Papai não suportava essas palavras, assim como não suportava os políticos americanos, os executivos que eram citados no *Wall Street Journal* dizendo "sinergia" ou "mudança de paradigma", a pobreza do Terceiro Mundo, genocídios, gincanas na TV, estrelas do cinema, E.T. *ou*, enfim, Reese's Pieces, a bala de chocolate preferida do extraterrestre.

— Também te amo, querida — falou por fim. — Mas na verdade, achei que você já soubesse disso a esta altura. Embora eu suponha que isso seja o esperado. As coisas mais claras e palpáveis da vida, como os elefantes e rinocerontes brancos, parados ali bem singelos nos seus açudes, mascando folhas e brotos, muitas vezes passam despercebidas. E por que as coisas são assim?

Era uma Pergunta Retórica Van Meer seguida da Pausa Dramática Van Meer, portanto, apenas esperei, pressionando o bocal do telefone contra o queixo. Eu já o ouvira usar esses recursos retóricos outras vezes, nas poucas vezes em que assisti às suas aulas em grandes anfiteatros com paredes acarpetadas e lâmpadas ruidosas. Na última vez em que o ouvi discursar sobre Guerra Civil na Faculdade de Cheswick, lembro-me nitidamente de ter ficado horrorizada. Sem dúvida, pensei comigo mesmo, enquanto Papai fazia aquelas caras no centro do palco (irrompendo eventualmente numa série de gestos expansivos, como se fosse um Marco Antônio tresloucado ou um maníaco Henrique VIII), todos poderiam enxergar, clara como água, uma verdade constrangedora sobre o Papai: ele queria ser o Richard Burton. Mas então olhei de fato ao redor e percebi que todos os alunos (até mesmo o que estava na terceira fileira, que tinha raspado o cabelo com um símbolo da anarquia na nuca) se comportavam como frágeis mariposas brancas espiralando ao redor da luz do Papai.

— A América está adormecida — ressoava Papai. — Vocês já ouviram isso antes... talvez tenha sido dito por um mendigo cheirando a Porta-John com quem vocês cruzaram na rua, por isso prenderam a respiração e fingiram que ele era uma caixa de correio. Bom, será *verdade*? A América *estará* hibernando? Tirando uma soneca, puxando um ronco? Somos um país que oferece oportunidades ilimitadas. Não *somos*? Bom, eu sei que a resposta é "sim" se você calhar de ser o executivo-chefe de uma empresa. No ano passado, a remuneração média dos executivos-chefes cresceu vinte e seis por cento em comparação aos salários dos trabalhadores braçais, que subiram lastimáveis três por cento. E qual é o contracheque mais gordo de todos? O do sr. Stuart Burnes, diretor-geral da Integrated Technologies. E o que é que ele ganha? Cento-e-dezesseis-vírgula-quatro-milhões de dólares por ano de trabalho.

Nesse momento, Papai cruzava os braços e parecia fascinado.

— O que é que o nosso Stu está *fazendo* para justificar tamanha bolada, um salário que alimentaria todo o Sudão? Lamentavelmente, não muito. Os rendimentos da Integrated no último trimestre foram fracos. Os preços das ações caíram dezenove por cento. Ainda assim, o conselho de acionistas bancou os salários da tripulação do iate de cinqüenta pés de Stu, assim como os honorários do curador da sua coleção de arte impressionista, que conta com quatrocentas obras.

Nesse ponto, o Papai inclinava a cabeça como se ouvisse uma música baixa e distante.

— Então, isso é o que chamamos de ganância. E isso é *bom*? Devemos dar ouvidos a um homem que usa suspensórios? Em muitos de vocês, quando vêm falar comigo na minha sala, sinto um ar de inevitabilidade, não de *derrota*, e sim de resignação, como se essas iniqüidades fossem simplesmente o modo como as coisas são, não podendo ser modificadas. Vivemos nos Estados Unidos, e o que fazemos é meter a mão na maior quantidade possível de *grana* antes de morrermos do coração. Mas queremos que as nossas vidas sejam uma rodada bônus, uma Caça ao Dinheiro? Podem me chamar de otimista, mas eu acho que não. Acho que buscamos algo mais significativo. Mas o que podemos *fazer*? Começar uma revolução?

Papai fazia essa pergunta para uma menina pequena, de cabelo castanho, que usava uma camiseta rosa na primeira fila. Ela concordava, apreensiva.

— Você perdeu o *juízo*?

Instantaneamente, ela ficava seis tons mais rosa que a camiseta.

— Você deve ter ouvido falar dos diversos mentecaptos que declararam guerra ao governo dos EUA nos anos sessenta e setenta. A Nova Esquerda Comunista. O *Weather Underground*. Os Estudantes Unidos Pelo Blá-Blá-Ninguém-Te-Leva-A-Sério. Na verdade, acho que esses eram piores que o Stu, pois o que esmagaram não foi a monogamia, e sim a esperança de que tenhamos protestos produtivos neste país. Com a importância delirante que se outorgavam, com sua violência *ad hoc*, tornou-se fácil desconsiderar qualquer um que manifeste insatisfação pelo modo como as coisas são, classificando-o como um hippie fanático.

— Não. Eu afirmo que deveríamos nos inspirar num dos maiores movimentos americanos de nosso tempo — uma revolução em si mesma, travando uma guerra nobre contra o tempo e a gravidade, também responsável pela mais difusa perpetuação de formas de vida com aparência alienígena na Terra. A Cirurgia Plástica. Isso mesmo, senhoras e senhores. A América precisa urgentemente de um *lifting*. Nenhum movimento de massas, nenhum levante generalizado. Em vez disso, esticar uma pálpebra aqui. Levantar um peito ali. Uma lipoaspiração bem feita. Um corte minúsculo atrás das orelhas, repuxe um pouquinho, pregue no lugar (a chave é a confidencialidade), e *voilà*, todos dirão que estamos deslumbrantes. Maior elasticidade. Nenhuma pelanca. Para os que estão rindo, verão precisamente o que quero dizer quando lerem os textos para terça-feira, o tratado de Littleton em *Anatomia do materialismo*,

"Os Sentinelas Noturnos e os princípios míticos das mudanças práticas" e "A repressão nas potências imperialistas", de Eidelstein. E a minha própria obra mirrada, "Encontros às cegas: as vantagens da guerra civil silenciosa". Não se esqueçam. Vai ter teste surpresa.

Somente quando o Papai, com um sorrisinho auto-satisfeito, fechava a surrada pasta de couro que continha folhas cheias de garranchos (colocadas no púlpito para causar efeito, pois ele jamais as consultava), retirava o lenço de linho do bolso do paletó e, delicadamente, o passava pela testa (já tínhamos dirigido pelo Deserto de Nevada no meio do verão sem que ele precisasse enxugar a testa uma única vez), somente então os alunos começavam a se mexer. Alguns dos jovens sorriam, descrentes, outros saíam do anfiteatro com expressões de surpresa. Uns poucos começavam a folhear o livro de Littleton.

Agora, o Papai respondia à sua própria pergunta, a voz grave a rouca no telefone.

— Estamos sob uma cegueira invisível quanto à verdadeira e real natureza das coisas — falou.

CAPÍTULO 18

UM QUARTO COM VISTA

O grande Horace Lloyd Swithin (1844-1917), falecido ensaísta, professor, satirista e observador social britânico, escreveu em suas autobiográficas *Anotações, 1890-1901* (1902), que "quando viajamos para o exterior, o que descobrimos não são tanto as ocultas Maravilhas do Mundo, e sim as maravilhas ocultas das pessoas com quem estamos viajando. Podem resultar ser uma vista emocionante, uma paisagem relativamente monótona ou um terreno tão traiçoeiro que julgamos melhor esquecer todo o incidente e voltar para casa".

Não me encontrei com a Hannah durante a Semana de Provas, e só falei com a Jade e os outros uma ou duas vezes antes de alguma prova.

— Te vejo ano que vem, Azeitonas — disse Milton quando nos cruzamos do lado de fora do Arranha. (Pareceu-me ter detectado rugas na testa dele quando piscou para mim, o que indicava sua idade avançada, mas não quis ficar encarando.) O Charles, pelo que soube, passaria dez dias na Flórida, a Jade iria para Atlanta e a Lu para o Colorado, o Nigel para a casa dos avós — no Missouri, acho —, e assim resignei-me à idéia de passar as férias de Natal com o Papai e com a última crítica de Rikeland Gestault ao sistema de justiça americano, *Fritando na cadeira* (2004). No entanto, depois da minha última prova, História da Arte, Papai anunciou uma surpresa.

— Um presente antecipado de formatura. Um último *Abenteuer*, ou melhor, *aventure*, antes de se livrar de mim. É só questão de tempo até você se referir a mim como... como é que eles falam naquele filme melodramático com os velhinhos rabugentos? Um cocozinho senil.

O que ocorreu foi que um velho amigo do Papai dos tempos de Harvard, o dr. Michael Servo Kouropoulos (Papai o chamava carinhosamente de "Baba au Rhum", portanto presumi que se assemelharia a um bolo de fubá imerso em rum), vinha, há algum tempo, suplicando ao Papai que o visitasse em Paris, onde ensinava literatura grega arcaica em La Sorbonne há oito anos.

— Servo nos convidou a ficar com ele. O que certamente faremos, e pelo que entendi, ele tem um pequeno palacete em algum lugar ao longo do Sena. Vem de uma família que nada em dinheiro. Importação e exportação. Antes, porém, achei que seria *supimpa* ficarmos algumas noites num hotel, para ter um gostinho de *la vie parisienne*. Fiz uma reserva no Ritz.

— No *Ritz*?
— Uma suíte *au sixième étage*. Parece bem emocionante.
— Pai...
— Eu queria a Suíte Coco, mas já estava ocupada. Com certeza todo mundo quer a Suíte Coco.
— Mas...
— Não quero ouvir nem uma palavra sobre o custo. Já disse que andei economizando para fazer umas poucas extravagâncias.

Sim, fiquei surpresa com a viagem, o esbanjamento proposto, mas ainda mais com a ânsia infantil que tinha tomado conta do Papai, um Efeito Gene Kelly que eu não presenciava nele desde que a Mosca de Verão Tamara Sotto, de Pritchard, na Geórgia, convidou-o ao Encontro de Monstros, a competição estadual de tratores gigantes, para a qual uma pessoa que não tivesse contatos entre caminhoneiros jamais conseguiria ingressos. ("Você acha que se eu der um cinqüentão para um desses desdentados ele me deixa dirigir?", perguntou o Papai.)

Eu também descobrira recentemente (papel amassado tristemente sobressaindo do cesto de lixo da cozinha) que a *Fórum federal* havia negado a publicação do último ensaio do Papai, "O quarto Reich", uma ofensa que, em circunstâncias normais, teria feito com que ele resmungasse consigo mesmo durante dias, talvez lançando-se em palestras espontâneas sobre a escassez de vozes críticas nos fóruns midiáticos americanos, tanto nos populares como nos obscuros.

Mas não, Papai estava todo "Singin' in the Rain", todo "Gotta Dance", todo "Good Mornin'". Dois dias antes da nossa partida, voltou para casa carregado de guias de viagem (vale citar o *Paris, pour le voyageur distingué* [Bertraux, 2000]), mapas da cidade, canivetes suíços, kits de banheiro, lâmpadas de leitura em miniatura, travesseiros de pescoço infláveis, meias elásticas para viagens de avião, duas marcas estranhas de tampões de ouvidos (EarPlane e Air-Silence), echarpes de seda ("Todas as mulheres parisienses usam echarpes de seda, pois desejam criar a ilusão de estarem numa foto do Doisneau", disse o Papai), livros de frases de bolso e as formidáveis cem horas de áudio de La Salle, Curso de Conversação ("Torne-se bilíngüe em cinco dias", ordenava a lateral da caixa. "Seja a estrela dos jantares.").

Com a expectativa nervosa "que só sentimos quando abandonamos a nossa bagagem pessoal e nos atemos à esperança surrada de nos reunirmos a ela depois de viajar duas mil milhas", Papai e eu, na noite de 20 de dezembro, embarcamos num vôo da Air France que partiu do aeroporto de Hartsfield, em Atlanta, e pousamos em segurança no aeroporto Charles de Gaulle, em Paris, na fria e chuvosa manhã de 21 de dezembro (ver *Influências*, 1890-1897, Swithin, 1898, p. 11).

Não marcamos de nos encontrar com Baba au Rhum até o dia 26 (Baba aparentemente estaria visitando a família no sul da França), então passamos esses primeiros cinco dias sozinhos em Paris, como fazíamos nos velhos tempos da Volvo, falando um com o outro e com mais ninguém, às vezes sem sequer perceber.

Comemos crepes e *coq au vin*. À noite, jantamos em restaurantes caros repletos de pacotes turísticos e homens com olhos brilhantes que revoavam atrás das mulheres como pássaros enjaulados, na esperança de encontrar um buraquinho por onde pudessem escapar. Depois de jantar, Papai e eu nos sepultávamos em casas de jazz como a *au Caveau de la Huchette*, uma cripta esfumaçada na qual era requerido manter-se tão mudo, imóvel e alerta quanto um cão de caça enquanto o trio (caras tão suadas que pareciam ter sido untadas com óleo de cozinha) tocava seus riffs retorcidos e rasgados, de olhos fechados, os dedos passeando como tarântulas pelas teclas e cordas durante três horas e meia. Segundo a nossa garçonete, o lugar era um dos preferidos de Jim Morrison, e ele tinha injetado heroína exatamente no canto escuro em que eu e o Papai estávamos sentados.

— Gostaríamos de nos mudar para aquela mesa ali, *s'il vous plaît* — falou o Papai.

Apesar desses ambientes estimulantes, eu pensava o tempo todo na nossa casa, naquela noite com a Hannah, nas histórias que ela me contara. Como escreveu Swithin em *O estado das coisas: 1901-1903* (1902), "Quando o homem está em um lugar, pensa em outro. Dançando com uma mulher, não pode evitar o desejo de ver a curva quieta do ombro nu de outra, nunca encontrando satisfação, nunca tendo a mente e o corpo agradavelmente firmados numa única localidade — essa é a maldição da raça humana!" (p. 513).

Era verdade. Por mais contente que me sentisse (especialmente nos momentos em que o Papai estava alheio ao pedaço de *éclair* que tinha no canto da boca, ou quando soltava uma frase num francês "perfeito" e se deparava com olhares confusos), peguei-me acordada durante a noite, preocupada com eles. E, embora seja horrível admiti-lo, pois a coisa certa a fazer seria me manter completamente inabalada pelo que a Hannah tinha me dito — eu realmente não conseguia deixar de enxergá-los agora sob um prisma ligeiramente diferente, um ângulo bastante severo, no qual eles apresentavam uma semelhança alarmante com os moleques do coro de "Consider yourself" em *Oliver!*, que eu e o Papai assistimos comendo pipoca salgada numa noite maçante no Wyoming.

Depois de noites como essa, na manhã seguinte eu me pegava apertando um pouco mais forte o braço do Papai quando nos metíamos na frente dos carros para cruzar o Champs Élysées, rindo um pouco mais alto dos comentários dele sobre americanos gordos usando calças cáqui quando um americano gordo usando calças cáqui perguntava à madame do balcão da *pâtisserie* onde ficavam os banheiros. Comecei a me portar como alguém que tem um prognóstico grave, procurando o rosto do Papai o tempo todo, sentindo-me à beira das lágrimas quando notava as delicadas rugas que lhe floresciam ao redor dos olhos, ou a mancha preta na sua íris esquerda, ou os punhos desfiados da sua jaqueta de cotelê — um resultado direto da minha infância, de quando eu me pendurava naquela manga. Certa vez me vi agradecendo a Deus por esses detalhes empoeirados, por essas coisas que ninguém mais notava, pois essas coisas, frágeis como teias-de-aranha e fios de costura, eram as únicas que me separavam *deles*.

Devo ter pensado nos outros mais do que pude perceber, pois eles começaram a fazer pequenas aparições hitchcockianas. Vi a Jade em inúmeras ocasiões. Ali estava ela, bem na nossa frente, levando um pug mal-encarado para passear pela rue Danton — cabelo descolorido, batom vermelho intenso, chiclete e jeans —, perfeitamente jadeada.

E ali estava o Charles, o menino loiro, magro e taciturno, escondido ao fundo do Café Ciseaux, bebendo um café, e o pobre Milton, encalhado do lado de fora do Odéon Métro sem nada além de um saco de dormir e um aparelho de som. Com dedos retorcidos, tocava uma lastimável música de Natal — uma canção triste, de quatro notas —, os pés inflamados, a pele pesada como o seu jeans.

Até mesmo a Hannah fez uma breve aparição, no que resultou ser o único incidente da nossa viagem que o Papai não havia planejado (que eu saiba, ao menos). Houve uma ameaça de atentado a bomba no começo da manhã de 26 de dezembro. Os alarmes soaram, os corredores piscaram, todos os hóspedes do hotel, assim como os empregados — roupões de banho, cabeças carecas, torsos nus por toda parte —, foram evacuados para a Place Vendôme como uma sopa de creme de batata retirada de uma lata de sopa. A Eficiência Polida, a implacável qualidade que transpirava de toda a equipe do Ritz, resultou não ser nada além de um feitiço malfeito, válido somente quando os empregados estavam fisicamente *dentro* do hotel. Quando despejados na noite eles desaboboravam, tornando-se humanos friorentos, com os olhos vermelhos, o nariz escorrendo e o cabelo levantado pelo vento.

Naturalmente, esse interlúdio dramático foi muito empolgante para o Papai, e enquanto esperávamos pela chegada da brigada de incêndio ("Imagino que apareceremos no canal France 2", especulou o Papai, exultante), na frente de um lustroso porteiro do hotel, envolta num pijama ondulado de seda cor-de-ervilha, deparei-me com a Hannah. Estava bem mais velha, ainda magra, mas a maior parte da sua beleza parecia ter corroído. As mangas do pijama estavam enroscadas como as de um caminhoneiro.

— O que está acontecendo? — perguntou a mulher.

— Eh — disse o porteiro assustado. — *Je ne sais pas, madame.*

— E qualé essa de *tu ne sais pas*?

— *Je ne sais pas.*

— Alguém sabe *alguma* coisa por aqui? Ou são só um bando de sapos em vitórias-régias?

(A "ameaça de bomba", para a evidente frustração do Papai, resultou não ser mais que um defeito elétrico, e na manhã seguinte, a nossa última no hotel, acordamos com um café-da-manhã grátis na nossa suíte e uma singela nota impressa em dourado, desculpando-se por *le dérangement*.)

⁓

Na manhã cinzenta do dia vinte e seis, sob um vento forte, nos despedimos do Ritz e levamos as malas para o outro lado da cidade, onde ficava o apartamento de cinco quartos de Baba au Rhum, ocupando os dois últimos andares de um edifício de pedra do século XVII no Île St. Louis.

— Nada mal, hmmm? — perguntou Servo. — Sim, as meninas aproveitaram a infância neste velho *barraco*. Todas as amigas francesas delas sempre queriam vir para cá nos fins de semana, eu não conseguia me *livrar* delas. O que estão achando de Paris, hmmm?

— É extr...

— A Elektra não gosta de Paris. Prefere Monte Carlo. Eu concordo. Os turistas dificultam a vida dos que somos verdadeiros parisienses, e Monte é um parque temático onde você não pode entrar a menos que tenha, o que, um, dois milhões? Fiquei no telefone com a Elektra a manhã inteira. "Paizinho", falou, "Paizinho, querem que eu trabalhe na embaixada." O salário que ofereceram à menina, quase caí da cadeira. Acabou de fazer dezenove, pulou três anos na escola. Todos a adoram em Yale. A Psyche também. Acabou de entrar, é caloura. E ainda a chamam para posar como modelo, foi *top model* durante o verão. Ganhou o bastante para comprar toda Manhattan, e qual é o nome do cara das cuecas, Calvin Klein. Se apaixonou loucamente por ela. Com nove anos, já escrevia como o Balzac. Quando os professores liam os trabalhos dela, choravam e sempre nos diziam que era *poeta*. E já se nasce poeta, entende, isso não é algo que se possa praticar. Só surge um em cada, como é que eles dizem? Hmm? Em cada século.

O dr. Michael Servo Kouropoulos era um grego gravemente bronzeado que tinha muitas opiniões, histórias e queixos. Estava acima do peso, parecia já se aproximar dos setenta anos, tinha cabelos brancos de ovelha e olhos como dados, que jamais paravam de rolar pelo lugar. Suava bastante, sofria do estranho tique de bater e então afagar o próprio peito com movimentos circulares, encadeava cada uma de suas frases com um "hmm" profundo, e tratava as conversas vadias que não tinham nada a ver com a sua família como se fossem casas infestadas de cupins precisando urgentemente serem dedetizadas com outra história sobre Elektra ou Psyche.

Mexia-se veloz, apesar de mancar de uma perna e da bengala de madeira que, depois de apoiada em algum balcão enquanto ele pedia *un pain au chocolat*, freqüentemente caía ruidosamente ao chão, às vezes batendo nas canelas ou pés das pessoas ("Hmmm? Oh, querida, *excusez-moi*.").

— Ele sempre mancou — disse o Papai. — Até quando estávamos em Harvard.

Posteriormente descobrimos, também, que ele tinha uma profunda aversão a aparecer em fotografias. Na primeira vez em que tirei a minha máquina descartável da mochila, o dr. Kouropoulos pôs a mão na frente da cara e se recusou a retirá-la. "Hmmm, não, não fico bem em fotos." Na segunda vez, desapareceu por dez minutos no Banheiro Masculino. "Desculpe, detesto, detesto estragar a foto, mas a natureza... preciso atender ao seu chamado." Na terceira vez, saiu-se com o velho detalhe que as pessoas adoravam repetir sobre os Masai, ilustrando a sensibilidade e *savoir-faire* que possuíam ao falar de culturas primitivas: "Eles dizem que rouba a alma. Não quero correr nenhum risco." (Esse factóide já estava datado. Papai tinha passado algum tempo no Vale da Grande Fenda e dizia que, por cinco dólares, quase todos os Masai com menos de setenta e cinco anos permitiam que você lhes roubasse a alma quantas vezes quisesse.)

Perguntei ao Papai qual era o problema daquele homem.

— Não tenho certeza. Mas não me surpreenderia se ele fosse procurado por sonegação de impostos.

Era inconcebível imaginar que o Papai teria conscientemente decidido passar cinco minutos com aquele homem, que dirá *seis dias*. Não eram amigos. Na verdade, pareciam deplorar um ao outro.

As refeições com Baba au Rhum não eram eventos agradáveis, e sim tortura prolongada. Ele acabava tão imundo depois de desmembrar seu filé de cordeiro que eu me pegava desejando que ele tomasse a precaução canhestra, embora crucial, de prender o guardanapo na gola. Suas mãos se comportavam como gatos gordos e assustados; sem aviso, saltavam cerca de um metro sobre a mesa para apanhar o saleiro ou a garrafa de vinho. (Servia-se primeiro, e depois, pensando melhor, ao Papai.)

Meu principal desconforto durante essas refeições não derivava dos modos de Baba au Rhum à mesa, e sim do colóquio como um todo. Quando começávamos os aperitivos, às vezes ainda antes, Papai e Servo se engajavam numa estranha luta de chifres verbal, uma batalha masculina pela supremacia, muito vista em espécies como o alce-da-noruega e o besouro-de-limeira.

Pelo que pude entender, a competição nasceu de algumas insinuações feitas por Servo, segundo as quais, embora o fato de que o Papai houvesse criado *uma* gênia fosse lindo e maravilhoso ("Um passarinho me contou que, quando voltarmos para casa, seremos recebidos com uma boa notícia vinda de Harvard", revelou pomposamente o Papai durante a sobremesa no Lapérouse), ele, o dr. Michael Servo Kouropoulos, aclamado professor de *littérature archaïque*, havia criado *duas* ("Psyche foi convocada pela NASA para participar da Missão Apollo V, em 2014. Eu lhe contaria mais, mas essas coisas são confidenciais. Devo permanecer, em consideração a *ela* e à declinante superpotência mundial, *calado*...").

Depois de um embate verbal de dimensões consideráveis, Papai mostrou sinais de fadiga — isto é, somente até localizar o Calcanhar de Aquiles de Servo, um frustrante filho caçula, aparentemente chamado erroneamente de Atlas, que não só fora incapaz de suportar o mundo, como também de agüentar um simples curso para alunos do primeiro ano na Universidade de Río Grande, em Cuervo, no México. Papai o forçou a admitir que o pobre rapaz estava agora à deriva em algum lugar da América do Sul.

Fiz o melhor que pude para ignorar essas escaramuças, dedicando-me a comer o mais delicadamente possível, erguendo Bandeiras Brancas na forma de olhares de lamento enviados aos diversos garçons exasperados e à mal-humorada clientela ao redor. Somente quando pareceram chegar a um impasse, pude tranqüilizar o Papai.

— "Nosso amor pelo que é belo não leva à extravagância. Nosso amor pelas coisas da mente não nos deixa frouxos" — falei, o mais grave que pude, após o sermão de quarenta e cinco minutos feito por Servo sobre o famoso filho de um bilionário (Servo não conseguia se lembrar de nomes) que, numa viagem a Cannes em 1996, apaixonou-se loucamente por Elektra, que tinha doze anos na época, ao vê-la bronzeada na areia, fazendo castelos com todo o moderno senso de design e talento artístico de Mies van der Rohe. O Maior Bom-Partido do Mundo ficou tão encantado pela menina que Servo chegou a pensar que precisaria pedir na justiça um afastamento compulsório, para que o homem e seu iate de quatrocentos pés (cheio de aparelhos de Pilates e um heliporto, e cujo nome o rapaz ameaçava mudar para Elektra) não pudessem se aproximar a menos de trezentos metros da menina deslumbrante.

Com as mãos dobradas sobre o colo, inclinei a cabeça e libertei um Poderoso Olhar de Onisciência pelo lugar, um olhar reminiscente das pombas que Noé libertou do convés da sua Arca, pombas que retornaram com gravetos.

— Assim falou Tucídides, Livro Dois — sussurrei.

Baba au Rhum arregalou os olhos.

Depois de duas ou três refeições agonizantes como essa, deduzi, pela expressão de derrota no olhar do Papai, que ele tinha chegado à mesma conclusão que eu, que era melhor conseguirmos alguma acomodação alternativa, porque, embora estivesse tudo bem com o fato de que os dois houvessem usado calças boca-de-sino e costeletas nos tempos de Harvard, esta era a época dos ohs!, a época do cabelo sério e das calças de boca estreita. Bon Amis em Harvard no final dos anos 1970, vestindo camisas de cânhamo e num momento de grande popularidade dos tamancos e suspensórios com fivelas, certamente não era maior ou igual a serem Bon Amis *agora*, com camisas minimalistas feitas sob medida num momento de grande popularidade do colágeno e dos fones de ouvido com fivelas, que permitem ao usuário dar ordens sem usar as mãos.

No entanto, eu estava enganada. Papai havia sofrido uma profunda lavagem cerebral (ver "Hearst, Patty", *Almanaque de rebeldes e insurgentes*, Skye, 1987). Assim, anunciou alegremente que passaria um dia *inteiro* com Servo em La Sorbonne. Havia uma vaga para um professor de governo, que poderia ser uma oportunidade interessante para ele enquanto eu estivesse ilhada em Harvard, e como um dia inteiro bajulando figurões na universidade seria sem dúvida entediante para mim, recebi a instrução de me divertir por aí. Papai me deu trezentos euros, seu MasterCard, uma chave do apartamento e rabiscou os números dos telefones fixo e celular de Servo num pedaço de papel milimetrado. Nos reencontraríamos às 19h30 no Le Georges, o restaurante situado no topo do Centre Pompidou.

— Vai ser uma aventura — disse o Papai, com falso entusiasmo. — Balzac não escreveu em *Ilusões perdidas* que a única maneira de vermos Paris é por conta própria? — (Balzac não escreveu nada parecido com isso.)

Inicialmente, fiquei aliviada ao me ver livre dos dois. Papai e Baba au Rhum que ficassem um com o outro. Mas depois de seis horas vagando pelas ruas, pelo Musée d'Orsay, enchendo-me de *croissants* e *tartes*, e, às vezes, fingindo ser uma jovem duquesa disfarçada ("O viajante talentoso inevitavelmente assume uma *persona* de viagens", observa Swighin em *Posses, 1910* (1911). "Embora em casa possa ser um mero marido ordinário, um dentre um milhão de financistas com roupas monótonas, numa terra estrangeira pode ser tão majestoso quanto desejar."), eu estava com bolhas nos pés e num nadir de açúcar; estava exausta e completamente irritada. Resolvi voltar ao apartamento de Servo, tomando a decisão (bastante satisfatória) de aproveitar aquele Tempo Comigo Mesma para bisbilhotar alguns dos pertences pessoais de Baba au Rhum; mais especificamente, para localizar alguma *fóóóto* fora de lugar, afogada no fundo de alguma gaveta de meias, capaz de revelar que as filhas daquele homem não eram as olímpicas esculturas nas quais ele nos queria fazer acreditar, e sim flácidas mortais, com espinhas, olhos apagados enfiados no fundo da cara, bocas longas e frouxas como pedaços de alcaçuz.

De alguma forma, eu conseguira percorrer todo o caminho até Pigalle, portanto entrei no primeiro *métro* que encontrei, mudei de trem na Concorde e já estava saindo da estação St. Paul, quando passei por um casal que descia apressado as escadas. Parei onde estava, virando-me para vê-los. Ela era uma dessas mulheres curtas, sombrias e severas que não andam, e sim *atropelam*, com cabelo castanho à altura do queixo e um sobretudo verde retangular. Ele era consideravelmente mais alto, usava jeans, uma jaqueta de veludo de cintura estreita, e enquanto ela falava — aparentemente em francês —, ele ria um ruído forte, porém supremamente letárgico, o riso de uma pessoa reclinada numa rede e banhada ao sol. Ele estava buscando o bilhete no bolso de trás.

Andreo Verduga.

Devo ter sussurrado essas palavras, pois uma senhora francesa mais idosa, com uma echarpe florida envolvendo-lhe a cabeça definhada, lançou-me um olhar de desdém enquanto me empurrava para passar. Prendendo a respiração, corri as escadas atrás deles, sendo empurrada por um homem que tentava sair com um carrinho de bebê vazio. Andreo e a moça já haviam passado as roletas, descendo em direção à plataforma, e eu os teria seguido se não houvesse comprado um bilhete único e se não fosse pelas quatro pessoas que esperavam na fila da bilheteria. Pude ouvir o estrondo de um trem que se aproximava. Os dois pararam de caminhar, Andreo de costas para mim, Sobretudo Verde encarando-o, ouvindo o que ele dizia, provavelmente algo do tipo SIM PONTO ENTENDO O QUE QUER DIZER PONTO (OUI ARRETTE JE COMPRENDS ARRETTE), e então o trem surgiu, as portas se abriram num gemido e ele se virou, deixando, cavalheiresco, que Sobretudo Verde entrasse à sua frente, e enquanto ele entrava no vagão, pude ter um breve vislumbre do seu perfil.

As portas bateram, o trem bafejou e partiu da estação.

Perambulei de volta ao apartamento de Servo com a mente enturvada. Não poderia ter sido ele; não, *realmente* não. Era como a Jade, tornando as coisas mais exóticas do que realmente eram. Afinal de contas, eu *acreditava* ter visto, enquanto ele passava por mim abrindo o zíper da jaqueta ao descer correndo as escadas, um pesado relógio de prata em seu pulso, e Andreo o Jardineiro, Andreo do Tiro nas Costelas e do Inglês Seriamente Defeituoso não teria esse tipo de relógio, a menos que, nos três anos desde que eu o conhecera (sem contar a aparição no Wal-Mart), ele tivesse se tornado um empreendedor de sucesso ou então herdado uma pequena fortuna de um parente distante em Lima. Ainda assim — pelo fragmento de rosto que consegui ver, pela imagem borrada nas escadas, pela colônia musculosa que vagueou pelo ar atrás dele como pomposos homens bronzeados em iates —, no conjunto, parecia ser algo bastante real. Eu talvez houvesse avistado apenas um sósia. Afinal de contas, eu vinha avistando a Jade e os outros por toda a cidade, e Allison Smithson-Caldona, em seu incansável estudo sobre todas as coisas duplas e similares, *O paradoxo dos gêmeos e os relógios atômicos* (1999), tentou de fato provar cientificamente a teoria um tanto quanto mística de que todas as pessoas têm um gêmeo vagando por algum lugar do planeta. Ela conseguia confirmar esse fato em três de cada vinte e cinco pessoas examinadas, não importando a nacionalidade ou a raça (p. 250).

Quando finalmente abri a porta do apartamento de Servo, surpreendi-me ao ouvir as vozes de Papai e Servo na sala, logo após o saguão escuro e o corredor. *Eis que a rosa perde por fim seu botão*, pensei com certa satisfação. Estavam brigando como marionetes.

— Altamente histérica ao falar de... — Esse era o Papai.

— *Você* não consegue compreender o verdadeiro significado...! — Esse era Servo.

— Ah, *nem vem*... você é mais cabeça quente que... vai, *vai*...

—...sempre satisfeito, não é, em se esconder atrás do púlpito?

—...*você* age como um pré-adolescente hormonal! Vai tomar um banho frio, ora...!

Devem ter ouvido a porta (por mais que eu tenha tentado fechá-la em silêncio), pois suas vozes foram cortadas como se um grande machado acabasse de cair sobre as palavras. Um segundo depois, a cabeça do Papai se materializou no batente da porta.

— Querida — falou, sorrindo. — Como foi o passeio?

— Legal.

A cabeça branca e redonda de Servo emergiu por trás do cotovelo esquerdo do Papai. Tinha uma cara amanteigada como um tabuleiro de assar, e seus brilhantes olhos de roleta percorriam meu rosto incessantemente. Não disse uma palavra, mas seus lábios estremeciam em evidente irritação, como se tivesse fios invisíveis atados aos cantos da boca, com um bebê puxando-lhes as pontas.

— Vou tirar um cochilo — falei, num tom vívido. — Estou exausta.

Tirei o casaco, larguei a mochila no chão e, sorrindo despreocupada, fui para o andar de cima. O plano era tirar os sapatos, voltar furtivamente, na ponta dos pés, até o primeiro andar e escutar aquela disputa acalorada, que seria prosseguida entre sussurros e murmúrios irados (preferencialmente não em grego ou em alguma outra língua indecifrável) —, mas quando terminei de fazer isso, mantendo-me absolutamente imóvel, de meias, no último degrau, escutei-os tagarelando na cozinha sobre nada mais calamitoso que a diferença entre o absinto e o anisete.

∽

Naquela noite decidimos não ir ao Le Georges. Estava chovendo, então ficamos em casa, assistindo ao Canal Plus, comendo a galinha que restava da noite anterior e jogando Scrabble. Papai comburiu de orgulho quando ganhei dois jogos seguidos, sendo *holograma* e *monocular* os *coups de grâce* que fizeram com que Servo (que insistia que a ortografia do Dicionário Cambridge estava errada, "license" escrevia-se como "lisense", no inglês britânico — ele estava certo disso) ficasse púrpura, mencionasse algo sobre Elektra ser a presidente da Equipe de Debates de Yale e murmurasse que ele ainda não tinha se recuperado inteiramente da gripe.

Eu ainda não conseguira ficar a sós com o Papai, e mesmo à meia-noite nenhum deles demonstrava sinais de cansaço, ou, por mais lastimável que fosse, nenhuma amargura mútua residual. Baba parecia bastante satisfeito em se sentar na gigante poltrona vermelha *sans* sapatos e meias, com os pés rechonchudos e vermelhos apoiados à frente numa grande almofada de veludo (bifes de vitela sendo servidos a um rei). Tive que recorrer ao meu olhar mendicante, que o Papai, de cara fechada sobre seu conjunto de letras, não captou, portanto recorri ao meu olhar desesperado, e como esse passou despercebido, recorri ao meu olhar catastrófico.

Finalmente, Papai anunciou que me levaria para a cama.

— Sobre o que estavam brigando quando cheguei? — perguntei enquanto subíamos, ficando a sós no meu quarto.

— Preferiria que você não tivesse ouvido aquilo. — Papai enfiou as mãos nos bolsos e fitou a janela; a chuva parecia estar batucando com as unhas no telhado. — Eu e o Servo temos um bocado de bagagem perdida entre nós... itens fora de lugar, por assim dizer. Ambos pensamos que o outro é o culpado pela deficiência.

— Por que você falou que ele estava agindo como um pré-adolescente hormonal?

Papai pareceu desconfortável.

— Eu disse isso?

Fiz que sim.

— O que mais falei?

— Basicamente, foi tudo o que ouvi.

Papai suspirou.

— O negócio com o Servo é... bom, suponho que todos tenham um *negócio*; mas ainda assim, o *negócio* do Servo... tudo com ele é uma competição olímpica. Ele parece se regozijar em armar para as pessoas, colocá-las na mais desconfortável das situações, vê-las em apuros. É um idiota, na verdade. E agora está com essa idéia absurda de que eu deveria me casar de novo. Naturalmente, falei que ele estava sendo ridículo, que não era problema dele, que o mundo não gira em torno desse tipo de situação social...

— *Ele* é casado?

Papai balançou a cabeça.

— Não, há anos que não é. Na verdade, nem me lembro o que aconteceu com a-a Sophie...

— Ela está num manicômio.

— Ah, não — disse o Papai, sorrindo —, quando controlado, quando recebe parâmetros, ele é inofensivo. Às vezes, até engenhoso.

— Bom, eu não gosto dele — pronunciei.

Eu raramente usava esse tipo de assertiva petulante, se é que usava. É preciso ter uma expressão forte, experiente, uma cara de não-tem-outro-jeito para poder dizê-las com autoridade (ver Charlton Heston, *Os dez mandamentos*). Às vezes, porém, quando não temos nenhum motivo razoável para nossos sentimentos — quando simplesmente sentimos algo —, *precisamos* usar uma dessas assertivas, não importando o tipo de cara que tenhamos.

Papai sentou-se ao meu lado na cama.

— Acho que não posso discordar de você. Se agüentarmos esse tipo de arrogância cheia de si por muito tempo acabamos ficando doentes. E eu também estou um tanto irritado. Nesta manhã, quando fomos à Sorbonne, eu com a minha pasta cheia de notas, ensaios, meu currículo, feito um idiota, descobri que não havia vaga nenhuma na universidade, como ele me fez acreditar. Um professor de latim pediu um recesso de três meses neste outono, e foi *só*. E então surgiu o verdadeiro motivo pelo qual fomos à universidade; ele passou uma hora tentando fazer com que eu convidasse uma tal de Florence, que tem "r's" guturais, para jantar, parece que essa *femme* é uma grande especialista em Simone de Beauvoir... que diabos, com tantas especialidades para se escolher... a mulher que usava mais lápis de olho que o Rudolph Valentino. Fiquei preso por horas naquele escritório-cripta. Não saí de lá com nenhuma *paixão*, e sim com câncer no pulmão. Ela fumava um cigarro atrás do outro, de um jeito que nunca vi.

— Acho que ele não tem filhos — falei em voz baixa. — Talvez só o da floresta tropical colombiana. Mas deve estar inventando as outras.

Papai fechou a cara.

— O Servo tem filhos.

— Você já se *encontrou* com eles?

Papai pensou no assunto.

— Não.

— Viu fotos?

Inclinou a cabeça.

— Não.

— Porque são frutos da imaginação doentia desse homem.

Papai riu.

E então estive prestes a lhe falar do outro incidente incrível do dia, Andreo Verduga com a jaqueta de veludo e o relógio de prata passeando pelo *métro*, mas me contive. Dei-me conta do quão surreal seria aquilo, tamanha coincidência, e relatar o acontecimento num tom sério me faria parecer idiota — até mesmo trágica. "Acreditar secretamente em contos de fadas é adorável e saudavelmente infantil, mas no momento em que articulamos esses pontos de vista para outras pessoas, passamos de aprazíveis a aparvalhados, de infantis a infinitamente fora da realidade", escreveu Albert Pooley em *O consorte imperial da rainha* (p. 233, 1981).

— Podemos voltar para casa? — perguntei, em voz baixa.

Para minha surpresa, ele fez que sim.

— Na verdade, eu estava pensando em sugerir a mesma coisa esta tarde, depois da minha discussão com o Servo. Acho que já tivemos o bastante de *la vie em rose*, não é? Pessoalmente, prefiro ver a vida como realmente é — sorriu. — *En noir*.

⁓

Acabamos por nos despedir de Servo e de Paris dois dias antes da data prevista. Talvez não fosse algo tão incrível, Papai ligando para a companhia aérea e alterando as passagens. Ele parecia murcho, os olhos vermelhos, uma tendência aos suspiros na voz. E pela primeira vez desde quando eu posso me lembrar, Papai tinha muito pouco a dizer. Despedindo-se de Baba au Rhum, conseguiu apenas dizer um obrigado e um nos-vemos-em-breve antes de subir no táxi.

Eu, no entanto, tomei meu tempo.

— Na próxima vez, quero muito conhecer Psyche e Elektra pessoalmente — falei, fitando diretamente os olhos fundos daquele homem. Quase tive pena dele: o cabelo branco e grosso lhe pendia sobre a cabeça como uma planta que não recebera água ou luz suficientes. Minúsculas veias vermelhas se enraizavam ao redor do seu nariz. Se Servo estivesse numa peça ganhadora do Prêmio Pulitzer, seria o personagem Dolorosamente Trágico, o que usava ternos empertigados e sapatos de couro de jacaré, o homem que venerava somente as coisas erradas, devendo, portanto, ser derrubado pela Vida.

— "Nossa vida real é, tantas vezes, a vida que não levamos" — acrescentei ao me virar em direção ao táxi, mas ele apenas piscou os olhos, aquele sorriso nervoso e dissimulado repuxando-lhe a cara.

— Até mais, minha querida, hmmmm, bom vôo.

No caminho até o aeroporto, Papai mal abriu a boca. Apoiou a cabeça na janela do táxi, fitando anuviado as ruas que passavam — era tão incomum vê-lo numa pose assim que apanhei, sem que ele percebesse, a câmera descartável da minha mochila e, enquanto o taxista resmungava com as pessoas que corriam pelo cruzamento à nossa frente, tirei uma foto dele, a última do filme.

Dizem que quando as pessoas não sabem que você está lhes tirando uma foto, aparecem como realmente são na vida. Mas o Papai não sabia que eu estava tirando uma foto sua, e apareceu como *nunca* era — calado, aflito, um pouco perdido (Ilustração 18.0).

"Por mais longa que seja a viagem, por mais lugares que um homem possa conhecer, dos minaretes do Taj Mahal aos campos da Sibéria, ele poderá chegar por fim a uma infeliz conclusão — geralmente enquanto estiver deitado na cama, fitando o teto de palha de alguma estalagem de baixa qualidade na Indochina", escreve Swithin em seu último livro, *Paradeiros 1917* (1918), publicado postumamente. "É impossível nos livrarmos da febre inexorável e nauseante chamada Lar. Após setenta e três anos de angústia, porém, encontrei uma cura. Devemos voltar para casa novamente, trincar os dentes e, por mais árduo que seja o exercício, determinar, sem nenhum embelezamento, as exatas coordenadas desse Lar, suas longitudes e latitudes. Somente assim podemos deixar de olhar para trás e enxergar a vista espetacular que temos à frente."

ILUSTRAÇÃO 18.0

PARTE 3

CAPÍTULO 19

UIVO E OUTROS POEMAS

Ao voltar para St. Gallway e começar o segundo semestre, a primeira coisa estranha que notei sobre a Hannah — na verdade, o que toda a escola notou ("Acho que essa mulher foi internada num sanatório durante as férias", supôs Dee durante o estudo dirigido na biblioteca) — foi que durante o recesso de Natal ela tinha cortado todo o cabelo.

Não, não era um desses adoráveis cortes dos anos 1950, classificados pelas revistas de moda como *chic* e *gamine* (ver Jean Seberg, *Bonjour Tristesse*). Era áspero e acidentado. E, como a Jade observou quando fomos jantar na casa da Hannah, via-se até mesmo um pequeno espaço careca atrás da orelha direita.

— Mas que *diabo*? — disse Jade.

— O quê? — perguntou Hannah, virando-se.

— Tem um... buraco no seu cabelo! Dá para ver o couro cabeludo!

— É mesmo?

— Você mesma cortou? — perguntou Lu.

Hannah nos fitou e fez que sim, visivelmente encabulada.

— Cortei. Eu sei que é doido e parece, bom... diferente. — Levou a mão à nuca. — Mas era tarde da noite. Eu queria experimentar alguma coisa.

O masoquismo agudo e a auto-repulsa presentes numa mulher que desfigura voluntariamente a própria aparência eram conceitos expostos com bastante proeminência no inflamado tomo escrito pela protofeminista dra. Susan Shorts, *A conspiração belzebu* (1992), que notei quase caindo da bolsa de tela da minha professora de ciências da sexta série, profa. Joanna Perry, do Colégio Wheaton Hill. Para compreender melhor a profa. Perry e suas mudanças de humor, tratei de conseguir uma cópia para mim. No capítulo 5, a dra. Shorts afirma que, desde 1010 a.C., muitas mulheres que fracassaram na tentativa de se autodeterminarem foram forçadas a agir sobre si mesmas, pois sua aparência física era a única coisa sobre a qual podiam "exercer o poder" imediatamente, devido à "colossal maquinação masculina posta em prática desde o início dos tempos, desde que o homem começou a caminhar sobre as pernas peludas e atarracadas e percebeu que era mais alto que a pobre mulher", rosnava a dra. Shorts (p. 41). Muitas mulheres, incluindo Joana d'Arc e a Condessa Alexandra di Whippa, "raspavam brutalmente o cabelo" e se cortavam com "alicates e facas" (p. 42-43). As mais radicais marcavam a barriga com ferros quentes, causando "aflição e repulsa em seus maridos" (p. 44). Na página 69, Shorts prossegue escrevendo que "Uma mulher macula sua aparência exterior porque sente que faz parte de um esquema maior, uma trama que não pode controlar."

É claro que nunca pensamos nesses textos feministas enfurecidos, e mesmo que o façamos, é de uma forma teatral e exagerada. Portanto, simplesmente imaginei que chegaria um ponto na vida de uma mulher em que ela precisaria modificar radicalmente sua aparência, descobrir qual era o seu *verdadeiro* aspecto, sem todas as plumas e paetês.

Papai, sobre Entender Por Que As Mulheres Fazem As Coisas Que Fazem: "É mais fácil espremer o universo até que caiba na palma da mão."

Mas, ainda assim, quando me sentei ao lado da Hannah na mesa de jantar e a observei cortar delicadamente o frango (com aquele corte de cabelo equilibrado sobre a cabeça como um chapéu horroroso usado na igreja), tive de súbito a sensação angustiante de que já a havia *visto* em algum lugar. Aquele corte de cabelo a despia, a revelava de um jeito que provocava arrepios nos ombros, e agora, por mais insano que fosse, a face esculpida, o rosto — tudo aquilo era vagamente familiar. Eu a reconheci, não de algum encontro (não, ela não era uma das Moscas de Verão do Papai, há muito perdida; seria preciso muito mais que um cabelo glamoroso para esconder *esse* tipo de cara de macaco); a sensação era mais turva, mais remota. Imaginei que talvez a houvesse visto numa fotografia em algum lugar, ou numa matéria de jornal, ou quem sabe num retrato em alguma biografia barata que o Papai e eu houvéssemos lido em voz alta.

Instantaneamente, ela notou que eu a estava encarando (a Hannah era uma dessas pessoas que sabia exatamente para onde se dirigia cada par de olhos num lugar) e, lentamente, enquanto levava elegantemente um pedaço de comida à boca, virou a cabeça na minha direção e sorriu. Charles estava falando sem parar sobre Fort Lauderdale — meu Deus, era quente, ficaram presos no aeroporto por seis horas (contando sua história interminável como sempre fazia, como se a Hannah fosse a única pessoa à mesa) —, e o cabelo da Hannah atraía a atenção para o seu sorriso, fazia àquele sorriso o que óculos fundo-de-garrafa faziam aos olhos, tornava-o enorme (pronunciado "ENOOORME"). Sorri de volta e mantive, pelo resto do jantar, os olhos fixos no meu prato, ordenando-me, com gritos silenciosos proferidos numa voz de ditador (Augusto Pinochet comandando a tortura de um oponente), que *parasse de encarar* a Hannah.

Era grosseiro.

⌒

— A Hannah vai ter um ataque de nervos — anunciou secamente a Jade naquela sexta à noite. Ela estava usando um vestido de melindrosa de contas pretas e sentada numa enorme harpa dourada, dedilhando as cordas com uma das mãos, um martini na outra. O instrumento estava coberto por um grosso filme de poeira, como a camada de gordura numa frigideira depois de assado o bacon. — Pode escrever o que estou falando.

— Porra nenhuma, tu andou dizendo isso aí o ano inteiro — disse Milton.

Nigel forçou um bocejo.

— Na verdade, eu meio que concordo — disse Leulah, solenemente. — Aquele cabelo é assustador.

— Finalmente! — gritou Jade. — Consegui converter alguém! Dou-lhe uma, dou-lhe duas, duas, atenção, atenção, *vendido* ao patético número de *um*.

— Sério — continuou Lu —, acho que ela pode estar clinicamente deprimida.

— Cala a boca — disse Charles.

Eram onze da noite. Estirados nos sofás de couro da Sala Roxa, estávamos bebendo a última invenção da Leulah, algo que ela chamava de Cucaracha, uma mistureba de açúcar, laranjas e Jack Daniels. Acho que não cheguei a falar vinte palavras na noite inteira. É claro que estava empolgada por vê-los novamente (e também feliz de que o Papai, quando a Jade me buscou no Mercedes, não tivesse dito nada além de "Até logo, querida", acompanhado de um de seus sorrisos de marcador de livro, que guardaria o meu lugar até que eu voltasse), mas, agora, algo naquela Sala Roxa parecia rançoso.

Eu já tinha me divertido nesse tipo de noite antes, não é verdade? Eu não ri e derramei um pouco de Garra ou Cucaracha nos meus joelhos, dizendo coisas ligeiras que navegavam pela sala? Ou, se eu nunca disse coisas ligeiras (os

Van Meer não eram famosos por serem grandes piadistas), eu não me larguei à deriva numa piscina com uma expressão compenetrada, flutuando num bote inflável e usando óculos escuros enquanto Simon e Garfunkel cantavam "Woo woo woo"? Ou, se não me deixei flutuar com uma expressão compenetrada (os Van Meer não se sobressaíam no pôquer), eu não me deixei transformar, ao menos enquanto estava na Sala Roxa, numa ciclista da contracultura de cabelo emaranhado, rumando a Nova Orleans em busca da Verdadeira América, batendo papo com fazendeiros, prostitutas, caipiras e mímicos? Ou, se não me deixei ser uma viajante da contracultura (não, os Van Meer não eram naturalmente hedonistas), eu não me deixei usar uma camisa listrada e gritar com sotaque de Frankfurt *"New York Herald Tribune!"*, com lápis de olho saltando-me dos olhos, disfarçando-me em seguida com um capuz de larápio?

Se você é jovem e deslumbrado nos Estados Unidos, espera-se que encontre algo de que possa fazer parte. Esse algo deve ser chocante ou arruaceiro, pois supõe-se que dentro desse fuzuê você deverá encontrar, localizar o seu Ser, do modo como eu e o Papai finalmente localizamos vilarejos minúsculos e dificílimos de encontrar, como Howard, na Louisiana, e Roane, em Nova Jersey, no nosso mapa rodoviário. (Se você não encontrar essa coisa, seu destino será tristemente plastificado.)

A Hannah me arruinou, eu pensava agora, pressionando a nuca contra o sofá de couro. Eu tinha resolvido cavar uma cova sem nome no meio de lugar nenhum e enterrar o que ela me disse (coloque tudo numa caixa de sapatos e guarde para um dia chuvoso, exatamente como ela fez com aquela alarmante coleção de facas), mas é claro, quando sepultamos alguma coisa precipitadamente, ela inevitavelmente ressurge dos mortos. E assim, enquanto observava a Jade, que puxava as cordas da harpa do modo absorto com que se retiram pêlos de uma sobrancelha, não pude deixar de vê-la jogando os braços finíssimos em volta dos torsos de barril de diversos caminhoneiros (três por estado, fazendo com que o total geral da jornada da Geórgia à Califórnia fosse de vinte e sete homenzarrões propensos a manchas de graxa; uma média aproximada de um a cada 172,85 km). E então, quando a Leulah bebeu um gole de Cucaracha e um pouco da bebida lhe escorreu pelo queixo, pude de fato enxergar o professor turco de matemática, de vinte e poucos anos, surgindo nebuloso por trás dela, dançando sinuosamente ao som de rock anatólio. Vi o Charles como um desses bebês dourados balbuciando ao lado de uma mulher de olhos perfurados, o corpo nu, enroscada sobre o tapete como um camarão cozido demais, rindo loucamente à toa. E então, o *Milton* (que acabava de voltar do cinema com a

Joalie, Joalie que passara o Natal esquiando com a família em St. Anton, Joalie que infelizmente não caíra numa fenda de mil metros de profundidade numa trilha não demarcada), quando ele meteu a mão no bolso da calça jeans para tirar um pedaço de Trident, pensei por uma fração de segundo que estivesse tirando um canivete, semelhante ao que os *Sharks* usam quando dançam em *Amor, sublime amor* ao cantarem...

— Vomitona, dá para explicar qual é o seu problema? — inquiriu Jade, fitando-me com um olhar de suspeita. — Você está encarando todo mundo com esses olhos bisonhos *a noite toda*. Você não encontrou o tal do Zach durante o recesso, né? É bem provável que ele te transformasse numa dessas *Mulheres de Stepford*.

— Desculpa. Estava só pensando na Hannah — menti.

— É, tudo bem, a gente talvez devesse *fazer* alguma coisa em vez de só pensar o tempo todo. No mínimo, devíamos preparar uma intervenção para que ela pare de ir a Cottonwood, porque já pensou se acontecer alguma coisa? E se ela fizer alguma coisa *radical*? Nós todos vamos pensar neste momento e nos detestar. Vai ser uma coisa que não conseguiremos superar por anos e anos, e então vamos morrer sozinhos, rodeados de milhares de gatos, ou então atropelados. Vamos acabar esmagados no asfalto...

— Dá para você calar a boca, cacete? — gritou Charles. — Eu-eu estou cansado de ouvir essa merda *todo santo fim de semana*! Você é uma completa imbecil! Todos vocês!

Bateu o copo no bar e saiu às pressas da sala, as bochechas vermelhas, o cabelo da cor do mais pálido e seco tronco, daqueles macios que é possível entalhar com a unha, e segundos depois — nenhum de nós falou nada —, ouvimos a porta da frente bater com força, o gemido do motor do carro de Charles acelerando pela rua.

— É impressão minha ou é óbvio que nada disto vai acabar bem? — disse Jade.

Ao redor das três ou quatro da manhã, desmaiei no sofá de couro. Uma hora depois, alguém estava me sacudindo.

— Quer dar uma andada, mulher?

Nigel me olhava de cima, sorrindo, os óculos apertando-lhe a ponta do nariz. Pisquei os olhos e sentei.

— Claro.

Uma luz azul aveludava o ambiente. A Jade estava no andar de cima, o Milton já tinha ido para casa (eu suspeitava que "casa" significava um encontro num motel com a Joalie), e a Lu dormia profundamente na poltrona xadrez, o cabelo longo como uma trepadeira sobre o apoio de braço. Esfreguei os olhos, fiquei em pé e, sem enxergar muito bem, avancei devagar atrás do Nigel, que já tinha escapado para o saguão. Encontrei-o na sala de hóspedes: paredes pintadas de um rosa injuriado, um bocejante piano de cauda, palmeiras retorcidas e sofás baixos que pareciam grandes biscoitos de água-e-sal flutuantes nos quais ninguém arriscaria se sentar, com medo de que se quebrassem, espalhando migalhas por toda parte.

— Veste isto aqui se estiver com frio — disse Nigel, apanhando um longo casaco de pele preto que fora deixado como um morto no banco do piano. Pendia-lhe romanticamente dos braços, como uma secretária lustrosa e agradecida que acabava de desmaiar.

— Estou legal — falei.

Nigel deu de ombros e o vestiu ele mesmo (ver Doninha-da-Sibéria, *Enciclopédia dos seres vivos*, 4ª ed.). Franzindo o rosto, apanhou um grande cisne de cristal, de olhos azuis, que tinha estado nadando no topo de uma mesa de canto em direção a um porta-retratos prateado, no qual não havia uma foto da Jade, da Jefferson ou de algum outro parente sorridente, e sim a figura em preto-e-branco com a qual fora evidentemente comprado (FIRENZE, dizia, 18x24cm).

— Coitado do gordão afogado — disse Nigel. — Ninguém se lembra mais dele, saca?

— Quem?

— O Smoke Harvey.

— Ah.

— É o que acontece quando você morre. Todo mundo faz um grande estardalhaço. Depois todo mundo esquece.

— A menos que você mate algum funcionário público. Um senador, ou-ou um policial. Nesse caso todo mundo se lembra.

— É mesmo? — olhou-me com interesse, concordando. — É — continuou, animado. — Você deve estar certa.

Habitualmente, quando alguma pessoa parava para considerar o que o Nigel dizia — seu rosto maçante como uma moeda de um centavo, suas unhas ferozmente roídas, seus óculos finos, de metal, que evocavam eternamente a imagem de um inseto repousando descaradamente as asas cansadas e transparentes naquele nariz —, via-se fortemente pressionada a imaginar no quê, exatamente, ele estaria pensando, qual seria o motivo para aqueles olhos brilhantes, o sorrisinho que lembrava um adorável lápis vermelho que alguém usaria para preencher uma cédula eleitoral. Agora eu não conseguia deixar de presumir que ele estaria pensando em seus pais verdadeiros, Mimi e George, Alice e John, Joan e Herman, quem quer que fossem, trancafiados numa prisão de segurança máxima. Não é que o Nigel parecesse particularmente carrancudo ou ameaçador; se o Papai fosse um dia encarcerado permanentemente (se um punhado de Moscas de Verão fossem à forra, ele seria), eu provavelmente seria uma dessas meninas que sempre trincavam a mandíbula e rangiam os dentes, fantasiando sobre matar meus queridos coleguinhas com suas bandejas da lanchonete e canetas azuis. O trabalho que o Nigel fez para se manter positivo era notável.

— E o que você acha do Charles? — sussurrei.

— Bonitinho, mas não faz o meu tipo.

— Não, não é isso. — Eu não sabia exatamente como colocar a coisa. — O que aconteceu entre ele e a Hannah?

— O que... você andou falando com a Jade?

Fiz que sim.

— Não acho que tenha acontecido nada, ele só acha que está loucamente apaixonado por ela. Ele *sempre* esteve loucamente apaixonado por ela. Desde o primeiro ano. Não sei por que ele perde tanto tempo com isso... ei, você acha que eu pareço a Liz Taylor? — Nigel apoiou o cisne de vidro, deu uma voltinha. O visão rodopiou obediente ao seu redor, como uma árvore de Natal.

— Claro — respondi. Se ele parecia a Liz, eu parecia a Bo Derek em *Mulher nota 10*.

Sorrindo, ajeitou os óculos, apoiando-os mais acima no nariz.

— Então precisamos encontrar a pilhagem. O quinhão. O grande lucro.

Deu meia-volta e atravessou correndo a porta, cruzando o saguão de entrada e subindo as escadas de mármore branco. Ao chegar ao topo do primeiro lance, parou, esperando que eu o alcançasse.

— Na verdade, eu queria te dizer uma coisa.

— O quê? — perguntei.

Nigel levou um dedo aos lábios, pedindo silêncio. Estávamos do lado de fora do quarto da Jade, e embora estivesse completamente escuro e silencioso, a porta estava entreaberta. Nigel fez um sinal para que eu o acompanhasse.

Avançamos em silêncio pelo corredor acarpetado, entrando num dos quartos de hóspedes.

Ele acendeu uma lâmpada ao lado da porta. Apesar do carpete cor-de-rosa e das cortinas floridas, era um lugar claustrofóbico, como se estivéssemos dentro de um pulmão. O cheiro de bolor e abandono era sem dúvida semelhante ao que o correspondente Carlson Quay Meade, da *National Geographic*, citou em seu relato da escavação do Vale dos Reis com Howard Carter em 1923, em *Revelando Tutankhamon*: "Devo dizer que fiquei preocupado com o que poderíamos encontrar naquele sepulcro tenebroso, e, embora houvesse muito certamente um ar de entusiasmo, devido ao ranço nauseante, fui forçado a apanhar meu lenço de linho e colocá-lo sobre a boca e o nariz, prosseguindo assim para o interior da tumba sombria." (Meade, 1924).

Nigel fechou a porta atrás de mim.

— Então, eu e o Milton fomos até a casa da Hannah no domingo passado, antes de você aparecer — falou numa voz grave e séria, apoiando-se na cama. — E a Hannah teve que dar um pulo no mercado. Enquanto o Milton estava fazendo os deveres de casa, saí dali e dei uma olhada na garagem. — Nigel arregalou os olhos. — Você não vai *acreditar* nas coisas que encontrei. Em primeiro lugar, está cheia de equipamento de camping velho... mas depois, olhei algumas das caixas de papelão. Na maioria só tinha tralha, canecas, lustres, coisas que ela tinha colecionado, uma foto também... acho que ela passou por uma fase seriamente punk... mas uma caixa enorme tinha mapas de trilhas, *milhares* deles. Ela tinha marcado alguns com uma caneta vermelha.

— A Hannah costumava acampar o tempo todo. Ela nos contou daquele incidente em que salvou a vida de uma pessoa, lembra?

Nigel ergueu a mão, concordando.

— Está certo, bom, eu me deparei com uma pasta colocada bem no topo. Estava cheia de recortes de jornal. Fotocópias. Dois deles do *Correio de Stockton*. Todos falavam de crianças desaparecidas.

— Pessoas desaparecidas?

Nigel fez que sim.

Fiquei surpresa com o modo como o ressurgimento de duas palavras simples, *pessoas desaparecidas,* pôde me fazer sentir instantaneamente tão, bem, *perturbada*. Obviamente, se a Hannah não houvesse se lançado naquele sermão assustador sobre Os Idos, se eu não a houvesse visto recitar secamente aquelas Vistas Por Última Vez, uma a uma como se fosse uma pessoa gravemente desequilibrada, eu não teria ficado *nem um pouco* inquieta com o que

Nigel me contou. Todos sabíamos que a Hannah, em algum momento da vida, tinha sido uma montanhista experiente, e a pasta com fotocópias, isoladamente, não significava grande coisa. Papai, por exemplo, era uma pessoa com uma mente intelectual altamente impulsiva e sempre se interessava explosivamente por diversos temas aleatórios, como as primeiras versões de Einstein para a bomba atômica, a anatomia das bolachas-da-praia, algumas instalações artísticas repulsivas e até as vidas de rappers que haviam sido baleados nove vezes. Mas nenhum desses temas jamais se tornou uma fixação para o Papai, uma obsessão — uma *paixão*, vá lá; bastava mencionar o Che ou Benno Ohnesorg para que lhe surgisse um brilho nos olhos —, mas Papai não decorava fatos a esmo nem os recitava com uma voz brutal de Bette Davis enquanto fumava cigarros, os olhos vagueando insanamente pela sala como balões furados. Papai não fazia poses, não assumia posturas nem cortava o próprio cabelo deixando um pedaço careca do tamanho de uma bola de pingue-pongue. ("A vida tem poucos prazeres absolutos, e um deles é nos recostarmos na cadeira do barbeiro, tendo o cabelo cortado por uma mulher com mãos qualificadas", dizia o Papai.) E ele não me enchia, em momentos imprevistos, de *medo*, um medo no qual eu não conseguia deitar as mãos porque, no momento em que eu o notava, escorregava entre os meus dedos, evaporava.

— Estou com uma das matérias, se você quiser dar uma olhada — disse Nigel.

— Você *pegou* o recorte?

— Só uma página.

— Ah, *ótimo*.

— O quê?

— Ela vai saber que você esteve bisbilhotando.

— Sem *chance*, tinha umas cinqüenta páginas ali, no *mínimo*. Ela não poderia perceber. Vou lá pegar. Está na minha mochila, lá embaixo.

Nigel saiu do quarto (antes de desaparecer pela porta, arregalou os olhos, aparentemente deliciado — uma expressão de Drácula do cinema mudo). Voltou um minuto depois, com o recorte nas mãos. Era uma única página. Na verdade, *não era* uma matéria, e sim o excerto de um livro publicado pela Editora Foothill, de Tupock, no Tennessee, em 1992: *Perdidos, jamais achados: pessoas que desapareceram sem deixar vestígios e outros acontecimentos estarrecedores*, de J. Finley e E. Diggs. Nigel sentou na cama e se envolveu firmemente no casaco de pele, esperando até que eu acabasse de ler.

Capítulo 4
Violet May Martinez

Não temas, porque eu sou contigo;
não te assombres, porque eu sou teu Deus.

— *Isaías, 41:10*

Em 29 de agosto de 1985, Violet May Martinez, de 15 anos, desapareceu sem deixar vestígios. Foi vista pela última vez no Parque Nacional das Grandes Montanhas Nebulosas, entre o Monte do Homem Cego e o estacionamento próximo ao Riacho Queimado.

Seu desaparecimento é um mistério até os dias de hoje.

~

Era uma manhã de sol em 29 de agosto de 1985, quando Violet Martinez partiu com seu Grupo de Estudos Bíblicos da Igreja Batista de Besters, em Besters, N.C. O grupo se dirigia ao Parque Nacional das Grandes Montanhas Nebulosas para uma excursão de apreciação da natureza. Violet, que estava no segundo ano do ensino médio na escola Besters, era conhecida entre os amigos por ser engraçada e extrovertida, e havia sido votada como a Mais Bem Vestida da turma no ano anterior.

O pai de Violet, Roy Jr., a deixou na igreja naquela manhã. Violet tinha cabelo loiro e 1,72m de altura. Estava usando um casaco rosa, calça jeans, um colar dourado em "V" e tênis Reebok brancos.

A excursão da igreja era liderada pelo sr. Mike Higgis, um líder muito querido na congregação e veterano do Vietnã, que participava ativamente da igreja há dezessete anos.

Violet se sentou no fundo do ônibus ao lado da melhor amiga, Polly Elms. O ônibus chegou ao estacionamento do Riacho Queimado às 12h30. Mike Higgis anunciou que percorreriam a trilha até o Monte do Homem Cego, voltando ao ônibus às 15h30.

"Aquietem-se", falou, citando o Livro de Jó, "e considerem as maravilhas de Deus".

Violet caminhou até o cume com Polly Elms e Joel Hinley. Ela havia metido um maço de cigarros no bolso da calça e fumou um deles ao chegar no cume, até que Mike Higgis ordenou que o apagasse. Violet posou para fotos e comeu granola. Estava ansiosa por retornar, portanto, deixou o cume ao lado de Joel e duas amigas. Um quilômetro e meio antes do estacionamento, Violet se pôs a caminhar mais rápido que todos os demais. O grupo teve que reduzir o passo porque Barbee Stuart teve câimbras. Violet não parou.

"Ela nos chamou de tartarugas e se mandou à frente", disse Joel. "Quando chegou à última parte visível na trilha, parou para acender outro cigarro e acenou para nós. Fez uma curva e sumiu de vista."

Joel e os demais continuaram, supondo que Violet os estaria esperando no ônibus. Mas às 15h35, quando Mike Higgis fez a chamada,

— Onde está o resto? — perguntei.
— Foi só o que peguei.
— Todas as matérias eram sobre desaparecimentos como este?
— Bem estranho, hein?

Apenas dei de ombros. Não conseguia me lembrar se o meu voto de sigilo estava restrito exclusivamente às Histórias dos Sangue-Azul ou se se estendia a *toda* a conversa daquela noite com a Hannah, então tudo o que falei ao Nigel foi:

— Acho que a Hannah sempre se interessou por esse assunto. Desaparições.

— Ah, é?

Fingi um bocejo e lhe devolvi a folha.

— Eu não me preocuparia com isso.

Nigel deu de ombros, frustrado com a minha reação, e dobrou o papel.

Rezei — em nome da minha sanidade — para que aquilo acabasse por ali. Infelizmente, nos quarenta e cinco minutos seguintes, enquanto vagueávamos pelos quartos da mansão Whitestone, as mesas recobertas de poeira, as cadeiras em que ninguém jamais se sentava, não importando *o que* eu dissesse para acalmá-lo, Nigel não parou de tagarelar sobre os artigos (pobre Violet, o que terá acontecido, por que a Hannah teria aqueles recortes, por que se preocuparia com aquilo). Presumi que ele estivesse apenas exagerando, interpretando Liz em *A última vez que vi Paris*, até o momento em que seu rosto foi iluminado pela luz de uma constelação — Hércules, o Gigante, cintilando no teto da cozinha —, e pude ver a expressão em seu rosto: não era afetada, e sim genuinamente preocupada (com um peso surpreendente, também, uma seriedade geralmente associada somente aos dicionários enciclopédicos e aos velhos gorilas).

Logo voltamos à Sala Roxa, e Nigel, retirando os óculos, caiu instantaneamente no sono em frente à lareira, agarrando possessivamente o casaco de pele como se temesse que o *vison* escapasse dali antes que ele acordasse. Voltei ao sofá de couro. A manhã se espalhava como uma geléia pelo céu, visível além das árvores através das portas de vidro. Eu não estava cansada. Não, graças ao Nigel (que agora roncava), a minha mente estava rodopiando como um cachorro atrás do próprio rabo.

Qual seria o motivo para a fixação da Hannah com os desaparecimentos — Histórias de Vida brutalmente interrompidas, permanecendo assim como inícios e meios, mas sem nenhum fim? ("Uma História de Vida sem um final decente, lamentavelmente, não chega a ser uma história", dizia o Papai.) Hannah não poderia ser ela própria uma Pessoa Desaparecida, mas talvez tivesse um irmão ou irmã desaparecido, ou uma das meninas nas fotografias que eu e Nigel encontramos no quarto dela, ou então, aquele amor perdido cuja existência ela se recusava a confirmar — Valerio. Uma conexão entre essas Pessoas Desaparecidas e a sua vida, por mais distante e frágil que fosse, deveria existir: "É muito, muito raro que as pessoas adquiram fixações sem nenhuma relação com a própria história", escreveu o dr. Josephson Wilheljen em *Mais amplo que o céu* (1989).

Também havia a sensação supremamente incômoda de que eu já a havia *visto* em algum lugar, quando ela tinha um corte de cabelo semelhante, parecido a uma casca de ovo — uma sensação *tão* persistente que, no dia seguinte, gélido e ensolarado, quando a Leulah me deixou em casa, peguei-me capinando algumas das biografias contemporâneas da biblioteca do Papai, *O homem vago: a vida e o tempo de Andy Warhol* (Benson, 1990), *Margaret Thatcher: a mulher, o mito* (Scott, 1999), *Mikhail Gorbachev: o príncipe perdido de Moscou* (Vadivarich, 1999), inspecionando as fotografias contidas nas páginas ao centro. Eu sabia que era um exercício sem propósito, mas para ser sincera, a sensação, embora implacável, era também um pouco vaga; eu não podia afirmar que fosse uma sensação autêntica, que não estivesse simplesmente misturando a Hannah com um dos Garotos Perdidos de uma produção de *Peter Pan* que eu e o Papai tínhamos apanhado na Universidade do Kentucky, em Walnut Ridge. Num certo momento, cheguei a pensar que a havia encontrado — meu coração pulou no meu peito quando vi uma fotografia em preto-e-branco de uma pessoa que *tinha* que ser a Hannah Schneider reclinada num banco, vestindo um traje de banho de época e óculos escuros ofuscantes —, até que li a legenda: "St. Tropez, verão de 1955, Gene Tierney." (Eu tinha apanhado tolamente uma velha biografia de Darryl Zanuck, *Fugitivos do campo de trabalhos forçados* [De Winter, 1979].)

Minha incursão seguinte pelo ofício de detetive particular me levou ao escritório do Papai, onde busquei "Schneider" e "Desaparecida" na internet, uma pesquisa que gerou quase cinco mil páginas. "Valerio" e "Desaparecido" gerou 103.

— Você está aí embaixo? — gritou o Papai pelo buraco da escada.
— Fazendo uma pesquisa — gritei.
— Já almoçou?
— Não.
— Bom, trate de se apressar; acabei de receber pelo correio doze cupons de descontos para a Churrascaria Boi Solitário. Dez por cento no Rodízio de Costelas de Porco e de Boi, Cebolas Fundidas e algo que chamam perturbadoramente de Batata Vulcânica com Pedaços de Bacon!

Rapidamente, passei os olhos por algumas páginas, não encontrando nada remotamente interessante nem relevante — documentos legais detalhando as decisões do Juiz Howie Valerio, do Condado Shelburn, registros de Loggias Valerio, nascido em 1789, em Massachusetts —, e desliguei o laptop do Papai.

— Querida?
— Já vou — gritei.

⁓

Não tive tempo de continuar o meu trabalho de reconhecimento sobre a Hannah ou Pessoas Desaparecidas até o momento em que a Jade me apanhou em casa naquele domingo, e, quando chegamos à casa da Hannah, pensei comigo mesma — bastante aliviada — que talvez não mais precisasse fazê-lo; a Hannah, com uma euforia renovada, corria descalça pela casa usando um vestido preto, sorrindo, empenhada em seis atividades ao mesmo tempo e dizendo frases chiques que esnobavam a pontuação: "Blue você já viu a Ono — esse é o alarme da cozinha soando — santo Deus os aspargos." (A Ono era um minúsculo passarinho verde caolho que aparentemente não se dera muito bem com o Lennon; estava num canto da gaiola, o mais afastada possível dele.) Hannah também tinha se preocupado em tornar o cabelo minimamente mais estiloso, insistindo para que algumas das partes mais acidentadas e perversas se deitassem e relaxassem num dos lados da testa. Tudo estava bem — perfeito, na verdade — quando os sete nos sentamos na sala de jantar, comendo nossos bifes, os aspargos e o milho verde (até o Charles estava sorrindo e, quando contou uma das suas histórias, dirigiu-se de fato a *todos* nós, e não exclusivamente à Hannah) —, mas então ela abriu a boca.

— Vinte e seis de março — falou. — Vamos ter um recesso escolar. Vai ser o nosso grande fim de semana. Então anotem nos seus calendários.

— Grande fim de semana para o quê? — perguntou Charles.

— Nosso acampamento.

— Quem foi que falou em acampamento? — perguntou Jade.

— Eu falei.

— Onde? — perguntou Leulah.

— Nas Grandes Nebulosas. Fica a menos de uma hora daqui, de carro.

Quase engasguei com o meu bife. Nigel e eu cruzamos olhares.

— Ah, vocês sabem — continuou Hannah, animada —, fogueiras e histórias de terror e paisagens maravilhosas, ar fresco...

— Macarrão instantâneo — resmungou Jade.

— Não precisamos comer macarrão instantâneo. Podemos comer o que quisermos.

— *Ainda assim* parece detestável.

— Pára com isso.

— A minha geração não vai para a natureza. Preferimos ir ao shopping.

— Bom, você talvez devesse aspirar a algo além da sua geração.

— E é seguro? — interrompeu Nigel, o mais espontaneamente que pôde.

— É claro. — Hannah sorriu. — Desde que você não faça nada idiota. Mas eu já fui lá para cima um milhão de vezes. Conheço as trilhas. Na verdade, subi há pouquíssimo tempo.

— Com quem? — perguntou Charles.

Hannah sorriu para ele.

— Comigo mesma.

Nós a encaramos. Afinal de contas, estávamos em janeiro, no meio do inverno.

— Quando? — perguntou Milton.

— Durante as férias.

— Tu não congelou?

— Congelar é o de menos — disse Jade. — Você não ficou *entediada*? Não tem nada para fazer lá em cima.

— Não, não fiquei *entediada*.

— E os ursos? — continuou Jade. — Ou pior, os mosquitos. Eu sou, tipo, *totalmente* antimosquitos. Mas eles *me amam*. Todos os mosquitos são obcecados por mim. Eles me perseguem. São tipo fãs enlouquecidos.

— Quando formos, em março, não haverá mosquitos. E se houver, eu afogo vocês em Off — disse Hannah, num tom severo (ver p. 339, "Foto publicitária de 1940 para *Zona Tórrida*" Buldogue no galinheiro: *a vida de James Cagney*, Taylor, 1982).

Jade não disse nada, apenas aplainou o espinafre com o garfo.

— Pelo amor de Deus — continuou Hannah, fechando a cara —, qual... qual é o problema com todos vocês? Eu tento planejar alguma coisa divertida, um pouco diferente... vocês não leram, não foram inspirados por *Walden*, do Thoreau? Não leram na aula de literatura? Ou não indicam mais esse livro?

Ela olhou para mim. Foi difícil olhá-la de volta. Apesar dos esforços estilísticos da Hannah, seu cabelo ainda atrapalhava a minha atenção. Parecia um desses estilos chocantes que os diretores usavam nos filmes dos anos 1950 para ilustrar que a personagem principal saíra recentemente de um hospício, ou fora rotulada como uma prostituta pelos preconceituosos habitantes de um vilarejo. E quanto mais olhava para ela, mais aquela cabeça raspada parecia se isolar e flutuar sozinha, como a de Jimmy Stewart em *Um corpo que cai*, quando ele sofre um colapso nervoso e cores psicodélicas, os rosas e verdes da loucura, giram atrás dele. Aquele corte tornava os olhos da Hannah doentiamente gigantes, o pescoço pálido e as orelhas vulneráveis como caracóis sem suas conchas. Talvez a Jade estivesse certa; ela *estava* prestes a ter um ataque de nervos. Talvez *estivesse* "completamente cansada de sustentar a Grande Mentira Humana" (ver *Belzebu*, Shorts, 1992, p. 212). Ou então, havia uma possibilidade ainda mais assustadora: talvez tivesse lido demais o *Blackbird*, de Charles Manson. O próprio Papai disse — e o Papai não era nem um pouco supersticioso nem assustadiço — que uma dissecção tão explícita das obras do mal realmente não era segura para os "impressionáveis, os confusos ou perdidos". Por esse motivo, deixou de incluir aquele livro na sua bibliografia.

— *Você* sabe do que estou falando, não sabe?

Ela tinha os olhos grudados como adesivos na minha cabeça.

— "Fui para o bosque porque pretendia viver deliberadamente," — começou a recitar. — "queria sugar o âmago da vida, e, e depois, descobrir que se não houvesse vivido, que-que eu", como era, não-sei-o-quê deliberadamente...

As palavras da Hannah tombaram ao chão e pararam de se mexer. Ninguém disse nada. Ela riu, mas foi um ruído triste, moribundo.

— Eu também preciso ler isso de novo.

CAPÍTULO 20

A MEGERA DOMADA

Leontyne Bennett dissecou habilmente, em *A comunidade das vaidades perdidas* (1969), a famosa citação de Virgílio: "O amor tudo vence."

"Durante séculos e séculos", escreve na página 559, "estivemos interpretando erroneamente essas conhecidas palavras. As massas desinformadas se atêm entusiasticamente a essa frase anã como uma justificativa para seus beijos calorosos em praças públicas, para o abandono de esposas e a traição de maridos, para o crescimento da taxa de divórcios, para as hordas de filhos bastardos implorando por esmolas nas estações Whitechapel e Aldgate do metrô — quando, de fato, essa frase tão citada não tem nada de remotamente alegre ou encorajador. O poeta romano escreveu '*Amor vincit omnia*', ou 'O amor tudo vence'. Ele não escreveu 'O amor tudo *liberta*', nem tudo '*desobriga*', e aí jaz o primeiro grau da nossa flagrante incompreensão. Vencer: derrotar, subjugar, massacrar, acachapar, transformar em carne moída. Evidentemente, não pode ser algo positivo. Além disso, ele escreveu '*tudo* vence' — *não* exclusivamente as coisas desagradáveis, a destituição, o assassinato, o roubo, e sim *tudo*, incluindo o prazer, a paz, o bom senso, a liberdade e a auto-determinação. Assim, podemos ponderar que as palavras de Virgílio não são de estímulo; tratam-se, na verdade, de um alerta, um aviso para que evitemos, esquivemos, eludamos esse sentimento a qualquer custo, caso contrário correremos o risco de vermos massacradas todas as coisas que mais prezamos, incluindo a nossa individualidade".

Papai e eu sempre rimos baixo das assertivas fastidiosas de Bennett (ele nunca se casou e morreu de cirrose hepática em 1984; ninguém compareceu ao seu funeral, além de uma empregada doméstica e um editor da Tyrolian Press), mas, em fevereiro, realmente me dei conta do valor das coisas sobre as quais ele tagarelava ao longo de oitocentas páginas. Pois o amor foi a causa da atitude crescentemente taciturna e inconsistente do Charles, que passou a vagar por St. Gallway com o cabelo desfeito, uma expressão consumida no rosto (algo me dizia que ele não estava contemplando O Eterno Por Quê). Durante os Anúncios Matinais, remexia-se inquieto na cadeira (batendo várias vezes nas costas da minha), e quando me virava para sorrir, ele não me via; estava fitando o palco do modo como as viúvas de marinheiros provavelmente fitavam o mar. ("Cansei dele", anunciou a Jade.)

O amor, também, era capaz de me pegar e deixar de mau humor com a relativa facilidade de um tornado arrancando do chão uma casa de campo. Bastava com que o Milton falasse da "Jô" (era assim que ele chamava a Joalie agora — um apelido carinhoso que representava o mais devastador de todos os desenrolares de uma relação entre duas pessoas na escola; como Super Bonder, poderia manter um casal unido durante meses) para que, instantaneamente, eu me sentisse morrer por dentro, como se o meu coração, meus pulmões e estômago estivessem batendo o ponto, fechando a loja e voltando para casa, pois não fazia mais sentido bater, respirar, dia após dia, se a vida era assim tão sofrida.

E também havia o Zach Soderberg.

Eu o havia esquecido completamente, a não ser por trinta segundos durante a viagem de avião desde Paris, quando uma aeromoça ansiosa derramou acidentalmente um pouco de Bloody Mary num senhor idoso no outro lado do corredor, e em vez de resmungar, o rosto do homem foi tomado por um sorriso enquanto ele secava o paletó, agora asqueroso, com guardanapos, e dizia sem nenhum vestígio de sarcasmo: "Não se preocupe com isso, querida. Acontece com todo mundo." Uma vez ou outra, eu lançava sorrisinhos pesarosos para o Zach durante a aula de física (mas não esperava para descobrir se ele os apanhara ou os deixara cair no chão). Preferi seguir o conselho do Papai: "O mais poético dos términos de um relacionamento amoroso não é o perdão, a justificativa, a extensa investigação sobre Qual Foi O Erro — a opção São Bernardo, babona e de olhos caídos —, e sim o silêncio majestoso." Um dia, porém, imediatamente após o almoço, quando bati a porta do meu armário, vi que Zach estava parado exatamente atrás de mim, com um daqueles sorrisos de tenda, um lado bem levantado, o outro frouxo.

— Oi, Blue — falou. Tinha a voz dura como sapatos novos.

Bastante inesperadamente, meu coração começou a pular corda.

— Oi.

— Tudo bem?

— Tudo. — Eu precisava pensar em algo razoável para dizer, é claro, uma desculpa, um pedido de perdão, o motivo pelo qual o esqueci como um guarda-chuva no Cabaré de Natal. — Zach, desculpe po...

— Eu trouxe uma coisa para você — interrompeu-me; sua voz não estava irritada, e sim alegremente oficial, como se ele fosse o Subgerente Disto-e-Daquilo, surgindo feliz de seu escritório para me informar que eu era uma ótima cliente. Meteu a mão no bolso e me entregou um grosso envelope azul. Estava selado enfaticamente, até mesmo nos cantos mais extremos, e o meu nome tinha sido escrito na frente, numa cursiva sentimental.

— Sinta-se livre para fazer o que quiser com elas, beleza? — falou. — Acabei de arranjar um trabalho de meio período na Kinko's Impressões, então posso te informar de algumas opções. Você pode fazer uma ampliação tamanho pôster e depois uma laminação total. Ou então pode seguir o caminho dos cartões postais. Ou um calendário, de parede ou de mesa. Também tem a opção de fazer uma camiseta. Essa é bastante popular. Acabamos de receber umas babylook. Por fim, tem aquela, como é que chama... impressão em tela. É bem legal. Você não imagina a qualidade. Também oferecemos opções de placas e faixas em diferentes tamanhos, inclusive em vinil.

Zach balançou a cabeça para si mesmo e parecia prestes a dizer algo mais — abriu-se uma fenda em seus lábios, como numa janela —, mas então, franzindo o rosto, pareceu mudar de idéia.

— Nos vemos na aula de física — concluiu, virando-se e seguindo pelo corredor. Instantaneamente, foi cumprimentado por uma menina que tinha passado por nós apenas um minuto atrás, observando-nos com o canto dos olhos, que pareciam ranhuras em moedas, e depois parando no bebedouro para beber um gole d'água. (Devia ter acabado de percorrer o Deserto de Gobi.) Era a Rebecca dos dentes de camelo, uma menina do primeiro ano.

— O seu pai vai pregar este domingo? — perguntou-lhe.

Sentindo uma pontada de irritação (enquanto eles continuavam aquela conversa sacra pelo corredor), rasguei o envelope gigante e, no interior, encontrei *fóóótos* brilhantes, nas quais eu e Zach aparecíamos estacionados na sala de sua casa, com os ombros rígidos, sorrisos irregulares firmemente presos ao rosto.

Em seis delas, para meu desespero, a alça direita do meu sutiã estava visível (tão branco que quase parecia neon roxo, e se olhássemos para a alça e depois para alguma outra coisa, ela parecia seguir o olhar), mas na última *fóóóto*, a que Patsy havia tirado em frente à janela ensolarada (o braço esquerdo de Zach envolvendo rigidamente a minha cintura; ele era um pedestal de metal, eu uma boneca de colecionador), a luz entre nós dois tinha ficado amanteigada, respingando na lente e dissolvendo o contorno do lado esquerdo de Zach e do meu direito, de modo que nos mesclamos e os nossos sorrisos ficaram da mesma cor que o céu branco salpicado entre as árvores secas atrás de nós.

Sinceramente, eu mal conseguia me reconhecer. Em fotografias, eu geralmente aparecia dura como uma cegonha ou assustada como um furão, mas naquela eu parecia estranhamente enfeitiçante (*literalmente*: a minha pele estava dourada, e havia um pontilhado verde paranormal nos meus olhos). Parecia também relaxada, como o tipo de pessoa que poderíamos encontrar gritando de alegria enquanto chutava areia numa praia de piña-colada. Eu poderia ser uma mulher capaz de esquecer inteiramente de si mesma, soltar-se completamente, deixar-se flutuar como uma centena de balões de hélio e todos, todas as pessoas presas à terra, a fitariam cheios de inveja. ("Uma mulher na qual a reflexão é tão rara quanto um Panda Gigante", dizia o Papai.)

Sem pensar, virei-me para falar com o Zach — talvez quisesse lhe agradecer, ou lhe dizer alguma outra coisa —, mas me dei conta, tolamente, de que ele já tinha ido embora. Então fiquei ali, fitando a placa da SAÍDA, o estampido de crianças com sapatos surrados e meias altas correndo pelas escadas em direção às aulas.

⁓

Uma semana ou duas depois, numa noite de terça-feira, eu estava jogada na cama, avançando laboriosamente pelos campos de batalha de *Henrique V* para a aula de literatura, quando ouvi o ruído de um carro. Imediatamente, fui até a janela e, espiando pelas cortinas, vi um sedã branco se esgueirando pela entrada da garagem como um animal castigado, detendo-se timidamente em frente à porta de entrada.

Papai não estava em casa. Tinha saído há uma hora para jantar no Tijuana, um restaurante mexicano, com o professor Arnie Sanderson, que lecionava Introdução ao Teatro e História do Teatro Mundial. "Um jovem infeliz", dissera o Papai, "com perebinhas engraçadas por toda a cara, como uma catapora persistente". Papai tinha dito que não voltaria para casa até as onze horas.

Os faróis se apagaram. O motor foi desligado num arroto inflado. Após um momento de quietude, a porta do motorista se abriu e uma perna branca, semelhante a uma coluna, tombou do carro, seguida por outra. (Essa entrada, à primeira vista, pareceu ser uma tentativa de reencenar alguma fantasia de tapete vermelho, mas quando a mulher surgiu por inteiro, percebi que não era nada além do mero desafio de manobrar aquele corpo dentro das roupas que usava: um paletó branco apertado que fazia o melhor que podia para apertar a cintura, uma saia branca semelhante a filme plástico ao redor de um buquê de flores atarracadas, meias brancas, saltos brancos excessivamente altos. Ela era um biscoito gigante mergulhado em merengue.)

A mulher fechou a porta e, de um jeito um tanto hilário, pôs-se a trancá-la, tendo bastante dificuldade em encontrar o buraco da fechadura no escuro, e a seguir a chave certa. Ajustando a saia (um movimento semelhante ao de repuxar uma fronha sobre um travesseiro), virou-se e tentou *não* fazer barulho enquanto subia até a nossa varanda. O cabelo inchado — de uma cor amarelo-cítrico — estremecia sobre a cabeça da mulher como um abajur frouxo. Não tocou a campainha; em vez disso, ficou parada por um momento ante a porta, o dedo indicador à frente dos dentes (um ator prestes a entrar em cena, inseguro quanto à primeira fala). Cobriu os olhos para enxergar melhor, inclinou-se para a esquerda e olhou pela janela da nossa sala de jantar.

Eu sabia quem era aquela mulher, é claro. Havíamos tido uma série de ligações anônimas logo antes de partirmos para Paris (os meus "Alôs?" eram respondidos com um silêncio, e em seguida com o soluço do telefone sendo desligado), e uma outra há menos de uma semana. Enxames de Moscas de Verão já haviam aparecido daquele modo antes dela, vindas do nada, em tantos humores, condições e cores quanto uma caixa de lápis Crayola (Carmim Coração Partido, Cerúleo Seriamente Enfurecido etc.).

Todas precisavam ver o Papai novamente, queriam pressioná-lo, encurralá-lo, bajulá-lo (no caso de Zula Pierce, aleijá-lo), fazer uma Apelação Final. Elas se aproximavam desse confronto fatídico com a leveza de alguém que se apresenta ante o Supremo Tribunal Federal, prendendo o cabelo atrás das orelhas, vestindo ternos sóbrios, sapatos sociais, usando perfume e brincos conservadores, de latão. A Mosca de Verão Jenna Parks, no *seu* confronto final, chegou a trazer uma incômoda pasta de couro que apoiou formalmente sobre os joelhos, abriu com o estalo característico de todas as pastas de couro e, sem perder tempo algum, devolveu ao Papai o guardanapo de um bar no qual ele escrevera, em dias mais felizes: "Um rosto de mulher com a própria mão/ Pintou-te a natureza, oh senhora." Sempre se asseguravam de acrescentar uma pontuação sensual a essa aparência sóbria (boca rubra, lingerie complexa sob uma blusa transparente) para tentar o Papai, mostrar-lhe o que estava perdendo.

Se ele estivesse em casa, encaminhava-as à sala de estar do modo como faria um cardiologista prestes a dar más notícias a um paciente cardíaco. Antes de fechar a porta, no entanto, ele me pedia (Papai o médico sabichão, eu a enfermeira frívola) que preparasse uma bandeja de chá aromático.

"Com creme e açúcar", dizia, piscando um olho — uma sugestão que fazia brotar um improvável sorriso na cara lúgubre da Mosca de Verão.

Depois de colocar a chaleira no fogo, eu voltava até a porta fechada para escutar, às escondidas, a deposição daquela mulher. Não, ela não conseguia comer, não conseguia dormir, não conseguia tocar, nem sequer olhar para outro homem ("Nem mesmo para o Pierce Brosnan, que eu achava maravilhoso", confessou Connie Madison Parker). Papai falava — algo abafado, inaudível —, a porta se abria e a Mosca de Verão emergia da corte. A blusa fora da saia, o cabelo cheio de estática e, na parte mais desastrosa dessa metamorfose, o rosto, antes tão meticulosamente maquiado, transformado num teste de Rorschach.

Ela fugia para o carro, com uma pequena ruga entre as sobrancelhas como um tecido pregueado, e então ia embora em seu Acura ou Dodge Neon, enquanto o Papai, todo suspiros resignados e fatigados, acomodava-se confortavelmente na cadeira de leitura com o chá aromático que eu lhe preparara (como estava previsto desde o início), para enfrentar outra palestra sobre Mediação no Terceiro Mundo, outro calhamaço sobre Os Princípios da Revolta.

Sempre havia algum detalhe minúsculo que me fazia sentir mal: o sujo laço de gorgorão que mal se prendia à frente do sapato de salto alto esquerdo de Lorraine Connelley, ou o rubi triangular no blazer de poliéster de Willa Johnson; preso na porta do carro, golpeava aterrorizado o vidro enquanto ela acelerava, descendo a calçada sem se preocupar em verificar o tráfego que passava antes de virar à esquerda na Alameda Sandpiper. Eu não queria que o Papai ficasse permanentemente com uma delas. Era incômodo pensar em assistir *Há lodo no cais* ao lado de uma mulher que cheirava ao pot-pourri de damasco de um banheiro de restaurante (Papai e eu revendo a nossa cena favorita, a cena da luva, dez, às vezes doze vezes, enquanto a Mosca de Verão cruzava e descruzava as pernas, visivelmente irritada), ou escutar a explicação do Papai sobre os conceitos da sua última palestra (Transformacionismo, Starbuckização) para uma mulher que fazia "Ã-hã ã-hãs" forçados, como uma apresentadora de jornal, mesmo quando não entendia nem uma palavra. Ainda assim, eu não conseguia deixar de me sentir envergonhada quando elas choravam (eu não sabia ao certo se elas mereciam essa empatia; além de umas poucas perguntas insípidas sobre garotos ou sobre a minha mãe, nenhuma delas jamais falava comigo, olhavam-me como se eu fosse alguns gramas de plutônio, sem saber se eu era radioativa ou benigna).

Obviamente, o que o Papai fazia não era nada fenomenal, induzindo mulheres perfeitamente realistas a agirem como — bom, como se estivessem determinadas a ressuscitar antigas tramas de melodramas mexicanos —; ainda assim, eu me perguntava se a culpa seria toda dele. Papai nunca mentia sobre o fato de que já tivera seu Grande Amor. E qualquer pessoa sabia que *um* era o máximo de Grandes Amores com os quais uma pessoa poderia se deparar durante a vida, embora alguns glutões se recusassem a aceitar esse fato, resmungando equivocadamente sobre segundos e terceiros. Todos se apressavam em detestar o sedutor, o casanova, o libertino, desconsiderando completamente o fato de que *alguns* libertinos eram absolutamente sinceros sobre o que queriam (diversão entre as aulas), e se aquilo era tão atroz, por que elas continuavam voando até a varanda dele? Por que não rodopiavam de volta para a noite do verão, expirando calma e pacificamente nas sombras suaves dos tulipeiros?

Se o Papai não estivesse em casa no momento da materialização inesperada de uma Mosca de Verão, eu deveria seguir certas instruções específicas: em nenhuma hipótese deveria deixá-la entrar em casa. "Sorria e diga-lhe para se ater àquela fabulosa qualidade humana que, infelizmente, as pessoas agora parecem desconhecer completamente — o *orgulho*. Não, nunca houve nada de errado com o sr. Darcy. Você também pode explicar que o ditado é verdadeiro: o tempo *tudo* cura. E se ela insistir, o que é provável — algumas delas têm a disposição de um pit bull com um osso na boca —, você terá que mencionar a palavra *polícia*. Isso é tudo o que você precisa dizer, *pu-liça*, e com um pouco de sorte ela voará para longe da nossa casa — e, se as minhas preces forem ouvidas, das nossas vidas — como uma alma casta saindo do inferno."

Eu estava agora descendo as escadas na ponta dos pés, um bocado nervosa (não era fácil ser o setor de Recursos Humanos do Papai), e assim que alcancei a porta da frente, ela tocou a campainha. Olhei pelo olho mágico, mas ela se virou para inspecionar o jardim. Respirei fundo, acendi as luzes da varanda e abri a porta.

— Alô alô — falou.

Congelei. Parada à minha frente estava Eva Brewster, Evita Perón.

— Que bom te ver — falou. — Onde ele está?

Não consegui dizer nada. Ela sorriu, arrotou um "rá" e abriu a porta num safanão, empurrando-me para o lado ao entrar em casa.

— *Gareth, querido, cheguei!* — gritou, com a cara virada para cima como se esperasse que o Papai se materializasse do teto.

Eu estava tão chocada que não consegui fazer nada além de ficar ali parada e encará-la. Percebi que "Gatinha" era um apelido carinhoso, que ela sem dúvida tivera em algum ponto da vida e que ressuscitara para que os dois tivessem um segredo. Eu deveria saber — ou, no mínimo, deveria ter *pensado* nisso. Já tinha acontecido antes. O de Serry Piths era Fofa. Cassie Bermondsey era tanto Pequena como Nanica. Zula Pierce era Magia Noturna. Papai achava engraçado quando elas tinham nomes de efeito, fáceis de dizer, e elas confundiam o sorriso dele ao dizê-lo com o Amor, ou, se não o Amor, com algum grão de Carinho, que por fim se transformaria na grande videira do Afeto. Poderia ser um apelido dado pelo pai quando ela tinha seis anos de idade, ou seu Nome Secreto de Hollywood (o nome pelo qual *deveria* ter sido chamada, aquele que serviria de passaporte para os estúdios Paramount.)

— Não vai falar? Cadê ele?

— Num jantar — falei, engolindo em seco —, com um colega.

— Ã-hã. Qual?

— O professor Arnie Sanderson.

— Tá bom. *Sei.*

Fez outro ruído enfezado, cruzou os braços fazendo com que o paletó recuasse e desceu o corredor, na direção da biblioteca. Fui atrás dela feito tola. Ela caminhou devagar até a pilha de blocos de papel do Papai, disposta ordenadamente sobre a mesa de madeira, ao lado da estante. Apanhou alguns, amassando-os.

— Sra. Brewster...?

— Eva.

— Eva. — Aproximei-me alguns passos. Ela era aproximadamente quinze centímetros mais alta que eu, e corpulenta como um silo. — De-desculpe, mas não sei se a senhora deveria estar aqui. Tenho deveres de casa para fazer.

Ela jogou a cabeça para trás e riu (ver "O grito de morte do tubarão", *Aves e monstros*, Barde, 1973, p. 244).

— Ah, como *assim*? — falou olhando para mim, jogando as folhas no chão. — Qualquer dia você vai ter que deixar de levar as coisas tão a sério. Mas com *ele,* é, te peguei... é um caso perdido. Tenho certeza de que não sou a única que ele mantém num estado de terror constante. — Ela passou por mim, saindo da biblioteca, cruzou o corredor até a cozinha e assumiu a pose de um corretor de imóveis inspecionando o papel de parede, os tapetes, as maçanetas e a ventilação para determinar um preço que o mercado aceitaria. Nesse momento entendi: ela estava bêbada. Mas não era uma bêbada escancarada; era uma bêbada dissimulada. Havia escondido a maior parte da bebedeira, de modo que mal se percebia, somente em seus olhos, que não estavam vermelhos, e sim inchados (e um pouco lentos ao piscar), e também em seu andar, que era vagaroso e forçado, como se precisasse organizar cada passo, caso contrário tombaria como uma placa de VENDE-SE. Além disso, vez ou outra uma palavra lhe ficava presa na boca e começava a deslizar de volta para a garganta, até que ela dissesse alguma outra coisa, tossindo-a.

— Só estou dando uma olhadinha — murmurou, roçando a mão rechonchuda, com as unhas feitas, pela bancada da cozinha. Apertou o REPRODUZIR da secretária eletrônica ("Nenhuma mensagem nova.") e olhou feio para as frases bordadas em ponto-cruz pela Mosca de Verão Dorthea Driser, penduradas em colunas na parede ao lado do telefone ("Ama Teu Vizinho", "Sede Sincero Contigo Mesmo").

— Você já sabia de mim, não sabia? — perguntou.

Fiz que sim.

— Porque ele estava estranho com isso. Cheio de segredos e mentiras. Basta tirar uma do teto, e a coisa toda desaba em cima de você. Quase te mata. Ele mente sobre tudo... até, até nos "Que bom te ver" e "Se *cuida*". — Inclinou a cabeça, pensando. — Tem idéia de como alguém se torna um homem assim? O que aconteceu com ele? Bateu a cabeça quando era pequeno? Era o nerd que usava um aparelho feio na perna e apanhava de todo mundo na hora do almoço...?

Abriu a porta que levava ao escritório do Papai.

— ...se você puder me dar uma luz sobre isso seria ótimo, porque eu, pelo menos, estou bastante *confusa*...

— Sra. Brewster...?

—...fico acordada de noite, *todo* dia...

Começou a descer ruidosamente a escada.

— A-acho que o meu pai preferiria que a senhora esperasse aqui em cima.

Ela me ignorou, descendo o resto da escada. Escutei-a procurar o interruptor do lustre de teto, e então puxou a corrente do abajur verde que o Papai tinha sobre a mesa. Corri atrás dela.

Quando entrei no escritório, ela estava, como eu previa e temia, inspecionando as seis vitrines de borboletas e mariposas. Quase tocava o vidro da terceira com o nariz, e uma pequena nuvem se formou sobre a *Euchloron megaera* fêmea, a mariposa Esfinge Verdejante. Ela não tinha culpa de se sentir atraída por elas; eram as coisas mais chamativas do quarto. Não que lepidópteras dispostas em vitrines fossem algo incomum (Patty "Vamos Fazer Negócio" Lupine nos dissera que, no campo, era possível comprar uma dúzia daquelas por dez centavos, e nas ruas de Nova York eram vendidas por "quarenta contos"), mas muitos daqueles espécimes eram exóticos, raramente vistos fora dos livros. Com exceção das três Cassius Azuis (que pareciam bem maçantes em comparação à Pavão de Paris ao lado — três pálidas órfãs paradas ao lado de Rita Hayworth), minha mãe tinha comprado as outras de fazendas de borboletas da América do Sul, África e Ásia (todas supostamente "humanas", permitindo que os insetos tivessem uma vida plena e uma morte natural antes de serem coletadas; "Você tinha que vê-la ao telefone, interrogando-os sobre as condições de vida", disse o Papai. "Dava para pensar que estávamos adotando uma criança."). A Asas de Ave (de 12,2cm) e a Alvorada de Madagascar (de 8,6cm) eram tão brilhantes que não pareciam reais, e sim confeccionadas pelo lendário fabricante de brinquedos de Nicolau e Alexandra, Sacha Lurin Kuznetsov. Usando os materiais mais incríveis — veludo, seda, peles —, ele conseguia produzir ursinhos de pelúcia de chinchila ou casas de boneca de 24 quilates com a mão nas costas (ver *Indulgência imperial*, Lipnokov, 1965).

— O que são estas coisas? — perguntou Eva, avançando para examinar a quarta caixa, com o queixo esticado.

— Só uns bichos. — Eu estava parada *exatamente* atrás dela. Bolinhas cinzentas pontilhavam os lados do paletó de lã branco de Eva. Uma mecha do seu cabelo laranja sulfúrico ondulou-se, formando um ? sobre o ombro esquerdo. Se estivéssemos num filme noir, esse seria o momento em que eu encostaria uma bela pistola nas suas costas, segurando-a por dentro do meu bolso da frente, e diria entre os dentes: "Dê uma de engraçadinha e eu te explodo daqui até a terça-feira que vem."

— Não gosto de coisas assim — falou. — Me dão arrepios.

— Como conheceu o meu pai? — perguntei, o mais jovial que pude.

Ela se virou, estreitando os olhos. Realmente *tinham* uma cor incrível: o azul-violeta mais suave do mundo, tão puro que parecia cruel fazê-lo presenciar aquela cena.

— Ele não te contou? — perguntou desconfiada.

Fiz que sim.

— Acho que sim. Só não me lembro.

Ela se afastou das vitrines e se inclinou sobre a escrivaninha do Papai, examinando o calendário (parado em maio de 1998) coberto por seus garranchos ilegíveis.

— Sou do tipo de pessoa que mantém o profissionalismo — falou. — Muitas outras professoras não fazem o mesmo. Algum pai vem até a professora, diz que gosta do estilo pedagógico dela e de repente a moça está metida em algum romance barato. E eu sempre falo, você está se encontrando com ele na hora do almoço, está dirigindo até a casa dele no meio da noite... você realmente acha que isso vai virar alguma coisinha meiga? E aí o seu pai. Ele não estava enganando ninguém. A mulher média, tudo bem. Mas eu? Eu *sabia* que ele era uma fraude. Isso é o mais engraçado, eu *sabia*, mas não sabia, entende? Porque ele também tinha um *coração* tão grande. Eu nunca fui do tipo romântico. Mas de repente achei que poderia salvá-lo. Mas não se pode salvar uma fraude.

Com as longas unhas (pintadas da cor de narizes de gatinhos), ela estava remexendo a caneca de canetas do Papai. Apanhou uma — a preferida do Papai, uma Mont Blanc de 18 quilates, presente de despedida de Amy Pinto, um dos únicos presentes dados por uma Mosca de Verão de que ele realmente gostava. Eva a revirou nos dedos, cheirando-a como se fosse um charuto. Colocou-a na bolsa.

— Não pode pegar isso aí — falei, horrorizada.

— Se você não ganhar na gincana, ao menos leva um prêmio de consolação.

Eu não conseguia respirar.

— A senhora talvez fique mais confortável ali na sala — sugeri. — Ele deve chegar — consultei o meu relógio e, em pânico, vi que ainda eram nove e meia — daqui a alguns minutos. Posso fazer um chá. Acho que temos alguns chocolates Whitman...

— Chá, hein? Que civilizada. *Chá.* Isso é algo que *ele* diria. — Lançou-me um olhar. — É melhor tomar cuidado, sabe? Porque mais cedo ou mais tarde todos ficamos iguais aos nossos pais. *Puf.*

Tombou sobre a cadeira do Papai, abriu uma gaveta e começou a folhear os papéis.

— Você não vai nem saber o que te aconte... "Interrelações entre políticas domésticas e internacionais das Cei-Cid-Cidades-Estado gregas até os dias de hoje" — Ela fechou a cara. — Você entende alguma coisa deste lixo? Eu até que passei bons momentos com o cara, mas na maior parte das vezes achava que o que ele dizia era um monte de merda. "Métodos quantitativos." "O papel dos poderes externos nos processos de paz..."

— Sra. Brewster?

— O quê.

— Quais são os seus... planos?

— Vou descobrindo pelo caminho. De onde vocês vieram, afinal? Ele sempre era vago sobre isso. Vago sobre um monte de coisa...

— Não quero ser grosseira, mas eu acho que talvez precise chamar a polícia.

Ela jogou os papéis de volta na gaveta, com força, e olhou para mim. Se aqueles olhos fossem ônibus, eu teria sido atropelada. Se fossem armas eu teria sido baleada. Pus-me a ponderar — ridiculamente — se ela não teria um revólver escondido, e se não teria coragem de usá-lo.

— Você realmente acha que é uma boa idéia? — perguntou.

— Não — confessei.

Ela pigarreou.

— Pobre Mirtha Grazeley, sabe, doida como um cão acertado por um raio, mas bastante organizada naquele Escritório de Matrículas. A pobre Mirtha voltou à escola naquela segunda-feira. Semestre passado. Não encontrou suas coisas como estavam ao sair; viu algumas cadeiras fora do lugar, almofadas bagunçadas, e um litro de gemada tinha desaparecido. Ao que parece, alguém devolveu o jantar numa das privadas do banheiro. Nada bonito. Sei que não foi um trabalho profissional, porque a vândala esqueceu os sapatos ali. Pretos. Tamanho 39. Dolce & Gabbana. Não são muitos os alunos que têm dinheiro para essas coisas frívolas. Então os suspeitos se restringem aos filhos dos grandes doadores, figurões de Atlanta que deixam os filhos andar por aí de Mercedes. Cruzando esses suspeitos com os alunos que foram ao baile, resta uma lista que, surpreendentemente, não é tão longa assim. Mas eu sou sensata, sabe? Não sou uma dessas pessoas que curtem acabar com o futuro de uma criança. Não, seria muito triste. Pelo que ouvi, a menina Whitestone já tem bastantes problemas. Talvez nem se forme.

Por um momento, não consegui dizer nada. Ouvia-se o zunido da casa. Quando eu era criança, algumas das nossas casas zuniam tão alto que eu achava que um coral tinha se reunido nas paredes, usando túnicas de cor vinho, com bocas abertas em sérios Os, cantando durante toda a noite e todo o dia.

— Por que você estava gritando o meu nome? — consegui perguntar. — No baile...

Ela pareceu surpresa.

— Você me ouviu?

Fiz que sim.

— Eu *achei* ter visto vocês duas correndo na direção do Edifício Loomis. — Eva fez um "ham" esquisito e deu de ombros. — Só queria bater um papo. Falar do seu pai. Mais ou menos do jeito que estamos fazendo agora. Não que tenhamos muito mais a dizer. Acabou a brincadeira. Eu *sei* quem ele é. Pensa que é Deus, mas na verdade, é um pequeno...

Achei que ela fosse parar por aí, nessa declaração cáustica, "É um pequeno", mas então concluiu a frase, com a voz suave.

— Um pequeno homenzinho.

Ficou calada, com os braços cruzados, reclinando-se para trás na cadeira do Papai. Embora ele próprio me houvesse avisado de que nunca devemos dar ouvidos às palavras que escapam da boca de uma pessoa enfurecida, ainda assim *detestei* o que ela disse. Também me dei conta de que essa era a coisa mais cruel que se poderia dizer sobre uma pessoa — que era pequena. Consolei-me apenas com o fato de que, na verdade, *todos* os seres humanos eram pequenos quando comparados com a Existência, quando postos lado a lado com o Tempo e o Universo. Até Shakespeare era pequeno, e Van Gogh — Leonard Bernstein também.

— *Quem é ela?* — inquiriu Eva, de súbito. Provavelmente se sentia triunfante, após fazer tantas afirmações avassaladoras sobre o Papai, mas havia uma nítida perturbação na sua voz.

Esperei que continuasse, mas não o fez.

— Não sei muito bem do que está falando.

Ela balançou a cabeça.

— Não precisa me dizer quem é a mulher, mas eu apreciaria se o fizesse.

Obviamente, Eva estava se referindo à nova namorada do Papai, mas ele não tinha nenhuma nova namorada — não que eu soubesse.

— Acho que ele não está saindo com ninguém, mas posso perguntar, se quiser.

— *Tudo bem* — disse Eva, assentindo. — Tudo bem. Acredito em você. Ele é um bom homem. Eu nunca saberia, nunca sequer *suspeitaria*, se a Alice Steady, dona da Orquídea Verde na avenida Orlando, não fosse minha amiga desde a segunda série. "Qual é mesmo o nome do cara que você está namorando?" "Gareth" "Ã-hã", falou. Pelo visto, ele foi até lá, Volvo azul, usou um cartão de crédito para comprar cem dólares de flores. Não aceitou a entrega grátis oferecida pela Alice. E foi sorrateiro, percebe... sem endereço para entrega, não há provas, certo? E eu sei que as flores não eram para ele mesmo porque a Alice disse que ele pediu um daqueles cartõezinhos. E pelo que vejo na *sua* cara, também não foram para *você*. A Alice é uma dessas mulheres românticas, diz que nenhum homem compra cem dólares de Lírios Orientais para alguém por quem não esteja loucamente apaixonado. Rosas, tudo bem. Qualquer vagabundinha barata recebe rosas. Mas não Lírios Orientais. Eu sou a primeira a confessar que fiquei chateada... não sou uma dessas pessoas que finge não estar nem aí, mas então ele começou a ignorar os meus telefonemas, me jogou para debaixo do tapete como se eu fosse algumas migalhas, ou algo assim. Mas não estou nem aí. Estou saindo com outra pessoa agora. Um oculista. Divorciado. A primeira mulher dele era uma completa derrotada. O Gareth que faça o que quiser com a própria vida.

Ela ficou calada, não por exaustão ou reflexão, apenas porque seus olhos foram novamente atraídos pelas borboletas à sua frente.

— Ele realmente adora essas coisas — falou.

Segui o olhar de Eva até a parede.

— Nem tanto.

— Não?

— Ele mal olha para elas.

Pude realmente ver o pensamento, a lampadinha iluminando a cabeça de Eva como se fosse uma personagem de história em quadrinhos.

Ela andou apressada, e eu também. Fiquei na frente delas e, rapidamente, disse algo sobre as flores serem para mim ("O papai fala de você o tempo todo!" gritei, de um jeito um tanto patético), mas ela não me ouviu.

Com um rubor intenso lhe subindo pelo pescoço, escancarou as gavetas do Papai e jogou cada um dos papéis que havia dentro (ele os organizava por universidade e por data) pelo ar. Voaram pelo quarto como enormes canários assustados.

Imagino que ela tenha encontrado o que procurava — uma régua de ferro, que o Papai usava para criar ordenados diagramas comparativos nas anotações que fazia para suas aulas — e, para meu espanto, empurrou-me violentamente para um lado, tentando apunhalar o vidro de uma das vitrines. A régua, no entanto, não quis se envolver na situação, e assim, com um "Puta merda" furioso, Eva a jogou ao chão e tentou socar uma das caixas com o punho, e depois com o cotovelo, e como isso não funcionou, arranhou o vidro com as unhas como se fosse uma lunática numa casa lotérica removendo o filme prateado de uma raspadinha.

Ainda sem conseguir, virou-se, passando os olhos pela escrivaninha do Papai, até que pararam sobre o abajur verde (um presente de despedida do agradável reitor da Universidade do Arkansas). Apanhou-o, arrancando o fio da parede e erguendo o abajur sobre a cabeça. Usou a base, de latão sólido, para estilhaçar o vidro da primeira vitrine.

Nesse ponto, corri novamente até ela, pendurei-me em seus ombros e gritei "Por favor!", mas estava muito fraca e, suponho, muito estonteada pela situação para ter alguma efetividade. Ela me empurrou outra vez, acertando-me uma cotovelada bem na mandíbula, fazendo com que o meu pescoço girasse e eu caísse no chão.

Cacos de vidro voaram por toda parte, sobre a escrivaninha do Papai, o tapete, minhas mãos e pés, sobre ela também. Estilhaços minúsculos lhe cintilavam no cabelo ruivo e estavam presos à sua meia-calça, tremulando como gotas de água. Ela não conseguiu retirar as vitrines da parede (Papai usava parafusos especiais para pendurá-las), mas rasgou os fundos de papelão presos à moldura e arrancou cada uma das borboletas e mariposas dos alfinetes, despedaçando suas asas de modo que se tornassem confetes coloridos que, com os olhos arregalados e o rosto enrugado como um pergaminho esticado, ela arremessou pelo quarto, de um modo sacramental, como se fosse um padre enlouquecido com água benta.

Num certo ponto, com um grunhido abafado, chegou a morder uma delas, uma imagem horripilante e vagamente surreal, um enorme gato vermelho e branco comendo um melro. (Nas situações mais peculiares somos atingidos pelos mais peculiares pensamentos, e nesse caso, enquanto Eva mordia a asa da Borboleta Noturna, *Taygetis echo*, lembrei-me da ocasião em que eu e o Papai estávamos dirigindo da Louisiana para o Arkansas, quando fazia trinta e dois graus e o ar condicionado estava quebrado, e estávamos decorando aquele poema de Wallace Stevens, um dos preferidos do Papai, "Treze maneiras de se contemplar um melro". "Entre vinte montanhas nevadas/ A única a mover-se/ Era o olho do melro", explicou o Papai, dirigindo-se à rodovia.)

Quando ela terminou, quando finalmente ficou parada, estonteada pelo que acabara de fazer, houve o mais profundo de todos os silêncios profundos, reservado, presumi, para os momentos que se seguem aos massacres e às tempestades. Com alguma concentração, provavelmente seria possível ouvir o farfalhar da lua, da terra também, seu assovio ao girar ao redor do sol a 29,7 quilômetros por segundo. Eva começou então a estremecer uma resposta, numa voz vacilante como se alguém lhe estivesse fazendo cócegas. Chorou um pouco, também, um ruído grave e inquietante.

Na verdade, não sei ao certo se ela estava chorando; eu também havia sido jogada num estado de desorientação no qual só conseguia repetir comigo mesma, *isto não aconteceu de verdade*, enquanto olhava para os fragmentos ao redor, especialmente sobre o meu pé direito, a minha meia amarela, sobre a qual repousava o tronco marrom e peludo de alguma mariposa, talvez a Mariposa-Fantasma-de-Asas-Curvadas, ligeiramente retorcida, como se fosse um pedaço de limpador de garrafas.

Eva colocou, então, o abajur na escrivaninha do Papai, delicadamente, do modo como alguém deita um bebê, e, evitando o meu olhar, passou por mim, subindo as escadas. Depois de um momento, ouvi a porta da frente sendo fechada com força e o ronco do seu carro indo embora.

∽

Com a precisão de um samurai e a clareza mental que se estabelece nos momentos mais esquisitos da vida, decidi limpar tudo aquilo antes que o Papai voltasse para casa.

Apanhei uma chave de fenda na garagem e, uma a uma, retirei as vitrines destruídas da parede. Varri os pedaços de vidro e as asas, aspirei o chão sob a escrivaninha do Papai, os rodapés, as estantes e a escada. Recoloquei os papéis em suas respectivas gavetas, organizando-os por universidade e por data, e então carreguei até o meu quarto a caixa que usamos na mudança (BORBOLETAS FRÁGIL), na qual coloquei tudo o que era salvável. Não era muito — somente papel branco rasgado, um punhado de asas marrons ainda inteiras e uma única *Heliconius erato*, que resistira ao massacre milagrosamente, sem um arranhão, escondendo-se atrás do fichário do Papai. Tentei ler um pouco mais de *Henrique V* enquanto esperava o retorno do Papai, mas as palavras me feriam os olhos. Peguei-me fitando um único ponto da página.

Apesar de estar com a bochecha direita latejando, eu não tinha nenhuma ilusão de que o Papai fosse qualquer coisa além do vilão impiedoso no drama bizarro daquela noite. Tudo bem, eu odiava aquela mulher, mas também o odiava. Ele finalmente recebeu o que o esperava, mas tinha outros compromissos, de modo que eu, a inocente descendente direta, recebi o que o esperava. Eu sabia que estava sendo melodramática, mas cheguei a desejar que a Gatinha me houvesse *matado* (ou, no mínimo, me deixado temporariamente inconsciente), para que, quando o Papai voltasse para casa, me encontrasse deitada no chão do escritório, com o corpo inerte e cinzento como um sofá de cem anos de idade e o pescoço torcido num ângulo perturbador, indicando que a Vida havia deixado a cidade num ônibus. Depois que o Papai caísse de joelhos, proferindo gritos Rei Learianos ("Não! Nããão! Deus, não a leve! Farei qualquer coisa!") meus olhos se abririam, eu engasgaria e então iniciaria meu monólogo magnetizante, versando sobre a Humanidade, a Compaixão, a tênue linha entre a Bondade e a Pena, a necessidade de Amor (um tema resgatado do banal e do sentimental graças ao sólido apoio dos russos — "Tudo o que compreendo, compreendo somente graças ao amor." — e um pouco de Irving Berlin para deixar as coisas mais interessantes: "Dizem que apaixonar-se é maravilhoso, é maravilhoso, é o que dizem."). Terminaria com o pronunciamento de que Jack Nicholson, que era o *modus operandus* habitual do Papai, seria dali para a frente substituído por Paul Newman, e o Papai concordaria com os olhos baixos, uma expressão dolorosa. Seu cabelo ficaria grisalho, também, um cinza-ferro, como o de Hecuba, o emblema do Mais Puro Sofrimento.

E quanto às outras? Teria ele ferido as outras tanto quanto ferira Eva Brewster? E quanto a Shelby Hollows, que clareava o buço? Ou Janice Elmeros, com pernas de cacto sob os vestidos de verão? E as outras, como Rachel Groom e Isabelle Franks, que nunca vinham visitar o Papai sem trazer presentes feito Reis Magos contemporâneos (Papai, confundido com um Menino Jesus), broa de milho, bolinhos e artesanato com caras perturbadas (como se houvessem acabado de comer um Azedinho-Doce), como quem traz ouro, incenso e mirra? Por quantas horas teria Natalie Simms trabalhado arduamente para construir a casa de passarinhos feita de palitos de picolé?

A Volvo azul adentrou a garagem às quinze para a meia-noite. Ouvi-o abrir a chave da porta de entrada.

— Querida, desça aqui correndo! Você vai rir feito um bezerro desmamado!

("Rir feito um bezerro desmamado" era um Papaísmo particularmente irritante, assim como "o boi foi para o brejo" e "a moça era um docinho de manga".)

— Você tinha que ver, o Arnie Sanderson bebeu além da conta! Ele caiu, juro, *caiu* no restaurante a caminho do banheiro. Tive que levar o brutamontes para casa, o alojamento da universidade, inspirado em Calcutá. Um lugar terrível — carpete em farrapos, um ranço de leite azedo, alunos da graduação perambulando pelos corredores com pés que pareciam conter mais formas de vida exóticas que as Ilhas Galápagos. Tive que carregar o homem pelas escadas. Três *andares*! Você se lembra de *Amor de jornalista*, aquele filminho adorável com Gable e Doris que assistimos, onde foi mesmo? No Missouri? Bom, eu vivi esse filme esta noite, só que sem a loira animada. Acho que mereço uma bebida.

Ficou calado.

— Você já foi dormir?

Correu pela escada, bateu devagar, abriu a minha porta. Ele ainda vestia o sobretudo. Eu estava sentada na beira da cama, fitando a parede de braços cruzados.

— O que aconteceu? — perguntou.

Quando lhe contei (fazendo o melhor que pude para manter minha postura como a de uma Viga de Aço Solta, perigosa e implacável), Papai se transformou naqueles objetos que ficavam girando em espiral nas entradas das antigas barbearias. Ficou vermelho quando viu a mancha vermelha no meu rosto, branco quando o acompanhei até o andar de baixo e reconstruí habilmente a cena (incluindo trechos do próprio diálogo, a posição exata em que fui brutalmente arremessada ao chão e a revelação feita pela Eva de que o Papai era "um *pequeno*"), e, quando subimos novamente as escadas e lhe mostrei a caixa cheia de restos de borboletas e mariposas, novamente vermelho.

— Se eu soubesse que uma coisa assim era possível — tentou o Papai outra vez —, que ela poderia se transformar numa Cila, que na minha opinião é *pior* que Caríbdis, eu teria *assassinado* essa louca. — Apoiou a toalha cheia de gelo na minha bochecha. — Devo pensar em que medidas tomar.

— Como você a conheceu? — perguntei num tom obscuro, sem olhar para ele.

— É claro, já ouvi histórias dessa natureza da boca de colegas, vi os filmes, *Atração fatal* sendo o caso proto...

— *Como, Pai?* — gritei.

Ele foi pego de surpresa pela minha voz, mas em vez de se enfurecer, apenas levantou o gelo e, com uma expressão de grande preocupação (imitando a enfermeira de *Por quem os sinos dobram*), tocou minha bochecha com as costas dos dedos.

— Como foi que eu... vamos ver, como foi... setembro passado — falou, pigarreando. — Fiz aquela segunda visita à sua escola, para discutir o seu lugar no ranking de alunos. Lembra? Acabei me perdendo. Aquela orientadora excêntrica, a tal da Ronin-Smith... pediu que a encontrasse numa outra sala, pois o escritório dela estava sendo pintado. Mas me indicou o local errado, e assim fui como um imbecil à sala 316 do Pavilhão Hanover, e encontrei um desagradável professor de história, de barba grande, tentando esclarecer, sem muito sucesso, pelo que se notava nos olhares dormentes da turma, o Como e o Por Quê da Era Industrial. Parei no escritório central para perguntar qual era o local correto, e encontrei a srta. Brewster, essa maníaca.

— E foi amor à primeira vista.

Papai fitou a caixa com os restos, deixada no chão.

— E pensar que tudo isto poderia ter sido evitado se aquela paspalha simplesmente dissesse Edifício *Barrow*, 316.

— Não é engraçado.

Ele balançou a cabeça.

— Foi um erro não ter lhe contado. Me desculpe. Mas eu não me sentia bem com isso, ter uma — prendeu a respiração, desconfortável — *conexão* com alguém da sua escola. É claro, eu não queria que a coisa crescesse desse jeito. No começo, tudo parecia bastante inofensivo.

— Foi o que os alemães disseram quando perderam a Segunda Guerra Mundial.

— Assumo toda a responsabilidade. Fui um idiota.

— Um mentiroso. *Traiçoeiro. Ela* te chamou de mentiroso. E estava certa...

— Estava.

— ...você mente sobre tudo e todos. Até quando diz, "Que bom te ver".

Desta vez ele não respondeu, apenas suspirou.

Cruzei os braços, ainda fitando indignada a parede, mas não afastei a cabeça quando ele recolocou a toalha gelada sobre a minha bochecha.

— Pelo visto — falou — vou ter que chamar a polícia. Isso, ou a opção mais interessante. Ir até a casa dela com uma pistola obtida ilegalmente.

— Você não pode chamar a polícia. Não pode fazer nada.

Ele olhou para mim, espantado.

— Mas achei que você quisesse ver aquele monstro atrás das grades.

— Ela é só uma mulher normal, Pai. E você não a tratou com respeito. Por que ignorou os telefonemas dela?

— Acho que não estava com muita vontade de conversar.

— Ignorar telefonemas é a forma mais cruel de tortura no mundo civilizado. Você não leu *Omissão de socorro: crise na América solteira*?

— Acho que não...

— O mínimo que você pode fazer agora é deixá-la em paz.

Papai esteve prestes a dizer algo mais, mas se conteve.

— Enfim, para quem eram as flores? — perguntei.

— Hã?

— Essas flores de que ela falou...

— Para a Janet Finnsbroke. Uma das administradoras do departamento, nascida no Período Paleozóico. Cinqüenta anos de casada. Achei que seria simpático... — os olhos do Papai encontraram os meus. —... não, pode ter certeza de que *não* estou apaixonado por ela. Pelo amor de Deus.

Fingi não perceber, mas, sentado ali na beira da minha cama, o Papai parecia um pouco abatido. Um olhar perdido, até mesmo humilhado, rondava-lhe o rosto (bastante surpreso de estar ali). Vendo-o daquela forma, tão não-Papai, fiquei com pena — mas não deixei esse sentimento transparecer. Essa expressão perplexa me fez lembrar daquelas fotografias nada enaltecedoras de presidentes que o *New York Times* e outros jornais adoravam colocar na primeira página para mostrar ao mundo a aparência do Grande Líder entre os acenos encenados, os discursos decorados, os apertos de mão ensaiados — nem um pouco sólido e sóbrio, nem mesmo firme, simplesmente frágil e tolo. E embora essas fotografias reveladoras fossem divertidas, quando paramos de fato para *pensar* no assunto, as implicações subjacentes que nos trazem são assustadoras, pois indicam o quão delicado é o equilíbrio das nossas vidas, o quão tênues são nossas calmas existências, quando esse é o homem que nos comanda.

CAPÍTULO 21

AMARGO PESADELO

E assim, chegamos à parte perigosa da minha história.

Se esta narrativa fosse um relato corriqueiro da história da Rússia, este capítulo seria a descrição feita por um proletário da Grande Revolução Socialista Soviética de Outubro de 1917, se fosse uma história da França, seria a decapitação de Maria Antonieta, se fosse uma crônica dos Estados Unidos, seria o assassinato de Abraham Lincoln por John Wilkes Booth.

"Todos os contos de valor possuem algum elemento de violência", dizia o Papai. "Se não acredita, apenas reflita por um momento sobre o profundo horror que alguém sente ao notar algo ameaçador à sua porta, ouvi-lo bufar e então, cruelmente, impiedosamente, *derrubar a casa aos sopros*. É tão horripilante quanto qualquer história na CNN. Mas o que seria de 'Os três porquinhos' sem tamanha brutalidade? Ninguém jamais teria ouvido falar deles, pois a alegria e a placidez não servem para ser narradas em volta da fogueira ou por uma âncora de noticiário que usa maquiagem carregada e mais brilho nas pálpebras que uma pena de pavão."

Não estou tentando dizer que a minha narrativa esteja à altura das complexas histórias mundiais (que valeriam, cada uma, mais de mil páginas em letras miúdas) ou de fábulas de mais de trezentos anos de idade. No entanto, não podemos deixar de notar que a violência, apesar de oficialmente abominada nas culturas Ocidental e Oriental (apenas oficialmente, pois nenhuma cultura, moderna ou antiga, jamais hesitou em utilizá-la para satisfazer seus próprios interesses), é inevitável nos momentos de mudança.

Sem o incidente perturbador ocorrido neste capítulo, eu jamais teria me incumbido da tarefa de escrever esta história. Eu não teria sobre o quê escrever. A vida em Stockton teria prosseguido exatamente como era, tão plácida e ordenadamente autocontida quanto a Suíça, e quaisquer incidentes estranhos — Cottonwood, a morte de Smoke Harvey, aquela estranha conversa com a Hannah antes do recesso de Natal — seriam certamente considerados eventos incomuns, mas no fim das contas, nada que não pudesse ser revisto e explicado pela Providência, sempre míope e previsível.

Não consigo deixar de antecipar um pouco as coisas, correr à frente (de maneira bastante parecida à de Violet Martinez nas Grandes Montanhas Nebulosas), e assim, dado este lapso de paciência, vou apenas saltitar pelos dois meses que se passaram entre o dia em que Eva destruiu a coleção de borboletas da minha mãe e a nossa viagem para acampar, que a Hannah, apesar da nossa evidente falta de entusiasmo ("Não vou, nem que me paguem", jurou a Jade), afirmava estar marcada para o fim de semana de 26 de março, o início do recesso da primavera.

— Não se esqueçam de levar tênis de caminhada — lembrou-nos.

St. Gallway seguiu em frente com determinação (ver capítulo 9, "A batalha de Stalingrado", *A grande guerra patriótica*, Stepnovich, 1989). Com exceção à Hannah, quase todos os professores voltaram dos feriados de fim de ano alegremente idênticos, a não ser por pequenas e agradáveis melhorias nas aparências: um novo casaco Navajo vermelho (prof. Archer), sapatos novos e brilhantes (prof. Moats), uma nova tinta que transformava o cabelo em algo que precisava ser conscientemente combinado com as roupas, como um desenho xadrez (profa. Gershon). Essas pequenas distrações faziam-nos ponderar, durante as aulas, *quem* teria dado aquele casaco ao prof. Archer, ou como o prof. Moats deveria se sentir inseguro em relação à sua altura, pois aqueles sapatos tinham solas grossas como barras de manteiga, ou a expressão exata na cara da profa. Gershon quando o cabeleireiro lhe retirou a toalha da cabeça e disse: "Não se preocupe. O tom violeta só parece exagerado agora porque está molhado."

Os alunos de St. Gallway também continuavam iguais, hábeis como roedores na tarefa de procurar, armazenar, enterrar e comer uma enorme quantidade de alimentos vegetais apesar dos escândalos nacionais humilhantes e dos eventos mundiais aterrorizantes. ("Este é um momento crítico na história do nosso país", informava-nos sempre a profa. Sturds durante os Anúncios Matinais. "Temos que ter certeza de que, dentro de vinte anos, poderemos olhar para trás e nos sentir orgulhosos. Leiam os jornais. Vejam as notícias. Tomem partido. Tenham opiniões.") Maxwell Stuart, o presidente do grêmio estudantil, revelou planos elaborados para fazer um Churrascão Sertanejo da Primavera, com quadrilhas, uma banda de *bluegrass* e um Concurso de Professores-Espantalhos; o prof. Carlos Sandborn, de história mundial, parou de usar gel no cabelo (não mais parecia molhado, como se acabasse de vir da aula de natação, e sim soprado pelo vento, como se acabasse de fazer acrobacias num monomotor); e o prof. Frank Fletcher, maharishi das palavras cruzadas e monitor do estudo dirigido do turno da manhã, estava em pleno processo de divórcio; sua mulher, Evelyn, aparentemente o expulsara de casa (no entanto, ninguém sabia se os círculos profundos que ele tinha sob os olhos se deviam ao divórcio ou às palavras cruzadas), alegando Diferenças Irreconciliáveis.

— Acho que enquanto estavam dando umazinha na noite de Natal, o prof. Fletcher falou "Vertical, quatro", em vez de "Vera, de quatro". Foi a gota d'água — disse Dee.

Eu sempre encontrava o Zach na aula de física, mas além de alguns ois, não chegamos realmente a conversar. Ele nunca mais se materializou ao lado do meu armário. Uma vez, durante uma aula no Laboratório, acabamos nos encontrando no fundo da sala e, bem no momento em que ergui os olhos do meu caderno e sorri, ele se chocou contra a quina de uma das bancadas e derrubou espontaneamente o que estava carregando, um porta-tubos e um conjunto de massas conhecidas. Porém, mesmo enquanto apanhava o material, ele não disse palavra alguma, apenas voltou imediatamente para a frente da sala (e para sua dupla, Krista Jibsen) com uma expressão de porta-voz oficial na cara. Não consegui decifrar o que ele estaria pensando.

Atrapalhadas, também, foram as ocasiões em que cruzei com Eva Brewster nos corredores. As duas fingimos estar sofrendo os efeitos de Caminhar e Pensar Numa Idéia Elaborada ao Mesmo Tempo (Einstein padecia disso, assim como Darwin e de Sade), o que fazia com que a pessoa se tornasse alheia a tudo o que a cercava de um modo que se aproximava a um blecaute temporário ou à completa perda da consciência (e, enquanto passávamos uma pela outra, os nossos olhos caíam como as cortinas de cidade do interior quando uma prostituta passa por ali em busca de acomodação).

Senti como se eu agora conhecesse um segredo sombrio e macabro sobre Eva (em algumas raras ocasiões, ela se transformava num lobisomem), e ela me detestasse por conhecê-lo. Ao mesmo tempo, enquanto ela marchava pelo corredor com uma expressão absorta, com um leve perfume que cheirava a limão, como se houvesse borrifado no pescoço um limpador de bancada de cozinha, pude jurar ter detectado, nas ondulações do seu casaco bege, no ângulo do seu pescoço carnudo, que estava arrependida e que voltaria atrás, se pudesse. Mesmo que não tivesse coragem de dizer aquilo diretamente (tão poucas pessoas tinham coragem de dizer as coisas), aquilo me deixou menos ansiosa, como se eu a compreendesse um pouco.

O descontrole de Eva Brewster teve alguns efeitos construtivos, como ocorre com todos os desastres e tragédias (ver *O efeito Dresden*, Trask, 2002). Papai, ainda sentindo-se culpado pela Gatinha, adotou modos permanentemente contritos que, para mim, foram revigorantes. No dia em que voltamos de Paris, fiquei sabendo que havia sido aceita em Harvard, e finalmente celebramos esse marco numa tempestuosa noite de sexta-feira no começo de março. Ele vestiu sua camisa social da Brooks Brothers, com abotoaduras de ouro; eu apenas abotoei um vestido verde-chiclete da *Au Printemps*. Papai escolheu o restaurante quatro estrelas com base apenas no nome: Quixote.

O jantar foi inesquecível por diversos motivos. Um deles foi que o Papai, numa exibição pouco característica de autocontrole, não deu atenção alguma à nossa deslumbrante garçonete, voluptuosa como um frasco de pescoço longo, que tinha um queixo maravilhosamente duplo. Seus olhos cor-de-café atravessaram o Papai inteiramente enquanto ela anotava o nosso pedido, e novamente quando perguntou ao Papai se queria pimenta fresca (*"Quer mais [pimenta]?"*, perguntou, suspirante). Ainda assim, Papai se manteve determinadamente indiferente a essa intromissão, de modo que, um tanto frustrados, os olhos da moça voltaram para o lugar de onde tinham vindo ("Menu de sobremesas", anunciou sombria ao final da refeição).

"Para a minha filha", disse grandiosamente o Papai, batendo o copo de vinho na borda da minha Coca-Cola. Uma mulher de meia-idade na mesa ao lado, com jóias pesadas como ferramentas domésticas e um marido corpulento (que ela parecia ansiosa por descarregar como grandes bolsas de compras), girou o pescoço e sorriu alegremente para nós pela trigésima vez (Papai, aquele entusiasmante exemplo de Paternidade: bonitão, dedicado, vestindo um terno de lã escocesa).

— Que os seus estudos prossigam até o fim dos seus dias — falou. — Que você siga um caminho iluminado. Que lute pela verdade... a sua verdade, e não a de outro alguém... e possa entender, sobre todas as coisas, que você é o conceito, a teoria e a filosofia mais importante que já conheci.

A mulher foi praticamente derrubada da cadeira pela eloqüência do Papai. Achei que ele estivesse parafraseando um brinde irlandês, mas posteriormente verifiquei o livro *Além das palavras* (1999), de Killing, e não o encontrei. Aquilo era o Papai.

∽

Na sexta-feira, 26 de março, com a mesma inocência dos troianos enquanto se reuniam ao redor do estranho cavalo de madeira parado ante os portões da sua cidade, maravilhados com a perícia com que havia sido construído, Hannah conduziu a caminhonete amarela, onde se lia ALUGA-SE, pelo estacionamento de terra do Acampamento Alvorada e estacionou na Vaga 52. Estava inteiramente vazio, a não ser por um encurvado Pontiac azul parado em frente à bilheteria (uma placa de madeira torta balançava sobre a porta como um band-aid: ENTRADA) e por um trailer enferrujado ("Sonhos Solitários") encostado sob um carvalho evangélico. (Estava no meio de alguma violenta iluminação, os ramos esticados em direção ao céu como se tentassem segurar os pés do Senhor.) O céu branco estava passado, engomado e dobrado ordenadamente atrás das montanhas onduladas. Havia lixo rondando o estacionamento, trazendo mensagens criptografadas em garrafas: batatinhas fritas, bolinhos ingleses, um laço roxo desfiado. Em algum momento durante a semana anterior parecia ter caído uma chuva de pontas de cigarro.

Nenhum de nós sabia ao certo como tinha ido parar ali. Desde o começo, não demonstramos nenhum entusiasmo com a idéia de acampar (nem mesmo a Leulah, que era sempre a primeira a topar qualquer coisa), e ali estávamos, usando calças jeans velhas e sapatos de caminhada desconfortáveis, com inchadas mochilas de camping alugadas na Montanhismo Céu Azul tombadas sobre as janelas de trás da caminhonete, feito homens gordos tirando uma soneca. Um cantil vazio e nervoso, uma bandana cansada, o chacoalhar dos sucrilhos e do macarrão instantâneo, a evaporação súbita de um frasco inteiro de solução para lentes de contato, resmungos irregulares de "Espera aí, quem pegou a minha parca corta-vento?"— tudo aquilo era uma prova da influência da Hannah, do seu modo impressionante, embora sutil, de nos convencer a fazer alguma coisa mesmo que houvéssemos jurado a todos, inclusive a nós mesmos, que jamais o faríamos.

Por razões que nunca discutimos, Nigel e eu não contamos nada aos demais sobre as matérias de jornal que encontramos ou sobre Violet May Martinez, mas quando estávamos a sós, ele as debatia incessantemente. Histórias reais sobre desaparecimentos não resolvidos tinham a tendência de rondar os confins mais sombrios da nossa mente muito tempo depois de lermos sobre eles — esse era, sem dúvida, o motivo pelo qual o relato de Conrad Hiller, mal escrito e pessimamente pesquisado, sobre dois seqüestros de adolescentes em Massachusetts, *Belos jovens*, durou sessenta e duas semanas na Lista dos Mais Vendidos do *New York Times*. Histórias como essas se difundiam como morcegos, voando por aí à menor provocação, circundando a nossa cabeça, e embora soubéssemos que não tinham relação alguma conosco, que o nosso destino provavelmente não seria como o daquelas pessoas, ainda assim sentíamos um misto de medo e fascinação.

— Trouxeram tudo o que precisam? — cantarolou Hannah enquanto refazia os nós dos vibrantes cadarços vermelhos das suas botas de couro. — Não podemos voltar para a caminhonete, então confiram se pegaram as mochilas e os mapas. *Não* esqueçam os mapas que eu dei a vocês. É muito importante saberem onde estão enquanto caminhamos. Estamos seguindo a Trilha do Riacho Escalvado, vamos passar pelo Monte Abram e chegar ao Cume Açucarado. Dali seguimos a nordeste, e a área de camping fica a seis quilômetros da Estrada do Passo Novo, esta linha grossa, vermelha. Estão vendo no mapa?

— Tranqüilo — disse Lu.

— O kit de primeiros socorros. Quem pegou?

— Eu — respondeu Jade.

— Excelente. — Hannah sorriu, com as mãos nos quadris. Estava vestida à altura para a ocasião: calça cáqui, uma camiseta preta de mangas compridas, um colete verde volumoso, óculos escuros espelhados. Tinha na voz um entusiasmo que eu não ouvia desde o semestre anterior. Durante os últimos jantares de domingo, todos sabíamos muito bem que ela não parecia a mesma de antes. Alguma coisa muito sutil dentro dela estava diferente, uma mudança difícil de localizar; era como se um quadro numa casa, que estivesse no mesmo lugar há anos, houvesse sido secretamente mudado de lugar dois centímetros para a direita. Ela nos escutava como sempre, interessava-se igualmente pelas nossas vidas, falava sobre o trabalho voluntário no abrigo de animais, um papagaio que ela planejava adotar — mas não parecia rir como antes, aquele riso de menininha, como alguém chutando pedrinhas. (Como dissera o Nigel, aquele corte de cabelo era "uma eterna água no chope da Hannah".) Ela apresentava uma maior tendência a meneios silenciosos e olhares abstratos, e era difícil saber se aquela nova reticência era involuntária, se era fruto de algum sofrimento inexplicável, que se enraizara e espalhara por dentro dela como um musgo, ou se era intencional, para que todos nos preocupássemos com o que a estivesse inquietando. Eu sabia que certas Moscas de Verão se colocavam voluntariamente em humores anormais, que variavam do taciturno ao delicado, apenas para que o Papai lhes perguntasse, em tons atormentados, se havia qualquer coisa que ele pudesse fazer. (Na verdade, a resposta do Papai ante esse tipo de comportamento calculado era comentar que ela parecia cansada e sugerir que fossem dormir cedo naquela noite.)

Depois do jantar, Hannah não mais nos fazia ouvir "No Regrets", de Billie Holiday, acompanhando-a com sua voz grave, tímida e absolutamente desafinada; em vez disso, ficava sentada na poltrona, meditativa, acariciando Lana e Turner, sem dizer uma só palavra, enquanto os demais conversávamos compenetrados sobre a faculdade, ou sobre a esposa do diretor Havermeyer, Gloria, que estava grávida de gêmeos e carregava a grande barriga pelo colégio com a mesma satisfação de Sísifo com sua pedra, ou então sobre a história ultrajante que se tornara pública em março, segundo a qual a profa. Sturds e o prof. Butters estavam secretamente noivos desde o Natal (um casal tão duvidoso quanto um bisão americano com uma cobra-de-água).

Os esforços que fazíamos, tanto os furtivos como os evidentes, para que a Hannah se juntasse às nossas conversas, eram como jogar vôlei de praia com uma bola de boliche. E ela quase não tocava na comida que preparava com tanto esforço, apenas a remexia no prato como um pintor nada inspirado com uma paleta de óleos maçantes.

Agora, pela primeira vez nos últimos meses, ela estava num ótimo humor. Movia-se com a rapidez vibrante de um pardal.

— Estamos todos prontos? — perguntou.

— Para o quê? — perguntou Charles.

— Quarenta e oito horas de inferno — disse Jade.

— Para nos tornarmos um com a natureza. Todos pegaram os mapas?

— Pela vigésima vez, já pegamos os malditos *mapas* — disse Charles, batendo as portas de trás da caminhonete.

— Perfeito — disse Hannah animada, e, assegurando-se de que todas as portas estavam trancadas, pôs a enorme mochila azul nos ombros e começou a caminhar em direção ao bosque, do lado oposto do estacionamento. — E foi dada a largada! — gritou por sobre o ombro. — A Velha Schneider sai na frente e retém a liderança. Milton Black se move pela lateral. Leulah Maloney vem em quinto lugar. Na curva final serão Jade e Blue lutando até a linha de chegada. — Hannah riu.

— Do que ela está falando? — perguntou Nigel, fitando as costas da Hannah.

— Vai saber — disse Jade.

— Vamos andando, puros-sangues! Temos que chegar lá nas próximas quatro horas, senão vamos acabar caminhando no escuro.

— Ótimo — disse Jade, revirando os olhos. — Ela finalmente pirou de vez. E não podia ter pirado enquanto estávamos protegidos pela civilização. Não, ela precisava pirar agora que estamos no meio do nada, cercados apenas por cobras e árvores e sem ninguém para nos resgatar além de uma tropa de malditos coelhos.

Nigel e eu nos entreolhamos. Ele deu de ombros.

— Mas que diabo? — falou. Exibindo por um instante seu minúsculo sorriso, como um espelho de bolso refletindo a luz, deu de ombros e seguiu atrás dela.

Eu esperei um pouco, observando os outros. Por algum motivo, não queria ir. Não estava com medo, nem apreensiva, apenas tinha a sensação de que teria algo muito cansativo pela frente, algo que, de tão vasto, eu não conseguia enxergar inteiramente, e não sabia se teria força suficiente para encará-lo (ver *Nada além de uma bússola e um eletrômetro: a história do capitão Scott e da grande corrida pela conquista da Antártida*, Walsh, 1972).

Ajustando as alças da minha mochila, segui atrás deles.

Alguns metros à minha frente, no início da trilha, Jade tropeçou numa raiz.

— Ai, fantástico. Simplesmente fantástico — falou.

A Trilha do Riacho Escalvado, que seguia a noroeste (uma linha preta pontilhada no mapa da Hannah), começava bastante amigável; era tão larga quanto os ombros da profa. Rowley, minha professora da segunda série na escola primária de Wadsworth, e estava revestida de húmus e do sol do fim da tarde e era ladeada por pinheiros finos, frágeis e esvoaçantes, como o cabelo do rabo-de-cavalo da profa. Rowley ao final do dia. (Ela possuía o invejável talento de "virar qualquer cara feia do avesso" e de "transformar qualquer resmungo em sorriso".)

— Talvez não seja tão ruim assim — disse Jade, virando-se e sorrindo enquanto caminhava, com passos pesados, à minha frente. — Tipo, até que *é* meio divertido.

Uma hora depois, no entanto, depois que Hannah gritou para que "ficássemos à direita na encruzilhada", a trilha revelou seu verdadeiro caráter, não mais assemelhando-se à profa. Rowley, e sim à rabugenta profa. Dewelhearst, do Colégio Howard, que usava roupas marrons, tinha uma postura que parecia imitar o cabo de um velho guarda-chuva e uma cara tão envelhecida que mais parecia uma noz que um ser humano. A trilha se tornou mais estreita, forçando-nos a seguir em fila indiana em relativo silêncio enquanto desviávamos de dolorosos arbustos cheios de espinhos e da folhagem que recobria o caminho. ("Nem um pio durante a prova, caso contrário vão repetir de ano e a vida de vocês será arruinada para sempre", grasnava a profa. Dewelhearst.)

— Isto *dói* pra cacete — disse Jade. — Preciso de um anestésico local para as minhas pernas.

— Pára de reclamar — reprimiu Charles.

— Como estão todos? — gritou Hannah à nossa frente, subindo o morro de costas.

— Maravilhoso, maravilhoso. É quase um parque de diversões.

— Só falta meia hora para o primeiro mirante!

— Vou me jogar lá de cima — disse Jade.

Seguimos em frente. Dentro do bosque, com sua infindável procissão de pinheiros desnutridos, arbustos de orelhas caídas e pálidas pedras cinzentas, o tempo parecia acelerar e frear sem nenhuma provocação. Caí numa estranha calmaria enquanto avançava lentamente, fechando a fila, fitando durante minutos a fio as meias vermelhas da Jade, que chegavam até os joelhos (e estavam puxadas por cima da calça, uma precaução contra cascavéis), as pesadas botas marrons que lagarteavam pela trilha e as manchas moribundas de luz dourada que tingiam o solo. Os sete parecíamos ser as únicas coisas vivas num raio de quilômetros (a não ser por uns poucos pássaros invisíveis e um esquilo cinzento que circundou o tronco de uma árvore), e era impossível não nos perguntarmos se a Hannah estaria realmente certa, se aquela experiência que nos estava forçando a viver seria, de fato, uma porta para algo mais, um novo e corajoso entendimento do mundo. Os pinheiros espumavam, imitando o oceano. Uma ave bateu as asas, subindo, subindo rapidamente, como uma bolha de ar, até o céu.

Estranhamente, a única pessoa que não parecia ter caído nesse feitiço fatigante era a Hannah. Sempre que a trilha enrijecia, formando uma linha reta, eu a via atrasar um pouco o passo para caminhar ao lado da Leulah e conversar animada — um pouco animada *demais* —, concordando com o que a Lu dizia e fitando-a como se quisesse memorizar suas expressões. E ria de vez em quando, um ruído áspero e abrupto, perfurando a paz suave que nos rodeava.

— Sobre o que será que estão fofocando? — disse Jade.

Dei de ombros.

∽

Chegamos ao primeiro mirante, o Monte Abram, ao redor das 18h15. Era uma grande saliência rochosa à direita da trilha; abria-se como um palco, revelando uma grande extensão de montanhas.

— Ali é o Tennessee — disse Hannah, protegendo os olhos da luz do sol.

Ficamos parados ao lado dela, fitando o Tennessee. O único ruído próximo foi feito por Nigel, desembrulhando o pacote de biscoitos de amora que acabava de tirar da mochila. (Assim como os peixes são impérvios ao afogamento, Nigel era impérvio a todos os Momentos Calmos e Profundos.) O ar frio me apertava a garganta, os pulmões. As montanhas se abraçavam sérias, do modo como os homens abraçam uns aos outros, sem tocarem os peitos. Finas nuvens lhes pendiam ao redor dos pescoços, e as montanhas mais distantes, as que estavam desmaiadas no horizonte, eram tão pálidas que tornava-se difícil saber onde terminavam suas costas e onde começava o céu.

Aquela imagem me entristeceu, mas suponho que qualquer pessoa, ao se deparar com uma enorme extensão de terra, cheia de luz e brumas, cheia de asfixia e infinitude, sente-se triste — "a eterna melancolia humana", nas palavras do Papai. É inevitável pensarmos não apenas na escassez de alimentos, de água potável, nos índices assustadoramente baixos de alfabetização entre adultos e na expectativa de vida em diversos países em desenvolvimento, como também naquele velho pensamento sobre quantas pessoas estavam, naquele exato momento, nascendo, e quantas estavam morrendo, e que nós, como outros cerca de 6,2 bilhões de pessoas, estávamos apenas no meio desses monótonos marcos, marcos que, quando ocorrem conosco, são como se a Terra se partisse ao meio, mas que no contexto da edição de 2003 do *Livro dos números geográficos mundiais*, de Hichraker, ou de *Ver o cosmos num grão de areia: a natividade do universo* (2004), de M.C. Howard, eram corriqueiros, absolutamente desinteressantes. Faziam-nos sentir como se a nossa vida não fosse mais fundamental que a de um pinheiro.

— *Foda-se!* — gritou Hannah.

Não se ouviu nenhum eco, como se ouviria num desenho do Pernalonga; ao contrário, o grito foi engolido imediatamente, como um dedal jogado no mar. Charles se virou e a encarou. A expressão que tinha no rosto indicava claramente que, para ele, a Hannah tinha enlouquecido. Os outros nos remexemos como bois nervosos num caminhão.

— *F-Foda-se!* — gritou outra vez, com a voz rouca.

Virou-se para nós.

— Vocês todos deveriam dizer alguma coisa.

Respirou fundo mais uma vez, inclinou a cabeça para trás e fechou os olhos como alguém que se prepara para tomar sol numa espreguiçadeira. Suas pálpebras tremeram, seus lábios também.

— *Que ao casamento de almas verdadeiras não haja oposição!* — gritou.

— Tá tudo bem? — perguntou Milton, rindo.

— Não tem nada de engraçado nisto — disse a Hannah, com uma cara séria. — Coloque um pouco de gana na coisa. Finja que você é um fagote. E então diga alguma coisa. Alguma coisa que venha da sua alma. — Respirou fundo. — *Henry David Thoreau!*

— *Não tenha medo de ter medo!* — soltou a Leulah, um tanto abruptamente, esticando o queixo como uma criança num campeonato de cuspe.

— Legal — disse Hannah.

Jade bufou.

— Ai, meu Deus. Como é, vamos nascer de novo depois desta experiência?

— Não consegui ouvir o que você disse — disse Hannah.

— Isto é *ridículo* pra cacete! — gritou Jade.

— Melhor.

— Diacho — disse Milton.

— Fracote.

— *Diacho!*

— Jenna Jameson? — gritou Charles.

— Isso é uma pergunta ou uma resposta? — disse Hannah.

— *Janet Jacme!*

— *Me tirem daqui, porra!* — gritou Jade.

— *Determine limites e objetivos com igual precisão!*

— *Eu quero ir pra porra da minha casa!*

— *Diga oi para a minha amiguinha!* — berrou Nigel, com a cara vermelha.

— *Sir William Shakespeare!* — gritou Milton.

— Ele não era um *sir* — disse Charles.

— Era sim.

— Não tinha título de cavaleiro.

— Deixa pra lá — disse Hannah.

— *Jenna Jameson!*

— Blue? — perguntou Hannah.

Não sei por que eu não havia gritado nada. Senti-me como uma pessoa que não conseguia se livrar da própria gagueira. Acho que eu estava tentando pensar em alguém com um sobrenome razoável, alguém que merecesse o privilégio de ser lançado ao vento. Tchekov, estive prestes a dizer seu nome, mas parecia forçado, mesmo se eu acrescentasse o primeiro nome. Dostoiévski era longo demais. Platão parecia irritante, como se eu estivesse tentando ganhar de todo mundo ao escolher A Própria Raiz da Civilização e do Pensamento Ocidental. Nabokov ganharia a aprovação do Papai, mas ninguém, nem mesmo o Papai, parecia ter muita certeza da pronúncia. ("NA-bo-kov" estava incorreto, era a pronúncia de amadores que compravam *Lolita* com a impressão de que era um romance barato; no entanto, "Na-BO-kov" saía como o disparo de uma pistola defunta.) Com Goethe era ainda pior. Molière seria uma escolha interessante (ninguém até agora tinha mencionado um francês), mas gritar o R gutural era problemático. Racine era obscuro demais, Hemingway machão demais, Fitzgerald era legal, mas no fim das contas o que ele tinha feito com a Zelda era imperdoável. Homero era uma boa escolha, mas Papai dizia que os *Simpsons* tinham arruinado sua reputação.

— *Se-seja verdadeiro com você mesmo!* — gritou Leulah.
— *Scorcese!*
— *Comporte-se!* — disse Milton.
— Essa não é boa — disse Hannah. — Nunca se comporte.
— *Nunca se comporte.*
— *Imagem não é nada!*
— *Viva o novo!*
— Não confiem nos chavões das propagandas que lhes dizem como vocês devem se sentir — disse Hannah. — Usem as próprias palavras. O que vocês têm a dizer, o que tiverem no coração, sempre é poderoso.
— *Braços inteiros cobertos por tatuagens!* — gritou Jade. A cara dela agora estava inteiramente amassada pelas emoções, como um pano de chão.
— Blue, você está pensando demais — disse Hannah, virando-se para mim.
— Eu... ah... — falei.
— *Os contos de Canterbury!*
— *Profa. Eugenia Sturds! Que ela viva feliz para sempre ao lado do prof. Mark Butters, mas que não procriem, para não aterrorizarem o mundo com a sua prole!*
— Diga a primeira coisa que lhe vier à cabeça...
— *Blue van Meer!* — soltei.

As palavras escorregaram como um grande peixe. Gelei. Rezei para que ninguém me houvesse escutado, que o peixe nadasse pelo ar, bem longe dos ouvidos de todos os outros.

— *Hannah Schneider!* — gritou Hannah.
— *Nigel Creech!*
— *Jade Churchill Whitestone!*
— *Milton Black!*

— *Leulah Jane Maloney!*
— *Doris Richards, minha professora da quinta série que tinha peitos incríveis!*
— *Pode crer!*
— Vocês não precisam ser grosseiros para serem inflamados. Tenham coragem de ser verdadeiros. E sérios.
— *Nunca ouça as coisas horríveis que as pessoas falam de você só porque têm inveja do seu talento e da sua beleza!* — Leulah afastou o cabelo do rosto pequenino e comportado. Tinha lágrimas nos olhos. — *Devemos... devemos perseverar apesar das grandes adversidades! Não podemos nunca desistir!*
— Não sejam assim só aqui em cima — disse Hannah. Apontou para as montanhas. — Sejam assim lá embaixo.

⁓

A caminhada restante até o Cume Açucarado (que era agora uma perturbadora linha pontilhada no nosso mapa sem legenda) levou mais duas horas, e Hannah nos avisou que precisaríamos apertar o passo caso quiséssemos chegar antes do anoitecer.

Enquanto caminhávamos, com a luz cada vez mais fraca, pinheiros ossudos amontoando-se cada vez mais perto de nós, Hannah se meteu mais uma vez numa conversa privada, desta vez com o Milton. Estava caminhando muito perto dele (*tão* perto que, em certos momentos, ela com a grande mochila azul e ele com a vermelha, colidiam como carrinhos bate-bate.) Ela concordou com algo que ele disse, seu grande corpo estava encurvado do lado em que ela estava, como se ela fosse a causa dessa erosão.

Eu conhecia bastante bem o sentimento de bajulação que todos tínhamos quando a Hannah falava conosco em particular — quando abria a nossa tímida capa, dobrava ousadamente a nossa lombada, fitava o nosso interior, as nossas páginas, procurando o ponto em que tinha parado de ler na última vez, ansiosa por descobrir o que acontecia a seguir. (Ela sempre lia com grande concentração, fazendo com que cada um pensasse ser seu livro preferido, até que ela o largasse e começasse a ler um outro com a mesma intensidade.)

Vinte minutos depois, Hannah estava falando com o Charles. Caíram numa gargalhada estridente como duas gaivotas, ela o tocou no ombro, puxando-o para si, ficaram com os braços e mãos entrelaçados por um momento.

— Ora, não são um casal feliz? — disse Jade.

Menos de quinze minutos depois, Hannah se pôs a caminhar ao lado do Nigel (cuja cabeça baixa e olhares de relance indicavam que ele a ouvia com certa inquietação), e pouco depois, pôs-se à minha frente, conversando com a Jade.

Naturalmente presumi que, por fim, ela logo viria falar comigo, que aquela era uma Conferência Hannah-Aluno e que eu, fechando a retaguarda, seria a última da lista. Mas quando terminaram aquela conversa — a Hannah estava encorajando a Jade a se candidatar a um estágio de verão no jornal *The Washington Post* ("Lembre-se de tratar bem a você mesma", escutei-a dizer) —, ela sussurrou algo mais, deu-lhe um rápido beijo na bochecha e se apressou para a frente da nossa procissão, sem sequer olhar na minha direção.

— Tudo bem! Não se preocupem, pessoal! — gritou. — Já estamos quase lá!

Eu estava num misto de indignação e melancolia quando chegamos ao Cume Açucarado. Sempre tentamos não dar muita atenção a um favoritismo patente ("Nem todos podem fazer parte do Fã-Clube Van Meer", observava o Papai), mas quando ele era jogado na nossa cara de maneira tão desavergonhada, era impossível não nos sentirmos magoados, como se todos os demais pudessem ser pinheiros e nós fôssemos forçados a ser um arbusto. Por sorte, os outros não perceberam que ela não falou comigo, e assim, quando a Jade largou a mochila no chão, esticou os braços sobre a cabeça com um grande sorriso alvorecendo-lhe no rosto e falou:

— Ela realmente sabe o que dizer, não *sabe*? *Impressionante*.

Confesso que menti; concordei enfaticamente e falei:

— Sabe mesmo.

— Vamos tentar montar as barracas primeiro — disse Hannah. — Vou ajudar com a primeira. Antes, dêem uma olhada naquela vista! Vocês vão ficar sem palavras!

Apesar do evidente entusiasmo da Hannah, aquela área de camping me pareceu monótona e anticlimática, especialmente depois do majestoso Monte Abram. O Cume Açucarado consistia numa clareira de terra circular ladeada por pinheiros sarnentos, com as cinzas de uma fogueira e uns poucos troncos recentemente queimados, de bordas macias e cinzentas como os focinhos de velhos cães. Mais à direita, além de um grupo de pedras largas, havia uma protuberância rochosa, estreita como uma porta quase fechada, onde podíamos nos sentar e escutar o que dizia uma serra árida e arroxeada que dormia sob um surrado lençol de neblina. Naquele momento, o sol já havia escoado no horizonte. Finos laranjas e amarelos coagulavam o horizonte.

— Alguém esteve aqui cinco minutos atrás — disse Leulah.

Virei-me, ficando de costas para o mirante. Ela estava parada no meio da clareira, apontando para o chão.

— O quê? — perguntou Jade ao seu lado.

Andei até elas.

— Olha só.

Em frente à ponta da sua bota havia uma ponta de cigarro.

— Estava queimando três segundos atrás.

Agachando-se, Jade a apanhou como quem apanha um peixinho dourado morto. Cuidadosamente, cheirou-a.

— É verdade — falou, jogando-a ao chão. — Dá para sentir o cheiro. *Ótimo*. Era tudo o que precisávamos. Algum pereba da montanha esperando o cair da noite para vir comer o nosso cu.

— *Hannah!* — gritou Lu. — Temos que sair daqui!

— Qual é o problema? — perguntou Hannah.

Jade apontou para a ponta de cigarro. Hannah se inclinou.

— Muita gente acampa neste lugar — falou.

— Mas estava queimando — disse Leulah, com os olhos arregalados. — Acabei de ver. Estava laranja. Tem alguém aqui. Nos observando.

— Não tem problema — disse Hannah.

— Mas nenhum de nós estava fumando — disse Jade.

— Já disse que não tem *problema*. Provavelmente alguém passou caminhando e parou para descansar antes de seguir pela trilha. Não se preocupem com isso. — Hannah ficou em pé e andou devagar até o lugar onde estavam Milton, Charles e Nigel, tentando montar as barracas.

— Para ela, é tudo uma piada — disse Jade.

— Precisamos ir embora — disse Leulah.

— É o que eu estou dizendo desde o começo — disse Jade, afastando-se. — Mas alguém quis me dar ouvidos? *Não*. Eu era a estraga-prazeres. A chata.

— Ei — falei para Leulah, sorrindo. — Tenho certeza que está tudo bem.

— É mesmo?

Apesar de não ter nenhuma prova para corroborar a minha afirmação, fiz que sim.

⤺

Meia hora depois, a Hannah começou a acender uma fogueira. Nós ficamos sentados na rocha nua, comendo rigatoni com molho de tomate, aquecido no mini-fogareiro, e pão francês duro como uma rocha ígnea. Estávamos olhando a vista, embora não houvesse nada para ser visto além de um caldeirão de trevas, um escuro céu azul. O céu estava um pouco nostálgico; não queria abandonar os últimos feixes delgados de luz.

— O que acontece se você cair desta pedra aqui? — perguntou Charles.

— Você morre — disse Jade, com macarrão na boca.

— Não tem nenhuma placa, nem nada. Nenhum "Atenção, por favor". Nenhum "Não fique bêbado aqui". Está simplesmente aí. Caiu? Azar.

— Ainda tem queijo parmesão?

— Por que será que se chama Pico Açucarado? — perguntou Milton.

— É, quem é que inventa esses nomes toscos? — acrescentou Jade, mastigando.

— O povo do campo — disse Charles.

— A melhor parte é o silêncio — disse Nigel. — Você nunca percebe o quanto as coisas são barulhentas até chegar aqui em cima.

— Tenho pena dos índios — disse Milton.

— Leia o *Despossuídos*, escrito por Pé Vermelho — falei.

— Ainda estou com fome — disse Jade.

— Como pode ainda estar com fome? — perguntou Charles. — Você comeu mais que todo mundo. Você confiscou a panela quente.

— Não confisquei nada.

— Graças a Deus que não tentei repetir. Você provavelmente iria arrancar a minha mão com uma mordida.

— Se você não comer o suficiente, seu corpo entra em modo de inanição, e daí basta comer uma única fatia de bolo de fubá que o seu corpo a trata como se fosse penne *à la* vodca. Você vira uma bola em vinte e quatro horas.

— Realmente não gosto do fato de que houvesse alguém aqui — disse Leulah, de repente.

Todos olharam para ela, assustados com a sua voz.

— Aquela ponta de cigarro — sussurrou.

— Não se preocupa com isso — disse Milton. — Tipo, a Hannah num tá preocupada. Ela acampa o tempo todo.

— Enfim, não poderíamos ir embora mesmo que quiséssemos — disse Charles. — Estamos no meio da noite. Iríamos nos perder. E aí *sim* iríamos dar de cara com o que quer que perambule por aí...

— Criminosos — disse Jade, concordando.

— Aquele cara que botou bombas em clínicas de aborto.

— Ele já foi encontrado — falei.
— Mas vocês não viram a cara da Hannah — disse Leulah.
— O que tinha de errado com ela? — perguntou Nigel.

Lu parecia deprimida em seu anoraque azul, abraçando os joelhos, aquela trança rapunzélica caindo-lhe pelo ombro esquerdo, tocando o chão.

— Dava para ver que ela estava tão assustada quanto eu. Mas ela não quis dizer que estava, porque achou que tinha que agir como uma adulta, responsável e tal.

— Alguém trouxe uma pistola? — perguntou Charles.

— Ai, eu deveria ter trazido a da Jefferson — disse Jade. — É grande *assim*. Linda. Fica na gaveta de calcinhas dela.

— A gente num precisa de pistolas — disse Milton, reclinando-se e fitando o céu. — Se eu tivesse que ir... tipo, se *realmente* chegasse a droga da minha hora... eu num teria problema em partir aqui. Sob essas estrelas.

— Bom, você é um desses mórbidos satisfeitos — disse Jade. — Já eu vou fazer tudo o que puder para que a minha hora não chegue pelo menos nos próximos setenta e cinco anos. Se para isso eu tiver que dar um tiro na cabeça de alguém, ou arrancar com os dentes o bilau de algum tarado que ronde o parque, que assim seja. — Olhou na direção das barracas. — Mas enfim, onde ela está? A Hannah. Não estou vendo.

Carregamos os pratos e panelas de volta à clareira e encontramos a Hannah comendo uma barra de cereais em frente ao fogo. Tinha trocado de roupas. Vestia uma camisa de botão quadriculada, verde e preta. Perguntou-nos se ainda estávamos com fome, e como a Jade respondeu afirmativamente, sugeriu que esquentássemos marshmallows.

Enquanto assávamos os marshmallows e o Charles contava uma história de fantasmas (motorista de táxi, zumbi), notei que a Hannah, sentada do lado oposto da fogueira, estava me encarando. A fogueira fazia com que as caras de todos parecessem abóboras de Halloween, tornando-as alaranjadas, entalhando-lhes certas partes, e as cavidades ao redor dos olhos escuros da Hannah reluziam, pareciam estranhamente ocas, como se tivessem sido encavadas com uma colher. Sorri o mais despreocupada que pude e fingi estar hipnotizada pela Arte de Assar um Marshmallow. Porém, quando a olhei de relance um minuto depois, ela não tinha desviado o olhar. Encarava-me fixamente, e a seguir, quase imperceptivelmente, apontou para a esquerda, na direção do bosque. Tocou o relógio de pulso com um dedo e indicou *cinco* com a mão direita.

— Daí o motorista de táxi se virou — dizia o Charles. — E a mulher tinha desaparecido. E o que restava sobre o banco? Uma *echarpe de seda branca*.

— Só *isso*?
— É — disse Charles, sorrindo.
— Pior história de terror que já ouvi.
— Muito *escrota*.
— Se eu tivesse um tomate, jogava na sua cabeça.
— Quem sabe aquela do cachorro sem rabo? — perguntou Nigel. — Ele sai por aí procurando o rabo. Aterrorizando as pessoas.
— Você está falando daquela da "Pata de Macaco" — disse Jade —, aquele conto horrível que lemos na quarta série mas que lembramos pelo resto da vida, vai saber por quê. Aquela e a do "Mais Perigoso dos Jogos". Não é mesmo, Vomitona?
Fiz que sim.
— Tem, *sim*, uma sobre um cachorro, mas não me lembro.
— A Hannah conhece uma boa — disse Charles.
— Não, não conheço — disse Hannah.
— Ah, fala *sério*.
— Não. Sou péssima para contar histórias. Sempre fui. — Bocejou. — Que horas são?
Milton olhou para o relógio.
— Um pouco depois das dez.
— Realmente não deveríamos ficar acordados até muito tarde — falou. — Precisamos estar descansados. Amanhã vamos começar cedo.
— Ótimo.
Não é preciso dizer que o Medo e a Ansiedade me atravessaram como um tufão. Nenhum dos outros parecia ter notado o sinal da Hannah, nem mesmo a Leulah, que tinha esquecido completamente a funesta ponta de cigarro. Agora, bastante contente, comia seu marshmallow (um pouco de marshmallow derretido lhe escorria pelo lábio), sorrindo para o que quer que o Milton estivesse dizendo, com covinhas lhe partindo o queixo. Fiquei de joelhos e fitei o fogo. Pensei em ignorá-la ("*Quando em dúvida, finja estar perdida*"), mas depois de cinco minutos notei, horrorizada, que a Hannah me encarava novamente, desta vez expectante, como se eu estivesse representando Ofélia e houvesse incorporado tão profundamente a personagem, os desvarios da sua doença mental, que acabasse esquecendo todas as minhas deixas, forçando Laerte e Gertrude a improvisar. Movida pela mera força do olhar dela, peguei-me ficando em pé e limpando a poeira das roupas.
— Vo-volto num instante — falei.

— Aonde você vai? — perguntou Nigel.
Todos olharam para mim.
— Ao banheiro — falei.
Jade riu baixinho.
— Estou *morrendo* de medo dessa parte.
— Se os índios conseguiam — disse Charles —, você também consegue.
— Bom, os índios também escalpelavam pessoas.
— Sugiro que você use umas folhas secas. Ou uns musgos — disse Nigel, com um sorriso irônico.
— Temos papel higiênico — disse Hannah. — Na barraca.
— Obrigada — respondi.
— Na minha mochila — disse Hannah.
— Ainda tem chocolate? — perguntou Jade.

Andei até o outro lado das barracas, onde estava escuro e áspero, e esperei até que os meus olhos se acostumassem. Quando tive certeza de que ninguém tinha me seguido, quando ouvi as vozes dos outros crepitando com o fogo, entrei na mata. Os ramos seguraram minhas pernas como fitas elásticas. Virei-me e vi, surpresa, que os pinheiros pareciam ter se recolocado no lugar atrás de mim, como aquelas cortinas de contas hippies penduradas num batente. Lentamente, andei pelo arco da clareira, atrás das árvores, onde ninguém poderia me ver, e parei num lugar bem à esquerda, que aparentemente era o local para onde a Hannah tinha apontado.

A fogueira estava próxima, cerca de dez metros à minha frente, e pude vê-la ainda sentada com os outros, apoiando a cabeça na mão. Tinha uma expressão tão sonolenta e satisfeita que, por um segundo, perguntei-me se eu não teria estado alucinando. Pensei comigo mesma que, se ela não surgisse em três minutos, eu voltaria e nunca mais falaria com aquela louca — melhor, *dois* minutos, pois dois minutos era o tempo necessário para que quase a metade dos núcleos de uma massa de alumínio-28 decaíssem, para que uma pessoa morresse por exposição ao agente VX, para que cento e cinqüenta homens, mulheres e crianças Sioux fossem baleados na Batalha de Wounded Knee em 1890, para que uma mulher norueguesa chamada Gudrid Vaaler parisse, em 1866, seu filho Johan Vaaler, futuro inventor do clipe de papel.

Dois minutos eram tempo suficiente para a Hannah.

CAPÍTULO 22

NO CORAÇÃO DAS TREVAS

Observei-a ficar de pé e lhes dizer alguma coisa. Ouvi o meu nome, então imaginei que teria dito que queria checar como eu estava. Caminhou lentamente em direção às barracas e sumiu de vista.

Esperei mais um minuto, observando os outros — a Jade estava fazendo uma imitação exagerada da profa. Sturds durante os Anúncios Matinais, os pés bem separados, aquela oscilação bizarra como se fosse uma balsa cruzando um agitado Canal da Mancha ("Estamos num momento muito assustador para o nosso país!", gritou Jade, juntando as mãos, os olhos esbugalhados) —, e em seguida escutei estalidos de ramos e folhas e vi que a Hannah vinha na minha direção, a cara manchada pela escuridão. Quando me viu, sorriu e levou um dedo aos lábios, indicando que a seguisse.

Isso obviamente me surpreendeu, e hesitei. Eu não tinha trazido a minha lanterna; o vento aumentou, e eu não estava usando nada mais substancial que uma calça jeans, uma camiseta e o moletom que o Papai me dera, da Universidade do Colorado. Mas ela já começava a se afastar rapidamente, surgindo e desaparecendo entre as árvores, e assim, olhando num relance para os outros — estavam rindo, as vozes entremeadas —, segui atrás dela.

Quando já não se ouviam os sons da área de camping, pensei em perguntar o que estávamos fazendo, mas quando olhei para ela, vi o olhar intenso e focado em seu rosto, e isso me silenciou. Hannah apanhou uma lanterna — vi que ela estava usando uma pochete preta ou azul escura, que eu não tinha notado antes —, mas o fraco círculo de luz branca mal afastava a escuridão, não iluminava nada além das delgadas canelas das árvores.

Não seguimos trilha alguma. A princípio tentei manter um caminho mental de migalhas ao estilo João e Maria, notando as irregularidades — mancha na cortiça de um tronco, tudo bem, pedra gigante que parece um sapo perto daquela árvore morta, ramos esqueléticos formando um crucifixo invertido, isso é bastante promissor —, mas essas distinções eram raras e, no fim das contas, inúteis; depois de cinco minutos, desisti daquilo e caminhei às cegas atrás dela, como um homem que não mais se debate, deixando-se submergir.

— Eles vão ficar numa boa por enquanto — disse Hannah. — Mas não temos muito tempo.

Não sei por quanto tempo caminhamos. (No que resultou ser um descuido intolerável, eu não estava usando um relógio.) Depois de cerca de dez minutos, ela parou de repente e, abrindo o zíper da pochete que tinha na cintura, apanhou um mapa — diferente daquele que nos dera, colorido e muito mais detalhado —, além de uma pequena bússola. Analisou-os.

— Um pouco mais à frente — falou.

Seguimos em frente.

Era esquisito o modo cego com que eu a seguia, e mesmo agora não sei explicar muito bem por que continuei, sem protestar, sem questionar, sem sequer temer. Durante os momentos da vida em que *presumimos* que ficaremos paralisados de medo, não ficamos. Segui à deriva, como se não estivesse fazendo nada além de boiar na canoa mecânica marrom do Passeio Encantado pelo Amazonas que havia na Terra Encantada do Walter, no Apalaca, em Maryland. Notei alguns detalhes peculiares: Hannah mastigando o lado de dentro do lábio (como o Papai fazia ao corrigir algum trabalho inesperadamente apto), a ponta da minha bota de couro chutando a luz da lanterna, as inquietas ondulações dos pinheiros agitados, como se estivessem todos com insônia, o modo como ela apoiava a mão direita, a cada um ou dois minutos, na bolsa que tinha presa ao redor da cintura, feito uma mulher grávida tocando a barriga.

Hannah parou de caminhar e olhou para o relógio.

— Aqui está bom — falou, apagando a lanterna.

Lentamente, meus olhos se calibraram à escuridão. Parecíamos estar paradas num ponto pelo qual tínhamos passado cinco minutos antes. Pude distinguir o fino cotelê de todas aquelas árvores que nos envelopavam, e a cara atenta da Hannah, brilhando numa espécie de madrepérola azulada.

— Vou te dizer uma coisa — falou, fitando-me. Respirou fundo, exalou, mas não disse nada. Notei que ela estava nervosa, preocupada, até. Engoliu, inspirou outra vez num ofego atormentado, apoiou uma das mãos sobre as clavículas e deixou-a ali, um corpete-mão branco e murcho. — Sou péssima com isto. Sou melhor em outras coisas. Matemática. Línguas. Fazer com que as pessoas se sintam confortáveis. Sou terrível com isto.

— Com o quê? — perguntei.

— Com a verdade. — Ela riu, um estranho som engasgado. Jogou os ombros para cima e olhou para o céu. Eu também olhei, porque olhar para o céu é contagioso, como os bocejos. Ali estava ele, como sempre estava: erguido no ar sobre as árvores, uma mancha preta e pesada, e as estrelas eram pequenos brilhantes como os que havia nas botas de caubói da Mosca de Verão Rachel Groom.

— Não posso culpar ninguém, sabe? — disse Hannah. — Só a mim mesma. Todos fazem escolhas. Nossa, preciso de um cigarro.

— Você está bem? — perguntei.

— Não. *Estou sim.* — Olhou para mim. — Desculpe.

— Talvez devêssemos voltar.

— Não, eu... eu entendo se você achar que sou louca.

— Não acho que você seja louca — falei, mas, naturalmente, assim que falei comecei a ponderar se ela não seria.

— Não é nada ruim, o que tenho para dizer. Mais para *mim*. Horrível para mim. Não pense que eu não sei o *quanto* é horrível. Doentio. Viver assim... oh, você está com medo. Desculpe. Não queria que fosse assim, no fundo da floresta encantada, sabe, é um pouco medieval. Mas seria impossível falar sem que um deles, um deles viesse, Hannah isto, Hannah aquilo. Ai, meu *Deus*. É impossível.

— O que é impossível? — perguntei, mas ela não pareceu me ouvir. Parecia estar dizendo todas aquelas coisas para si mesma.

— Quando eu pensei em como iria dizer isto... Deus, sou uma covarde. Iludida. Doentia. Doentia. — Hannah balançou a cabeça, apoiou as mãos nos olhos. — Sabe, tem pessoas. Pessoas frágeis, que você ama e fere, e eu-eu sou patética, não sou? Doentia. Eu me odeio, realmente odeio. Eu...

De muitas maneiras, não há nada mais perturbador que um adulto que revela não ser um Adulto e tudo o que essa palavra supostamente implica — não sólido, e sim vazando, não fixo, e sim seriamente desgrudado. Era como estar novamente na primeira série, vendo erguer-se a adorável mão sob um fantoche, revelando o humano monstruoso ligado a ele. O queixo de Hannah se enrugou com estranhas emoções desconhecidas. Ela não estava chorando, mas sua boca escura se encurvou nas pontas.

— Você vai ouvir o que tenho a dizer? — Tinha a voz grave, tremulante como a de uma avó, mas suplicante como a de uma criança. Deu um passo à frente, um pouco perto demais de mim, os olhos negros agitados sobre o meu rosto.

— Hannah...?

— Prometa.

Olhei-a nos olhos.

— Tudo bem.

Isso pareceu acalmá-la um pouco.

— Obrigada.

Mais uma vez, ela respirou fundo — mas não falou.

— É sobre o meu pai? — perguntei.

Eu não sabia muito bem por quê, sem pensar no assunto, aquela pergunta em particular me escapou da boca. Talvez eu não houvesse ainda superado inteiramente a revelação da Gatinha: se o Papai conseguia mentir tão bem em relação a *ela*, era perfeitamente possível que houvesse mentido sobre outros encontros úmidos com professoras de St. Gallway. Ou talvez fosse um reflexo: ao longo da minha vida, sem explicação, as professoras sempre me puxavam para um canto nos corredores e refeitórios, ao lado de almoxarifados e escorregadores, e, enquanto eu hiperventilava, esperando que me dissessem que tinha sido uma menina má, que seria punida severamente, que tinha sido reprovada numa Prova Bimestral e teria que repetir de ano, elas sempre me surpreendiam, inclinando-se com seus olhos cinzentos e hálitos de café e fazendo perguntas vazias sobre o Papai (Ele fuma? Ele é solteiro? Quando é um bom momento para telefonar e bater um papo?). Sinceramente, se eu tivesse que formular uma hipótese para todos os casos em que era bizarramente puxada para um canto, seria: Tudo Se Resume Ao Papai. (Ele mesmo apoiava essa premissa; se um caixa do supermercado estivesse mal-humorado, Papai concluía que a causa era o olhar de superioridade que ele lhe lançara acidentalmente enquanto empilhava as nossas compras na esteira.)

Não consegui, no entanto, decifrar a reação da Hannah. Ela fitava o chão, com a boca entreaberta, como se estivesse em estado de choque, ou talvez não tivesse me ouvido e estivesse pensando no que dizer. E enquanto estávamos paradas naquela interminável efervescência gaseificada de árvores e eu esperava até que ela respondesse com um "Sim", um "Não" ou um "Não seja louca" — alguns metros atrás de nós notou-se um leve, embora nítido, *movimento*.

Meu coração parou. Instantaneamente, Hannah acendeu a lanterna, apontando-a na direção do ruído, e, para meu espanto, a luz de fato *acertou* alguma coisa

— uma espécie de reflexo, um par de óculos —, que começou então a se afastar ruidosamente de nós duas, empurrando os ramos e arbustos e folhas de pinheiros, caminhando sobre o que eram, sem sombra de dúvida, dois pés. Eu estava aterrorizada demais para me mexer ou gritar, mas Hannah cobriu a minha boca com a mão e a manteve ali até que eu não pudesse mais ouvir o barulho, até que só restasse a noite ríspida e o ruído do vento estremecendo nas árvores.

Hannah apagou a lanterna. Colocou-a na minha mão.

— Não a acenda a menos que precise.

Mal consegui ouvi-la, de tão baixo que falou.

— Pegue isto, também. — Entregou-me um pedaço grosso de papel, o mapa. — Por precaução. Não o perca. Eu tenho o outro, mas vou precisar deste quando voltar. Fique aqui. Não fale nem uma palavra.

Tudo aconteceu tão rápido. Ela apertou o meu braço, soltou-o e começou a se afastar na direção daquela *coisa*, que eu desejava acreditar que fosse um urso ou um javali — o animal terrestre mais bem distribuído pelo planeta, conhecido por correr a mais de 60 km/h e por ser capaz de arrancar a carne dos ossos de um humano com mais rapidez que um caminhoneiro comendo uma asa de galinha — mas, no fundo, eu sabia que não era nada daquilo. Nenhum livro poderia desmentir o fato de que o que havia se aproximado de nós era um ser humano, o que o zoólogo Bart Stuart chama, em *Bestas* (1998), de "o mais violento dos animais".

— Espera. — Meu coração parecia estar sendo espremido pelo meu pescoço como pasta de dentes. Comecei a segui-la. — Aonde você vai?

— Falei para *ficar aqui*.

Disse isso numa voz ríspida que me fez estancar.

— Aposto que era o Charles — acrescentou, suave. — Você sabe como ele é... tão ciumento. Não precisa ter medo. — Hannah estava com uma cara ampla, séria, e mesmo quando sorriu, aquele sorrisinho pairando ali como uma mariposa *Hyphantria cunea* no escuro, eu sabia que ela não acreditava realmente no que acabava de dizer.

Inclinou-se para a frente, beijou-me na bochecha.

— Espere cinco minutos.

As palavras se enroscaram na minha boca, na minha cabeça. Mas por fim, apenas fiquei parada ali. Deixei-a ir.

— Hannah?

Comecei a choramingar o nome dela depois de um ou dois minutos, quando ainda conseguia escutar seus passos, e fui atingida pela noção de que eu estava parada, sozinha, naquela mata selvagem. A indiferença do bosque pareceu significar que eu provavelmente morreria ali, tremendo, solitária, perdida, uma estatística presa ao mural de uma delegacia de polícia, minha fotografia escolar com um sorriso rígido (eu tinha esperanças que não usassem a do Colégio Lamego) impressa na primeira página de um jornal local, alguma matéria sobre mim, discutida, rediscutida e depois reciclada para fazer papel higiênico, ou usada para o adestramento de algum cachorro.

Chamei o nome dela ao menos três ou quatro vezes, mas ela não respondeu, e pouco, pouco depois não a consegui ouvir mais.

~

Não sei por quanto tempo esperei.

Pareceram horas, mas a noite continuou a zumbir ininterruptamente, então talvez tenham sido quinze minutos. Por estranho que pareça, essa foi a coisa que me pareceu completamente insuportável: não saber a hora. Entendi perfeitamente por que foi que Sharp Zulett, o assassino condenado, escreveu em sua biografia surpreendentemente loquaz, *Vivendo no poço* (1980) (um livro que, certa vez, erroneamente me pareceu ser afetado e melodramático demais), que "no poço das pulgas" — o "poço das pulgas" era a cela de 1,5x3,0m, sem janelas, de Lumpgate, a prisão federal de segurança máxima nos arredores de Hartford —, "você precisa conseguir soltar a corda do Tempo, deixar-se flutuar ali no escuro, viver ali. Caso contrário enlouquecerá. Começará a ver demônios. Um homem saiu do poço das pulgas depois de dois dias, e havia arrancado o próprio olho" (p. 131).

Fiz o melhor que pude para viver ali. A solidão se estabeleceu sobre mim, pesada como aquilo que colocam sobre o nosso corpo durante um exame raio X. Sentei no chão espinhoso com as folhas de pinheiro e logo me vi incapaz de fazer um movimento. Em certos momentos pensei que ela estaria voltando, achei ter ouvido o doce farfalhar dos seus passos, mas eram apenas árvores roçando os braços umas das outras, dando-se as mãos no vento cada vez mais forte.

Sempre que eu ouvia algum ruído terrível que não conseguisse identificar, repetia comigo mesma que não era nada além da Teoria do Caos, do efeito Doppler ou do Princípio da Incerteza de Heisenberg aplicado às pessoas perdidas no escuro. Acho que repeti mentalmente o Princípio da Incerteza de Heisenberg ao menos mil vezes: o produto matemático das incertezas combinadas de medições concomitantes da posição e do momento numa direção especificada nunca pode ser menor que a constante de Planck, h, dividida por 4π. Isso significava, de maneira bastante encorajadora, que a minha posição incerta e momento zero e a posição incerta e momento incerto da Fera Responsável pelo Ruído deveriam como que anular um ao outro, deixando-me com o que habitualmente é chamado no meio científico de "perplexidade de grande amplitude."

Quando uma pessoa está desamparada e aterrorizada por mais de uma hora (novamente, uma aproximação), o medo se torna parte dessa pessoa, como um outro braço. Ela pára de notá-lo. Ela se pergunta o que as outras pessoas — pessoas que nunca permitem que os demais notem suas fraquezas — fariam no seu lugar. Ela tenta fazer com que esse pensamento guie suas ações.

Papai havia dito, ao final do seu seminário "Sobrevivência na dança das cadeiras: a quintessência das tribulações", apresentado na Universidade de Oklahoma, que, nos momentos de crise, um ou dois indivíduos se transformam em Heróis, alguns em Vilões, e todo o resto em Idiotas. "Tente não ser um paspalho sorridente, na categoria dos Idiotas, descendendo à qualidade de sorridente símio, paralisado pelo desejo de simplesmente morrer, de maneira rápida e indolor. Essas pessoas querem apenas se fingir de mortas, como gambás. Pois bem, *decida*. Você é um homem ou um animal noturno? Tem alguma coragem? Consegue compreender o significado de 'Não entres nessa noite boa com brandura?' Se for um ser humano digno de algum valor, se não for apenas enchimento, isopor, recheio para um peru no dia de Ação de Graças, serragem de jardim: você deverá lutar. *Lutar*. Lutar pelo que acredita." (Quando o Papai dizia o penúltimo "lutar", socava o púlpito.)

Fiquei de pé, tinha os joelhos rígidos. Acendi a lanterna — eu detestava a luz mirrada que produzia. Senti como se a estivesse apontando para uma orgia de árvores, corpos débeis e nus amontoando-se para se esconderem. Pouco a pouco, comecei a seguir no que presumi ser a direção em que a Hannah havia partido. Segui a lanterna, jogando um joguinho comigo mesma, fingindo não ser eu quem a direcionava, e sim Deus (com a ajuda de alguns anjos entediados), não porque Ele me favorecesse em detrimento de qualquer outra pessoa na Terra durante um dilema, e sim porque era uma noite lenta, e Ele teria muito pouco em Seu radar em termos de Pânico Generalizado ou Genocídio.

Em certos momentos eu parava, escutava, andava na ponta dos pés, desviando das idéias imundas de ser seguida, estuprada e assassinada por algum garotão com dentes pontiagudos e um peito como uma bolsa de areia, minha vida chegando ao fim como nada mais além de um agonizante ? ao estilo de Violet Martinez. Em vez disso, concentrei-me no mapa que a Hannah tinha me dado, aquela folha plastificada com uma inscrição no topo, "PARQUE NACIONAL DAS GRANDES MONTANHAS NEBULOSAS" (abaixo desse título estava a tímida inscrição "Cortesia dos Amigos das Nebulosas"), que tinha práticas legendas e manchas de montanhas, cores correspondendo à altitude — "Desfiladeiro dos Cedros", lia-se, "Centro de Visitantes Gatlinburg", "Montanha Hatcher", "Fenda Oca", "2009 metros acima do nível do mar". Eu não fazia idéia do lugar onde eu me encontrava — a minha situação seria a mesma se eu tivesse nas mãos uma página de *Onde está Wally?* (Handford, 1987). Ainda assim, tive a grande preocupação de iluminar o mapa com a lanterna, estudá-lo, todas aquelas linhas enrugadas e a agradável fonte Times New Roman, a Legenda ordenada, pequenas promessas, tapinhas reconfortantes nas costas, assegurando-me de que naquela escuridão havia uma Ordem, um Significado Essencial, de que a árvore sem braços nem cabeça à minha frente era, em algum lugar, um ponto *ali* naquele mapa; tudo o que eu precisava fazer era encontrar a coisa que ligaria os dois elementos e, de súbito (com um breve clarão de luz), a noite se tornaria plana e se dividiria em quadrados verde-aspargo que eu poderia seguir até chegar em casa, saltitando por A3, B12, D2 até o Papai.

Eu também não conseguia deixar de pensar numa história que a Hannah tinha mencionado no semestre anterior (sem muitos detalhes, somente os traços gerais do que aconteceu) — aquela vez nas Adirondacks em que ela salvou a vida de um homem que tinha machucado o quadril. Ela nos contou que "correu e correu", encontrando por fim alguns campistas com rádios, e assim comecei a torcer mentalmente para que eu também encontrasse Campistas com Rádios, talvez houvesse Campistas com Rádios logo ali. Porém, quanto mais eu caminhava e as árvores se amontoavam como prisioneiros pedindo comida, mais me ocorria de que a probabilidade de encontrar Campistas com Rádios era tão elevada quanto a de encontrar um Ford Wrangler novinho, estacionado numa clareira com as chaves na ignição e um tanque cheio de gasolina. Não havia nada ali, nada além de mim, dos ramos, da escuridão traiçoeira. Não pude deixar de me perguntar do que estariam sempre reclamando aqueles lunáticos ambientalistas sobre a Destruição do Meio Ambiente, pois havia um excesso, um exagero de meio ambiente; já era hora de alguém entrar ali e começar a desmatar, construindo um Dunkin' Donuts e um estacionamento até onde a vista alcança, grande, quadrado e exposto, iluminado à meia-noite como uma tarde de verão. Num lugar maravilhoso como esse, nossas sombras não seriam deformadas; ao contrário, seguiriam atrás de nós formando linhas longas e regulares. Poderíamos usar um transferidor para determinar, sem esforço, o ângulo exato que formavam com os nossos pés: trinta graus.

Eu já estava caminhando há um bom tempo, talvez uma hora, forçando a minha cabeça a flutuar nessas frágeis jangadas para não afundar — quando ouvi o ruído.

Era tão agudo, tão rítmico e confiante que todo aquele mundo embreado pareceu se aquietar como pecadores numa igreja. Soava — fiquei completamente imóvel, tentando governar a minha respiração — como uma criança num balanço. ("Uma criança num balanço" soa ameaçador, *très terrorfilmesque*, mas não vi nada de imediatamente assustador em relação àquele ruído.) E embora isso parecesse ir de encontro à razão e ao bom senso, sem pensar muito, comecei a segui-lo.

Por vezes era interrompido. Perguntei-me se não eu estaria ouvindo coisas. Então recomeçou, tímido. Fui em frente, a lanterna afastando todos aqueles pinheiros, tentando pensar, tentando imaginar o que poderia ser, tentando não ter medo, manter-me pragmática e forte como o Papai, seguir a sua Teoria da Determinação. Peguei-me invocando a profa. Gershon, de física, pois sempre que alguém fazia alguma pergunta durante a aula, ela nunca a respondia diretamente; em vez disso, voltava-se ao quadro-negro e, sem dizer uma palavra, escrevia vagarosamente cinco a sete tópicos que explicavam a resposta. Ela sempre se mantinha num ângulo de quarenta e cinco graus em relação ao quadro, pois tinha vergonha de ficar de costas. Ainda assim, as costas da profa. Pamela "TPM" Gershon contavam histórias; havia um ponto de cabelo mais fino na nuca dela, e as calças bege e marrons que usava lhe pendiam da cintura como uma flácida segunda-pele; as nádegas eram amassadas como um chapéu de domingo sobre o qual alguém se houvesse sentado. A profa. Gershon, se estivesse ali, tentaria esclarecer tudo o que fosse possível esclarecer sobre aquele ruído, essa criança num balanço, escrevendo no alto do quadro-negro (ela ficava na ponta dos pés, com o braço bem acima da cabeça, como se estivesse escalando): "Fenômeno de uma criança num balanço numa região altamente arborizada: o espectro séptuplo da física conceitual". O primeiro tópico diria: "*Enquanto átomos*: tanto a Criança como o Balanço são compostos de pequenas partículas móveis", e o último diria, "*Segundo a Teoria da Relatividade Especial, de Einstein*: se uma Criança num Balanço tivesse um irmão Gêmeo que embarcasse numa espaçonave e viajasse em velocidade próxima à da luz, o Gêmeo retornaria à Terra mais jovem que a Criança no Balanço".

Mais um passo à frente, o ruído parecia mais forte agora. Eu estava num pequeno espaço aberto, pavimentado com frágeis folhas de pinheiro, arbustos tremulantes aos meus pés. Virei-me, a luz amarela derivava, tropeçava como uma bola de roleta entre os troncos das árvores, e então parou.

Ela estava terrivelmente próxima, pendurada do pescoço por um cabo laranja, um metro acima do chão. A língua lhe pendia da boca. Minha lanterna eletrizou os seus olhos gigantes e os quadrados verdes da camisa xadrez. E aquela cara intumescida, aquela expressão — era tão inumano, tão nauseante, que ainda não sei como é que pude, naquele instante, reconhecê-la. Porque *não era* a Hannah, era irreal e monstruoso, era algo para o que nenhum livro-texto ou enciclopédia jamais poderia nos preparar.

E ainda assim, era.

∽

O momento após esse encontro ficou trancafiado em alguma cela inacessível da minha Memória. ("Trauma da testemunha", explicou posteriormente a detetive Fayonette Harper.) Apesar das noites que passei acordada, experimentando todo tipo de chave, não consigo me lembrar de ter gritado, de cair ao chão, de correr tão rápido que rocei em alguma coisa cortando o joelho esquerdo, o que necessitaria de três pontos, nem mesmo de largar o mapa que ela me pedira para guardar, num sussurro seco como um pedaço de papel tocando a minha bochecha.

Fui encontrada na manhã seguinte, aproximadamente às 6h45 da manhã, por um tal de John Richards, de quarenta e um anos, que fazia uma excursão para pescar trutas com o filho, Ritchie, de dezesseis. Minha voz tinha sido reduzida a nada. Minha cara e mãos estavam tão cobertas de arranhões e lama, um pouco de sangue, também, que os dois contaram ao Papai que, quando me viram — (perto da Trilha da Crista Partida, que ficava a catorze quilômetros do Cume Açucarado), sentada sob uma árvore, com uma expressão moribunda no rosto, ainda segurando uma lanterna quase extinta —, pensaram que eu fosse o bicho-papão.

CAPÍTULO 23

UM ESTRANHO NO NINHO

Abri os olhos e me vi numa cama, num cubículo cercado de cortinas. Tentei falar, mas tinha a voz em farrapos. Um lençol de algodão branco me cobria do queixo até os tornozelos, que estavam cobertos por meias verdes felpudas. Eu parecia estar usando um avental azul-claro de hospital estampado com veleiros, e tinha uma atadura elástica no joelho direito. Por toda parte, o Código Morse do hospital tagarelava incessantemente: bipes, cliques, alarmes, uma chamada para que o dr. Bullard atendesse a Linha 2. Alguém estava falando de uma recente viagem à Flórida com a mulher. Um pedaço quadrado de gaze e uma pequena agulha hipodérmica estavam presos à minha mão esquerda (mosquito), que estava ligada, por um tubo fino, a uma bolsa de líquido claro pendurada sobre mim (visco). Minha cabeça, não, meu corpo inteiro parecia inflado com hélio. Fitei as dobras da cortina de hortelã à minha esquerda.

Ondularam. Uma enfermeira entrou. Fechou as cortinas, que ondularam atrás dela. Deslizou até mim como se não estivesse a pé, e sim sobre um carrinho com rodas.

— Você acordou — anunciou. — Como está se sentindo? Está com fome? Não tente falar. Fique aí parada e espere eu trocar esta bolsa, e então vou chamar o médico.

Trocou a bolsa de soro e foi embora sobre suas rodinhas.

Senti cheiro de látex e álcool. Olhei para o teto, retângulos brancos salpicados de pontos marrons, como sorvete de baunilha. Alguém perguntou onde estavam as muletas do sr. Johnson. "Tinham uma etiqueta quando ele chegou."

Uma mulher riu. "Casados por cinco anos. O segredo é fingir que é o primeiro encontro todos os dias." "Têm filhos?" "Estamos tentando."

Mais uma ondulação e surgiu um médico baixo e bronzeado, com cabelo preto-corvo um tanto feminino. Em torno do pescoço usava um crachá plástico que trazia, por trás de uma foto em que ele tinha o tom de pele de uma pimenta malagueta, um código de barras e seu nome: TOMÁS C. SABIDO, RESIDENTE SÊNIOR, PS. Ao caminhar até mim, o considerável jaleco branco que vestia flutuou caprichosamente às suas costas.

— Como estamos? — perguntou.

Tentei falar — o meu *tudo bem* saiu como uma faca passando geléia numa torrada queimada — e ele assentiu compreensivo, como se falasse a mesma língua. Rabiscou alguma coisa na prancheta e pediu então que ficasse sentada e respirasse lenta e profundamente, enquanto apoiava o estetoscópio gelado em diferentes lugares das minhas costas.

— Parece bem — falou, com um sorriso falso e cansado.

Numa lufada branca, uma ondulação — desapareceu. Mais uma vez, olhei para a tristonha cortina de hortelã. Tremia sempre que alguém passava apressado pelo outro lado, como se estivesse com medo. Um telefone tocou, foi rapidamente atendido. Uma maca rodou pelo corredor: as rodas instáveis piaram como pintinhos.

— Entendo, senhor. Fadiga, exposição ao frio, não teve hipotermia, mas ficou desidratada, o corte no joelho, outros cortes e arranhões menores. Choque evidente, também. Gostaria de mantê-la aqui por mais algumas horas, esperar que coma alguma coisa. Então veremos. Vou lhe dar um medicamento para a dor no joelho. Um sedativo leve, também. Os pontos vão cair em uma semana.

— Você não está me entendendo. Não estou falando de pontos. Quero saber o que foi que aconteceu com ela.

— Não sabemos. Notificamos o parque. Há equipes de resgate...

— Estou pouco me *fodendo* para as equipes de resgate...

— Senhor, eu...

— Não me venha com essa de *senhor*. Quero ver a minha filha. Quero que lhe dê algo de comer. Quero que arrume uma enfermeira decente, não um desses porquinhos-da-índia que matariam sem querer qualquer moleque com uma infecção no ouvido. Ela precisa ir para casa e *descansar*, e não reviver qualquer *martírio* pelo qual tenha passado, ficar respondendo as perguntas de algum panaca, algum *palhaço* que não conseguiu nem terminar o colégio, que não saberia reconhecer uma motivação nem que ela lhe mordesse a *bunda*, tudo porque uma polícia de meia-tigela não tem proficiência para desvendar o caso por conta própria.

— É o procedimento padrão, senhor, neste tipo de infortúnio...

— Infortúnio?

— Isto é...

— Um infortúnio é derramar suco de groselha num carpete branco. Um *infortúnio é perder a porra de um brinco.*

— Ela só vai conversar com ele se quiser. Tem a minha palavra.

— A sua palavra? Vai ter que se esforçar muito mais do que isso, doutor, como foi que disse, dr. Tomás, Tomás *Sabidão*?

— Na verdade, é sem o aumentativo.

— O que é isso, o seu nome *artístico*?

Rolei da cama e, assegurando-me de que o tubo no meu braço e os outros cabos ligados ao meu peito não fossem arrancados das máquinas, percorri os poucos passos até a cortina; a cama me seguia, relutante. Espiei para fora do cubículo.

Parado ao lado do grande hexágono administrativo que havia no meio do Pronto-Socorro estava o Papai, vestindo cotelê. Tinha o cabelo loiro-grisalho caído sobre a testa — algo que acontecia durante suas aulas — e a cara vermelha. À frente dele estava Jaleco Branco, que sorria com as mãos unidas. À esquerda, atrás do balcão, via-se Cabelo Crespo e, fielmente ao seu lado, Batom Laranja, ambas fitando o Papai, uma delas apoiando o telefone no pescoço rosado, a outra fingindo examinar uma prancheta, embora estivesse evidentemente escutando a conversa.

— Pai — arranhei.

Ele me ouviu imediatamente. Arregalou os olhos.

— Minha nossa — falou.

↩

De fato, embora não me lembre de nada daquilo, eu aparentemente tinha me comportado como uma Apresentadora do Programa de Entrevistas enquanto era carregada ao longo de oitocentos metros por John Richards e filho até sua picape, como uma noiva desfalecida. (Jaleco Branco foi muito informativo ao explicar que, no que diz respeito à memória, eu poderia "esperar qualquer tipo de coisa" — o equivalente a uma simples pancada na cabeça, ou então a uma batida de frente num carro.)

No que imagino ter sido a voz energizada, embora chamuscada, de alguém que acaba de ser atingido por um raio (mais de 100 milhões de volts de corrente contínua), com as pupilas dilatadas e frases estilhaçadas, eu lhes falei meu nome, endereço, telefone, que estava acampando nas Grandes Montanhas Nebulosas e que algo *mau* tinha acontecido. (Realmente usei a palavra *mau*.) Não respondi às suas perguntas diretas — fui incapaz de lhes dizer especificamente o que havia visto —, mas aparentemente repeti as palavras "Ela se foi" durante os quarenta e cinco minutos de viagem até o Hospital do Condado Sluder.

Esse detalhe foi particularmente perturbador. "Ela se foi" era uma sombria canção de ninar que eu costumava cantar com o Papai nas estradas quando tinha cinco anos, e que aprendi no jardim de infância da Tia Jetty, em Oxford, no Mississippi: *"Minha menina partiu, ela se foi e não voltou/ Afogou-se lá no rio, pra Babilônia a carregou."*

(Papai ficou sabendo disso tudo depois de conversar com meus dois cavaleiros de armaduras prateadas na Sala de Espera do Pronto-Socorro, e embora eles tenham ido embora muito antes que eu acordasse, posteriormente lhes mandamos uma carta de agradecimento e um kit de pesca de trutas novinho em folha, no valor de trezentos dólares, que compramos às cegas na Tiro Certo Caça & Pesca.)

Devido à minha bizarra lucidez, o Hospital do Condado Sluder conseguiu contatar o Papai imediatamente, além de alertar o Guarda Florestal de plantão, um homem chamado Roy Withers, que iniciou uma busca na área. Foi por isso, também, que a polícia do Condado Burns enviou um policial da sua Unidade Móvel, o sargento Gerard Coxley, ao hospital, para que conversasse comigo.

— Já tomei as providências — disse o Papai. — Você não vai falar com ninguém.

Mais uma vez me vi atrás da cortina de hortelã na cama esponjosa, mumificada sob lençóis de flanela aquecidos, tentando comer, com meu braço perfurado, o sanduíche de peru e o biscoito com pedaços de chocolate trazido da lanchonete pela Batom Laranja. Minha cabeça estava como o balão colorido que usaram no clássico filme *Volta ao mundo em 80 dias*. Eu só parecia ser capaz de olhar para a cortina, mastigar, engolir e bebericar o café que Cabelo Crespo me trouxe conforme as instruções específicas do Papai ("A Blue gosta de café com leite desnatado, sem açúcar. O meu é preto."): olhar, mastigar, engolir, olhar, mastigar, engolir.

Papai estava à esquerda da cama.

— Você vai ficar bem — falou. — A minha menina é uma campeã. Não tem medo de nada. Vamos para casa daqui a uma hora. Você vai descansar. Vai ficar novinha em folha.

Eu sabia muito bem que o Papai, com aquela voz de Truman e sorriso Kennedyesco, estava repetindo esses gritos de torcida para animar a si mesmo, e não a mim. Não me importei. Eu tinha recebido algum sedativo pelo soro, estando portanto mansa demais para apreender a ansiedade do Papai em toda a sua extensão. Deixe-me explicar: eu não tinha realmente *contado* ao Papai sobre a viagem para acampar. Eu lhe dissera que iria passar o fim de semana na casa da Jade. Eu não queria enganá-lo, especialmente tendo em vista sua nova abordagem parental ao estilo McDonald's ("Sempre aberto e pronto para servi-lo"), mas o Papai desprezava atividades ao ar livre como acampar, esquiar, andar de bicicleta, de asa-delta, pular de pára-quedas e, ainda mais, os "palermas obtusos" que as praticavam. Papai não tinha o mais remoto desejo de rumar para a Floresta, o oceano, a Montanha ou o Ar Fresco, conforme detalhou prolixamente em "A arrogância humana e o mundo nacional", publicado em 1982 na revista *Opinião sensata*, já obsoleta.

Apresento a seguir o Parágrafo 14, a seção intitulada Complexo de Zeus: "O Homem egocêntrico tenta experimentar a imortalidade ocupando-se de desafios físicos rigorosos, aproximando-se devotadamente da beira da morte para saborear a sensação egóica de *realização*, de *vitória*. Essa sensação é falsa e efêmera, pois o poder da Natureza sobre o Homem é absoluto. O lugar mais honesto para o homem não são as condições extremas, onde, convenhamos, ele é frágil como uma pulga, e sim o *trabalho*. É a criação de coisas e seu governo, a criação de regras e ordenações. É no trabalho que o Homem encontra o sentido da vida, e não no êxtase, parecido a uma dose de heroína, de escalar o Everest sem oxigênio, praticamente matando-se e ao pobre Sherpa que o carrega."

Devido ao Parágrafo 14, não contei nada ao Papai. Ele nunca me deixaria ir, e embora eu também não tivesse nenhuma vontade especial de acampar, não queria que os outros fossem e tivessem uma experiência arrebatadora sem mim. (Eu não fazia idéia do quão arrebatadora seria a viagem.)

— Estou orgulhoso de você — disse o Papai.

— Pai — foi tudo o que pude arranhar. Mas consegui tocar a sua mão, e ele respondeu como uma dessas dormideiras, só que ao contrário, abrindo-se.

— Você vai ficar numa boa, nuvenzinha. Feliz. Feito um pinto no mato.

— No lixo — raspei.

— Feito um pinto no lixo.

— Promete?

— É claro que prometo.

Uma hora depois, a minha voz começou a ensaiar um retorno. Uma nova enfermeira, Cenho Severo (seqüestrada ilicitamente por Jaleco Branco de um outro andar do hospital, para aplacar o Papai), mediu a minha pressão e meu pulso ("Tá legal", falou antes de se mandar dali, acarrancada).

Embora eu me sentisse bastante confortável sob as luzes ensolaradas, os bipes e cliques do hospital, tranqüilizantes como os ruídos de peixes que ouvimos no oceano ao fazermos mergulho, notei gradualmente que a minha memória da noite anterior começava a mostrar sinais de vida. Enquanto bebia o meu café escutando os coaxares mal-humorados de um senhor que se recuperava de um ataque de asma no outro lado da cortina ("Já deu. Tenho que voltar para casa e dar de comer ao meu cachorro." "Só mais meia hora, sr. Elphinstone."), percebi, de súbito, que a Hannah havia invadido a minha cabeça: não do modo como eu a vira — por *Deus*, não —, e sim sentada na sala de jantar com a cabeça inclinada, ouvindo o que um de nós dizia, fumando um cigarro e então usando-o para estocar cruelmente o seu prato de pão. Hannah fez aquilo em duas ocasiões. Também pensei nos calcanhares dela, num detalhe mínimo que poucos notavam: às vezes estavam tão pretos e tão secos que pareciam asfalto.

— Querida? Qual é o problema?

Falei ao Papai que queria falar com o policial. Relutante, ele concordou, e vinte minutos depois eu estava contando ao sargento Coxley tudo o que conseguia me lembrar.

Segundo o Papai, o sargento Gerard Coxley esperou pacientemente na Sala de Espera do Pronto-Socorro por mais de três horas, jogando conversa fora com a enfermeira de plantão e outros pacientes de Baixa Prioridade, bebendo Pepsi Diet e "lendo a *Quatro Rodas* com uma expressão tão imersa que pude notar que aquele era o seu manual de instruções secreto", relatou o Papai com uma cara de desgosto. Ainda assim, uma paciência de Natureza Morta parecia estar entre as características predominantes de Gerard Coxley (ver *Frutas falsas, drupas e frutas secas*, Swollum, 1982).

Sentou-se no banquinho de plástico azul que Cenho Severo trouxe para a ocasião, cruzando as pernas longas e magras como as de uma senhora. Equilibrava um velho caderno verde na coxa esquerda e nele escrevia com a mão esquerda, em CAIXA ALTA e na velocidade com que uma semente de maçã se transforma numa árvore de três metros de altura.

O sargento Coxley, de quarenta e poucos anos, cabelo castanho desgrenhado derretendo-lhe sobre a cabeça e o olhar sonolento de um salva-vidas ao final do verão, era um homem muito ligado a reduções, resumos, sínteses. Eu estava apoiada em almofadas (Papai acompanhava o sargento Coxley aos pés da cama), tentando ao máximo lhe contar *tudo*, mas quando eu terminava uma frase — uma frase complexa, cheia de detalhes cruciais escavados de toda aquela escuridão, pois, estranhamente, nada daquilo parecia real agora; todas as lembranças pareciam ter uma iluminação ao estilo DeMille, cheias de refletores e efeitos especiais e maquiagem carregada, pirotecnia, ambientação —, depois de tudo isso, o sargento Coxley escrevia somente uma, *talvez* duas palavras.

ST. GALLWAY 6 ESTUDANTES HANA SCHEDER PROFESSORA MORTA? AÇUCARADO VIOLET MARTINEZ.

Ele resumia qualquer trama de Dickens num Haikai.

— Só mais algumas perguntas — falou, fitando seu poema de E.E.Cummings com os olhos entrecerrados.

— E quando ela veio e me encontrou no meio da mata — falei —, estava usando uma grande pochete, que não tinha antes. Anotou isso?

— É claro. — POCHETE

— E aquela pessoa que nos seguiu, eu acho que deveria ser um homem, mas não sei. Usava óculos grandes. O Nigel, um dos que estavam conosco, ele usa óculos, mas não era ele. Tenho certeza. Ele é bem franzino e usa óculos minúsculos. Esta pessoa era grande, e os óculos eram grandes. Como fundos de garrafa.

— Certo. — FUNDO DE GARRAFA

— Deixe-me reiterar — continuei — que a Hannah queria me dizer alguma coisa.

Coxley fez que sim.

— É por isso que ela queria me encontrar longe do acampamento. Mas não chegou a me dizer o que era. Foi aí que ouvimos essa pessoa perto de nós, e ela foi atrás dela.

Nesse momento a minha voz não passava de uma brisa e, nos momentos mais enfáticos, uma ventania, mas continuei sibilando, apesar da cara preocupada do Papai.

— Tudo bem, tudo bem. Peguei. — ACAMPAMENTO. O sargento Coxley olhou para mim, erguendo as sobrancelhas de rambutã como se nunca na vida houvesse visto uma Testemunha parecida comigo. O mais provável é que não houvesse. Eu tinha a inquietante sensação de que a experiência do sargento Coxley com Testemunhas não estava ligada a assassinatos, nem mesmo a roubos, e sim a acidentes automobilísticos. A quinta pergunta da série (feita numa voz tão frouxa que era quase possível ver o papel com a inscrição QUESTIONÁRIO DE TESTEMUNHAS preso ao mural da delegacia ao lado da folha de inscrições para o 52º Seminário Anual de Roubo de Automóveis e o Cantinho InterPessoal da Polícia, onde os solteiros do departamento postavam seus Interesses em no máximo vinte e oito palavras) foi a supremamente desalentadora: "A senhora notou quaisquer problemas na cena do infortúnio?" Imagino que ele esperava ouvir algo do tipo: "Sinal de trânsito quebrado", ou "Folhagem densa encobrindo uma placa de PARE".

— Algum deles já foi encontrado? — perguntei.

— Estamos trabalhando nisso — disse Coxley.

— E a Hannah?

— Como falei. Cada um está fazendo seu trabalho. — Passou um dedo gordo, parecido a uma vagem, pelo caderno verde. — Agora, pode me dizer alguma coisa sobre a sua relação com...?

— Era professora da nossa escola — falei. — St. Gallway. Mas era mais que isso. Era uma amiga. — Respirei fundo.

— Você está falando de...

— Hannah Schneider. Tem um "i" no sobrenome.

— Ah, certo. — I

— Só para deixar claro, ela é a pessoa que eu achei ter visto...

— Tudo bem — respondeu, fazendo que sim enquanto escrevia. AMIGA

Nesse momento, Papai deve ter decidido que já era o suficiente, pois encarou o sargento Coxley muito intensamente por um momento e, como se decidisse alguma coisa, ficou em pé em frente à cama (ver "Picasso aproveitando bons momentos no Le Lapin Agile, Paris", *Respeitando o Demônio*, Hearst, 1984, p. 148).

— Acho que já deve ter tudo o que precisa, Poirot — disse Papai. — Muito metódico. Estou impressionado.

— Como é? — perguntou o sargento Coxley, franzindo o rosto.

— Você me deu um novo respeito pelos promotores da lei. Há quantos anos está nesse serviço, Holmes? Dez, doze?

— Ah. Eh, vou fazer dezoito agora.

Papai assentiu, sorrindo.

— Impressionante. Sempre adorei o jargão... BO, DP, meliante, elemento, não é isso mesmo? Peço desculpas, assisti a uma boa dose de *Colombo*. Sempre me arrependo de não ter seguido essa profissão. Se importa se eu lhe perguntar como foi que entrou nela?

— Meu pai.

— Maravilhoso.

— Pai dele também. Um lance de gerações.

— Se quer saber, eu acho que há muito poucos jovens entrando na corporação. Esses garotos brilhantes vão todos em busca dos empregos de ponta, mas será que isso os faz felizes? Duvido. Precisamos de pessoas sensatas, pessoas *espertas*. Pessoas que tenham a cabeça no lugar.

— É o que eu sempre digo.

— É mesmo?

— Filho de um amigão meu foi morar em Bryson. Era gerente de banco. Detestava. Voltou para cá, contratei o rapaz. Falou que nunca esteve tão feliz. Mas tem que ser um tipo de homem muito especial. Não é qualquer um...

— É claro que *não* — disse o Papai, balançando a cabeça.

— Primo meu. Não conseguiu. Não se agüentou dos nervos.

— Posso imaginar.

— Dá para saber logo de saída se o cara vai conseguir.

— Não brinca!

— *É sim*. Contratei um do Condado Sluder. Departamento inteiro achava que ele era ótimo. Eu não. Dava para ver pelos olhos dele. Não dava pra coisa. Dois meses depois fugiu com a mulher de um bom homem da nossa Divisão de Detetives.

— De onde menos se espera... — disse o Papai, suspirando enquanto consultava o relógio. — Adoraria continuar conversando, mas...

— Oh...

— O doutor aqui, acho que ele é muito bom, sugeriu que a Blue fosse para casa, descansar e recuperar a voz. Acho que vamos ter que esperar até ouvir os outros. — Papai lhe estendeu a mão. — Sei que estamos em boas mãos.

— Obrigado — disse o sargento Coxley, ficando em pé e cumprimentando o Papai.

— Sou *eu* que agradeço. Tenho certeza de que vai nos procurar em casa caso precise de informações adicionais, não é mesmo? Tem o nosso número de telefone?

— Ah, tenho sim.

— Excelente — disse Papai. — Avise-nos se pudermos ser úteis de alguma forma.

— É claro. E tudo de bom para vocês.

— Igualmente, Marlowe.

E assim, antes que o sargento Coxley entendesse o que lhe havia acontecido, antes que *eu* soubesse o que lhe havia acontecido, o sargento Coxley se foi.

CAPÍTULO 24

CEM ANOS DE SOLIDÃO

Em circunstâncias extremas nas quais testemunhamos inadvertidamente a morte de uma pessoa, algo em nosso interior é deixado permanentemente fora de lugar. Em algum ponto (dentro do cérebro e do sistema nervoso, imagino) resta um empecilho, um atraso, um impedimento, um ligeiro problema técnico.

Para aqueles que nunca tiveram esse tipo de azar, imaginem a ave mais rápida do mundo, o falcão-peregrino, *Falco peregrinus*, mergulhando esplendidamente em direção à sua presa (pomba distraída) a quase 400 km/h, quando de súbito, segundos antes de desferir com as garras um golpe letal, sente-se atarantado, perde o foco, derrapa, *dois inimigos às três horas, alto, freie, freie, Zorro acertou o seu parceiro*, mal consegue recobrar altura, sobe, sobe, endireita-se e flutua, bastante abalado, até a árvore mais próxima onde possa se recompor. A ave está bem — mas ainda assim, depois disso, e na verdade pelo resto da sua vida de doze a quinze anos, nunca mais será capaz de mergulhar com a mesma velocidade ou intensidade dos demais falcões. Estará sempre descentrado, sempre um pouco *errado*.

Biologicamente falando, essa alteração irreparável, por mais diminuta que seja, não tem o direito de ocorrer. Considere a formiga-carpinteira, que permite que uma formiga amiga encontrada morta durante o trabalho permaneça onde está por um total de quinze a trinta segundos até que seu corpo sem vida seja apanhado, arrastado para fora do formigueiro e lançado numa pilha de detritos composta de pedaços de areia e terra (ver *Todos meus filhos: confissões fervorosas de uma Formiga Rainha*, Strong, 1989, p. 21). Os mamíferos também têm uma visão igualmente entediante da morte e da perda. Uma tigresa solitária defenderá seus filhotes caso um macho se aproxime, mas depois que tenham sido chacinados, ela "se deitará e acasalará com ele sem hesitar" (ver *Orgulho*, Stevens-Hart, 1992, p. 112). Os primatas de fato se lamentam — "não há nenhuma forma de sofrimento mais profunda que a do chimpanzé", declara Jim Harry em *Fabricantes de ferramentas* (1980) —, mas eles tendem a reservar sua angústia somente para os familiares mais próximos. Sabe-se que os chimpanzés machos executam não apenas os seus concorrentes, como também os jovens e inválidos dentro e fora do clã, por vezes chegando a comê-los sem razão aparente (p. 108).

Por mais que eu tentasse, não consegui invocar nem um pouco desse frio *c'est la vie* do Reino Animal. Comecei a sofrer, no decorrer dos três meses seguintes, de uma insônia avassaladora. Não estou falando da insônia do tipo romântico, da doce falta de sono que sentimos quando estamos apaixonados, esperando ansiosamente pelo *rendez-vous* com um amante num belvedere ilícito. Não, esta era do tipo viscosa e torturante, no qual o travesseiro assume lentamente as propriedades de um bloco de madeira, e os lençóis, as de um pântano.

Na minha primeira noite em casa ao sair do hospital, nenhum deles, nem a Hannah, nem a Jade nem os demais, haviam sido encontrados. Com a chuva golpeando incessantemente as janelas, fitei o teto do meu quarto e tomei ciência de uma nova sensação no meu peito, a impressão de que estava afundando como uma calçada velha. A minha cabeça foi tomada por pensamentos que pareciam becos sem saída, e entre eles o que crescia mais descontroladamente era a Ânsia do Produtor de Cinema: o desejo descomunal e extraordinariamente improdutivo de eliminar as últimas quarenta e oito horas da minha Vida, de me livrar do diretor original (que obviamente não fazia a menor idéia do que estava fazendo) e refilmar a coisa toda, o que deveria incluir uma substancial revisão do roteiro e uma ampla troca de atores principais. Era como se eu não conseguisse me *suportar*, o modo como estava segura e confortável com as minhas meias de lã e pijama de flanela azul-marinho comprado no Setor de Adolescentes da Stickley's. Eu me ressentia até da caneca de suco de laranja que o Papai tinha colocado no canto sudoeste da minha mesinha-de-cabeceira (onde se lia: "Não deixe para amanhã o que você pode fazer hoje"). O meu afortunado resgate pelos Richards parecia ser algo como um primo desdentado e com uma tendência a cuspir enquanto falava — absolutamente vergonhoso. Eu não tinha nenhum desejo de ser o Otto Frank, a Anastásia, o Curly, o Trevor Rees-Jones. Eu queria estar com os outros, sofrendo o que quer que estivessem sofrendo.

Dado o meu estado de confusão, o fato de que, nos dez dias que se seguiram à viagem, durante o recesso escolar de St. Gallway, eu tenha embarcado num caso de amor amargo, irritante e absolutamente insatisfatório não foi surpresa alguma.

Era um amante insípido e volúvel, um andrógino de duas cabeças também conhecido como o noticiário local, Notícias 13. Comecei a vê-lo três vezes por dia (*Primeiras Notícias às 5h, Notícias 13 às 17h30, Notícias da Noite às 23h*), mas depois de vinte e quatro horas, com suas falas diretas, ombreiras, improvisos e comerciais (sem falar no pano de fundo com um sol falso pondo-se permanentemente atrás dela), conseguiu forçar seu caminho para o interior da minha cabeça insana. Eu não conseguia comer, não conseguia nem *tentar* dormir sem suplementar o meu dia com seus programas de meia hora às 6h30, 9h, 12h e 12h30.

Como todos os romances, o nosso começou com grandes expectativas.

— A seguir, as suas notícias locais — disse Cherry Jeffries. Ela vestia um rosa indigesto, tinha olhos verdes, um sorriso tenso que lembrava um pequeno elástico esticado sobre a cara. Magra, estava coberta por cabelos loiros à altura do queixo: parecia uma caneta. — Chama-se Creche Alvorada, mas o DSS quer que o sol se ponha nessa instituição, que recebeu diversas acusações de maus-tratos.

— Donos de restaurantes protestam na prefeitura contra um novo aumento de impostos — piou Norvel Owen. A única característica peculiar de Norvel era o desenho da sua calvície, que imitava as linhas de uma bola de beisebol. A gravata também era peculiar, parecendo ter sido inspirada em mexilhões, moluscos e outros invertebrados. — Vamos falar sobre o que isso representa para você e as suas noites de sábado na cidade. A seguir.

Um quadrado verde surgiu e pairou sobre o ombro de Cherry como uma boa idéia: BUSCA.

— Mas antes, a nossa manchete principal — disse Cherry. — Continua a busca intensiva por cinco alunos de uma escola local e sua professora, desaparecidos no Parque Nacional das Grandes Montanhas Nebulosas. As autoridades do parque foram alertadas nesta manhã, depois que um morador do Condado Yancey encontrou uma sexta aluna perto da rodovia 441. Ela foi internada num hospital após ter ficado exposta ao frio, e teve alta em condição estável no final da tarde. O delegado do Condado Sluder informou que o grupo entrou no parque na tarde de sexta-feira e esperava passar o fim de semana acampando, mas posteriormente se perdeu. A chuva, o vento e a forte neblina têm diminuído a visibilidade das equipes de resgate. No entanto, com temperaturas bastante acima de zero, os guardas florestais e a polícia do Condado Sluder dizem estar otimistas, acreditando que os outros serão resgatados sem maiores problemas. Enviamos nossos melhores votos às famílias e a todos os envolvidos na busca.

Cherry olhou para a folha em branco sobre a mesa plástica azul. Olhou novamente para a câmera.

— As pessoas estão galopantes no Centro Agrônomo da Carolina do Norte com a chegada de um pônei novinho em folha.

— Mas este não é um cavalo comum, é claro, é claro — cantarolou Norvel.
— Mackenzie é um cavalo-miniatura da raça Falabella e tem pouco mais de meio metro de altura. Os curadores dizem que o pônei é originário da Argentina, sendo uma das raças mais raras do mundo. Você pode conhecer o pequeno Mac pessoalmente no curral.

— Ela acontece todos os anos — disse Cherry —, e seu sucesso depende de *você*.

— A seguir — disse Norvel —, detalhes sobre a Operação Sangue Novo.

Na manhã seguinte, domingo, a minha recente paixão já estava cristalizada numa obsessão. E o que eu antecipava não era apenas a notícia, ainda por ser ouvida, de que as equipes de resgate os haviam finalmente encontrado, de que a Hannah estava viva e segura, de que o Medo (famoso por suas qualidades alucinógenas) havia inventado tudo o que eu vira e ouvira. Cherry e Norvel (eu os chamava de Chernobyl) tinham algo de inegavelmente interessante, uma qualidade que me forçava a suportar seis horas de programas de entrevistas (um tema muito significativo, "De sapo a príncipe: grandes transformações masculinas") e comerciais de limpeza com donas de casa que tinham que lidar com excessivas manchas e crianças em pouquíssimo tempo, para poder assistir ao segundo segmento que apresentavam juntos, *Seu almoço de negócios em Stockton*, às 12h30. Um amplo e triunfante sorriso acotovelou o rosto de Cherry ao anunciar que *ela* seria a única âncora daquela tarde.

— Nosso almoço de negócios de hoje tem notícias em primeira mão — anunciou, franzindo o rosto enquanto dispunha os papéis em branco à sua frente, embora ainda estivesse claramente entusiasmada por presidir sobre *toda* a mesa azul, e não somente sobre o lado direito. Os cordéis brancos que decoravam seu terno azul-marinho, contornando os ombros, bolsos e mangas, delineavam uma compleição delicada, como linhas brancas marcando as curvas súbitas de uma estrada não iluminada. Cherry piscou para a tela e pareceu séria. — Uma mulher do Condado Carlton foi encontrada *morta* esta tarde pelas equipes de resgate que estão vasculhando o Parque Nacional das Grandes Montanhas Nebulosas. Essa é a última novidade na busca pelos cinco alunos de uma escola local e sua professora, que começou ontem. Stan Stitwell, do Notícias 13, está ao vivo no centro de resgate. Stan, quais foram as declarações da polícia?

Stan Stitwell apareceu, em pé num estacionamento, com uma ambulância estacionada atrás de si. Se Stan Stitwell fosse vinho, não seria robusto nem encorpado. Seria frutado, ácido, com um toque de cereja. O cabelo castanho e frouxo lhe pendia sobre a testa feito cadarços molhados.

— Cherry, a polícia do Condado Sluder ainda não deu declarações, mas ouvimos dizer que o corpo foi definitivamente identificado como o da professora Hannah Louise Schneider, de quarenta e quatro anos, que dá aulas no Colégio St. Gallway, a conhecida escola privada de Stockton. A busca por ela e pelos outros cinco estudantes, feita pelos funcionários do parque, já dura vinte e quatro horas. As autoridades responsáveis ainda não nos disseram em que condição o corpo foi encontrado, mas há alguns minutos chegaram detetives à cena, para determinar se houve violência.

— E os cinco estudantes, Stan? O que mais se sabe sobre eles?

— Bem, apesar das condições ruins que temos aqui, chuva, vento, neblina forte, a busca continua. Há uma hora as equipes de resgate começaram a utilizar um helicóptero da Guarda Nacional, mas tiveram que trazê-lo de volta devido à baixa visibilidade. Mesmo assim, nas últimas duas horas aproximadamente, ao menos vinte e cinco civis se ofereceram como voluntários no esforço por encontrá-los. Como você pode ver atrás de mim, a Cruz Vermelha e uma equipe médica da Universidade do Tennessee montaram um centro de operações para ajudar com os alimentos e primeiros socorros. Todos estão fazendo o que podem para garantir que os jovens voltem para casa em segurança.

— Obrigado, Stan — disse Cherry. — E o Notícias 13 vai mantê-lo informado à medida que a história se desenrolar.

Cherry olhou para a folha em branco sobre a mesa. Olhou novamente para a câmera.

— A seguir, são as pequenas coisas da vida que tomamos por certas. Hoje, como parte da nossa série "Bem-Estar", vamos mostrar que muito tempo e dinheiro são gastos na produção daquela coisinha que o seu dentista quer que você use duas vezes por dia. Mary Grubb, do Notícias 13, nos traz a história da escova de dentes.

Assisti ao resto das notícias, mas a viagem de camping não foi mais mencionada. Peguei-me notando todo tipo de Coisinha sobre Cherry: seus olhos correndo pelo teleprompter, o modo como suas expressões faciais se metamorfoseavam entre o Olhar de Horror Contido (assalto a loja), o Olhar de Profundo Pesar (criança morta em incêndio num apartamento), o Olhar de Consciência Comunitária Serena (aumenta a batalha entre motociclistas e donos de trailer em Marengo), com a facilidade de quem troca de calcinha num provador. (Olhar para as folhas em branco sobre a mesa parecia ser o botão que provocava essa troca mecânica de expressões, algo como sacudir um Traço Mágico.)

E na manhã seguinte, segunda-feira, quando me arranquei da cama às 6h30 para pegar o "Bom Dia 13!", observei o modo maníaco com que Cherry parasitava unilateralmente toda a atenção do programa, deixando que Norvel se tornasse um apêndice, uma calota, um saquinho extra de sal que esquecemos no fundo de um saco de fast-food. Norvel, se visualizado com uma cabeça cheia de cabelos loiros, provavelmente tinha sido competente algum dia, talvez até *incisivo* no modo com que anunciava as notícias, porém, como uma igreja de Dresden com arquitetura bizantina às vésperas do dia 13 de fevereiro de 1945, ele estava no lugar errado na hora errada. Ao lado de Cherry, vitimado por seus Modos De Chamar A Atenção Por Meio De Grandes Brincos De Plástico, seus Modos De Roubar a Cena Via Aplicação De Mais Maquiagem Nos Olhos Que Uma Drag-Queen, sem falar na Arte Da Castração Indireta (isto é, "Falando em bebês, Norvel nos traz a história de uma nova creche que abrirá no Condado Yancey".) — foi deixado em ruínas. Ele apresentava a porção que lhe cabia do noticiário (histórias esquecíveis sobre cerimônias com a presença do prefeito e animais de fazenda) com a voz incerta e raquítica de uma mulher em plena dieta de abacaxi e queijo cottage, cuja coluna se erguia das suas costas como um corrimão quando ela se inclinava.

Eu sabia que ela não era boa pessoa, que não era o mais benéfico dos temas.

Eu apenas não conseguia me controlar.

∽

— Cinco estudantes de uma escola local foram encontrados *vivos* esta manhã por equipes de resgate nas Grandes Montanhas Nebulosas, após uma busca intensiva que durou dois dias — anunciou Cherry. — Essa é a última novidade na história, depois que o corpo da professora Hannah Louise Schneider foi descoberto ontem. Estamos ao vivo em frente ao Hospital do Condado Sluder com o repórter Stan Stitwell, do Notícias 13. Stan, o que tem a nos contar?

— Cherry, houve muitas lágrimas e comemorações no local quando as equipes de resgate do parque trouxeram em segurança os cinco alunos, do terceiro ano do colégio, que estavam desaparecidos desde sábado. A neblina forte e a chuva cederam no início da manhã, e cães de resgate K-9 conseguiram rastrear os estudantes, partindo de uma popular área de camping conhecida como Cume Açucarado e chegando a uma outra região do parque, a mais de trinta quilômetros de distância. A polícia informou que os jovens se separaram de Hannah Schneider e da sexta estudante no sábado. Eles tentaram localizar um caminho para sair do parque, mas se perderam. Um dos rapazes aparentemente fraturou uma perna. Já foi confirmado que os demais estão em condição estável. Meia hora atrás foram internados no Pronto Socorro, que vocês podem ver atrás de mim. Estão recebendo tratamento para cortes, arranhões e outros ferimentos leves.

— É uma ótima notícia, Stan. Já temos alguma informação sobre a causa da morte da professora?

— Cherry, a polícia do Condado Sluder não fez declarações sobre o corpo da mulher encontrada, disse apenas que, para não atrapalhar o progresso da investigação, todas as provas serão mantidas em sigilo por enquanto. Temos que esperar pelo parecer do legista do Condado Sluder, que deverá sair na semana que vem. Por agora, estão todos aliviados em ver os jovens em segurança. Espera-se que tenham alta do hospital ainda esta tarde.

— Ótimo, Stan. E o Notícias 13 vai mantê-lo informado à medida que surgirem novidades sobre essa tragédia no parque.

Cherry olhou para a folha de papel e levantou novamente os olhos.

— É pequeno. É preto. E você não deve sair de casa sem ele.

— Descubra o que é — disse Norvel, piscando para a câmera, — na nossa série "Tecnologia", a seguir.

Assisti o programa até o final, quando Cherry sorriu e gorjeou, "Tenha uma ótima manhã!" e a câmera se afastou dela e de Norvel como uma mosca revoando pelo estúdio. Pelo sorriso triunfante que tinha no rosto, ela parecia esperar que a tragédia no parque fosse seu caminho para a fama, seus Quinze Minutos (Que Potencialmente Poderiam Levar A Toda Uma Meia Hora), seu Bilhete na Primeira Classe para Algum Lugar (com Assentos Inteiramente Reclináveis e Champanhe Antes da Decolagem). Cherry parecia ver o futuro se desenrolando à distância como uma rodovia de quatro faixas: "Cherry Jeffries Entrevista: Agüenta Coração", C-J, uma grife de roupas conservadoras para a mulher loira, séria e trabalhadora ("Não mais um oxímoro"), "Ave Cherry", a Fragrância

Cherry Jeffries para Mulheres em Movimento, a matéria publicada no jornal *USA Today*, "Com licença, Oprah, aí vem a Cherry". Um comercial de carro invadiu a tela. Notei que o Papai estava parado atrás de mim. Tinha a velha pasta de couro, repleta de blocos de papel e periódicos, pendurada pesadamente ao redor do ombro. Estava a caminho da universidade. Seu primeiro seminário, "Resolução de conflitos no Terceiro Mundo", começava às 9 da manhã.

— Talvez fosse uma boa idéia parar de assistir — falou.

— E fazer o quê, então? — perguntei, num tom frouxo.

— Descansar. Ler. Eu tenho uma cópia comentada de *De Profundis*...

— Não quero ler *De Profundis*.

— Muito bem. — Ficou calado por um instante. E então: — Sabe, eu posso ligar para o diretor Randall. Podemos passar o dia em algum lugar. Dirigir até um...

— Onde?

— Talvez possamos fazer um piquenique num desses lagos que as pessoas estão sempre louvando aos céus. Um desses lagos com patos.

— Patos.

— Pedalinhos, sabe? E gansos.

Papai deu a volta e ficou em frente ao sofá, ostensivamente, para que eu arrancasse os olhos da TV e olhasse para ele.

— Cair na estrada — falou. — Isso pode nos lembrar que, por maior que seja a tragédia, sempre existe um mundo além dela. "Aonde vais, América, no teu carro reluzente pela noite?"

Não tirei os olhos doloridos da TV, com meu roupão de banho cor-de-língua jogado sobre as pernas.

— Você teve um caso com a Hannah Schneider? — perguntei.

Papai ficou tão chocado que não respondeu imediatamente.

— *Eu... o quê?*

Repeti a pergunta.

— Como é que você pode perguntar uma coisa dessas?

— Você teve um caso com a Eva Brewster, então talvez também tenha tido um caso com a Hannah Schneider. Talvez tenha tido um caso com a escola *inteira*, e não me disse nada...

— É claro que não — respondeu o Papai, irritado, depois respirou fundo e acrescentou calmamente —, eu *não* tive um caso com a Hannah Schneider. Querida, é melhor você parar com essas... *matutações*... não são boas. O que posso fazer? Me diga. Podemos nos mudar para algum lugar. Califórnia. Você sempre quis ir para a Califórnia, não é mesmo? Para o estado que quiser...

Papai se agarrava às palavras do modo como os náufragos se agarram a pedaços de compensado. Não falei nada.

— Pois bem — disse ele, após um minuto. — Você tem o número do meu escritório. Vou estar em casa por volta das duas, para ver como você está.

— *Não* venha ver como estou.

— Querida.

— O quê?

— Tem aquele penne...

— Na geladeira, que posso requentar para o almoço... já *sei*.

Papai suspirou, e olhei para ele dissimuladamente. Parecia ter levado um soco na cara, como se eu houvesse pichado PORCO na testa dele, como se eu houvesse dito que queria vê-lo morto.

— Você me liga se precisar de alguma coisa? — perguntou.

Fiz que sim.

— Se quiser, quando voltar posso pegar alguns vídeos na... como é que se chama?

— Videomeca.

— Isso. Algum pedido especial?

— *E a porra do vento levou* — falei.

Papai me deu um beijo na bochecha e seguiu pelo corredor até a porta de entrada. Era uma dessas situações em que sentimos como se a nossa pele de repente se tornasse fina como uma única folha de um baclavá, quando *desesperadamente* queremos que a pessoa não vá embora, mas não dizemos nada para poder sentir o isolamento na sua forma mais pura, como o dos gases nobres numa tabela periódica dos elementos, Iso[1].

A porta da frente foi fechada, trancada. Ao ouvir o som distante da Volvo azul que se afastava, a tristeza e o falecimento caíram sobre mim como um lençol sobre um móvel guardado.

⁓

Imagino que tenha sido o choque, a aflição tomando o meu corpo, aquilo que Jemma Sloane chama sombriamente, na página 95 de seu livro sobre "crianças afrontadoras", *Criando um Golias* (1999), de "mecanismos de superação das crianças". Quaisquer que tenham sido as bases psicológicas, nos quatro dias que se seguiram ao resgate dos demais (como disse o meu querido Chernobyl durante as *Primeiras Notícias às Cinco*, eles voltaram para casa como embrulhos danificados), adotei o caráter e a conduta de uma detestável viúva de noventa anos de idade.

Papai precisava trabalhar, portanto, passei o resto do recesso escolar sozinha. Falei muito pouco. O pouco que disse foi dirigido a mim mesma ou à minha companheira colorida, a TV (Chernobyl mostrou ser mais aprazível que qualquer neto exibido). Papai era o fiel guardião, apesar de brutalmente mal pago, que aparecia em intervalos regulares para se assegurar de que eu não tinha incinerado a casa, que comia as refeições que me eram preparadas e que não adormecia em posições estranhas que pudessem levar a lesões ou à morte. Ele era a enfermeira que continha as próprias palavras quando eu estava irritável, temendo que eu pudesse tombar.

Quando tive vontade, arrisquei-me a sair de casa. A lastimável semana de chuva cedera espaço a um sol arrogante. Aquilo era demais — o brilho, a grama como palha. O sol importunava o jardim com uma sem-vergonhice que eu nunca havia presenciado, inundando as folhas, escaldando o asfalto. As minhocas também eram ofensivas, essas mendigas, visivelmente de ressaca após o aguaceiro, tão embriagadas que não conseguiam se mobilizar, fritando como batatas fritas alaranjadas por toda a calçada.

Fechei a cara, não abri as cortinas do meu quarto; detestava o mundo inteiro, estava num péssimo humor. Assim que o Papai partia pela manhã, eu revistava o lixo da cozinha para apanhar a última edição do *Correio de Stockton*, que ele jogava fora muito cedo para que eu não pudesse ler as manchetes e reavivar o que acontecera. (Ele não sabia que o meu bem-estar era uma causa perdida; eu tinha pouco apetite, e a probabilidade de que conseguisse dormir era tão grande quanto a de achar cabelos num ovo.)

Por volta das cinco da tarde, antes que ele voltasse para casa, eu recolocava o jornal na lata de lixo, reposicionando-o cuidadosamente debaixo do rigatoni ao molho de tomate da noite anterior (a assistente do Departamento de Ciências Políticas, Bárbara, tinha dado ao Papai algumas receitas "reconfortantes", que supostamente haviam sido muito úteis no programa de desintoxicação de um enteado desencaminhado, Mitch). Era um exercício furtivo, mais ou menos como esconder remédios no elástico de um lençol, amassá-los com uma colher de sopa e usá-los para adubar gerânios.

"Morte de professora choca escola", "Mulher morta era professora querida, ativista comunitária", "Investigadores retêm detalhes sobre morte no parque" — essas eram as manchetes apreensivas sobre a coisa, nós, *ela*. As matérias reciclavam os detalhes sobre o resgate, o "choque", a "descrença" e a "sensação de perda" da comunidade de Stockton. Os nomes e as sorridentes fotos escolares de Jade, Charles, Milton, Nigel e Lu reluziam nos jornais. (O meu não — mais um golpe por ter sido a primeira a ser encontrada.) As palavras de Eva Brewster eram citadas: "Não conseguimos acreditar nisso." Também citavam Alice Kline, que havia trabalhado com a Hannah no Abrigo de Animais do Condado Burns: "É tão triste. Ela era a pessoa mais feliz e amável do mundo. O pior é que todos os cachorros e gatos estão esperando a volta dela." (Quando alguém morre prematuramente, sempre se torna a Pessoa Mais Feliz e Amável.)

A não ser por "Continuam as investigações sobre morte no parque", que explicava que o corpo de Hannah havia sido encontrado a três quilômetros do Cume Açucarado, enforcado num cabo elétrico, nenhuma das outras matérias dizia nada de novo. Depois de algum tempo, tudo aquilo se tornou nauseante, especialmente o editorial, "Assassinato na Carolina do Norte: evidências de vodu", escrito por R. Levenstein, um "crítico, conservacionista e blogueiro local", que especulava que a morte de Hannah estaria relacionada ao ocultismo. "A relutância contínua da polícia em revelar os detalhes da morte de Hannah Schneider leva o observador astuto a uma conclusão que as autoridades locais vêm tentando ocultar há anos: *existe uma crescente população de bruxas nos condados Sluder e Burns.*"

Não, não era como nos Velhos Tempos.

Devido ao prazer que eu sentia em revirar o lixo, consegui localizar uma outra coisa digna de nota, da qual o Papai se livrara para preservar a minha saúde mental, o Kit de Condolências de St. Gallway. A julgar pela data contida no grande envelope pardo no qual foi remetido, o kit aparentemente foi lançado com a velocidade de um míssil Tomahawk assim que as notícias do evento catastrófico atingiram os radares da escola.

O kit continha uma carta do diretor Havermeyer ("Queridos Pais: nesta semana, estamos entristecidos pela morte de uma de nossas professoras mais queridas, Hannah Schneider..."), uma matéria hiperemotiva de uma edição de 1991 da revista *Parenting*, "O luto infantil", uma agenda com os horários e salas em que haveria psicólogos disponíveis, integrantes da Equipe de Crise, alguns números 0800 de apoio psicológico vinte e quatro horas (0800-LAMENTO, e um outro mais difícil de lembrar, acho que era 0800-MAZELAS), e um *post-scriptum* morno sobre o funeral. ("A data para a cerimônia fúnebre da profa. Schneider ainda será marcada.")

Pode-se imaginar como era estranho, para mim, ler esses materiais cuidadosamente preparados, perceber que estavam falando da Hannah, a nossa Hannah, a Ava Gardner com quem eu já comera filés de porco — como era assustadora e súbita a passagem da Vida para a Morte. O mais inquietante era o fato de que o kit não mencionava em momento algum o modo como ela tinha morrido. É verdade, havia sido preparado e enviado muito antes que o legista do Condado Sluder emitisse o laudo da autópsia. Porém, a omissão era bizarra, como se ela não houvesse sido assassinada (uma palavra sensacional; se dependesse de mim, haveria algo um pouco mais sério na interseção entre a Morte, o Assassinato e a Chacina — Machacinato, talvez). Em vez disso, segundo o kit, a Hannah tinha simplesmente "passado"; estava jogando pôquer e decidiu não pegar mais uma carta. Ou, lendo-se o texto esponjoso do diretor Havermeyer, tinha-se a sensação de que ela tinha sido seqüestrada ("levada daqui"), ao melhor estilo King-Kong ("sem aviso") pela gigantesca e macia Mão de Deus ("está em boas mãos"), e embora um evento como esse fosse terrível ("uma das lições mais duras da vida"), todos deveríamos pregar um sorriso no rosto e continuar, roboticamente, com nossas vidas cotidianas ("devemos seguir em frente, amando cada dia, como Hannah gostaria que fizéssemos.").

⁓

O Gerenciamento de Sofrimentos de St. Gallway começou, mas certamente não terminou com o Kit de Condolências. No dia seguinte, sábado, dia 2, Papai recebeu um telefonema de Mark Butters, Líder da Equipe de Crise.

Escutei a conversa pela extensão do meu quarto, com a cumplicidade silenciosa do Papai. Antes de ser indicado à Equipe de Crise, o prof. Butters jamais havia sido um homem confiante. Tinha uma compleição de *baba ganoush*, e seu corpo flácido, mesmo nos dias claros e ensolarados, não se assemelhava a nada mais robusto que uma maleta de mão já muito usada. Seu traço de personalidade mais evidente era uma natureza desconfiada, a convicção perseverante de que ele, o prof. Mark Butters, era o objeto secreto de todas as piadas, ironias, trocadilhos e comentários feitos pelos alunos. Sentado em sua mesa durante o almoço, revistava com os olhos as caras dos alunos do modo como os cães farejadores dos aeroportos procuram os brancos resíduos da chacota. Porém, como se notava em sua nova voz, sonora e confiante, o prof. Butters sempre tivera um Potencial Oculto, era um homem que precisava apenas de uma Ínfima Calamidade para poder brilhar. Assim, abandonou a Hesitação e a Dúvida com a facilidade surpreendente com que alguém devolve, no meio da noite, uma fita pornô à gaveta de DEVOLUÇÕES da vídeo-locadora, colocando em seu lugar, sem nenhum esforço, a Autoridade e a Coragem.

— Caso a sua agenda o permita — dizia o prof. Butters —, gostaria de marcar uma sessão de meia hora com o senhor e a Blue, para discutirmos o que aconteceu. Além de mim, estarão presentes o diretor Havermeyer e uma das nossas psicólogas infantis, que poderá lhes prover aconselhamento.

— Uma das suas *o quê?*

(Devo mencionar que o Papai não acreditava nos conselhos de ninguém, além dos seus próprios. Ele achava que a psicoterapia não promulgava nada além de uma boa dose de afagos nas mãos e massagens nos ombros. Desprezava Freud, Jung, Frasier, qualquer pessoa que considerasse fascinante instigar uma discussão prolongada sobre os seus sonhos.)

— Uma psicóloga. Com quem o senhor e a sua filha poderão compartilhar as suas preocupações. Temos uma psicóloga infantil muito competente, disponível em tempo integral, Deb Cromwell. Ela acaba de se juntar a nós, vinda da escola Derds, em Raleigh.

— Ah, entendo. Bem, eu tenho apenas uma preocupação.

— Ah é?

— É.

— Ótimo. Diga-me.

— *O senhor.*

Butters ficou calado. E então:

— Entendo.

— Minha preocupação é com o fato de, durante toda a semana, a sua escola ter permanecido muda; por puro terror, imagino. E agora, por fim, um de vocês juntou coragem para tomar a iniciativa, às, que horas são, *três e quarenta e cinco* de uma tarde de sábado. E tudo o que tem a dizer é que gostaria de marcar uma hora para que passemos por uma sessão de análise. É isso mesmo?

— É apenas uma sessão preliminar de perguntas e respostas. Bob e Deb gostariam de sentar com vocês, pessoalmente, para ter uma...

— A verdadeira intenção deste telefonema é intuir se eu planejo ou não processar tanto a escola como a Direção Pedagógica por negligência. Estou certo?

— Sr. Van Meer, não vou discutir com...

— Não o faça.

— O que *sim* vou dizer é que desejamos...

— Eu não diria nem desejaria nada se fosse o senhor. A sua temerária, ou melhor, a sua *tresloucada* funcionária levou a *minha* filha, que é *menor de idade*, numa viagem de fim de semana *sem* solicitar qualquer autorização parental...

— Estamos todos bastante cientes da situa...

— Colocou em risco a vida da minha filha e a vida de outros cinco menores e, permita que eu lhe recorde, conseguiu ser morta no que está parecendo ser uma maneira altamente deplorável. Estou por um *triz* de chamar um advogado e de embarcar numa cruzada pessoal para garantir que o senhor, esse seu diretor, Oscar Meyers, e *todas* as pessoas associadas à sua instituição de terceira categoria vejam o sol nascer quadrado pelos próximos quarenta anos. Além disso, na remota hipótese de que a minha filha *queira* compartilhar as suas preocupações, a última pessoa com quem o faria seria a psicóloga de uma escola privada chamada *Deb*. Se eu fosse você, não ligaria mais para cá a menos que deseje fazer um pedido de clemência.

Papai desligou.

E embora eu não estivesse na cozinha com ele, eu sabia que ele não tinha batido o telefone com força, apenas o recolocou suavemente na parede, mais ou menos como quem coloca uma cereja sobre um sundae.

Bom, eu *tinha* preocupações. E o Papai estava certo; não tinha nenhuma intenção de compartilhá-las com a Deb. Eu precisava compartilhá-las com a Jade, o Charles, o Milton, o Nigel e a Lu. A necessidade de explicar a cada um deles o que aconteceu desde o momento em que deixei o acampamento até aqueles segundos em que a vi morta era tão esmagadora que eu não conseguia nem pensar no assunto, não conseguia sequer *tentar* delinear ou resumir os fatos num bloco ou caderno sem me sentir tonta e néscia, como se estivesse tentando contemplar quarks, quasares e a mecânica quântica, tudo ao mesmo tempo (ver capítulos 13, 35, 46, *Incongruências*, V. Close, 1998).

Mais tarde, naquele mesmo dia, quando o Papai saiu para fazer compras, liguei finalmente para a Jade. Estimei que já lhe havia dado tempo suficiente para se recuperar do choque inicial. (Quem sabe ela não estaria seguindo em frente, amando cada dia, como a Hannah gostaria que fizesse?)

— Quem fala, por favor?

Era a Jefferson.

— É a Blue.

— Desculpe, querida. Ela não está atendendo telefonemas.

Desligou antes que eu pudesse dizer qualquer coisa. Liguei para o Nigel.

— Vasos e Móveis Creech.

— Ah, alô. O Nigel está? Aqui é a Blue.

— Olá, Blue!

Era Diana Creech, a mãe do Nigel — ou melhor, mãe adotiva. Eu nunca a encontrara, mas já falara com ela inúmeras vezes ao telefone. Devido à sua voz forte e jocosa, que passava por cima de qualquer coisa que você dissesse, fosse uma única palavra ou a Declaração de Independência, eu imaginava que ela seria uma mulher grande e bem-humorada, que usava sobretudos masculinos cobertos de manchas de argila deixadas pelos seus dedos gigantescos, dedos que, muito provavelmente, eram largos como rolos acabados de papel higiênico. Quando ela falava, mordia grandes pedaços de certas palavras, como se fossem grandes e vívidas maçãs verdes.

— Deixa eu ver se ele está acordado. Agora há pouco estava dormindo como um bebê. Foi só o que ele *fez* nesses últimos dois dias. E *você*, como está?

— Estou bem. O Nigel está legal?

— *É claro*. Bom, ainda estamos *chocados*. Todo mundo tá! Principalmente a escola. Eles ligaram para aí? Dá para ver que estão com medo de um processo. É claro que a gente está esperando para ver a posição da polícia. Eu *falei* ao Ed que já deveriam ter prendido alguém a esta altura, ou então ter feito alguma *declaração*. Esse silêncio é injustificável. Segundo o Ed, ninguém faz *idéia* sobre o que aconteceu com ela, e é por isso que não estão dizendo nada. Só o que eu *sei* é que se alguém *fez* isso com ela... que eu num quero nem pensar na *outra* possibilidade, não ainda... pode ter certeza que a pessoa já está a caminho do Timbuktu, com passaporte falso e bilhete na primeira classe. — (Nas poucas vezes em que falei com Diana Creech ao telefone, notei que ela sempre conseguia enfiar a palavra *Timbuktu* na conversa, do modo como muitos jovens enfiam *tipo assim* ou *pode crer*.) — Eles estão andando a passo de *lesma*. — Suspirou. — Estou triste com o que aconteceu, mas dou graças a Deus por vocês estarem em segurança. Mas você voltou no sábado, não foi? O Nigel disse que você não estava com eles. Ah, *aí* vem ele. Espera um pouco, doçura.

Apoiou o telefone e se afastou com o som de um cavalo Clysdale trotando numa rua de paralelepípedos. (Ela usava tamancos.) Ouvi vozes, e de novo o ressoar dos cascos.

— Se importa se ele ligar para você mais tarde? Ele quer comer alguma coisa.

— Tudo bem — respondi.

— Se cuida, então.

Ninguém atendeu quando liguei para o Charles.

Na casa do Milton, a secretária eletrônica atendeu, e o gemido de um violino acompanhou uma voz extravagante de mulher, "Você ligou para Joanna, John e Milton. Não estamos em casa..."

Liguei para a Leulah. Pressenti que ela estaria mais abalada que todos os demais, por isso hesitei em telefonar, mas eu precisava conversar com alguém. Ela atendeu no primeiro toque.

— Oi, Jade — falou. — Desculpa aquilo lá.

— Ah, na verdade é a Blue. — Fiquei tão aliviada que jorrei como um vazamento de óleo. — Que bom que você atendeu. Tudo bem? E-eu estou ficando louca. Não consigo dormir. Como é que você está?

— Ah — disse Leulah. — Aqui não é a Leulah.

— O quê?

— A Leulah está dormindo — falou, numa voz estranha. Pude ouvir, do outro lado da linha, um aparelho de televisão. Falava emocionado de uma tinta para paredes, bastava uma única camada para uma cobertura completa, as Tintas Herman tinham garantia de cinco anos, independentemente da chuva e do vento.

— Quer deixar um recado? — perguntou.

— Qual é o problema?

Ela desligou.

Fiquei sentada na beira da cama. As janelas do quarto estavam tomadas pela luz do fim do dia, suave, amarela, cor de pêra. Os quadros na parede, paisagens a óleo de pastos e campos de milho, estavam tão brilhantes que pareciam ainda frescos. Se eu corresse o polegar sobre eles poderia fazer uma pintura a dedo. Comecei a chorar, lágrimas mudas e letárgicas, como se houvesse feito um corte numa velha seringueira e a seiva mal conseguisse sair.

Esse, lembro-me claramente, foi o pior momento — não foi a insônia, nem meus inúteis galanteios com a TV, nem a interminável repetição mental de uma certa frase histérica que se tornava menos viva quanto mais eu a dizia, *alguém matou a Hannah, alguém matou a Hannah*, mas esse terrível sentimento de desolação, essa solidão de ilha deserta. E o pior era saber que aquilo era só o começo, e não o meio ou o fim.

CAPÍTULO 25

A CASA SOTURNA

Em 44 a.C., dez dias depois de apunhalar César pelas costas, Brutus provavelmente sentiu o mesmo que eu quando todos os alunos retornaram a St. Gallway para o início do Quarto Bimestre. Brutus, sem dúvida, ao caminhar pelas ruas empoeiradas do Fórum, também teve que se defrontar com a dura realidade do "Ostracismo dos corredores e estradas rurais" e suas principais máximas, "Mantenha uma boa distância" e "À medida que se aproximar, fixe os olhos num ponto imediatamente ao norte da cabeça do(a) leproso(a), de modo que, por um segundo, ele(a) pense que você está notando a sua existência lastimável". É bem provável que Brutus tenha ganhado muita experiência nos "Modos de atravessar com o olhar", dos quais os mais notáveis eram o "Finja que Brutus é um lenço transparente" e o "Finja que Brutus é uma janela com vista para o jardim". Apesar de, um dia, ter bebido vinho aguado ao lado dos perpetradores de sua indizível crueldade, de ter se sentado ao lado deles no Circo Máximo e se deliciado com a capotagem de uma carruagem, de ter se banhado com eles, nu, na piscina quente *e* na *fria* dos banhos públicos, essas coisas não tinham nenhum sentido agora. Em virtude do que havia feito, ele era e sempre seria seu objeto de desonra.

Brutus, ao menos, fizera algo produtivo, apesar de controverso, executando um plano meticulosamente traçado para tomar o poder em nome do que acreditava ser o bem-estar duradouro do Império Romano.

Eu, naturalmente, não fizera absolutamente nada.

— Olha, não sei se você se lembra, todo mundo *achava* que ela era o máximo, mas eu sempre achei que ela tinha algo de arrepiar os cabelos — disse

Lucille Hunter na minha aula de literatura. — Já reparou quando ela está escrevendo no caderno?

— A-hã.

— Quase não tira os olhos da página. E quando está fazendo uma prova, ela fica o tempo todo repetindo com os lábios o que está escrevendo. A minha avó da Flórida, que segundo a minha mãe está ficando totalmente senil, faz a mesma coisa enquanto assiste o *Wheel of Fortune* ou escreve cheques.

— *Bom* — disse Donnamara Chase, inclinando-se para a frente na cadeira —, a Cindy Willard me disse esta manhã que a Leulah Maloney anunciou para *toda* a turma de espanhol que...

Por algum motivo, as mirradas cabeças de Lucille e Donnamara pareciam perpetuamente alheias ao fato de que a carteira que me correspondia na aula de literatura da profa. Simpson ficava, como sempre havia ficado, imediatamente atrás da de Donnamara. A menina me passou as fichas distribuídas pela professora com o trecho dos *Irmãos Karamazov*, ainda quentes, recém-saídos da copiadora da sala dos professores, e ao me ver, exibiu nervosamente os dentes longos e pontiagudos (ver Dionéia Caça-Moscas, *Flora norte-americana*, Starnes, 1989).

— Será que ela vai sair da escola? — ponderou Angel Ospfrey, a quatro cadeiras da minha.

— É claro — disse Dinky, concordando. — Pode ter certeza que, nas próximas semanas, vão anunciar que o pai dela, Executivo Financeiro da Empresa Tal, foi promovido recentemente a Gerente Regional na filial de Charlotte.

— Quais será que foram as últimas palavras dela? — perguntou Angel. — Quer dizer, as da Hannah.

— Pelo que ouvi falar, a Blue não tem muito tempo para falar as dela — disse Macon-Marie Johnson. — O Milton *detesta* essa menina. Ele falou, com estas palavras, que se um dia encontrar ela num beco escuro vai "dar uma de Jack Estripador pra cima dela".

— Você já ouviu aquela velha história — perguntou Krista Jibsen na aula de física — de que não tem problema você nunca ser rica ou famosa, porque se nunca soube como é, não vai sentir falta? Bom, mas se você já provou da fama e depois perdeu, é tipo, tortura extrema. Aposto que é assim que a Blue se sente. A pessoa vai estar sempre correndo atrás, tentando recuperar o que tinha. E vai acabar viciada em cocaína. Vai parar numa clínica de desintoxicação. E quando sair vai atuar em filmes de vampiros que nem saem no cinema, só em vídeo.

— Você tirou essa do *Histórias reais de Hollywood* sobre o Corey Feldman — disse Luke "Caminhoneiro" Bass.

— Bom, ouvi falar que a mãe do Radley está radiante — disse Peter "Nostradamus" Clark. — Ela vai dar uma festa de Retorno ao Poder para o Radley, porque depois de um martírio como esse, a menina não vai mais conseguir ser Oradora da formatura.

— Uma fonte muito confiável me disse que... não. Espera aí. Não acho legal espalhar isso por aí.

— O quê?

— Ela é *totalmente* lésbica — soltou Loony Felix no laboratório de física, experimento 23, "Simetria nas leis físicas: a sua mão direita é realmente a sua mão direita?", realizado naquela quinta-feira, 8 de abril. — Do tipo *Ellen*, por sinal. Não do tipo Anne Heche, em que ainda dá para seguir para os dois lados. — Loony ajeitou o cabelo num rabo de cavalo (comprido, loiro, com textura de Sucrilhos) e olhou para a frente da sala, onde eu estava sentada ao lado da minha dupla de laboratório, Laura Elms. Encurvou-se, aproximando-se de Sandy Quince-Wood. — Acho que a Schneider também era. É por isso que as duas sumiram juntas no meio da noite. Não entendo como é que duas mulheres conseguem transar, mas o que *sei* é que alguma coisa saiu fatalmente errada durante o ato sexual. É isso o que a polícia está tentando descobrir. E é por isso que estão demorando tanto a chegar a um veredicto.

— No *CSI: Miami* de ontem à noite aconteceu a mesma coisa — comentou Sandy, distraída, enquanto escrevia em seu manual do laboratório.

— Quem poderia imaginar que o que ocorre no *CSI: Miami* iria acontecer bem aqui na nossa aula de física?

— Meu Santo Deus — disse Zach Soderberg, virando-se para encará-las. — Dá para vocês ficarem quietas? Tem gente aqui tentando entender estas leis de simetria da reflexão.

— Foi mal, Romeu — disse Lonny com um sorriso afetado.

— Isso, vamos tentar fazer silêncio, sim? — disse o nosso professor substituto, um careca chamado prof. Pine. Ele então sorriu, bocejou e espreguiçou os braços acima da cabeça, revelando manchas de suor do tamanho de panquecas, e voltou a estudar uma revista, *Vida Campestre Paredes & Janelas*.

— A Jade quer que expulsem a menina azul da escola — sussurrou Dee durante o estudo dirigido na biblioteca.

Dum fechou a cara.

— Por quê?

— Não por assassinato, mas tipo, coerção ou força bruta ou alguma coisa assim. Ela defendeu seu caso na aula de espanhol. Parece que a Hannah estava toda *bueno*. Daí sumiu com essa pessoa azul e cinco minutos depois acabou *muerto*. É claro que a coisa *não* vai se sustentar na corte. Vão anular o julgamento. E ninguém vai conseguir livrar a cara dela com alegações de racismo ou coisas do gênero.

— Pára de bancar a Greta van Susteren depois da cirurgia plástica, porque vou te dar uma notícia. Você não tem nenhuma cara de analista jurídica. Não dá nem para um Wolf Blitzer.

— E o que é que *isso* quer dizer?

Dum deu de ombros, jogando a sua cópia amassada da revista *Vidas das estrelas* sobre a mesa da biblioteca.

— É tipo, tão óbvio. A Schneider deu uma de Sylvia Plath.

Dee concordou.

— O que nem é uma suposição tão terrível. É só você pensar na minha última aula de Introdução ao Cinema.

— O que é que tem?

— Eu te *falei*. A mulher tinha que nos passar um teste sobre os italianos, *Divórcio à italiana*, *L'Avventura*, a droga do *Oito e meio*...

— Ah, é...

— Mas quando chegamos lá, todos preparados e tal, a mulher estava de novo toda agitada e perdida. Tinha esquecido completamente. Ela deu uma enganada, disse que tinha cancelado o teste para nos fazer uma surpresa, mas foi constrangedor para todo mundo... era óbvio que estava inventando desculpas por atacado. Ela esqueceu e fim de papo. Daí colocou *Reds* às pressas, que não é nem *italiano*, saca? *Fora* que já tínhamos visto esse filme nove vezes, porque ela esqueceu de levar a droga do *La dolce vita* por três dias seguidos. A mulher não tinha nenhuma credencial para dar aulas, era uma descerebrada sem remédio, não falava coisa com coisa e era cheia de conversa-fiada. Mas que tipo de professor esquece o próprio *teste*?

— Um professor biruta — sussurrou Dum. — Que seja mentalmente instável.

— Pode crer.

Infelizmente, a minha resposta instintiva ao ouvir, por toda a escola, fofocas como as citadas acima não era bancar o Pacino (vingança ao estilo poderoso chefão), o Pesci (desejo de enfiar uma caneta na garganta de alguém), o Costner (diversão insossa), o Spacey (retaliação verbal lancinante seguida de olhar inexpressivo), nem o Penn (urros e resmungos de operário).

A sensação só pode ser comparada à da pessoa que está numa loja de roupas austeras e é seguida por um dos funcionários, para que não consiga roubar nada. Embora ela não tenha nenhuma *intenção* de roubar nada, embora nunca tenha sequer chegado perto de roubar alguma coisa na vida, saber que é vista como um possível ladrão faz com que se transforme num possível ladrão. Ela tenta não olhar desconfiada por sobre o ombro e acaba olhando desconfiada por sobre o ombro. Tenta não olhar obliquamente para as pessoas, nem emitir suspiros ou assovios artificiais, nem sorrir nervosamente, e acaba olhando obliquamente, suspirando, assoviando, sorrindo nervosamente e colocando e tirando repetidamente as mãos suadas dos bolsos.

⁂

Não estou me queixando de que *toda* a escola estivesse tendo esses debates sobre mim, nem me lamentando desse péssimo tratamento, nem sentindo pena de mim mesma. Naqueles primeiros dias após o recesso houve gestos de extraordinária simpatia, como o momento em que a minha dupla de laboratório, Laura Elms, que, com 1,45m e aproximadamente quarenta e cinco quilos, transpirava tipicamente a personalidade do arroz (branca, fácil de digerir, dava-se bem com todo mundo), agarrou de súbito a minha mão esquerda enquanto eu copiava F = qv x B do quadro-negro:

— Entendo totalmente o que você está passando. Uma das minhas melhores amigas encontrou o pai morto no ano passado. Ele estava na calçada em frente de casa, lavando o seu Lexus, quando simplesmente caiu no chão. Ela correu até lá e foi totalmente incapaz de reconhecer o próprio pai. Ele estava com uma cor azul esquisita. Ela enlouqueceu por um tempo. Só estou falando que, se quiser conversar, pode me procurar. — (Laura, não cheguei a aceitar a sua oferta, mas saiba que fiquei muito agradecida. Desculpe-me pelo comentário do arroz.)

Por fim, havia o Zach. Se a velocidade afetava a massa de todos os objetos, não afetava Zach Soderberg. Zach seria a Emenda, a Correção, o Ajuste. Ele era uma lição sobre os materiais duráveis, uma história de sucesso sobre o bom humor sustentável. Ele era *c*, a constante.

Na quinta-feira, durante a aula de física, voltei do banheiro e encontrei uma misteriosa folha de caderno dobrada sobre a minha cadeira. Não a abri até o final da aula. Fiquei completamente imóvel, bem no meio do corredor inundado de garotos com suas mochilas, cabelo caído e jaquetas volumosas, fitando as palavras escritas numa caligrafia de menininha. Eu era lixo num rio.

TUDO BEM
ESTOU POR AÍ
SE QUISER CONVERSAR

ZACH

Guardei o recado dobrado na minha mochila pelo resto do dia, e me surpreendi ao decidir que *queria* de fato falar com ele. (Segundo o Papai, não fazia mal nenhum coletar o maior número possível de perspectivas e opiniões, até mesmo daqueles que suspeitávamos serem pouco sofisticados ou Calibanescos.) Ao longo da aula de História Mundial, peguei-me fantasiando sobre não voltar para casa com o Papai, e sim com Patsy e Roge, e não jantar espaguete acompanhado de anotações para palestras e de um debate unilateral sobre *A emancipação estética da raça humana* (1924), de J. Hutchinson, e sim frango assado, purê de batata e uma discussão sobre os testes que Bethany Louise tinha feito para entrar no time de beisebol ou sobre o recente trabalho de Zach sobre O Sonho Americano (o mais monótono dos temas). E Patsy sorriria e apertaria a minha mão enquanto Roge embarcava num sermão de improviso — se eu tivesse sorte, sobre "As Catorze Esperanças".

Assim que o sinal tocou, saí do Pavilhão Hanover, percorri às pressas a calçada até o Edifício Barrow e subi as escadas até o segundo andar, onde tinha ouvido falar que ficava o armário do Zach. Cruzei a porta e o vi, com sua calça cáqui e camisa listrada azul e branca, conversando com a tal da Rebecca, a que tinha caninos de carnívoro pré-histórico. A menina era alta, apoiava no quadril protuberante uma pilha de cadernos espiral e, com o outro braço ossudo, abraçava o topo de um dos armários, parecendo uma angular personagem egípcia desenhada num papiro. E algo no modo como Zach lhe dedicava sua atenção plena (alheio a todas as demais pessoas no corredor), no modo como sorria e passava aquela mão gigante pelo cabelo, me fez perceber que ele estava apaixonado por ela, que os dois eram sem dúvida colegas de trabalho na Kinko's, sempre engajados em fazer toneladas de cópias a cores ombro-a-ombro, e naquele momento eu ficaria ali tentando lhe falar sobre a Morte com aquele Hieróglifo respirando no meu pescoço, os olhos colados no meu rosto como figos esmagados, o cabelo preto e cheio que lhe inundava os ombros como o rio Nilo — não, eu não conseguiria fazê-lo. Dei meia volta, corri pelas escadas, abri a porta e saí do prédio.

∽

Tampouco posso deixar de falar da Bondade de um Bom Samaritano numa outra ocasião, sexta-feira na aula de desenho elementar, quando, exausta após tantas noites sem dormir, cochilei no meio da aula, esquecendo do meu desenho a lápis de Tim "Raiovoso" Waters, que tinha sido escolhido para sentar no centro do Círculo de Desenho Vivo daquela semana.

— *O que haverá de errado com a srta. Van Meer?* — urrou o prof. Moats, encarando-me. — Está verde como o fantasma de El Greco! Diga-nos o que comeu no café-da-manhã, para que possamos evitar comer o mesmo.

O prof. Victor Moats era, na maior parte do tempo, um homem agradável, mas às vezes, sem motivo aparente (talvez fosse a fase da lua), sentia prazer em humilhar um aluno na frente de toda a turma. Ele arrancou o meu bloco de desenho do cavalete e o ergueu bem acima da cabeça, que era lisa como a de uma foca. Imediatamente, percebi o pequeno desastre: não havia nada, absolutamente nada no oceano Pacífico da página em branco, a não ser, bem abaixo, no canto inferior direito, o desenho que eu fizera do Raivoso, do tamanho de Guam. Eu também tinha desenhado a perna do Raivoso por sobre a sua cara confusa, o que não seria um problema, se o prof. Moats não houvesse passado dez minutos no início da aula detalhando os fundamentos do desenho vivo e das proporções humanas.

— Ela não está se concentrando! Deve estar sonhando com o Will Smith, ou o Brad Pitt, ou qualquer outro bonitão musculoso, quando o que deveria estar fazendo é... *o quê? Alguém poderia, por favor, nos informar o que a srta. Van Meer deveria estar fazendo em vez de desperdiçar o nosso tempo?*

Levantei os olhos e encarei o prof. Moats. Se aquilo houvesse ocorrido em qualquer sexta-feira *antes* da morte da Hannah, eu teria enrubescido e pedido desculpas, talvez até corrido até o banheiro, trancando-me na cabine para deficientes e chorando sentada na privada, mas naquele momento não senti nada. Fiquei tão impassível quanto uma folha de papel de desenho em branco. Fitei-o como se ele não estivesse falando de mim, e sim de alguma outra menina desobediente chamada Blue van Meer. Senti toda a vergonha que é capaz de sentir um cacto do deserto.

No entanto, notei de fato que a turma inteira se entreolhava nervosamente, executando alguma impressionante coreografia de alarme, como os macacos arbóreos Guenon alertando uns aos outros sobre a presença de uma água-cinzenta. Fran "Suculenta" Smithson olhou para Henderson Shoal de olhos arregalados, e Henderson Shoal, em resposta, arregalou os olhos na direção de

Howard "Beirute" Stevens. Amy Hempshaw mordeu o lábio e retirou o cabelo de cor caramelo de trás das orelhas, abaixando a cabeça de modo que lhe cobrisse rapidamente a metade da cara como um alçapão.

O que estavam sinalizando um ao outro, naturalmente, era o fato de que o prof. Moats, famoso por preferir as obras de Velásquez, Ribera, El Greco e Herrera, o Velho, à companhia de seus colegas com cara de molusco de St. Gallway (que não sonhavam nem se mostravam extremamente inclinados a proferir palavras poéticas sobre a genialidade dos Mestres Espanhóis), aparentemente tinha jogado no lixo todos os recentes comunicados internos enviados diretamente à sua caixa postal na sala dos professores, sem sequer abri-los.

Assim, não se familiarizara com o "Memorando de Emergência" do diretor Havermeyer, nem com o artigo escrito pela Liga Nacional de Educação, "Como preparar o corpo discente para o luto", ou, o que era mais crítico, com a lista confidencial preparada pelo prof. Butters, intitulada "Alunos a Observar", que incluía o meu nome, bem como o da Jade e os dos outros: *"Estes alunos serão particularmente afetados pela recente perda. Preste muita atenção em seu comportamento e performance acadêmica; caso surjam quaisquer anormalidades, eu ou a nossa nova psicóloga, Deb Cromwell, devemos ser alertados. Esta é uma situação muito delicada."* (Esses documentos confidenciais tinham sido roubados, xerocados e traficados ilicitamente entre o corpo discente. Por quem, ninguém sabia. Para alguns, o culpado era Maxwell Stuart, para outros, Dee e Dum.

— Na verdade — disse Jessica Rothstein do outro lado da sala, cruzando os braços —, acho que, hoje, a Blue poderia ser desculpada. — Seus cachos castanhos encurvados, que, a distâncias maiores que cinco metros, pareciam milhares de rolhas de vinho molhadas, tremeram em perfeito uníssono.

— *É mesmo?* — O prof. Moats se virou para encará-la. — *E por quê?*

— Ela passou por um *martírio* — disse Jessica em voz alta, exibindo a emocionante convicção de uma jovem que sabe estar Certa, e o velho à sua frente (que deveria, teoricamente, ter a Maturidade e a Experiência ao seu lado), Completamente Errado.

— Um martírio — repetiu o prof. Moats.

— Isso. Um martírio.

— De que tipo de martírio estamos falando? Estou intrigado.

Jessica fez uma cara de exasperação.

— Ela teve uma *semana ruim*. — Jessica corria agora os olhos desesperadamente pela sala, desejando que alguém assumisse a questão dali para a frente.

Ela preferia ser a Capitã daquele resgate, fazendo o telefonema e dando a ordem. Não tinha nenhum desejo de ser o Soldado que, partindo da Base Aérea Bin Ty Ho, dirigiria o helicóptero HH-43F, faria um pouso de emergência no território inimigo, se arrastaria por campos de arroz, oásis, capins e minas terrestres com mais de quarenta quilos de munição e rações de combate presas ao corpo, carregaria o soldado ferido por onze quilômetros e passaria a noite nas margens do rio Cay Ni, repletas de mosquitos, antes de embarcar no avião que viria resgatá-los às cinco horas.

— A srta. Rothstein não gosta muito de ir direto ao ponto — disse o prof. Moats.

— Só estou dizendo que ela tem passado momentos difíceis, tá? Só isso.

— *Bom, a vida não é um brincadeira, não é mesmo?!* — disse o prof. Moats. — Oitenta por cento das obras de arte mais valiosas do mundo foram criadas por homens que viviam em apartamentos infestados de ratos. Você acha que Velásquez usava Adidas? *Você acha que ele podia contar com os luxos do aquecimento central e da entrega de pizza vinte e quatro horas?*

— Ninguém está falando do Velásquez — disse Tim "Raivoso" Waters, encurvado no banquinho ao centro do Círculo de Desenho Vivo. — Estamos falando da Hannah Schneider, e de como Blue estava com ela, quando ela *morreu* semana passada.

Geralmente ninguém — eu, inclusive — prestava atenção ao Raivoso, à sua típica voz mal-humorada e aos adesivos que grudava por todo o carro, AMO SENTIR DOR, ADORO SANGUE, ou às palavras que rabiscava por toda a mochila com marcador permanente preto, IRA, ANARQUIA, FODA-SE. Um ranço de cigarro o seguia como latas vazias atrás de um conversível de Recém-Casados. Mas ele citou o nome da Hannah, que flutuou até o centro da sala como um barco a remo vazio, e — não sei por quê — naquele momento, acho que teria fugido com aquele menino pálido e irritado se ele me chamasse. Amei-o desesperadamente, um amor agonizante e arrebatador, durante três, talvez quatro segundos. (Assim eram as coisas após a morte da Hannah. Você não reparava numa pessoa, e quando o fazia, passava a *adorá-la*, queria ter filhos com ela, até que o momento se fosse tão abruptamente quanto viera.)

O prof. Moats não se mexeu. Apoiou a mão no colete verde xadrez e a manteve ali, como se fosse vomitar, ou como se estivesse tentando se lembrar da letra de uma música que um dia já soubera.

— Entendo — falou. Suavemente, recolocou o bloco de desenho sobre o meu cavalete. — Continuem com seus desenhos!

Ficou em pé ao meu lado. Quando voltei a desenhar, começando pelo sapato de couro do Raivoso no meio da página (um sapato marrom, com uma palavra escrita na lateral, *Caos*), o prof. Moats, estranhamente, inclinou-se ao meu lado, deixando a cabeça a poucos centímetros da minha folha de desenho. Olhei de relance, relutante, em sua direção, pois assim como com o sol, fitar diretamente a cara de um professor nunca era uma excelente idéia. Era inevitável notar certas coisas que desejaríamos não ter notado — sono, pintas, pêlos, rugas, algum pedaço de pele caloso ou escuro. Percebia-se uma verdade azeda e avinagrada sobre esses detalhes físicos, mas ninguém queria saber exatamente no que consistia, não ainda, pois ela afetava diretamente a nossa capacidade de prestar atenção na aula, de fazer anotações sobre os diversos estágios da reprodução dos musgos ou sobre a data exata da Batalha de Gettysburg (julho de 1863).

O prof. Moats não havia dito nada. Seus olhos percorreram toda a minha folha de papel, parando no Raivoso, voltando ao canto onde estavam a perna e o rosto sobrepostos, e eu o fitei, enfeitiçada pelo seu perfil acidentado, um perfil que apresentava uma semelhança marcante com a costa sudeste da Inglaterra. Ele, então, fechou os olhos; pude ver o quanto ele estava magoado e comecei a me perguntar se ele não teria sido apaixonado pela Hannah. Também notei o quanto os adultos eram estranhos, suas vidas eram mais vastas do que pretendiam deixar transparecer, estendiam-se de fato como grandes desertos, secos e desolados, um mar de dunas mutável e imprevisível.

— Eu talvez devesse recomeçar em outra folha — falei. Queria que ele dissesse alguma coisa. Se o fizesse, isso significaria que ele poderia passar por calor extremo, por temperaturas congelantes à noite, por eventuais tempestades de areia, mas ainda assim estaria tudo bem.

Ele assentiu e ficou outra vez em pé.

— Continue.

༄

Naquele dia, depois das aulas, fui à sala de aula da Hannah. Eu esperava que não houvesse ninguém ali, mas quando entrei no Edifício Loomis, encontrei duas meninas do primeiro ano prendendo coisas — cartões de Melhoras — na porta dela. No chão, à direita, havia uma fotografia gigante da Hannah, assim como uma pilha de flores — quase todas cravos, nas cores rosa, branco e vermelho. Perón falou sobre isso nos alto-falantes durante os Anúncios da Tarde: "A grande quantidade de flores e cartões enviados nos mostra que, apesar das nossas diferenças, podemos nos unir e dar apoio uns aos outros, não como alunos, pais, professores e administradores, e sim como seres humanos. Hannah teria ficado profundamente feliz." Quis sair dali imediatamente, mas as meninas já me haviam visto, portanto não tive escolha além de avançar pelo corredor.

— Bem que a gente podia acender as velas.
— Deixa que *eu* faço isso. Você vai estragar todo o desenho, Kara...
— A gente talvez devesse acender as velas mesmo assim. Em homenagem a *ela*, sabe?
— Não *pode*. Você não ouviu o que a sra. Brewster disse? A gente vai acabar provocando um incêndio.

A menina mais alta e pálida estava grudando um grande cartão à porta, no qual se via um sol dourado gigante e uma frase: "Uma estrela se apagou..." A outra, a de pernas tortas e cabelo preto, olhava desconfiada para a primeira e segurava um cartão ainda maior, feito a mão, com grossas letras laranjas: MEMÓRIAS QUERIDAS. Havia ao menos cinqüenta outros cartões apoiados ao redor das flores. Inclinei-me para ler alguns.

"Descanse em paz. Com amor, Família Friggs", escreveu a Família Friggs. "T V-JO NO CÉU", escreveu um Anônimo. "Neste mundo de amargo ódio religioso e terrível violência contra nossos semelhantes, você brilhou como uma estrela", escreveu Rachid Foxglove. "Vamos sentir saudades", escreveram Amy Hempshaw e Bill Chews. "Espero que você reencarne como um mamífero e que os nossos caminhos se cruzem novamente, de preferência logo, porque quando eu for para a faculdade de medicina duvido que terei algo que possa chamar de vida", escreveu Lin Xe-Pen. Alguns cartões eram introspectivos ("Por que isto aconteceu?") ou inofensivamente irreverentes. ("Seria legal se você pudesse me enviar um sinal que indicasse a existência de alguma vida discernível após a morte, de que não vamos passar o resto da eternidade num caixão, porque, se for assim, eu prefiro não seguir em frente.") Outros estavam repletos de observações que caberiam em post-its ou em gritos lançados das janelas baixas de um carro que se distanciava ("Você foi uma professora incrível!!!").

— Você estaria interessada em assinar o nosso Cartão de Condolências? — perguntou-me a menina de cabelo escuro.
— Claro — falei.

O lado de dentro do Cartão de Condolências estava grafitado com assinaturas de alunos e dizia: "Estamos cheios de paz e conforto, pois sabemos que você agora está em um Lugar Perfeito". Hesitei em assinar, mas a menina estava me observando, portanto espremi o meu nome entre os de Charlie Lin e Millicent Newman.

— Muito obrigada — disse a menina, como se eu acabasse de lhe dar um trocado para comprar um refrigerante. Prendeu o cartão à porta.

Saí novamente do prédio e fiquei em pé à sombra de um pinheiro em frente à entrada, até que as vi sair, e então voltei para dentro. Alguém (a menina de cabelo escuro, que se auto-indicara Executora do Memorial H. Schneider) tinha colocado uma lona verde sob as flores (todos os caules apontados na mesma direção), assim como uma prancheta ao lado da porta que dizia: "Assine aqui e deixe uma contribuição especial para o Jardim de Beija-Flores Hannah Schneider. (Doação mínima, $5)"

Para ser sincera, não fiquei especialmente entusiasmada ao ver todo aquele pesar. Parecia artificial, como se eles a houvessem, de alguma forma, levado embora, roubado, substituindo-a por aquela estranha sorridente e assustadora, cuja enorme fotografia a cores, a foto oficial do corpo docente, fora plastificada e apoiada no chão ao lado de uma atarracada vela apagada. Não parecia ser a Hannah; os fotógrafos escolares, armados de iluminação aguada e fundos neutros manchados, igualavam alegremente as singularidades de todos, fazendo com que parecessem idênticos. Não, a Hannah verdadeira, aquela mulher cinematográfica que às vezes bebia um pouco demais, deixando aparecer a alça do sutiã, estava sendo forçosamente aprisionada naqueles cravos frouxos, assinaturas hesitantes, declarações úmidas de "Q Saudade".

Ouvi uma porta sendo fechada com força, a pontuação seca de sapatos de mulher. Alguém abriu a porta ao final do corredor, soltando-a sobre o batente. Por um momento insano, pensei que fosse a Hannah; a pessoa delgada que caminhava na minha direção vestia preto — uma saia preta e uma camisa preta de mangas curtas, saltos pretos —, exatamente o que ela vestia na primeira vez que a vi, tantos meses atrás, no Mercadinho Fat Kat Foods.

Mas era a Jade.

Parecia pálida, magra como uma calha, o cabelo loiro arrumado num rabo-de-cavalo. Ao passar sob as lâmpadas fluorescentes, o topo da sua cabeça brilhou num branco-esverdeado. Enquanto caminhava, fitando o chão, sombras lhe nadavam pelo rosto. Quando finalmente me viu, percebi que quis voltar atrás, mas não se permitiu fazê-lo. Jade detestava todo tipo de retirada, meia-volta, mudança de opinião ou hesitação.

— Não preciso notar a sua presença se eu não quiser — falou, ao parar em frente às flores e aos cartões. Inclinou-se e os examinou, com um sorriso agradável e relaxado no rosto, como se estivesse olhando para uma vitrine de relógios caros. Depois de um minuto, virou-se e me encarou.

— Você está pensando em ficar aqui o dia todo feito uma idiota?

— Bom, eu... — comecei.

— Porque eu não vou ficar aqui e arrancar o que quer que seja de você. — Apoiou uma das mãos no quadril. — Presumi, como você me telefonou a semana passada inteira feito uma maníaca, que teria alguma coisa decente a me dizer.

— Eu tenho.

— O quê?

— Não entendo por que estão todos bravos comigo. Eu não fiz nada.

Jade abriu os olhos, chocada.

— Será possível que você não entenda o que foi que *fez*?

— O que foi que eu fiz?

Ela cruzou os braços.

— Se você não sabe, Vomitona, não sou eu que vou te dizer — virou-se e se abaixou para examinar mais uma vez os cartões. Um minuto depois, falou: — Tipo, você desapareceu de propósito, para que ela fosse te procurar. Como se fosse uma brincadeira esquisita, ou algo assim. Não, nem *tenta* dizer que foi ao banheiro, porque a gente encontrou aquele rolo de papel higiênico ali na mochila da Hannah, viu? E depois você... bom, a gente não sabe o que você fez. Mas a Hannah saiu de lá toda sorridente, sem nenhuma preocupação neste mundo, e acabou enforcada numa árvore. Morta. Você fez alguma coisa.

— Ela me fez um sinal para sair dali e nos encontrarmos no bosque. Foi idéia dela.

Jade fez uma careta.

— Quando foi isso?

— Em volta da fogueira.

— Não é verdade. Eu estava lá. Eu não lembro de ter visto...

— Ninguém mais viu.

— Ah, *isso* é bem conveniente.

— Eu saí dali. Ela veio e me encontrou. Andamos no bosque por dez minutos, e então ela parou e disse que precisava me contar uma coisa. Um segredo.

— Oooh, e qual era o *segredo*? Que ela vê fantasmas?

— Ela não chegou a dizer.

— Ah, pelo amor de *Deus*.

— Alguém nos seguiu. Não vi claramente quem era, mas acho que usava óculos, e depois... essa é a parte que não consigo entender... ela foi atrás dele, e me disse para ficar onde estava. E essa foi a última vez que a vi. — (É claro que essa era uma mentira inofensiva, pois decidi retirar da minha história o fato de que havia visto Hannah morta. Pois isso, na verdade, era apenas um apêndice, um órgão sem função nenhuma que talvez se tornasse infectado, podendo assim ser removido sem deturpar o significado de qualquer outra parte do passado.)

Jade me encarou, cética.

— Não acredito em você.

— É a verdade. Lembra da ponta de cigarro que a Lu encontrou? Tinha alguém ali.

Ela me fitou com os olhos bem abertos, e depois sacudiu a cabeça, teatral.

— Acho que você tem um problema sério — deixou a bolsa cair no chão, ao seu lado. De dentro saltaram dois livros, *A antologia Norton de poesia* (Ferguson, Salter, Stallworthy, edição de 1996.) e *Como escrever um poema* (Fifer, 2001). — Você está desesperada. E completamente triste e vergonhosa. Quaisquer que sejam as suas desculpas esfarrapadas, não ligamos a *mínima*. Estamos cagando. Acabou-se.

Ela esperava que eu protestasse, caísse de joelhos, gemesse, mas não fui capaz disso. Senti a impossibilidade da situação. Lembrei-me do que o Papai havia dito certa vez, que algumas pessoas já nascem com todas as respostas prontas para as questões da vida, sendo inútil tentar lhes ensinar algo novo. "Estão fechadas para balanço, muito embora, de maneira um tanto confusa, abram as portas às onze da manhã, de segunda a sexta", dizia o Papai. E o intento de mudar o que pensam, de explicar, a esperança de que possam ver o outro lado da questão, seria exaustivo demais, pois nada disso lhes causaria qualquer perturbação, e depois disso você acabaria com uma dor insuportável. Era como ser um Prisioneiro numa Prisão de Segurança Máxima, desejando saber como seria a sensação de tocar a mão de um Visitante (ver *Vivendo nas trevas*, Cowell, 1967). Por mais desesperada que fosse a tentativa, pressionando tolamente a palma da mão sobre o vidro, bem ali onde a mão do visitante estava apoiada do lado oposto, você jamais conheceria aquela sensação, somente no dia em que fosse libertado.

— Não achamos que você seja tipo, psicótica, ou como um desses irmãos Menendez, que atiraram nos próprios pais — disse Jade. — Você provavelmente não fez de propósito. Mas *ainda assim*. Falamos sobre isso e decidimos que, se formos sinceros com nós mesmos, não podemos te perdoar. Tipo, ela agora se foi. Isso talvez não signifique nada para você, mas para nós significa tudo. O Milton, o Charles, *amavam* a Hannah. Eu e a Leulah a *adorávamos*. Ela era a nossa *irmã*...

— Isso é uma grande novidade — interrompi. (Não pude me conter; eu era a filha do Papai e, assim, estava sempre inclinada a denunciar a Hipocrisia e a Falsidade.) — Na última vez que nos falamos, você achava que ela tinha sido responsável por destruir o seu apreço por sorvete de menta com pedaços de chocolate. Também temia que ela fosse membro da Família Manson.

Jade pareceu tão furiosa que imaginei que ela fosse me jogar no chão de linóleo e arrancar os meus olhos. Em vez disso, encolheu os lábios e ficou da cor de um gaspacho. Falou em palavrinhas pontiagudas:

— Se você é tão idiota a ponto de não entender por que estamos magoados num nível *inimaginável*, não vou continuar esta conversa. Você nem sabe pelo que passamos. O Charles perdeu a cabeça e caiu de um *penhasco*. A Lu e o Nigel ficaram histéricos. Até o Milton ficou péssimo. Fui eu que tive que arrastar todo mundo para um lugar seguro, mas ainda estou traumatizada pela experiência. Achamos que iríamos morrer, como aquelas pessoas do filme que ficam presas nos Alpes e são forçadas a comer uns aos outros.

— *Os sobreviventes*. E antes de ser um filme, era um livro.

Jade arregalou os olhos.

— Você está achando que isto é uma piada? Não consegue *captar* o que estou falando?

Ela esperou, mas eu *não* captei nada — não mesmo.

— Tanto faz — falou. — Pára de ligar para a minha casa. É chato para a minha mãe ter que ficar falando com você e inventando desculpas.

Agachou-se e apanhou a bolsa, pendurando-a do ombro. Ajeitou muito bem o cabelo, exibindo a autoconfiança das Pessoas Que Se Retiram; Jade sabia muito bem que muitas Retiradas já haviam sido feitas antes daquela, durante milhões de anos e por milhões de motivos diferentes, e agora era a sua vez de se Retirar, e ela queria fazer um bom trabalho. Com um sorriso aprumado no rosto, recolheu do chão *A antologia Norton de poesia* e *Como escrever um poema* e fez um grande esforço para enfiá-los ordenadamente na bolsa. Fungou, ajeitou o casaco preto sobre a cintura (como se acabasse de sair de uma primeira série de entrevistas na Companhia Tal) e começou a seguir seu caminho pelo corredor. Enquanto se afastava, pude notar que ela estava considerando entrar num subgrupo de elite das Pessoas Que Se Retiram, uma seita reservada para as pessoas absolutamente insensíveis e completamente impassíveis: as Pessoas Que Nunca Olham Para Trás. No entanto, mudou de idéia.

— Quer saber? — falou confiante, virando-se e olhando para mim. — Nenhum de nós conseguia entender.

Fitei-a de volta, inexplicavelmente aterrorizada.

— Por que *você*? Por que a Hannah quis te trazer para o nosso grupinho? Não estou tentando ser grosseira, mas desde o começo nenhum de nós conseguia te *agüentar*. A gente te chamava de *pombinha*. Porque era assim que você se portava. Uma pombinha nojenta cacarejando ao redor dos pés de todo mundo, rogando por migalhas. Mas ela te *amava*. "A Blue é ótima. Vocês têm que dar uma chance a ela. Ela teve uma vida difícil." É, *sei*. Não fazia sentido. Não, você teve uma vida caseira estranhamente agradável com o seu pai virtuoso, de quem fica falando como se fosse a porra de um cristo ressuscitado. Mas não. Todo mundo dizia que eu estava sendo má e crítica. Bom, agora é tarde demais, e ela morreu.

Jade viu a expressão no meu rosto e fez um *Rá*. As Pessoas Que Se Retiram precisam ter um *Rá*, um riso truncado que lembra os *game overs* dos videogames, ou as campainhas das máquinas de escrever.

— Acho que são as pequenas ironias da vida — falou.

Ao final do corredor, empurrou a porta e, por um segundo, foi iluminada por um charco de luz amarela, e sua sombra foi lançada, fina e longa, na minha direção, como uma corda, mas então saiu ágil e a porta bateu, deixando-me com os cravos. ("A única flor que, quando dada a alguém, é apenas ligeiramente superior que dar flores mortas", dizia o Papai.)

CAPÍTULO 26

À BEIRA DO ABISMO

No dia seguinte, sábado 10 de abril, o *Correio de Stockton* finalmente publicou uma matéria concisa sobre os achados do legista.

MORTE DE PROFESSORA LOCAL
DECLARADA SUICÍDIO

A morte de Hannah Louise Schneider, 44, moradora do Condado Burns, foi declarada suicídio, segundo o laudo do legista do Condado Sluder, divulgado ontem à tarde. O legista determinou que a causa da morte foi "asfixia devido a enforcamento."

"Não houve nenhum indício de violência", disse ontem o legista Joe Villaverde.

Villaverde informou que não havia indícios de drogas, álcool ou outras toxinas no corpo da profa. Schneider, e que o modo como se deu a morte era consistente com a hipótese de suicídio.

"Baseei a minha decisão no relatório da autópsia, assim como nas provas encontradas pelo departamento de polícia e pelos legisladores estaduais", informou Villaverde.

O corpo da profa. Schneider foi encontrado em 28 de março, pendurado numa árvore por um cabo elétrico, na região da Baía Cove no Parque Nacional das Grandes Montanhas Nebulosas. Ela estava acompanhando seis alunos de uma escola local numa viagem de camping. Os seis estudantes foram resgatados sem ferimentos.

— Não é possível — falei.
Papai me olhou, preocupado.

— Querida...
— Vou vomitar. Não agüento mais isto.
— Pode ser que estejam certos. Nunca se sabe se...
— *Eles não estão certos!* — gritei.

∽

Papai concordou em me levar à delegacia do Condado Sluder. Foi incrível que ele de fato consentisse com a minha exigência desvairada, feita num ímpeto. Presumi que ele estaria angustiado ao me notar tão pálida, ao perceber que eu mal conseguia comer, não dormia, ao ver o modo como eu descia correndo a escada como um viciado da geração Beat à procura de mais uma dose das *Primeiras Notícias às Cinco*, como eu reagia a todas as perguntas, tanto as comuns como as existenciais, com um atraso transatlântico de cinco segundos. Papai também estava familiarizado com a citação, "Quando seu filho for tomado por uma idéia com o zelo de um vendedor de Bíblias fundamentalista nascido no Indiana, esteja preparado para as conseqüências caso você decida se interpor em seu caminho" (ver *Como criar um superdotado*, Pennebaker, 1998, p. 232).

Encontramos o endereço na internet, subimos na Volvo e dirigimos os quarenta e cinco minutos até a delegacia, situada a oeste de Stockton no pequenino vilarejo de montanha chamado Bicksville. Era um dia claro e alegre, e o prédio baixo e decadente da delegacia parecia um carona exausto sentado à beira da estrada.

— Quer esperar no carro? — perguntei ao Papai.
— Não, não, vou entrar. — Ele tinha nas mãos o livro *Narcisismo e vandalismo cultural nos E.U.A* (1986), de D.F. Young. — Trouxe algo leve para ler.
— Pai?
— Sim, querida.
— Deixa que eu falo.
— Ah. Mas é claro.

A delegacia do Condado Sluder consistia num único ambiente desmazelado que parecia a seção dos Primatas de qualquer zoológico mediano. Fizera-se o máximo possível, dentro do orçamento, para que os dez ou doze policiais ali aprisionados acreditassem estar em seu ambiente natural (telefones resmungantes, paredes de concreto pintadas de cinza, plantas mortas com folhas enroscadas como os laços que embrulham presentes de aniversário, arquivos massudos alinhados ao fundo como jogadores de futebol americano, distintivos em forma de estrela presos como cracas às suas camisas cor-de-barro). Recebiam uma dieta restrita (café, bolinhos) e tinham vários brinquedos com os quais podiam se divertir (cadeiras giratórias, terminais de rádio, armas, um aparelho de TV suspenso do teto soluçando o Canal do Tempo). Ainda assim, restava naquele habitat o inconfundível ranço de artificialidade, de apatia, a sensação de que estavam todos simplesmente exercendo mecanicamente seus papéis de executores da lei, como se lutar pela sobrevivência não fosse mais uma preocupação imediata.

— Ei, Bill! — gritou um dos homens que caminhava pelo fundo da sala, ao lado do bebedouro. Levantou uma revista. — Olha só o novo Dakota.

— Já vi — disse Bill, fitando em coma a tela azul do computador.

Papai, com um olhar de profunda aversão, sentou-se na única cadeira vaga na entrada, ao lado de uma moça gorda e desbotada, descalça, que vestia uma blusa de alças brilhante e tinha clareado o cabelo de maneira tão grosseira que ficara da cor de Cheetos. Segui até o homem que folheava uma revista e mastigava uma colherinha plástica vermelha de café, sentado atrás do balcão.

— Gostaria de falar com o seu investigador-chefe, se estiver disponível — falei.

— Hã?

Ele tinha uma cara chata e vermelha, que, descontando-se o bigode amarelado que parecia uma escova de dentes, lembrava a sola de um grande pé. Era careca. Tinha o topo da cabeça salpicado de manchas gordurosas. Sob o distintivo lia-se o nome A. BOONE.

— A pessoa que investigou a morte de Hannah Schneider — falei. — A professora do Colégio St. Gallway.

A. Boone continuou a mascar a colherinha de café e me encarou. Ele era o que o Papai habitualmente chamava de "distensor de poder", uma pessoa que agarrava o momento em que possuía uma ligeira quantidade de poder e o racionava violentamente, de modo que durasse um tempo descabido.

— O que a senhora deseja com a sargento Harper?

— Houve um grave erro de julgamento relacionado ao caso — falei, imponente. O que eu acabava de anunciar era essencialmente o mesmo que o inspetor-chefe Ranulph Curry dizia no início do capítulo 79 de *O caminho da mariposa* (Lavelle, 1911).

A. Boone anotou o meu nome e indicou que me sentasse. Sentei-me na cadeira do Papai, que ficou em pé ao lado de uma planta moribunda. Com um olhar de falso interesse e admiração (sobrancelha erguida, boca virada para baixo), Papai me entregou uma cópia do *Boletim do Xerife*, v. 2, nº 1, que havia retirado do quadro de avisos atrás de si, juntamente com um pequeno adesivo de uma Águia Americana que chorava uma lágrima iridescente (América, Unidos Seguiremos). Na página 2 do boletim informativo, Relatório de Atividades (entre as seções Famosos/Infames e Aposto Que Você Não Sabia...), pude ler que a sargento-detetive Fayonette Harper, nos últimos cinco meses, fizera o maior número de prisões do trimestre em todo o departamento.

Entre os Capturados do Trimestre da detetive Harper estavam Rodolpho Debruhl, PROCURADO por assassinato, Lamont Grimsell, PROCURADO por roubo, Kanita Kay Davis, PROCURADA por fraude contra a previdência, roubo e receptação de propriedade roubada, e Miguel Rumolo Cruz, PROCURADO por estupro e desacato. (Por outro lado, o Policial Gerard Coxley tivera o menor número de Capturas do Trimestre: somente Jeremiah Golden, PROCURADO por uso não-autorizado de veículo automotor.)

Além disso, a sargento Harper aparecia na foto em preto-e-branco da equipe de beisebol da delegacia do Condado Sluder, na página 4. Estava em pé à direita, fechando o grupo: uma mulher com um grande nariz encurvado, ao redor do qual se amontoavam todas as suas demais características, como se quisessem se manter aquecidas naquela ártica cara branca.

Vinte e cinco, talvez trinta minutos depois, sentei-me à frente dela.

∽

— Houve um equívoco no relatório do legista — anunciei com grande autoridade, pigarreando. — A declaração de suicídio está errada. Veja bem, eu estava ao lado de Hannah Schneider logo antes que ela entrasse no bosque, e sei que ela não pretendia se matar. Ela me disse que já voltava. E não estava mentindo.

A sargento-detetive Fayonette Harper contraiu os olhos. Com sua pele branca como sal e cabelo duro cor-de-lava, era uma pessoa difícil de se aturar a curta distância; ela era um tapa, um safanão, um chute nos dentes, não importando quantas vezes fosse observada. Tinha ombros largos e maçanetudos e um jeito de sempre mover o tronco ao mesmo tempo que a cabeça, como se estivesse com torcicolo.

Se a delegacia do Condado Sluder era a seção de Primatas de qualquer zoológico mediano, a sargento Harper era obviamente o macaco solitário que preferia suspender a descrença e trabalhar como se a sua vida dependesse disso.

Eu já tinha notado que ela contraía os olhos ao olhar para qualquer coisa ou pessoa, não somente para mim e para A. BOONE quando este me acompanhou até a mesa dela no fundo da sala ("Muito bem", falou sem sorrir quando eu me sentei, sua versão para "Olá"); ela também contraía os olhos ao olhar para a bandeja de ARQUIVAR, para o exausto aparelho antiestresse de metal e borracha ao lado do teclado, para o recado preso com fita adesiva em cima do monitor, que dizia, "Se você consegue ver, enxergue, e se consegue enxergar, observe", e até mesmo para os dois porta-retratos sobre a mesa. Num deles estava uma senhora idosa com cabelo de algodão e um tapa-olho, e no outro, ela mesma e os que presumi serem seu marido e filha; na fotografia os dois a emolduravam com idênticas caras alongadas, cabelo castanho e dentes obedientes.

— E o que te faz pensar assim — perguntou a sargento Harper. Tinha a voz seca e grave, uma combinação de pedra com oboé. (E era assim que fazia perguntas, sem se importar em levantar o tom no final.)

Repeti, a maior parte do tempo, tudo o que havia dito ao Policial Coxley no Pronto-Socorro do Hospital do Condado Sluder.

— Não quero parecer grosseira — falei —, nem desrespeitar o se-seu processo sistematizado de promover a lei, o que já faz há anos e provavelmente com muita eficiência, mas não acredito que o Policial Coxley tenha anotado os detalhes do que lhe contei. E sou uma pessoa muito pragmática. Se eu *achasse* que existe ao menos uma mínima possibilidade de que a hipótese de suicídio fosse verdadeira, eu a aceitaria. Mas isso não é factível. Em primeiro lugar, como disse antes, alguém nos seguiu desde o acampamento. Não sei quem era, mas ouvi os passos. Nós duas ouvimos. Em segundo lugar, a Hannah não estava nesse tipo de *humor*. Não estava deprimida... ao menos, não *naquele* momento. Admito que, em certos momentos, ela ficava cabisbaixa. Mas todos nós ficamos. E quando ela me deixou, parecia muito sã.

A sargento Harper não mexeu nem um músculo. Fiquei agudamente ciente (particularmente pelo modo como seus olhos se afastavam gradualmente de mim antes de serem sacudidos por alguma palavra enfática que eu dissesse, voltando ao meu rosto) de que ela já conhecia o meu tipo. Donas de casa, farmacêuticos, dentistas, bancários, não havia dúvida de que todos eles também a procuravam para expor seus casos com as mãos unidas, perfumes azedos, sombras de olho marcando-lhes o rosto como manchas de uma derrapagem. Eles se sentavam na borda da mesma cadeira vermelha desconfortável em que eu estava (que deixava rebuscadas estampas não-figurativas em nossas pernas) e choravam, juravam sobre diversas Bíblias (Tradução Moderna, Rei James,

Edição Familiar Ilustrada) e tumbas (Vovó, Papai, Archie, que morreu tão jovem) que, quaisquer que fossem as acusações contra o seu querido Rodolpho, Lamont, Kanita Kay ou Miguel, eram mentiras, apenas mentiras.

— Obviamente, sei como devo soar — tentei, buscando alisar as pontadas de desespero da minha voz. (Lentamente, comecei a me dar conta de que a sargento Harper não passava por pontadas de desespero, nem tampouco por fisgadas de saudade, tormentos de distração, ou corações irremediavelmente partidos.) — Mas tenho *certeza* de que alguém a matou. Eu sei disso. E acho que o pouco que podemos fazer por ela é descobrir o que realmente aconteceu.

Harper coçou a nuca, pensativa (como fazem as pessoas que discordam veementemente de você), inclinou-se para a esquerda da mesa, abriu um arquivo e, contraindo os olhos, retirou uma pasta verde com três centímetros de altura, na qual notei uma etiqueta que dizia #5509-SCHN.

— Bem — falou num suspiro, deixando cair a pasta em seu colo. — Nós *levamos* em consideração a pessoa que você diz ter ouvido. — Folheou as páginas, fotocópias, formulários datilografados numa letra pequena demais para que eu os conseguisse ler, até parar numa delas, observando-a rapidamente. — Matthey e Mazula Church — leu lentamente, franzindo o rosto —, George e Julia Varghese, dois casais do Condado Yancey, estavam acampando naquela área ao mesmo tempo que você e seus amigos. Pararam no Cume Açucarado por volta das seis, descansaram durante uma hora, decidiram seguir em frente até o Riacho do Castor, que fica a quatro quilômetros de distância, chegando por volta das oito e meia. Matthew Church confirmou ter caminhado pela área procurando lenha, quando sua lanterna se apagou. Conseguiu retornar ao local de camping por volta das onze, e foram todos dormir. — Olhou para mim. — O Riacho do Castor fica a menos de quatrocentos metros do local onde encontramos o corpo de Hannah.

— Ele disse que nos viu?

Harper balançou a cabeça.

— Não exatamente. Disse que ouviu cervos. Mas tinha tomado três cervejas, e não tenho certeza de que ele saiba o que viu ou ouviu. É um milagre que não tenha se perdido também. Mas você provavelmente o ouviu passando por ali, atravessando os arbustos.

— Ele usa óculos?

Ela pensou no assunto por um momento.

— Acho que sim. — Franziu a cara, examinando os papéis. — Sim, aqui está. Aros dourados. Ele é míope.

Algo no modo como ela me informou daquele detalhe em particular, *míope*, me fez pensar que ela estaria mentindo, mas quando me aproximei imperceptivelmente e tentei ver o que ela estava lendo, ela fechou a pasta e sorriu, seus lábios finos e rachados se afastaram dos dentes como o papel-alumínio de uma barra de chocolate.

— Eu já acampei — comentou. — E a verdade é que, quando estamos lá em cima, não sabemos *o quê* estamos vendo. Você a encontrou enforcada ali, não é mesmo?

Fiz que sim.

— O cérebro inventa coisas para se proteger. Não podemos confiar em nada do que nos dizem quatro de cada cinco testemunhas. Elas esquecem as coisas. Ou, mais tarde, pensam ter visto coisas que não estavam lá. Chama-se traumatismo das testemunhas. É claro que eu levo os testemunhos em consideração, mas no fim das contas só o que posso considerar são as coisas que vejo à minha frente. Os fatos.

Não a detestei por não acreditar em mim. Entendi. Graças aos outros, os Rodolphos, Lamonts, Kanita Kays, Miguéis e todos os demais delinqüentes pegos com a mão na massa vestindo cuecas sujas, assistindo a desenhos animados, comendo bombons de chocolate, ela presumia conhecer tudo o que havia no Mundo. Já tinha visto as vísceras, os intestinos, as entranhas do Condado Sluder, portanto, ninguém poderia lhe dizer algo que ela ainda não soubesse. Imaginei que aquilo seria frustrante para seu marido e filha, mas eles provavelmente a toleravam, escutavam o que tinha a dizer durante o jantar de presunto fatiado e ervilhas, assentindo silenciosos, cheios de sorrisos de apoio. Ela os fitava e os amava, mas também notava que havia uma fenda entre eles. Os outros viviam num Mundo dos Sonhos, mundos de deveres de casa, de conduta apropriada no escritório e bigodes de leite imaculados, mas ela, Fayonette Harper, vivia na Realidade. Conhecia todos os detalhes, as minúcias, os recantos mais escuros e embolorados.

Eu não sabia mais o que dizer, como convencê-la. Pensei em ficar em pé, derrubar a cadeira vermelha e gritar, "Isto é um verdadeiro ultraje!", como fazia o Papai quando estava num banco preenchendo um comprovante de depósito e nenhuma das dez canetas do Balcão do Atendimento Preferencial tinha tinta. Um homem de meia-idade sempre surgia do nada, subindo um zíper, abotoando uma camisa, colocando-a para dentro da calça, afastando mechas de cabelo-de-antena de cima da testa.

Sentindo a minha frustração, a detetive Harper se esticou, tocou as costas da minha mão e voltou a se sentar abruptamente. Esse gesto teve a intenção de me reconfortar, mas saiu mais parecido ao de colocar uma moeda num caça-níquel. Notava-se que a sargento Harper não sabia muito bem o que fazer com a Ternura ou a Feminilidade. Ela as tratava como casacos cheios de babados que alguém lhe dera em seu aniversário e que ela não queria usar, mas não podia jogá-los fora.

— Aprecio os seus esforços — falou, com olhos cor-de-uísque que viam, enxergavam, observavam o meu rosto. — Vir aqui. Falar comigo, entende? Foi por isso que decidi atender você. Eu não *precisava* fazer isso. O caso já foi encerrado. Não tenho autorização de discuti-lo com ninguém além dos familiares mais próximos. Mas você veio aqui porque estava preocupada, e isso foi legal. O mundo *precisa* de pessoas legais. Mas vou ser direta com você. Não temos nenhuma dúvida sobre o que aconteceu com a sua amiga Hannah Schneider. Quanto antes você aceitar o fato, melhor.

Sem dizer nem mais uma palavra, inclinou-se sobre a mesa, apanhou uma folha de papel em branco e uma caneta. Em cinco minutos, fez quatro desenhos detalhados.

(Relembrei muitas vezes esse momento, perpetuamente abismada com o brilhantismo singelo da sargento Harper. Se ao menos as demais pessoas, ao demonstrarem um argumento, evitassem recorrer a palavras hostis ou ações agressivas, apanhassem calmamente uma caneta, uma folha de papel e *desenhassem* os seus argumentos. Aquilo era absurdamente persuasivo. Infelizmente, não notei o tesouro que tinha à minha frente, e não pensei em levar o desenho comigo ao deixar a delegacia. Assim, tive que desenhar a minha própria aproximação do que ela havia esboçado com tanta meticulosidade, a ponto de intencionalmente ou não, seu desenho realmente ter alguma semelhança com a Hannah. [Ilustração 26.0])

— Estes são os tipos de marcas deixadas num corpo quando temos um assassinato — explicou a sargento Harper, apontando para os dois esboços que fez no lado direito do papel e olhando para mim. — E não há como fingir. Digamos que você decida estrangular alguém. Vai deixar uma marca reta no pescoço, como esta aqui. Pense bem. As mãos. Ou digamos que você use uma corda para matá-la. Mesma coisa. Na maior parte das vezes também há ferimentos, ou cartilagens fraturadas, porque a pessoa acaba usando mais força do que precisa por causa da adrenalina.

Apontou para os outros dois desenhos à esquerda.

— E este lado aqui é o aspecto de quando alguém se suicida. Tá vendo? A corda faz um V de cabeça pra baixo na posição pendurada, ela está sendo pu-

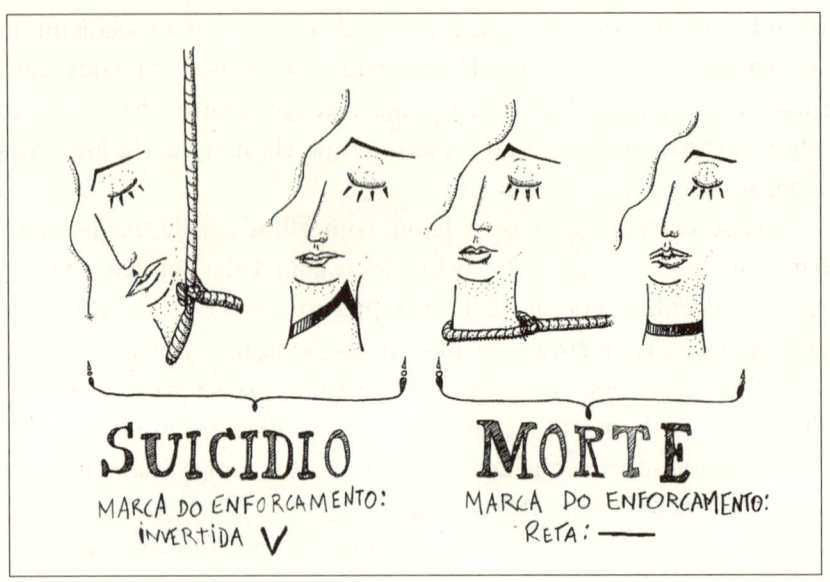

> **SUICÍDIO**
> MARCA DO ENFORCAMENTO: INVERTIDA V
>
> **MORTE**
> MARCA DO ENFORCAMENTO: RETA: —
>
> ILUSTRAÇÃO 26.0

xada pra cima. Geralmente não tem indícios de luta nas mãos, ou nas unhas ou no pescoço, a menos que o cara pense duas vezes. Eles às vezes tentam se soltar porque machuca muito. A maioria das pessoas não faz a coisa direito, entende? Nos enforcamentos reais, como nos velhos tempos, você tinha que cair direto, de dois a três metros, cortando a coluna vertebral ao meio. Mas no suicídio médio, o cara pula de uma cadeira com a corda amarrada a uma viga no teto, ou um gancho, e só cai meio metro, um metro. Não é o suficiente para partir a coluna, então ele morre asfixiado. Leva alguns minutos. E foi assim que a sua amiga Hannah fez.

— É possível matar alguém e deixar um V de cabeça para baixo?

A detetive Harper apoiou novamente as costas na cadeira.

— É possível. Mas improvável. Você teria que deixar a pessoa inconsciente, talvez, e pendurar desse jeito. Ou então pegar de surpresa. Teria que ser um assassino treinado, como nos filmes. — Ela riu baixo e me lançou um olhar desconfiado. — Isso *não* aconteceu, entende?

Fiz que sim.

— Ela usou um cabo elétrico?

— É bastante comum.

— Mas ela não tinha nenhum cabo elétrico quando eu estava com ela.

— Provavelmente estava na pochete que ela trazia na cintura. Não tinha nada lá dentro além de uma bússola.

— E uma carta de suicídio?
— Não deixou. Nem todo mundo deixa. As pessoas que não têm família geralmente não deixam. Ela era órfã, afinal de contas. Cresceu na Casa Horizonte, um orfanato em Nova Jersey. Não tinha ninguém. Nunca teve.

Fiquei tão surpresa que não consegui dizer nada naquele momento. Como um resultado inesperado num laboratório de física, aquilo cancelou brutalmente tudo o que eu acreditava sobre a Hannah. É claro, ela nunca tinha nos contado do seu passado (além de umas poucas histórias, balançadas como salsichas na frente de cães famintos antes de serem novamente escondidas), mas ainda assim presumi que a infância da Hannah fosse cheia de veleiros, casas à beira do lago e cavalos, um pai com um relógio de bolso, uma mãe de mãos delgadas que nunca saía de casa sem sua Reputação (uma infância que, graciosamente, se sobrepunha na minha cabeça à da minha própria mãe).

Eu não poderia ter inventado um passado como aquele do nada... ou poderia? Não, o modo como Hannah acendia cigarros, exibia seu perfil como um vaso valioso, deitava-se sobre qualquer coisa como se estivesse num divã, o modo como selecionava preguiçosamente as palavras das suas frases como quem escolhe sapatos — esses detalhes indicavam, embora vagamente, que ela tivera uma criação privilegiada. E também havia toda aquela retórica que tagarelou no Terraço Hiacinto — "*Levamos anos para nos livrar desse condicionamento. Eu tentei a minha vida toda.*" — palavras sintomáticas de "Retidão de Sala de Espera", mas também de uma das frases preferidas do Papai, "Culpa de Bilionário Rechonchudo", perpetuamente "breve e descuidada". E mesmo em Cottonwood, quando Hannah entrou atrás do Doc naquele Motel Campestre, Quarto 22, poderíamos facilmente ter presumido que estava entrando num camarote da ópera La Scala para assistir *Così fan Tutte* (1790), de Mozart, com as costas tão retas, com o queixo num ângulo tão herdeiro.

Para a sargento Harper, o meu silêncio representava um reconhecimento rancoroso.

— Ela já tinha feito isso antes — prosseguiu. — Exatamente do mesmo jeito. Cabo elétrico. Bem no meio do bosque.

Olhei-a nos olhos.

— *Quando?*

— Logo depois que saiu do orfanato. Quando tinha dezoito anos. Quase morreu.

Com uma expressão séria no rosto, Harper se inclinou à frente, fazendo com que seu grande rosto pairasse a quinze centímetros do meu.

— Agora — aproximou-se mais três centímetros, a voz áspera —, já lhe contei mais que o suficiente. E você precisa me ouvir. Já vi pessoas inocentes terem a vida arruinada por essas coisas muitas e muitas vezes. E não é nada bom. Porque não foram elas que o fizeram. Isso fica entre a pessoa que decidiu aquilo e Deus. Então, vá para casa, siga a sua vida, não pense nisso. Ela era sua amiga e você queria ajudá-la. Mas vou lhe dizer o mais claramente possível: ela planejou tudo. E ela queria que vocês seis estivessem ali quando acontecesse. Está me entendendo?

— Estou.

— Uma pessoa que faz uma coisa dessas com crianças inocentes não merece tanta consideração, entende?

Fiz que sim.

— Ótimo — pigarreou, apanhou a pasta de Hannah e a colocou de volta no arquivo.

∽

Um minuto depois, Papai e eu estávamos caminhando até o carro. Um sol pesado pendia sobre a rua principal, transformando-a num amontoado composto de sombras empapadas que caíam sobre os carros quentes amontoados no meio-fio, sobre as placas de trânsito esguias e sobre a bicicleta morta ali, acorrentada a um banco.

— Está tudo bem agora, presumo? — perguntou o Papai, num tom animado. — Caso encerrado?

— Não sei.

— Como foi que a Vermelhona te tratou?

— Ela foi legal.

— Vocês duas pareciam estar tendo uma conversa emocionante.

Dei de ombros.

— Sabe, acho que nunca vi uma mulher tão obscenamente laranja na minha vida. Você acha que o cabelo dela brota da cabeça exatamente naquele tom de cenoura, ou será algum tipo especial de creme peroxidado que as pessoas compram na esperança de que vá cegar temporariamente as outras? Algo como uma arma policial que ela utiliza intencionalmente contra os corruptos e depravados.

Papai estava tentando me fazer rir, mas eu apenas cobri os olhos do sol e esperei que ele destrancasse o carro.

CAPÍTULO 27
JUSTINE

A Cerimônia Fúnebre da Hannah, realizada na sexta-feira seguinte, 16 de abril, foi um simulacro. Era uma cerimônia Gallwaiana, portanto, naturalmente, não havia nenhum caixão. Na terça-feira, quando Havermeyer anunciou a data do funeral (e que estaríamos liberados a partir daquela aula, um Feriado Hannah), esclareceu ainda, numa voz que tinha o tom inconfundível de um Epílogo ou de um Posfácio, que Hannah havia sido enterrada em Nova Jersey. (Era um prospecto desalentador. Eu jamais a ouvira pronunciar as palavras *Nova Jersey*.)

Portanto, éramos somente nós naquele dia, os estudantes, os professores vestindo tons terrosos, a Sociedade Coral St. Gallway (dezessete alunos maçantes que haviam recentemente metido a palavra *Sociedade* no começo do nome, para sentirem o gosto da exclusividade) e o capelão em meio-período de St. Gallway, que não era o Reverendo Alfred Johnson, o Padre Johnson nem o Pastor Johnson, e sim o neutro e estéril *sr.* Johnson. Ele supostamente havia seguido uma escola religiosa, mas "como o quê", ninguém sabia. Exercia um ministério de denominação indeterminada, uma verdade que o diretor Havermeyer o proibia de revelar, ou mesmo de aludir indiretamente durante o culto das sextas-feiras pela manhã, para não ofender a única garota cujos pais eram Santos dos Últimos Dias (Cadence Bosco). No Catálogo de Matrículas de St. Gallway, *Educação Superior, Valores Superiores*, a capela de pedra de dois andares era descrita como um "santuário", tecnicamente não filiado a nenhuma religião específica (apesar de, durante as festas de fim-de-ano, serem realizados "ritos seculares"). Era simplesmente uma "casa de fé". Cabia a cada um adivinhar qual tipo de fé se professava ali. Duvido que até mesmo o *sr.* Johnson soubesse. O sr. Johnson não usava gola de padre, e sim calças cáqui e camisas pólo de manga curta nas cores verde-bandeira e azul-real, dando-lhe o ar de um *caddy* de golfe. E quando falava de uma Entidade Superior, usava palavras como *gratificante, restauradora* e *transformadora*. Era algo que nos "conduzia pelos momentos difíceis", que "qualquer pessoa jovem poderia alcançar com um pouco de trabalho duro, confiança e tenacidade."

Deus era uma viagem a Cancun.

Fiquei sentada na segunda fileira com os alunos do terceiro ano, fitando a peça que tinha levado, *Uma lua para o bastardo* (O'Neil, 1943), para evitar qualquer contato visual com os Sangue-Azul. Além da Jade e do Nigel (cuja mãe o deixou de manhã exatamente em frente à Volvo, da qual demorei a sair, abrindo e fechando a minha mochila até que ele desaparecesse no interior do Pavilhão Hanover), eu não tinha visto os outros nem uma vez.

Eu tinha escutado pequenos rumores:

— Não consigo me lembrar o que é que eu via no Milton — disse Macon Campins, na aula de literatura. — Eu estava do lado dele na aula de Biologia, e tipo, ele não parece mais nem um pouco gostoso.

— A Joalie terminou com ele exatamente por esse motivo — respondeu Engella Grand.

Durante os Anúncios Matinais e o almoço (momentos em que eu esperava espiá-los furtivamente do modo como eu e o Papai espionamos o interior do trailer do Menor Travesti do Mundo no Circo Fantasia dos Horrores) não consegui encontrá-los em nenhum lugar. Só me restou presumir que os seus pais houvessem feito algum tipo de arranjo com o prof. Butters, e os cinco estivessem participando de rigorosas sessões matinais e vespertinas de aconselhamento psicológico com Deb Cromwell. Deb, uma mulher baixa de compleição amarelada, movimentos lentos e palavras gordurosas (uma fatia de camembert ambulante), estava se sentindo perfeitamente em casa na sala 109 do Pavilhão Hanover, erigindo diversos pôsteres e montagens de papelão. Enquanto me dirigia à aula de Cálculo, passando às pressas pela sala dela, notei que, a menos que Mirtha Grazeley estivesse por lá (provavelmente por acidente, pois diziam que sempre confundia outras salas do Pavilhão Hanover com seu escritório, incluindo o Banheiro Masculino), Deb sempre ficava sozinha lá dentro, ocupando-se de folhear seus próprios panfletos sobre Depressão.

Agora, na sacada atrás de nós, a Sociedade Coral começou a cantar "Toda a honra e toda a glória", e os Sangue-Azul ainda não tinham chegado. Eu já estava começando a presumir, mais uma vez, que estariam ilhados no escritório de Deb Cromwell, que os estaria apresentando aos prazeres da Auto-Aceitação e do Desapego, quando a própria Deb, com um sorriso grudado no rosto, entrou apressada na capela ao lado da sra. Jarvis, a enfermeira da escola, e se amontoou na ponta de um dos bancos, onde Havermeyer estava sentado ao lado da mulher, Gloria, tão colossalmente grávida que parecia ter sido presa ao chão por uma grande rocha.

Então, alguém atrás de mim engasgou — era Donnamara Chase; ela precisava de sais de cheiro —, e a maior parte da escola, incluindo alguns professores, se virou para observar a entrada vagarosa dos cinco, em fila única, profundamente vaidosos (ver *Abbey Road*, The Beatles, 1969). Vestiam preto da cabeça aos pés. Milton e Nigel pareciam ninjas (um deles em tamanho PP, o outro GG); Leulah, usando uma saia longa e uma peça de chiffon de gola alta, estava vagamente vampírica. Jade imitava descaradamente Jackie Kennedy no Cemitério Arlington (os óculos escuros tamanho pires sobre a cabeça e a bolsa antiquada de crocodilo eram seus substitutos para o véu e o filho John-John). Charles era o elefante tostado que fechava a retaguarda. Ele também estava de preto, mas o gesso enorme que trazia na perna esquerda (do tornozelo até o alto da coxa) sobressaía como um gigantesco dente de marfim. Ao vê-lo mancar com as muletas, fitando o chão, perturbadoramente abatido, com a cara molhada de suor (tinha o cabelo dourado grudado à testa, formando Os como cereal molhado numa tigela), fiquei enjoada — não por não estar junto deles nem vestida de preto (eu sequer tinha pensado na minha roupa; coloquei um troço idiota, curto e florido), e sim porque ele parecia tão diferente do dia em que o conheci, quando cutucou meu ombro durante os Anúncios Matinais, tantos meses atrás. Ele era outra pessoa agora. Se um dia tinha sido um *Boa noite, lua* (Brown, 1947), agora era um *Onde estão as coisas selvagens* (Sendack, 1963).

Os Sangue-Azul se meteram na fileira à minha frente.

— Hoje nos reunimos neste refúgio sagrado para lamentar e dar graças — começou no púlpito o sr. Johnson. Lambeu os lábios e fez uma pausa, olhando para os papéis à sua frente. (Ele sempre lambia os lábios; eram como batatas fritas, salgados e viciantes.) — Desde que a nossa querida Hannah Schneider nos deixou, há mais de três semanas, por toda a nossa comunidade houve homenagens ressonantes, palavras cálidas e gentis, histórias de como ela afetou as nossas vidas de formas grandes e pequenas. Hoje, reunimo-nos para dar graças por termos sido abençoados com a presença de uma professora e amiga tão extraordinária. Agradecemos a sua bondade, a sua humanidade e carinho, sua coragem frente às adversidades e a transbordante alegria que trouxe a tantos aqui presentes. A vida é eterna e o amor, infinito; a morte não passa de um horizonte, e um horizonte não passa de um limite para a nossa visão.

Johnson foi em frente, oferecendo quantidades iguais de contato visual a cada terço da congregação com a constância mecanizada de um regador de jardim. Muito provavelmente aprendera aquilo num curso, Como Dar um Sermão Estonteante, que apresentava os conceitos de Acolher a Todos e de Evocar um Sentimento de União e Humanidade Universal. O discurso não foi terrível, mas não era nem um pouco específico em relação à Hannah. Estava repleto de coisas como Ela Foi Uma Luz e Ela Gostaria Que Fizéssemos, sem mencionar nada sobre a sua vida *real*, uma vida que Havermeyer e o resto da administração temiam agora profundamente, como se houvessem encontrado asbesto no Edifício Elton e quisessem ocultar o fato, ou então descoberto que Christian Gordon, o Chef de Cozinha de St. Gallway, tinha Hepatite A. Eu conseguia quase ver as inscrições no papel que ele apoiara no púlpito — (*Insira aqui o nome do falecido*) (www.123eulogy.com, ver nº 8).

Quando terminou, a Sociedade Coral irrompeu, ligeiramente fora de tom, num "Desça Sobre Nós, Amor Divino", e os alunos começaram a jorrar dos bancos, sorrindo, rindo, afrouxando as gravatas e apertando os rabos-de-cavalo. Lancei meu último olhar contrabandeado na direção dos Sangue-Azul, chocada com a imobilidade que mantinham, com seus rostos de pedra. Não haviam sussurrado nem sorrido uma única vez durante o discurso do sr. Johnson, embora Leulah, como se sentisse meus olhos sobre suas costas, tenha virado abruptamente o rosto bordado na minha direção enquanto Eva Brewster lia um Salmo e, trincando os dentes, o que fez com que sua bochecha ficasse amassada, olhou *bem* nos meus olhos. (Mas então, quase imediatamente, transformou-se numa dessas pessoas que fitam as rodovias pela janela; Papai e eu passávamos velozes por elas o tempo todo quando estávamos na Volvo, e elas sempre mantinham o olhar fixo, como se estivessem vendo algo infinitamente mais interessante que as nossas caras: a grama, as placas, o céu.)

Enquanto Havermeyer avançava pelo corredor, sorrindo um sorriso de cano de chumbo sem nenhuma alegria por trás, com Gloria rolando ao seu lado e o sr. Johnson atrás dela, jovial como Fred Astaire dançando o fox-trot com uma moça deslumbrante ("Muito bom dia a todos!", cantarolou), sem dirigirem a palavra a ninguém, com os queixos mantidos exatamente no mesmo ângulo em que Hannah mantinha o seu enquanto dançava salsa com o copo de vinho na mão ao som de "Fever", de Peggy Lee (ou no jantar, fingindo estar interessada em uma das histórias rebuscadas deles), um por um, os Sangue-Azul ficaram em pé e desfilaram pelo corredor, desaparecendo no dia claro e manso que os esperava.

∽

Eu tinha esquecido de dizer ao Papai que não teríamos aulas à tarde, então corri pelo andar térreo deserto do Pavilhão Hanover para usar o orelhão.

— Azeitonas — ouvi alguém dizer atrás de mim. — Espera aí.

Era o Milton. Eu não estava exatamente exultante frente à perspectiva de conversar com ele — quem poderia saber que tipo de abusos eu teria que suportar, desatados por aquele tépido funeral —, mas me obriguei a esperá-lo. "Nunca bata em retirada, a não ser que a morte seja certa", escreveu Nobunaga Kobayashi em *Como ser um assassino xogum* (1989).

— E aí — falou, com um de seus sorrisos lânguidos.

Apenas fiz um sinal com a cabeça.

— Tudo jóia?

— Fantástico.

Milton ergueu as sobrancelhas ao me ouvir dizer isso e meteu as grandes mãos nos bolsos. Mais uma vez, levou o Velho e Bom Tempo que precisava para iniciar uma conversa. Uma Dinastia Ming surgiu e tombou entre o final de cada frase e o princípio da seguinte.

— Queria falar com você — comentou.

Eu não disse nem uma *palavra*. Deixei que o grande ninja falasse. *Ele* que se desse ao trabalho de arrumar algumas frases.

— Bom — suspirou. — Num entendo cumé que ela pode ter se matado.

— Nada mal, Caladão. Agora por que não faz um laço com essa idéia e procura ver se ela é forte o suficiente para se enforcar?

Ele pareceu atordoado, talvez até embasbacado. Papai dizia ser quase impossível embasbacar alguém nestes Dias Ordinários em que o "sexo pervertido se tornou mundano", em que "um exibicionista usando um sobretudo num parque público é tão rotineiro quanto as plantações de milho do Kansas", mas acho que eu consegui embasbacar aquele garoto — realmente consegui. Obviamente, ele não estava habituado ao meu tom de voz de fazendeiro durão. Obviamente, não estava habituado à *nova* Blue, Blue a Conquistadora, a Hondo, Rei dos Pecos, Blue Steel em *A lei do gatilho*, a feroz Blue em sua *Jornada para o Oeste*, a *Dama de Louisiana* testando sua *Sorte de verdade*, que atirava sem sacar o revólver, montava bem alto na sela, seguindo a trilha solitária. (Obviamente, ele não tinha lido *Brita* [Reynolds, 1974]. Era o que Bukeye Birdie dizia a Shortcut Smith.)

— Vamos dar o fora daqui? — perguntou Milton.

Fiz que sim.

⁓

Suponho que todas as pessoas tenham um Abre-te Sésamo ou um Abracadabra, uma palavra arbitrária, um evento ou sinal imprevisto que as derruba, fazendo com que se comportem, seja permanentemente ou por um curto período, de maneira imprevisível, contrariando todas as expectativas, porque sim. Abre-se uma cortina, as portas rangem, algum garoto passa de Esquisito a Glamoroso. E o Passe de Mágica do Milton, sua Chave Mestra, calhou de ser uma frase fluida no discurso genérico do sr. Johnson, um discurso que o Papai chamaria de "tão empolgante quanto uma parede de concreto", sinalizando a "febre característica que tem infectado recentemente os nossos políticos e porta-vozes oficiais. Quando eles falam, não emergem palavras verdadeiras, e sim tardes de verão com um sol cansativo, uma brisa morna e chapins gorgeantes que adoraríamos alvejar com uma pistola".

— Quando ele falou aquele negócio sobre a Hannah ser tipo uma flor — disse Milton —, tipo uma rosa e tal, eu meio que fiquei tocado. — Seu grande braço direito rolou como um tronco por sobre a direção enquanto ele manobrava o Nissan entre os carros, saindo do Estacionamento dos Estudantes. — Num pude ficar bravo com o que aconteceu, especialmente não com a minha amiga, Azeitonas. Tentei falar pra Jade e pro Charles que não era culpa tua, mas eles num tão enxergando direito.

Milton sorriu. Era como um daqueles navios viking nos parques de diversão, balançando-lhe no rosto, pendendo ali durante uns poucos segundos quase perpendicular ao solo, para então balançar outra vez. O amor, ou, mais precisamente, a paixão ("Tome tanto cuidado com as palavras que usa para expressar os seus sentimentos quanto com as que for usar para escrever a sua dissertação de doutorado", dizia o Papai), era uma dessas indesejáveis emoções migratórias. Depois de tudo o que acontecera, achei que não fosse sentir mais *nada* pelo Milton, não mais; presumi que os meus sentimentos já houvessem se mudado para outra cidade. Mas ele agora sorria, e ali estavam eles, aqueles sentimentos suados se esgueirando outra vez pela rua, esperando que eu os reconhecesse no posto de gasolina, usando uma camisa regata, chapéu de caubói, os músculos assustadoramente definidos e lustrosos.

— A Hannah pediu para eu te levar à casa dela quando voltássemos da viagem de camping. Pensei que podíamos dar um pulo lá, se você agüentar a barra.

Olhei para ele, confusa.

— O quê?

Ele deixou que as minhas palavras aportassem na baía e ficassem ali por pelo menos trinta segundos antes de responder.

— Lembra que a Hannah teve aquelas conversas particulares com cada um de nós quando estávamos subindo a montanha?

Fiz que sim.

— Foi aí que ela me falou isso. Eu tinha esquecido até uns dois dias atrás. E agora...

— O que ela disse?

— "Leve a Blue para a minha casa quando vocês voltarem. Só os dois." Repetiu aquilo três vezes. Lembra de como ela tava doida naquele dia? Dando ordens em todo mundo, gritando lá do cume? E quando ela falou aquilo, nem a reconheci. Ela estava *perversa*. Mas eu ri e falei: "Num entendo. Você pode chamar a Blue quando quiser." Em vez de responder direto, ela só repetiu a frase. "Leve a Blue para a minha casa quando vocês voltarem. Você vai entender." Ela me fez jurar que obedeceria, e que num ia dizer nada aos outros.

Milton ligou o rádio. Tinha as mangas da camisa dobradas até os cotovelos; assim, quando passava as marchas, os dedinhos queimados da anjinha tatuada surgiam como os olhos de um molusco enterrado na areia.

— O esquisito — continuou, com aquela voz de búfalo — foi que ela disse *vocês*. "Quando *vocês* voltarem." Não quando *nós voltarmos*. Bom, fiquei pensando bastante nesse *vocês*. Só pode significar uma coisa. Ela não tinha nenhuma intenção de voltar com a gente.

— Achei que você não acreditasse que ela tinha cometido suicídio.

Milton pareceu mastigar essa idéia por um instante como quem masca tabaco, ofuscado; baixou o quebra-sol. Agora estávamos acelerando pela rodovia, avançando a mil por hora sob o sol espesso e as sombras frouxas e esfarrapadas das árvores que ladeavam, rígidas, o acostamento. Elas mantinham os ramos bem erguidos — como se soubessem a resposta de uma pergunta importante, esperando serem chamadas pelo professor. O Nissan era velho, e quando o Milton passava as marchas o carro se sacudia como uma dessas camas famintas de motel com uma fenda para moedas, camas que nunca pareciam novas, embora o Papai alegasse já ter contado sete delas num raio de um quilômetro no norte do Chade. ("Eles não têm água corrente ou banheiros, mas não tenha medo, eles têm camas que tremem.")

— Ela certamente estava se despedindo da gente durante aquelas conversas — comentou, pigarreando. — Ela falou para a Leulah, "Nunca tenha medo de cortar o cabelo." E para a Jade, falou: "Uma dama deve continuar sendo uma dama mesmo depois que retirar o vestidinho preto"... o que quer que *isso* signifique. Ela disse ao Nigel que fosse ele mesmo, e depois alguma coisa sobre papel de parede. "Mude o papel de parede sempre que quiser, dane-se quanto custar. Você é a pessoa que tem que morar ali." E para mim, antes do que falou sobre você, disse: "Você talvez seja um astronauta. Talvez acabe caminhando na lua." E ao Charles... ninguém sabe o que ela disse. Ele se recusa a contar. Mas segundo a Jade, a Hannah confessou que era apaixonada por ele. O que ela te disse?

Não respondi, porque a Hannah obviamente não havia me dito nada, nem uma única frase de estímulo, por mais impenetrável e bizarro que parecesse (sem querer ofender o Milton, mas sinceramente, para mim ele não fazia o tipo astronauta; seria perigoso, para um garoto daquele tamanho, flutuar na cápsula em gravidade zero).

— Eu não quero acreditar que foi suicídio, saca? — continuou, pensativo. — Porque isso me faz sentir idiota. Mas em retrospecto, faz sentido. Ela tava sempre sozinha. Aquele *cabelo*. Depois, teve o que aconteceu com o tal do Smoke. Fora aquele lance com os caminhoneiros que comiam no Stuckey's. Porra, tava tudo ali na nossa cara. Óbvio. E a gente não enxergou. Como é possível?

Ele me olhou em busca de ajuda, mas era evidente que eu não tinha nenhuma resposta decente. Vi que os olhos do Milton esquiaram pela frente do meu vestido, parando em algum lugar próximo aos meus joelhos expostos.

— Faz idéia por que a Hannah queria que eu te levasse à casa dela? *Sozinhos?*

Dei de ombros, mas o modo como ele fez a pergunta me fez pensar que a Hannah, depois da minha fracassada tentativa de aproximá-la do Papai (veja bem, isso havia sido a.C., ou seja, antes que eu soubesse de Cottonwood; d.C., ou depois de Cottonwood, eu meio que decidi, por questões de saúde, que ela realmente não fazia o tipo do Papai), talvez quisesse me devolver o favor, e então decidiu enfiar essa sensual interrogação no bolso da frente da camisa do Milton, assegurando-se assim de que em algum momento, após o Big Bang da viagem de camping (era um princípio científico simples: depois de explosões, novos começos), os dois nos veríamos juntos, sozinhos, na casa vazia. Talvez a Jade ou a Lu lhe houvessem contado da minha fixação, ou então ela a teria notado por conta própria, tendo em vista o meu comportamento nada gracioso durante o jantar. (Eu não me surpreenderia se, no primeiro semestre, eu tivesse olhos como pássaros nervosos: ao menor movimento do Milton, voavam instantaneamente.)

— Tomara que ela tenha te deixado um saco cheio de dinheiro — disse Milton, com um sorriso lânguido. — E se eu for um cara legal, você talvez divida comigo.

∽

Enquanto nos aproximávamos da casa da Hannah, cruzando os pastos, os calmos celeiros, os cavalos que esperavam como homens em estações rodoviárias (o sol tinha cimentado seus cascos à grama), a árvore em saca-rolha, o morrinho onde a Jade sempre acelerava o Mercedes, fazendo com que o carro saltasse e as nossas entranhas se revirassem como panquecas, contei ao Milton a minha versão do que tinha ocorrido na montanha. (Assim como com a Jade, omiti a parte em que encontrei o corpo da Hannah.)

Quando ele me perguntou o que eu achava que ela queria me contar, por que teria me afastado do acampamento, menti, dizendo que não fazia idéia.

Bom, não era exatamente uma mentira. Eu *não* sabia. Mas não era como se eu não houvesse delineado meticulosamente, no meio da noite, no silêncio de biblioteca que havia no meu quarto, na minha escrivaninha Cidadão Kane (apagando a luz se ouvisse o Papai subindo a escada para ver se eu estava dormindo), as Infinitas Possibilidades.

Depois de algum trabalho preliminar, eu tinha chegado à conclusão de que, desse mistério, surgiam em termos gerais duas escolas de pensamento. (Isso não incluía a possibilidade que o Milton acabava de me apresentar, de que ela talvez quisesse me levar ao meio do bosque para fazer uma despedida morna — dizendo que algum dia eu estaria passeando por Marte, ou que não deveria hesitar em pintar a minha casa de alguma cor vibrante, já que eu era a pessoa que moraria ali — frases rançosas, farelentas como biscoitos de água-e-sal que poderia facilmente ter dito enquanto caminhávamos pela trilha. Não, eu era forçada a presumir que a Hannah queria me dizer algo completamente diferente, mais vital do que qualquer coisa que houvesse sussurrado aos Sangue-Azul.)

Assim, a primeira escola de pensamento dizia que a Hannah queria me confessar alguma coisa. Era uma idéia atraente, considerando-se sua voz rouca, seus olhos movediços como mariposas, as frases instáveis e entrecortadas, como se tivesse um suprimento de eletricidade intermitente. E *o que* ela queria confessar podia variar entre inúmeras coisas, do bizarro ao biruta — o hábito de Cottonwood, por exemplo, ou um caso acidental com o Charles, ou que conseguira, de alguma forma, matar o Smoke Harvey, ou talvez que havia cultivado (mais uma das acusações impulsivas da Jade, lançada com a força de um arremesso de peso e então esquecida enquanto ela voltava ao vestiário para fazer seus alongamentos) uma associação secreta com a Família Manson. (Por sinal, eu ainda tinha a minha cópia do *Blackbird singing in the dead of the night*, da Hannah, guardada no fundo de uma gaveta da minha escrivaninha. Meu coração parou quando escutei a Dee mencionar, no estudo dirigido da biblioteca, que durante a aula de Introdução ao Cinema a Hannah lhes perguntou se alguém havia retirado um livro da sua mesa. "Um livro de pássaros", disse Dee, dando de ombros.)

Se *essa* era a tese verdadeira — se a Hannah queria me revelar um segredo —, eu só poderia concluir que ela me escolheu como confidente, em vez de escolher, digamos, a Jade ou a Leulah, porque eu não parecia ameaçadora. Ela talvez pressentisse que eu tinha lido a obra completa de Scobel Bedlows Jr., todos os seus ensaios sobre julgamentos; basicamente, não era permitido fazer nenhum julgamento, a menos que "a devastação fosse dirigida para dentro, para si mesmo, e nunca para outras pessoas ou animais" (*Quando apedrejar*, Bedlows, 1968). Hannah também parecia ter uma compreensão inata sobre o Papai, tendo talvez notado que eu já era uma pessoa extremamente disposta a perdoar, que fazia o melhor possível para tratar quaisquer fraquezas como vagabundos parados na minha varanda: acolha-os, e eles talvez trabalhem para você.

A segunda escola de pensamento, obviamente a mais perturbadora, era a de que ela decidira me revelar um secreto Tudo Sobre Mim.

Eu era a única, de todo o grupo, que não havia sido carregada pelas ondas e recolhida por ela após alguma tempestade familiar. Eu nunca fugi com um velho turco, nem joguei os braços ao redor do tronco de um caminhoneiro (esforçando-me para juntar as mãos do outro lado), nunca vivi nas ruas e esqueci tudo sobre essa época, nem tive um pai viciado ou detido numa prisão de segurança máxima. Ainda assim, perguntei-me se a Hannah saberia de algum segredo capaz de revelar que eu era como os outros.

E Se o Papai não fosse realmente o meu pai, por exemplo? E Se ele houvesse me encontrado no meio da rua, como quem acha uma moeda? E se a Hannah fosse minha mãe verdadeira, que me abandonou para a adoção porque ninguém queria se casar no final dos anos oitenta; todos só queriam andar de patins e usar ombreiras? Ou E Se eu tivesse uma gêmea fraterna chamada Sapphire, que fosse tudo o que eu não era — deslumbrante, atlética, engraçada e bronzeada, com um sorriso despreocupado, abençoada não com um Pai de Ósmio (o metal mais pesado conhecido pelo homem), e sim com uma Mãe de Lítio (o mais leve), que não labutava como professora e ensaísta nômade, e sim como uma simples garçonete em Reno?

Esses E Ses paranóicos haviam feito com que eu, em diversas ocasiões, corresse para o escritório do Papai e revirasse silenciosamente os seus papéis, seus ensaios inacabados e anotações apagadas para o *Pulso firme*, fitando as fotografias: o retrato de Natasha ao lado do piano, a foto em que os dois estavam juntos, parados num gramado em frente a uma rede de badminton, com raquetes nas mãos, braços entrelaçados, uniformes antiquados e expressões que os faziam parecer sobreviventes de uma Guerra Mundial em 1946, e não o que *realmente* eram, isto é, no ano de 1986, sobreviventes do *Clube dos cinco* e do Weird Al Yankovic.

Essas frágeis fotografias resguardavam novamente o meu passado, tornando-o firme e impermeável. No entanto, arrisquei-me de fato a sondar o Papai com umas poucas perguntas casuais, e ele respondeu com uma risada.

Papai, sobre Irmãos Bastardos Secretos: "Não me diga que andou lendo *Judas, o obscuro*".

Milton não tinha muito mais a esclarecer sobre essa charada — por que a Hannah me escolheu, por que eu não estava com eles quando o Charles, tentando escalar uma rocha proeminente para ter algum senso de direção, visualizando talvez uma torre elétrica ou a placa de um hotel de beira de estrada do tamanho de um arranha-céus, "caiu num negócio do tamanho do Grand Canyon e começou a berrar tão alto que a gente achou que ele estivesse sendo esfaqueado".

Depois que acabei de contar ao Milton o restante da história, que se estendeu um pouco até o meu confronto com a Jade no Edifício Loomis, ele apenas sacudiu a cabeça, perplexo.

Nesse momento, já estávamos estacionando na calçada deserta em frente à casa da Hannah.

∽

Na falta de um plano melhor — vergonhosamente inspirados em *Ausência de provas* (1989), de Jazlyn Bonnoco —, sugeri ao Milton que Hannah talvez nos quisesse fazer encontrar alguma pista na casa dela, um mapa do tesouro ou velhas cartas sobre chantagens ou fraude — "algo que falasse sobre a viagem de camping, ou sobre a morte da Hannah", expliquei —, e assim, decidimos fazer uma busca entre as coisas dela, o mais discretamente possível. E o Milton leu meus pensamentos:

— Vamos começar pela garagem, hein? — (Suspeitei que ambos estivéssemos com medo de entrar na casa em si, temendo encontrar alguma espécie de espectro da Hannah.)

A garagem de madeira para um carro, situada a uma boa distância da casa, com seu teto instável e janelas encrostadas, parecia uma caixa de fósforos gigante que ficara tempo demais no bolso de alguém.

Pensei, preocupada, no que teria acontecido com os animais, mas o Milton me disse que a Jade e a Lu, que queriam adotá-los, descobriram que eles tinham se mudado para a casa de Richard, um dos colegas da Hannah no abrigo de animais. Estavam numa fazenda de lhamas no lago Berdin, a norte de Stockton.

— É triste pra cacete — disse Milton, abrindo a porta lateral da garagem. — Porque agora eles vão ficar que nem aquele cachorro.

— Que cachorro? — perguntei, passando os olhos pela varanda da casa enquanto o seguia para o interior da garagem. Não havia nenhuma fita de isolamento da polícia na porta, nenhum sinal imediato de que qualquer pessoa houvesse passado por ali. — *Meu melhor companheiro*?

Milton balançou a cabeça e acendeu as lâmpadas, derramando uma luz neon por aquele lugar quente e retangular. Não havia espaço nem para um par de pneus, que dirá para um *carro* inteiro, o que explicava por que a Hannah sempre estacionava o Subaru em frente à casa. Pilhas de móveis — abajures furados, poltronas feridas, tapetes, cadeiras, sem falar nas caixas de papelão e no equipamento de camping aleatório — tinham sido jogadas violentamente umas sobre as outras, como corpos numa vala comum.

— *Você* sabe — disse Milton, caminhando ao redor de uma das caixas. — Na *Odisséia*. O que tá sempre esperando o dono.

— Argos?

— É. Coitado do Argos. Ele morre, né?

— Quer parar, por favor? Você está me deixando...

— O quê?

— Deprimida.

Milton deu de ombros.

— Ei, não liga pro que eu falo.

Começamos a revistar o lugar.

E quanto mais revistávamos, dentro de mochilas, caixas, armários e poltronas (Milton estava fixado na idéia do saco cheio de dinheiro, embora agora passasse a cogitar que a Hannah talvez houvesse enfiado as notas dentro do estofado ou das almofadas), mais a experiência de revistar (Milton e eu, improváveis Ator e Atriz principais) se tornava um tanto encantadora.

Inspecionando aquelas cadeiras e abajures, algo começou a acontecer: passei a me imaginar como uma mulher chamada Slim, Irene ou Betty, que usava saias justas, sutiã em forma de cone e cabelo em ziguezague sobre um olho. Milton era o rapaz durão desiludido, com chapéu de feltro, punhos ensangüentados e temperamento difícil.

— *Isso aí*, só tô vendo se a nossa velha amiga não deixou nada pra gente — cantarolou alegremente enquanto cortava o assento laranja de uma poltrona com o canivete suíço que tinha encontrado uma hora antes. — Vamos passar o pente fino. Porque eu detestaria que ela fosse um filme do Oliver Stone.

Concordei, abrindo uma velha caixa de papelão.

— Se a pessoa acaba sendo uma história de mistério famosa — falei—, já não pertence mais a si mesma. Todos a roubam e a transformam no que quiserem. Ela se torna a causa dos demais.

— A-hã — disse Milton. Pensativo, fitou a espuma de queijo cottage. — Odeio finais em aberto. Tipo a Marylin Monroe. Que diacho *aconteceu*? Ela tava se aproximando demais de alguma coisa, e o presidente teve que silenciar a moça? Isso é bem *doido*. Que as pessoas possam simplesmente acabar com uma vida, como se...

— Não valesse nada.

Ele sorriu.

— *É*. Mas também, talvez *tenha* sido um acidente. As estrelas se alinham de um jeito doido. Acontece uma morte. Poderia muito bem ter sido a loteria, ou uma perna quebrada. Ou ela talvez tenha pensado que não conseguiria seguir em frente. Todo mundo tem pensamentos assim, só que ela decidiu tomar uma atitude sobre isso. De uma vez por todas. E se forçou a tomar essa atitude. Porque achou que era o que merecia. E talvez, segundos depois, tenha pensado que tava errada. Tentou se salvar. Mas era tarde demais.

Fitei-o, sem saber se ele estava falando da Marilyn ou da Hannah.

— Caba que é sempre assim. — Deixou o assento de lado, apanhou um cinzeiro e o virou, examinando-lhe o fundo. — Tu nunca sabe se tem uma conspiração ou se as coisas simplesmente se dão assim, é tipo... sei lá, um dos...

— Dribles da vaca que a vida nos dá.

Milton ficou boquiaberto, mas não disse nada, aparentemente estonteado por aquele Papaísmo, que eu sempre achei um pouco irritante (era uma frase que você poderia encontrar nas anotações do *Pulso firme* se tivesse paciência para esquadrinhar a caligrafia). Milton apontou para mim.

— Isso é bom, Azeitonas. Isso é *muito* bom.

Eu percorri nesse instante as tramas de ao menos três filmes *noir* diferentes.

Após duas horas de buscas, apesar de não termos encontrado nenhuma pista *direta*, já tínhamos conseguido desenterrar várias Hannahs diferentes — irmãs, primas, gêmeas fraternas, filhas adotivas da que conhecíamos. Havia a Hannah Hippie de São Francisco (velhos discos de Carol King, Bob Dylan, um *bong*, panfletos sobre *tai chi*, uma entrada desbotada para algum comício pela paz realizado no parque Golden Gate em 3 de junho de 1980), a Hannah Stripper (não me senti bem investigando *essa* caixa, mas o Milton exumou sutiãs, biquínis, uma calcinha zebrada, alguns itens um pouco mais complicados que precisariam de instruções de montagem), a Hannah Granada de Mão (botas de combate, mais facas), além da Hannah Fanática por Desaparecidos (a mesma pasta cheia de matérias de jornal xerocadas que o Nigel tinha encontrado, embora ele houvesse mentido sobre o conteúdo, "cinqüenta páginas, no *mínimo*"; havia apenas nove). A minha preferida, porém, era a Hannah Madonna, que se garota-materializou de uma velha caixa de papelão.

Atrás de uma bola de basquete que parecia uma uva passa, entre esmaltes de unha, aranhas mortas e outras tralhas, encontrei uma fotografia apagada da Hannah com cabelo curto, espetado e vermelho. Também tinha sombra de olho roxa e brilhante pintada até a altura das sobrancelhas. Estava cantando num palco com um microfone na mão, vestia uma minissaia plástica amarela, meia-calça de besouro listrada em verde e branco e um espartilho preto que parecia feito de sacos de lixo ou pneus usados. Estava bem no meio de uma nota, portanto tinha a boca *bem* aberta — seria possível esconder um ovo de galinha ali dentro.

— Puta merda — disse Milton, vendo a fotografia.

Virei-a, mas não havia nada escrito no verso, nenhuma data.

— É ela, não é? — perguntei.

— Pode crer, é ela sim. Cacete.

— Que idade você acha que ela tinha?

— Dezoito? Vinte?

Mesmo com aquele cabelo vermelho estilo garotinho, a maquiagem de palhaço e os olhos saltados devido à expressão furiosa que ela tinha no rosto, estava bonita. (É o que se pode chamar de Beleza Absoluta: como o Teflon, é impossível macular.)

~

Depois que achei a fotografia, Milton disse que já era hora de entrarmos na casa.

— Tá gostando, Azeitonas? Da brincadeira?

Milton sabia de uma chave extra que ficava escondida sob o vaso de gerânios na varanda, e, ao enfiá-la na fechadura, esticou de súbito a mão para trás, apanhou o meu punho, apertou-o e o soltou (um gesto trivial que qualquer pessoa faria com uma bolinha antiestresse; ainda assim, meu coração pulou, fez um "Ahh" agitado e desmaiou).

Entramos na ponta dos pés.

Surpreendentemente, não foi nada assustador — nem um pouco. De fato, na ausência da Hannah, a casa havia assumido as propriedades solenes de uma civilização perdida. Era Machu Picchu, um pedaço do antigo Império Parta. Como escreve *sir* Blake Simbel em *Sob o azul* (1989), suas memórias detalhando a escavação *Mary Rose*, as civilizações perdidas nunca eram assustadoras, e sim fascinantes, "reservadas e cheias de enigmas, uma suave demonstração da durabilidade da terra e dos objetos em relação à vida humana" (p. 92).

Depois que deixei um recado para o Papai, dizendo-lhe que já tinha uma carona para casa, escavamos a sala de estar. De certa forma, era como vê-la pela primeira vez, pois sem as distrações de Nina Simone ou Mel Tormé, sem a própria Hannah deslizando por ali com suas roupas muito usadas, pude realmente enxergar as coisas: na cozinha, o bloco em branco e a caneta (na qual se lia Boca Raton, num dourado desbotado) colocados sob o telefone dos anos 1960 (o mesmo lugar e tipo de bloco no qual Hannah supostamente rabiscara *Valerio*, embora não houvesse nenhuma marca interessante no papel que eu pudesse revelar pintando-o com um lápis — como faziam, tão efetivamente, os detetives da TV). Na sala de jantar, onde comemos centenas de vezes, encontramos objetos que eu e Milton nunca tínhamos visto: na grande cristaleira de madeira e vidro atrás das cadeiras de Nigel e Jade, duas horríveis sereias de porcelana e uma imagem feminina helenística em terracota, com aproximadamente quinze centímetros de altura. Perguntei-me se seriam presentes recebidos pela Hannah poucos dias antes da viagem de camping; no entanto, devido à grossa camada de poeira, pareciam estar ali há meses.

E depois, do videocassete que havia na sala de estar, ejetei um filme, *L'Avventura*. Estava inteiramente rebobinado.

— O que é isso? — perguntou Milton.

— Um filme italiano — respondi. — Que a Hannah apresentou na aula de cinema. — Entreguei-o ao Milton e apanhei a caixa da fita, solta na mesinha de canto. Inspecionei o fundo.

— Laventura? — perguntou Milton, inseguro, examinando a fita com a boca repuxada para o lado. — É sobre o quê?

— Uma mulher desaparecida — falei. Minhas palavras me fizeram estremecer um pouco.

Milton assentiu e, com um suspiro frustrado, jogou a fita no sofá.

Revistamos os cômodos que restavam no andar de baixo, mas não encontramos nenhuma relíquia revolucionária — desenhos de bisões, bois ou cervos feitos em rochas, troncos ou ossos, nenhuma estatueta de Buda, nenhum relicário de cristal ou porta-jóias de esteatita do Império Maurya. Milton sugeriu que Hannah talvez tivesse um diário, então seguimos para o andar de cima.

O quarto estava idêntico à última vez em que eu estivera lá. Milton checou a mesa de cabeceira e a penteadeira (encontrou a minha cópia de *O amor nos tempos do cólera*, que a Hannah pegou emprestado e nunca devolveu), e eu fiz uma excursão rápida pelo banheiro e pelo armário, encontrando as coisas que já havia exumado com o Nigel: os dezenove frascos de remédios, as fotografias infantis emolduradas, até mesmo a coleção de facas. A única coisa que *não* encontrei foi a outra foto, a de Hannah com a outra garotinha em uniformes escolares. Não estava onde pensei que Nigel a tivesse deixado — na caixa de sapatos da Evan Picone. Procurei-a em algumas das demais caixas sobre a prateleira, mas depois da quinta caixa, desisti. Nigel talvez a tivesse deixado em algum outro lugar, ou então Hannah a retirara de lá.

— Cansei — disse Milton, apoiando-se na parte da cama da Hannah onde eu estava sentada. Inclinou a cabeça para trás, deixando-a a menos de três centímetros do meu joelho nu. Uma mecha de cabelo preto chegou de fato a escorregar da testa pegajosa do Milton e *tocar* o meu joelho. — Dá para sentir o cheiro dela. Aquele perfume que ela usava.

Olhei-o ali no chão. Parecia Hamlet. E não estou falando dos Hamlets apaixonados pelo idioma, os que sempre estão pensando à frente, no duelo de espadas que terão, ou no ponto em que deverão aumentar o tom de voz (*Toma o caminho do convento, Toma o caminho do convento*), nem do Hamlet que se preocupa em saber se aquela túnica lhe cai bem, ou se as pessoas ao fundo conseguem ouvi-lo. Estou falando dos Hamlets que realmente se perguntam se devem ser, ou *não* ser, os que são feridos pelos Cotovelos da Vida, pelos seus Socos nos Rins, Cabeçadas e Mordidas na Orelha, aqueles que, quando cai o pano, mal conseguem falar, comer ou remover a maquiagem com um creme frio e bolas de algodão. Vão para casa e passam muito tempo fitando as paredes.

— Mas que diacho — falou num tom quase inaudível, olhando para a lâmpada no teto. — Acho que é melhor a gente ir para casa. Esquecer isto aqui. Já deu por hoje.

Deixei que a minha mão esquerda escorregasse do meu joelho nu, tocando-lhe o lado do rosto. Tinha uma umidade, daquelas vistas nos porões. Imediatamente, Milton correu os olhos na minha direção, e eu deveria estar com uma cara de Abre-te Sésamo, porque ele me agarrou imediatamente e me puxou para o seu colo. Suas mãos grandes e pegajosas cobriram os dois lados da minha cabeça como fones de ouvido. Ele me beijou como se mordesse uma fruta. Beijei-o de volta, fingindo também estar mordendo pêssegos e ameixas — nectarinas, não sei. Acho que também fiz barulhos engraçados (garça, mobelha). Ele segurou os meus ombros, como se eu fosse os lados de um carrinho de montanha-russa e ele tivesse medo de cair.

Imaginei que aquilo ocorreria um bocado durante escavações.

Sim, eu apostaria uma boa quantia de dinheiro que diversos quadris, joelhos, pés e nádegas já foram roçados contra sepulcros reais do vale dos Reis, restos de moradas do vale do Nilo, vasos astecas esculpidos numa ilha no lago Texcoco, que muito sexo rápido e apressado ocorre durante as pausas para o cigarro em escavações babilônias e mesas de exame de múmias.

Porque, após uma escavação extenuante com uma colher de pedreiro e uma picareta, você já viu aquele seu compatriota suado de praticamente todos os ângulos críticos (90, 60, 30, 1), e também sob diversas iluminações (lanterna, sol, lua, halógena, vaga-lumes) e, de súbito, vê-se arrebatado pela sensação de que compreende a pessoa do modo como compreende que encontrar a mandíbula inferior e todos os dentes do *Proconsul africanus* não só transformará a História da Evolução Humana, que estará, dali para a frente, mapeada de maneira mais detalhada, como também deixará o seu nome para sempre ali ao lado do de Mary Leakey. Você também será mundialmente famoso. Você também será convidado a escrever longos artigos para a *Arqueológica britânica*. Sente como se aquela pessoa ao seu lado fosse uma luva que você conseguiu virar do avesso, vendo todos os fiapinhos e o forro rasgado, o furo no polegar.

Veja bem, não é que tenhamos consumado o Fato, que tenhamos feito o sexo casual e inexpressivo que tanto se vê entre os agitados jovens americanos (ver "O seu filho de doze anos é um maníaco sexual?", *Newsweek*, 14 de agosto de 2000). Porém, chegamos de fato a tirar as roupas e rolamos pelo quarto como troncos. A anjinha tatuada no braço do Milton cumprimentou várias das pintas nos meus braços, costas e flanco. Arranhamos um ao outro acidentalmente, nossos corpos torpes e desiguais. (Ninguém nos conta sobre a iluminação dura ou sobre a falta de música ambiente.) Quando ele estava em cima de mim, parecia calmo e inquisitivo, como se estivesse deitado na beira de uma piscina, fitando alguma coisa brilhante no fundo, pensando na idéia de mergulhar.

Vou então confessar uma verdade idiota sobre esse encontro. Um pouco depois, deitada com ele na cama da Hannah, minha cabeça no seu ombro, meu braço branco e magrelo rodeando o seu pescoço, quando ele disse, enxugando a testa encharcada, "Está quente pra cacete aqui, ou sou só eu?" e eu respondi sem pensar, "Sou eu", senti-me — digamos, fantástica. Era como se ele fosse minha *Sinfonia de Paris*, meu *Brigadoon*. ("O amor jovem vem como pétalas de rosas", escreve Gerogie Lawrence em sua última coletânea, *Tão poemesco* [1962], "e como um relâmpago ele escapa".)

— Me conte um pouco sobre as ruas — falei calmamente, fitando o teto da Hannah, quadrado e branco. E então fiquei horrorizada: sem pensar, a frase me escapou da boca como um barco vitoriano no qual as pessoas boiavam com guarda-sóis, e ele não respondeu imediatamente, portanto, era óbvio que eu acabava de estragar a coisa. Esse era o problema dos Van Meer; eles sempre queriam mais, tinham que cavar mais fundo, ficar mais sujos, lançar obstinadamente sua linha de pesca ao rio muitas e muitas vezes, mesmo que só pescassem peixes mortos.

Mas então ele respondeu, bocejando:

— Ruas?

Ele não continuou, então engoli em seco, meu coração se inquietava na cadeira.

— Estou falando... de quando esteve envolvido com a sua... *gangue*; não precisa falar disso se não quiser.

— Posso falar de qualquer coisa contigo — respondeu.

— Ah. Bom... você fugiu de casa?

— Não. E você?

— Não.

— Claro, eu *quis* fugir um monte de vezes, mas nunca fiz.

Fiquei confusa. Eu esperava olhos oblíquos, palavras presas na garganta como fichas num orelhão defeituoso.

— Mas então como arrumou essa tatuagem? — perguntei.

Ele girou o ombro direito e olhou para o desenho, com os cantos da boca virados para baixo.

— Meu mano mais velho, o babaca do John. Quando fez dezoito anos. Ele e os amigos me levaram num estúdio de tatuagens. Lugarzinho nojento. Nós dois fizemos tatuagens, só que ele me ferrou legal, porque a *dele*, que era uma salamandra doida, era *desse* tamanho — indicou com os dedos o tamanho de uma amora —, e ele me convenceu a fazer a porra deste bagulho monstruoso. Você tinha que ver a cara da minha mãe. — Milton riu, lembrando-se. — Ela nunca ficou tão furiosa. Foi *clássico*.

— Mas você tem quantos anos?

— Dezessete.

— Não tem vinte e um?

— Hum, não, a menos que eu tenha estado em coma.

— Nunca morou nas ruas?

— O quê? — Contraiu a cara como se o sol lhe ofuscasse os olhos. — Num consigo nem dormir naquela bosta de sofá na casa da Jade. Gosto da minha cama, Posturopédica sei-lá-o-quê. Ei, mas qual é a das perguntas?

— Mas a Leulah — insisti, com a voz escapando-me violentamente da boca, determinada a atingir alguma coisa. — Quando ela tinha treze anos fugiu com um professor de matemática turco, que foi preso na Flórida e levado para a cadeia.

— O *quê*?

— E os pais do Nigel estão na prisão. É por isso que ele tem esse interesse por romances de suspense e é vagamente patológico... não sente pena, e o Charles foi adotado...

— Você não pode estar falando sério. — Sentou-se, encarando-me como se eu estivesse *loca*. — O Nigel tem sentimentos e tal. Ele ainda se sente mal por ter largado aquele garoto no ano passado, como é que se chama, senta do seu lado nos Anúncios Matinais, e além de tudo, o Charles *não* é adotado.

Fechei a cara, sentindo aquela vaga irritação de quando as histórias dos tablóides resultam não ser verdade.

— Como é que você sabe? Ele talvez só não tenha te contado.

— Você já conheceu a mãe dele?

Fiz que não.

— Podiam ser irmão e irmã. E os pais do Nigel não estão na *prisão*. Caramba. Quem te falou isso?

— Mas e quanto aos pais de *verdade* do Nigel?

— Os pais de *verdade* dele são os donos daquela loja de vasos... Diana e Ed...

— Eles não cumpriram pena por matarem um policial?

Essa afirmação em particular arrancou do Milton uma sonora gargalhada (daquelas que não se vêem todos os dias), e então, vendo que eu continuava séria e razoavelmente irritada — o sangue me subia pelas bochechas; tenho certeza de que eu estava vermelha como um cravo —, deitou-se na cama e rolou sobre mim, o que fez com que a cama soltasse um *ugh*, e deixou os lábios inchados e as sobrancelhas e a ponta do nariz (sobre o qual havia uma sarda um tanto heróica) a centímetros dos meus.

— Quem te contou isso tudo?

Como não respondi nada, ele assoviou.

— Quem quer que tenha sido, é doido de pedra.

CAPÍTULO 28

QUER PASTICCIACCIO BRUTTO DE VIA MERULANA

"Não acredito na loucura", observa secamente Lord Brummel ao final do Ato IV da adorável peça de Wilden Benedict sobre a depravação sexual da alta classe britânica, *Um punhado de damas* (1898). "É grosseira demais."

Eu concordava com ele.

Eu acreditava na loucura da destituição, na loucura induzida por drogas, e também na Demência dos Ditadores e nos Birutas de Batalha (com seus trágicos subtipos, a Febre do Front, o Non Compos Mentis do Napalm). Era até mesmo capaz de confirmar a existência da Mania do Mercado, que poderia afetar abruptamente uma pessoa comum e humilde parada na fila do caixa atrás de um homem com setenta e cinco produtos exóticos, todos eles sem a etiqueta do preço. Mas eu *não* aceitava a loucura da Hannah, muito embora ela tivesse um cabelo sugestivo, tivesse ou não se matado, houvesse ou não tido um caso com o Charles, dormisse com homens esquisitos como se fossem mercadorias e inventasse mentiras deslavadas baseadas nas histórias singelas dos Sangue-Azul.

Pensando nisso, senti uma certa vertigem, por ter sido um golpe tão requintado; ela havia sido Yellow-Kid Nickel, o trambiqueiro mais aclamado da história, e eu o alvo fácil, o trouxa, o cassino despercebido.

— Se a Jade já andou mais de um *quilômetro* na carreta de um caminhoneiro, então eu sou a reencarnação do Elvis — disse Milton, enquanto me levava para casa.

Naturalmente, eu agora me sentia tola por ter acreditado na Hannah. Era verdade. A Jade não se afastaria nem trinta metros a menos que houvesse casacos de pele, seda ou algum fino couro italiano envolvido na história. Tudo bem, a garota desaparecia em cabines de banheiro para deficientes com homens cujas caras pareciam Buicks amassados, mas isso era apenas seu modo de sentir alguma emoção, sua dose de cocaína que durava quinze minutos. Ela não passaria do estacionamento acompanhada de um daqueles homens, muito menos em direção ao pôr do sol. Eu também havia ignorado completamente o quanto a menina escapava às responsabilidades. Tinha dificuldade em faltar a uma aula de História. "Não consigo lidar com a papelada", dizia. A papelada consistia numa folha de papel com três linhas que deveriam ser preenchidas.

Quando confessei ao Milton que a Hannah era a autora daquelas histórias, ele a declarou perigosamente insana.

— Mas consigo entender por que você acreditou nela — falou, parando o Nissan em frente à porta de casa. — Se ela me contasse essa história sobre mim mesmo, que eu tinha entrado numa gangue... caramba, que os meus pais eram alienígenas... eu provavelmente acreditaria. Ela fazia tudo parecer real. — Entrelaçou os dedos sobre a direção. — Então acho que é isso. A Hannah era biruta. Nunca poderia imaginar. Tipo, porque ela se daria ao trabalho de inventar toda essa merda?

— Não sei — falei num tom sombrio, enquanto descia do carro.

Ele me deu um beijo.

— Te vejo na segunda-feira? Você. Eu. Cinema.

Fiz que sim e sorri. Ele foi embora no carro.

E ainda assim, enquanto caminhava para o meu quarto, percebi que, se eu já tinha encontrado alguma pessoa insana na minha vida, esse alguém não seria Hannah Schneider. Não, seria a Mosca de Verão Kelsea Stevens, que eu encontrei uma vez no banheiro do Papai conversando consigo mesma no espelho ("Você está linda. Não, *você* está linda. Não, *você* est... ei, há quanto tempo você está parada aí?"), ou até mesmo a Mosca de Verão Phyllis Mixer, que tratava sua poodle arisca como uma avó de noventa anos de idade ("Coisinha bonita. Boa menina. É muito sol pra você? Não? O que você quer almoçar, queridinha? Ah, você quer o meu sanduíche."). E a pobre Mosca de Verão Vera Strauss, que, como descobrimos depois, havia sido maníaca por anos — em retrospecto, ela possuía verdadeiros sinais de loucura: tinha olhos seriamente deprimidos (literalmente, para dentro do rosto), e quando falava com alguém, tinha algo de medonho, como se estivesse de fato se dirigindo a um fantasma ou a alguma forma de entidade espectral que pairava logo acima do ombro esquerdo da pessoa.

Não, apesar da crescente quantidade de indícios que indicavam o contrário, eu não acreditava que essa fosse a solução para o enigma — que Hannah Schneider fosse simplesmente lelé da cuca. Qualquer professor universitário minimamente competente jogaria no lixo esse tipo de hipótese, se algum aluno se aventurasse a apresentar uma Tese tão banal e mal concebida. Não, eu já tinha lido O *retorno da testemunha* (Hastings, 1974) e a continuação, e tinha *observado* a Hannah; eu a vi marchar tão segura de si por aquela trilha (caminhava como quem tira um passeio) e gritar com convicção, e *não* desespero, do alto daquela montanha (havia amplas diferenças de timbre entre essas duas emoções).

Tinha que haver algum outro motivo.

No meu quarto, larguei a mochila e retirei, do meu vestido e sapato, os materiais que roubara da casa da Hannah. Não queria que o Milton percebesse que eu estava surrupiando coisas. Comecei a me sentir um tanto envergonhada pelo modo como a minha mente trabalhava. Ele tinha repetido seis vezes, "Olha só quem está bancando a detetive", "Azeitonas incorporou o detetive", "Isso é tão *detetivesco*, menina", e parecia menos bonitinho a cada vez que o dizia, de modo que, quando entramos no Nissan, falei que tinha esquecido o meu colar de rubi na garagem da Hannah (eu não tinha, nem jamais tivera, um colar de rubi), e enquanto ele esperava, corri para dentro da casa e apanhei os materiais que já tinha separado na caixa de papelão ao fundo da garagem. Enfiei a pasta com as matérias sobre Desaparecidos dentro do meu vestido, pressionando-o ao redor da cintura, coloquei a fotografia da Hannah com o cabelo espetado de roqueira no meu sapato, e quando voltei ao carro ele me perguntou, "Pegou?". Sorri, fingindo fechar o zíper do bolso da frente da minha mochila. (Milton não era a mais perceptiva das pessoas; fiquei rígida por todo o caminho até a minha casa, como se estivesse sentada sobre pinhas, e ele nem se deu conta.)

De volta ao meu quarto, acendi a lâmpada da cabeceira e abri a pasta parda.

O choque que a revelação me causou não veio do fato de a idéia ser especialmente intrincada ou inspirada, e sim de ser tão emocionantemente *óbvia*, e eu me odiava por não ter pensado naquilo antes. Primeiro li as matérias de jornal (Hannah parecia ter ido a uma biblioteca e feito fotocópias a partir de uma microficha borrada): duas do *Correio de Stockton*, com datas de 19 de setembro de 1990 e 2 de junho de 1979, "Prossegue a busca por mochileiro desaparecido", "Menina de Roseville, de 11 anos, encontrada sem ferimentos", respectivamente; outra da *Folha de Knoxville*, "Menina desaparecida reencontra o pai, mãe indiciada"; uma da *Gazeta de Pineville*, "Menino desaparecido se prostituiu", e finalmente, "Mulher desaparecida encontrada em Vermont usando nome falso", do *Diário de Huntley*.

Li, então, a última página, o trecho do livro que concluía a história de Violet May Martinez, sobre o dia em que desapareceu nas Grandes Montanhas Nebulosas, em 29 de agosto de 1985.

97.

faltava uma pessoa no grupo. Violet não estava em parte alguma.

Mike Higgis vasculhou o estacionamento e interrogou estranhos que estavam estacionados ali, mas ninguém havia visto a menina. Depois de uma hora, entrou em contato com o Serviço do Parque Nacional. O parque iniciou imediatamente uma busca, fechando a área da Clareira do Homem Cego até o Riacho Queimado. O pai e a irmã de Violet foram avisados, e trouxeram roupas de Violet para que os cães de busca pudesse identificar seu cheiro.

Três pastores alemães seguiram a trilha de Violet até um único ponto sobre uma estrada pavimentada, a 1,8km de distância do lugar onde ela havia sido vista pela última vez. A estrada levava à US-441, que saía do parque.

O Guarda Florestal Bruel disse ao pai de Violet, Roy Jr., que isso poderia significar que Violet seguiu até ali e foi apanhada por alguém num veículo. Também poderia ter sido levada até lá contra a sua vontade.

Roy Jr. descartou a idéia de que Violet houvesse planejado o próprio desaparecimento. Ela não levava consigo um cartão de crédito nem qualquer tipo de identificação. Não havia retirado dinheiro da conta corrente ou da poupança antes da viagem. Também estava ansiosa pela sua festa de aniversário de 16 anos na semana seguinte, que seria realizada na Pista de Patinação América.

Roy Jr. indicou à polícia um possível suspeito. Kenny Franks, 24, liberado em janeiro de 1985 de um reformatório, onde fora internado por violência e roubo, conheceu Violet num shopping center e se apaixonou. Foi visto no Colégio Besters, e importunou Violet ao telefone. Roy Jr. contatou a polícia e Kenny a deixou em paz, muito embora, segundo os amigos do rapaz, ele ainda estivesse obcecado pela menina.

"Violet contou que detestava o garoto, mas ainda usava o colar que ele lhe deu", informou a melhor amiga da menina, Polly Elms.

A polícia investigou a possibilidade de que Kenny Franks estivesse envolvido no desaparecimento, mas testemunhas informaram que no dia 25 de agosto ele havia trabalhado o dia inteiro como auxiliar de cozinha no Stagg Mill Bar & Grill, e foi isento de qualquer suspeita. Três semanas depois, mudou-se para Mytle Beach, S.C. A polícia investigou se ele esteve em contato com Violet, mas jamais surgiu qualquer indício que pudesse corroborar essa possibilidade.

Um Enigma Final

A busca por Violet terminou em 14 de setembro de 1985. Com 812 investigadores, incluindo os funcionários do parque, guardas florestais, a guarda nacional e o FBI, não surgiram outros indícios quanto ao seu desaparecimento.

Em 21 de outubro de 1985, no Banco Nacional de Jonesville, em Jonesville, Flórida, uma mulher de cabelo preto tentou trocar um cheque nominal da conta de Violet, dirigido a "Amendoins Trixie". Como o bancário lhe informou que teria que depositar o cheque e esperar para que fosse debitado, ela foi embora e jamais retornou. O bancário, quando apresentado a uma fotografia de Violet, não foi capaz de identificá-la. A mulher nunca mais foi vista em Jonesville.

Roy Jr. jurava que a filha não teria nenhum motivo para desaparecer da própria vida. Sua amiga Polly não pensava assim.

"Ela sempre falava do quanto detestava morar em Besters e do quanto odiava a igreja Batista. Ela tirava boas notas, então acho que poderia planejar o desaparecimento para que as pessoas pensassem que tinha morrido. Assim iriam parar de procurá-la e ela nunca teria que voltar."

Sete anos depois, Roy Jr. ainda pensa em Violet todos os dias.

"Já entreguei tudo nas mãos de Deus. 'Confia no Senhor de todo o teu coração'", cita Roy Jr. de Provérbios 3:5-6, "'e não te estribes no teu próprio entendimento'".

As matérias da pasta não tratavam apenas de Pessoas Desaparecidas, e sim de desaparecimentos que pareciam ter sido planejados — alguns com toda certeza, no caso do artigo do *Diário de Huntley*, que detalhava o sumiço simulado de uma mulher de cinquenta e dois anos, Ester Sweeney, de Huntley, no Novo México, casada com o terceiro marido, Milo Sweeney, e que devia mais de $800.000 em impostos atrasados e faturas do cartão de crédito. A polícia concluiu, por fim, que ela havia pilhado a própria casa, quebrado a janela da cozinha e cortado o próprio braço direito, formando um rastro de sangue em direção à porta de entrada para que parecesse ser um arrombamento violento. Foi encontrada três anos depois em Winooski, em Vermont, vivendo com um nome falso e casada com o quarto marido.

As outras matérias eram mais informativas, descrevendo os procedimentos policiais, um rapto num parque nacional e o modo como se procedeu a busca. A matéria sobre o Mochileiro Desaparecido especificava como a Guarda Nacional conduziu uma busca no Parque Nacional de Yosemite: "Os guardas florestais, depois de testarem a aptidão física de voluntários para a operação, empregaram um sistema de busca em grade, designando a cada grupo áreas seqüenciais da região do Mirante dos Glaciares que deveriam vasculhar."

Eu não conseguia *acreditar* naquilo. E ainda assim, não era uma situação sem precedentes; de acordo com o *Almanaque americano de hábitos, tiques e comportamentos estranhos* (edição de 1994), um em cada 4.932 cidadãos dos Estados Unidos forja o próprio seqüestro ou morte.

Hannah Schneider não havia planejado morrer, e sim desaparecer.

De um modo bastante descuidado (não foi exatamente um trabalho meticuloso; se ela fosse candidata a um doutorado, seu orientador a teria recriminado por letargia), Hannah tinha compilado essas matérias como um trabalho exploratório de pesquisa antes de partir para a ação, esconder-se, escapulir, apagar a sua vida passada do modo como um criminoso apaga um informante.

Anjelica Soledad de Crespo, o pseudônimo de uma heroína do tráfico de drogas no emocionante retrato em não-ficção de Jorge Torres sobre o cartel panamericano das drogas, *Pelo amor do couro coríntio* (2003), cansada de *la vida de las drogas*, havia planejado uma morte semelhante para si mesma; dirigiu-se a La Gran Sabana, na Venezuela, e pareceu cair de uma cachoeira de trezentos metros de altura. Nove meses antes do suposto acidente, um barco com dezenove turistas poloneses caíra do penhasco da mesma maneira — três dos corpos jamais foram recuperados, devido às correntes na base da cachoeira, que os manteve submersos sob um violento redemoinho até que fossem feitos em pedaços e então devorados por crocodilos. Anjelica foi declarada morta após quarenta e oito horas. A verdade é que Anjelica escapou do seu barco, dirigindo-se até o material de mergulho deixado para ela numa conveniente formação rochosa, vestiu-o e, inteiramente submersa, nadou durante seis quilômetros até um ponto corrente acima, onde seu maravilhoso amante, Carlos, originário de El Silencio, em Caracas, a esperava numa picape prateada. Partiram às pressas em direção a uma região inabitada da Amazônia, em algum ponto da Guiana, onde ainda vivem.

Fitei o teto, colocando meu cérebro para funcionar, de modo a me lembrar de cada detalhe daquela noite. Hannah tinha vestido roupas mais pesadas enquanto comíamos o jantar. Quando veio me encontrar entre as árvores, usava uma pochete ao redor da cintura. Enquanto me afastava do acampamento, ela sabia exatamente aonde ia, pois caminhou resoluta, checando o mapa e a bússola. Ela pretendia me dizer alguma coisa, algum tipo de confissão, e a seguir me abandonar. Usando a bússola, caminharia até cruzar com uma trilha predeterminada, que a levaria até uma das estradas menores do parque e depois à US 441, onde um carro a aguardaria numa área de camping (talvez fosse Carlos numa picape prateada). Quando nos resgatassem e ela fosse declarada desaparecida — um intervalo de tempo de ao menos vinte e quatro horas, e muito provavelmente mais que isso, dadas as condições do tempo —, ela já estaria a alguns estados de distância, talvez até mesmo no México.

E talvez o estranho que se aproximou de nós não fosse tão estranho assim. Talvez *ele* fosse o Carlos da Hannah (seu *Valerio*), e a cilada, o "Espere cinco minutos", o "Falei para ficar aqui", fosse um simulacro; talvez ela já *pretendesse* seguir com ele, e juntos seguiriam em direção à trilha, à estrada, carro, México, margaritas, fajitas. Nesse caso, quando eu fosse encontrada, relataria à polícia que alguém se aproximara de nós, e como não seria encontrado nenhum vestígio dela, quando os pastores alemães a farejassem até um ponto numa estrada próxima, exatamente como rastrearam Violet Martinez, a polícia suspeitaria de um Seqüestro ou algum outro tipo de Violência, ou então que ela tinha planejado desaparecer, e nesse caso, a menos que fosse PROCURADA por algum motivo, não fariam grande coisa. (A detetive Harper não mencionou nenhuma passagem de Hannah pela polícia. E só me restava presumir que ela não estaria relacionada aos Bonanno, aos Gambino, aos Genovese, aos Lucchese, aos Colombo ou a outras famílias do crime.)

Tudo bem, ela fez uma coisa terrível, abandonando-me de propósito no escuro, mas quando as pessoas estão desesperadas fazem, sem muita consideração, todo tipo de coisa brutal (ver *Como sobreviver à "Fazenda", a Prisão Estadual da Louisiana em Angola*, Glibb, 1979). Ainda assim, demonstrou alguma preocupação; antes de me abandonar, deu-me a lanterna, o mapa, disse-me para não ficar com medo. Durante a caminhada da tarde na Trilha do Riacho Escalvado, em quatro ou cinco ocasiões, ela apontou para os nossos mapas, mostrando não só a nossa localização, como também o fato de que o Cume Açucarado ficava a seis quilômetros da principal estrada do parque, a US 441.

Se eu conseguisse determinar o motivo pelo qual ela queria escapar da própria vida, conseguiria descobrir a pessoa que a matou. Porque foi um assassinato de primeira linha, cometido por algum criminoso muito bem familiarizado com as autópsias, que entendia as marcas dos estrangulamentos e sabia fazê-las parecer um suicídio. Ele planejou antecipadamente o local ideal para o enforcamento, aquela clareira pequena e redonda, e portanto sabia que ela estaria escapando e qual trilha tomaria para alcançar a estrada. Talvez estivesse usando óculos de visão noturna, ou camuflagem de caçador — como aquele produto perturbador que eu tinha encontrado no carrinho de compras de Andreo Verduga em Nestles, no Missouri, MoitaMóvel®, Camuflagem Invisível, Mistura de Outono, "o sonho do caçador experiente" — e, "instantaneamente invisível no meio do bosque", parado sobre um toco de árvore ou alguma outra posição elevada, esperou em silêncio pela Hannah, com o cabo elétrico nas mãos atado num nó de enforcamento, que por sua vez estava pendurado à árvore. Quando ela passou por ali, tentando encontrar o caminho, tentando *encontrá-lo* — pois ela o conhecia —, ele o passou ao redor da cabeça dela, puxando com força a outra ponta do cabo, erguendo-a assim no ar. Ela não teve tempo de reagir, espernear ou gritar, de organizar os últimos pensamentos da sua vida. ("Até o diabo merece ter seus últimos pensamentos", escreveu William Stonely em *Cinzentas compleições* [1932].)

Enquanto eu revia mentalmente aquela cena, meu coração se acelerou. Arrepios nauseantes começaram a rastejar pelos meus braços e pernas, e, então, de súbito, um outro detalhe caiu inerte aos meus pés como um canário intoxicado por chumbo, como um homem feioso derrubado por um direto de direita no queixo.

Hannah instruíra o Milton a me levar até a casa dela, *não* para bancar o cupido (embora isso talvez tivesse alguma relação; não posso descartar os pôsteres de filmes na sala de aula dela), e sim para que eu, uma pessoa racional e inquisitiva, pudesse bancar a detetive: "*Você é uma pessoa tão perceptiva; não deixa escapar nada*", dissera-me naquela noite em sua casa. Ela não tinha previsto a própria morte, e assim presumiu que, depois de desaparecer, quando a equipe de busca não encontrasse nenhum vestígio seu, eu e os Sangue-Azul ficaríamos com a dúvida enlouquecedora quanto ao que lhe acontecera, o tipo de dúvida que pode *matar* uma pessoa, transformá-la numa bibliomaníaca, em alguém que acaba desdentado sobre um cavalinho de brinquedo e chupando milho verde. E assim, a idéia era que eu, juntamente com o Milton, descobrisse, sentada inteiramente só naquela mesinha de canto estranhamente imaculada (sobre a qual se viam cinzeiros e caixas de fósforos, algumas *National Geographic* e cartas de propaganda), um objeto que seria o nosso reconforto, o final da sua história cinematográfica: *L'Avventura*.

Pensei que fosse desmaiar. Porque era chique, ah, sim, era *brilhante*, très Schneideresque: ordenadamente preciso, apesar de docemente confidencial. (Era um tipo de marca pessoal que até o Papai consideraria perspicaz.) Era entusiasmante, pois ilustrava uma premeditação, uma sagacidade de ação e pensamento da qual eu não a julgaria capaz. Ela era dolorosamente bela; tudo bem, era capaz de escutar o que as pessoas diziam, e dançava rumba incrivelmente bem com um copo de vinho; também apanhava homens como se fossem meias espalhadas pelo chão, mas para que uma pessoa conseguisse orquestrar, com esse tipo de suavidade, um final tão sutil para a própria vida — ou, ao menos, para a vida pela qual era conhecida por todos em St. Gallway —, isso era algo inteiramente diferente, era dramático e ainda assim triste, porque esse murmúrio final, esse requintado ponto de interrogação lhe foi roubado.

Tentei me acalmar. ("As emoções, especialmente o entusiasmo, são inimigas do trabalho investigativo", dizia o tenente-detetive Peterson em *Quimono de madeira* [Lazim, 1980].)

L'Avventura, a lírica obra-prima em preto-e-branco de Michelangelo Antonioni, lançada em 1960, calhava de ser um dos filmes preferidos do Papai, e assim, ao longo dos anos, eu o havia visto no mínimo doze vezes. (Papai tinha uma queda por todas as coisas italianas, inclusive as mulheres onduladas com cabelo cheio e as expressões, posturas, piscadelas e sorrisos de Marcello Mastroianni, que ele lançava como tomates passados para as mulheres que vagueavam pela Via Veneto. Quando o Papai caía num Humor de Uísque Mediterrâneo, chegava a encenar trechos de *La dolce vita* com um perfeito talento italiano surrado: "*Tu sei la prima donna del primo giorno della creazione, sei la madre, la sorella, l'amante, l' amica, l'angelo, il diavolo, la terra, la casa...*")

A trama simples do filme se desenrola da seguinte maneira:

Uma rica socialite, Anna, parte num cruzeiro de iate com seus amigos pela costa da Sicília. Atracam numa ilha deserta para tomar banho de sol. Anna se afasta dali e jamais retorna. Seu noivo, Sandro, e sua melhor amiga, Claudia, vasculham a ilha e, a seguir, toda a Itália, rastreando diversas pistas que não levam a lugar nenhum e acabam por embarcar em seu próprio caso de amor. Ao final do filme, o desaparecimento de Anna permanece tão misterioso como no dia em que ela se foi. A vida segue em frente — neste caso, uma vida de desejos vazios e excessos materiais —, e Anna é quase inteiramente esquecida.

Hannah esperava que eu encontrasse esse filme. Ela tinha a esperança de — não, ela *sabia* — que eu perceberia as semelhanças entre a história inexplicada de Anna e a sua própria. (Até os nomes eram praticamente idênticos.) E ela confiava que eu explicaria tudo aos outros, não apenas que ela havia planejado aquela partida, como também que queria que tocássemos para frente as nossas vidas, que dançássemos descalços com copos de vinho, que gritássemos do topo de montanhas ("Viver ao estilo italiano", gostava de dizer o Papai, apesar de que, por ter nascido suíço, seguir os próprios conselhos era algo violentamente contrário à sua natureza).

"*L'Avventura*", dizia o Papai, "tem o tipo de final em elipse que, para a maior parte das platéias americanas, seria mais detestável que uma cirurgia de canal, não somente por detestarem qualquer coisa deixada à imaginação — estamos falando de um país que inventou a *lycra* —, mas também por ser uma nação autoconfiante e segura de si. Eles *conhecem* a Família. *Sabem* diferenciar o Certo do Errado. Conhecem Deus — muitos deles podem até mesmo atestar conversas diárias com o homem. E, quando defrontados com a idéia de que nenhum de nós é realmente capaz de conhecer alguma coisa — nem às vidas dos nossos amigos e da nossa família, nem sequer a nós mesmos —, prefeririam levar um tiro do seu rifle semi-automático no braço. Pessoalmente, considero que a idéia de não sabermos tem algo de fascinante, que força os homens a desistirem de suas frágeis tentativas de manter o controle. Quando você desiste e fala, 'Quem sabe?', consegue seguir em frente com o mero dom de estar vivo, algo como os *paparazzi, puttane, cognoscenti, tappisti...*" (Mais ou menos neste ponto, eu sempre parava de dar ouvidos ao Papai, pois quando ele se empolgava com o italiano era como um motoqueiro numa Harley Davidson; ele gostava de avançar com muita velocidade e barulho, para que todos parassem nas calçadas para encará-lo.)

Já eram agora mais de seis da tarde. O sol começava a se desprender do gramado, e sombras negras e rebuscadas haviam colapsado por todo o meu quarto, como viúvas magérrimas mortas com arsênico. Rolei da cama e me levantei, colocando a pasta e a foto da Hannah *punk* na gaveta superior esquerda da escrivaninha (onde eu também mantinha o livro do Charles Manson). Pensei em ligar para o Milton, contar-lhe tudo, mas então escutei a Volvo que entrava na nossa garagem. Momentos depois, Papai entrava em casa.

Encontrei-o sob a porta de entrada, que ele não tinha fechado pois estava lendo a primeira página do *Diário do Cabo*, da África do Sul.

— Você só pode estar brincando — murmurou, num tom de desgosto. — Pobres tolos desorganizados... quando é que esta loucura... não, *não vai* acabar, até que se eduquem... mas é possível, já aconteceram coisas mais insanas...
— Levantou os olhos e me fitou com uma expressão séria, retornando então

para a matéria do jornal. — Estão chacinando mais rebeldes na R.D.C., querida, cerca de quinhentos...

Fitou-me mais uma vez, assustado.

— Qual é o problema? Você parece exausta. — Fechou a cara. — Continua sem dormir? Eu também passei por um terrível período de insônia em 1974, em Harvard...

— Estou legal.

Ele me estudou, prestes a começar uma discussão, mas optou por não fazê-lo.

— Bom, nada tema! — Sorrindo, dobrou o jornal. — Ainda se lembra do que vamos fazer amanhã, ou já esqueceu da nossa tentativa de ter um dia de repouso? O grande lago Pennebaker!

Eu *tinha* esquecido. Papai havia planejado aquela viagem com todo o entusiasmo do capitão Scott, da Grã-Bretanha, ao preparar a primeira expedição mundial ao Pólo Sul, esperando vencer o capitão Amundsen, da Noruega, no processo. (No caso do Papai, ele esperava vencer os aposentados, sendo o primeiro na fila dos pedalinhos e encontrando uma mesa de piquenique na sombra.)

— Uma excursão ao lago — prosseguiu, dando-me um beijo na bochecha, apanhando a pasta e avançando pela sala. — Devo dizer que estou empolgado com a idéia, especialmente porque chegaremos a tempo da Feira de Artesanato dos Pioneiros. Acho que nós dois precisamos de uma tarde sob o sol, afastando os pensamentos do triste estado em que se encontra o mundo... Embora algo me diga que, ao ver a enxurrada de *trailers*, vou perceber que não estou mais na Suíça.

CAPÍTULO 29

O MUNDO SE DESPEDAÇA

Segunda-feira de manhã, eu não havia pregado o olho, tendo passado toda a noite de sábado e boa parte da de domingo lendo as 782 páginas de *Os evaporistas* (Buddel, 1980), uma biografia sobre Boris e Bernice Pochechnik, marido-e-mulher golpistas húngaros que, por cerca de trinta e nove vezes, forjaram as próprias mortes e renascimentos sob nomes falsos com a meticulosa coreografia e graça do Ballet Bolshoi interpretando *O lago dos cisnes*. Também reexaminei as estatísticas de desaparecimentos no *Almanaque americano de hábitos, tiques e comportamentos estranhos* (edição de 1994), aprendendo que, embora dois de cada trinta e nove adultos que desapareciam das próprias vidas o fizessem por "puro tédio" (99,2 por cento destes eram casados, e o fastio era causado por um "cônjuge desbotado"), vinte e um de cada trinta e nove o faziam devido à pressão, ao "crivo férreo da lei descendo rapidamente sobre eles"; eram criminosos — larápios, golpistas, fraudadores e bandidos. (Onze de cada trinta e nove o faziam por serem viciados em drogas, três de cada trinta e nove porque estavam "jurados", escapando das máfias russa ou italiana, e dois por motivos desconhecidos.)

Também terminei *A história dos linchamentos no sul dos Estados Unidos* (Kittson, 1966), e foi nesse livro que fiz a minha descoberta mais entusiasmante: havia uma técnica de enforcamento supostamente inventada pelo próprio Juiz Charles Lynch, muito popular entre os donos de escravos da Geórgia e posteriormente readotada na segunda fundação do Ku Klux Klan em 1915, apelidada de "Donzela Voadora", devido à "rápida elevação do corpo ao ser repuxado pelo ar" (p. 213). "Esse método se manteve popular por ser muito conveniente", escreve o autor, Ed Kittson, na página 214. "Um homem suficientemente musculoso poderia enforcar alguém com uma única mão, sem o auxílio de uma multidão. O nó e a roldana são complexos, mas fáceis de aprender, com a prática: um tipo de laço corrediço, que se estreita sob tensão, geralmente consistindo num Nó Honda associado a um Nó de Lenhador ao redor de um tronco grosso. Quando a vítima é erguida de um a dois metros acima do solo, conforme a folga da corda, o Nó de Lenhador é apertado, atuando como um nó constritor. Cerca de trinta e nove enforcamentos foram realizados dessa maneira apenas em 1919." A Ilustração que acompanhava o texto trazia o cartão postal de um linchamento — "um souvenir bastante comum no Velho Sul" — em cuja margem se lia, "1917, Melville, Mississippi: 'Donzela Voadora/ o corpo paira, a alma desce ao inferno'" (p. 215).

Entusiasmada com essa descoberta esclarecedora, durante o estudo dirigido na biblioteca decidi não dar atenção à Operação Barbarossa no meu livro de História Geral, *Nossa vida, nosso tempo* (Clanton, edição de 2001), optando por encarar o *Códigos da morte* (Lee, 1987), um sangrento e pequeno livro que retirei da biblioteca do Papai, escrito por Franklin C. Lee, um dos maiores detetives particulares de Los Angeles, que comecei a ler na primeira aula da manhã. ("Blue! Por que está sentada aí no fundo?", inquiriu a profa. Simpson durante a aula de literatura, visivelmente perplexa. "Porque estou resolvendo um *homicídio*, profa. Simpson, porque ninguém mais vai tirar a bunda da cadeira e resolvê-lo por mim", quis gritar — mas não o fiz, é claro. Disse que havia um brilho no quadro-negro que não me deixava enxergar do meu lugar habitual.) Dee e Dum, ao lado da Lista de Best-sellers da profa. Hambone, já tinham começado a sua sessão diária de fofocas, incentivadas por uma cúmplice, Sibley "Narizinho" Hemmings — o prof. Fletcher, com seu *Desafio final das palavras cruzadas* (Johnson, edição de 2000), mais uma vez fingiu não vê-las — e eu estava prestes a andar até elas e dizer que calassem as matracas (era incrível a determinação que a resolução de um crime podia conferir a uma pessoa) quando comecei a escutar o que diziam.

— Ouvi a Evita Perón dizendo à Martine Filobeque na sala dos professores que ela acha que o veredicto de suicídio para a morte da Hannah Schneider é pura baboseira — relatou Narizinho. — Ela disse que sabia *com certeza* que a Hannah não cometeu suicídio.

— E o que mais? — perguntou Dee, contraindo os olhos desconfiada.

— Nada. Elas viram que eu estava parada ao lado da copiadora e interromperam a conversa.

Dee deu de ombros, pareceu desinteressada e examinou calmamente as cutículas.

— Já estou cansada desse papo sobre a Hannah Schneider — falou. — Puro golpe de mídia.

— Ela está mais fora de moda que os carboidratos — explicou Dum, concordando.

— Além disso, quando contei à minha mãe de alguns dos filmes que estávamos assistindo na aula da Hannah, filmes totalmente vindos do mercado negro, nunca previstos no currículo, a minha mãe ficou furiosa. Disse que era óbvio que essa mulher devia ser capitã do time dos alucinados, tipo totalmente esquizofrênica...

— Embaralhada — traduziu Dum —, toda errada por dentro...

— É claro que a minha mãe queria fazer uma queixa com o Havermeyer, mas daí percebeu que a escola já estava passando por maus bocados. As novas matrículas estão caindo vertiginosamente.

Narizinho enrugou o nariz.

— Mas vocês não estão a fim de saber do que a Eva Brewster estava falando? Ela deve saber de algum segredo.

Dee suspirou.

— Com certeza é algo do tipo a Schneider estava grávida de um filho do prof. Fletcher. — Levantou a cabeça, lançando um olhar-granada em direção ao pobre careca desapercebido no outro lado da sala. — Ia ser um desses funcionários de circo — riu Dee. — O primeiro desafio de palavras cruzadas vivo.

— Se fosse menino, seria batizado de *Jornal da Tarde* — disse Dum.

As gêmeas irromperam numa gargalhada estridente e se deram as mãos.

⁓

Depois da escola, do lado de fora da Casa Elton, vi Perón, que se dirigia ao Estacionamento do Corpo Docente (ver "Deixando Madri, 15 de junho de 1947", *Eva Duarte Perón*, Leste, 1963, p. 334). Usava um vestido roxo-escuro, curto, com sapatos de salto da mesma cor, meia-calça branca e grossa, e carregava uma enorme pilha de pastas pardas. Tinha um casaco bege inerte amarrado ao redor da cintura, prestes a cair, uma das mangas se arrastava pelo chão como um refém sendo levado embora.

Eu estava um pouco temerosa, mas me forcei a seguir atrás dela. ("Continue pressionando essas sirigaitas", rogou o detetive Peeper Rush McFadds ao seu parceiro em *Sobretudo de Chicago* [Bulke, 1948].)

— Sra. Brewster.

Ela era o tipo de mulher que, quando ouvia alguém chamar o seu nome, não se virava, preferindo seguir em frente como se estivesse numa esteira rolante no saguão de um aeroporto.

— Profa. Brewster! — Alcancei-a quando chegou ao carro, um Honda Civic branco. — Será que podemos conversar?

Ela bateu a porta de trás, onde tinha deixado as pastas, e abriu a do motorista, afastando o cabelo cor-de-manga do rosto.

— Estou atrasada para uma aula de spinning — falou.

— É coisa rápida. E-eu queria só me retratar.

Ela deitou os olhos azuis sobre mim. (Era provavelmente o mesmo olhar atemorizante com que fitou o coronel Juan quando este, ao lado de outros frouxos burocratas argentinos, expressou alguma falta de entusiasmo pela sua última grande idéia, a candidatura conjunta Perón-Perón para as eleições de 1951.)

— Não deveria ser ao contrário? — perguntou.

— Não importa. Eu queria que a senhora me ajudasse com uma coisa.

Ela olhou para o relógio.

— Agora não posso. Tenho hora na academia...

— Não tem nada a ver com o meu pai, caso esteja preocupada com isso.

— E tem a ver com o quê?

— Hannah Schneider.

Eva arregalou os olhos — evidentemente esse tema era ainda menos favorável que o Papai — e abriu um pouco mais a porta do carro, fazendo com que batesse no meu braço.

— Você não deveria se preocupar mais com isso — falou. Lutando contra o vestido roxo, que atuava sobre suas pernas como um estreito porta-guardanapo, Eva içou o corpo até o banco do motorista. Remexeu as chaves (no chaveiro via-se uma pata de coelho rosa-choque), enfiando rapidamente uma delas na ignição, como se estivesse apunhalando alguém. — Se quiser falar comigo, amanhã vou estar aqui. Venha ao meu escritório pela manhã, mas agora tenho que ir. Estou atrasada. — Inclinou-se para a frente, fazendo menção de fechar a porta, mas eu não me afastei nem um centímetro. A porta bateu nos meus joelhos.

— Ei — falou.

Mantive a minha posição. ("Nunca deixe uma testemunha dar no pé, mesmo que ela esteja tendo um filho", ordenou o detetive Frank Waters, da polícia de Miami, ao seu parceiro imaturo, Melvin, em *Difíceis reviravoltas* [Brown, 1968]. "Não lhe dê espaço. Não deixe nada para depois. Você não quer que ela tenha tempo para refletir. Surpreenda uma testemunha, e ela sem perceber mandará a própria mãe para o xilindró.")

— Pelo amor de Deus, qual é o seu problema? — perguntou Evita, irritada, soltando a porta. — Que cara é *essa*? Escute aqui, a morte de alguém não é o fim do mundo. Você só tem dezesseis anos, faça-me o favor! No dia em que o seu marido sair de casa, você tiver três filhos, dívidas e diabetes, *então* podemos conversar. Tente enxergar mais à frente. Se quiser, como falei, podemos conversar amanhã.

Agora ela estava tentando ser simpática: sorria para mim, assegurando-se de que a sua voz se curvasse docemente ao final das frases, como laços em embrulhos de presentes.

— A senhora destruiu a única coisa que restava da minha mãe neste mundo — falei. — Acho que pode reservar cinco minutos do seu tempo. — Fitei os meus sapatos e fiz o melhor possível para parecer desgraçada e *melanchólica*. Evita só tinha ouvidos para os *descamisados*. Todos os demais eram cúmplices da oligarquia e, portanto, mereciam apenas ser presos, jurados de morte, torturados.

Ela não respondeu imediatamente. Ajeitou-se no banco de vinil, que gemeu atrás de si. Cobriu os joelhos com a barra do vestido roxo.

— Eu saí com as meninas, sabe — disse Evita numa voz calma. — Tomei alguns drinques no El Rio e comecei a pensar no seu pai. Não tive a intenção de...

— Eu entendo. Agora, o que a senhora sabe sobre a Hannah Schneider?

Ela fechou a cara.

— Nada.

— Mas não acha que ela cometeu suicídio.

— Nunca disse isso. Não faço idéia do que aconteceu. — Ela me encarou. — Você é uma menina estranha, sabia? O seu *papá* sabe que anda por aí intimidando as pessoas? Fazendo perguntas?

Como não respondi, ela olhou mais uma vez para o relógio, murmurou qualquer coisa sobre o spinning (algo me dizia que não havia aula nenhuma, nenhuma academia, mas eu tinha coisas mais importantes com que me preocupar), e então abriu o porta-luvas, retirando uma cartela de chicletes de nicotina. Enfiou dois tabletes na boca, girou o corpo, tirando a perna esquerda do carro, depois a direita, cruzou-as muito ostensivamente, como se acabasse de se sentar no balcão do El Rio. Suas pernas eram como gigantescos pirulitos sem a embalagem.

— Sei o que você faz. Quase nada — falou apenas. — A minha única preocupação é que não é o tipo de coisa que se esperaria da Hannah. Suicídio, especialmente por enforcamento... acho que eu entenderia se ela tivesse tomado comprimidos, *talvez*... mas *não* enforcamento.

Ficou calada por um instante, mascando pensativa, fitando os outros carros quentes parados no estacionamento.

— Teve um garoto uns dois anos atrás — comentou lentamente, olhando-me de relance. — Howie Gibson Neto. Vinha vestido como um primeiro-ministro. Acho que ele não tinha escolha. Era um Neto, e todo mundo sabe que as continuações não arrecadam muita bilheteria. No final do primeiro bimestre, a mãe o encontrou pendurado de um gancho que ele prendeu no teto do quarto. Quando descobri — Evita engoliu saliva, descruzou as pernas e cruzou-as novamente — fiquei triste. Mas não surpresa. O pai do garoto, que era um Filho, e que obviamente também não tinha sido nenhum sucesso de vendas, vinha todas as tardes apanhar o menino num grande carro preto, e ele sempre se sentava no banco de trás, como se o pai fosse o motorista. Nunca conversavam. E iam embora desse jeito. — Fungou. — Depois do que aconteceu, abrimos o armário do rapaz e encontramos todo tipo de coisa presa à porta, desenhos de demônios e cruzes de cabeça para baixo. Na verdade, ele era um artista bem talentoso, mas digamos que, pela temática que escolheu, não serviria para desenhar muitos cartões de Natal. A questão é que era possível enxergar os sinais. Não sou nenhuma especialista, mas não acho que os suicídios aconteçam do nada.

Ficou em silêncio mais uma vez, inspecionando o chão, os sapatos roxos.

— Não estou dizendo que a Hannah não tivesse a sua dose de problemas. Às vezes ficava aqui até tarde e não havia motivos para que ela... aula de *cinema*, o que é que você faz, coloca o DVD e pronto. Eu tinha a sensação de que ela se demorava porque precisava de alguém para conversar. E claro, ela tinha muitas minhocas na cabeça. No começo de cada ano letivo, sempre dizia que era o último. "Vou cair fora, Eva. Vou para a Grécia." "E vai fazer o que na Grécia?", perguntei. "Vou me amar", dizia. Ai, meu *santo*. Geralmente tenho tolerância zero para esse tipo de lixo de auto-ajuda. Nunca fui do tipo que compra livros de aperfeiçoamento pessoal. Você está com mais de quarenta e *ainda* não conseguiu fazer amigos ou influenciar as pessoas? Ainda é o pai pobre, e não o pai *rico*? Bom, desculpa te decepcionar, mas não vai acontecer.

Eva estava rindo disso consigo mesma, mas então, de repente, a risada lhe estremeceu sem jeito na boca e voou dali. Ela fungou, talvez olhando para a risada, para o céu e o sol metido entre as árvores, umas poucas nuvens finas.

— Tinha outras coisas, também — continuou, mascando o chiclete de nicotina de boca aberta. — Aconteceu alguma coisa horrível quando ela tinha vinte e poucos anos, tinha um homem na história, uma amiga... ela não entrou em detalhes, mas disse que não passava um dia sem que se sentisse culpada pelo que tinha feito... o que quer que fosse. Então é claro, ela era triste, insegura, mas também vaidosa. E as pessoas vaidosas não se enforcam. Elas se queixam, resmungam, fazem muito barulho, mas não se penduram de uma árvore. Isso iria acabar com a aparência delas.

Riu mais uma vez, desta vez um riso forçado, como o que provavelmente usava na radionovela *Oro Blanco*, um riso destinado a intimidar esses roteiristas com dedos de bacon, generais com costas de bife, compadres com bochechas de ovo. Fez uma bolinha com o chiclete e a estourou nos dentes, com um estalo.

— O que é que *eu* sei? O que é que alguém pode saber sobre o que se passa na cabeça de outra pessoa? No começo de dezembro, ela me pediu para tirar uma semana de férias, para viajar para a Virgínia do Oeste e visitar a família daquele homem que se afogou na casa dela.

— O Smoke Harvey?

— Era esse o nome?

Fiz que sim e então me lembrei de uma coisa.

— A Hannah te convidou para aquela festa, não foi?

— Que festa?

— A festa em que o homem morreu.

Ela balançou a cabeça, intrigada.

— Não, só fiquei sabendo disso mais tarde. Ela ficou bastante chateada. Disse que não conseguia dormir à noite por causa da situação. Enfim, ela acabou não tirando as férias. Disse que se sentia muito culpada para encarar a família, então eu talvez não soubesse a extensão da culpa dela. Tentei falar à Hannah "você tem que se perdoar". Assim, uma vez um vizinho me pediu para cuidar do gato quando viajou para o Havaí... um desses de pêlo longo que parecem ter acabado de sair de um comercial de ração para gatos Fancy Feast. O bicho me *odiava*. Todas as vezes que eu entrava na garagem para alimentar o bicho, ele pulava na porta e ficava pendurado ali como se tivesse velcro nas patas. Um dia, por acidente, acionei o botão da porta. Não tinha levantado nem dez centímetros e o bicho voou dali. Deixou marcas de derrapagem. Saí, procurei por horas, mas não achei. Os vizinhos voltaram de Maui uns dois dias depois e o encontraram esmagado ali na rua, bem na frente de casa. Claro, foi culpa minha. Paguei pelo bicho. E me senti péssima por um tempo. Tinha pesadelos em que o bicho estava raivoso e me perseguia... olhos vermelhos, a coisa toda. Mas você tem que seguir em frente, sabe? Tem que encontrar a sua paz.

Aquilo talvez tivesse relação com o seu nascimento bastardo e sua criação na pobre cidade de Los Toldos, com o trauma de ver Augustin Magaldi nu aos quinze anos, erguendo às alturas da política o vultoso coronel Juan, com as noites viradas trabalhando na *Secretaria del Trabajo* e no *Partido Peronista Femenino*, saqueando o Tesouro Nacional, fazendo uma coleção de Dior no armário — mas ela tinha, em algum momento ao longo dos anos, se transformado em asfalto ininterrupto. Em algum lugar, naturalmente, deveria haver uma rachadura na qual uma pequenina semente de maçã, pêra ou figo pudesse cair e florescer, embora fosse impossível localizar essas fraturas minúsculas. Elas eram constantemente procuradas e preenchidas.

— Você não tem que dar tanto peso às coisas, garota. Não leve tão a mal. Os adultos são complicados. Eu sou a primeira a admitir... somos descuidados. Mas isso não tem nada a ver com você. Você é jovem. Aproveite enquanto dura. Porque depois, é aí que as coisas ficam realmente difíceis. O melhor que você pode fazer é não deixar de rir.

Uma das coisas que mais me irritavam era quando um adulto imaginava que precisava encapsular a Vida para você, oferecer a Vida num jarro, num colírio, num peso para papel em forma de pingüim cheio de neve — o Sonho do Colecionador. Papai obviamente tinha suas teorias, mas sempre as expunha com a nota de rodapé silenciosa de que não eram respostas *per se*, apenas *sugestões* de aplicação flexível. Quaisquer das hipóteses do Papai, como ele bem sabia, aplicavam-se somente a uma pequena porção da Vida, e não à coisa toda, e ainda assim de maneira *superficial*.

Eva olhou mais uma vez para o relógio.

— Agora me desculpe, mas quero mesmo chegar a tempo da minha aula de spinning.

Assenti e saí do caminho, para que ela pudesse fechar a porta. Ela ligou o motor, sorriu como se eu fosse uma funcionária do pedágio e ela estivesse esperando que eu levantasse a barreira para que pudesse seguir em frente. No entanto, não engatou imediatamente a marcha a ré para sair da vaga. Ligou o rádio, uma música pop agitada, e depois de passar um ou dois segundos procurando qualquer coisa na bolsa, abaixou novamente a janela.

— Como é que ele está, por sinal?
— Quem? — perguntei, embora soubesse.
— O seu *papá*.

— Está ótimo.

— É mesmo? — Fez que sim, tentou parecer indiferente e desinteressada. Então seus olhos se arrastaram de novo até mim. — Olhe, desculpe as coisas que falei sobre ele. Não eram verdade.

— Tudo bem.

— Não, não está nada bem. Nenhuma menina tem que ouvir essas coisas. Me desculpe. — Olhou-me de relance, seus olhos escalaram a minha cara com se fosse um trepa-trepa. — Ele te ama. Muito. Não sei se demonstra, mas ama. Mais que qualquer coisa, mais que... não sei nem como chamar isso, esse besteirol político que ele tem. Saímos para jantar e nem estávamos falando de você quando ele disse que você era a melhor coisa que já lhe aconteceu. — Eva sorriu. — E estava falando sério.

Assenti e fingi estar hipnotizada pelo pneu esquerdo do carro. Por algum motivo, eu não tinha nenhum apreço especial por discutir a minha relação com o Papai com pessoas aleatórias que tinham cabelo de nectarina e costuravam entre insultos, elogios, concisão e compaixão como um motorista bêbado. Falar do Papai com esse tipo de gente era como falar de estômagos na Era Vitoriana: inadequado, *gauche*, um motivo perfeitamente cabível para ignorar a pessoa na próxima assembléia ou baile.

Eva suspirou resignada ao ver que eu não disse nada, um desses suspiros de adulto-jogando-a-toalha que indicava que eles não compreendiam os adolescentes e que estavam gratos por terem deixado esses dias bem para trás.

— Pois bem, se cuide então, garota. — Começou a fechar a janela, mas parou novamente. — E tente comer alguma coisa de vez em quando... você está quase desaparecendo. Coma uma pizza. E pare de se preocupar com a Hannah Schneider — acrescentou. — Não sei o que aconteceu com ela, mas tenho certeza que ela queria que você fosse feliz, tudo bem?

Abri um sorriso duro e ela acenou, deu ré (os freios gemiam como se estivessem sendo torturados) e saiu à toda do Estacionamento do Corpo Docente no seu Honda branco, a limusine que a levaria pelos *barrios* mais pobres e emporcalhados, onde acenaria da janela para os esfomeados, pessoas encantadas nas ruas.

⁓

Eu tinha dito ao Papai que ele não precisava me apanhar na escola. Quando Milton me levou para casa na sexta-feira, combinamos de nos encontrar em frente ao seu armário depois das aulas, e eu já estava atrasada em meia hora. Corri pelas escadas até o terceiro andar da Casa Elton, mas o corredor estava vazio, a não ser por Dinky e o prof. Ed "Favio" Camonetti, parados sob a porta da sala de Inglês. (Como muitas pessoas gostam de ouvir os detalhes mais picantes, devo mencionar rapidamente: Favio era o professor mais gostosão de Gallway. Tinha um rosto bronzeado ao estilo Rock Hudson e era casado com uma mulher perfeitamente maçante, que estava acima do peso, usava vestidos sem mangas e aparentemente o considerava tão sexy quanto todas as outras, apesar de que, para mim, seu corpo parecesse um rato inchado que sofria de algum incômodo oculto.) Pararam de conversar enquanto eu passava.

Caminhei até o Edifício Zorba (onde Amy Hempshaw e Bill Chews estavam enroscados num abraço) e depois até o Estacionamento dos Estudantes. O Nissan do Milton ainda estava parado na vaga, então decidi procurar na lanchonete, e como não encontrei ninguém, busquei na Via Hipócrates, no porão do Auditório Love. Esse era o centro do mercado negro de St. Gallway, onde Milton e Charles às vezes se esbarravam com outros alunos ansiosos e traficavam Provas Bimestrais, Provas Finais, cadernos dos Melhores Alunos e Trabalhos de Pesquisa. Também trocavam favores sexuais por uma noite com a última cópia de *A Bíblia do pilantra*, uma manual de 543 páginas, de autor desconhecido, com as melhores trapaças para passar de ano em St. Gallway, categorizadas por professor e texto, método e meio. (Alguns títulos: "Um quarto que seja seu: a prova-maquiagem", "Toy Story: a beleza da calculadora portátil e do relógio Timex Data Link", "Minúsculas pérolas escritas à mão nas solas dos seus sapatos".) Porém, enquanto avançava pelo corredor, espiando pelas janelinhas retangulares das sete salas de prática de música, vi silhuetas amontoadas nos cantos, em bancos de piano, atrás de estantes de música (nenhum deles tocando instrumentos musicais, a não ser que contemos partes do corpo). Milton não estava lá.

Decidi procurar na clareira atrás do Auditório Love; Milton às vezes fumava um baseado por lá entre as aulas. Subi correndo as escadas, passando pela Galeria de Arte Donna Faye Johnson (Peter Rocke, artista moderno e ex-aluno de Gallway formado em 1987, estava inteiramente afundado no seu Período da Lama e não demonstrava sinais de que sairia de lá), abri a porta dos fundos onde se lia SAÍDA, cruzei o estacionamento onde havia um Pontiac enferrujado parado ao lado do depósito de lixo (que diziam pertencer a um velho professor condenado por seduzir uma aluna), avançando rapidamente entre as árvores. Pude vê-lo quase imediatamente. Usava um paletó azul-marinho e estava apoiado numa árvore.

— Oi! — gritei.

Milton estava sorrindo, mas quando me aproximei, dei-me conta de que não sorria por ter me visto, e sim de alguma coisa na conversa, pois os outros também estavam ali: Jade sentada num grosso tronco caído, Leulah numa pedra (segurando o cabelo trançado como se fosse a corda de um pára-quedas), Nigel ao seu lado e Charles no chão; o enorme gesso branco lhe sobressaía do corpo como uma península.

Eles me viram. O sorriso do Milton se soltou do seu rosto como fita adesiva velha. E percebi imediatamente que eu era insossa, inútil, uma tola inata. Ele estava prestes a dar uma de Danny Zuko em *Grease — Nos tempos da brilhantina* quando Sandy o cumprimenta em frente aos T-Birds, uma de sra. Robinson quando diz a Elaine que não seduziu Bejamin, uma de Daisy quando escolhe Tom, que tinha a disposição de um kiwi azedo, em vez de Gatsby, um homem que construíra a própria vida, um homem cheio de sonhos, que não se importava em jogar uma pilha de camisas por todo o quarto se estivesse com vontade de fazê-lo.

Meu coração desmoronou. Um terremoto sacudiu as minhas pernas.

— Veja só quem o vento trouxe — disse Jade.

— Oi, Vomitona — disse Milton. — Tudo bem contigo?

— O que *ela* veio fazer aqui, cacete? — perguntou Charles. Virei-me na direção dele e vi, surpresa, que a minha mera proximidade havia feito com que o rosto do Charles assumisse o tom irritado de uma Formiga Vermelha (ver *Insecta*, Powell, 1992, p. 91).

— Oi — falei. — Bom, acho que nos vemos mais tarde...

— Espera aí um minuto. — Charles ficou em pé sobre a perna boa e começou a mancar na minha direção, desajeitado, porque a Leulah estava segurando uma das suas muletas. Ela lhe estendeu a muleta, mas Charles não a pegou. Preferiu mancar, como às vezes fazem alguns veteranos de guerra, como se o manco, o claudicante, o coxo fosse mais nobre.

— Quero ter uma *conversinha* — falou.

— Não vale a pena — disse Jade, puxando fumaça do cigarro.

— Não, vale sim. Vale *muito* a pena.

— Charles — alertou Milton.

— Você não passa de uma merdinha, sabia?

— Nossa — disse Nigel, sorrindo. — Vai com calma.

— Não, *não* vou com calma nenhuma. E-eu vou matar essa garota.

Embora tivesse a cara vermelha e os olhos esbugalhados como os de uma pererreca dourada, só conseguia andar com uma perna, logo não tive medo quando ele me encarou. Eu sabia muito bem que, se fosse necessário, eu poderia derrubá-lo com muito pouca força e fugir dali antes que qualquer um deles conseguisse me alcançar. Ao mesmo tempo, era bastante inquietante pensar que eu era a causa daquelas feições contorcidas como as de um recém-nascido numa sala de parto; daqueles olhos tão fechados que pareciam fendas em caixas de papelão onde poderiam ser enfiadas moedas como doação para Crianças com Paralisia Cerebral, tão inquietante que cheguei de fato a pensar que eu talvez houvesse *realmente* matado a Hannah, talvez sofresse de esquizofrenia e estivesse sob a influência da Blue Malévola, a Blue que não fazia prisioneiros, a Blue que arrancava os corações das pessoas e os comia no café-da-manhã (ver *As três faces de Eva*). Esse era o único motivo pelo qual ele poderia me odiar tanto, pelo qual o seu rosto estava ferido, amassado e acidentado como a superfície de um pneu.

— Você quer matar a menina e acabar num reformatório pelo resto da vida? — perguntou Jade.

— Não é uma boa idéia — disse Nigel.

— Seria melhor contratar um pistoleiro.

— Pode deixar que eu mato — disse Leulah, levantando a mão.

Jade apagou o cigarro na sola do sapato.

— Ou então a gente podia apedrejar a Vomitona, como naquele conto. Quando todas as pessoas do vilarejo descem e ela começa a gritar.

— "A loteria" — falei, porque não consegui me conter (Jackson, 1948). Mas eu não deveria ter dito nada, pois isso fez com que o Charles trincasse os dentes e aproximasse ainda mais a cara, fazendo com que eu pudesse ver os minúsculos espaços entre os seus dentes de baixo, uma cerquinha branca. Senti seu hálito quente como uma grelha na minha testa.

— Você sabe o que fez comigo? — As mãos do Charles tremiam, e na palavra *fez* um pouco de saliva abandonou o navio, pousando em algum ponto no chão entre nós. — Você me *destruiu*...

— Charles — disse Nigel cauteloso, caminhando por trás dele.

— Pára de dar uma de louco — disse Jade. — Se você fizer alguma coisa com ela vai ser expulso da escola. O super-pai dela vai fazer de tudo para...

— Você partiu a minha perna em três lugares — disse Charles. — Partiu meu coração...

— *Charles*...

— E é bom que saiba que eu penso muito em te matar. Penso em amarrar uma corda em volta do teu pescocinho ingrato, e-e te deixar morrer. — Engoliu ruidosamente. Foi como uma pedra largada num poço. Lágrimas inundaram seus olhos vermelhos. Uma delas chegou de fato a pular a barragem, escorrendo-lhe pelo rosto. — Como você fez com ela.

— *Porra*, Charles...

— Pára.

— Ela não vale isso tudo.

— É, cara. Ela beija mal pra cacete.

Houve um silêncio, e então a Jade chiou uma gargalhada.

— É mesmo? — Charles parou instantaneamente de chorar. Fungou e limpou os olhos com as costas da mão.

— A pior do mundo. É como beijar um atum.

— *Atum?*

— Ou talvez sardinhas. Camarão. Não lembro. Tentei bloquear a memória da minha mente.

Eu não conseguia respirar. Meu rosto foi inundado de sangue, como se ele não houvesse falado, e sim me dado um chute na cara. E eu soube que aquele era um desses momentos devastadores na Vida em que precisamos nos dirigir ao nosso congresso, dar uma de Jimmy Stuart. Eu precisava lhes mostrar que não estavam lidando com um país ferido e temeroso, e sim com um gigante desperto. Mas não poderia retaliar com um míssil qualquer. Teria que ser uma bomba atômica, uma bomba H, uma couve-flor gigantesca (os transeuntes posteriormente afirmariam ter visto um segundo sol) com corpos incinerados, o sabor áspero da fissão nuclear nas bocas dos pilotos. Depois disso eu me arrependeria, provavelmente pensaria o inevitável, "Meu Deus, o que terei feito?", mas isso nunca era suficiente para deter alguém.

Papai tinha um livrinho preto, *Palavras de um vaga-lume* (Punch, 1978), que mantinha na mesa de cabeceira e consultava à noite, quando estava cansado e precisava desesperadamente de algo doce, do modo como algumas mulheres precisam de chocolate amargo. Era um livro com as mais fortes frases já ditas. Eu conhecia quase todas. "A História é um conjunto de mentiras sobre as quais se chegou a um acordo", disse Napoleão. "Guie-me, siga-me, ou saia do meu caminho", disse o general George Patton. "No palco eu faço amor com vinte e cinco mil pessoas e então volto para casa sozinha", gemeu Janis Joplin, de olhos vermelhos e cabelo desgrenhado. "Vá para o Céu pelo clima, para o Inferno pela companhia", disse Mark Twain.

Encarei o Milton.

Ele não conseguiu me olhar de volta; ficou ali comprimido contra o tronco daquela árvore, como se desejasse ser devorado por ela.

— "Somos todos minúsculos insetos," — falei cuidadosamente — "mas acredito de fato que eu sou um vaga-lume."

— O quê? — perguntou Jade.

Virei-me e comecei a ir embora dali.

— O que foi *isso*?

— Isso é o que eu chamo de um *momento de reflexão*.

— Você viu a cara dela? Está totalmente possuída.

— Chamem um exorcista! — gritou Charles, e riu, um som como se alguém despejasse moedas de ouro, e as árvores ergueram o som numa acústica perfeita, fazendo-o flutuar pelo ar.

Quando cheguei ao estacionamento, encontrei o prof. Moats caminhando em direção ao carro, com livros debaixo do braço. Ele pareceu assustado ao me ver sair das árvores, como se pensasse se tratar do fantasma de El Greco.

— Blue van Meer? — gritou inseguro, mas eu não sorri nem falei com ele.

Eu já tinha começado a correr.

CAPÍTULO 30

A CONSPIRAÇÃO NOTURNA

Era um dos maiores escândalos da Vida aprender que a coisa mais cruel que alguém poderia dizer era que você beijava mal pra cacete.

Poderíamos pensar que isso era pior do que ser um Traidor, Hipócrita, Puta, Piranha ou qualquer outra pessoa ofensiva, pior até do que ser um Completamente Por Fora, um Capacho, um Retardado. Desconfio que seria até melhor ser "ruim de cama", pois todos têm seus dias ruins, dias em que a mente pede carona a todos os pensamentos que passam por ali, e até mesmo os melhores cavalos de corrida, como Mais Feliz Impossível, que ganhou tanto o Derby como o Preakness em 1971, poderiam de súbito chegar em último lugar, como aconteceu em Belmont Stakes. Mas beijar mal pra cacete — como atum — era o pior de tudo, pois significava que você não tinha paixão, e era melhor morrer do que não ter paixão.

Fui para casa a pé (6,6 quilômetros), repetindo muitas vezes aquele comentário humilhante na minha cabeça (em câmera lenta, para que eu pudesse desenhar círculos agonizantes ao redor de cada uma das minhas faltas, impedimentos, frangos e chutes para fora). No meu quarto, caí num desses prantos dolorosos que *pensamos* estar reservados para a morte de um familiar, para doenças terminais, para o fim do mundo. Chorei durante mais de uma hora com a cara metida na fronha úmida, a escuridão engolindo o quarto, a noite penetrando e inclinando-se sobre as janelas. A nossa casa da rua Armor, 24, vazia e elaborada, parecia esperar por mim, esperar como morcegos pela penumbra, como uma orquestra pelo maestro, esperar até que eu me acalmasse, para prosseguir.

Com a cabeça inchada e os olhos vermelhos, rolei da minha cama, vagueei pelas escadas, escutei o recado do Papai sobre um jantar com Arnie Sanderson, tirei da geladeira o bolo de chocolate da Confeitaria Stonerose que o Papai trouxera no outro dia (parte da Iniciativa Van Meer para Alegrar a Blue) e, apanhando um garfo, levei-o ao meu quarto.

"Nesta noite trazemos notícias em primeira mão", cantarolou a Cherry Jeffries imaginária na minha cabeça. "Não foi preciso recrutar a polícia, a Guarda Nacional, os Guardas Florestais, Cães Farejadores, o FBI, a CIA, nem o Pentágono, tampouco foram necessários curas, clarividentes, quiromancistas, apanhadores de sonhos, super-heróis, marcianos, nem mesmo uma viagem a Londres; bastou uma corajosa adolescente deste condado para que fosse possível desvendar o assassinato de Hannah Louise Schneider, de quarenta e quatro anos, cuja morte havia sido erroneamente declarada suicídio pela delegacia do Condado Sluder na semana passada. Aluna excepcional do terceiro ano do Colégio St. Gallway, em Stockton, a srta. Blue van Meer, que tem um Q.I. de arrepiar os cabelos, 175, nadou contra todas as adversidades trazidas por professores, alunos e pais para combinar uma série de pistas praticamente indecifráveis que a levaram ao verdadeiro assassino da mulher, que está agora encarcerado e espera julgamento. Apelidada de "Sam Spade Escolar", a srta. Van Meer, além de participar regularmente de programas de entrevistas na televisão, que vão desde *Oprah* e Leno até *The Today Show* e *The View*, e de ser a capa da revista *Rolling Stone* deste mês, ela recebeu um convite da Casa Branca para jantar com o presidente, que, apesar da tenra idade de dezesseis anos da menina, pediu-lhe que atuasse como embaixadora dos EUA numa Turnê da Boa Vontade que será realizada em trinta e dois países para a promoção da paz e da liberdade mundial. Tudo isso antes de se matricular em Harvard neste fim de ano. Minha nossa. Não é extraordinário, Norvel? Norvel?"

"Ah. Hmm, sim, é claro."

"Isso serve para nos mostrar que o mundo não está tão mal quanto parece. Pois existem verdadeiros heróis por aí, e os sonhos realmente se tornam realidade."

Não tive escolha além de fazer o mesmo que o inspetor-chefe Curry ao ver que a sua investigação havia chegado a num beco-sem-saída, como fez na página 512 de *A presunção de um unicórnio* (Lavelle, 1901). Quando "todas as portas permanecem trancadas e todas as janelas firmemente seladas, escondendo a perversão à qual, meu prezado Horace, só podemos dirigir intermitentemente as nossas mentes desesperançadas, como o esquálido vira-latas que vagueia pela cidade de pedra e ardósia revirando detritos, louco por um pedaço de cordeiro que algum mercador ou advogado descuidado tenha deixado cair no caminho para casa. Sim, há esperança! Pois lembre-se, meu caro rapaz, que o cão faminto nada deixa escapar! Quando em dúvida, volte para a vítima. Ela iluminará o seu caminho".

Apanhei um bloco de recados rosa-neon de 12x18cm e escrevi uma lista dos amigos da Hannah, os poucos nomes que eu conhecia. Tínhamos o falecido Smoke Harvey e sua família, que vivia em Findley, na Virgínia do Oeste, e o homem do abrigo de animais, Richard Algumacoisa, que morava na fazenda de lhamas, além de Eva Brewster, Doc, os outros homens de Cottonwood (embora eu talvez não os devesse classificá-los como amigos, apenas conhecidos).

No fim das contas, era uma lista parca.

Ainda assim, decidi começar, razoavelmente confiante, com a primeira pessoa da lista, um parente da família Harvey. Corri até o escritório do Papai, liguei o laptop e procurei o nome de Smoke na Busca de Pessoas da Worldquest.

Não havia nenhum registro dele. Havia, no entanto, cinqüenta e nove outros Harveys, além do registro de uma tal de Ada Harvey num dos links de propaganda, www.naoteinteressa.com. Lembrei-me que Ada era uma das filhas de Smoke; Hannah tinha mencionado aquele nome durante o jantar no Terraço Hiacinto. (Consegui me lembrar porque era o nome de um dos livros preferidos do Papai, *Ada ou ardor* [1969], de Nabokov.) Se eu pagasse apenas $89,99 ao site, poderia não só obter o número de telefone da casa de Ada, como também seu endereço, aniversário, história pessoal, registros públicos, Busca Nacional de Antecedentes Criminais e uma foto tirada por satélite. Subi as escadas correndo, entrei no quarto do Papai e peguei um dos seus MasterCards de reserva que ficavam na gaveta da mesa de cabeceira. Decidi pagar os $8,00 pelo telefone de Ada.

Voltei ao meu quarto. Escrevi uma lista de perguntas detalhadas em três outras folhas de 12x18cm, todas elas com a inscrição aprumada no topo, OBSERVAÇÕES. Depois de reler as perguntas três, talvez quatro vezes, desci outra vez as escadas até a biblioteca, abri a garrafa de uísque quinze anos George T. Stagg do Papai, tomei um gole direto do gargalo (eu ainda não estava completamente à vontade com o trabalho de detetive particular, não ainda, e afinal de contas, qual era o detetive que não tomava uns tragos?) e voltei ao meu quarto, esperando alguns instantes para me recompor. "O lance é imaginar a cama de ferro onde o presunto tá deitado e assumir essa postura, meus chapas", exigiu o sargento-detetive Buddy Mills dos seus comparsas relativamente tímidos, todos homens, em *A última crítica* (Nubbs, 1958).

Disquei o número. Uma mulher atendeu no terceiro toque.
— Alô?
— Posso falar com Ada Harvey?
— Sou eu. Quem fala, por favor?

Era uma dessas assustadoras vozes sulistas dos tempos da escravidão, belas, afrontadoras e prematuramente envelhecidas (cheias de rugas e estremecimentos, não importando a idade da pessoa).

— Ah, alô, meu nome é Blue van Meer e...
— Muito obrigada, mas num tô interessada...
— Mas não estou tentando vender nada...
— Não, *obrigada*, muito agradecida...
— Sou amiga da Hannah Schneider.

Ouviu-se um breve ofego, como se eu acabasse de lhe furar o braço com uma agulha hipodérmica. Ficou muda. Então desligou.

Confusa, apertei o botão de REDISCAR. Ela atendeu imediatamente — pude ouvir um televisor, a reprise de uma novela, uma mulher, "Blaine", e depois, "Como *pôde*?" — e Ada Harvey bateu novamente o telefone, com força, sem dizer uma só palavra. Na minha quarta tentativa, tocou quinze vezes até que uma gravação me informasse que a outra pessoa não estava disponível. Esperei dez minutos, comi alguns pedaços de bolo de chocolate e tentei pela quinta vez. Ela atendeu no primeiro toque.

— Que *raiva*... se num parar vou ligar pra polícia...
— Não sou amiga da Hannah Schneider.
— Não? Bom, quem é você então, diacho?
— Sou uma alun... sou uma detetive — consertei às pressas. — Sou uma detetive particular contratada — meus olhos correram pela estante de livros parando entre *O anônimo* (Felm, 2001) e *Plano em três partes* (Grono, 1995) — por uma terceira parte que prefere permanecer anônima. Eu esperava que a senhora pudesse me ajudar, respondendo umas poucas perguntas. Deve levar só cinco minutos.
— Você é detetive particular? — repetiu.
— Sou.
— Então Deus usa pantalonas e mocassins brancos. Quantos anos você tem? Num parece ter mais de um minuto.

Papai dizia ser possível descobrirmos muitas coisas sobre uma pessoa com base na sua voz ao telefone, e pelo que se ouvia neste caso, ela deveria ter quarenta e poucos anos e usar sandálias baixas de couro com franjinhas, franjas como vassouras em miniatura varrendo-lhe o dorso dos pés.

— Dezesseis — confessei.

— E você disse que trabalha para *quem*?

Continuar a mentir não era uma boa idéia; como dizia o Papai: "Querida, cada um dos seus pensamentos escapa pela sua voz carregando um gigantesco cartaz de propaganda."

— Para mim mesma. Sou aluna do Colégio St. Gallway, onde a Hannah dava aulas. De-desculpe por ter mentido antes, mas fiquei com medo de que fosse desligar de novo e eu... — revistei freneticamente as minhas OBSERVAÇÕES — você é a única pessoa com quem posso falar. Cheguei a conhecer o seu pai, na noite em que ele morreu. Parecia ser uma pessoa fascinante. Sinto muito pelo que aconteceu.

Era algo detestável de se fazer, mencionar os familiares falecidos da pessoa para obter o que desejamos — se alguém mencionasse o Papai morto, eu certamente abriria imediatamente o bico —, mas era a minha única esperança. Era óbvio que Ada estava em cima do muro entre ouvir o que eu tinha a dizer e desligar, deixando o telefone fora do gancho.

— Porque — continuei insegura —, como o seu pai e o resto da sua família foram, ao menos em algum momento, amigos da Hannah, eu esperava que...

— *Amigos*? — Ela cuspiu a palavra como se fosse um abacate rançoso. — Não fomos *amigos* daquela mulher.

— Oh, desculpe. Achei que...

— Achou *errado*.

Se antes a voz de Ada estava franzina como um poodle, agora tinha se transformado num rottweiler. Ela não prosseguiu. Ela era o que, no mundo dos detetives, era conhecido como "uma dama cimentada como o diabo."

Engoli seco.

— Então, bem, há, sra. Harvey...

— O meu nome é Ada Rose Harvey Lowell.

— Sra. *Lowell*. Quer dizer que não teve nenhum contato com Hannah Schneider?

Mais uma vez, ela não disse nada. Um comercial de automóvel assaltava a sua sala de estar. Às pressas, rabisquei "Nenhuma?" nas minhas OBSERVAÇÕES sob a Pergunta 4, "Qual é a natureza do seu relacionamento com Hannah Schneider?". Eu estava prestes a passar para a Pergunta 5, "A senhora tinha conhecimento da viagem de camping programada por Hannah?", quando ela suspirou e falou, as palavras ásperas.

— Você não sabe o que ela era — disse Ada.

Agora era a minha vez de ficar calada, pois ela havia feito um desses comentários dramáticos que surgem no meio de um filme de ficção científica, quando um personagem está prestes a informar a outro que eles estão lidando com algo que "não é deste mundo". Ainda assim, meu coração começou a pular no peito como uma marcha fúnebre vodu em Nova Orleans.

— O que é que *você* sabe? — perguntou num tom impaciente. — Alguma coisa?

— Sei que ela era professora — tentei baixo.

Isso provocou um ácido "He".

— Sei que o seu pai, Smoke, era corretor de valores aposentado e...

— O meu pai era jornalista investigativo — corrigiu (ver "Orgulho sulista", *Tortas de marshmallow e a danação*, Wyatt, 2001). — Foi gerente de um banco por trinta e oito anos antes de se aposentar e se dedicar aos seus primeiros amores. Literatura. E crimes de verdade.

— Ele escreveu um livro, não é mesmo? U-uma história de mistério?

— *A traição Doloroso* não era um *mistério*. Falava de uns imigrantes ilegais e da fronteira do Texas e da corrupção e tráfico de drogas que rolam por ali. Foi um grande sucesso. Chegou a ganhar a chave da cidade — fungou. — O que mais?

— Se-sei que o seu pai se afogou na casa da Hannah.

Ela ofegou mais uma vez; desta vez foi como se eu lhe houvesse dado um tapa na cara na frente de uma centena de convidados.

— É claro que *não* — sua voz tremia instável, o ruído de unhas postiças descendo por uma meia-calça — Eu... *você tem alguma idéia de quem era o meu pai?*

— Desculpe, não quis...

— Ele foi atropelado por um *trailer* quando tinha *quatro anos* e tava brincando num triciclo. Quebrou a coluna enquanto servia na Coréia. Ficou preso num carro que caiu da Ponte das Penas e *daí* pulou pela janela como fazem nos filmes. Foi mordido *duas vezes*, uma por um doberman, outra por uma cascavel do Tennessee. E quase foi atacado por um tubarão na costa de Way Paw We, na Indonésia, mas como ele tinha assistido a um documentário do Nature Channel, lembrou de lhe dar um soco bem no focinho, que é o que mandam fazer quando o bicho tá vindo na tua direção só que a maior parte das pessoas não tem coragem de fazer isso. O Smoke *tinha*. E agora você tá tentando *me* dizer que um remédio misturado com um pouco de Jack Daniel's iria acabar com ele? Isso me deixa enjoada. Ele já tava tomando aquilo há seis meses e não fazia efeito nenhum, *ponto*. Esse homem podia levar seis tiros na cabeça e continuar vivo, pode escutar o que eu tô dizendo.

Para meu espanto, abriu-se um rasgo na voz de Ada ao dizer "vivo" — um rasgo considerável, pelo visto. Eu não tinha certeza, mas acho que ela também estava chorando, um terrível soluço contido que desaparecia entre os murmúrios e a música de elevador da novela, dificultando a diferenciação entre o drama de Ada e o que ocorria na televisão. Era muito possível que ela houvesse acabado de dizer, "Travis, não vou mentir dizendo que não sinto nada por você", e não a mulher da TV, e também era possível que a mulher da TV, e não Ada, estivesse chorando pelo pai morto.

— Desculpe — falei. — Só estou um pouco... confusa...

— Eu não consegui juntar as coisas até um pouco depois — fungou.

Esperei — tempo suficiente para que ela pudesse remendar, por mais grosseiramente que fosse, o rasgo que tinha na voz.

— Você não conseguiu juntar... que coisas?

Ela pigarreou.

— Você sabe quem são os Sentinelas Noturnos? — perguntou. — Claro que num sabe...num deve nem saber o próprio nome, provavelmente...

— Não, eu sei. O meu pai é professor de ciências políticas.

Ela ficou surpresa — ou talvez aliviada.

— Ah é?

— Eram um grupo radical — falei. — Mas além de um ou dois incidentes no começo dos anos setenta, ninguém sabe ao certo se eles realmente existiram. São na verdade mais como uma idéia bonita, a luta contra a ganância... e não uma coisa real. — Eu estava parafraseando trechos de "Uma breve história do revolucionário americano" (ver Van Meer, *Fórum federal*, v. 23, n° 9, 1990).

— Um ou dois incidentes — repetiu Ada. — Exato. Então você deve ter ouvido falar do Gracey.

— Ele foi o fundador. Mas já está morto, não é mesmo?

— Além de uma outra pessoa — disse Ada lentamente —, George Gracey é o único membro conhecido. E ainda é procurado pelo FBI. Em 1970... não, 1971, ele matou um Senador da Virgínia do Oeste, colocou uma bomba caseira no carro dele. Um ano depois, explodiu um prédio no Texas. Quatro pessoas morreram. Foi pego numa gravação, então conseguiram fazer um desenho do seu rosto, mas ele sumiu da face da Terra. Nos anos oitenta houve uma explosão numa casa de campo na Inglaterra. Bombas de fabricação caseira. As pessoas tinham ouvido falar que ele tava morando lá, então presumiram que tivesse morto. Tinha estragos demais para que eles conseguissem recuperar os dentes dos corpos encontrados. É assim que identificam, sabe? Pelos registros dos dentes.

Fez uma pausa, engolindo saliva.

— O político assassinado era o Senador Michael McCullough, tio materno do Dubs, meu tio-avô. E isso aconteceu em Meade, a vinte minutos de Findley. O Dubs dizia o tempo todo quando éramos mais novos: "Vou viajar até a Cochinchina pra encontrar esse fiodaputa e botá-lo na corte." Quando o Dubs se afogou, todo mundo acreditou na polícia. Disseram que tinha bebido demais e que foi um acidente. *Eu* me recusei a acreditar nisso. Fiquei acordada a noite toda revirando as anotações do Dubs, apesar do Archie me encher a paciência, dizer que eu tava doida. Mas então entendi como é que tudo se juntava. Mostrei ao Archie e ao Cal também. E *ela* sabia, é claro. Sabia que a gente tava no encalço dela. A gente ligou pro FBI. Foi por isso que ela se enforcou. Era morrer ou ser presa.

Fiquei perplexa.

— Não entendo...

— *A conspiração noturna* — disse Ada, em voz baixa.

Tentar seguir a lógica daquela mulher era como observar a órbita de um elétron ao redor de um núcleo a olho nu.

— O que é *A conspiração noturna*?

— O próximo *livro* do Dubs. O que ele tava escrevendo sobre o George Gracey. Esse era o título, e iria ser um best-seller. O Smoke rastreou o homem, entende? Em maio do ano passado. Encontrou o cara numa ilha chamada Paxos, vivendo como um rei. — Respirou fundo. — Você não sabe qual foi a sensação, quando a polícia ligou para cá e nos contou que o nosso pai, que a gente tinha visto dois dias antes no batismo do pequeno Crisântemo, tava morto. Arrancado de nós. Nunca tínhamos ouvido o nome *Hannah Schneider* em toda a nossa vida. A princípio pensamos que fosse a divorciada espalhafatosa que o Clube Rider teve problemas ao nomear pra tesoureira, mas essa era a Hannah *Smithers*. Daí pensamos que talvez fosse a prima da Gretchen Peterson que o Dubs levou à festa beneficente da Marquis Polo, mas essa era a Lizzie Sheldon. Daí — Nesse ponto, Ada já passava por cima de quase toda a pontuação, e também de algumas das pausas; as palavras voavam pelo telefone —, depois de *dois* dias assim, o Cal deu uma olhada na foto que eu pedi à polícia que trouxesse pra gente e quer saber? Ele falou que lembrava de ver essa mulher conversando com o Dubs no Armazém Orgânico em junho, quando eles tavam voltando do Auto Show 4000... isso foi um *mês* depois do Dubs voltar de Paxos. Daí o Cal falou, é, o Dubs entrou no Armazém Orgânico pra comprar chiclete e essa mulher veio rebolando até ele... e o Cal tem memória fotográfica. "Era ela", falou. Alta. Cabelo escuro. Um rosto como essas caixas de chocolate do dia dos namorados, e o dia dos namorados era o feriado preferido do Dubs. Ela pediu informações sobre como chegar a Charleston, e acho que ficaram falando por tanto tempo que o Cal teve que sair do carro pra ir chamá-lo. E foi *isso*. Quando reviramos as coisas do Dubs, descobrimos o número da Hannah na agenda dele. Os registros telefônicos mostraram que o Dubs ligava para ela ao menos uma ou duas vezes por semana. Ela conhecia muito bem o jogo, sabe? Depois da minha mãe, ele não tem procurado ninguém especial... olha, e-eu ainda tô falando dele no presente. O Archie disse que eu tenho que parar com isso.

Fez uma pausa, respirou mais uma vez com esforço, recomeçou a falar. E, enquanto falava, fui tomada pela imagem de uma dessas minúsculas aranhas de jardim que decidem fazer a teia não em algum canto razoável, e sim num espaço gigantesco, um espaço tão amplo e absurdo que poderíamos colocar dois Elefantes Africanos ali dentro. Eu e o Papai observamos uma dessas aranhas determinadas na nossa varanda em Howard, na Louisiana, e por mais que o vento desfizesse as amarras, por mais que a teia se curvasse e afrouxasse, incapaz de se manter entre as falsas colunas, a aranha prosseguia o trabalho, escalando até o topo, descendo em queda livre, o fio de seda tremendo atrás de si, um fio dental ao vento. "Ela está compreendendo o mundo", disse o Papai. "Está tentando costurá-lo o melhor que pode."

— A gente *ainda* não sabe como foi que ela conseguiu — continuou Ada. — O meu pai tinha cento e dez quilos. Tinha que ser algum veneno. Ela injetou alguma coisa nele, entre os dedos dos pés... talvez cianeto. Claro que a polícia jura que checaram tudo e num tinha sinal nenhum. Só num entendo como é que pode. Ele gostava do seu uísque... não vou mentir sobre isso. E também tava tomando o remédio...

— Que tipo de remédio era? — perguntei.

— Minipress. Para a pressão. O dr. Nixley falou que não deveria beber enquanto tomasse o remédio, mas ele já tinha bebido antes e não causou problema nenhum. Dirigiu para casa sozinho depois da festa beneficente Rei de Copas logo depois de começar a tomar o remédio, e eu tava aqui quando ele chegou em casa. Tava *numa boa*. Acredite, se eu achasse que ele *num tava* numa boa, teria chiado bastante. Não que ele fosse me ouvir.

— Mas Ada — mantive a voz contida, como se estivesse numa biblioteca —, eu realmente não acho que a Hannah fosse capaz de...

— O Gracey tava em contato com ela. Ele deu a ordem de matar o Smoke. Como ela fez com todos os outros. Ela era a tentação, entende?

— Mas...

— Ela é a *outra* — interrompeu-me decidida. — "Além de *uma outra* pessoa." O outro membro... você não tava ouvindo?

— Mas eu sei que ela não é nenhuma criminosa. Eu conversei com uma detetive aqui...

— Hannah Schneider não é o nome de verdade dela. Ela roubou esse nome de uma pobre mulher desaparecida que cresceu num orfanato em Nova Jersey. Ela tava se passando por essa moça há anos. O nome verdadeiro dela é Catherine Baker, e é procurada pelo FBI por ter atirado bem no meio dos olhos de um policial. Duas vezes. Em algum lugar do Texas. — Pigarreou. — O Smoke não a reconheceu porque ninguém sabe ao certo como a Catherine Baker realmente é. Inda mais *agora*. Eles têm um velho retrato-falado, um desenho de mais de vinte anos atrás... nos anos oitenta todo mundo tinha cabelo esquisito, aparência biruta... esses horríveis restos de hippie, sabe? E ela tava loira no retrato. Diziam que tinha olhos azuis. O Smoke *tinha* o retrato, junto com as coisas que tinha juntado sobre o George Gracey. Mas é um negócio assim... podia ser um desenho meu, entende? Podia ser um desenho de qualquer pessoa.

— Você poderia me mandar cópias das anotações do Smoke? Para ajudar na minha pesquisa?

Ada fungou e, embora não tenha realmente concordado em mandá-las, eu lhe passei o meu endereço postal. Ficamos ambas caladas por um ou dois minutos. Pude ouvir o encerramento da novela, um novo comercial irrompeu.

— Eu só queria ter estado ali — comentou, com a voz fraca. — Eu tenho um sexto sentido, sabe? Se eu tivesse ido ao Auto Show, poderia ter entrado com ele quando foi pegar o chiclete. Eu teria visto o que ela tava fazendo... saracoteando naquele jeans apertado, óculos escuros, fingindo ser tudo coincidência. O Cal jura que viu essa mulher uns dois dias antes, também, quando ele o Smoke estavam no Winn-Dixie comendo umas costelinhas. Disse que ela passou bem do lado deles com um carrinho de compras vazio, toda emperiquitada como se estivesse indo a algum lugar, e olhou direto para o Cal, sorriu que nem o próprio Diabo. Claro que num tem jeito de saber com certeza. Fica bem agitado por lá nos domingos...

— O que você disse? — perguntei, baixo.

Ela parou de falar. A mudança abrupta no meu tom de voz deve tê-la assustado.

— Falei que num tem jeito de saber — repetiu, apreensiva.

Sem pensar, desliguei o telefone.

CAPÍTULO 31

CHE GUEVARA FALA AOS JOVENS

Os Sentinelas Noturnos foram conhecidos por diversos nomes — *Nächtlich*, ou "noturno" em alemão, e também *Nie Schlafend*, ou "Os que nunca dormem". Em francês, são *Les Veilleurs de Nuit*. O número de membros, durante a sua suposta época áurea, de 1971 a 1980, é inteiramente desconhecido; alguns dizem que se tratava de vinte e cinco homens e mulheres espalhados pelos Estados Unidos, outros afirmam ter havido mais de mil em todo o mundo. Qualquer que seja a verdade — e, ora, talvez nunca a conheçamos —, o movimento é comentado com mais entusiasmo hoje em dia que em seu apogeu (uma busca na internet gera mais de cem mil páginas), e sua atual popularidade como algo que é em parte uma lição de história e em parte um conto de fadas é um testamento do Ideal de Liberdade, um sonho de libertação de todos os povos, independentemente de sua raça ou credo, um sonho que, por mais fraturada e descrente que se torne a nossa sociedade, jamais morrerá.

Van Meer,
"*Nächtlich*: Mitos Populares na Luta pela Liberdade"
Fórum federal, v. 10, nº 5, 1998.

Papai me criou com o intuito de que eu fosse uma pessoa cética, alguém que não se convenceria até que "os fatos se alinhassem como as meninas de um coral", por isso não acreditei em Ada Harvey — ao menos não até que ela descrevesse o incidente do Winn-Dixie (ou talvez um pouco antes, quando ela falou do "jeans apertado" e dos "óculos escuros"), porque ela não parecia estar descrevendo Smoke e Cal no Winn-Dixie, e sim eu e o Papai no Gato Gordo em setembro, na primeira vez que vimos a Hannah na seção de comidas congeladas.

Se isso já não fosse o suficiente para me deixar sem fôlego, ela teve que dar uma de Gótica Sulista, juntando o Diabo e o seu sorriso à descrição, e sempre que alguém com um sotaque sulista carregado dizia *Diabo*, era inevitável pensarmos que aquela pessoa sabia algo que nós não sabíamos — como escreveu Yam Chestley em *Dixiecats* (1979): "O Sul conhece duas coisas melhor do que ninguém: a broa de milho e Satanás" (p. 166). Depois que desliguei o telefone, com o quarto repleto de estalagmites de sombras, fitei as minhas OBSERVAÇÕES, que eu havia anotado no famoso estilo dos Haikai do Policial Coxley (SENTINELAS NOTURNOS CATHERINE BAKER GRACEY).

O meu primeiro pensamento foi o de que o Papai estaria morto.

Ele também havia sido alvo de Catherine Baker, pois também estava trabalhando num livro sobre Gracey (era a explicação lógica para que a Hannah nos abordasse do mesmo modo como abordou Smoke Harvey), ou, se ele não estivesse trabalhando num livro ("Não sei se ainda tenho fôlego para mais um livro", confessou o Papai num Humor de Uísque, um triste reconhecimento que ele nunca confessava à luz do dia), então seria um artigo, ensaio ou palestra de algum tipo, sua própria *Conspiração noturna*.

Naturalmente — cruzei o quarto às pressas para acender a lâmpada e, por sorte, as sombras foram instantaneamente afugentadas como vestidos pretos fora de moda em uma loja de departamentos —, lembrei-me que Hannah Schneider estava morta (o *petit-four* de verdade do qual eu tinha alguma certeza) e o Papai estava seguro ao lado do professor Arnie Sanderson no Piazza Pitti, um restaurante italiano no centro de Stockton. Ainda assim, senti a necessidade de ouvir a sua voz de papel de lixa, o seu "Querida, não seja absurda". Desci as escadas correndo, revirei as *Páginas Amarelas* e liguei para o restaurante. (Papai não tinha telefone celular: "Para que possa estar disponível vinte e quatro horas por dia, sete dias por semana como algum obtuso que vive com um salário mínimo e trabalha no Atendimento ao Cliente? Estou deveras agradecido, mas rejeito a oferta.") A recepcionista só levou um minuto para identificá-lo; poucas pessoas usavam ternos de lã irlandesa na primavera.

— Querida? — Ele estava assustado. — O que aconteceu?

— Nada... bom, *tudo*. Você está bem?

— O que... é claro. Qual é o problema?

— Nada — fui tomada por uma idéia paranóica. — Você confia nesse Arnie Sanderson? Talvez não devesse tirar o olho da sua comida. Não levante para ir ao banheiro...

— O quê?

— Descobri a verdade sobre a Hannah Schneider. Acho que sei por que alguém a matou, o-ou por que ela se matou... ainda não decifrei essa parte muito bem, mas sei *por quê*.

Papai ficou calado, obviamente não apenas cansado de ouvir aquele nome, como também nem um pouco convencido da história. Eu não podia *culpá-lo*; eu estava respirando como uma louca, meu coração vacilava como um vagabundo bêbado numa cela de prisão — uma imagem nem um pouco convincente nas questões ligadas à verdade e à previdência.

— Querida — disse o Papai, num tom suave —, veja bem, eu aluguei *E o vento levou* esta tarde. Talvez devesse assisti-lo. Coma um pedaço daquele bolo de chocolate. Vou levar menos de uma hora. — Começou a dizer algo mais, algo que começava com "Hannah", mas a palavra fez um contorcionismo de ioga na sua boca e saiu como "ranço"; ele parecia ter medo de pronunciar aquele nome, temendo que pudesse me encorajar.

— Tem certeza de que está bem? Posso voltar *agora*, sabe...?

— Não, estou bem — respondi rapidamente. — Conversamos quando você voltar.

Desliguei (infinitamente reconfortada; a voz do Papai era como uma bolsa de gelo numa contusão). Apanhei as minhas ANOTAÇÕES, desci correndo as escadas e entrei na cozinha para preparar um café. ("Experiência, argúcia intelectual, medicina forense, impressões digitais, pegadas... é claro que são importantes", escreveu a Policial Christina Vericault na página 4 de *O último uniforme* [1982]. "Mas o elemento essencial para a resolução de um crime é um Expresso Italiano ou um Colombiano Tostado. Nenhum assassinato poderá ser desvendado sem isso.") Depois de anotar uns poucos detalhes adicionais sobre a conversa com Ada Harvey, desci às pressas as escadas até o escritório do Papai, acendendo as luzes.

Papai só havia escrito um ensaio, relativamente curto, sobre os Sentinelas Noturnos, publicado em 1998, "*Nächtlich*: mitos populares da luta pela liberdade". Além disso, nos seus seminários sobre a Guerra Civil, ele por vezes incluía na bibliografia recomendada um comentário mais extenso sobre as metodologias do grupo, um ensaio retirado de *A anatomia do materialismo* (1990), de Herbert Littleton, "Os Sentinelas Noturnos e os princípios míticos das mudanças práticas". Não tive muita dificuldade em encontrar ambos os trabalhos na prateleira (Papai sempre comprava cinco cópias de qualquer *Fórum federal* na qual tivesse artigos publicados, não muito diferente de uma jovem atriz sedenta por *paparazzi* quando uma foto sua aparece na seção "Por Aí" da revista *Celebridades*.)

Voltei à escrivaninha do Papai com as duas publicações. À esquerda do laptop havia uma grande bloco de papel e vários jornais estrangeiros dobrados. Curiosa, folheei-os, precisando ajustar os olhos para decodificar a caligrafia de arame farpado do Papai. Infelizmente, não falavam de nada relacionado aos Sentinelas Noturnos ou ao paradeiro de George Gracey (o que coincidiria absurdamente com a história de Smoke). Em vez disso, tratavam da *cause célèbre* do Papai, os levantes civis na República Democrática do Congo e em outros países da África Central. "Quando irá terminar a matança?", inquiriam os editoriais canhestramente traduzidos do *Afrikaan News*, o pequeno periódico político da Cidade do Cabo. "Onde está campeão da liberdade?"

Deixei esses jornais de lado (mantendo-os na ordem original; assim como os cães conseguem farejar o medo, Papai conseguia detectar bisbilhoteiros) e comecei a minha ordeira investigação sobre os Sentinelas Noturnos (ou "*Mai addormentato*", como eram chamados em italiano, e aparentemente 決して眠った, em japonês). Em primeiro lugar, li o artigo do Papai na *Fórum federal*. A seguir, folheei o prolixo capítulo 19 do livro de Littleton. Por fim, liguei o laptop e pesquisei o grupo na internet.

Nos anos desde 1998, o número de páginas que fazia referências aos radicais tinha explodido: os cem mil se tornaram quinhentos mil. Investiguei o máximo que pude, sem excluir nenhuma fonte por motivos de viés ideológico, romantismo ou até mesmo conjecturas ("Dentro dos preconceitos cresce todo tipo de verdade notável", dizia o Papai): enciclopédias, textos de história, sites políticos, blogs de esquerda, sites comunistas e neo-marxistas (um dos meus preferidos era www.thehairyman.com — uma alusão à aparência leonina de Karl Marx), sites anarquistas e conspiracionistas, sites sobre cartéis, cultos, endeusamento de heróis, lendas urbanas, crime organizado, Orwell, Malcolm X, Erin Brockovich e algo saído da Nicarágua e chamado Defensores do Che. O grupo aparentava ser como Greta Garbo logo após se aposentar: misteriosa, impossível de localizar, e todos queriam lhe arrancar um pedaço.

Levei mais de uma hora para ler tudo aquilo.

Quando terminei, tinha os olhos vermelhos, a garganta seca. Eu me sentia esgotada, e ainda assim escandalosamente viva (pronunciada VI-va), atordoada como a libélula verde-intenso que irrompeu para dentro do cabelo do Papai no lago Pennebaker, fazendo com que ele dançasse como uma marionete, gritando "Ahhhhh!" e correndo pelo meio de um grupo de velhinhos que usava viseiras amarelas idênticas ao halo de Cristo nos afrescos do século XV.

Meu coração não estava agitado somente porque eu sabia tanto sobre os Sentinelas Noturnos que me sentiria estranhamente confiante para dar uma palestra Papaificada sobre eles, minha voz como um tsunami, crescendo sobre as cabeças mal penteadas dos alunos, e tampouco por ter descoberto, um tanto incrédula, que as informações transmitidas por Ada Harvey tinham resistido heroicamente ao trabalho de pesquisa, como um bloqueio britânico contra os alemães na Primeira Batalha do Atlântico durante a Primeira Guerra Mundial. A minha euforia não se devia sequer ao fato de que Hannah Schneider — tudo o que ela havia feito, seu comportamento estranho, suas mentiras — caíra de súbito completamente aberta aos meus pés como a pedra exterior do sarcófago do Faraó Heteraah-mes quando Carlson Quay Meade, em 1927, abriu caminho por uma obscura catacumba de múmias no alto dos penhascos do Vale dos Reis. (Pela primeira vez, pude me agachar, aproximar bastante a minha lanterna a óleo da cara da Hannah, lisa como ossos, e ver, com detalhes impressionantes, cada um dos seus ângulos e planos.)

Era uma outra coisa, algo que o Papai dissera uma vez ao narrar as últimas horas da vida de Che Guevara: "Há algo de fascinante no sonho de liberdade e naqueles que arriscaram as próprias vidas por ele — especialmente nestes tempos lamuriosos e irritadiços, em que as pessoas mal conseguem levantar da poltrona para atender à campainha tocada pela entrega de pizza, quanto mais ao grito de liberdade."

Eu tinha *resolvido* o mistério.

Não conseguia acreditar. Eu tinha descoberto os valores de x e y (com o auxílio vital de Ada Harvey; eu não era vaidosa como tantos matemáticos aplicados, desesperados por figurarem desacompanhados nos Anais da História). E eu sentia tanto terror quanto deslumbramento — o que Einstein vivenciou no meio de uma noite de 1905 em Berna, na Suíça, depois de acordar de um pesadelo no qual viu a colisão de duas estrelas pulsantes gerando estranhas ondas no espaço, uma imagem que inspiraria a sua Teoria Geral da Relatividade.

"Foi a coidza mais temerrosa e bela que iá fi", comentou.

Corri mais uma vez até a prateleira do Papai, desta vez puxando o tratado do coronel Helig sobre assassinatos, *Maquinações idílicas e ocultas* (1889). Folheei-o (era tão velho que as páginas 1 a 22 se soltaram da lombada como caspa), buscando as passagens que deitariam os últimos raios de luz sobre a verdade grandiosa que eu acabava de encontrar, este Novo Mundo surpreendente — e, obviamente, traiçoeiro.

∽

A descoberta mais estranha sobre os trabalhos dos Sentinelas Noturnos (um incidente que, para o Papai, seria uma prova do "potencial das lendas de se tornarem surradas como uma capa de chuva, podendo ser usada para o bem, abrigando-nos da chuva, e para o mal, correndo por um parque, assustando as crianças") foi um episódio detalhado em www.bonsrebeldes.net/sn, no qual duas garotas da oitava série de um afluente bairro de classe média em Houston cometeram suicídio juntas em 14 de janeiro de 1995. Uma delas, uma menina de treze anos de idade, deixou uma nota de suicídio — publicada na internet — na qual, com caligrafia dura, num papel de carta assustadoramente meigo (rosa, arcos-íris), escreveu: "Eliminamos assim nós mesmas em nome dos Sentinelas Noturnos e para mostrar aos nossos pais que o dinheiro deles é sujo. Morte a todos os porcos do petróleo."

O criador do site (quando você clicava em "Sobre o Randy", ele revelava ser uma espécie de mamute lanoso subnutrido, com a boca vermelha e séria fechada hermeticamente no rosto, de idade indeterminada) se queixou disso, do fato de que se abusasse da "herança" dos Sentinelas Noturnos dessa maneira, pois "seus manifestos não dizem em parte alguma que os ricos devem se matar. Eles são lutadores contra os abusos do capitalismo, e não membros alucinados da Família Manson". "Morte a todos os porcos", claro, estava escrito com sangue na porta de entrada da casa de Cielo Drive, onde morava a Família (ver *Blackbird singing in the dead of night: a vida de Charles Milles Manson*, Ivys, 1985, p. 226).

De acordo com as melhores fontes, Randy estava certo: os manifestos dos *Nächtlich* não incentivavam o suicídio em parte alguma, sob nenhuma circunstância. De fato, não houve *nenhum* manifesto escrito pelo grupo, nenhum panfleto, brochura, declaração, discursos gravados nem ensaio de palavras acaloradas detalhando as suas intenções. (Uma escolha que o Papai considerava incrivelmente astuta: "Se os rebeldes nunca anunciarem quem são, seus inimigos nunca saberão ao certo contra o quê estão lutando.") O único documento que demonstrava a existência do grupo era uma única folha de caderno atribuída a George Gracey, datada de 9 de julho de 1971, assinalando o nascimento dos Sentinelas Noturnos — ao menos do modo como o país, a polícia e o FBI os conheciam. (Não foi um nascimento muito bem-vindo; os Poderes Estabelecidos já estavam bastante ocupados com o Weather Underground, os Panteras Negras e os Estudantes por uma Sociedade Democrática, entre outros poucos "curandeiros hippies alucinados", nas palavras do Papai.)

Naquele dia de 1971, um policial de Meade, na Virgínia do Oeste, encontrou essa página de caderno presa com fita adesiva num poste a três metros do local onde o Cadillac Fleetwood 75 do Senador Michael McCullough explodira, dentro de um condomínio chamado Jardins Marlowe. (O Senador Michael McCullough entrou no carro e foi morto instantaneamente com a explosão.)

Era possível ler o único manifesto dos Sentinelas Noturnos em www.mentesfodidas.net/gg (e Gracey não era exatamente um membro da Academia de Letras): "Aqui jas um homem torto e glutão" — era verdade, ao menos literalmente; diz-se que McCullough pesava cento e quarenta quilos e tinha escoliose —, "um homem que enriquece com o sofrimento de mulheres e crianças, um homem ganancioso. E assim eu e muitos outros que me acompanham seremos os Sentinelas Noturnos, ajudando a livrar este país e o mundo da ganância capitalista que despreza a vida humana, subjuga a democrassia, cega seu povo, forçando-o a viver na escuridão".

Papai e Herbert Littleton contribuíram para esclarecer os objetivos dos Sentinelas Noturnos, que podiam ser inferidos com base no assassinato de 1971, assim como na posterior explosão de um edifício de escritórios no centro de Houston, em 29 de outubro de 1973, levada a cabo por Gracey. Littleton acreditava que o Senador McCullough havia sido o primeiro alvo conhecido do grupo devido ao seu envolvimento num escândalo com detritos tóxicos em 1966. Mais de setenta toneladas de detritos tóxicos haviam sido despejadas ilegalmente no rio Pooley, que cruzava a Virgínia do Oeste, pelas Indústrias Shohawk, uma fábrica têxtil, e, em 1965, os pobres vilarejos mineradores de Beudde e Morrisville apresentaram um aumento nas taxas de câncer entre a população de mais baixa renda. Quando o escândalo veio à tona, McCullough, que era o governador do estado, expressou seu ultraje e pesar, e a sua alardeada promessa de limpar o rio não importando o preço (o quanto custar aos contribuintes) valeu-lhe uma cadeira no Senado na eleição seguinte (ver "Governador McCullough visita menino de cinco anos com leucemia", *Anatomia*, Littleton, p. 193).

Na verdade, porém, Littleton revelou em 1989 que McCullough não só sabia do despejo ilegal e dos males que causaria às comunidades à jusante, como também fora bastante bem recompensado para se manter calado, um valor estimado entre $500.000 e $750.000.

O atentado a bomba de 1973 em Houston ilustrava, segundo o Papai, a resolução dos Sentinelas Noturnos em empreender uma guerra contra a "ganância e exploração capitalista em escala global". O objetivo não foi um homem isolado, e sim o escritório central da Oxico Petróleo e Gás (OPG). Um explosivo de NA/C (Nitrato de Amônia/Combustível) foi plantado no andar de executivos por George Gracey, disfarçado de funcionário da manutenção; uma câmera de segurança o filmou mancando para fora do edifício no início daquela manhã, assim como duas outras figuras que usavam máscaras de esqui sob capuzes de zelador — uma delas supostamente era uma mulher. A explosão matou três executivos de alto escalão, incluindo o executivo-chefe e presidente de longa data da empresa, Carlton Ward.

Littleton afirmava que o ataque havia sido provocado por uma iniciativa secreta para redução de custos nas refinarias de petróleo da Oxico na América do Sul, aprovada por Ward em 1971. A proposta determinava que a Oxico deixaria de revestir os poços para despejo de petróleo cru das suas refinarias equatorianas, o que causaria vazamentos e grave contaminação ambiental, porém salvaria $3 por barril — uma ação que "ilustrava a flagrante desconsideração pela vida humana quando defrontada com margens de lucro vantajosas". Em 1972, os dejetos tóxicos estavam de fato contaminando a água potável que supria mais de trinta mil homens, mulheres e crianças; e, em 1989, cinco culturas nativas diferentes já se defrontavam não só com taxas crescentes de câncer e graves defeitos congênitos, como também com a possibilidade de extinção total (ver "Menina sem pernas", *Anatomia*, Littleton, p. 211).

O atentado de Houston marcou uma grande mudança nas táticas dos Sentinelas Noturnos. Foi nesse momento, segundo o Papai, que "terminou a realidade dos radicais queixosos e começou a lenda". Os assassinatos dos executivos da Oxico frustraram (outros diriam "derrotaram") a seita; não serviu em nada para que a empresa modificasse as suas ações com relação às refinarias sul-americanas — apenas fortaleceu a segurança nos edifícios, os funcionários das equipes de manutenção foram submetidos a muitas buscas de antecedentes criminais, muitos deles perderam o emprego; e uma inocente secretária, mãe de quatro filhos, foi morta na explosão. Gracey foi forçado a viver na clandestinidade. A segunda e última vez em que foi confirmadamente avistado foi em novembro de 1973, um mês após o atentado de Houston; foi visto em Berkeley, na Califórnia, jantando num restaurante próximo à universidade com "uma criança não identificada, de cabelo escuro, uma menina entre treze e catorze anos de idade".

Se anteriormente os Sentinelas Noturnos eram bastante visíveis — ao menos graças aos explosivos que utilizavam —, em janeiro de 1974, Gracey e os demais vinte e cinco membros resolveram buscar seus objetivos de maneira completamente incógnita, segundo o Papai, "sem pompa nem circunstância". Embora, para muitos revolucionários (até mesmo o próprio Che), essa decisão pudesse ser considerada insensata e contraproducente — "O que é a guerra se não for empreendida a céu aberto, ensurdecedoramente, cheia de cores, para que as massas se animem em empunhar as armas", defende Lou Swann, o sincero colega de Harvard do Papai que escreveu o bem-recebido *Pulso forte* (1999). "Ele surrupiou o meu título", observava, amargo, o Papai — essa mudança estratégica era, para o Papai, não só inteligente, como também bastante sofisticada. Em seus diversos ensaios sobre a insurreição, Papai defendia que "se os guerreiros da liberdade forem forçados a utilizar a violência, deverão fazê-lo de maneira silenciosa, para que possam ser efetivos a longo prazo" (ver "Medo na Cidade do Cabo", Van Meer, *Fórum federal*, v. 19, nº 13). (A idéia não era originalmente do Papai; ele a plagiara de *La Grimace* [Anônimo, 1824].)

Durante os três ou quatro anos seguintes, foi exatamente isso o que os Sentinelas Noturnos fizeram: em silêncio, eles se reestruturaram, educaram e recrutaram novos membros. "O número de membros triplicou não só nos Estados Unidos, como também internacionalmente", relatou um teórico holandês que mantinha um site chamado *De Echte Waarheid*, "A Verdade Real". O grupo supostamente formava uma rede complexa, uma organização misteriosa que tinha Gracey no centro, cercado de outros "pensadores", como eram chamados, e, revestindo o exterior da estrutura, incontáveis membros auxiliares — dos quais a maioria jamais se encontrava com Gracey, ou mesmo uns com os outros.

"Ninguém sabe ao certo o que fazia a maior parte dos membros", escreveu Randy em www.bonsrebeldes.net.

Eu tinha um palpite. Carlie Quick, em *Prisioneiros de guerra: por que a democracia não se firmará na América do Sul* (1971) (sempre presente nas bibliografias recomendadas do Papai), escreveu sobre um período necessário de "gestação", quando era melhor que um potencial guerreiro da liberdade não fizesse nada além de "aprender tudo o que pode sobre o seu inimigo — incluindo o que ele come no café da manhã, a marca da sua loção pós-barba, o número de pêlos no seu dedão esquerdo". Talvez fosse essa a função de cada um dos membros, a coleta (com a precisão e paciência dos que coletam espécimes de borboletas, até mesmo as espécies raras e tímidas) de informações pessoais sobre os homens que Gracey considerava serem seus alvos. Hannah havia demonstrado esse nível de detalhamento ao falar da família Harvey no Terraço Hiacinto: ela sabia da história da Guerra Civil que rondava a casa, Moorgate, e detalhes íntimos de pessoas que nunca havia encontrado, provavelmente nem mesmo *visto*. Gracey talvez fosse como Gordon Gekko ("Pare de me mandar informações e comece a coletar algumas"), e cada um dos membros auxiliares seriam Bud Foxes ("Ele almoçou no La Cirque com um grupo de contadores grandalhões e bem vestidos").

(Depois de rabiscar essas especulações nas minhas OBSERVAÇÕES, continuei a leitura.)

Durante esse período em particular, o grupo também abandonou a sua Reunião Geral, que era por demais óbvia e improdutiva — em março de 1974 a polícia esteve muito perto de invadir uma dessas reuniões num armazém abandonado em Braintree, em Massachusetts —, preferindo encontros "cara a cara", mais privados e disfarçados. Segundo www.foradosistema.net/gracey, esses encontros começavam tipicamente "num restaurante de beira de estrada, parada de caminhoneiros ou botequim e continuava num motel barato — a intenção era fazer com que qualquer observador pensasse se tratar de um flerte aleatório, um romance casual", e assim, "completamente desinteressante". (Obviamente, eu quis pular de alegria ao ler aquilo, mas me forcei a permanecer concentrada e continuar a ler.)

De acordo com www.ahistoriaquenaotecontaram.net/nachtlich, no início de 1978 surgiram novos boatos sobre uma presença renovada e silenciosa dos Sentinelas Noturnos quando o executivo-chefe das Indústrias MFG, Peter Fitzwilliam, morreu num incêndio causado por uma pane elétrica na sua fazenda de cinqüenta acres no estado de Connecticut. Fitzwilliam estava metido em reuniões clandestinas que planejavam uma fusão da empresa com a Sav-Mart, uma cadeia varejista. Logo após a sua morte, as negociações caíram por terra e, em outubro de 1980, a empresa MFG (cujas fábricas na Indonésia haviam sido descritas pela Vigilância Humanitária Global como "algumas das mais atrozes no mundo") declarou falência. As suas ações haviam caído a zero.

Em 1982, os radicais liderados por Gracey — que agora supostamente adotavam o nome *Nie Schlafend* (e também прснитесь вноче, segundo www.caos. ru, ou "despertos à noite", em russo) — foram novamente discutidos em incontáveis periódicos de esquerda e conspiracionistas (como *O esquerdista* e algo chamado *Semanário controle da mente*) quando os quatro gerentes sênior diretamente responsáveis pelo projeto e distribuição do Ford Pinto acabaram mortos num período de três meses. Dois morreram de parada cardíaca súbita (um deles, Howie McFarlin, era fanático por saúde e viciado em exercícios), um outro se suicidou com um tiro na cabeça, e o último, Mitchell Cantino, afogou-se na própria piscina. A autópsia de Cantino demonstrou que o seu nível de álcool no sangue era de 0,25 e que ele havia recebido uma grande dose de metaqualona, um sedativo prescrito pelo seu médico contra insônia e ansiedade. Cantino estava num processo de divórcio com a mulher com quem era casado há vinte e dois anos, que contou à polícia que ele havia confessado estar saindo com outra mulher há seis meses.

"O nome da moça era Catherine, e ele estava loucamente apaixonado. Nunca a vi, mas sei que era loira. Quando fui para casa apanhar algumas das minhas roupas, encontrei cabelo loiro no meu pente", informou à polícia a ex-mulher de Cantino (ver www.anjodefogo.com/salve-ferris80/pinto).

A polícia determinou que o afogamento havia sido acidental. Não havia indícios de que "Catherine", ou qualquer outra pessoa, estivesse presente na casa de Cantino na noite da sua morte.

Foi durante essa época, de 1983 a 1987, que Catherine Baker — ou, ao menos, o seu mito — começou a se materializar. Inúmeros sites se referiam a ela como a Borboleta-Caveira, ou *Die Motte*, como era chamada num site anarquista de Hamburgo (ver www.anarchieeine.de). (Aparentemente, todos os membros do grupo tinham um apelido. Gracey era chamado de Nero. Outros [nenhum deles jamais identificado como uma pessoa real, motivo pelo qual suas identidades são amplamente debatidas] se chamavam Alvo, Mojave, Sócrates e Franklin.) Papai e Littleton praticamente não mencionavam a Borboleta nos seus ensaios; ela aparecia como um posfácio no trabalho de Littleton, e o Papai só a mencionava ao final do artigo, discutindo o "poder do conto de fadas da liberdade, quando homens e mulheres que lutam contra a injustiça recebem atributos de estrelas do cinema e heróis dos quadrinhos". Só me restava presumir que essa omissão se devesse ao fato de que, enquanto a identidade de Gracey era real, documentada e confirmada — ele tinha origem turca, sofrera uma cirurgia no quadril após um acidente desconhecido, o que fez com que a sua perna direita fosse dois centímetros mais curta que a esquerda —, a vida de Catherine Baker tinha mais curvas sinuosas, brechas, bruma e Pegadas Lamacentas Que Não Levavam a Lugar Nenhum que a trama de um filme *noir*.

Alguns (www.geocities.com/damasdarevolucaum) alegavam que ela nunca fora *tecnicamente* ligada aos Sentinelas Noturnos, e o fato de que a cidade onde George Gracey havia sido visto pela última vez e a localidade onde ela cometeu o seu crime brutal estivessem a apenas duas horas (ou trinta e sete quilômetros) uma da outra era mera coincidência, e, portanto, a conclusão do FBI de que ela tinha "conexões com extremistas" era precipitada.

Não havia como saber com certeza se, em 19 de setembro de 1987, a loira vista com Gracey no estacionamento da Farmácia do Senhor em Ariel, no Texas, era a *mesma* loira parada pela polícia rodoviária numa estrada deserta próxima à rodovia 18, ao lado de Vallarmo. O sargento Baldwin Sullins, de cinqüenta e quatro anos, seguindo o Mercury Cougar 1968 azul até que este parasse no acostamento, comunicou por rádio à delegacia que estava executando uma parada de rotina devido a um farol apagado. Ainda assim, algum traço incomum naquela mulher deve ter feito com que ele lhe pedisse que saísse do veículo (segundo www.assassinosdepoliciais.com/cbaker87, o policial pediu para ver o que havia no porta-malas, onde Gracey estava escondido) e, enquanto descia do banco do motorista vestindo uma calça jeans e uma camiseta preta, ela puxou uma pistola RG.22, habitualmente chamada de Especial de Sábado à Noite ou Arma Lixo, e lhe deu dois tiros na cara.

(Eu tinha a esperança de que Ada Harvey houvesse inventado esse detalhe específico; eu preferiria algo como o Gatilho Puxado Sem Querer, o Esqueci a Trava de Segurança da Minha Mente, mas, infelizmente, Ada não tinha o hábito da ornamentação.)

O sargento Sullins havia informado o número da placa do Mercury Cougar antes de sair da sua viatura, e o carro estava registrado no nome de um tal de sr. Owen Tackle, de Los Ebanos, no Texas. Logo se descobriu que Tackle havia posto o carro à venda na loja Barateiro do Automóvel de Ariel três meses antes, e uma loira alta, que se identificara como Catherine Baker, o comprara no dia anterior, pagando em dinheiro. Segundos antes do assassinato, um Lincoln Continental estava passando por ali, e o testemunho da motorista — Shirley Lavina, de 53 anos — serviu de base para um retrato falado de Catherine Baker, o único retrato conhecido dela.

(Uma cópia borrada do desenho pode ser vista em www.forasdaleiamericanos.net/borboletacaveira, e Ada Harvey estava certa; não era nem um pouco parecido com a Hannah Schneider. Na verdade, poderia muito bem ser um retrato do poodle da Mosca de Verão Phyllis Mixer.)

No *Die Motte*, havia outras centenas de detalhes (segundo www.membros. aol/salasesfumacadas/borboleta, ela era parecida com Betty Page; já www.cortinasdeferro.net afirmava que algumas pessoas a confundiam com Kim Basinger), e foram esses detalhes — sem falar no ressurgimento da "Farmácia do Senhor" (onde a Hannah dissera que a *Jade* havia sido parada pela polícia ao final da sua suposta fuga) — que me fizeram pensar que desmaiaria por pura incredulidade. Mas me forcei a seguir em frente com expressão e postura inalteradas, como a velha solteirona britânica Mary Kingsley (1862-1900), a primeira exploradora mulher que, sem lançar uma única piscadela a homem nenhum, viajou pelo rio Ogooué, no Gabão, infestado de crocodilos, para estudar os canibais e a poligamia.

Embora algumas fontes afirmassem que Catherine Baker tinha origem britânica e francesa (e até mesmo equatoriana; segundo www.amigosdaliberdade.br, uma irmã gêmea de Catherine havia morrido de câncer no estômago devido à água contaminada pela Oxico, o que a incentivou a entrar no grupo), a idéia predominante, e menos refutada, era a de que ela era a mesma Catherine Baker de treze anos que fora declarada desaparecida pelos pais em Nova York no verão de 1973. E também era, "quase certamente", a "criança não identificada, de cabelo escuro, uma menina entre treze e catorze anos de idade" vista com Gracey em Berkeley em novembro daquele mesmo ano, um mês após o atentado de Houston.

Segundo www.ondeestaoagora.com/crimins/cb3, os pais da Catherine Baker desaparecida eram estratosfericamente ricos. Seu pai era um Lariott, descendente de Edwards P. Lariott, capitalista e magnata do petróleo, que já fora o segundo homem mais rico dos Estados Unidos (e arquiinimigo de John D. Rockefeller), e o seu espírito rebelde, um desencanto com a vida doméstica e uma paixão infantil por Gracey (que, segundo algumas fontes, ela talvez houvesse conhecido em Nova York no inverno de 1973) a motivaram a fugir da vida de "privilégios e excessos capitalistas", para jamais retornar.

Naturalmente, para mim, essa criação abastada parecia infinitamente mais plausível, no caso de Hannah Schneider, do que a hipótese da sargento-detetive Harper, segundo a qual ela fora uma órfã criada na Casa Horizonte, em Nova Jersey — a diferença entre um casaco de pele e um moletom surrado. Se Ada Harvey era uma fonte confiável (e, até agora, não havia motivos para se pensar o contrário), o equívoco de Fayonette Harper havia sido investigar a vida de Hannah Schneider, a Pessoa Desaparecida, a órfã com cuja identidade Catherine Baker aparentemente escapara (o sobretudo que ela vestira para sair caminhando da loja, sem pagar). E ainda assim, por mais frustrante que fosse, não consegui determinar se a conjectura de Ada era um fato ou mera ficção; ao procurar "Hannah Schneider" e "desaparecida" não encontrei uma única página, o que a princípio me pareceu estranho, até que me lembrei do que a própria Hannah havia dito naquela noite em sua casa: *"Fugitivos, órfãos, são se-*

qüestrados, mortos... desaparecem dos registros públicos. Não deixam nada para trás além de um nome, e até isso é esquecido no final."

Isso aconteceu com a pessoa de quem ela roubou o nome.

Enquanto lia os primeiros detalhes surpreendentes sobre a vida de Catherine Baker (www.granderevoltacomuna.net/mulheres/baker era particularmente bem-feito, cheio de bibliografias e links de leituras Extras), comecei a ir e voltar feito um garoto de recados até aquela minha conversa com a Hannah, quando estávamos sozinhas na casa dela, relembrando cada palavra, expressão e gesto, e quando soltei aquela carga farpada aos meus pés (não-sei-o-quê *noturno*, policial, Os Idos), dei meia-volta e retornei correndo para buscar mais informações.

Segundo a Hannah, aquelas eram as histórias verdadeiras dos Sangue-Azul, mas na verdade ela havia narrado o seu próprio passado entre tantos cigarros e suspiros. Ela passou a cada um deles um pedaço da sua história, tecendo-a ordenadamente com uma costura invisível, decorando-a com uns poucos detalhes errôneos e barrocos ("prostituta, viciada", "blecautes") para me surpreender, tornando a história tão surpreendente que não poderia não ser verdadeira.

O pai *dela*, e não o da Jade, "*fez fortuna com o petróleo, portanto, tinha nas mãos o sangue e o sofrimento de milhares de pessoas*". E *ela* foi a que fugiu de casa de Nova York a São Francisco. Aqueles seis dias de viagem haviam "mudado o curso da sua vida". Quando tinha treze anos, ela, e não a Leulah, fugiu com um turco ("bonito e passional", ela o chamara). E ela, e não o Milton, precisou de algo no que acreditar, algo que a ajudasse a flutuar. Ela não entrou numa "gangue de rua", e sim num "não-sei-o-quê *noturno*" — os Sentinelas Noturnos.

Ela removeu o assassinato do policial do seu próprio passado e o deu aos pais do Nigel, como quem troca os vestidos de uma boneca.

"*A vida depende de uns poucos segundos que nunca vemos chegar*", dissera Hannah num tom misterioso. (*Tão* misterioso que eu deveria saber que só poderia estar falando de si mesma, conforme o Princípio da Biografia do Papai: "As pessoas sempre reservam o Mistério, o Ressentimento e a Auto-Comiseração ao estilo Heathcliff para a *sua* própria história, e nunca para a de alguma outra pessoa — esse é o narcisismo que vaza da cultura ocidental como o óleo de um carro velho.")

"*Algumas pessoas puxam o gatilho*", dissera Hannah (com um ressentimento palpável na cara), "*e tudo explode na cara delas. Outras fogem*".

O eminente criminologista Matthew Namode escreveu em *Sufocamentos* (1999) que as pessoas que sofrem algum trauma grave — uma criança que perdeu um dos pais, um homem que tenha cometido um único crime brutal — "podem muitas vezes, de maneira subconsciente ou não, ficar obcecadas com uma única palavra ou imagem que esteja diretamente relacionada ao incidente" (p. 249). "Elas a repetem quando estão nervosas, ou adormecidas, ou a rabiscam, distraídas, nas margens de uma folha de papel, a escrevem no parapeito de uma janela ou na poeira de uma prateleira; freqüentemente é uma palavra tão obscura que será impossível para as demais pessoas descobrir o suplício que lhe deu origem" (p. 250). No caso da Hannah, *não era* nada obscuro: Leulah viu a palavra que ela rabiscou em todo o bloco ao lado do telefone, mas na pressa de Hannah para esconder o pedaço de papel, Leulah não pôde lê-la corretamente. Talvez não dissesse "Valerio", e sim "Vallarmo", o vilarejo texano onde Hannah tinha matado um homem.

E então — nesse ponto eu já estava completamente eufórica; se me soltassem numa pista eu teria batido alguns recordes de corrida com obstáculos, e no salto em altura, eu teria voado *tão* alto que os espectadores poderiam jurar que eu tinha asas — compreendi a verdade por trás da história de camping que Hannah nos contara.

Fratura no quadril, cirurgia no quadril, "uma perna mais curta que a outra": o homem cuja vida ela salvara na viagem de camping, o que machucara o quadril, era George Gracey. Ele vivia escondido nas Adirondacks. Ou quem sabe ela houvesse inventado esse detalhe; ele talvez vivesse escondido ao longo da Trilha Apalache ou até mesmo nas Grandes Nebulosas, como os Três Brutais descritos em *Fugitivos* (Pillars, 2004). Esse talvez fosse o motivo pelo qual Hannah se tornara uma montanhista experiente; era sua responsabilidade levar-lhe comida e mantimentos, mantê-lo vivo. E ele vivia atualmente em Paxos, uma ilha próxima à costa oeste da Grécia, e a Grécia era o local aonde Hannah dizia a Eva Brewster que gostaria de ir no início de cada ano letivo de St. Gallway, para que pudesse "se amar".

Mas então — por que ela teria decidido me narrar a sua Biografia de maneira tão indireta? Por que ela vivia em Stockton, e não com Gracey na Grécia? E quais eram os atuais movimentos dos *Nächtlich* — se é que havia algum? (Resolver questões ligadas ao crime era como tentar dedetizar uma casa contra camundongos; você mata um, pisca os olhos, e mais seis correm pelo chão.)

Hannah talvez houvesse decidido me contar aquilo por pressentir que eu, dentre todos os Sangue-Azul, era inteligente o suficiente para resolver o enigma da sua vida (Jade e os outros não eram suficientemente metódicos; o Milton, por exemplo, tinha a mente — e o corpo, enfim — de uma vaca Jersey). "*Daqui a dez anos... é aí que você decide"*, dissera Hannah. Obviamente, ela queria que alguém soubesse a verdade, e não agora — só depois, quando já houvesse forjado o próprio desaparecimento. Na noite em que apareci de surpresa na sua porta, ela certamente já sabia tudo sobre Ada Harvey, e estava preocupada com o que aquela sulista teimosa e determinada (desesperada para vingar a morte do Paizão) poderia descobrir e revelar ao FBI: a verdadeira identidade da Hannah e o crime que ela cometera.

Ela e Gracey *não poderiam* estar juntos, seria muito arriscado; os dois ainda eram procurados pela polícia federal, sendo portanto fundamental cortarem toda espécie de contato, morando em lados opostos do planeta. Ou então, o seu romance poderia ter ficado tão sem graça quanto água sem gás: "o prazo de validade de qualquer grande amor é de quinze anos", escreveu Wendy Aldrige, Ph.D., em *A verdade sobre o para sempre* (1999). "Depois disso, você precisa de um bom conservante, e isso pode prejudicar seriamente a sua saúde."

A crença geral era a de que, mesmo nos dias de hoje, os *Nächtlich* estavam perfeitamente vivos. (Littleton defendia essa tese, embora não tivesse nenhuma prova. Papai era mais cético.) "Graças a um recrutamento inspirador", escreve Guillaume em www.hautain.fr, "eles nunca tiveram tantos membros como agora. Mas você não pode simplesmente procurá-los e se juntar a eles. É assim que permanecem invisíveis. Eles escolhem *você*. *Eles* decidem se você é adequado para a organização". Em novembro de 2000, um executivo que se encontrava no centro de uma fraude contábil, Mark Lecinque, enforcou-se inesperadamente na casa da família, vinte minutos ao norte de Baton Rouge. Uma pistola — inteiramente carregada, a não ser por uma única bala — foi encontrada no chão ao seu lado. Seu aparente suicídio foi um choque, pois Lecinque e seus advogados pareciam presunçosos e arrogantes quando entrevistados na televisão. Comentava-se que a sua morte havia sido obra de *Les Veilleurs de Nuit*.

Outros países também alegavam assassinatos silenciosos semelhantes, nos quais morriam figurões, manda-chuvas, industriais e funcionários corruptos. O editor-chefe anônimo de www.comitenovomundo.org escreveu que, entre 1980 e o presente, mais de 330 magnatas de trinta e nove países, entre eles a Arábia Saudita (homens cuja fortuna combinada era estimada em $400 bilhões), haviam sido "eliminados de maneira silenciosa e eficiente" graças aos Sentinelas Noturnos. Embora não se soubesse ao certo se essas mortes súbitas de fato representavam algum benefício para os destituídos e oprimidos, ao menos deixavam as grandes empresas num estado temporário de sublevação, forçando-as a concentrarem suas atenções imediatas na resolução de problemas de liderança internos, em vez de se dirigirem à terra e aos povos que poderiam sacrificar em busca do lucro. Incontáveis empregados também começavam a se queixar da forte queda de produtividade nos anos que se seguiram à morte do executivo-chefe ou de diversos conselheiros — uma situação chamada por alguns de "infindável pesadelo burocrático". Era quase impossível concluir qualquer tarefa ou pedir a alguém que tomasse uma decisão final, já que tantos gerentes de distintos departamentos eram necessários para aprovar cada idéia minúscula. Algumas páginas da internet, especialmente as sediadas na Alemanha, sugeriam que os membros dos *Nächtlich* estavam empregados como supervisores desses conglomerados descomunais, e seu objetivo era atiçar as chamas da inércia por meio de uma infinita papelada compulsória, auditorias e balanços reincidentes, regulamentos labirínticos. Assim, dia após dia, a empresa queimava milhões no que acabava por se tornar um jogo de espera sem fim, "lentamente devorando-se por dentro" (ver www.verschworung.de/firmaalptraume).

Eu gostava de acreditar que os *Nächtlich* ainda atuavam, pois isso significava que, durante a viagem mensal que fazia a Cottonwood, Hannah não estava pegando homens como quem coleta latas de alumínio para reciclagem, como todos acreditávamos. Não, ela estava metida em reuniões pré-combinadas, encontros "cara a cara" que tinham a intenção de *parecer* romances casuais, embora fossem, de fato, uma troca platônica de informações vitais. E talvez o próprio Doc, doce Doc, com sua cara de mapa topográfico e pernas retráteis de treliça, a houvesse informado dos recentes movimentos e técnicas de inquérito de Smoke Harvey, e após *aquele* encontro — na primeira semana de novembro — Hannah decidira que precisava matá-lo. Ela não tinha escolha, caso quisesse preservar o esconderijo do seu velho amante em Paxos, o seu *sanctum sanctorum*.

Mas como o teria feito?

Essa era a pergunta que desconcertava Ada Harvey, mas depois de ler sobre os outros assassinatos dos *Nächtlich*, eu já era capaz de respondê-la de olhos fechados (com uma certa ajuda das *Maquinações idílicas e ocultas*, de Connault Helig).

Caso os rumores dissessem a verdade, os Sentinelas Noturnos, seguindo os princípios de invisibilidade lançados em janeiro de 1974, passaram a empregar técnicas de assassinato irrastreáveis. O repertório deveria incluir algo semelhante à "Donzela Voadora", descrita em *A história dos linchamentos no sul dos Estados Unidos* (Kittson, 1966). (Na minha opinião, Mark Lecinque, de Baton Rouge, tinha sido assassinado dessa maneira, e por isso a sua morte foi considerada um evidente suicídio.) Também deveriam utilizar um outro método, mais impermeável, um procedimento documentado por Connault Helig, o cirurgião londrino chamado pela confusa polícia britânica para examinar o corpo de Mary Kelly, a quinta e última vítima de Leather Apron, mais conhecido como Jack, o Estripador. Sendo um homem venerado, embora furtivo, na medicina e na ciência, Helig descreve em detalhes, no capítulo 3, o que considera ser "a única forma de execução secreta infalível existente em todo o mundo" (p. 18).

Era infalível, porque, tecnicamente, não se tratava de assassinato, e sim de uma armação calculada de circunstâncias fatais. O plano não era executado por uma pessoa, e sim por um "consórcio de cinco a treze cavalheiros de idéias semelhantes"; cada um deles, no dia escolhido, cometia independentemente um ato designado pelo planejador central, "o engenheiro" (p. 21). Se analisados individualmente, esses atos estavam dentro da lei, chagavam a ser banais, porém, num período de tempo concentrado, combinavam-se para desencadear uma "situação perfeitamente letal, na qual a vítima da vez não tinha escolha além de morrer" (p. 22). "Cada um dos homens atua sozinho", escreve na página 21. "Ele não conhece as caras, ações ou mesmo o objetivo final daqueles com os quais trabalha. Essa ignorância é imperativa, pois a falta de conhecimentos é o que mantém a virtude dessa pessoa. Somente o engenheiro conhece o plano do início ao fim."

Era fundamental a aquisição de conhecimentos detalhados sobre a vida pessoal e profissional da vítima, para que se pudesse isolar efetivamente o "veneno ideal" que facilitaria o homicídio (p. 23-25). Poderia ser qualquer pertence, fraqueza, deficiência física ou idiossincrasia da pessoa condenada — uma querida coleção de armas, a íngreme escadaria em frente a uma casa de campo na Belgravia (que se tornava "incrivelmente escorregadia nas frias madrugadas de fevereiro"), uma conhecida afinidade pelo ópio, uma caçada de raposas sobre garanhões arredios, conversas sob pontes instáveis com vagabundos infestados de doenças, ou então, o que exigia o menor esforço de todos, uma dose diária de algum remédio prescrito pelo médico da família — o conceito era o de que todas as armas utilizadas contra a presa pertenciam a ela própria, e assim a morte pareceria ser acidental até mesmo para o "mais engenhoso e inventivo dos investigadores" (p. 26).

Hannah cometera o crime dessa forma — ou melhor, *eles* o cometeram, pois eu duvidava de que ela houvesse atuado sozinha na festa à fantasia; certamente teria diversos zumbis para ajudá-la, a maioria dos quais estava convenientemente escondida atrás de máscaras — talvez um deles fosse o *Elvis: aloha do*

Havaí; ele tinha um olhar enviesado suspeito, ou então o astronauta que eu e Nigel escutamos falando em grego com a chinesa fantasiada de gorila. ("O número de membros cresceu não só nos Estados Unidos, como também internacionalmente", relatava Jacobus em www.deechtewaarheid.nl.)

"O cavalheiro primário, que daqui por diante chamaremos pelo número Um, prepara os venenos antecipadamente", escreve Helig na página 31.

Hannah era a número Um. Ela tinha se insinuado para cima do Smoke, identificando os seus venenos: o remédio contra a pressão alta, Minipress, e os seus goros preferidos, Jameson, Bushmills, talvez Tullamore Dew ("Ele gostava do seu uísque... não vou mentir sobre isso", dissera Ada). Eu havia lido em www.remedioonline.com que aquela droga era "incompatível com bebidas alcoólicas"; quando combinadas, a pessoa poderia sofrer os efeitos de "síncore", tonteira, desorientação e até mesmo perda da consciência. A própria Hannah deveria ter adquirido o remédio — ou talvez já o tivesse; talvez aquele estoque de dezenove frascos de remédios no armário do banheiro não fosse para ela, e sim para os seus alvos. Assim, pulverizou uma quantidade predeterminada (a quantidade exata da dose diária, de modo que os níveis elevados da droga descobertos na autópsia pudessem ser facilmente explicados na ausência de outros sinais de violência; o legista presumiria que a vítima havia tomado acidentalmente o dobro da dose no dia em questão) e a dissolveu na bebida alcoólica que serviu a Smoke quando ele chegou à festa.

"O número Um", escreve Helig na página 42, "é responsável por relaxar a vítima, assegurar-se de que ela está de guarda baixa. Para o grupo, é conveniente que o número Um seja uma pessoa de grande charme e beleza física."

Os dois passaram por mim e pelo Nigel nas escadas, foram até o quarto, conversaram e, pouco depois, Hannah pediu licença e desceu sob o pretexto de apanhar mais uma bebida, levou os dois copos consigo até a cozinha e os lavou na pia, destruindo assim a única prova de toda a trama que poderia incriminá-la — e assim terminava o que Helig denominava de armação inicial, o "Primeiro Ato". Ela não se encontrou mais com ele pelo resto da noite.

O Segundo Ato consistia na corrida de revezamento aparentemente aleatória que "suavemente encaminha o homem à sua conclusão" (p. 51). Hannah deveria saber que Smoke estaria usando o uniforme verde-oliva do Exército Vermelho, e assim os demais membros do grupo conheceriam não só a sua descrição física, como também a fantasia que deveriam procurar. Os números Dois, Três, Quatro e Cinco (eu não sabia ao certo quantos seriam) — surgiam em locais pré-combinados, abordavam-no e se apresentavam, passando-lhe mais uma bebida, conversando animados enquanto o escoltavam para fora do quarto, desciam as escadas e saíam ao jardim; eram todos confiantes, agradáveis e fingiam estar bêbados. Talvez um ou dois fossem homens, mas a maioria era composta por mulheres. (Ernest Hemingway, que não era muito chegado ao sexo frágil, escreveu: "Uma jovem dama com belos olhos e um sorriso consegue induzir um velho a fazer praticamente qualquer coisa." [p. 278, *Diários*, Hemingway, 1947]).

Esse revezamento cuidadosamente coreografado continuou por uma ou duas horas, até que Smoke estivesse posicionado à beira da piscina, com a cara inchada e vermelha e incapaz de erguer os olhos por sobre as escamas e asas e barbatanas dorsais à sua frente, de modo a ver onde se encontrava.

Sua cabeça parecia um saco de alpiste. Foi nesse momento que o número Seis, que conversava com um grupo de pessoas, chocou-se contra ele, e o número Sete — que deveria ser um dos ratos que brincavam de Marco Pólo — se assegurou de que ele estaria indefeso; se não lhe segurou a cabeça submersa, então apenas deixou que se debatesse e boiasse até o lado oposto da piscina, o lado fundo, onde foi deixado sozinho.

E assim morre a vítima, completando o Segundo Ato, "o Ato mais notável da nossa pequena tragédia" (p. 68). O Terceiro Ato se inicia no momento em que o corpo é encontrado, e termina quando as pessoa envolvidas "se dispersam pelo mundo como as pétalas secas de uma flor morta, jamais voltando a se reunir" (p. 98).

∽

Esfreguei os olhos após rabiscar essa última parte nas minhas OBSERVAÇÕES (que já ocupavam doze folhas de papel pautado), larguei a caneta e apoiei a cabeça no encosto da cadeira do Papai. A casa estava em silêncio. Na janela solitária próxima ao teto, a escuridão pendia como uma leve camisola. A parede revestida em madeira, onde já haviam estado as seis vitrines de borboletas e mariposas da minha mãe, me fitava de volta, inexpressiva.

Lembrando-me do velho Smoke Harvey, seguindo-o por toda a festa à fantasia, pela sua Longa Jornada Noturna Rumo à Morte — tudo aquilo era uma água no chope da revolução secreta contra a ganância corporativa.

Esse era o problema das causas, o brinquedinho barato dentro do seu McLanche Feliz; inevitavelmente, chegava o momento em que se tornavam idênticas ao seu inimigo, em que se transformavam naquilo contra o qual haviam lutado com tanta força. Liberdade, Democracia — as palavras sonoras que as pessoas gritavam com os punhos erguidos (ou então sussurravam, com olhares evasivos) — eram como belas noivas por correspondência trazidas de países distantes, e por mais que insistíssemos para que ficassem por aqui, quando de fato as observávamos bem de perto (quando não mais nos sentíamos inebriados na sua presença), notávamos que elas nunca se encaixavam *realmente* no nosso mundo; elas mal aprendiam os costumes ou a língua. Esse transplante de um manifesto ou de um livro para o mundo real era desleixado, frágil na melhor das hipóteses.

"Assim como o personagem imponente de um livro jamais poderá ser mais inteligente que o seu minúsculo autor", comentara o Papai durante a aula Suíça Cercada: São Neutros e Camaradas Apenas por Serem Minúsculos e Não Terem Poder Algum, "nenhum governo poderá ser maior que os seus governantes. E desde que não sejamos invadidos por Homenzinhos Verdes num futuro próximo — e, lendo o *New York Times* durante uma semana, não sei se isso seria tão ruim assim —, esses governantes nunca passarão de meros seres humanos, homens e mulheres, adoráveis paradoxos, sempre capazes de cometer atos de incrível compaixão, sempre capazes de cometer atos de incrível crueldade. Você ficaria surpreso — Comunismo, Capitalismo, Socialismo, Totalitarismo —, qualquer que seja o *ismo*, na verdade não importa tanto; sempre existirá o equilíbrio traiçoeiro entre os extremos humanos. E assim vivemos as nossas vidas, fazendo escolhas conscientes sobre as coisas nas quais acreditamos, as coisas que apoiamos. E isso é tudo".

Eram 21h12 e o Papai ainda não estava em casa.

Desliguei o computador, devolvi a cópia da *Fórum Federal* e os demais livros à prateleira. Reunindo as minhas OBSERVAÇÕES, apaguei as luzes do escritório e corri pelas escadas até o meu quarto. Joguei os papéis sobre a escrivaninha, apanhei um casaco preto e o vesti.

Eu teria que voltar à casa da Hannah. E não poderia ir amanhã, sob a luz incandescente do dia, uma luz que matava, tornava tudo risível; teria que ir *agora*, enquanto a verdade ainda se contorcia. Eu ainda não tinha terminado. Eu não poderia falar a ninguém da minha teoria por agora. Eu precisava de algo mais, provas físicas, fatos, papéis, cartas — Minipress num daqueles dezenove frascos de medicamentos, por exemplo, ou uma fotografia da Hannah de mãos dadas com George Gracey, ou uma matéria do *Diário de Vallarmo*, "Policial Morto, Mulher Escapa", datada de 20 de setembro de 1987 — alguma coisa, qualquer coisa que ligasse Hannah Schneider a Catherine Baker a Smoke Harvey aos Sentinelas Noturnos. É claro que eu acreditava naquilo. Eu *sabia* com toda certeza que Hannah Schneider era Catherine Baker, assim como sabia que uma tartaruga poderia pesar quinhentos quilos (ver Tartaruga-de-Couro, *Enciclopédia dos seres vivos*, 4ª ed.). Eu tinha estado com ela naquela sala de estar e no topo da montanha, tinha coletado laboriosamente os fragmentos de Biografia que ela espalhou pelo chão. Eu sempre soubera que alguma coisa bela e grotesca vivia nas sombras daquela mulher, e agora, finalmente, ali estava ela, insinuando-se timidamente das trevas.

Mas quem acreditaria em mim? Ultimamente, eu estava perdendo de oito a zero nas minhas tentativas de persuadir os outros das minhas crenças. (Eu daria uma péssima missionária.) Os Sangue-Azul achavam que eu tinha matado a Hannah, a detetive Harper achava que eu sofria de Traumatismo das Testemunhas e o Papai parecia temer mortalmente que eu estivesse sapateando pelo caminho que leva à loucura. Não, o resto do mundo, incluindo o Papai, precisava de provas para acreditar em algo (era uma crise que a Igreja Católica enfrentava, enquanto seu número de fiéis decrescia rapidamente), e *não* poderia ser algo como uma sombra vaga correndo por uma porta, um soluço nas escadas, um resto de perfume. Tinha que ser uma prova como uma atarracada professora russa em pé diretamente sob um refletor (e sem nenhuma vontade de se mexer): três queixos, cabelo grisalho frenético (mal contido por grampos), uma grande saia laranja (onde seria possível manter um orangotango adulto perfeitamente oculto) e um pincenê.

Eu estava disposta a encontrar essa prova, mesmo que tivesse que morrer por isso.

No entanto, assim que terminei de amarrar os cadarços, escutei o barulho da Volvo, que entrava na garagem — um contratempo para o meu plano. Papai nunca me deixaria ir até a casa da Hannah a essa hora, e quando eu terminasse de lhe explicar tudo, quando terminasse de responder a cada uma das suas perguntas tenazes e traiçoeiras (para tentar convencer o Papai de alguma coisa nova, a pessoa precisaria estar vestida como Deus no Gênese), o sol já estaria nascendo e eu me sentiria como se houvesse acabado de lutar contra uma Lula Gigante. (Confesso também que, embora eu já acreditasse ter provado a minha hipótese satisfatoriamente, ainda temia que, ao contrário da Constante de Boltzmann, do Número de Avogadro, da Teoria Quântica de Campos, da Inflação Cósmica, a minha frágil premissa poderia muito bem colapsar em vinte e quatro horas. Eu precisava me mexer.)

Escutei o Papai entrar pela porta da frente, largar as chaves sobre a mesa. Estava cantarolando "I Got Rhythm".

— Querida?

Meus olhos percorreram o quarto desenfreadamente. Abri os trincos da janela, ergui aquela coisa com toda força (aquela janela não era aberta desde o governo Carter), e a seguir a persiana empoeirada. Botei a cabeça para fora, olhei para baixo. Ao contrário dos melodramas familiares na TV, não havia ali nenhum grande carvalho com ramos formando uma escada, nenhuma treliça ou cerca bem situada — somente uma queda de dois andares, uma protuberância inclinada sobre a janela da sala de jantar e uns poucos ramos de uma trepadeira que se mantinha ali como cabelo num casaco.

Papai estava escutando as mensagens da secretária eletrônica, a sua própria, sobre o jantar com Arnie Sanderson, a seguir a de Arnold Schmidt, da *Revista de política externa de Seattle*, que tinha a língua presa, o que tornava indistinguíveis os últimos quatro números do seu telefone.

— Querida, está aí em cima? Trouxe um pouco de comida do restaurante.

Apressada, vesti a mochila, botei uma perna para fora da janela, em seguida a outra, deslizando desajeitada até ficar pendurada pelos cotovelos. Balancei ali por um instante, fitando os arbustos muito abaixo dos meus pés, percebendo que eu poderia morrer ou, no mínimo, quebrar ambos os braços e pernas, talvez até mesmo a coluna, e então acabaria paraplégica — e que tipo de crime eu poderia resolver *então*, quais das Grandes Questões da Vida eu conseguiria algum dia responder? Era um momento em que eu deveria me perguntar se Valia a Pena, e foi isso o que fiz: pensei em Hannah e Catherine Baker, em George Gracey. Imaginei Gracey em Paxos, bronzeado como um camarão, segurando uma marguerita ao lado de uma piscina com vista para o mar, o oceano preguiçoso ao fundo, garotas magérrimas abanando-o de ambos os lados, como aipos temperados numa bandeja. Jade e Milton pareciam muito distantes agora, assim como St. Gallway e até mesmo a Hannah — seu rosto já parecia se afastar como algumas datas históricas que eu tinha decorado para uma Prova Bimestral. Uma pessoa que balançava numa janela se sentia incrivelmente solitária e absurda. Respirei o mais fundo que pude, abri os olhos — eu não era do tipo de fracota que *fechava* os olhos, não mais; se aquele era o meu último momento antes da paralisia total, antes que tudo desandasse, eu queria cair vendo tudo aquilo: a noite imensa, a grama tremendo, os faróis de um carro que passasse perfurando as árvores.

Soltei-me.

CAPÍTULO 32

BOAS PESSOAS DO INTERIOR

O pedaço de teto que sobressaía como uma dura franja de cabelos sobre a janela da sala de jantar aliviou o meu tombo rumo à terra, e embora o meu lado esquerdo tenha sido inteiramente arranhado pelo lado da casa e pelos arbustos nos quais pousei, fiquei em pé e sacudi a sujeira, incrivelmente ilesa. Obviamente, eu precisava agora de um carro (se eu arriscasse entrar pela porta da frente em busca das chaves da Volvo, correria o risco de encontrar o Papai), e o único local razoável que me veio à mente, a única pessoa que poderia ser capaz de me ajudar, era Larson, no posto de gasolina.

Vinte e cinco minutos depois, eu estava entrando na lojinha de conveniências.

— Óia só quem voltou dos mortos — anunciou o alto-falante. — Tava achando que tu tinha comprado um carro. Tava achando que tu não gostava mais de mim.

Atrás do vidro à prova de balas, Larson cruzou os braços e piscou para mim. Vestia uma camiseta preta com as mangas cortadas onde se lia: GATO! GATO! Ao lado das pilhas estava a sua última namorada, uma loira com cabelo de vagem que usava um vestido vermelho curto e comia batatinhas fritas.

— *Señorita* — continuou. — Fiquei com saudades.

— Oi — falei, correndo até a janela.

— Qual *foi*? Cumé que tu não veio me ver? Já tava partindo o meu *corazón*.

Vagem me inspecionou um tanto cética, lambendo o sal dos dedos.

— Como vai a escola? — perguntou Larson.

— Tudo bem — respondi.

Ele assentiu e apanhou um livro aberto, *Aprenda o idioma espanhol* (Berlitz, 2000).

— Também tô dando uma estudada. Tô com a idéia de entrar pra indústria do cinema. Tu fica aqui, tem que começar do zero, tem gente demais. Tu vai pra um outro país, pode virar peixe grande logo de saída. Decidi que vou pra Espanha. Ouvi falar que eles precisam de atores...

— Preciso da sua ajuda — arrotei. — Que-queria saber se poderia pegar a sua caminhonete emprestada outra vez. Prometo devolver em três ou quatro horas. É uma emergência e...

— *Chica* típica. Só aparece pra te ver quando precisa de alguma coisa. Num pode pedir ao papi porque a coisa tá dura com ele... nem precisa me contar. Eu sei perceber *los símbolos*. Os sinais.

— Não tem nada a ver com o meu pai. É só uma coisa que aconteceu na escola. Você não ouviu falar da professora que morreu? Hannah Schneider?

— Se matou — disse Vagem entre as migalhas de batatas fritas.

— Claro — disse Larson, concordando. — Fiquei pensando nesse lance. Fiquei me perguntando cumé que o teu papi estaria. A espécie masculina sofre dum jeito diferente das mulheres. Antes de ir embora, o meu papi tava namorando a Tina, que trabalhava no Fantasia Capilar, saiu com ela só uma semana depois da minha madrá morrer de câncer no cérebro. Eu tive um chilique. Mas ele sentou comigo, falou que as pessoas passam pelas perdas de jeitos diferentes, só isso. Tem que respeitar o processo de luto. Então, se o teu papi começar a namorar de novo, tu num pode ficar contra ele. Claro que ele deve tá chateado. Ele gostava dela. Passa um monte de gente aqui, saca? Gente diferente, mas eu sei perceber um amor verdadeiro, que nem eu sei perceber um ator que num tá ali no momento, que tá só lendo as falas...

— De quem você está falando?

Larson sorriu.

— Do teu papi.

— Meu papi.

— Acho que ele deve tá bem abalado.

Eu o encarei.

— Por quê?

— Bom, se a tua namorada pega e morre na tua...

— *Namorada*?

— Claro, ué.

— Hannah Schneider?

Larson me encarou.

— Mas eles mal se conheciam.

Assim que terminei a frase, ela já parecia absurdamente frágil — enroscou-se, começou se despedaçar como um papel de seda molhado.

Larson não continuou. Ele pareceu inseguro; ao perceber que tinha cambaleado pela escadaria errada, não conseguia decidir se deveria continuar a descer ou voltar por onde tinha vindo.

— Por que você achou que eles fossem um casal? — perguntei.

— Jeito que eles se olhavam — disse Larson depois de uma pausa, inclinando-se à frente de modo que a sua testa sardenta ficasse a um centímetro do vidro. — Ela veio aqui uma vez enquanto ele esperava no carro. Deu um sorriso. Comprou um antiácido. Da outra vez pagaram a gasolina com cartão de crédito. Nem saíram do carro. Mas eu vi a Hannah. Daí logo depois aparece a foto dela no jornal. Ela tinha um rosto tão bonito, saca, que fica grudado na tua mente.

— Você tem certeza? Não era uma... uma mulher baixa de cabelo laranja?

— Ah é, eu vi *essa aí* também. Olho azul doido. Não. Essa aqui era a que tava no jornal. Cabelo preto. Não parecia ser daqui.

— Quantas vezes eles passaram por aqui?

— Duas. Talvez três.

— Não posso... tenho que — a minha voz estava medonha, saindo em nacos —, desculpe — consegui dizer. E então, de repente, a loja de conveniências se tornou extremamente inconveniente. Dei meia-volta, porque não conseguia mais olhar para a cara do Larson, e todo o lugar parecia borrado, fora de foco (ou então, os campos gravitacionais acabavam de enfraquecer). Enquanto eu me virava, o meu braço esquerdo golpeou a estante de Cartões Postais, e a seguir colidi com a Vagem, que tinha saído do seu lugar ao lado das pilhas para apanhar uma xícara de café escaldante do tamanho de um bebê. O café entrou em erupção entre nós duas (Vagem gritando, sacudindo as pernas queimadas), mas não parei nem me desculpei; segui em frente, meu pé bateu na prateleira de óculos escuros e aromatizantes de automóveis, a campainha da porta soou e, finalmente, a noite golpeou o meu rosto com força. Acho que o Larson deve ter gritado alguma coisa — talvez tenha dito, "Vê se tu tá pronta pra verdade" com seu sotaque do interior —, mas poderiam ser apenas as derrapagens dos carros que buzinavam tentando desviar de mim, ou talvez fossem as minhas próprias palavras que me rondavam a cabeça.

CAPÍTULO 33

O PROCESSO

Encontrei o Papai na biblioteca.

Ele não estava surpreso em me ver — mas também, não consigo me lembrar de uma única vez que tenha visto o Papai surpreso, a não ser pelo dia em que se inclinou perto do poodle cor-de-chocolate da Mosca de Verão Phyllis Mixer e o bicho pulou no ar, tentando lhe morder a cara, errando por apenas dois centímetros.

Fiquei parada sob a porta por um minuto, fitando-o, incapaz de falar. Ele colocou os óculos de leitura na caixa com o ar de uma mulher manuseando pérolas.

— Imagino que não tenha assistido *E o vento levou...* — comentou.

— Por quanto tempo você namorou a Hannah Schneider? — perguntei.

— Namorou? — Papai fechou a cara.

— Não minta. As pessoas viram vocês juntos. — Abri a boca para dizer algo mais, mas não consegui.

— Querida? — Ele se inclinou um pouco à frente na poltrona de leitura, como se quisesse me observar melhor, como se eu fosse um importante princípio da Resolução de Conflitos rabiscado num quadro-negro.

— Eu te odeio — falei, com a voz trêmula.

— O quê?

— *Eu te odeio!*

— Santo Deus — disse Papai, com um sorriso. — Eu... eis uma mudança de ares interessante. Bastante ridícula.

— *Não sou ridícula! Você é ridículo!* — Caminhei ao redor agitada, arranquei um livro qualquer da prateleira atrás de mim e o arremessei na direção do

Papai, com força. Ele o defendeu com o braço. Era o *Retrato do artista quando jovem* (Joyce, 1916), e caiu aberto aos seus pés. Instantaneamente apanhei outro livro, *Discursos inaugurais dos presidentes dos Estados Unidos* (edição do bicentenário, 1989). Papai me encarou.

— Pelo amor de Deus, controle-se.

— Você é um mentiroso! É um porco! — gritei, arremessando o livro. — Eu te odeio!

Ele defendeu mais este.

— O uso da frase *Eu te odeio* — comentou calmamente — não só é inverídico, como também...

Joguei *Um conto de duas cidades* (Dickens, 1859) na direção da sua cabeça. Ele o defendeu também, então apanhei outros, tantos quantos pude segurar nos braços, como uma louca faminta tentando apanhar o máximo de comida que conseguisse do bufê de uma lanchonete. Entre eles havia *Vida árdua* (Roosevelt, 1900), *Folhas de relva* (Whitman, 1891), *Este lado do paraíso* (Fitzgerald, 1920), um livro verde, de capa dura, muito pesado — acho que era *Uma descrição da Inglaterra elisabetana* (Harrison, 1914). Arremessei-os todos na direção do Papai, em seqüência. Ele defendeu a maior parte, porém a *Inglaterra elisabetana* o acertou no joelho direito.

— Você é um mentiroso doentio! Você é mau!

Arremessei *Lolita* (Nabokov, 1955).

— *Espero que você tenha uma morte lenta e insuportavelmente dolorosa!*

Apesar de repelir os livros com os braços, e às vezes com as pernas, Papai não ficou em pé nem tentou me conter de maneira nenhuma. Manteve-se sentado na poltrona de leitura.

— Controle-se — falou. — Deixe de ser tão melodramática. Isto aqui não é uma minissérie na televi...

Joguei-lhe *O cerne da questão* (Greene, 1948) na barriga, *Senso comum* (Paine, 1776) na cara.

— Isto é realmente necessário?

Joguei *Quatro textos sobre Sócrates* (West, 1998). Apanhei *Paraíso perdido* (Milton, 1667).

— Essa é uma edição rara — disse Papai.

— Que seja o seu golpe de misericórdia, então!

Papai suspirou e cobriu o rosto. Ele conseguiu segurar o livro nas mãos e o fechou, colocando-o delicadamente na mesinha ao lado. Imediatamente, arremessei *Rip Van Winkle e a lenda do cavaleiro sem cabeça* (Irving, 1819), acertando-o no flanco.

— Se você conseguir recobrar a compostura e se comportar como uma pessoa racional, posso estar inclinado a lhe contar como foi que conheci a supremamente lunática srta. Schneider.

Discurso sobre a desigualdade (Rousseau, 1754) o acertou no ombro esquerdo.

— Blue, *convenhamos*. Se você conseguir simplesmente se acalmar. Está causando mais danos a si mesma que a mim. *Olhe* para você...

Um *Ulysses* (Joyce, 1922) impresso em fonte grande, que joguei por sobre a cabeça com a mão esquerda depois de lhe desviar a atenção com *A Bíblia do Rei James*, passou pela guarda do Papai e o atingiu na cara, perto do olho esquerdo. Ele apoiou a mão no local onde a lombada do livro o acertou e então olhou para os dedos.

— Já terminou de bombardear o seu pai com o cânone ocidental?

— Por que você mentiu? — Minha voz estava rouca. — Por que sempre descubro que você mente para mim?

— *Sente-se*. — Ele avançou na minha direção, mas mirei uma edição esfarrapada de *Como vive a outra metade* (Riis, 1890) na direção da sua cabeça. — Se conseguir se acalmar, talvez evite o estresse de ficar tão histérica. — Ele me tomou o livro da mão.

Aquela parte mole logo abaixo do olho dele — não sei como se chama — estava sangrando. Uma gota de sangue brilhava ali.

— Agora se acalme...

— Não muda de assunto — falei.

Ele voltou à cadeira.

— Vai se comportar como uma pessoa razoável?

— *Você deveria ser razoável* — falei alto, embora não tão alto quanto antes, pois a minha garganta doía.

— Entendo o que deve estar pensando neste momento...

— Sempre que saio de casa descubro coisas com outras pessoas. Coisas que você não me contou.

Papai assentiu.

— Entendo perfeitamente. Com quem você se encontrou hoje à noite?

— Eu não revelo as minhas fontes.

Ele suspirou e entrelaçou os dedos numa perfeita arquitetura de igreja gótica.

— Na verdade é bem simples. Você nos apresentou no dia em que pegou uma carona com ela. Acho que estávamos em outubro, não é mesmo? Você se lembra?

Fiz que sim.

— Bom, a mulher me telefonou pouco depois. Disse que estava preocupada com você. E nós dois não estávamos nos dando maravilhosamente bem, se é que se lembra, então fiquei naturalmente preocupado e aceitei o convite dela para jantarmos juntos. Ela escolheu um restaurante enfeitado bastante inadequado, alguma coisa Hiacinto, e durante os sete pratos da refeição, decidiu me informar que seria uma idéia *supimpa* se você começasse a se consultar com um psiquiatra infantil para trabalhar certas questões que tinha em relação à sua mãe falecida. Naturalmente, fiquei pasmo. Que atrevimento o dessa mulher! Mas então, quando voltei para casa e *vi* como você estava... o seu cabelo, da cor natural do feldspato... comecei a pensar que ela talvez estivesse certa. Sim, foi uma suposição idiota, *ofensiva* da minha parte, mas, de qualquer forma, eu sempre me senti nervoso por não ter a sua mãe me ajudando a criá-la. Pode-se dizer que seja o meu Calcanhar de Aquiles. E assim, jantei com ela mais uma ou duas vezes, para discutir a possibilidade de que você realmente fosse *ver* alguém, mas logo depois me dei conta de que você *não* precisava de ajuda, e *ela* sim. E com bastante urgência. — Papai suspirou. — Sei que você gostava da Hannah, mas ela não era a mais estável das pessoas. Ela ligou para o meu escritório algumas vezes depois disso. Eu lhe disse que já tínhamos resolvido as coisas, que estávamos *bem*. E ela aceitou o fato. Pouco depois, viajamos para Paris. E não conversei mais com ela nem recebi notícias desde então. Até que ela cometeu o suicídio. O que certamente foi trágico, mas não posso dizer que eu tenha ficado surpreso.

— Quando foi que você mandou os Lírios Orientais para ela? — perguntei.

— Eu... os o quê?

— É óbvio que não eram para a Janet Finnsbroke, do Período Paleozóico. Eram para a Hannah Schneider.

Papai me fitou.

— É claro. Eu... bom, não queria que você...

— Então você estava loucamente apaixonado por ela — interrompi. — Não mente. *Fala...*

Papai riu.

— Convenhamos...

— Ninguém compra Lírios Orientais para alguém por quem não está apaixonado.

— Então pode ligar para o livro Guinness. Sou o primeiro, querida. — Papai balançou a cabeça. — Como *já* disse, ela me pareceu bastante triste. Mandei as flores depois de um dos nossos jantares, depois que falei, de um jeito um tanto áspero, o que achava dela: que era uma dessas pessoas desesperadas que ficam engendrando teorias desvairadas sobre os demais, e sem dúvida para si mesmas, por pura diversão, já que suas vidas são tão maçantes. Essas pessoas desejam ser maiores do que de fato são. E naturalmente, quando falamos o que pensamos, dizemos a verdade a alguém, a nossa versão pessoal da verdade, a coisa nunca termina bem. Alguém sempre acaba chorando. Lembra do que falei a você sobre a verdade? Sempre parada num canto com um longo vestido preto, os pés juntos, a cabeça baixa?

— É a menina mais solitária do lugar.

— Precisamente. Ao contrário da crença popular, ninguém quer ter nada com ela. É muito deprimente tê-la por perto. Muito desmoralizante. Acredite, todos preferem dançar com alguém um pouco mais sexy, um pouco mais reconfortante. E por isso eu mandei flores para ela. Nem sei de que tipo eram. Pedi ao florista para escolher alguma coisa...

— Eram Lírios Orientais.

Papai sorriu.

— Bom, agora eu sei.

Não falei nada. A posição em que ele estava sentado, afastado da lâmpada, envelhecia o seu rosto. As rugas na cara o texturizavam. Pude ver as linhas que cortavam seus olhos e cruzavam sua face, e nas suas mãos, rachaduras pequeninas sobre toda a pele.

— Então foi você que ligou naquela noite — falei.

Ele me olhou novamente.

— O quê?

— Na noite em que eu corri até lá. Você telefonou para ela.

— Para quem?

— Para Hannah Schneider. Eu estava lá quando o telefone tocou. Ela disse que era a Jade, mas não era. Era você.

— Certo — respondeu baixo, concordando. — Talvez tenha sido isso mesmo. Eu telefonei.

— Está vendo? Vo-você tem todo um *relacionamento* com ela, e você...

— *Por que você acha que liguei para ela?* — gritou o Papai. — Aquela doida era a minha única pista! Eu não sabia os nomes nem os números de telefone de nenhum daqueles pedaços de penugem com quem você andava. E quando a Hannah me disse que você acabava de se materializar na porta dela, quis imediatamente ir buscá-la, mas, como antes, ela propôs uma daquelas idéias psicanalíticas sentimentais, e como sou uma espécie de panaca nas questões ligadas à minha filha, como já ficou *bastante* claro esta noite, concordei com a idéia. "Ela precisa ficar sozinha. Temos que conversar. Conversa de garotas." Santo Deus. Se há um conceito supremamente superestimado na Cultura Ocidental, é a *conversa*. Será que ninguém se lembra daquele velho ditado, que calha de ser muito esclarecedor? Conversa fiada não enche barriga!

— Por que não me falou nada?

— Acho que fiquei envergonhado. — Papai fitou o chão, o aterro de livros. — Afinal de contas, você estava terminando de escrever a sua carta de candidatura a Harvard. Não queria que ficasse aborrecida.

— Talvez não tivesse ficado aborrecida. Talvez esteja aborrecida *agora*.

— Tudo bem, não foi a mais sábia das decisões, mas foi a que me pareceu melhor naquele momento. De qualquer forma, todo esse papo sobre a Hannah Schneider está acabado. Que ela descanse em paz. E o ano letivo já vai terminar. — Papai suspirou. — Daria um bom livro, não é mesmo? Acho que Stockton é certamente a cidade mais teatral em que já moramos. Tem todos os elementos de uma boa obra de ficção. Mais paixão que Peyton Place, mais frustração que o Condado de Yoknapatawpha. E certamente é pau a pau com Macondo se pensarmos nos seus elementos cruamente bizarros. Tem sexo, pecado e a qualidade mais dolorosa de todas, desilusão juvenil. Você está pronta, querida. Não precisa mais do seu velho pá.

Eu tinha as mãos frias. Caminhei até a poltrona amarela em frente às janelas e me sentei.

— A história da Hannah Schneider não está acabada — falei. — Você está sangrando aqui — mostrei-lhe.

— Você me acertou, hein? — disse Papai encabulado, levando a mão ao rosto. — Foi a *Bíblia* ou *Uma tragédia americana*? Queria saber, por motivos simbólicos.

— Tem mais coisas a respeito da Hannah Schneider.

— Eu talvez precise levar pontos.

— O nome verdadeiro dela era Catherine Baker. Era membro dos Sentinelas Noturnos. E assassinou um policial.

As minhas palavras foram como um fantasma atravessando o Papai. Não que eu já tivesse visto um fantasma atravessando uma pessoa, mas o Papai perdeu toda a cor — que caiu do seu rosto como a água despejada de um balde. Ele me fitou, sem expressão alguma.

— Não estou brincando — falei. — E se você quiser me confessar alguma coisa sobre o seu envolvimento, recrutando, o-ou assassinando ou explodindo algum dos seus colegas capitalistas de Harvard, é melhor que o faça agora mesmo, pois eu vou descobrir tudo. Não vou parar. — Papai ficou surpreso com a resolução na minha voz, mas eu fiquei ainda mais; era como se a minha voz fosse mais forte que eu. Ela se jogou ao chão, mostrando o caminho como lajes de pedra.

Papai tinha os olhos contraídos. Ele parecia, de repente, não saber mais quem era a pessoa que tinha à frente.

— Mas eles jamais existiram — falou lentamente. — Não existem há trinta anos. São um conto de fadas.

— Não necessariamente. Em toda a internet se fala que...

— Ah, a internet — interrompeu o Papai. — É uma fonte muito confiável. Se formos por esse caminho, teremos que ressuscitar o Elvis, que ainda estaria vivo e contente... não entendo por que está falando dos Sentinelas Noturnos. Você andou lendo as minhas velhas aulas, a *Fórum federal*...?

— O fundador, George Gracey, ainda está vivo. Ele vive em Paxos. Um homem chamado Smoke Harvey se afogou na piscina da Hannah no semestre passado e ele tinha localizado o Gracey e...

— É claro — assentiu o Papai —, lembro de ouvi-la resmungando sobre isso... obviamente foi outro motivo que a fez pirar da cabeça.

— Não — falei. — Ela *matou* esse homem. Porque ele estava escrevendo um livro sobre o Gracey. Estava prestes a revelar o paradeiro dele. De todos eles. A organização toda.

Papai ergueu as sobrancelhas.

— Bom, você obviamente deve ter trabalhado um bocado para descobrir tudo isso. Continue.

Hesitei; Burt Towelson escreveu em *Guerrilheiras* (1986) que, para preservar a pureza de qualquer investigação, devemos escolher muito bem as pessoas às quais contaremos as verdades assustadoras que surjam; mas também, se eu não pudesse confiar no Papai, não poderia confiar em mais ninguém. Ele estava me olhando como já o fizera uma centena de vezes, sempre que perambulávamos por alguma das minhas teses para um trabalho da escola (com uma expressão interessada, embora dificilmente impressionada), então parecia inevitável guiá-lo pela minha teoria, pela minha Grande Trama. Comecei falando do modo como a Hannah planejou o próprio desaparecimento devido ao que Ada Harvey sabia, de como ela me deixou o *L'Avventura*, da Donzela Voadora, da festa à fantasia, de uma versão da técnica de eliminação de Connault Helig empregada para assassinar o Smoke, o modo como as histórias dos Sangue-

Azul contadas pela Hannah se misturavam à de Catherine Baker, da sua preocupação com Pessoas Desaparecidas e, por fim, da minha conversa telefônica com Ada Harvey. No começo, Papai me encarava como se eu fosse uma lunática, mas à medida que fui em frente, ele começou a prestar muita atenção em cada palavra que eu dizia. Na verdade, eu não via o Papai tão interessado desde o dia em que ele recebeu uma cópia da edição de junho de 1999 da revista *A nova república*, na qual a sua prolixa resposta satírica a um artigo intitulado "A pequena loja dos horrores: a história do Afeganistão" havia sido impressa na seção de Cartas.

Quando terminei, achei que ele fosse me interrogar freneticamente; em vez disso, permaneceu calado e pensativo por um minuto, talvez dois.

Fechou a cara.

— Então quem matou a pobre srta. Schneider?

Naturalmente, Papai tinha que fazer a *única* pergunta para a qual eu só tinha uma resposta capenga. Para Ada Harvey, Hannah teria cometido suicídio, mas como *eu* havia escutado aquele estranho correndo entre as árvores, estava inclinada a pensar que o responsável fosse algum membro dos *Nächtlich*; Hannah se tornara um problema ao assassinar o Policial Rodoviário, e com o risco de que Ada telefonasse para o FBI e ela fosse capturada, a existência clandestina de Gracey e de todo o grupo estava ameaçada. Mas eu não tinha nenhuma certeza disso tudo e, como dizia o Papai, devemos sempre "nos esquivar das especulações como de um saco de lixo furado".

— Bom, ainda não sei com certeza — falei.

Ele assentiu, e não disse mais nada.

— Você tem escrito recentemente sobre os *Nächtlich*? — perguntei.

Papai balançou a cabeça.

— Não. Por quê?

— Lembra do dia em que encontramos a Hannah Schneider? Ela estava no Mercadinho Gato Gordo, e depois reapareceu na loja de sapatos?

— Lembro — disse Papai, depois de um instante.

— Ada Harvey descreveu a mesma coisa quando me contou o modo como a Hannah conheceu o pai dela. A Hannah planejou todo o encontro. Por isso fiquei com medo de que você fosse a próxima vítima dela, já que também estava escrevendo alguma coisa...

— Querida — interrompeu o Papai —, por mais lisonjeado que me pareça ser o alvo da srta. Baker, já que nunca fui o alvo de ninguém, os Sentinelas Noturnos não *existem*, não mais. Até mesmo os mais relaxados dos teóricos políticos os consideram uma mera fantasia. E o que são as fantasias? São o travesseiro que usamos para nos recostarmos sobre o mundo. O nosso mundo é um terrível assoalho: é detestável dormir sobre ele. Além disso, não estamos na era dos revolucionários, e sim numa era de isolacionistas. O homem atual não tende a se unir, e sim a se separar dos outros, ou ainda a pisar neles e apanhar a maior quantidade de *grana* que conseguir. Você também sabe que a história é cíclica, e não há previsão de nenhum levante, nem mesmo silencioso, nos próximos duzentos anos. E além de tudo, lembro-me de ter lido um trabalho aprofundado sobre Catherine Baker, segundo o qual ela era uma cigana parisiense; portanto, por mais emocionante que pareça, a assertiva de que Schneider e Baker são a mesma pessoa ainda é bastante tênue. Dada a maneira excêntrica com a qual ela lhe contou todas essas coisas, como podemos saber se ela não leu um mero livro, um livro realmente *empolgante* sobre a misteriosa Catherine Baker, e então soltou a imaginação? Ela queria que você acreditasse, que *todos* acreditassem, antes de se matar, que *aquela* havia sido a sua vida, uma vida selvagem, cheia de sublevações e causas. Ela era a Bonnie, e algum outro panaca seria o Clyde. Assim ela poderia ser imortal, *n'est-ce pas*? Deixaria para trás uma biografia emocionante, e não o editorial monótono que correspondia à verdade. Esse é o tipo de mentira que as pessoas gostam de contar. E é o que mais se vê por aí.

— Mas e quanto ao modo como ela abordou o Smoke...?

— A única certeza que temos é a de que ela gostava de caçar homens em ambientes alimentícios — disse o Papai, cheio de autoridade. — Ela buscava o amor entre as ervilhas congeladas.

Olhei para ele. Ele *realmente* tinha alguns argumentos infinitesimais. Em www.borboletadeferro.net, o autor alegava que Catherine Baker era uma cigana francesa. Além disso, considerando-se os pôsteres fogosos na sala de aula da Hannah, a idéia de que ela quisesse inventar uma vida mais emocionante para si mesma era razoavelmente plausível. E assim, sem muito esforço, Papai conseguiu encontrar furos consideráveis na minha modesta teoria, fazendo-a parecer vergonhosamente mal projetada e irrefletida (ver "De Lorean DMC-12", *Mancadas capitalistas*, Glover, 1988).

— Então eu sou louca — falei.

— Eu não disse isso — respondeu rápido. — Não resta dúvida de que a sua teoria é elaborada. Improvável? É claro. Mas pode-se dizer que seja admirável. E bastante empolgante. Não há nada melhor que notícias de revolucionários silenciosos para dar um pouco de emoção à...

— Você acredita em mim?

Ele fez uma pausa e fitou o teto para considerar o assunto, como só o Papai conseguia considerar as coisas.

— Sim — respondeu apenas. — Acredito.

— É mesmo?

— É claro. Você sabe que eu tenho uma queda pelo improvável e o fantástico. Pelas coisas nem um pouco razoáveis. Acho que ainda é preciso retocar alguns detalhes...

— Eu não sou louca.

Ele sorriu.

— Para o ouvido comum e despreparado, você poderia soar ligeiramente insana. Mas para um Van Meer? Você parece um tanto enfadonha.

Pulei da poltrona e o abracei.

— *Agora* você quer me abraçar? Imagino então que tenha me perdoado por não lhe contar dos meus encontros imprudentes com aquela mulher estranha e instável, que a partir de agora, graças às suas conexões subversivas, chamaremos de Barba-Negra?

Fiz que sim.

— Graças a Deus — falou. — Acho que eu não sobreviveria a outra *blitzkrieg* de livros. Especialmente com aquela edição de dez quilos de *As orações mais famosas do mundo* ainda na prateleira. Não quer comer alguma coisa? — afastou o cabelo da minha testa. — Você está magra demais.

— Acho que isso tudo era o que a Hannah queria me dizer na montanha. Lembra?

— Lembro... mas como você pretende divulgar os seus achados? Poderíamos ser coautores de um livro intitulado, digamos, *Doidos de pedra: conspirações e dissidentes antiamericanos entre nós*, ou então *Tópicos especiais em física das calamidades*, algo que tenha um certo gingado. Ou você prefere escrever um best-seller com todos os nomes trocados e o proverbial "Baseado em uma história real" escrito na primeira página, para vender mais cópias? Iria aterrorizar todo o país com a idéia de que ativistas descontrolados estão trabalhando como professores nas escolas, envenenando as mentes das ingênuas crianças.

— Não sei.

— Ou então, ouça *esta* idéia: você apenas escreve a história no seu diário, uma anedota que os seus netos lerão após a sua morte quando revirarem os seus pertences, ordenadamente dispostos num velho baú. Eles se sentariam ao redor da mesa de jantar, murmurando com vozes incrédulas: "Não consigo acreditar que a vovó fez tudo isso, com tenros dezesseis anos". E por meio desse diário, que seria leiloado por não menos de $500.000, uma história interiorana de terror flutuaria de boca em boca, transformando-se numa de realismo mágico. Dir-se-ia que Blue van Meer nascera com um rabo de porco, que a problemática srta. Schneider fora levada ao fanatismo devido a um amor que passou séculos não-correspondido, um *O amor nos tempos do cólera*, e os seus amigos, os Miltons e os Verdes, seriam os revolucionários que perpetuariam trinta e dois levantes armados, sendo derrotados em cada um deles. E não podemos nos esquecer do seu pai. Sábio e grisalho por trás de tudo, o *General em seu labirinto* faria sua viagem fluvial de sete meses de Bogotá até o mar.

— Acho que vou procurar a polícia — falei.

Ele riu baixinho.

— Você está brincando.

— Não. *Temos* que procurar a polícia. Imediatamente.

— Por quê?

— Porque sim.

— Você não está sendo realista.

— Estou sim.

Papai balançou a cabeça.

— Você não está pensando. Digamos que a sua história tenha algo de verdadeira. Você vai precisar de provas. Testemunhos de antigos membros do grupo, manifestos, processos de recrutamento... que serão bem difíceis de encontrar, não é mesmo, se as suas suspeitas sobre táticas indetectáveis de assassinato estiverem certas. E, o que é ainda mais importante, lembre-se que o ato de dar um passo à frente e apontar o dedo para alguém traz um risco inerente. Já pensou *nisso*? É muito empolgante formular uma teoria, mas se ela for verdadeira, não estamos mais numa simples rodada do *Wheel of Fortune*. Não vou permitir que você se exponha, presumindo, é claro, que exista alguma verdade nisto tudo, o que provavelmente nunca saberemos com certeza. Procurar a polícia é um ato de bravura apenas para as pessoas tolas, obtusas; para que serviria? Para que o delegado tenha uma história para contar na hora do lanche?

— Não — falei. — Para que possamos salvar vidas.

— Que tocante. Quais vidas você está salvando, exatamente?

— Não podemos sair por aí matando as pessoas só porque não gostamos do que elas estão fazendo. Isso nos transforma em animais. Me-mesmo que nunca encontremos, temos que buscar... — Fiquei calada, porque não sabia exatamente o que tínhamos que buscar. — A justiça — falei baixinho.

Papai apenas riu.

— "A Justiça é uma meretriz que não se deixa enganar, recolhendo o salário da vergonha até mesmo dos pobres." Karl Kraus. Ensaísta austríaco.

— "Todas as boas coisas podem ser expressas numa única palavra" — falei.

— "Liberdade, justiça, honra, dever, piedade. E esperança." Winston Churchill.

— "Ao reclamares a justiça, fica certo/ talvez recebas mais justiça do que desejaste." *O mercador de Veneza*.

— "A justiça empunha uma espada instável/ perdoa uns poucos afortunados/ Mas se um homem por ela não lutar/ no caos se verá abandonado."

Papai abriu a boca para falar, mas parou, fechando a cara.

— Mackay?

— Gareth van Meer. "A Revolução Traída". *Jornal cívico das relações exteriores*. Volume seis, número dezenove.

Papai sorriu, inclinou a cabeça para trás, soltou um "*Rá!*" muito sonoro.

Eu tinha esquecido desse "*Rá!*". Ele geralmente o reservava para reuniões de professores com o reitor, quando algum colega dizia algo engraçado ou instigante e o Papai se sentia ligeiramente perturbado por não ter sido *ele* o autor da frase, então soltava um *Rá!* muito sonoro, em parte para se mostrar contrariado, em parte para sugar de volta a atenção da sala na sua direção. Agora, porém, ao me observar, ao contrário do que acontecia naquelas reuniões de professores com o reitor (Papai me deixava sentar num canto sempre que eu estava levemente gripada e, sem me mexer, engolindo quaisquer possíveis espirros, eu escutava o que diziam os PhDs reunidos, de compleições frágeis e cabelo ralo, falando com as vozes imponentes dos Cavaleiros da Távola Redonda), Papai tinha lágrimas grandes e nuas ali, lágrimas que ameaçavam deslizar timidamente dos seus olhos como garotas acanhadas em trajes de banho ao retirarem as toalhas e caminharem, lentas e envergonhadas, até a piscina.

Ficou em pé, apoiou a mão no meu ombro e passou por mim, caminhando até a porta.

— Que assim seja, minha defensora da justiça.

Fiquei sentada em frente à poltrona vazia por mais um instante, cercada pelos livros. Todos traziam uma perseverança silenciosa e arrogante. Não seriam destruídos num simples arremesso contra um ser humano, oh não. A não ser por *O cerne da questão*, que tinha arrotado um punhado de páginas, os outros estavam intactos, alegremente abertos, exibindo suas páginas. As pequeninas palavras de sabedoria se mantinham em perfeita ordem, sentadas em colunas imaculadas, imóveis, atentas como crianças na escola, impérvias à influência de algum coleguinha levado. *Senso comum* estava aberto ao meu lado, pavoneando suas páginas.

— Deixe de autocomiseração e venha cá — gritou o Papai da cozinha. — Você precisa comer alguma coisa, se pretende declarar guerra contra esses radicais champrudos e de braços flácidos. Acho que os radicais não devem envelhecer muito bem, então é provável que consiga vencê-los.

CAPÍTULO 34

PARAÍSO PERDIDO

Pela primeira vez desde a morte da Hannah, dormi a noite inteira. Papai chamava esses sonos de "O Sono das Árvores", que não deveria ser confundido com "O Sono da Hibernação" nem com "O Sono dos Cachorros Exaustos". O Sono das Árvores era o mais absoluto e rejuvenescedor dos sonos. Era apenas escuridão, sem sonhos, um salto à frente no tempo.

Nem me mexi quando o alarme tocou, tampouco acordei com o Papai gritando lá de baixo, fazendo o Despertador-Vocabulário Van Meer.

"Acorde, querida! A sua palavra do dia é *pneumococo*!"

Abri os olhos. O telefone estava tocando. O relógio ao lado da cama marcava 10h36. A secretária eletrônica atendeu o telefone no andar de baixo.

— Sr. Van Meer, queria lhe comunicar que a Blue não veio à escola hoje. Por favor, queira telefonar com uma justificativa para essa ausência. — Eva Brewster recitou brevemente o telefone do escritório central e desligou. Esperei até que os passos do Papai se aproximassem do corredor para descobrir quem tinha ligado, mas só ouvi o tilintar de talheres na cozinha.

Desci da cama, cambaleei até o banheiro, lavei o rosto com água. No espelho, meus olhos pareciam anormalmente grandes, meu rosto fino. Eu estava com frio, por isso puxei o edredom da cama, coloquei-o em volta dos ombros e desci com ele as escadas.

— Pai! Você ligou para a escola?

Entrei na cozinha. Estava vazia. O tilintar que eu tinha ouvido era a brisa que entrava pela janela aberta, sacudindo as facas penduradas sobre a pia. Acendi a luz e gritei pelas escadas.

— Pai!

Eu costumava temer qualquer casa na qual o Papai não estivesse. Pareciam vazias como uma lata, uma concha, uma caveira cega no deserto num quadro de Georgia O'Keefe. Quando era mais nova, inventei diversas técnicas para evitar a realidade da casa sem o Papai. Uma delas era "Assistir *ER* no Máximo Volume" (surpreendentemente reconfortante, mais do que se poderia imaginar); outra era "Colocar o *Aconteceu naquela noite*" (Clark Gable sem camisa é capaz de distrair qualquer um).

A luz do fim da manhã entrava pelas janelas, forte e violenta. Abri a geladeira e vi, um pouco surpresa, que o Papai tinha feito salada de frutas. Estiquei-me, peguei uma uva e comi. Também tinha uma lasanha, que ele tentou cobrir com um pedaço pequeno demais de papel-alumínio; deixou dois cantos e um lado expostos, como um sobretudo de inverno que deixa as canelas inteiramente nuas, além dos braços e pescoço. (Papai nunca conseguia calcular corretamente a quantidade necessária de papel-alumínio.) Comi outra uva e liguei para o escritório dele.

A assistente do Departamento de Ciências Políticas atendeu o telefone.

— Oi, o meu pai está aí? É a Blue.

— Hã?

Olhei para o relógio. Ele só daria uma aula às 11h30.

— Meu pai. O dr. Van Meer. Posso falar com ele, por favor? É uma emergência.

— Ele não vem hoje — respondeu a assistente. — Tem aquela conferência em Atlanta, não é?

— Como disse?

— Achei que ele tivesse ido a Atlanta, para substituir o homem que sofreu o acidente de carro...?

— *O quê?*

— Pediu permissão para ser substituído esta manhã. Não vai voltar até o...

Desliguei.

— Pai!

Deixei o edredom na cozinha, desci correndo a escada até o escritório do Papai e acendi a lâmpada do teto. Fiquei em frente à escrivaninha, fitando-a.

Estava vazia.

Abri com força uma gaveta. Não havia nada lá dentro. Abri uma outra. Também vazia. O laptop não estava lá, nem os blocos de papel, nem o calendário de mesa. A caneca de cerâmica também estava vazia — era ali que ele geralmente deixava as cinco canetas azuis e cinco pretas, ao lado do abajur verde que ganhou do agradável reitor da Universidade do Arkansas, em Wilsonville, que também tinha desaparecido. A pequena prateleira ao lado da escrivaninha também estava completamente vazia, a não ser por cinco cópias de *Das Kapital* (1867), de Marx.

Corri pela escada, passei pela cozinha, pelo corredor, abri a porta de entrada. A perua Volvo azul estava estacionada no lugar de sempre, em frente à porta da garagem. Olhei para ela, a superfície azul-pálida, a ferrugem ao redor das rodas.

Dei meia-volta e corri até o quarto do Papai. As cortinas estavam abertas. A cama estava feita. Mas as velhas pantufas de lã compradas na Q-Sapato de Enola, em New Hampshire, não estavam capotadas sob a televisão, nem sob a poltrona estofada no canto. Andei até o armário e abri a porta deslizante.

Não havia nenhuma roupa.

Não havia nada — nada além de cabides balançando no poste como pássaros assustados quando as pessoas se aproximam demais do poleiro para observá-los.

Corri até o banheiro, abri o armário de remédios. Estava vazio, assim como o chuveiro. Toquei a lateral da banheira, um pouco grudenta, umas últimas gotas de água. Olhei para a pia, um rastro de pasta de dentes Colgate, uma gotícula de creme de barbear ressecada no espelho.

"Ele deve ter decidido que vamos nos mudar outra vez", falei para mim mesma. "Foi preencher um formulário de Mudança de Endereço no correio. Foi ao supermercado para arrumar umas caixas vazias. Mas o carro não queria funcionar, por isso chamou um táxi."

Fui até a cozinha e escutei a secretária eletrônica, mas só ouvi a mensagem da Eva Brewster. Procurei algum bilhete no balcão, mas não encontrei nenhum. Mais uma vez, telefonei para a assistente do Departamento de Ciências Políticas, Bárbara, fingindo saber de tudo sobre a conferência de Atlanta; Papai dizia que Bárbara tinha "uma boca motorizada, da qual emanava o péssimo hálito do ridículo". (Ele se referia alegremente a ela como "a mulher nebulosa".) Me referi à conferência por um nome específico, que escolhi previamente, é claro. Acho que a chamei de OPADICO, "Organização Política para o Avanço dos Direitos Constitucionais", ou algo do gênero.

Perguntei a ela se o Papai havia deixado algum número de contato.

— Não — respondeu.

— Quando foi que ele avisou que iria à conferência?

— Deixou uma mensagem hoje, às seis da manhã. Mas espera aí, por que você não...?

Desliguei.

Enrolei-me no edredom, liguei a televisão; ali estava Cherry Jeffries, usando um paletó amarelo da cor de uma placa de trânsito, com ombreiras tão afiadas que poderiam ser usadas para cortar árvores. Cheguei o relógio da cozinha, o relógio do meu quarto. Saí de casa e olhei para o carro azul. Sentei no banco do motorista e girei a chave na ignição. O motor ligou. Passei as mãos pela direção, pelo painel, procurei no banco de trás, como se talvez houvesse uma pista em alguma parte, um revólver, candelabro, corda ou chave-inglesa deixada descuidadamente pela Dona Branca, coronel Mostarda ou professor Black depois de matar o Papai na biblioteca, sala de estar ou cozinha. Examinei os tapetes persas do corredor, em busca de marcas singulares de sapatos. Verifiquei a pia, a lava-louças, mas todas as colheres, garfos e facas tinham desaparecido.

Eles vieram buscá-lo.

Os membros dos *Nächtlich* o tinham buscado durante a noite — embeberam um lenço de linho (com um N vermelho bordado no canto) numa poção sonífera e o colocaram sobre a boca do Papai, que roncava alheia. Papai não pôde enfrentá-los porque, apesar de ser alto e nem um pouco fraco, ele não era um lutador. Preferia o debate intelectual ao confronto físico, evitava esportes de contato, considerava as lutas e o boxe "insanamente absurdos". E embora o Papai respeitasse as artes do caratê, judô, tae-kwon-do, ele próprio jamais aprendera um único golpe.

É claro que eles pretendiam me levar, mas o Papai não deixou que o fizessem. "*Não! Levem-me no lugar dela! Levem-me!*" E assim, o Perverso — sempre havia um Perverso, aquele que desconsiderava profundamente a vida humana e intimidava os outros — encostou uma pistola na têmpora do Papai e ordenou que ligasse para a universidade. "E é melhor parecer normal, senão vou estourar os miolos da sua filha enquanto você olha."

E assim, obrigaram o Papai a fazer as malas, duas grandes bolsas da Louis Vuitton que a Mosca de Verão Eleanor Miles, de 38 anos, dera ao Papai para que se lembrasse dela (e dos seus dentes pontudos) sempre que fizesse as malas. Porque muito embora eles fossem "revolucionários" no sentido clássico do termo, não eram bárbaros, não se tratava de uma guerrilha sul-americana ou de extremistas muçulmanos que gostavam de decapitar uma vítima de vez em quando. Não, eles se mantinham fiéis à crença de que todos os seres humanos, mesmo os que eram presos forçosamente e esperavam o cumprimento de certas exigências políticas, precisavam dos seus pertences pessoais, incluindo suas calças de cotelê, jaquetas, casacos de lã, camisas Oxford, kits de barbear, escovas de dentes, lâminas, sabonetes, fio-dental, creme esfoliante de hortelã para os pés, relógios Timex, abotoaduras GUM, cartões de crédito, cadernos, currículos e anotações para o *Pulso firme*.

"Queremos que você se sinta confortável", dissera o Perverso.

⌒

Naquela noite, ele ainda não tinha ligado.

Ninguém ligara, a não ser por Arnold Lowe Schmidt, da *Revista de política externa de Seattle*, dizendo à secretária eletrônica o quanto fentia pelo Papai ter recufado o feu confite para efcrever um artigo fobre Cuba, mas que não fe efquefefe do jornal, cafo prefifafe de "um feículo proeminente para a publicafão de fuaf idéiaf."

Do lado de fora, dei cerca de vinte voltas em torno da casa, no escuro. Fitei o tanque de peixes, desprovido de peixes. Voltei para dentro, sentei-me no sofá observando Cherry Jeffries enquanto beliscava da tigela de salada de frutas, já comida pela metade, que os radicais tinham permitido que o Papai preparasse antes de o levarem embora.

— A minha filha precisa comer! — comandou o Papai.

— Certo — disse o Perverso. — Mas ande logo com isso.

— Quer uma ajuda para cortar o melão? — perguntou um outro.

Eu não conseguia parar de tirar o telefone do gancho e fitá-lo, perguntando, "Será que eu deveria comunicar o desaparecimento dele à polícia?". Eu esperava que ele me respondesse, "Sim, certamente", "A minha resposta é não", ou "Concentre-se e pergunte novamente". Eu poderia telefonar para a delegacia do Condado Sluder, dizer ao policial A. Boone que eu queria falar com a detetive Harper. "Está lembrada de mim? A menina que falou com você sobre a Hannah Schneider? Bom, agora o meu pai está desaparecido. É. Eu sempre perco as pessoas." Uma hora depois, ela estaria à minha porta com seu cabelo de abóbora e compleição de açúcar refinado, contraindo os olhos ao fitar a cadeira vazia do Papai. "Conte-me a última coisa que ele falou. Há casos de doenças mentais na sua família? Você tem algum parente? Um tio? Uma avó?" Depois de quatro horas, eu teria a minha própria pasta verde no arquivo ao lado da mesa da detetive Harper, #5510-VANM. O *Correio de Stockton* publicaria uma matéria, "Estudante Local É Anjo da Morte, Testemunhou Morte de Professora, Agora Pai Desaparecido". Coloquei o telefone no gancho.

Revistei novamente a casa, desta vez sem me deixar choramingar, sem deixar escapar coisa alguma, a cortina do chuveiro, o armário sob a pia do banheiro cheio de cotonetes e bolas de algodão, até mesmo o rolo de papel higiênico, dentro do qual ele poderia ter tido um momento para rabiscar, *Eles me levaram não se preocupe* com um palito de dentes. Examinei cada um dos livros que tínhamos recolocado nas prateleiras da biblioteca na noite anterior, pois ele poderia ter habilmente enfiado uma folha de papel entre as páginas, onde teria escrito, *Vou sair desta prometo*. Revirei cada um dos livros, sacudi-os, mas não encontrei nada; somente *O cerne da questão* perdeu mais um bocado de páginas. Essa busca continuou até que o relógio na cabeceira da cama do Papai indicasse que já passavam das duas da manhã.

A negação é como um sítio em Versailles; não é a coisa mais fácil do mundo de se manter. Para que o façamos, é necessária uma quantidade fenomenal de resolução, gana, audácia, e eu não tinha nenhuma dessas qualidades, jogada ali nos azulejos pretos e brancos do banheiro do Papai como uma estrela do mar.

Era evidente que o rapto do Papai era algo tão crível quanto a Fada dos Dentes, o Santo Graal ou qualquer outro sonho inventado por pessoas mortalmente entediadas com a realidade, que desejam acreditar em algo maior que si mesmas. Por mais caridosos que fossem esses radicais, não teriam permitido que o Papai apanhasse *cada um* dos seus pertences, como os talões de cheques, cartões de crédito, extratos, até mesmo o bordado preferido dele, feito pela Mosca de Verão Dorthea Driser, o minúsculo "Sede sincero contigo mesmo", que ficava emoldurado e pendurado à direita do telefone da cozinha, e agora desaparecera. Também teriam se negado a permitir que ele levasse meia hora para escolher a dedo a seleção de textos que queria levar, como a edição em dois volumes de 1955, da Olympia Press, de *Lolita*, *Ada ou ardor*, *Paraíso perdido*, que ele me pediu para não arremessar, o gigantesco *Delovian: uma retrospectiva* (Finn, 1998), que trazia a pintura preferida do Papai, muito bem intitulada *Segredo* (ver p. 391, nº 61, 1992, óleo sobre linho). Outros desaparecidos eram *La Grimace*, *O progresso de Napoleão*, *Além do bem e do mal* e uma fotocópia de "Na colônia penal" (Kafka, 1919).

Minha cabeça latejava. Minha cara parecia rígida e quente. Arrastei-me do banheiro até o meio do tapete esponjoso no quarto do Papai, a única coisa que ele detestava na casa — "parece que estamos andando sobre marshmallows" —, e comecei a chorar, mas pouco depois as minhas lágrimas, entediadas ou frustradas, meio que desistiram, jogaram a toalha, sumiram de cena.

Não fiz nada além de fitar o teto do quarto, tão pálido e quieto que mantinha Sua boca obedientemente fechada.
De alguma forma, por pura exaustão, caí no sono.

∽

Pelos três dias seguintes — jogada à toa no sofá em frente a Cherry Jeffries —, peguei-me imaginando os últimos momentos do Papai na nossa casa, a nossa querida casa da rua Armor, 24, o cenário do nosso último ano, o nosso último capítulo, antes que eu "conquistasse o mundo".

Ele estava cheio de planos e cálculos, olhando de relance o relógio de pulso, cinco minutos adiantado, passos silenciosos pelos quartos banhados em penumbra. Havia também um nervosismo, um nervosismo que somente *eu* seria capaz de detectar; eu já o havia visto em frente a uma nova universidade, dando uma aula (um tremor vagamente discernível nos indicadores e polegares).

O troco que tinha no bolso chocalhava como a sua alma cansada enquanto ele cruzava a cozinha, descia a escada até o escritório. Acendeu apenas umas poucas lâmpadas, o abajur da escrivaninha e o do móvel do quarto, que afogava o ambiente no vermelho-geléia dos estômagos e corações. Ele passou bastante tempo organizando as coisas. As camisas Oxford sobre a cama, a vermelha no topo, seguida pela azul, a azul quadriculada, a listrada em azul e branco, a branca, todas dobradas como pássaros adormecidos com as asas metidas sob o corpo, e os seis pares de abotoaduras em prata e ouro (incluindo, é claro, as preferidas, as de 24 quilates onde se lia GUM, que Bitsy Plaster, de 42 anos, deu ao Papai no seu quadragésimo sétimo aniversário, um equívoco do joalheiro graças à caligrafia arredondada de Bitsy), todas metidas na bolsa da Tiffany como um saco de sementes premiadas. E as meias estavam amontoadas, pretas, brancas, longas, curtas, algodão, lã. Ele estava calçando as pantufas marrons (conseguia caminhar rápido com elas), o casaco de lã quadriculado em marrom e amarelo (pendurado fielmente em seus ombros como um cachorro velho) e a velha calça cáqui, tão confortáveis que "tornavam suportáveis as mais insuportáveis das tarefas". (Ele as vestia enquanto esquadrinhava as "teses molengas e as fontes fétidas e pantanosas" inevitavelmente encontradas nos trabalhos dos alunos. Com essas calças, nem se sentia culpado ao escrever C– ao lado do nome de um garoto antes de seguir em frente, incansável.)

Quando estava pronto para colocar as caixas e malas no carro — não sei o que o esperava. Imaginei que fosse um simples táxi dirigido por algum ouriçodo-mar com mãos arrepiadas, que batucava na direção ao som do *Sertanejo da madrugada* na Rádio Pública enquanto esperava pelo cliente John Ray Jr., Ph.D., pensando na mulher que deixou em casa, Alva ou Dottie, quente como um pãozinho.

Ao se assegurar de que não estava esquecendo nada, quando já havia carregado todas as coisas, voltou para dentro e subiu até o meu quarto. Não acendeu nenhuma luz, nem mesmo olhou para mim ao abrir o zíper da minha mochila e procurar o bloco de papel no qual estava rabiscada a minha pesquisa e teoria. Depois de rever o que eu tinha escrito, recolocou o bloco na mochila e a pendurou nas costas da minha cadeira.

Equivocou-se ao colocá-la ali. Esse não era o lugar onde eu a teria deixado; eu a colocaria no lugar de sempre, aos pés da cama, no chão. Porém, ele estava apressado e não precisava mais se preocupar com esse tipo de detalhe. Esses detalhes importavam muito pouco agora. Ele provavelmente riu da Ironia da coisa. Nos mais improváveis dos momentos, Papai parava para rir das Ironias; ou talvez fosse um caso em que não tinha tempo para fazê-lo, pois se avançasse em direção ao Riso, talvez tivesse que continuar pela estrada sem desvios e sem acostamento que leva aos Sentimentos, que poderiam levá-lo, sem muita demora, ao Choramingo e daí aos Uivos Desatinados, e ele não tinha tempo para esse tipo de coisa. Precisava sair da casa.

Olhou-me enquanto eu dormia, memorizando o meu rosto como se eu fosse a passagem extraordinária de um livro com o qual se deparou um dia, cujo cerne ele queria decorar, pois talvez pudesse usá-lo durante uma conversa com algum reitor.

Ou então, fitando-me — e eu gosto de pensar que foi isso o que aconteceu —, Papai se viu destruído. Nenhum livro nos diz como olhar para um filho que estamos abandonando para sempre e que jamais voltaremos a ver (a menos que seja de modo clandestino, depois de trinta e cinco, quarenta anos, e ainda assim de uma grande distância, com um binóculo, uma lente telefoto ou uma foto por satélite a $89,99). O que provavelmente fazemos nesse momento é chegar mais perto e tentar determinar o ângulo exato entre o nariz e o rosto. Contamos as pintas, as que nunca antes notamos. E contamos as vagas rugas nas pálpebras, na testa também. Observamos a respiração, o sorriso pacífico — ou, na ausência de tal sorriso, ignoramos propositalmente a boca caída e o ronco, para que a memória fique mais polida. Provavelmente, também somos um pouco enlevados, introduzindo um pouco da prateada luz da lua no rosto da pessoa, cobrindo os círculos escuros sob os olhos, acrescentando zunidos de adoráveis insetos— melhor ainda, uma deslumbrante ave noturna — para aplacar o silêncio do quarto, frio como uma cela.

Papai fechou os olhos para ter certeza de que conhecia aquele rosto de cor (quarenta graus, dezesseis, três, um, um jeito marinho de respirar, sorriso pacífico, olhos prateados, rouxinol entusiástico). Puxou o edredom até a minha bochecha, beijou-me na testa.

— Você vai ficar bem, querida. Vai mesmo.

Saiu do meu quarto, desceu a escada, foi para fora, entrou no táxi.

— Sr. Ray? — perguntou o motorista.

— Dr. Ray — disse o Papai.

E assim, sem mais nem menos — ele se foi.

CAPÍTULO 35

O JARDIM SECRETO

Os dias passavam como frouxas meninas rumo à escola. Eu não lhes via o rosto, apenas o uniforme básico: dia e noite, dia e noite. Não tinha paciência para banhos ou refeições balanceadas. Passei bastante tempo deitada no chão — infantil, certamente, mas quando podemos nos deitar no chão sem que ninguém nos veja, acredite, vamos nos deitar no chão. Também descobri a alegria passageira, embora discernível, de dar uma mordida num chocolate Whitman e jogar o resto atrás do sofá da biblioteca. Eu conseguia ler, ler, ler até que os meus olhos queimassem e as palavras flutuassem como macarrões na sopa.

Eu matava aulas como um menino de hálito metálico e mãos grudentas. Preferi a companhia de *Dom Quixote* (Cervantes, 1605) — alguém poderia pensar que eu iria dirigir até a Videomeca e alugar filmes pornôs, ou ao menos *Orquídea selvagem*, com Mickey Rourke, mas não — e, a seguir, apanhei um romance picante que eu havia mantido escondido do Papai por anos, chamado *Não fales, meu amor* (Esther, 1992).

Pensei na Morte — não no suicídio, nada tão histriônico —, mais como um reconhecimento irritadiço, como se eu houvesse esnobado a Morte durante anos, e agora, não tendo mais ninguém, não me restava escolha além de trocar agrados com ela. Pensei também em Evita, Havermeyer, Moats, Dee e Dum, todos formando uma Equipe de Resgate noturna, empunhando tochas, lanternas, forcados, porretes (como faziam as preconceituosas pessoas do interior quando caçavam um monstro), descobrindo meu corpo esquálido sobre a mesa da cozinha, os braços pendentes, a cara virada para baixo, enfiada na virilha de *O jardim das cerejeiras* (1903), de Tchekov.

Mesmo quando tentei me recompor, me restabelecer como Molly Brown naquele bote salva-vidas do *Titanic*, ou até mesmo encontrar algum passatempo produtivo como o Homem de Alcatraz, falhei. Eu pensava *Futuro* e via *Buraco Negro*. Eu estava espaguetizada. Não tinha nenhum amigo, carteira de motorista ou instinto de sobrevivência no meu nome. Não tinha sequer uma dessas Contas de Poupança abertas por pais conscienciosos para que o filho aprenda sobre o Dinheiro. Além disso, eu era menor de idade, e continuaria a sê-lo por mais um ano. (Meu aniversário era no dia 18 de junho.) Eu não tinha nenhuma vontade de acabar num Orfanato, o Castelo Celeste onde eu seria supervisionada por um par de aposentados chamados Bill e Bertha, que empunhavam suas Bíblias como pistolas, pediam que os chamássemos de "Manhê" e "Paiê" e ficavam felicíssimos sempre que me recheavam, como se fosse seu mais novo chester, e me serviam com todos os acompanhamentos (pãezinhos, salada de rúcula e torta de gambá).

Sete dias após a partida do Papai, o telefone começou a tocar.

Não atendi, apesar de permanecer estática ao lado da secretária eletrônica, meu coração retumbando no peito, caso fosse ele.

"Gareth, você está causando um grande rebuliço por aqui", disse o professor Mike Devlin. "Eu me pergunto por onde você andará."

"Mas onde diabos você se *meteu*? Agora estão falando que não vai mais voltar", disse o dr. Elijah Masters, chefe do departamento de inglês e orientador acadêmico. "Vou ficar tristemente desapontado se for verdade. Como você sabe, temos uma partida de xadrez inacabada, e estou acabando com a sua raça. Detestaria pensar que você desapareceu apenas para que eu não possa ter o prazer de lhe dizer 'Xeque-mate'."

"Dr. Van Meer, o senhor deve ligar para o escritório o mais rápido possível. A sua filha Blue tem faltado às aulas durante toda a semana. Espero que saiba que, se ela não começar a recuperar o trabalho perdido, a possibilidade de que se forme a tempo ficará cada vez mais..."

"Dr. Van Meer, aqui é Jenny Murdoch, que senta na primeira fila do seu seminário de Padrões de Democracia e Estrutura Social. Estava pensando se agora o Solomon vai ficar encarregado dos trabalhos que o senhor nos passou, porque ele, tipo, está nos dando parâmetros totalmente diferentes. Ele falou que só precisam ter de sete a dez páginas. Mas o *senhor* escreveu no programa vinte a vinte e cinco, então todo mundo está completamente perdido. Algum esclarecimento seria muito bem-vindo. Eu também mandei um e-mail."

"Por favor, ligue o quanto antes para a minha casa ou escritório, Gareth", disse o reitor Kushner.

Eu havia dito à assistente do Papai, Bárbara, que errara ao anotar o número de contato dele na conferência, e pedi à mulher que me avisasse assim que tivesse notícias. No entanto, ela não telefonou, portanto resolvi chamá-la.

— Ainda não tivemos notícias — explicou. — O reitor Kushner está tendo um ataque cardíaco. Solomon Freeman vai assumir as aulas até o final do semestre. Onde ele *está*?

— Teve que ir à Europa — falei. — A mãe dele teve um ataque cardíaco.

— Ohhh — disse Barbara. — Sinto muito. Ela vai ficar bem?

— Não.

— Nossa. Que triste. Mas então por que ele não...?

Desliguei.

Comecei a me perguntar se o meu torpor permanente, a minha inércia, não assinalaria o início da loucura. Apenas uma semana antes, eu acreditava que a loucura era uma idéia improvável, mas agora conseguia me lembrar de um punhado de situações em que eu e o Papai encontramos na rua uma mulher que murmurava palavrões como se estivesse espirrando. Perguntei-me como ela teria chegado àquele ponto, se seria como o onírico descenso de uma debutante por uma grande escadaria, ou então um súbito lampejo equivocado no cérebro, de efeitos imediatos, como a picada de uma cobra. Ela tinha o corpo vermelho, como mãos que acabaram de lavar louça, e as plantas dos pés eram negras, como se as houvesse mergulhado meticulosamente em piche. Enquanto passávamos por ela, eu prendi a respiração, apertei a mão do Papai. E ele apertou a minha — nosso acordo tácito de que ele *nunca* me deixaria perambular pelas ruas com cabelo semelhante a um ninho de pássaros, um sobretudo sujo de urina e terra.

Agora eu poderia, sem nenhum problema, perambular pelas ruas com cabelo semelhante a um ninho de pássaros e um sobretudo de urina e terra. O Que-Absurdo, o Deixe-De-Ser-Ridícula tinha acontecido. Eu logo estaria vendendo o meu corpo em troca de um sanduíche. Obviamente, o que eu pensava sobre a loucura estava completamente errado. Ela poderia acontecer a qualquer pessoa.

∽

Para os que são admiradores de *Marat/Sade*, tenho más notícias para lhes dar. A data de validade de um torpor depressivo em qualquer pessoa sem outros problemas de saúde é de dez, onze, no máximo doze dias. Depois disso, a mente não pode deixar de notar que esse tipo de disposição é tão inútil quanto levar água ao mar, e preservá-la será como saltar da sertã e cair nas brasas; morre o bicho, acaba-se a peçonha, e só nos restará ir chorar pitangas (ver *Cachorro bom de tatu morre por cobra: adoráveis provérbios do Velho Mundo*, Lewis, 2001).

Eu não estava pirada. Eu estava irada (ver "Peter Finch", *Rede*). A ira era mais libertadora que qualquer Guerra de Independência. Não tardou muito até que eu me visse correndo desvairada pela casa da rua Armor, 24, não frouxa e perdida, e sim jogando camisas e bordados de Moscas de Verão e livros da biblioteca e caixas de mudança de papelão onde se lia ESTE LADO PARA CIMA feito Jay Gatsby num surto maníaco, em busca de alguma coisa — mesmo que fosse algo ínfimo — que me desse uma prova do lugar para onde ele teria ido, e por quê. Não cheguei a ter esperanças de encontrar uma Pedra da Roseta, uma confissão de vinte páginas enfiada engenhosamente na fronha do meu travesseiro, sob o colchão, no congelador: "*Querida. Agora você sabe. Sinto muito, minha nuvenzinha. Mas permita que eu me explique. Por que não começamos com o Mississippi...*" — era bastante improvável. Como informou durante uma aula a profa. McGillicrest, a megera com corpo de pingüim do Colégio Alexandria, tão triunfante: "Um *Deus ex machina* jamais vai aparecer na vida real, portanto, é melhor vocês fazerem outros planos."

O choque provocado pela partida do Papai (*choque* não captava plenamente a idéia; eu estava desnorteada, aturdida, abismada — desturdimada), o fato de que ele me houvesse ludibriado, falcatruado, embusteado (novamente, palavras muito mornas para expressar o fato — lucasteado), logo eu, eu, *eu*, a filha dele, uma pessoa que, citando o dr. Luke Ordinote, tinha "força e acume estonteantes", uma pessoa que, nas palavras de Hannah Schneider, não "deixava escapar nada", era tão doloroso, improvável, impossível (doprovível) que me fez perceber que o Papai não era nada menos que um louco, um gênio e impostor, trapaceiro, ladino, o Salafrário Com A Lábia Mais Sofisticada Do Mundo.

Papai deve estar para os segredos como Beethoven está para as sinfonias, entoei comigo mesma. (Essa foi a primeira de uma série de assertivas ásperas que eu faria durante a semana. Quando uma pessoa é lucasteada, a sua mente trava, e quando é reiniciada, assume formatos inesperados, rudimentares, um dos quais lembrava as intrincadas "Analogias Autorais" que o Papai criava enquanto viajávamos pelo país.)

Mas o Papai não era um Beethoven. Não era nem mesmo um Brahms.

E era lamentável que ele não fosse o maior dentre todos os maestros do mistério, pois ser deixada com uma série de Perguntas obscuras e incompreensíveis

— que eu poderia responder como me desse na telha sem ter medo da nota que me dariam — era infinitamente menos assustador que encontrar algumas Respostas inquietantes.

O meu desvario pela casa não revelou nenhum novo indício digno de nota, apenas artigos sobre levantes populares na África Ocidental e o livro *Por dentro da Angola* (1980), de Peter Cower, que tinha caído na fenda entre a cama e a mesa de cabeceira do Papai (um indício nada nutritivo), e $3.000 em dinheiro enrolados dentro da caneca de cerâmica com a inscrição PENSANDO EM VOCÊ, que o Papai ganhara da Mosca de Verão Penelope Slate, deixada sobre a geladeira (Papai deixou aquele dinheiro intencionalmente para mim, já que normalmente usávamos a caneca para guardar troco). Onze dias depois da partida do Papai, vagueei até a rua para recolher o correio do dia: cupons de descontos num restaurante, dois catálogos de roupas, um formulário para solicitação de um cartão de crédito para o sr. Meery Von Gare com empréstimos a 0% ao ano e um grosso envelope pardo endereçado à srta. Blue van Meer, escrito numa caligrafia majestosa, a caligrafia equivalente a trompetes e uma carruagem puxada por nobres cavalos.

Rasguei-o imediatamente, puxando uma pilha de papéis de dez centímetros de altura. Em vez de um mapa da rede Escravidão Branca Sul-Americana com instruções de resgate, ou da Declaração de Independência unilateral do Papai ("Quando, no decorrer dos eventos humanos, torna-se necessário que um pai dissolva os laços paternos que o conectam à sua filha..."), encontrei um curto bilhete escrito em papel de carta monogramado, preso no topo da pilha com um clipe.

"Você pediu isto aqui. Espero que seja útil", escrevera Ada Harvey, assinando com seu nome por trás do nó formado pelas iniciais.

Apesar de eu haver desligado o telefone na cara dela, cortando-lhe as palavras sem sequer pedir desculpas feito um cozinheiro japonês cortando cabeças de enguias, ela me enviou a pesquisa do pai, exatamente como eu lhe pedi. Enquanto corria de volta para casa pela calçada, com os papéis nas mãos, peguei-me chorando, estranhas lágrimas de condensação que apareceram espontaneamente na minha cara. Sentei-me na mesa da cozinha e comecei a folhear cuidadosamente a pilha.

A caligrafia de Smoke Harvey era uma prima distante da do Papai, uma escrita minúscula açoitada por um cruel vento nordeste. A CONSPIRAÇÃO NOTURNA, escrevera Smoke, em caixa alta, no canto superior direito de todas as páginas. As primeiras poucas folhas detalhavam a história dos Sentinelas Noturnos, seus diversos nomes e aparente metodologia (perguntei-me como ele teria conseguido essas informações, já que não citava nem o artigo do Papai nem o livro de Littleton). A seguir, havia cerca de trinta páginas sobre Gracey, a maior parte ilegível (Ada tinha usado uma fotocopiadora que deixava marcas de pneus cruzando o papel): "Origem grega, e *não* turca", "Nascido em 12 de fevereiro de 1944, em Atenas, mãe grega, pai americano", "Razões desconhecidas para o radicalismo". Segui em frente. Havia cópias de matérias de jornais da Virgínia do Oeste e do Texas que descreviam os dois atentados a bomba conhecidos, "Senador assassinado, suspeitos são pacifistas fanáticos", "Atentado na Oxico, 4 mortos, Sentinelas Noturnos procurados", uma matéria da revista *Life*, datada de dezembro de 1978 e intitulada "O fim do ativismo", sobre a dissolução do Weather Underground, dos Estudantes por uma Sociedade Democrática e de outras organizações políticas dissidentes. Havia também alguns artigos sobre programas de contra-inteligência do FBI, uma minúscula matéria publicada na Califórnia, "Radical visto em farmácia" e, a seguir, um breve boletim. Tinha sido publicado em 15 de novembro de 1987, *Boletim diário*, Departamento de Polícia de Houston, Confidencial, Para Uso Exclusivo da Polícia, PROCURADO PELO GOVERNO LOCAL E FEDERAL, Mandado de Prisão arquivado na delegacia do Condado Harris, Telefone 432-6329...

Meu coração parou.

Olhando para mim, logo acima de "Gracey, George. R.G. 329573. Homem, Branco, 43, 110 kg, Corpulento. Mandado de Busca Federal n° 78-3298. Tatuagens no peito, lado direito. Manca ao caminhar. Suspeitos devem ser considerados armados e perigosos" — estava Baba au Rhum (Ilustração 35.0).

Tudo bem, na foto da polícia, Servo tinha barba e bigode densos feito palha de aço, ambos fazendo o melhor que podiam para esfregar aquela cara oval, e a fotografia (uma imagem congelada de uma câmera de segurança) estava num preto-e-branco borrado. Ainda assim, os olhos ardentes de Servo, sua boca sem lábios, semelhante à fenda plástica numa caixa de Kleenex sem lenços, o modo como a cabeça pequena se apoiava naqueles ombros intimidantes — tudo aquilo era inconfundível.

"Ele sempre mancou", dissera-me o Papai em Paris. "Até quando estávamos em Harvard."

Apanhei a folha de papel, que também trazia o retrato falado de Catherine Baker, o que eu vira na internet. ("O governo federal e a delegacia do Condado Harris estão à procura de auxílio público para a obtenção de informações que levem ao indiciamento destas pessoas...", dizia a segunda página.) Subi correndo

![Boletim Diário - Depto. Polícia de Houston, Volume 11, No.91, 15 Novembro 1987. Para uso exclusivo da polícia. Procurado pelo governo local e federal. Mandado de prisão arquivado na delegacia do Condado Harris, Telefone: 432-6329.

Baker, Catherine. RG. 637921. Mulher, Branca, 17-80, 60kg, Magra. Mandado de Busca Federal nº 94.4522. Olhos Azuis.

Gracey, George. RG. 329573. Homem, branco, 43, 110kg, Corpulento. Mandado de Busca Federal nº 78-3298. Tatuagens no Peito, lado direito. Manca ao caminhar.

Suspeitos devem ser condiderados armados e perigosos]

ILUSTRAÇÃO 35.0

as escadas até o meu quarto, escancarei as gavetas da escrivaninha e revirei meus velhos deveres de casa, cadernos e Provas Bimestrais, até encontrar os cartões de embarque da Air France, um bloco de papel do Ritz e, então, o pequeno pedaço de papel quadriculado no qual o Papai rabiscara o telefone de casa e o celular de Servo no dia em que me deixaram sozinha e foram a La Sorbonne.

Depois de alguma confusão — códigos internacionais, cortar os zeros —, consegui discar corretamente o número do celular. Fui recebida instantaneamente com o sinal de um número desativado. Quando liguei para o número fixo da casa, depois de alguns momentos de "*Como?*" e "*Qué?*", uma paciente mulher espanhola me informou que o apartamento não era uma residência privada, *não*, era alugado nos fins de semana pela corretora Go Chateaux, Ltda. Ela me indicou o site da empresa na internet (ver "ILE-297", www.gochateaux.com). Telefonei para o número de reservas, e um homem me informou secamente que o apartamento já não era uma residência privada desde a fundação da empresa, em 1981. Tentei então arrancar quaisquer informações disponíveis sobre a pessoa que tinha alugado o imóvel na semana de 26 de dezembro, mas fui informada que a Go Chateau não estava autorizada a revelar os dados pessoais dos seus clientes.

— Fiz tudo o possível para auxiliá-la nesta ligação?
— É uma questão de vida ou morte. Tem gente *morrendo*.
— Todas as suas dúvidas foram respondidas?
— Não.
— Obrigado por telefonar para a Go Chateau.

Desliguei e fiquei simplesmente sentada na beira da minha cama, estonteada com a resposta *blasé* daquela tarde. Evidentemente, os céus deveriam ter se aberto como as calças de um encanador; no mínimo deveria haver fumaça surgindo das árvores, que teriam os ramos mais altos queimados — mas não, a tarde era uma adolescente de olhar apático, uma mulher acabada, sentada num botequim. A minha revelação era problema *meu*; não tinha absolutamente nenhuma relação com o quarto, com a luz que se recostava sobre o aquecedor e a prateleira como uma garota de vestido dourado que não encontra par numa festa, com as sombras na janela que pareciam banhistas estúpidos tomando sol por todo o chão. Lembrei-me de quando apanhei a bengala de Servo depois que ele a deixou cair da borda do balcão de uma *boulangerie*, acertando o sapato preto uma mulher sentada bem atrás dele, fazendo-a ficar vermelha e ressoar como aqueles brinquedos de parques de diversões que as crianças acertam com marretas, e o topo da bengala, a cabeça de uma águia calva, estava quente e pegajoso pelo contato com a palma gordurosa de Servo. Enquanto eu a recolocava ao lado do cotovelo de Servo, ele soltou algumas palavras sobre o ombro esquerdo, apressado, como quem derruba sal: "Hmmm, *merci beaucoup*. Preciso arrumar uma correia para isto aqui, não é?" Supus que não serviria para nada repreender a mim mesma por não ter associado, num momento mais oportuno, esses fragmentos da vida tão obviamente pareados (Quantos homens eu já conhecera com problemas no quadril? Nenhum além de Servo, era a lamentável resposta.), e, naturalmente, pensei (embora tenha resistido a fazê-lo) numa coisa que o Papai tinha dito: "Uma surpresa raramente é um estranho; é mais comum que se trate de um paciente sem rosto que esteve lendo à sua frente o tempo todo na sala de espera, com a cabeça oculta pela revista, mas com as meias laranja perfeitamente à mostra, assim como o relógio de ouro no bolso e as calças surradas."

Mas se Servo era George Gracey, onde é que o Papai entrava na história?

Servo está para Gracey assim como Papai está para — de súbito, a resposta saiu do seu esconderijo, com as mãos levantadas, jogando-se no chão, implorando perdão, rezando para que eu não a despelasse viva.

Corri até a escrivaninha, apanhei as minhas OBSERVAÇÕES, revirei as páginas à procura daqueles estranhos codinomes que eu tinha anotado de maneira tão casual, encontrando-os por fim encolhidos no final da página 4: Nero, Alvo, Mojave, Sócrates e Franklin. Agora tudo estava ridiculamente óbvio. Papai era Sócrates, também chamado de "O Pensador" em www.percaoseucabacorevolucionario.net — *é claro* que ele seria o Sócrates —, quem mais poderia ser? Marx, Hume, Descartes, Sartre, Emerson, nenhum desses codinomes seria bom o suficiente para o Papai ("escrevinhadores resmunguentos e ultrapassados"), e ele jamais se deixaria chamar de Platão ("imensamente superestimado como lógico"). Perguntei-me se um dos Sentinelas Noturnos teria inventado aquele codinome; não, era mais provável que o próprio Papai o houvesse sugerido desinteressadamente numa conversa particular com Servo. Papai não se dava bem com as sutilezas, com o improviso; quando chegávamos ao Fim das Contas, Gareth vestia a indiferença do modo como uma socialite magra feito um biscoito de queijo vestia, obrigada, a camisa de um time de futebol durante um almoço. Agora meus olhos cambaleavam pela página, pelas minhas próprias palavras, escritas com tanto cuidado: "Em janeiro de 1974, o grupo mudou de táticas, passando de evidente a invisível." Em janeiro de 1974, Papai estava matriculado na Faculdade Kennedy de Governo, em Harvard; em março de 1974, "a polícia esteve muito perto de invadir um dos seus encontros num armazém abandonado em Braintree, em Massachusetts"; Braintree, em Massachusetts, ficava a menos de trinta minutos de Cambridge, e, portanto, os Sentinelas Noturnos tinham estado a menos de trinta minutos do Papai — uma interseção altamente provável entre dois corpos em movimento pelo Espaço-Tempo.

A entrada do Papai para os Sentinelas Noturnos foi o que provocou a mudança de estratégia. "Encontros às cegas: as vantagens da guerra civil silenciosa" e "Rebelião na era da informação" eram dois dos ensaios mais populares do Papai publicados na *Fórum federal* (ele ainda recebia cartas de admiradores, de vez em quando), e esse era um dos Temas Principais que serviram como base para a sua dissertação de Harvard em 1978, muito elogiada: "A maldição do guerreiro da liberdade: falácias da guerra de guerrilhas e da revolução do terceiro mundo". (Foi esse, também, o motivo pelo qual ele chamou Lou Swann de "fajuto".) E também havia o palpável Ponto de Mudança do Papai, do qual ele falava com ternura nos seus Humores de Uísque (como se fosse uma mulher que ele houvesse encontrado numa estação de trem, uma mulher de cabelos sedosos que inclinou a cabeça perto do vidro, fazendo com que o Papai visse uma nuvem onde deveria haver uma boca), o momento em que esteve ao lado de Benno Ohnesorg durante uma manifestação em Berlim e o estudante inocente foi baleado pela polícia. Foi nesse instante que ele percebeu que "o homem que se levanta e protesta, o solitário que diz não — esse homem será crucificado".

"E esse foi meu momento bolchevique, por assim dizer", dizia o Papai. "Quando decidi assaltar o Palácio de Inverno."

Ao mapear tudo o que eu sabia ser a minha vida, consegui, de alguma forma, omitir um continente inteiro (ver *Antártida: o lugar mais frio da Terra*, Turg, 1987). "Sempre satisfeito, não é, em se esconder atrás do púlpito?", gritara Servo. Ele era o "adolescente hormonal"; Papai, o teórico. (Para falar a verdade, Servo tinha acertado em cheio; Papai não gostava sequer de ter detergente nas mãos, quanto mais sangue humano.) E não havia dúvidas de que Servo pagava um bom dinheiro ao Papai pelos seus esforços teorizantes. Apesar de, ao longo dos anos, Papai sempre se dizer pobre, no fim das contas sempre conseguia viver como Kubla Kahn, alugando uma casa adornada como a da rua Armor, 24, hospedando-se no Ritz, transportando pelo país uma escrivaninha de 100 kg que custou $17.000 e mentindo a respeito. Até mesmo o uísque de escolha dele, George T. Stagg, era considerado pela *Bíblia da birita de Stuart Mill* (edição de 2003) como "o Bentley dentre os bourbons".

Em Paris, a discussão que os ouvi travar seria sobre Hannah Schneider, ou sobre o problema de Ada Harvey, que os acossava? Altamente histérica, problema, Simone de Beauvoir — a conversa que eu tinha escutado era uma mula; não se mostrava disposta a sair de onde estava e me voltar à cabeça. Tive que persuadi-la, cativá-la, trazê-la aos poucos de volta à minha mente, de modo que, quando alinhei os cacos da conversa e os inspecionei, estava tão confusa quanto no começo. O meu cérebro parecia ter sido removido com uma colher.

∽

Depois da dor inicial, a minha vida — repleta de rodovias, Maratonas de Sonetos, Humores de Uísque, notáveis citações de pessoas mortas — se descascou com uma facilidade surpreendente. Para falar a verdade, fiquei atônita ao me perceber tão inabalada, tão centrada. Afinal de contas, se Vivien Leigh sofria de alucinações e histeria, precisando ser tratada com eletrochoques, imersões em gelo e uma dieta de ovos crus apenas por trabalhar no cenário de *No caminho dos elefantes* (um filme do qual ninguém tinha ouvido falar, a não ser pelos descendentes do Peter Finch), seria perfeitamente concebível, talvez até mesmo obrigatório, que eu adquirisse *alguma* forma de demência causada pelo fato de que a minha vida havia sido uma *Trompe l'Oeil*, uma matéria num jornal sensacionalista, uma *Pergunta do milhão*, uma Sereia de Fiji, um Diário de Hitler, Milli Vanilli (ver capítulo 3, "Srta. O'Hara", *Aves do tormento: sedutoras damas das telas e seus demônios vivos*, Lee, 1973).

Após a minha revelação socrática, porém, as verdades subseqüentes que desenterrei não foram tão embasbacantes. (Só podemos permanecer lucasteados até que o nosso lucasteamento chegue ao máximo, como o limite de um cartão de crédito.)

Nos dez anos em que viajamos pelo país, Papai parecia não estar tão preocupado assim com a minha educação, e sim com um rigoroso exercício de recrutamento para os Sentinelas Noturnos. Papai tinha sido o poderoso chefe do RH do grupo, tinha a voz inebriante das Sereias, sendo muito provavelmente o responsável direto por aquele "recrutamento inspirador", descrito em detalhes por Guillaume em www.hautain.fr. Essa era a única explicação possível: os professores que o Papai havia convidado para jantar durante todos esses anos, os jovens calmos que escutavam, com a intensidade dos que assistiam ao Sermão da Montanha, a história de Tobias Jones, o Amaldiçoado, a Teoria da Determinação — "*Existem lobos e existem artêmias*", dizia o Papai, partindo para a Venda Agressiva —, não só *não* eram professores, eles sequer existiam.

Não existia nenhum dr. Luke Ordinote, com deficiência auditiva, que chefiava o Departamento de História da Universidade do Missouri. Não existia nenhum Mark Hill, professor de lingüística com olhos de figo. *Existia* um professor de zoologia chamado Mark Hubbard, mas não consegui falar com ele porque havia passado os últimos doze anos realizando pesquisas de campo em Israel, estudando o Sisão, *Tetrax tetrax*, ameaçado de extinção. E o mais assustador, não existia nenhum professor Arnie Sanderson, que lecionava Introdução ao Teatro e História do Teatro Mundial, com quem o Papai tivera um jantar tumultuoso na noite em que Eva Brewster destruiu as borboletas da minha mãe e outro no Piazza Pitti na noite em que ele desapareceu.

— Alô?

— Alô. Estou tentando entrar em contato com o professor assistente que deu aulas no departamento de inglês no segundo semestre de 2001. O nome é Lee San-Jay Song.

— Como é o nome?

— Song.

Houve uma breve pausa.

— Não tem ninguém com esse nome aqui.

— Não tenho certeza se trabalhava em período integral ou em meio período.

— Entendo, mas não tem ninguém com esse...

— Talvez já tenha saído da faculdade? Mudou-se para Calcutá? Para a Cochinchina? Talvez tenha sido atropelado por um ônibus.

— Como disse?

— Desculpe. É só que, se alguém souber de alguma coisa, se eu puder falar com alguém ficaria muito grata...

— Eu sou a supervisora deste Departamento de Inglês há vinte e nove *anos*, e posso lhe garantir que *nunca* tivemos um professor de sobrenome Song por aqui. Desculpe não poder lhe ajudar melhor, dona...

Naturalmente, perguntei-me se o Papai não seria também um falso professor. Eu já o vira um bocado de vezes dando aulas em auditórios, mas *não* visitei várias das faculdades. E se não pude ver com meus próprios olhos o escritório-closet que ele chamava de sua "jaula", sua "cripta", sua "e eles acham que eu sou capaz de me sentar nesta catacumba e conceber idéias originais para inspirar os jovens insípidos deste país" — talvez fosse como a árvore que cai na floresta sem ninguém por perto. Jamais teria acontecido.

Eu estava completamente errada nesse ponto. Todo mundo já tinha ouvido falar do Papai, incluindo algumas secretárias de departamentos que acabavam de ser contratadas. Aparentemente, por onde quer que ele passasse, deixava atrás de si uma reluzente Estrada de Tijolos Amarelos de adulação.

— Como é que *está* aquele garotão? — inquiriu o reitor Richardson, da Universidade do Arkansas em Wilsonville.

— Está ótimo.
— Sempre me pergunto onde terá se metido. Pensei nele noutro dia, quando me deparei com um artigo de Virginia Summa elogiando as políticas empregadas no Oriente Médio na revista *Propostas*. Pude ouvir os uivos de riso do Garry. Agora que estou pensando, não tenho visto nenhum ensaio dele há algum tempo. Bom, imagino que sejam dias difíceis para ele. Pensadores independentes, inconformistas, aqueles que não seguem ninguém além de si mesmos, essas pessoas não têm encontrado os mesmos espaços que encontravam antigamente.
— Ele está se virando.

Obviamente, se um recanto da nossa vida acabar por cultivar secretamente uma quantidade tenebrosa de um mofo gosmento, devemos acender as duras luzes fluorescentes (as do tipo cruel encontrado em galinheiros), ficar de quatro no chão e esfregar *cada um* dos cantos. Portanto, pareceu-me necessário investigar uma outra possibilidade empolgante: E Se as Moscas de Verão não fossem Moscas de Verão, e sim Mariposas-Lua (*Graellsia isabellae*), as mais cativantes e refinadas dentre as mariposas européias? E Se elas, também, como os falsos professores, fossem pessoas excepcionais que o Papai houvesse escolhido a dedo para os Sentinelas Noturnos? E Se elas apenas *fingissem* se ligar vigorosamente ao Papai, como o lítio ao flúor (ver *As estranhas atrações dos íons opostos*, Booley, 1975)? Eu queria que isso fosse verdade; queria aproximar o meu barco do delas, resgatá-las das suas inúteis violetas africanas e telefonemas com vozes hesitantes, das suas águas mornas onde nada crescia, nenhum coral, nenhum peixe-papagaio ou acará-bandeira (e certamente nenhuma tartaruga marinha). Papai as deixara à deriva nesse barco, mas eu as libertaria, as mandaria embora num forte Vento Tropical. Elas desapareceriam em Casablanca, em Bombaim, no Rio (todo mundo queria desaparecer no Rio) — e ninguém jamais ouviria falar delas, ninguém jamais as *veria* novamente, teriam o destino mais poético que se poderia imaginar.

Comecei a minha investigação ligando para o serviço de Informações e obtendo o número do telefone da Mosca de Verão Jessie Rose Rubiman, que *ainda* vivia em Newton, no Texas, e *ainda* era a herdeira da Carpetes Rubiman:
— Se mencionar o nome dele mais *uma* vez, quer saber? Ainda estou pensando em descobrir onde ele mora, entrar no quarto dele à noite e cortar fora o seu bigulim. Esse filho-da-puta não perde por esperar.

Terminei a minha investigação ligando para o serviço de Informações e obtendo o número do telefone da Mosca de Verão Shelby Hollow:
— Sentinela Noturno? É aquele programa da TV?

A menos que as Moscas de Verão fossem atrizes experientes na tradição de Davis e Dietrich (aptas para trabalhar nos filmes A, e não nos B ou C), parecia evidente que a única mariposa que voava por aquela noite úmida, traçando elaborados desenhos (como um piloto kamikaze confuso) ao redor de cada uma das lâmpadas da varanda, recusando-se a se deter mesmo que eu apagasse as luzes e a ignorasse, era Hannah Schneider.

Essa era a coisa mais impressionante sobre o abandono, o fato de nos encontrarmos tão desprovidos de diálogo que os nossos pensamentos têm o mundo inteiro para si mesmos; eles podem flutuar durante dias sem se chocar com ninguém. Eu conseguia engolir a idéia de que o Papai se auto-intitulasse Sócrates. Conseguia também engolir a idéia da existência dos Sentinelas Noturnos e sair à procura dos pequenos vestígios dos seus atos, como um detetive particular desesperado por encontrar a Dama Perdida. Conseguia até engolir a idéia de que Servo e Hannah fossem amantes (ver Serpente Devoradora de Ovos, *Enciclopédia dos seres vivos*, 4ª ed.) — podia-se presumir que Baba au Rhum não houvesse sido sempre tão cheio de Hmmms; lá no verão cabeludo de 1973, ele sem dúvida daria uma figura bastante rebelde (ou então seria suficientemente parecido a Poe para que a jovem Catherine, de treze anos de idade, decidisse ser a sua Virginia para toda a eternidade).

O que eu não *conseguia* engolir, o que não era capaz de encarar a olho nu, era o *Papai* ao lado da Hannah. Percebi, à medida que os dias passavam, que eu não parava de afastar esse pensamento, guardando-o, como uma avó, para um Momento Especial que nunca chegaria. Tentei, e por vezes consegui, distrair a mente (*não* com um livro ou uma peça, e claro, recitar Keats era uma idéia idiota, seria como embarcar num barco a remo para nos protegermos de um terremoto); o que fiz foi ligar a TV, assistir a comerciais de barbeadores e da Gap, melodramas do horário nobre com pessoas bronzeadas chamadas Brett que declaravam, "Chegou a hora da vingança".

Eles se foram. Eram espécimes gigantes dispostos em vitrines, dentro de salas escuras e desertas. Eu conseguia fitá-los, ridicularizar a minha estupidez por jamais ter notado as suas evidentes semelhanças: tamanho fenomenal (personas maiores que a vida), asas traseiras de cores vívidas (facilmente visíveis em qualquer ambiente), infâncias difíceis como lagartas (órfão, pobre menina rica, respectivamente), vôos exclusivamente noturnos (com finais banhados em mistério), fronteiras de distribuição desconhecida.

Quando um homem se queixa de uma mulher de maneira tão ruidosa quanto o Papai (ele a chamara de "lugar-comum", "estranha e instável", "chorona") por baixo do Pano número 1 de um desgosto tão intenso, quase sempre há um Amor Bege Metálico estacionado ali, grande, reluzente e pouco prático (destinado a quebrar dentro de um ano). Era o truque mais velho da história, no qual eu jamais deveria ter caído após ter lido toda a obra de Shakespeare, incluindo as suas últimas tragicomédias românticas, além da biografia definitiva de Cary Grant, *O amante relutante* (Murdy, 1999).

BORBOLETAS FRÁGIL. Por que será que, quando me forcei a considerar a idéia do Papai com a Hannah, aquela velha caixa de mudança me caiu sobre a cabeça? Essas eram as palavras que o Papai sempre usava para descrever a minha mãe. Depois do estardalhaço dos *battement frappés* e *demi-pliés*, do vestido Sonho em Technicolor, essas palavras surgiam como convidados pobres e indesejados numa festa esplêndida, tristes e vergonhosas, como se o Papai estivesse falando de um olho de vidro ou da falta de um braço da minha mãe. No Terraço Hiacinto, com os olhos negros como ralos entupidos, a boca pintada de roxo, Hannah Schneider dissera essas mesmas palavras, sem se dirigir aos outros, e sim a mim. Com um olhar que me comprimia como uma enorme estante de livros caída, ela disse: "Algumas pessoas são frágeis como, como borboletas."

Os dois usaram as mesmas palavras delicadas para descrever a mesma pessoa delicada.

Papai muitas vezes escolhia cuidadosamente uma frase e a grudava numa pessoa como um adesivo, que servia para todas as conversas subseqüentes (o reitor Roy, da Universidade do Arkansas, em Wilsonville, recebera o pouco inspirado "doce como um pirulito"). Hannah deve ter ouvido o Papai descrever a minha mãe dessa maneira. E da mesma forma como me recitou descaradamente a citação preferida do Papai na mesa do jantar (Felicidade, cão, sol) e deixou o filme estrangeiro preferido do Papai no videocassete (*L'Avventura*) (Hannah agora estava banhada em pó e posta sob luz ultravioleta; eu conseguia ver as impressões digitais do Papai por todo o seu corpo), ela me lançou tentadoramente essa frase sobre a minha mãe, deixando assim escapar fragmentos do seu segredo obscuro, deixando escapar entre os dedos o segredo ardente que ela escondia com força nas mãos, para que eu pudesse vê-lo, segui-lo como a mais escassa trilha de areia. Ela não teve coragem (*Mut*, em alemão) de libertá-lo nem mesmo quando estivemos sozinhas no bosque, jogá-lo para o alto para que derramasse sobre as nossas cabeças, ficando preso em nosso cabelo e nossas bocas.

A verdade que os dois esconderam (Papai com uma ferocidade de Quinta Sinfonia, Hannah de um modo mais desajeitado), o fato de que se conheciam (desde 1992, calculei) na acepção de pôster de filme da palavra (e eu jamais saberia se eles eram *Il caso Thomas Crown* ou *Colazione da Tiffany*, ou se já teriam escovado os dentes lado a lado trezentas vezes), isso não me causou preocupação alguma — nem um único gemido ou ofego.

Apenas fui até a caixa de mudança e fiquei de joelhos, correndo os dedos pelos pedaços de veludo, pelas antenas, asas anteriores e tóraces, pelos papéis rasgados e alfinetes, esperando que Natasha me houvesse deixado um código, uma carta de suicídio identificando o marido infiel, assim como havia identificado a parte da Jezebel-Vermelha que indicava seu sabor repugnante para os pássaros — uma explicação, uma peça do quebra-cabeça, um sussurro do além, uma Ilustração. (Não havia nada.)

Nesse ponto, as minhas OBSERVAÇÕES já enchiam um bloco inteiro de papel, cerca de cinqüenta páginas, e me lembrei então da fotografia que o Nigel tinha me mostrado no quarto da Hannah (que ela deve ter destruído antes da viagem de camping, já que não a encontrei na caixa de sapatos da Evan Picone), a de Hannah ao lado da menina loira que se escondia da câmera, e no verso, escrito em caneta azul, 1973. E eu já tinha dirigido a Volvo até o cyber-café da avenida Orlando e identificado o emblema que me lembrava de ter visto no bolso do uniforme escolar da Hannah, um leão dourado: era o brasão de uma escola privada da rua 81 Leste, que Natasha freqüentou em 1973, depois que os pais a fizeram sair do Conservatório Larson de Ballet (ver www.escolaivy.edu). (O irritante lema da escola era *Salva veritate*.) E depois de fitar durante horas aquela outra foto da Hannah, a que roubei da sua garagem, a da Hannah Estrela do Rock com Cabelo Vermelho-Galo, percebi por que, em janeiro, quando a vi com o cabelo de louca, tive aquela sensação persistente de *déjà-vu*.

A mulher que me apanhou no jardim de infância e me levou para casa após a morte da minha mãe, a moça bonita que usava calças jeans e tinha cabelo vermelho curto espetado, a que, segundo o Papai, era a nossa vizinha — essa mulher era a Hannah.

Recortei pequenos indícios de todas as outras conversas das quais consegui me lembrar e as juntei, atônita, mas também nauseada ao ver a colagem gráfica resultante (ver "Retalhos nus esparramados XI", *Biografia não-autorizada de Indonesia Sotto*, Greyden, 1989, p. 211). "Ela tinha uma grande amiga quando pequena", dissera-me Hannah, com a fumaça do cigarro piruetando entre seus dedos, "uma menina bonita, frágil; eram como irmãs. Eram confidentes, ela lhe contava de tudo... Minha nossa, não consigo lembrar do nome da menina." "Tem pessoas. Pessoas frágeis, que você ama e fere, e eu-eu sou patética, não sou?", dissera quando estávamos no bosque. "Alguma coisa horrível aconteceu quando ela tinha vinte e poucos anos, tinha um homem na história", dissera Eva Brewster, "uma amiga... ela não entrou em detalhes, mas disse que não passava um dia sem que se sentisse culpada pelo que tinha feito... o que quer que fosse".

Seria a Hannah o motivo da guerra entre Servo e o Papai (apesar da dinâmica relação de trabalho que mantinham) — ambos amavam (ou talvez nunca fosse algo tão grandioso, apenas um caso de conexões elétricas malfeitas) a mesma mulher? Seria a Hannah o motivo pelo qual nos mudamos para Stockton, por remorso em relação à melhor amiga dela, que cometeu suicídio por causa de um coração partido? Seria esse o motivo pelo qual ela me enchia de elogios e me apertava contra o seu ombro ossudo e deixava os olhos empoleirados sobre mim como pardais dourados? Como era possível que os cientistas conseguissem localizar as margens do universo observável, o Horizonte Cósmico ("O nosso universo tem 13,7 bilhões de anos-luz de comprimento", escreveu Harry Mills Cornblow, Ph.D., com uma confiança impressionante em *O ABC do cosmo* [2003]) e, ainda assim, meros seres humanos permanecessem tão nebulosos, tão incalculáveis?

Sim, Não Tenho Certeza, Provavelmente e Quem Diabos Saberá eram as minhas respostas.

Catorze dias após a partida do Papai (dois dias depois que recebi a cordial saudação do sr. William Baumgartner, do Banco de Nova York, notificando-me o número da minha conta; em 1993, no ano em que saímos do Mississippi, Papai aparentemente abriu uma conta conjunta no meu nome), eu estava no andar de baixo, na sala ao lado do escritório do Papai, onde ele guardava as suas coisas, vasculhando as prateleiras repletas de *tralha* danificada, a maior parte pertencente ao dono da casa 24 da rua Armor, embora também houvesse algumas coisas que eu e o Papai tínhamos acumulado ao longo dos anos: abajures combinados em verde-menta, um peso para papel de mármore em forma de obelisco (dado por um dos alunos-admiradores do Papai), alguns livros de fotografias desbotados de pouca importância (um *Guia de viagem da África do Sul* [1968], escrito por J.C. Bulrich). Calhei de empurrar para um lado uma pequena caixa de papelão na qual o Papai escrevera PRATARIA e vi, ao lado, metida no canto atrás de um jornal enrugado e ictérico (o *Diário de Ruanda*) e de uma pilha de camisas pólo desbotadas, a fantasia de Briguela do Papai, a capa preta, a máscara de bronze com a tinta descascada e o nariz em gancho zombando das prateleiras.

Sem pensar, apanhei a capa, sacudi-a e a levei junto ao rosto, uma coisa um tanto vergonhosa e perdida de se fazer, e notei imediatamente um cheiro vagamente familiar, um cheiro de Howard e Wal-Mart e do banheiro da Hannah — aquela velha seiva ácida do Taiti, o tipo de colônia que invadia um ambiente e se mantinha ali por horas.

Mas também — era como um rosto perdido numa multidão. Você nota uma mandíbula, os olhos ou um desses queixos fascinantes que parecem ter sido amarrados firmemente no centro com uma agulha e uma linha e então repuxados, uma dessas feições que você quer, às vezes desesperadamente, observar uma última vez, mas não consegue, por mais que abra caminho entre os cotovelos, as bolsas de mão e os sapatos de salto alto. Assim que reconheci a colônia e o nome irrompeu na minha cabeça como uma pantera, desapareceu imediatamente de vista, afogou-se em algum lugar, foi-se.

CAPÍTULO 36

METAMORFOSES

Eu sabia que alguma coisa bizarra e romântica aconteceria no dia da Formatura, pois o céu da manhã não parava de enrubescer sobre a casa, e quando abri a janela do meu quarto, o ar parecia fraco. Até mesmo os pinheiros femininos, amontoados pelo jardim em suas panelinhas fechadas, tremiam com a expectativa; e quando me sentei na mesa da cozinha com o *Wall Street Journal* do Papai (que ainda era trazido nas primeiras horas da manhã, como um fulano que volta à esquina onde a sua prostituta preferida exerceu um dia o seu ofício), liguei o Notícias 13 das 6h30 da manhã, o *Bom dia notícia com Cherry*, e Cherry Jeffries não estava lá.

Em seu lugar, Norvel Owen usava uma jaqueta esporte apertada numa cor azul-Netuno. Com os dedos rechonchudos entrelaçados e o rosto reluzente, piscando como se alguém lhe estivesse apontando uma lanterna nos olhos, começou a ler as notícias sem um único comentário, desculpa, menção passageira ou aparte pessoal sobre o motivo da ausência de Cherry Jeffries. Ele nem mesmo soltou alguma frase frouxa e pouco convincente como "Desejamos muita sorte a Cherry", ou um "Esperamos que Cherry se recupere logo". Ainda mais impressionante era o novo título do programa, que notei quando entraram os comerciais: *Bom dia notícia com Norvel*. Os produtores executivos do canal Notícias 13 tinham eliminado a própria *existência* de Cherry com a mesma facilidade de quem remove os "hãs", "ehs" e "veja bens" ditos por alguma testemunha ocular durante uma entrevista na sala de edição.

Com seu sorriso de meia fatia de abacaxi, Norvel passou a palavra a Ashleigh Goldwell, a garota do tempo. Ela anunciou que Stockton tinha previsão de "alta umidade, com oitenta por cento de chance de chuvas".

Apesar dessa previsão funesta, assim que cheguei a St. Gallway (depois de cumprir as minhas últimas missões, Imobiliária Sherwig, Exército da Salvação), Eva Brewster anunciou pelos alto-falantes que os orgulhosos pais seriam *ainda assim* encaminhados às cadeiras de metal dobráveis que lhes correspondiam, no campo em frente ao Centro Esportivo Bartleby, *precisamente* às onze da manhã. (Havia um limite máximo de cinco cadeiras por aluno. Qualquer parente sobressalente seria relegado às arquibancadas.) A cerimônia *ainda* começaria às onze e meia. Ao contrário do que diziam os boatos circulantes, todos os eventos e palestras decorreriam conforme planejado, inclusive os *hors d'oeuvres* pós-cerimônia (com música e entretenimento a cargo da Banda de Jazz Jelly Roll e dos integrantes do Grupo de Dança de St. Gallway que não estavam se formando), nos quais os pais, professores e alunos poderiam revoar, como pálidas Mariposas-Símias, ao redor dos sussurros de Quem Passou Para Onde, da cidra borbulhante e dos lírios.

— Telefonei para algumas estações de rádio, e não temos previsão de chuva até o final da tarde — disse Eva Brewster. — Se todos os formandos se alinharem na hora certa, não vai ter problema. Boa sorte, e meus parabéns.

Fiquei detida algum tempo na sala de aula da profa. Simpson no Pavilhão Hanover (Lânguida profa. Simpson: "Permita que lhe diga, a sua presença nesta sala de aula foi uma honra. Quando encontro um aluno que demonstra uma compreensão tão profunda do material..."), e o prof. Moats também quis me deter quando apresentei a minha Pasta Final de Desenhos. Embora tenha sido meticulosa em me assegurar de que a minha aparência e comportamento fossem exatamente iguais aos que eu tinha antes da minha lacuna nas aulas, um total de dezesseis dias — a mesma roupa, o mesmo modo de andar, o mesmo cabelo (essas eram as pistas que as pessoas farejavam quando tentavam rastrear um Apocalipse Doméstico ou uma Psique Deteriorante) —, a deserção do Papai ainda parecia ter me alterado de alguma maneira. Eu tinha sido revista, embora muito brevemente — uma palavra aqui, um pequeno esclarecimento ali. E também sentia, a todo momento, os olhos das pessoas sobre mim, mas não da maneira invejosa com que me fitavam nos meus Tempos Áureos com os Sangue-Azul. Não, eram os adultos que me notavam agora, sempre com um olhar curto, apesar de desnorteado, como se percebessem algo de velho em mim, como se reconhecessem a si mesmos.

— É bom saber que as coisas estão de novo nos trilhos — disse o prof. Moats.

— Obrigada — respondi.

— Ficamos preocupados. Não sabíamos o que tinha acontecido com você.

— Eu sei. As coisas ficaram agitadas.

— Quando você finalmente contou à Eva o que tinha acontecido, ficamos aliviados. Você deve estar passando por tantas coisas... Por sinal, como está o seu pai?

— O prognóstico não é bom — falei. Essa era a frase ensaiada que recitei, com certo prazer, à profa. Thermopolis (que respondeu lembrando-me que eles agora faziam maravilhas para "consertar" o câncer, como se fosse apenas um corte de cabelo ruim), ao prof. Gershon (que mudou rapidamente de assunto, voltando ao meu Trabalho Final sobre a Teoria das Cordas), e até mesmo ao prof. Archer (que fitou o pôster de Ticiano na parede, deixado sem palavras pelas dobras do vestido da menina), mas não me senti bem ao ver que essa frase deixou o prof. Moats visivelmente triste e mudo. Ele assentiu, fitando o chão.

— O meu pai também morreu de câncer na garganta — falou baixo. — Pode ser terrível. A perda da voz, a incapacidade de se comunicar... não é fácil para nenhum homem. Não consigo imaginar como seria para um professor. Modigliani também esteve muito doente, sabe? Degas. Toulouse também. Muitos dos maiores homens e mulheres da história — suspirou. — E no ano que vem, você vai estar em Harvard?

Fiz que sim.

— Vai ser difícil, mas precisa se concentrar nos seus estudos. É o que seu pai deseja que faça. E não deixe de desenhar, Blue — acrescentou, uma frase que pareceu confortá-lo mais que a mim. Suspirou e tocou a gola da camisa violeta texturizada. — E eu não digo isso a qualquer um, sabe? Muitas pessoas deveriam se manter muito, muito longe da folha em branco. Mas você... veja bem, o desenho, o retrato cuidadosamente considerado de um ser humano, de um animal, de um objeto inanimado, não é apenas uma figura, e sim a expressão de uma alma. A fotografia é a arte dos preguiçosos. O desenho é o meio do pensador, do sonhador.

— Obrigada — respondi.

Alguns minutos depois eu estava correndo pela Relva dos Comuns com meu longo vestido branco e os meus sapatos brancos, baixos. O céu tinha escurecido, assumindo a cor das munições, e os pais em cores pastéis derivavam em direção ao campo do Centro Bartleby; alguns deles riam, segurando suas bolsas ou a mão de alguma criancinha, alguns deles ajeitavam o cabelo como se fossem travesseiros de penas de ganso.

A profa. Eugenia Sturds ordenou que nos "ajuntássemos" (éramos touros prestes a ser soltos numa arena) na Sala de Troféus Nathan Bly antes das 10h45, e quando entrei pela porta e abri caminho em direção à sala lotada, pelo visto fui a última formanda a chegar.

— Não façam tumulto durante a cerimônia — dizia o prof. Butters. — Não riam. Não fiquem se mexendo...

— Não batam palmas até que todos os nomes tenham sido chamados... — prosseguiu a profa. Sturds.

— Nada de levantar e ir ao *banheiro*...

— Meninas, se precisarem fazer xixi, vão agora.

Imediatamente, reconheci Jade e os outros no canto. Vestida em branco-marshmallow, com o cabelo penteado numa volta *mais oui*, Jade checava seu reflexo num espelho de bolso, limpando o batom dos dentes e estalando os lábios. Lu estava quieta, com as mãos juntas, olhando para o chão, balançando para frente e para trás sobre os saltos. Charles, Milton e Nigel falavam de cerveja. "A porra da Budweiser tem gosto de mijo de coelho", disse Milton numa voz alta, enquanto eu passava para o outro lado da sala. (Sempre me perguntei quais seriam os temas das conversas deles agora que a Hannah se fora, e fiquei um tanto aliviada ao saber que eram banais, sem nenhuma relação com o Eterno Por Quê; eu não estava perdendo muito.) Abri caminho aos empurrões, passando por Point Richardson, por Donnamara Chase, que fungava aflita enquanto tentava limpar um risco de caneta azul da frente da blusa com um lenço molhado, pelo Trucker, que usava uma gravata verde na qual flutuavam minúsculas cabeças de cavalo, e pela Dee, que prendia as alças vermelhas do sutiã de Dum às alças do vestido com alfinetes de segurança, para que não aparecessem.

— Eu tipo, não consigo entender por que é que você falou onze e quarenta e cinco pra mamãe — disse Dee, enervada.

— Qual que é o lance?

— A procissão é que é o lance.

— Por quê?

— A mamãe tipo, não vai conseguir tirar fotos. Por causa da sua *mal à la tête* a mamãe tipo, vai perder o nosso último dia de infância como quem perde um ônibus municipal.

— Ela disse que ia chegar mais *cedo*...

— Bom, ela não apareceu até agora, e olha que está usando aquela roupa roxa altamente visível que ela usa sempre...

— Achei que você tivesse proibido a mamãe de usar a roupa altamente visível...

— Está começando! — guinchou Narizinho, apoiada no aquecedor ao lado da janela. — Temos que ir! Agora!

— É pra pegar o diploma com a direita e cumprimentar com a esquerda, ou cumprimentar com a esquerda e pegar com a direita? — perguntou Tim "Raivoso" Waters.

— Zach, você viu os nossos pais? — perguntou Lonny Felix.

— Preciso fazer xixi — disse Krista Jibsen.

— Então é isso — comentou Sal Mineo, solenemente, atrás de mim. — É o fim.

Embora a Banda de Jazz Jelly Roll houvesse irrompido em "Pompa e Circunstância", a profa. Sturds nos informou secamente que Ninguém Iria Se Formar até que todos se acalmassem e formassem a fila em ordem alfabética. Formamos a lombriga, exatamente como tínhamos praticado a semana inteira. O prof. Butters deu o sinal, abriu a porta com um floreio, e a profa. Struds, como quem liberta uma tropa de mulas, com os braços erguidos, a saia florida cha-cha-chando ao redor dos tornozelos, saiu para o gramado à nossa frente.

O céu era um imenso hematoma; alguém evidentemente lhe dera um soco no beiço. Também havia um vento grosseiro, que não parava de importunar os longos pôsteres azuis de St. Gallway pendurados em ambos os lados do palco onde seria a cerimônia, e depois, cada vez mais entediado, ele voltou sua atenção à música. Apesar dos gritos do prof. Johnson para que a Banda de Jazz Jelly Roll tocasse mais alto (por um segundo, eu pensei que ele tivesse gritado "Cante direito, Louise", mas eu estava errada), o vento interceptou as notas, correndo com elas pelo campo e chutando-a para o gol, de modo que a única coisa audível fossem alguns clangores e bramidos.

Nós caminhamos em fila pelo corredor. Os pais espumavam animados ao nosso redor, batendo palmas e sorrindo, e avós em câmera lenta tentavam tirar *fóóótos* com câmeras que seguravam como se fossem jóias. Um fotógrafo-lagarto magrelo, tentando se misturar, avançava apressado à nossa frente, agachando-se, contraindo os olhos enquanto nos apontava a sua câmera. Pôs a língua para fora antes de bater algumas fotos rápidas, e então saiu dali em passos curtos.

O resto do grupo seguiu até as cadeiras dobráveis de metal dispostas à frente; eu e Radley Clifton continuamos, subindo os cinco degraus do palco. Ficamos sentados nas cadeiras à direta de Havermeyer e de sua mulher, Gloria (finalmente aliviada do pedregulho que carregava, embora tivesse agora uma aparência igualmente perturbadora, pálida e rígida como uma placa de acrílico).

Eva Brewster estava ao lado dela, e me lançou um sorriso reconfortante, mas depois o escondeu quase imediatamente, como se me emprestasse o seu lenço mas não quisesse vê-lo sujo.

Havermeyer caminhou confiante até o microfone e discursou demoradamente sobre as nossas conquistas sem precedentes, os nossos dons majestosos e futuros brilhantes, e a seguir Radley Clifton fez o seu discurso. Ele acabava de começar a filosofar — "Um exército marcha de bruços", dizia — quando o vento, com um evidente desdém por todos os acadêmicos, buscadores da verdade e lógicos (qualquer pessoa que tentasse abordar o Eterno Por Quê), começou a caçoar do Radley, remexendo-lhe a gravata vermelha, desajeitando-lhe o cabelo (muito bem penteado, cor-de-papelão), e exatamente no momento em que a travessura parecia prestes a terminar, passou a cutucar as ordenadas folhas brancas do discurso do rapaz, forçando-o a perder o andamento, repetir frases, gaguejar e parar, e assim o Credo de Formatura de Radley Clifton veio perturbado, conflituoso, confuso — uma filosofia de vida surpreendentemente ressonante.

Havermeyer retornou ao púlpito. Mechas de cabelo arenoso rastejaram como uma aranha pela sua testa. "Quero agora lhes apresentar a nossa Oradora, uma jovem extremamente talentosa que tivemos a honra de ter conosco este ano em St. Gallway, srta. Blue van Meer da cidade de Ohio."

Ele pronunciou Meer como *mér*, gerando o agradável *Blue van Mer-da cidade de Ohio*, mas tentei não pensar nisso ao ficar em pé, ajeitar a frente do meu vestido e, sob uma salva de palmas moderada, embora perfeitamente respeitável, caminhar pelo palco emborrachado (supostamente ocorrera uma tragédia alguns anos antes: Martine Filobeque, pinha, espartilho). Fiquei grata com o aplauso, grata por ver que as pessoas eram generosas o suficiente para aplaudir uma jovem que não era dali, uma jovem que, ao menos academicamente, demonstrara saber dançar o tango melhor que o menino local (um motivo perfeitamente válido para que qualquer pai soltasse um "então *isto* é o que eles chamam de 'formidável'?"). Ajeitei os papéis sobre o púlpito, abaixei o microfone e cometi o erro de olhar de relance para as duzentas cabeças que me encaravam inexpressivas, como uma grande horta de repolho branco maduro. Meu coração ensaiou alguns passos (O Robô, algo chamado O Relâmpago) e, durante um tenebroso segundo, eu não soube se teria coragem de falar. Em algum lugar da multidão, Jade estaria alisando o cabelo dourado, cantarolando, "Ai meu *Deus*, a pombinha de novo, não...", e Milton estaria pensando, tataki de atum, salada niçoise — mas fiz o melhor que pude para manter esses pensamentos em quarentena. As bordas das folhas de papel também pareciam estar em pânico, tremendo com o vento.

— Em um dos primeiros Discursos de Formatura famosos — comecei; a minha voz, de um jeito um tanto desconcertante, voltou como um bumerangue após voar por sobre as cabeças penteadas de todos, supostamente atingindo o homem alto de camisa azul lá no fundo, um homem que, por meio segundo, *pensei* ser o Papai (não era, a menos que, como uma planta sem luz, o Papai sem mim houvesse esmaecido e perdido grandes porções de cabelo) —, transcrito em 1801 na Academia Doverfield, em Massachusetts, Michael Finpost, de dezessete anos, anunciou aos seus colegas, "Um dia vamos olhar para estes tempos áureos e recordá-los como os melhores anos das nossas vidas". Pois bem, para todos vocês sentados à minha frente, espero realmente que não seja o caso.

Uma loira sentada na primeira fila da Seção de Pais, usando uma saia curta, cruzou, descruzou as pernas e fez um gesto ondulante e inquieto com elas, esticou-as de alguma forma, fazendo também o movimento usado nos aeroportos para direcionar os aviões.

— E eu... eu não vou ficar aqui dizendo, "Sejam Sinceros Consigo Mesmos", porque a maior parte de vocês não vai fazê-lo. Segundo o Escritório de Censos Criminológicos, os Estados Unidos estão vivenciando um aumento acentuado no número de roubos e fraudes, não somente nas cidades, como também nas áreas rurais. Além disso, duvido que qualquer um de nós, nos quatro anos finais do colégio, tenha conseguido determinar qual é o seu verdadeiro Eu, para que possa ser fiel a ele. Talvez tenhamos descoberto em qual hemisfério ele se localiza, talvez em qual oceano... mas não as coordenadas exatas. Tampouco — por um segundo aterrorizante a minha concentração maltrapilha tropeçou do trem exatamente no momento em que começou a acelerar, mas para o meu alívio, conseguiu se sacudir, correr e saltar novamente a bordo — vou lhes dizer que usem protetor solar. A maioria de vocês não vai fazê-lo. O *New England Journal of Medicine* relatou, em junho de 2002, que o câncer de pele está crescendo na população com menos de trinta anos de idade e que, no Ocidente, quarenta e três de cada cinqüenta pessoas consideram que até mesmo as pessoas de aparência mediana se tornam até vinte vezes mais atraentes quando estão bronzeadas — fiz uma pausa. Eu não conseguia acreditar; quando disse *bronzeadas*, um riso sísmico estremeceu a multidão. — Não. Vou tentar ajudá-los com outra coisa. Algo prático. Algo que talvez os ajude quando alguma coisa acontecer nas suas vidas, quando vocês temerem jamais serem capazes de se recuperar. Quando forem derrubados.

Percebi que Dee e Dum estavam na primeira fila, na quarta cadeira a partir da esquerda. Elas me fitavam com caras igualmente intrigadas, meios-sorrisos presos nos dentes como a barra de uma saia presa na meia-calça.

— Vou lhes pedir que pensem seriamente em moldar as suas vidas — falei —, mas não com base na do Dalai Lama ou de Jesus, embora não tenha dúvidas de que eles são pessoas úteis, e sim em uma coisa um pouco mais pé-no-chão, o *Carassius auratus auratus*, habitualmente chamado de peixinho dourado.

Ouviram-se alguns risos generosos, divertidamente espalhados aqui e ali, mas eu segui em frente.

— As pessoas riem do peixe dourado. Não pensam duas vezes quando decidem engoli-lo. Jonas Ornata III, formado em Princeton em 1942, aparece no *Livro Guinness dos recordes* por ter engolido o maior número de peixinhos dourados num intervalo de quinze minutos, um cruel total de trinta e nove. Em sua defesa, porém, posso dizer que não acredito que Jonas tenha compreendido a glória do peixinho dourado nem as magníficas lições que ele pode nos ensinar.

Levantei os olhos e dei de cara com o Milton, segunda fila, quarta cadeira a partir da esquerda. Ele tinha inclinado a cadeira para trás e conversava com alguém atrás de si, a Jade.

— Se vocês viverem como um peixinho dourado — continuei —, poderão sobreviver às circunstâncias mais difíceis e frustrantes. Poderão atravessar provações que farão com que os seus companheiros, como o guppy e o tetra neon, bóiem no aquário de barriga para cima ao primeiro sinal de problemas. Houve um incidente infame descrito numa revista publicada pela Sociedade Americana do Peixe Dourado: uma sádica menina de cinco anos de idade jogou o seu peixinho sobre o tapete e pisou nele não uma, e sim duas vezes. Por sorte, a menina o fez num tapete felpudo, e assim o seu calcanhar não foi capaz de descer *inteiramente* sobre o peixe. Depois de trinta traumáticos segundos, ela o jogou de volta ao aquário. O peixe viveu por mais quarenta e sete anos — pigarreei. — Os peixinhos dourados conseguem viver em lagoas cobertas de gelo no meio do inverno. Em aquários que não vêem sabão há um ano. E não morrem por negligência, não imediatamente. Eles resistem por três, às vezes quatro meses se forem abandonados.

Uma ou duas pessoas inquietas abriram caminho pelos corredores, esperando que eu não as visse, um homem de cabelo grisalho que precisava esticar as pernas, uma mulher que puxava uma criança pequena, sussurrando-lhe segredos no cabelo.

— Se viverem como um peixinho dourado, vocês se adaptarão, não ao longo de centenas de milhares de anos como a maioria das espécies, precisando passar pela burocracia da seleção natural, e sim em poucos meses, até mesmo semanas. Se você lhes der um aquário pequeno, eles terão um corpo pequeno. Aquário grande, corpo grande. Dentro de casa. Fora. Tanques, aquários. Água turva, água limpa. Sociais ou solitários.

O vento zombou das bordas das minhas folhas.

— A coisa mais incrível sobre os peixinhos dourados, porém, é a sua memória. Todos lamentam o fato de que eles só se lembram dos últimos três segundos, mas na verdade, estar tão forçosamente ligados ao presente é um dom. Eles são livres. Não se afligem pelos erros que cometeram, pelos seus descuidos, mancadas ou infâncias perturbadas. Não têm demônios internos. Suas mentes são luminosas e arejadas. E o que poderia ser mais revigorante do que ver o mundo pela primeira vez, em toda a sua beleza, quase trinta mil vezes por dia? Deve ser glorioso saber que os seus Tempos Áureos não ocorreram há quarenta anos, quando você ainda tinha todo o cabelo na cabeça, e sim há meros *três segundos*, e assim, *ainda* persistem, neste exato momento. — Contei três segundos na cabeça, embora talvez tenham sido rápidos demais, pelo nervosismo. — E neste momento também. — Outros três segundos. — E neste momento também. — Mais três. — E neste momento também.

Papai nunca falava em não tocar as pessoas durante uma palestra. Ele nunca falava da curiosa necessidade humana de transmitir alguma coisa, qualquer coisa, às pessoas, de construir uma minúscula ponte até elas e ajudá-las a cruzar, ou então sobre o que fazer quando a multidão se move inquieta como as costas de um cavalo. O modo como os pais fungam incessantemente, pigarreiam, correm os olhos como um skate de um lado da fileira até o outro lado da fileira, fazendo um *ollie* de 180° ao redor da mãe gostosa, na sexta cadeira a partir da direita — ele nunca dissera uma *palavra* sobre isso. Nas margens do campo de futebol, as cicutas se mantinham altas, observando-nos de um jeito protetor. O vento repuxava as mangas de uma centena de blusas. Perguntei-me se aquele garoto, bem ao final da terceira fila, de camisa vermelha (mordendo estranhamente o punho e de cara fechada, com uma intensidade de James Dean), se *ele* saberia que eu era uma impostora, que eu tinha recortado secretamente apenas a parte bela da verdade, descartando o resto. Porque, na realidade, os peixinhos dourados levavam vidas tão difíceis quanto as de todos os demais; eles pereciam o tempo todo pelo choque de novas temperaturas, e até mesmo a pálida sombra de uma garça fazia com que se escondessem sob as pedras. E ainda assim, talvez não importasse muito o que eu dissesse ou deixasse de dizer, o que eu beijasse na bochecha e o que eu ignorasse. (Meu deus, Camisa Vermelha, mãos fechadas sobre a boca, roendo as unhas, ele estava agora sentado *tão* para a frente que sua cabeça quase se tornara um vaso de flores no parapeito do ombro de Sal Mineo. Eu não sabia quem era aquele garoto. Nunca o tinha visto antes.) Palestras e Teorias, todos os Tomos de Não-Ficção, talvez merecessem o mesmo tratamento delicado que era dado às obras de arte; talvez fossem criações humanas tentando aceitar os horrores e as alegrias do mundo, compostas num certo lugar, numa certa época, para que fossem ponderadas, menosprezadas, apreciadas, detestadas, para que as pessoas então se encaminhassem à loja de presentes e comprassem o cartão-postal, que guardariam numa caixa de sapatos, bem no alto da prateleira.

O final do meu discurso foi um desastre; o desastre consistiu no fato de que nada aconteceu. Obviamente, eu esperava — como todas as pessoas quando estão em frente a uma platéia — uma culminação, uma iluminação, esperava que um pedaço do céu se soltasse, caísse sobre os cabelos duros de todos como o grande fragmento de argamassa da Capela Sistina sobre o qual Michelangelo pintou o indicador de Deus, quando, em 1789, soltou-se inesperadamente do teto, acertando a cabeça do Padre Cantinolli e fazendo com que as freiras que visitavam o lugar tivessem convulsões e revirassem os olhos; quando recobraram os sentidos, todas justificaram as suas ações, das sagradas às profanas, dizendo que "Deus me ordenou que o fizesse" (ver *Lo Spoke Del Dio Di Giorno*, Funachese, 1983).

Mas se Deus existia, hoje, como em quase todos os dias, Ele preferiu ficar calado. Houve apenas vento e caras, o céu bocejante. Sob aplausos, que poderiam muito bem ser dirigidos a uma peça encenada muito, muito tarde da noite (tinham o mesmo tom de obrigação), retornei à minha cadeira. Havermeyer começou a ler a lista de formandos, e não prestei muita atenção, até que chegassem os Sangue-Azul. Pude ver as Biografias deles passando ante os meus olhos.

— Milton Black.

Milton subiu a escada lentamente, com o queixo mantido naquele ângulo docemente enganador, ao redor de 75 graus. (Ele era um romance letárgico sobre a chegada à maioridade.)

— Nigel Creech.

Nigel sorriu — aquele brilho de relógio de pulso. (Ele era uma comédia não sentimental em Cinco Atos, ornada com astúcia, luxúria e dor. A última cena tendia a terminar de modo um tanto amargo, mas o dramaturgo se recusou a reescrevê-la.)

— Charles Loren.

Charles mancou pela escada com suas muletas. (Ele era uma história de amor.)

— Parabéns, meu filho.

O céu se tornara amarelado, ensaiando um dos seus melhores passes de mágica, ao mesmo tempo nublado e ofuscante.

— Leulah Maloney.

Leulah saltitou pela escada. Ela tinha cortado o cabelo, não tão radicalmente quanto a Hannah, mas o resultado era igualmente infeliz; as mechas pesadas lhe golpeavam a mandíbula. (Ela era um poema em doze versos, com repetição e rima.)

Gotas de chuva com tamanho e textura de vespas começaram a pular das ombreiras do terno azul-marinho de Havermeyer, e também do chapéu cor-de-rosa que alvorecia bem acima da cabeça de alguma mãe. Instantaneamente, viu-se florescer um jardim de guarda-chuvas — pretos, vermelhos amarelos, alguns listrados —, e a Banda de Jazz Jelly Roll começou a guardar os instrumentos, evacuando o lugar em direção ao ginásio.

— As coisas não parecem nada bem, não é mesmo? — observou Havermeyer, com um suspiro. — É melhor apressarmos as coisas — sorriu. — Formar-se na chuva. Para os que acham que é um mau agouro, temos algumas vagas disponíveis no terceiro ano do ano que vem, caso queiram esperar para ter uma formatura um pouco mais promissora. — Ninguém riu, e Havermeyer começou a ler os nomes com pressa, mexendo a cabeça para cima e para baixo: microfone, nome, microfone. Deus tinha resolvido passá-lo com o botão *fast-forward* pressionado. Era difícil saber em qual nome ele estava, pois o vento havia encontrado o microfone e enviava "Uuuuuuuuuus" fantasmagóricos, com um ar de parque temático, pela multidão. A mulher de Havermeyer, Gloria, subiu ao palco e segurou um guarda-chuva sobre a cabeça do marido.

— Jade Churchill Whitestone.

Jade ficou de pé, carregando seu guarda-chuva laranja ao estilo Estátua da Liberdade, e recebeu o diploma das mãos de Havermeyer como se lhe fizesse um favor, como se ele lhe estivesse entregando seu currículo. Jade voltou altiva à sua cadeira, em grandes passos. (Ela era um livro sensacional escrito num estilo lúgubre. Muitas vezes sequer se preocupava com os "disse Fulano" ou "respondeu Cicrano"; o leitor que se virasse. E, de vez em quando, uma frase era capaz de nos deixar sem fôlego, de tão bela.)

Logo foi a vez do Radley, e em seguida a minha. Eu tinha esquecido o meu guarda-chuva na sala do prof. Moats, e Radley segurava o dele sobre si mesmo e sobre uma faixa de palco emborrachada do outro lado, de modo que fui ficando lentamente encharcada. A chuva estava numa temperatura estranhamente reconfortante, perfeita, como o mingau dos três ursos. Fiquei em pé e Eva Brewster, que segurava um guarda-chuva com desenhos de gatinhas cor-de-rosa, murmurou, "Nossa senhora" e o botou na minha mão. Apanhei-o, mas me senti mal, pois a chuva começou a grudar em seu cabelo e lhe bater na testa. Apertei apressada a mão fria e enrugada de Havermeyer e voltei à minha cadeira, devolvendo o guarda-chuva a ela.

Havermeyer apressou o discurso de encerramento — algo sobre a sorte —, a multidão aplaudiu e começou a debandar, executando a mecânica do piquenique chuvoso. Pais com caras de dor arrancavam bebês das cadeiras como se fossem dentes. Mães com vestidos de linho branco caminhavam alheias ao fato de que expunham ao mundo as suas roupas íntimas.

Esperei mais um minuto, fazendo o meu ato Prestes A. Uma pessoa não parece perigosamente sozinha, sem relações de sangue, se aparenta estar diligentemente Prestes A fazer alguma coisa, portanto fiquei em pé, fiz uma grande cena removendo uma pedra mítica do meu sapato e coçando uma coceira fictícia na mão, outra na nuca (eram como pulgas), fingindo ter perdido alguma coisa em algum lugar — tudo bem, para isso eu não precisava fingir. Em pouco tempo fiquei sozinha com as cadeiras e o palco. Desci ligeira os degraus e me pus a caminhar pelo campo.

Nas últimas semanas, quando imaginava esse dia, eu vislumbrava, naquele momento preciso, o Papai, fazendo uma Grande Aparição Final (por Apenas Uma Noite). Ali estaria ele à minha frente, bem longe, uma silhueta negra numa colina vazia. Ou então, teria escalado os galhos mais altos de um desses carvalhos enormes, vestindo uma camuflagem de Tigre Pintado, para poder espionar, sem ser visto, a minha cerimônia de formatura. Ou então, estaria encerrado numa limusine que, no momento em que eu percebesse ser ele, viria voando pela Via Horatio e quase me atropelaria, refletindo cruelmente a minha própria imagem antes de rosnar pela curva, passar pela capela de pedra e pela placa de madeira onde se lia "Bem-vindo ao Colégio St. Gallway", desaparecendo como uma baleia num golfo.

Mas não vi nenhuma silhueta negra, nenhuma limusine e nem um único lunático numa árvore. À minha frente, o Pavilhão Hanover, a Casa Elton e o Edifício Barrow descansavam como cães tão velhos que não levantariam a cabeça nem se você lhes jogasse uma bola de tênis.

— Blue — gritou alguém atrás de mim.

Ignorei a voz, seguindo ladeira acima, mas ele me chamou de novo, desta vez mais perto, então parei e me virei. Camisa Vermelha caminhava apressado atrás de mim. Instantaneamente o reconheci — bom, não foi bem assim. Instantaneamente, percebi que tinha feito uma coisa extremamente improvável: escutar o meu próprio conselho — todo aquele negócio sobre o peixinho dourado —, porque a pessoa era o Zach Soderberg, sim, mas eu nunca o havia visto na vida. Ele parecia radicalmente diferente, porque, em algum momento entre a nossa última aula de física e a formatura, tinha decidido raspar todo o cabelo. E não era uma dessas cabeças assoladas por buracos e mossas (como se indicassem às pessoas o fato de que o próprio cérebro era um pouco molenga por debaixo), e sim uma cabeça agradavelmente forte. As orelhas, também, não eram nada vergonhosas. Ele parecia novinho em folha, uma renovação que feria os olhos e perturbava, e foi esse o motivo pelo qual não falei "Sayonara, garoto" e saí em disparada, porque a Volvo estava repleta, esperando por mim no Estacionamento dos Estudantes. Eu já tinha me despedido da casa 24 da rua Armor e da escrivaninha Cidadão Kane, tinha devolvido as chaves à Imobiliária Sherwig num envelope pardo lacrado, incluindo um bilhete de agradecimento à srta. Dianne Seasons, jogando alguns !!! ao final. Tinha organizado os mapas rodoviários no porta-luvas. Tinha dividido ordenadamente os estados da Carolina do Norte a Nova York (como se fossem pedaços iguais de um bolo de aniversário) entre os livros-cassete que tínhamos retirado na Biblioteca Mania de Livros, na rua Elm (quase todos eram aventuras e romances baratos que o Papai desprezaria). Estava de posse de uma carteira de motorista com uma foto infeliz, e planejava dirigir em todas as direções do mundo.

Zach notou a minha surpresa ao ver o seu novo corte de cabelo e passou a mão pelo topo da cabeça. Provavelmente parecia o veludilho de uma poltrona surrada e desbotada.

— É — falou, acanhado. — Noite passada eu decidi virar uma página. Franziu o rosto. — Então, para onde está indo? — Ele estava parado perto de mim, segurando o guarda-chuva preto sobre a minha cabeça, de modo que o seu braço estava rígido como um varal onde poderíamos pendurar toalhas molhadas.

— Para casa — respondi.

Ele ficou surpreso.

— Mas agora é que está ficando bom. O Havermeyer vai dançar com a profa. Sturds. Vai ter miniquiche. — A camisa vermelha vívida do Zach lhe refletia na pele, dando-lhe um brilho vermelho em todo o queixo.

— Não posso — falei, detestando o modo duro como as palavras saíram. Se o Zach fosse um policial e eu fosse culpada, ele teria me descoberto imediatamente.

Zach me estudou e então balançou a cabeça, como se alguém houvesse escrito uma equação incompreensível na minha cara.

— Nossa, gostei do seu discurso, sabia? Tipo... *cara*.

Algo no modo de falar dele me deu uma vontade de rir — só a vontade, porém; o riso perdeu fôlego em algum lugar ao redor das minhas clavículas.

— Obrigada — respondi.

— Aquela parte sobre o... como é que foi... quando você falou sobre a arte... e quem você é, como pessoa... e *arte*... foi tão incrível.

Eu não fazia idéia do que ele estava falando. Em nenhum lugar do discurso eu mencionara a arte, ou quem eu era como pessoa. Não eram temas secundários, nem mesmo terciários no meu discurso. Mas então, quando ergui os olhos e o fitei, tão alto — estranho, eu nunca tinha notado as minúsculas rugas ao redor dos olhos do Zach; o seu rosto estava trapaceando, lançando pistas sobre o homem que ele se tornara —, percebi que talvez fosse isso mesmo: se quisermos escutar uma pessoa, ouvimos o que precisamos para poder nos aproximar. E não há nada de errado em ouvir falar de arte, ou de quem somos como pessoa, ou de peixinhos dourados; cada um de nós pode escolher os materiais que quiser para construir seu frágil barquinho. Havia algo também no modo como ele inclinava o pescoço *tão* para a frente (de um jeito de dar inveja a um ganso), tentando de maneira tão desajeitada chegar até mim, desejando apanhar cada palavra que eu soltava no ar, sem deixar que nenhuma delas caísse ao chão. Eu gostava desse pedacinho de verdade, tentei pensar nele duas, três vezes, para não esquecê-lo, para poder relembrá-lo quando eu estivesse na estrada, o melhor lugar para se pensar nas coisas.

Zach pigarreou. Ele tinha se virado para fitar alguma coisa, a Via Horatio, a parte onde a rua se espremia entre os narcisos e o bebedouro de passarinhos, ou talvez algo mais acima, o telhado da Casa Elton, onde o cata-vento apontava para alguma coisa fora de vista.

— Então, acho que se eu convidasse você e o seu pai para virem ao clube hoje à noite, para o bufê de rosbife, vocês não viriam. — Zach me olhou novamente, os olhos tocando o meu rosto do modo triste como as pessoas olham pela janela, com as mãos no vidro.

E me lembrei, entre os cliques do projetor de slides do prof. Archer, daquele minúsculo quadro preso na casa do Zach. Perguntei-me se ainda estaria lá, pendurado corajosamente ao final do corredor. Zach havia dito que eu era como aquele quadro, aquele barco sem marinheiro.

Ele arqueou uma sobrancelha, outro pequeno talento que eu nunca tinha notado.

— Será que consigo te convencer? Eles têm uma ótima cheesecake.

— Na verdade, preciso ir andando — falei.

Zach assentiu, aceitando o que eu disse.

— Então imagino que se eu perguntasse se poderia... te ver um pouco durante o verão... e não precisa ser você *inteira*, por sinal. Podíamos combinar só um... *dedinho*. Você diria que não tem chance. Você tem outros planos até fazer setenta e cinco anos. Tem grama presa nos seus sapatos, por sinal.

Surpresa, abaixei-me e limpei a grama colada nas minhas sandálias, que horas atrás haviam sido brancas, mas agora estavam manchadas e roxas como as mãos de uma velha.

— Não vou estar por aqui este verão — falei.

— Aonde você vai?

— Visitar os meus avós. Ou talvez a algum outro lugar. — ("Chippawaa, Novo México, Lugar de Encantos, Terra Natal do Cuco, da Grama Azul, da Truta, de indústrias, mineração, prata, potassa...")

— Você e o seu pai, ou só você? — perguntou.

O garoto tinha uma estranha habilidade para acertar em todas as perguntas, repetidamente. Papai era o primeiro a refutar a idéia de que Toda Pergunta É Válida, empregada para que alunos obtusos se sentissem melhores consigo mesmos; *sim*, mesmo que não aceitássemos o fato, havia um punhado de perguntas válidas e bilhões de perguntas inúteis, e dentre elas, dentre *todas* elas, Zach tinha escolhido aquela que me fazia sentir como se eu tivesse um vazamento na garganta, aquela que me enchia de medo de chorar ou de cair ao chão, e que provocava também um surto dessas falsas coceiras no meu braço e nuca. Papai provavelmente teria gostado dele — isso era o mais engraçado. Essa pergunta na mosca teria impressionado o Papai.

— Só eu — respondi.

E então segui em frente — sem me dar conta. Caminhei pela ladeira molhada, cruzei a rua. Eu não estava triste, chorando, nada disso — não, estava incrivelmente bem. Vejamos, não exatamente *bem* ("Bem é para os tolos e lentos."), era uma outra coisa — algo que eu não sabia definir numa palavra. Fiquei chocada ao ver o céu cinza pálido, tão vazio, no qual seria possível desenhar qualquer coisa, arte ou peixinhos dourados, do tamanho que eu quisesse, do minúsculo ao enorme.

Continuei pela calçada, passei pelo Pavilhão Hanover e pelo gramado em frente à lanchonete, sujo de galhos, e pelo Arranha; a chuva transformava tudo em sopa. E o Zach, sem nenhum "Espera aí" ou "Onde você...?", ficou *bem* ali, bem ao lado do meu ombro direito, sem precisar falar no assunto. Caminhamos sem nenhuma fórmula, hipótese ou conclusão detalhada. Os sapatos dele se mexiam limpos pela chuva, peixes saltando numa poça, os próprios peixes eram mistérios — e os meus também. Zach segurou o guarda-chuva a uma distância precisa sobre a minha cabeça. E fiz o teste — porque os Van Meer sempre precisavam testar as coisas —, desviando-me um pouquinho do abrigo sob o guarda-chuva, imperceptivelmente para a direita; acelerei, freei, parei para limpar mais grama dos meus sapatos, curiosa em saber se conseguiria molhar uma pequena porcentagem do meu joelho ou cotovelo, *alguma* parte que fosse, mas ele o manteve sobre a minha cabeça com uma consistência impressionante. No momento em que alcançamos o topo da escada e a Volvo, e as árvores que beiravam a rua dançaram, embora quase imperceptivelmente — afinal de conta, eram figurantes, não queriam distrair os atores principais —, nem uma única gota de chuva tinha me atingido.

PROVA FINAL

Instruções. Esta prova final, que incluirá toda a matéria apresentada ao longo do curso, irá testar a sua mais profunda compreensão de conceitos gigantescos. Ela consiste em três seções, que deverão ser preenchidas com a maior precisão possível (a porcentagem da Nota Final está especificada entre parênteses): 14 Questões de Verdadeiro ou Falso (30%), 7 Questões de Múltipla Escolha (20%) e 1 Dissertação (50%).[4] Você poderá escrever sobre uma prancheta, mas não deverá consultar nenhum livro-texto, enciclopédia, caderno ou artigo. Se neste momento você não estiver sentado a duas cadeiras de distância do seu colega mais próximo, por favor, faça-o agora.

Obrigado e boa sorte.

Seção I: Verdadeiro/Falso?
1. Blue van Meer leu livros em excesso. V/F?
2. Gareth van Meer era um homem bonito e carismático que tinha grandes (e freqüentemente prolixas) idéias, idéias que poderiam, quando aplicadas vigorosamente à realidade, ter conseqüências desagradáveis. V/F?

---

4 Sugere-se o uso de um lápis nº 2, para o caso de que cometa algum equívoco em suas percepções iniciais e, desde que ainda reste algum tempo, deseje modificar a resposta.

3. Blue van Meer era cega e, ainda assim, ninguém poderia culpá-la por isso, pois quase sempre somos cegos quando se trata de compreendermos a nós mesmos e aos nossos familiares mais próximos; seria como fitar o sol a olho nu, tentando ver, nessa bola cegante, manchas, proeminências e tempestades solares. V/F?
4. Moscas de Verão são românticas incuráveis, conhecidas por se apresentarem até mesmo às mais formais das situações sociais com batom nos dentes e cabelo tão nervoso quanto o de um executivo preso no trânsito no horário de pico. V/F?
5. Andreo Verduga era um jardineiro que usava uma colônia forte, nada mais, nada menos. V/F?
6. Smoke Harvey matava focas com porretes. V/F?
7. O fato de que Gareth van Meer e Hannah Schneider tenham sublinhado a mesma frase, "Quando Manson escutava alguém, era como se estivesse bebendo a cara da pessoa", na página 481 das suas respectivas cópias de *Blackbird singing in the dead of the night: a vida de Charles Milles Manson* (Ivys, 1985), provavelmente não significa tanto quanto Blue gostaria de pensar. O máximo que devemos extrair desse fato é que ambos consideravam fascinante o comportamento de lunáticos. V/F?
8. Os Sentinelas Noturnos ainda existem — ao menos nas mentes dos que criam teorias conspiratórias, neomarxistas, blogueiros de olhos vermelhos e defensores do Che, além de pessoas de todas as raças e credos que gostam de pensar que podem existir pequenas doses de, se não justiça *per se* (a justiça tende a se manter nas mãos dos homens do modo como a Chabazita se mantém em HCl — desintegrando-se lentamente, muitas vezes deixando um resíduo viscoso), então um simples nivelamento de uma ínfima porção do campo de jogo humano (atualmente sem árbitro). V/F?
9. O homem na fotografia de George Gracey tirada pela polícia de Houston é inquestionavelmente Baba au Rhum; Blue pôde chegar a essa conclusão ao simplesmente observar os olhos inconfundíveis do homem, que são como duas azeitonas pretas enfiadas profundamente num prato de húmus — não importando se o resto da cabeça, na imagem borrada, está oculto por pêlos faciais mais densos que o nêutron (1.018 kg/m^3). V/F?
10. Cada um dos filmes que Hannah passava de improviso em sua aula de Introdução ao Cinema, filmes que — como Dee revelou à sua irmã, Dum

— *nunca* estavam no programa, traziam sempre um elemento subversivo, evidenciando suas ideologias políticas maluco-beleza. V/F?

11. Hannah Schneider, com o auxílio de outros Sentinelas Noturnos, matou um homem (de um jeito bastante descuidado), para a infinita exasperação de Gareth van Meer, que, embora gostasse de exercer o seu papel de Sócrates (o trabalho lhe caía como um terno feito sob medida em Londres) — viajando pelo país, dando aulas para novos recrutas sobre a Determinação e outras idéias instigantes detalhadas em incontáveis ensaios publicados na *Fórum federal* (entre eles "Viva la violencia: transgressões do Império Elvis") —, *ainda* preferia ser um homem de idéias, e não de violência, o Trótski, ao invés do Stalin; você deve se lembrar que ele desprezava todos os esportes de contato. V/F?
12. O mais provável é que (embora admitamos que esta conjectura tenha sido concebida com base em pouco mais que a lembrança de uma fotografia) Natasha van Meer tenha se suicidado após saber que a sua melhor amiga, com quem estudara na escola Ivy, estava tendo um caso picante com seu marido, um homem que adorava o som da própria voz. V/F?
13. Embora não consigamos acreditar plenamente nisso, a Vida é, de um modo um tanto confuso, ao mesmo tempo triste e engraçada. V/F?
14. Ler um número obscenamente grande de livros de referência é amplamente benéfico para a saúde mental de qualquer pessoa. V/F?

Seção II: Múltipla Escolha

1. Hannah Schneider era:
    A. Uma órfã que cresceu na Casa Horizonte, em Nova Jersey (que obrigava as crianças a usar uniformes; o brasão da casa, um pégaso dourado que também poderia passar por um leão se desfocássemos a vista, era bordado no bolso do colete). Ela não era a mais bonita das crianças. Após ler *A mulher liberta* (1962), escrito por Arielle Soiffe, que trazia um longo capítulo sobre Catherine Baker, Hannah passou a desejar que *ela* houvesse feito algo de arrojado com a própria vida, e, num momento de inquietude sombria, pegou-se sugerindo à Blue que ela era, na verdade, aquela destemida revolucionária, aquela "mulher explosiva como uma granada" (p. 313). Apesar des-

ses esforços por alinhar a sua vida com algo mais majestoso, ela corria o risco de se transformar no seu maior medo, um dos Idos, a não ser que Blue escrevesse sobre um livro sobre ela. A sua casa figura atualmente no nº 22 da "Lista Quente" da Imobiliária Sherwig.
- B. Catherine Baker, ao mesmo tempo foragida, criminosa, mito, mariposa.
- C. Uma dessas mulheres-civilização perdida, envolta em penumbra, porém com uma arquitetura deslumbrante; muitas de suas salas jamais serão encontradas, entre elas um grande salão para banquetes.
- D. Cacos e detritos de todas as alternativas anteriores.

2. A morte da srta. Schneider foi, na verdade:
    - A. Um suicídio; num momento de descuido (e ela tinha muitos), após dançar por tempo demais com seu copo de vinho, Hannah acabou na cama com Charles, um erro de julgamento que começou a corroê-la por dentro, fazendo com que passasse a tecer histórias fantásticas, cortasse o cabelo, acabasse com a própria vida.
    - B. Um assassinato cometido por um membro dos Sentinelas Noturnos (*Nunca Dormindo*, em português); conforme discutido por Gareth "Sócrates" e Servo "Nero" Gracey durante seu encontro de emergência em Paris, Hannah se tornara um risco. Ada Harvey estava cavando fundo demais, em poucas semanas poderia fazer contato com o FBI, e assim a liberdade de Gracey, assim como todo o movimento antiganância, estaria ameaçada; ela precisava ser eliminada — uma decisão difícil, tomada finalmente por Gracey. O homem no bosque, a pessoa que Blue garante ter ouvido, com a certeza de quem sabe que o morcego-nariz-de-porco é o menor mamífero da Terra (3,3cm), era o capanga mais sofisticado da organização, Andreo Verduga, dissimulado com MoitaMóvel®, Camuflagem Invisível, Mistura de Outono, o sonho do caçador experiente.
    - C. Um assassinato cometido por "Ed Sujismundo", o integrante dos Três Brutais ainda à solta.
    - D. Um desses eventos obscuros na vida, que jamais saberemos com certeza (ver capítulo 2, "A dália negra", *Assassinatos*, Winn, 1988).

3. Jade Churchill Whitestone é:
    - A. Uma farsa.
    - B. Sedutora.

C. Irritante como uma topada.
D. Uma adolescente comum incapaz de enxergar um palmo à sua frente.

4. Dar uns amassos no Milton Black foi como:
   A. Beijar uma lula.
   B. Ser esmagada por um *Octopus vulgaris*.
   C. Enfiar um canivete na gelatina.
   D. Flutuar numa cama de lóbulos frontais.

5. Zach Soderberg é:
   A. Um sanduíche de manteiga de amendoim num pão sem casca.
   B. Culpado de fazer sexo leonino no Quarto 222 do Motel Dynasty.
   C. *Ainda*, apesar da miríade de explicações e Ilustrações que lhe foram apresentadas por Blue van Meer enquanto viajavam pelo país durante o verão numa perua Volvo azul, perturbadoramente incapaz de compreender até mesmo os conceitos mais rudimentares por trás da Teoria da Relatividade Geral, de Einstein. Ele está atualmente aprendendo a recitar o número pi até a sexagésima quinta casa decimal.
   D. Um Oráculo de Delfos.

6. Gareth van Meer abandonou a própria filha porque:
   A. Estava cansado da paranóia e histeria de Blue.
   B. Era, nas palavras de Jessie Rose Rubiman, "um cachorro".
   C. Finalmente teve coragem de dar um salto rumo à imortalidade, seguir seu eterno sonho de ir brincar de Che na República Democrática do Congo; era isso o que ele e seus falsos colegas organizavam em segredo por todo o país; esse era também o motivo pelo qual inúmeros jornais africanos foram encontrados jogados pela casa logo após a sua partida, entre eles *Por dentro da Angola*.
   D. Não suportaria ser feito de idiota ante a sua filha Blue, a Blue que sempre o teve como sua Razão de Ser, a Blue que, mesmo depois de descobrir que ele era um intelectual tão ultrapassado quanto a Grande Revolução Socialista Soviética de Outubro de 1917, um sonhador com uma tendência para o desastre, um teórico fanfarrão (e de segunda categoria), um mulherengo cujos casos ilícitos causaram o suicídio da sua mãe, um homem que sem dúvida nenhuma *aca-*

baria como Trótski se não tivesse cuidado (furador de gelo, cabeça), *ainda* não conseguia deixar de tê-lo como sua Razão de Ser, a Blue que sempre que se atrasava para a aula de Política Americana: Uma Nova Perspectiva, ou que passava por um parque com árvores que lhe sussurravam sobre a cabeça como se quisessem contar um segredo, não conseguia deixar de desejar encontrá-lo sentado num banco de madeira, vestindo um terno de lã irlandesa, esperando por ela.

7. A intrincada teoria de amor, sexo, culpa e assassinato que Blue rabiscou ao longo das cinqüenta páginas de um bloco de papel é:
   A. 100% Verdadeira, tal quais as coisas que são 100% Algodão.
   B. Absurda e delirante.
   C. Uma frágil teia tecida por uma aranha de jardim, não em algum canto razoável da varanda, e sim num espaço gigantesco, um espaço tão amplo e absurdo que poderíamos facilmente colocar duas limusines Cadillac DeVille Stretch dentro dela, de ponta a ponta.
   D. Os materiais que Blue usou para construir seu barco, para com ele passar sem ferimentos graves por um temível trecho do mar (ver capítulo 9, "Cila e Caribdis", *A Odisséia*, Homero, Período Helenístico).

Seção III: Dissertação

Muitos filmes clássicos e trabalhos acadêmicos publicados fazem o máximo possível para iluminar pequeninos fragmentos do estado da cultura estadunidense moderna, os sofrimentos ocultos de todas as pessoas, a luta pela identidade, a perplexidade generalizada ante a existência. Utilizando habilmente exemplos específicos desses textos, estruture um argumento abrangente baseado na premissa de que, embora tais obras sejam esclarecedoras, divertidas e também reconfortantes — especialmente quando estamos numa situação nova e precisamos distrair a mente —, elas não constituem uma substituição para a experiência direta. Pois, citando as memórias excepcionalmente brutais de Danny Yeargood escritas em 1977, *A educassão dos hitaliano*, a vida é "uma porrada atrás da outra, e mesmo que tu teja no chão, num consegue ver nada porque eles te batem na parte da cabeça da onde sai a vista, e num consegue respirar porque eles te chutaram na barriga da onde sai a respiração, e o teu nariz tá cheio de sangue porque eles te seguraram e deram porrada na cara, mas tu sai engatinhando e tá legal. Numa boa, até. Porque tu tá vivo".

Leve o tempo que precisar.